الحصن الرقمي

بسم الله الرحمن الرحيم

يضم هذا الكتاب ترجمة الأصل الإنكليزي
DIGITAL FORTRESS
حقوق الترجمة العربية مرخّص بها قانونياً من الناشر
St. Martin's Press, LLC
بمقتضى الاتفاق الخطي الموقّع بينه وبين الدار العربية للعلوم
Authorized translation from English Language Edition

الحصن الرقمي

تأليف
دان براون

ترجمة
فايزة غسان المنجد

مراجعة
د. محمد فداء ممدوح الهاشمي

الدار العربية للعلوم
Arab Scientific Publishers

ISBN 9953-29-787-8

الطبعة الأولى

1426 هـ - 2005 م

الدار العربية للعلوم
Arab Scientific Publishers
عين التينة، شارع المفتي توفيق خالد، بناية الريم
هاتف: 860138 - 785108 - 785107 (1-961)
ص.ب: 13-5574 شوران - بيروت 2050-1102 - لبنان
فاكس: 786230 (1-961) - البريد الإلكتروني: asp@asp.com.lb
الموقع على شبكة الإنترنت: http://www.asp.com.lb

التنضيد وفرز الألوان: أبجد غرافيكس، بيروت - هاتف 785107 (9611)
الطباعة: مطابع الدار العربية للعلوم، بيروت - هاتف 786233 (9611)

شكر خاص وهادئ إلى هؤلاء الذين دعموني بشكل مكثف عبر الرسائل المغفلة الأسماء، وهم سيعرفون أنفسهم عندما سيقرأون هذا الكتاب. وأريدهم أن يعرفوا أن بدونهم لم يكن بإمكان هذه الرواية أن ترى النور.

الإهْدَاء

إلى والدَيّ...

وأساتذتي وأبطالي

المقدمة

بلازا دي إسبانا

سيفيل، إسبانيا

11:00 صباحاً

يُقال إنه عند الموت، تتضح الأشياء كلها؛ أدرك إنسي تانكادو صحة ذلك. عندما أمسك بصدره وسقط إلى الأرض متألماً، أدرك كارثة خطئه.

حام الناس حوله، يحاولون مساعدته. لكنه لم يكن يريد المساعدة - فذلك شيء فات أوانه منذ زمن.

مرتجفاً، رفع يده اليسرى وأشار بأصابعه إلى الخارج. *انظروا إلى يدي!* حدقت الوجوه من حوله، ولكنه أدرك أنهم لم يفهموا قصده.

في يده خاتم ذهبي منقوش. للحظة، تلألأت النقوش تحت أشعة الشمس الأندلسية. عَلِم أن هذا آخر ضوء سيراه إلى الأبد.

الــفـصــل 1

كانا في الجبال الدُخانية بفندقهما المفضل، يبتسم لها ديفيد: "ماذا قلت يا حبيبتي؟ أتتزوجينني؟"

ناظـــرة إلى الأعلى وهي ممددة على سريرهما المظلل، علِمَت أنه هو الشخص المناسب للأبد. عندما حدقت في عينيه الخضراوين الداكنتين، راح جرس يصم الآذان يرن في مكان ما في الأفق، أخذ يسحبه بعيداً، حاولت الوصول إليه، لكنها فشلت.

صوت الهاتف هو ما أيقظ سوزان فليتشر من حلمها لاهثة، وأقعدها في السرير تبحث عن السماعة.

"مرحباً؟"

"سوزان، أنا ديفيد، هل أيقظتك؟"

ابتسمت متقلبة: "لقد كنت أحلم بك للتو. هيا تعال لنلهو معاً."

ابتسم: "لا الوقت مظلماً."

أطلقت زفرة: "ممم، إذاً تعال لنلهو. بإمكاننا النوم قبل التوجه شمالاً."

أطلق ديفيد تنهيدة بائسة: "أنا أتصل لهذا السبب، بخصوص رحلتنا. يتوجب علي تأجيلها."

انتفضت سوزان واعية: "ماذا!"

"أنـــا متأســف، يتوجب عليّ مغادرة البلدة. سأعود غداً، أول شيء سنقوم به هو التوجه في الصباح. لا يزال لدينا يومان."

"ولكنني قمت بالحجز،" قالت بأسى. "حجزت غرفتنا القديمة في ستون مانور."

"أعلم، ولكن ــ"

"مــن المفترض أن تكون هذه الليلة مميزة ــ لنحتفل بمرور ستة أشهر. لا تزال تذكر تماماً أننا خاطبان، أليس كذلك؟"

تنهد قائلاً: "سوزان، لا يمكنني الخوض في هذا الآن على الإطلاق، هناك سيارة بانتظاري. سأتصل بك من الطائرة وأشرح كل شيء."

"الطائرة؟ ما الذي يجري؟ لماذا ستقوم الجامعة...؟"

"إنها ليست الجامعة. سأتصل وأشرح لك في ما بعد. يتوجب عليّ المغادرة؛ إنهم يطلبونني. سأتصل بك. أعدك."

"ديفيد،" صاحت. "ماذا ــ"

ولكن فات الأوان، أغلق ديفيد السماعة.

بقيت سوزان فليتشر مستيقظة تنتظر لساعات اتصاله مرة أخرى. لم يرن الهاتف على الإطلاق.

عند الظهيرة، حاولت سوزان الكئيبة نسيان ستون مانور والجبال الدخانية مسترخية بحوض الاستحمام، متسائلة أين يمكن أن يكون؟ ولماذا لم يتصل؟

طال استرخاؤها، حتى تحولت المياه الساخنة إلى باردة، وبينما تحاول الخروج منها رنّ هاتفها اللاسلكي، فاندفعت منتصبة، مبعثرة المياه على الأرض لتمسك بسماعة الهاتف التي تركتها على المغسلة.

"ديفيد؟"

"أنا ستراثمور،"

انكمشت سوزان: "أوه" لم تستطع إخفاء خيبة أملها، "مساء الخير، أيها القائد."

"أكنت تأملين برجل أصغر سناً؟" ضحك بخفوت.

"لا، سيدي،" قالت محرجة. "ليس هذا ــ "

رد ضاحكاً: "من المؤكد أن الأمر كذلك، إن ديفيد بيكر رجل طيب. إياك أن تفقديه."

"شكراً سيدي."

تحول صوته فجأة إلى الجدّية: "سوزان، أنا أتصل لأنني أحتاجك هنا، على الفور."

حاولت التركيز: "إنه يوم السبت سيدي. نحن عادة لا ــ "

قال بهدوء: "أعلم، الأمر طارئ."

كررتها باستغراب. *طارئ؟* لم تسمع هذه الكلمة على الإطلاق من بين شفاه القائد ستراثمور؟ *طارئ؟* في قسم تحليل الشيفرات؟ لم تستطع تخيل ذلك.

"حاضر، حاضر سيدي." صمتت قليلاً، "سأكون هناك بأسرع ما يمكن."

"أسرعي." أغلق ستراثمور الهاتف.

وقفت سوزان فليتشر تلف جسمها بالمنشفة، والماء تقطر من جسمها على الملابس المطوية التي جهّزتها الليلة الماضية ــ بنطلون قصير للمشي، كنزه صوفية للأمسية الجبلية الباردة وملابس نسائية داخلية كانت قد اشترتها لليل. محبطة، ذهبت إلى خزانتها لترتدي بلوزة وتنورة نظيفتين. *أمر طارئ؟ في قسم فك التشفير؟*

وبيــنما تتجه إلى الطابق السفلي، تساءلت سوزان كيف يمكن لهذا اليوم أن يكون أسوأ مما هو عليه.

كانت على وشك أن تعرف.

الـــفـــصـــل 2

علـــى بعـــد ثلاثين ألف قدم فوق محيط هادئ، حدق ديفيد بيكر بائساً من النافذة البيضاوية الصغيرة لطائرة (ليرجيت 60). أخبروه أن الهاتف الذي على متن الطائرة لا يمكن استخدامه، ولم تسنح لـــه الفرصة للاتصال بسوزان.

"مـــا الذي أفعله هنا؟" تمتم متذمراً. ولكن الإجابة كانت بسيطة ـ هناك رجال لا تقول لهم لا أبداً.

"السيد بيكر،" أعلن مكبر الصوت قائلاً: "سنصل خلال نصف ساعة."

أومأ بيكر بكآبة إلى ذلك الصوت الخفي. *رائع*. سحب ستار النافذة محاولاً النوم. لكنه لم يتمكن إلا أن يفكر بها.

الـفـصـل 3

وصلت سوزان بسيارتها الفولفو الخاصة إلى حاجز تحت ظل السياج الشائك الذي يرتفع عشرة أقدام لمبنى سايكلون، حارس شاب وضع يده على سقف السيارة.

"الهوية، من فضلك."

أطاعته وتوقفت من أجل الانتظار المعتاد الذي يدوم نصف دقيقة. مرر الضابط بطاقتها عبر جهاز ماسح محوسَب، ثم نظر إلى الأعلى. "شكراً، آنسة فليتشر." مطلقاً تنهيدة خفيفة، ثم انزلقت البوابة لتنفتح.

إلى الأمام، على بعد نصف ميل أعادت سوزان الإجراء بأكمله أمام سياج كهربائي ضخم أيضاً. *هيا، أيها الفتية... لقد مررت من هنا ملايين المرات فقط.*

وبينما تقترب من نقطة التفتيش الأخيرة، ألقى رجل ممتلئ الجسم، مصحوباً بكلبي مهاجمة وبندقية آلية، نظرةً على لوحة أرقام السيارة ولوّح لها بالدخول. تبعت طريق كانين مسافة 250 ياردة أخرى، ثم انحرفت إلى موقف الموظفين C. *أمر لا يصدق*، فكرت بذلك. *ستة وعشرون ألف موظف وميزانية تبلغ اثني عشر بليون دولار؛ أمر يدفعك للاعتقاد بأنهم يستطيعون تدبر أمرهم خلال عطلة الأسبوع من دوني*. ركنت سيارتها في المكان المخصص لها.

بعد عبور الممر الجميل المنظر والدخول إلى البناء الرئيسي، خضعت لنقطتي تفتيش داخليتين أخريين. وفي النهاية وصلت إلى النفق الخالي من النوافذ الذي يؤدي إلى الجناح الجديد. أعاقت حجرة لفحص الصوت دخولها.

وكالة الأمن القومي (إن إس أي)
مبنى الكريبتو
الموظفون المصرح بدخولهم فقط

نظر الحارس المسلح: "طاب وقتك، آنسة فليتشر."

ابتسمت سوزان بتعب: "أهلاً جون."

"لم أتوقع مجيئك اليوم."

"نعم، ولا أنا." انحنت باتجاه الميكرفون ذي شكل القطع المكافئ. "سوزان فليتشر،" قالت بشكل واضح. وعلى الفور، أثبت الكمبيوتر صحة شدة التردد في

صوتها، وقرقعت البوابة مفتوحة فخطت عبرها.

* * *

أُعجب الحارس بسوزان وقد بدأت بشق طريقها عبر الممر الإسمنتي. لاحظ أن عينيها القويتين البندقيتا اللون بدتا غير حميميتين اليوم، ولكن وجنتيها كانتا مفعمتين بالنشاط والتورّد، وشعرها البني المحمرّ المنسدل على كتفيها بدا مجففاً لتوّه. تفوح منها رائحة خفيفة لعطر بودرة الأطفال جونسون. رمقت عيناه جذعها النحيل – وخرقت قوامها، إلى التنورة البنية الواصلة حتى الركبتين، وأخيراً ساقيها... ساقي سوزان فليتشر.

من الصعب تخيل أنها تحمل مستوى ذكاء يبلغ 170، فكّر في نفسه.

حدّق فيها طويلاً، قبل أن تختفي، هازاً رأسه.

عند وصولها إلى نهاية النفق، اعترض طريقها باب دائري مقنطر. كُتب عليه عبارة بأحرف ضخمة: الكريبتو (قسم تحليل الشيفرات).

متنهدةً، وضعت يدها ضمن علبة الشيفرة الغائرة إلى الداخل، وأدخلت رقم التعريف الشخصي المكون من خمسة أرقام. بعد ثوانٍ عدة، بدأ اللوح المعدني البالغ وزنه اثني عشر طناً بالتحرك. حاولت أن تركّز ولكن أفكارها أعادتها إليه.

ديفيد بيكر. الرجل الوحيد الذي أحبته في حياتها. الأستاذ الدكتور الأصغر سناً في جامعة جورج تاون، واختصاصي اللغات الأجنبية اللامع، هو في الواقع من المشاهير في العالم الأكاديمي. وُلد مصحوباً بذاكرة حديدية وشغف باللغات، فبرع في ست لغات آسيوية بالإضافة إلى الإسبانية والفرنسية والإيطالية. كما أن محاضراته عن الأتيمولوجيا[1] واللغويات كانت غنية، وهو الذي يبقى حتى وقت متأخر ليجيب عن وابل الأسئلة. يتحدث بطلاقة وحماسة، ما جعله يبدو غير منتبه لنظرات الإعجاب من تلاميذه المصعوقين بنجوميته.

كان بيكر أسمر اللون – قوي الملامح، فتياً، يبلغ من العمر الخامسة والثلاثين، ذا عينين خضراوين حادتين وذكاء في المنافسة. كما أن فكه القوي وملامحه المرتبة ذكرتا سوزان بالرخام المنقوش. بطول يفوق الستة أقدام (183 سم)، كان بيكر الأسرع في ميدان لعبة الإسكواش من زملائه. وبعد أن يهزم خصمه بعنف، يهدئ نفسه بتغطيس رأسه في الماء ونقع خُصل شعره الأسود الكثيف. وبعدها، وبينما لا يزال يقطر ماءً، يقوم بتقديم شراب الفواكه والخبز لخصمه.

---

(1) الأتيمولوجيا: علم أصول الكلمات وتاريخها

وكما هو حال أساتذة الجامعة الشباب جميعهم، فإن مرتب ديفيد من الجامعة كان متواضعاً. ومن وقت إلى آخر، عندما يحتاج إلى تجديد عضوية نادي الإسكواش، أو وضع خيوط جديدة لمضربه الدانلوب القديم، كان يكسب مالاً إضافياً من خلال القيام بأعمال ترجمة للوكالات الحكومية خارج واشنطن وضمنها. وخلال إحدى هذه الأعمال التقى بسوزان.

كان صباحاً منعشاً في عطلة فصل الخريف عندما عاد بيكر من الجري الصباحي إلى شقته الجامعية المؤلفة من ثلاثة غرف ليجد آلة الرد الهاتفي تومض. شرب ربع كأس من عصير البرتقال وهو يستمع إلى الرسالة التي كانت كالعديد من الرسائل التي تلقاها – وكالة حكومية تطلب خدمات ترجمة لبضع ساعات في ذلك الصباح. الأمر الوحيد الغريب هو أن بيكر لم يسمع أبداً بتلك المؤسسة.

"تدعى وكالة الأمن القومي،" قال بيكر، وهو يتصل ببعض زملائه ليعرف بعض المعلومات عنها.

الإجابة كانت دائماً نفسها: "تقصد *مجلس* الأمن القومي؟"

تفحص بيكر الرسالة: "لا، قالوا: *وكالة*. (إن إس أي)"

"لم أسمع بها."

تفحص بيكر دليل مكتب الإحصاء العام، ولم يلاحظ وجود أي إدراج لتلك الوكالة. محتاراً، اتصل بيكر بأحد أصدقائه القدامى في الإسكواش، محلل سياسي سابق تحول إلى العمل كموظف أبحاث في مكتبة الكونغرس. كان ديفيد مذهولاً بتوضيحات صديقه.

على ما يبدو، لم تكن (إن إس أي) موجودة فحسب، بل إنها تعتبر واحدةً من أكثر المؤسسات الحكومية نفوذاً في العالم. كانت تقوم بجمع البيانات الاستخبارية الإلكترونية العالمية وتحمي المعلومات السرية للولايات المتحدة لأكثر من نصف قرن. ثلاثة بالمئة فقط من الأمريكيين يعلمون بوجودها.

"(إن إس أي)" قال صديقه مازحاً: "هي اختصار لـ 'لا مثيل لهذه الوكالة No Such Agency'"

وبمزيج من الخوف والفضول، قبل بيكر عرض الوكالة الغامضة. قاد سيارته سبعة وثلاثين ميلاً إلى مركزهم الرئيسي الممتد على مساحة ستة وثمانين أكراً (350 ألف متر مربع)، المخبأ بسرية تامة في التلال المشجرة لمدينة فورت ميد، ميريلاند. بعد المرور على عدد لانهائي من الفحوصات الأمنية ومنحه إذناً خطياً بالمرور لزائر

لمـــدة ســـت ساعات، تمت مرافقته إلى بناء مترف للأبحاث حيث أخبروه أنه سيقضي فـــترة ما بعد الظهر لتقديم 'دعم أعمى' لقسم الكريبتو ــ مجموعة منتخبة من العقول الرياضية تعرف باسم 'إختصاصيو التشفير'.

خلال الساعة الأولى بدا أن إختصاصيي التشفير هؤلاء غافلون عن وجود بيكر بيـــنهم. كـــانوا يجـــتمعون حول طاولة ضخمة ويتحدثون بلغة لم يسمع بها بيكر على الإطـــلاق. تحدثـــوا عـــن الشـــيفرات المتواصلة، مولدات الشيفرات ذاتية التخريب، المـــتحولات العشـــوائية، برتوكولات الرقم صفر، والنقاط الأحادية. راقب بيكر تائهاً. خربشوا رموزاً في ورقة بيانية ونظروا بتمعن إلى ورق مطبوع من جهاز الكمبيوتر، وأشاروا بشكل مستمر إلى خليط النص المعروض على جهاز الإسقاط في الأعلى.

JHDJA3JKHDHMADO/ERTWTJLW+JGJ328
5JHALSFNHKHHHFAFOHHDFGAF/FJ37WE
OHI93450S9DJFD2H/HHRTYFHLF89303
95JSPJF2J0890IHJ98YHFI080EWRT03
JOJR845H0ROQ+JT0EU4TQEFQE//OUJW
08UY0IH0934JTPWFIAJER09QU4JR9GU
IVJP$DUW4H95PE8RTUGVJW3P4E/IKKC
MFFUERHFGV0Q394IKJRMG+UNHVS90ER
IRK/0956Y7UOPOIKIOJP9F8760QWERQI

في النهاية شرح أحدهم ما كان بيكر قد توقعه، النص المكتوب هو شيفرة ــ "نص مشـــفّر" ــ مجموعـــة مـــن الأرقـــام والأحـــرف التي تمثل كلمات مشفّرة. كانت مهمة اختصاصـــيي التشـــفير هو دراسة الشيفرة واستخلاص الرسالة الأصلية منها أو "النص الواضـــح". كانـــت (إن إس أي) NSA قد اتصلت ببيكر لاشتباههم بأن الرسالة الأصلية كُتبـــت باللغـــة الرســـمية الصـــينية (الماندارين)؛ كان عليه ترجمة الرموز بينما يقوم اختصاصيو التشفير بحل الشيفرة.

لمـــدة ساعتين، قام بيكر بتفسير سيل لانهائي من الرموز الصينية. ولكن في كل مرة قام بإعطائهم الترجمة، كان الاختصاصيون يهزّون رؤوسهم بيأس. على ما يبدو، أن الشـــيفرة لـــم تكـــن مفهومة. وبتلهف للمساعدة، أوضح بيكر أن الرموز كلها التي أظهـــروها لـــــه تمتلك صفة مشتركة ــ كانت جزءاً من لغة الكانجي[1]. على الفور،

(1) كانجي: نظام كتابة للغة اليابانية.

تحول شغب الغرفة إلى الصمت. التفت الرجل المسؤول، وهو رجل نحيل يدخن بشكل مستمر يدعى مورانت، إلى بيكر بدهشة.

"تقصد بأن لهذه الرموز معان متعددة؟"

أومـــأ بـــيكر، وشرح بأن كانجي هو نظام كتابة للغة اليابانية يعتمد على رموز صينية مُعدّلة، وأنه قام بتقديم ترجمة صينية لأنه هذا ما طُلب منه.

"يا إلهي،" قال مورانت وهو يسعل، "دعونا نجرب الكانجي."

مثل السحر، ترتّب كل شيء في مكانه.

كـــان اختصاصيو التشفير متأثرين كما هو متوقع، ورغم ذلك، تركوا بيكر يعمل علـــى ترجمة رموز غير مرتبة. "من أجل سلامتك." قال مورانت. "بهذه الطريقة، لن تعلم ما الذي تترجمه."

ضحك بيكر، ثم لاحظ عدم وجود أي شخص غيره يضحك.

عـــندما انتهى من تحليل الشيفرة أخيراً، لم يكن بيكر يعلم ما هي الأسرار الغامضة التـــي ساعد باكتشافها، ولكنه كان متأكداً من شيء واحد ــ (إن إس أي) تأخذ أمر تحليل الشـــيفرة علـــى محمل الجد؛ كما أن الشيك في جيب بيكر كان أكثر من راتبه الجامعي لشهر كامل.

في طريق عودته إلى الخارج عبر سلسلة نقاط التفتيش الأمنية في الممر الرئيسي، اعـــترض خروج بيكر حارس يقوم بإغلاق سماعة الهاتف. "السيد بيكر، انتظر هنا، من فضلك."

"مـــا المشكلة؟" لم يتوقع بيكر أن يستغرق اللقاء وقتاً طويلاً، فقد كان على عجلة من أمره لحضور مباراة الإسكواش الجارية بعد ظهيرة يوم السبت.

هز الحارس كتفيه: "رئيس قسم الكريبتو يريد الحديث معك. هي في طريقها إليك الآن."

"هي؟" ضحك بيكر. عليه الآن رؤية امرأة داخل (إن إس أي).

"هل يسبب لك ذلك مشكلة؟" سأله صوت امرأة من خلفه.

التفت بيكر وعلى الفور شعر بوجهه يحمر خجلاً. نظر إلى بطاقة الهوية المعلقة علـــى بلـــوزة المرأة. رئيس قسم الكريبتو في (إن إس أي) لم يكن امرأة وحسب، بل امرأة جميلة أيضاً.

"لا،" تلعثم بيكر. "كنت فقط..."

"سوزان فليتشر." ابتسمت المرأة مادة يدها النحيلة.

صافحها بيكر، "ديفيد بيكر."

"تهانيـــنا، سيد بيكر. سمعت أنك قمت بعمل رائع اليوم. أيمكن لي الحديث معك حول ذلك؟"

تــردد بــيكر. "فــي الواقع، إنني في عجلة من أمري الآن." تمنى لو أن رفض الحديــث مــع القــوة الاستخبارية الكبرى في العالم لم يكن عملاً غبياً، ولكن مباراة الإسكواش ستبدأ في غضون خمس وأربعين دقيقة، ويتوجب عليه الحفاظ على سمعته حول ذلك: ديفيد بيكر لا يتأخر عن مباراة الإسكواش على الإطلاق... ربما يتأخر عن الدرس، ولكن ليس عن الإسكواش *أبداً*.

"سأكون موجزة." ابتسمت سوزان فليتشر، "من هنا، لو سمحت."

بعد عشر دقائق، كان بيكر في المطعم الصغير الخاص بـ (إن إس أي) يستمتع بالفطــيرة وعصير التوت مع الرئيسة الفاتنة لقسم الكريبتو في (إن إس أي)، سوزان فليتشــر. وبســرعة، اتضــح لديفيد أن المنصب الرفيع الذي احتله عمر يبلغ الثامنة والثلاثيــن لــم يكن مجرد حظ ــ فصاحبته من أذكى النساء اللواتي قابلهن في حياته. فبينما يتحدثان عن الشيفرات وتحليلها، وجد بيكر نفسه يناضل من أجل التواصل معها ــ تجربة جديدة ومثيرة له.

بعد ساعة، كان من الواضح أن بيكر قد فوت مباراة الإسكواش والأكثر من ذلك هو أن سوزان تجاهلت ثلاث مكالمات وردت على جهاز الاتصالات الداخلي، وهكذا فكلاهمــا كــان عليه أن يضحك. هكذا كانا، عقلان تحليليان بارعان، بعيدان كل البعد عن الفتنة الطائشة ــ ولكن، بطريقة ما، بينما يجلسان هناك يتناقشان حول الاستعارات اللغوية وتوليد الأرقام العشوائي الكاذب، شعرا وكأنهما زوج من المراهقين ــ كان كل شيء متفجراً بالعواطف.

لم تعرف سوزان على الإطلاق السبب الحقيقي الذي دفعها إلى الحديث مع ديفيد بيكر ــ لتعرض عليه وظيفة تجريبية في قسم فك الشيفرات الآسيوية. كان واضحاً من خــلال الشغف الذي تحدّث به الأستاذ الشاب حول التدريس أنه لن يترك الجامعة على الإطلاق، لذلك لم ترغب سوزان في إفساد الجو من خلال الحديث عن العمل. شعرت وكأنها طالبة مدرسة من جديد؛ ولا شيء سيفسد ذلك. ولم يقم أي شيء بإفساده.

كانــت علاقــة حبهما بطيئة وعاطفية ــ لقاءات سريعة هاربة كلما سمح جدول أعمالهمــا بذلــك، ســير طويــل فــي حرم جامعة جورج تاون، دعوات إلى شرب الكابوتشينو مساءً في ميرلوتي، محاضرات وحفلات من حين إلى آخر. وجدت سوزان

نفســـها تضحك أكثر مما تخيلت أن بإمكانها ذلك. بدا أن بإمكان ديفيد تحويل كل شيء إلى مزحة، وكان ذلك استراحة مُرحّباً بها من ضغط عملها في (إن إس أي).

بعد ظهر أحد أيام الخريف المنعشة، جلسا على المدرج يشاهدان مباراة كرة قدم لفريق جورج تاون يُهزم من قبل فريق روتجيرز.

"ما هي الرياضة التي قلت إنك تلعبها؟" قالت سوزان بسخرية، "نبتة القرع؟"

همهم بيكر ساخراً: "إنها تدعى الإسكواش[1]."

نظرت إليه نظرة غبية.

"إنها تشبه القرع،" شرح لها: "ولكنِ الملعب أصغر."

دفعته سوزان.

أرســـل الجـــناح الأيسر لفريق جورج تاون رمية جانبية اتجهت خارج الملعب فانطلق صياح بائس من الحشد. أسرع الدفاع عائدين إلى منطقة الخصم.

"ماذا عنكِ؟" سأل بيكر. "أتلعبين أي نوع من الرياضة؟"

"أملك الحزام الأسود في ستيرماستر[2]."

انكمش بيكر: "أفضّل أنواع الرياضة التي يمكن الفوز بها."

ابتسمت سوزان: "كلانا يمكنه القيام بأكثر مما هو متوقع، أليس كذلك؟"

اعترض نجم دفاع فريق جورج تاون إحدى التمريرات، فساد ابتهاج مشترك في المدرج. انحنت سوزان وهمست في أذن ديفيد: "دكتور."

التفت إليها ونظر تائهاً.

"دكتور،" أعادت قولها: "الفظ أول شيء يخطر في ذهنك."

نظر بيكر إليها بتردد. "تقصدين ترابط الكلمات؟"

"إنه إجراء قياسي في (إن إس أي). أريد أن أعرف الشخص الذي أنا بصحبته." نظرت إليه بتجهم. "دكتور."

هز كتفيه مستهجناً: "الدكتور سوس[3]."

عبست سوزان: "حسناً، لنجرب هذه... 'مطبخ'."

لم يتردد: "غرفة النوم."

---

(1) الإسكواش: بالإنكليزية تحمل معنى آخر غير اللعبة هو نبتة القرع.

(2) StairMaster: علامة مسجلة لأجهزة تمارين رياضية

(3) الدكتور سوس: كاتب أمريكي.

قوست سوزان حاجبيها بخجل: "حسناً، ماذا عن هذه... 'قطة'."

أجاب بيكر بسرعة: "وتر."

"وتر؟"

"نعم، وتر للمضرب. خيط مضرب الإسكواش."

"هذا رائع." همهمت بسخرية.

"تحليلك لهذا؟" سأل بيكر.

فكرت سوزان لدقيقة: "أنت شخص صبياني، مدمن للإسكواش وعديم النفع جنسياً."

هز كتفيه مستهجناً: "يبدو ذلك صحيحاً."

بقي الأمر على هذه الحال مدة أسابيع. عند تناول الحلوى في المطعم طوال الليل، يقوم بيكر بتقديم عدد لانهائي من الأسئلة.

أين تعلّمت الرياضيات؟

كيف وصلت إلى (إن إس أي)؟

كيف أصبحت شديدة الجمال؟

احمر وجه سوزان خجلاً، واعترفت بأنها عانت من تأخر البلوغ. كانت هزيلة وخرقاء مع تقويم لأسنانها وهي في نهاية مراهقتها، وقالت إن عمتها كلارا قالت لها مرة إن الله قد عوضها عن قبحها بإعطائها الذكاء.

أوضحت سوزان أن اهتمامها بعلم التشفير قد بدأ في أوائل المدرسة الثانوية. فقد قام رئيس نادي الكمبيوتر، وهو طالب متفوق في الصف الثامن يدعى فرانك غتمان، بطباعة قصيدة حب لها وتشفيرها باستعمال نظام استبدال رقمي. توسلت سوزان لتعرف ما الذي تقوله القصيدة، ولكن فرانك رفض بصورة جذابة. أخذت سوزان الشيفرة إلى المنزل وبقيت مستيقظة طوال الليل بصحبة مشعل كهربائي أسفل الغطاء إلى أن تمكنت من معرفة السر ــ كل رقم يمثل حرفاً. قامت بحل الشيفرة بعناية وراقبت متعجبةً كيف الأرقام العشوائية ظاهرياً تتحول بشكل ساحر إلى قصيدة شعرية جميلة. في تلك اللحظة، علمت أنها وقعت في الحب ــ الشيفرات وعلمها سيصبحان حياتها.

بعد عشرين سنة تقريباً، وبعد الحصول على شهادة الماجستير في الرياضيات من جامعة جونز هوبكنز ودراسة نظرية الأرقام في دورة دراسية كاملة في (إم آي تي)[1]، قدمت أطروحتها لنيل شهادة الدكتوراه: *طرائق تحليل الشيفرة، والبروتوكولات*

(1) (إم آي تي): معهد ماساتشوستس للتكنولوجيا.

والخوارزميات التشفيرية من أجل التطبيقات اليدوية. وعلى ما يبدو أن أستاذها لم يكن هو وحده من قرأها؛ فبعد ذلك بفترة قصيرة، تلقت سوزان مكالمة هاتفية وبطاقة طيران من (إن إس أي).

جميع من يعمل في مجال التشفير يعلم بأمر (إن إس أي): إنها موطن أفضل عقول التشفير في هذا الكوكب. في كل ربيع، عندما تنقض مؤسسات القطاع الخاص على العقول الجديدة الأكثر ذكاءً في المجال وتعرض رواتب باهظة وفرصاً في الأسهم، تراقب (إن إس أي) بحذر وتختار أهدافها ومن ثم تتقدم ببساطة وتضاعف أفضل عرض مقدم. كل ما تريده (إن إس أي)، تقوم بشرائه. وبمزيج من الرجفة والتطلع، حلقت سوزان إلى مطار دوليس العالمي في واشنطن حيث التقت بسائق تابع لـ (إن إس أي) أسرع بها إلى فورت ميد.

كان هناك واحد وأربعون شخصاً آخر قد تلقوا المكالمة الهاتفية نفسها في ذلك العام. وبعمر بلغ الثامنة والعشرين، كانت سوزان هي الأصغر سنّاً، والأنثى الوحيدة أيضاً. تبين أن الزيارة كانت لغرض العلاقات العامة ولوابل من الاختبارات الاستخبارية أكثر من كونها لقاءً للحصول على المعلومات. وفي الأسبوع التالي، تمت دعوة سوزان وستة آخرين مرة ثانية.

رغم التردد، عادت سوزان. تمّ فصل المجموعة على الفور. خضعوا إلى اختبارات فردية لكشف الكذب، وفحوصات عن خلفياتهم الاجتماعية وتحاليل لخط اليد وساعات كثيرة من اللقاءات بما فيها اختبارات مسجلة عن توجهاتهم وممارساتهم الجنسية. عندما سُئِلت سوزان من قبل المسؤول عن احتمال ممارستها لأي علاقة جنسية مع الحيوانات، كانت على وشك أن ترحل، ولكن الغموض ساعد في إبقائها بطريقة ما ــ إمكانية العمل في المراحل المتقدمة لنظرية التشفير والدخول في 'قصر الأحجية'[1]، وأن تصبح عضواً في النادي الأكثر سرية في العالم ــ وكالة الأمن القومي.

جلس بيكر مأسوراً بقصصها: "هل سألوك فعلاً فيمَ إذا كنت قد أقمت علاقة جنسية مع الحيوانات؟"

هزت كتفيها لا مبالية: "جزء من اختبار الخلفية الاجتماعية المعتاد."

"حسناً..." قال بيكر وهو يقاوم الضحكة. "ماذا قلت؟"

---

(1) قصر الأحجية: المكان الذي يتم فيه إصدار القرارات السرية.

رفسته من أسفل الطاولة. "قلت له لا!" ثم أضافت: "حتى الليلة الماضية، كان ذلك صحيحاً."

في عيني سوزان، كان ديفيد قريباً من الكمال بأقصى ما يمكنها تخيله. ولكن لديه عادة سيّئة وحيدة فقط؛ في كل مرة يخرجان معاً، يصر على دفع الفاتورة. كرهت سوزان أن تراه ينفق راتب يوم كامل لعشاء من أجل شخصين، ولكن بيكر كان ثابت الرأي. تعلمت سوزان ألا تحتج، ولكن ذلك الأمر لا يزال يضايقها. *أكسب مالاً يفوق ما يمكنني فعله به*، فكرت بذلك. *يجب أن أدفع أنا.*

على الرغم من ذلك، قررت سوزان أنه بغض النظر عن معنى ديفيد القديم للشهامة، فقد كان مثالياً. كان عطوفاً، ذكياً، مضحكاً، والأفضل من ذلك، لديه اهتمام صادق بعملها. كان ديفيد فضولياً دائماً سواء أكان ذلك خلال الرحلات إلى معهد سميثونيان[1] أم خلال رحلات ركوب الدراجات أم طبخ المعكرونة في مطبخ سوزان. وكانت سوزان تجيب على الأسئلة التي بإمكانها إجابتها وتقدم إليه نظرة شاملة وعامة حول وكالة الأمن القومي، حتى أُسر بما سمعه.

أنشئت الوكالة NSA من قبل الرئيس ترومان في الساعة 12:01 صباحاً بتاريخ 4 تشرين الثاني/نوفمبر 1952، وكانت الوكالة الأمنية الأكثر سرية في العالم لخمسين سنة تقريباً. حدد نظامها الداخلي، والمؤلف من سبع صفحات، أهدافاً موجزة لها: حماية اتصالات حكومة الولايات المتحدة واعتراض اتصالات السلطات الأجنبية.

كان سطح بناء عمليات (إن إس أي) الرئيسي مكسواً بأكثر من خمسمئة هوائي بما فيها اثنان ضخمان من الرادوم[2] يشبهان كرتي غولف كبيرتين. والبناء بحد ذاته كان ضخماً جداً ـ أكثر من مليوني قدم مربعة (180 ألف متر مربع)، ضعفا حجم المركز الرئيسي لـ (سي آي أي) C.I.A. بداخله، يوجد أكثر من ثمانية مليون قدم (2400000 متر) لأسلاك الهاتف وثمانية آلاف قدم مربعة (7200 متر مربع) لنوافذ مقفلة دائماً.

قامت سوزان بإخبار ديفيد عن كومينت COMINT، قسم الاستطلاع العالمي الخاص بالوكالة ـ المجموعة الساحقة لمراكز التنصت، الأقمار الصناعية، التجسس، والاعتراض السري لأسلاك الهاتف حول العالم. الآلاف من البلاغات الرسمية

---

(1) معهد سميثونيان: منظمة أمريكية متخصصة بالأبحاث والتعليم

(2) الرادوم: قبة لدائنية يحفظ فيها هوائي الرادار.

والحــوارات يتم اعتراضها كل يوم، وجميعها ترسل إلى محللي (إن أس أي) من أجل فــك تشــفيرها. تعــتمد وكالـــة (إف بي آي) F.B.I و(سي آي أي) C.I.A ومستشارو السياسة الخارجية للولايات المتحدة جميعهم على دائرة استخبارات (إن إس أي) لصنع قراراتهم.

كان بيكر مفتوناً بذلك: "و تحليل الشيفرات؟ ما هو دورك؟"

شرحت سوزان كيف أن الإرساليات المعترضة يكون منشأها عادة من حكومات خطــرة وأحــزاب معاديـــة، وجماعات إرهابية، التي يتواجد العديد منها داخل حدود الولايـــات المــتحدة. تكون اتصالاتهم عادة مشفرة من أجل السرية في حال وقعت في النهاية في المكان الخطأ ـــ الأمر الذي يحدث عادة، والفضل يعود إلى كومينت. قامت سوزان بإخبار ديفيد أن عملها هو دراسة هذه الشيفرات، تحليلها باليد وتزويد (إن إس أي) بالرسائل المحللة. هذا لم يكن بكامله صحيحاً.

شــعرت سوزان بوخزة من الذنب لكذبها على محبوبها الجديد، ولكن ليس لديها خـــيار آخر. منذ سنوات عدة مضت، كان هذا صحيحاً ولكن الأحوال تغيرت في (إن إس أي). عـــالم تحليل الشيفرات تغيّر بأكمله. كانت مسؤوليات سوزان الجديدة سرية، حتى بالنسبة إلى أعلى الدرجات سلطة.

"الشــيفرات،" قـــال بـــيكر مندهشاً. "كيف تعلمين من أين تبدئين؟ أقصد... كيف تقومين بتحليلها.

ابتســـمت ســـوزان. "أنت دوناً عن الناس كلها يجب أن تعرف. إنها تشبه دراسة اللغـــة الأجنبـــية. في البداية، النص يكون كلاماً غير مفهوم، ولكن عندما تعلم القواعد الموضحة لبنيته، يمكنك البدء باستخراج المعنى."

أومأ بيكر متأثراً، أراد أن يعرف المزيد.

باســـتخدام مـــناديل المـــائدة وأوراق برامج الحفلة في ميرلوتي كسبورة، بدأت سوزان بإعطاء معلمها الساحر الجديد مقرراً صغيراً حول تحليل الشيفرات. بدأت من علبة التشفير 'ذات المربع الكامل'[1] ليوليوس قيصر.

شـــرحت لـــــه أن قيصر هو أول من كتب شيفرة في التاريخ. عندما بدأ رسله المسافرون سيراً على الأقدام بالتعرض إلى الكمائن ما أدى إلى سرقة بلاغاته السرية، فاختـــترع طـــريقة أولية لتحويل أوامره إلى شيفرات. أعاد ترتيب نص الرسائل بحيث

---

(1) المربع الكامل: نوع من الأرقام، أي رقم منطقي (صحيح) يساوي مربع رقم منطقي آخر

يبدو التراسل غير مفهوم. بالطبع، لم يكن كذلك. فكل رسالة كانت دائماً تتألف من عدد من الأحرف يساوي مربعاً كاملاً ـ ستة عشر، خمس وعشرين، مئة ـ معتمداً على ما يحتاج قيصر إلى أن يقوله. أعلم بسريةٍ ضباطه أنه في حال وصول رسالة غير مفهومة، يجب عليهم نقل النص إلى لوح تربيعي. عند قيامهم بذلك وقراءة الرسالة من الأعلى إلى الأسفل ستظهر الرسالة السرية كالسحر.

على مر الزمن، تبنى الآخرون فكرة قيصر في إعادة ترتيب الرسالة وتم تعديلها لتصبح أكثر صعوبة في الفك. ذروة التشفير من دون الاعتماد على الكمبيوتر كانت خلال الحرب العالمية الثانية. فقد قام النازيون بصنع آلة فظيعة للتشفير تدعى إينغما (اللغز). كان الجهاز يشبه آلة كاتبة من الطراز القديم مزود بجزء نحاسي دوار متداخل يدور بطرق معقدة ليمزج النص الواضح محولاً إياه إلى ترتيب مختلط لمجموعات رمزية تبدو غير مفهومة. وبامتلاك إينغما أخرى فقط، مبرمجة بالطريقة نفسها تماماً، يستطيع المتلقي تحليل الشيفرة.

استمتع بيكر مأسوراً بالكامل فقد أصبح المعلم هو الطالب.

في إحدى الليالي، خلال عرض جامعي لـ'كسّارة الجوز'، أعطت سوزان ديفيد الشيفرة الرئيسية الأولى ليقوم بتحليلها. خلال فترة الاستراحة بأكملها، جلس حاملاً قلماً في يده ومحتاراً بأمر الرسالة المؤلفة من أحد عشر حرفاً:

HL FKZC VD LDS

في النهاية، حين أطفئت الأنوار لعرض النصف الثاني، تمكن من حلها. لتشفير الرسالة، قامت سوزان ببساطة بإبدال كل حرف من رسالتها بالحرف الذي يسبقه في الترتيب الهجائي. ولتحليل تلك الشيفرة، كان كل ما على بيكر القيام به هو تقديم كل حرف محلاً واحداً إلى الأمام في الترتيب الهجائي ـ 'أ' يصبح 'ب' و 'ب' تصبح 'ت' وهكذا. وبسرعة قام بتحويل الأحرف المتبقية. لم يتخيل على الإطلاق أن أربع مقاطع صغيرة ستجعله سعيداً جداً:

IM GLAD WE MET أنا مسرورة لأننا التقينا

وبسرعة، قام بكتابة إجابته وسلمها إليها:

LD SNN

(ME TOO) أنا أيضاً

قرأتها سوزان وابتسمت بابتهاج.

ضحك بيكر من كونه قد بلغ الخامسة والثلاثين وقلبه ما زال يخفق فرحاً. لم ينجذب هكذا إلى امرأة في حياته على الإطلاق. إن ملامحها الأوروبية الناعمة وعينيها البنيتين الحنونتين تذكره بإعلان لـ "إيستي لودر" (Estee Lauder). فلو كان جسم سوزان هزيلاً وأخرق في شبابها، فهو لم يعد كذلك الآن بالتأكيد. ففي فترة ما خلال حياتها، اكتسبت رشاقة جميلة ـ نحيلة وطويلة، وصدراً كبيراً مكتنزاً وبطناً ممهداً بشكل رائع. كان ديفيد عادة يمزح بقوله إنها كانت أول نموذج لبذلة سباحة رآها في حياته وحاصلة على الدكتوراه في الرياضيات التطبيقية ونظرية الأرقام. مع مرور الأشهر، بدأ كلاهما يعتقد أنه وجد شيئاً يمكنه أن يبقى طوال الحياة.

كانا قد أمضيا سوياً سنتين عندما، ومن دون توقع، طلب ديفيد يدها للزواج. كان ذلك في رحلة نهاية الأسبوع إلى الجبال الدخانية. كانا ممددين على سرير كبير بناموسية في ستون مانور. لم يكن يحمل خاتماً ـ قال ذلك بعفوية. وهذا ما أحبت فيه ـ كان عفوياً جداً، قبلته طويلاً وبشدة. ضمها بين ذراعيه إلى أن ذابا من حرارة الحب.

وأخيراً قال لها: "سأعتبر ذلك قبولاً".

مضى على تلك الأمسية الساحرة ستة أشهر ـ قبل الترقية غير المتوقعة لديفيد ليصبح رئيس قسم اللغات الحديثة. أصبحت علاقتهما في انزلاق متدهور منذ ذلك الحين.

الـفـصـل 4

أطلـق باب الكريبتو طنيناً فأيقظ سوزان من حلم اليقظة الكئيب، إذ دار ثلاثمئة وستون درجة كاملة ليُفتح بالكامل، وسيُغلق في غضون خمس ثوان، جمعت سوزان خلالها أفكارها، عابرة الفتحة. سجل الكمبيوتر ملاحظة عند دخولها.

رغم أنها عاشت عملياً في قسم الكريبتو منذ اكتماله قبل ثلاث سنوات، فإن منظره لا يزال يدهشها. الغرفة الرئيسية عبارة عن حجرة دائرية ضخمة ترتفع خمسة طوابق. سقفها الشفاف المقبب يعلو مسافة 120 قدماً (36 م) عند قمته المركزية. كانت القبة المصنوعة من البليكسي غلاس[1] محاطة بشبكة من المطاط الصناعي ـ شبكة حماية قادرة على مقاومة انفجار يبلغ اثنا ميغا طن. تقوم الشبكة بتصفية ضوء الشمس فتحوله إلى أعمال زخرفية رائعة على الجدران. أجزاء صغيرة من الغبار تطايرت إلى الأعلى آخذةً أشكالاً لولبية وعشوائية كبيرة ـ إنها أسيرة نظام إزالة التشريد القوي للقبة.

جوانب الغرفة المائلة بشكل واسع في القمة، تصبح عامودية تقريباً وهي تقترب من مستوى النظر. ثم تصبح شفافة مصقولة وتتدرج إلى السواد المعتم عندما تصل إلى الأرضية ـ التي هي امتداد مضيء لآجر أسود ملمّع يومض بلمعان غريب، مانحة بذلك إحساساً مثيراً بأن الأرضية شفافة. جليد أسود.

مندفعة من مركز الأرضية كرأس طوربيد كبير كانت الآلة التي بنيت القبة من أجلها. يتقوس محيطها الأسود المصقول مسافة ثلاث وعشرين قدماً (7 م) في الهواء قبل أن تُقتحم مرة أخرى في الأرضية بالأسفل. منحنية ومصقولة، كانت تشبه حوتاً قاتلاً ضخماً قد تجمد عند منتصف وثبه في البحر المتجمد.

كانت هذه ترانسلتر TRANSLTR، القطعة الحاسوبية الوحيدة الأغلى ثمناً في العالم ـ هي آلة أقسمت من أجلها (إن إس أي) بأنها غير موجودة.

وكالجبل الجليدي، تُخفي الآلة حوالى 90 بالمئة من حجمها وقوتها أسفل السطح. كما حُجز سرها في غطاء خزفي ينخفض مسافة ستة طوابق إلى الأسفل ـ غطاء يشبه الصاروخ محاطٌ بمتاهة ملتفة من الممرات والأسلاك وعادم يطلق هسيساً ينبعث من نظام التبريد الفريوني. كما تئن مولدات الطاقة في الأسفل بصوت همهمة مستمر

---

(1) البليكسي غلاس: بلاستيك شفاف قاسي يمكن استخدامه كبديل عن الزجاج.

منخفض التردد يمنح الصوتيات في قسم الكريبتو طبيعة شبحية مميتة.

كـان الترانسلتر، مثل جميع التطورات التكنولوجية العظيمة، وليد الحاجة. خلال الثمانيـنات، شـهدت (إن إس أي) ثـورة فـي الاتصـالات البعيدة التي ستغير عالم الاستطلاع الاستخباري إلى الأبد ـ أصبح الدخول إلى الإنترنت أمراً شعبياً. وبتحديد أكثر، بروز تقنية البريد الالكتروني.

كـان المجرمون والإرهابيون والجواسيس قد تعبوا من التجسس على مكالماتهم الهاتفـية فقـاموا علـى الفور باستخدام هذه الوسيلة الجديدة للاتصال العالمي. تمتاز الرسـائل الالكترونية بسرية البريد التقليدي وبسرعة الهاتف. فبما أن الانتقال يتم عبر ألـياف بصرية تحت الأرض ولا يتم على الإطلاق عبر موجات هوائية، فإنها مضادة للاختراق بشكل كامل ـ على الأقل كان هذا هو الإدراك السائد.

فـي الواقع، إن اعتراض الرسالة الالكترونية وهي تنطلق بسرعة عبر الإنترنت كانـت مـن أسهل الأمور على المسؤولين التقنيين في (إن إس أي). لم تكن الإنترنت مفاجأة الكمبيوتر المنزلي كما ظنها الكثيرون. فقد تم إنشاؤها من قبل وزارة الدفاع قبل ثلاثـة عقـود ـ شـبكة ضـخمة من أجهزة الكمبيوترات المصممة لتأمين اتصالات حكومـية سـرية في حال حدوث حرب نووية. كانت عيون (إن إس أي) وآذانها من محترفـي الإنترنت القدامى. وقد اكتشف الأشخاص الذين يقومون بأعمال غير شرعية عـبر الرسـائل الالكترونية بسرعة أن أسرارهم لم تكن بالسرية التي اعتقدوها. حيث اسـتمتعت (إف بي آي) و (دي إي أي) و (آي آر أس) ووكالات مسؤولة عن فرض القـانون فـي الولايات المتحدة ـ بمساعدة طاقم من المخترقين الماكرين في (إن إس أي) ـ بموجة كبيرة من الاعتقالات والإدانات.

وبالطـبع، عـندما اكتشـف مستخدمو الكمبيوتر في العالم أن حكومة الولايات المتحدة قد استطاعت الدخول إلى رسائلهم البريدية، انطلقت موجة من الغضب الشديد. حتى الأصدقاء الذين يستخدمون البريد الالكتروني من أجل التسلية فقط وجدوا أن عدم السـرية أمر مزعج. حول العالم، بدأ المبرمجون المجازفون بالعمل على إيجاد طريقة لإبقاء البريد الإلكتروني أكثر سرية، فاستطاعوا بسرعة إيجاد واحدة، فولد بذلك مفتاح التشفير الشخصي.

إن مفـتاح التشـفير الشخصـي كان فكرة بسيطة بقدر ما هي ذكية. يتألف من برنامج سهل الاستخدام في كمبيوتر شخصي يقوم بمزج الرسائل الالكترونية الشخصية بطريقة تصبح فيها غير مقروءة على الإطلاق. حيث أصبح بإمكان المستخدم أن يكتب

الرسـالة ثـم يطـبق عليها برنامج التشفير، فيظهر النص عند الجهة الأخرى وكأنه خربشة عشوائية ــ غير مقروء على الإطلاق ــ شيفرة. وأي شخص يقوم باعتراض الإرسال يجد معان خاطئة غير مقروءة على الشاشة.

الطريقة الوحيدة لقراءة الرسالة هي إدخال ’مفتاح المرور‘ الخاص بالمرسل ــ سلسـلة سـرية من الرموز تعمل وكأنها رقم التعريف الشخصي في الصراف الآلي. تكـون مفاتـيح المرور عادة طويلة ومعقدة؛ تحمل المعلومات الضرورية كلها لتحليل خوارزمـية الشـيفرة وهـي العمليات الرياضية اللازمة تحديداً لإعادة إيجاد الرسالة الأصلية.

يسـتطيع المستخدم الآن إرسال رسالة إلكترونية باطمئنان. فحتى لو تم اعتراض الإرسال، لا يمكن أن يفهمها سوى أولئك الذين يملكون المفتاح فقط.

أحست (إن إس أي) بالأزمة فوراً. فالشيفرات التي يواجهونها الآن لم تعد بدائل بسيطة يمكن تحليلها بالقلم وبالورقة البيانية ــ بل هي أعمال مربكة صادرة عن جهاز كمبـيوتر يسـتعمل نظـرية التشـوش وأبجديات رمزية عديدة ليقوم ببعثرة الرسائل وتحويلها في ما يبدو إلى خليط ميؤوس منه.

فـي الـبداية، كانـت مفاتـيح المرور المستخدمة قصيرة لدرجة يمكن لأجهزة الكمبـيوتر فـي (إن إس أي) تحلـيلها. فعندما يحتوي مفتاح المرور المطلوب عشرة أرقـام، يُـبرمج جهـاز الكمبـيوتر علـى تجـربة الاحـتمالات الممكنة كلها بين 0000000000 و 9999999999. وعـاجلاً أم آجلاً، سيصل الكمبيوتر إلى التسلسل الصـحيح. كانـت هـذه الطريقة في التخمين من خلال التجربة والخطأ تعرف باسم ’هجوم القوة الإجبارية أو العمياء‘. كانت مستهلكة للوقت، ولكن نجاحها كان مضموناً رياضياً.

عـندما أصبح العالم على علم بالقوة الإجبارية في تحليل الشيفرات، بدأت مفاتيح المرور تصبح أكثر فأكثر طولاً. ازداد الوقت المستهلك في ’تخمين‘ المفتاح الصحيح لأسابيع ثم لأشهر وفي النهاية لسنوات.

بحلول التسعينات، أصبحت مفاتيح المرور بطول يفوق خمسين رمزاً، وأصبحت تسـتعمل أحـرف وأرقـام ورموز أبجدية نظام أسكي[1] المكونة من 256 شكلاً من الحـروف. كـان عدد الاحتمالات المختلفة من رتبة 10^{120} ــ الرقم واحد ملحقاً بـ

(1) اللغة المعتمدة في تبادل المعلومات في أجهزة الكمبيوتر.

120 صــفراً بعــده. أصبحت معرفة مفتاح المرور بشكل صحيح أمراً بعيد الاحتمال رياضياً، وكأنه انتقاء ذرة من الرمل على شاطئ بطول ثلاثة أميال. لقد قُدر أن عملية تحلـيل ناجحة لشيفرة من رتبة أربع وستين بت ستستغرق من أسرع الكمبيوترات في (إن إس أي) ــ الأكـثر سرية كراي/جوزفسون II ــ أكثر من تسع عشرة سنة وذلك باستعمال القوة الإجبارية. وفي الوقت الذي يكشف فيه الكمبيوتر الرقم ويحلل الشيفرة، تصبح محتويات الرسالة غير مهمة.

عالقة في ضياع استخباري حقيقي، أرسلت (إن إس أي) أمراً بالغ السرية صادق عليه رئيس الولايات المتحدة. مدعومة من قبل أموال الحكومة وحرية التصرف لعمل كل ما هو ضروري لحل الأزمة، تجهزت (إن إس أي) لبناء المستحيل: الآلة الشاملة الأولى في العالم لتحليل الشيفرة.

علــى الرغم من رأي العديد من المهندسين بأن الكمبيوتر الجديد المقترح لتحليل الشـيفرة مســتحيل الإنشاء، آمنت (إن إس أي) بشعارها: كل شيء ممكن. المستحيل يستغرق وقتاً أطول فقط.

بعــد خمس سنوات، ونصف مليون ساعة عمل ومبلغ 1.9 بليون دولار، أثبتت (إن إس أي) صــحة شــعارها مــرة أخرى. تم لحام المعالج الأخير من ثلاثة ملايين معــالج بحجـم الطابع ثُبتت يدوياً في مكانها، وأنهيت آخر برمجة داخلية، كما تم لحم الغطاء الخزفي لينغلق. فكانت ولادة الترانسلتر.

على الرغم من أن طريقة العمل السرية الداخلية لترانسلتر كانت نتاج العديد من العقول ولكنها لم تكن مفهومة من قبل أي شخص، كان مبدؤها الرئيسي بسيطاً: الأيدي الكثيرة تخفف من عبء العمل.

يعمل الثلاثة مليون معالج الخاصة بها كلها على التوازي ــ تقوم بالعد تصاعدياً بســرعة خارقــة محاولة جميع التباديل[1] الجديدة المحتملة. كان الأمل بأن الشيفرات كلهــا، حتى ولو كانت تحتوي على مفاتيح مرور كبيرة لا يمكن توقعها، غير آمنة من قــدرة الترانســلتر. هــذه الــتحفة الرائعة التي كلفت بلايين الدولارات ستستخدم قوة المعالجــات المــتوازية، بالإضــافة إلــى بعــض التطورات البالغة السرية في تقويم النصوص الواضحة لاكتشاف مفاتيح المرور وتحليل الشيفرات. إنها لن تستمد طاقتها مــن الأرقــام المذهلــة للمعالجات فقط، بل من التطورات الجديدة في مجال الحوسبة

---

(1) التباديل: مفردها 'تبدلة': أي من التغيرات في المواقع أو الترتيب الممكن إجراؤها ضمن مجموعة ما.

الكوانتــية ــ تقنــية جديدة تسمح باختزان المعلومات بحالة ميكانيكية كوانتية بدلاً من بيانات ثنائية فقط.

جــاء القــرار الحاســم في صباح يوم خميس عاصف في تشرين الأول/أكتوبر. الاختــبار الأول المباشــر. على الرغم من عدم التأكد من مقدار السرعة الممكنة، كان هــناك شــيء واحــد اتفق عليه المهندسون ــ لو قامت المعالجات كلها بالعمل سوية، سيكون الترانسلتر فاعلاً جداً. السؤال هو: ما هو مقدار فاعليته؟

جــاءت الإجابة بعد اثنتي عشرة دقيقة. ساد صمت صاعق من المجموعة القليلة الموجــودة عــندما بدأت الورقة المطبوعة بالظهور معطيةً النص الواضح ــ الشيفرة المحللــة. كان الترانسلتر قد حلل للتو مفتاحاً من أربعة وستين رمزاً في حوالى عشر دقائق، أسرع بمليون مرة تقريباً من عقدين كان سيمضيها ثاني أسرع كمبيوتر في (إن إس أي).

بقيادة معاون مدير العمليات، القائد تريفور جي ستراثمور، انتصر مكتب الإنتاج فــي (إن إس أي). كان الترانسلتر نجاحاً عظيماً. وبهدف إبقاء نجاحهم سراً، قام القائد ســتراثمور علــى الفور بتسريب معلومات عن فشل المشروع بالكامل. وأصبح كامل العمــل في جناح تحليل الشيفرات كمحاولة لتعويض الإخفاق الذي بلغت تكلفته بليوني دولار. علم نخبة فقط من (إن إس أي) بالحقيقة ــ كان الترانسلتر يقوم بتحليل المئات من الشيفرات كل يوم.

وبشــيوع خــبر أن الشــيفرات المصاغة من قبل الكمبيوتر لا يتم تحليلها على الإطــلاق ــ حتى بطاقات (إن إس أي) كلها ــ انتشر السر. فتحول تجار المخدرات والإرهابــيون والمختلسون وما شابه ــ الذين تعبوا من تعرّض هواتفهم الخليوية إلى التجســس ــ إلــى الوســيلة الجديدة لتشفير رسائلهم الالكترونية من أجل اتصالاتهم العالمــية الفوريــة. لن يتوجب عليهم على الإطلاق التعرض لمواجهة هيئة المحلفين والاستماع إلى أصواتهم الشخصية وهي تظهر من المسجلة كدليل من بعض محادثاتهم الخليوية القديمة التي تم اعتراضها في الهواء من قبل قمر صناعي خاص بــ (إن إس أي).

لــم يكــن جمــع المعلومات الاستخباراتية أمراً أسهل من هذا. تدخل الشيفرات المعترضــة مــن قبل (إن إس أي) إلى الترانسلتر على أنها رموز غير مقروءة على الإطــلاق ثم تتحرر بعد دقائق عدة على شكل نص واضح يمكن قراءته بشكل رائع. ليس هناك مزيد من الأسرار.

لإكمال تمثيلية الإخفاق، قامت (إن إس أي) بالاعتراض بشكل صارم على جميع برامج التشفير الجديدة الخاصة بالكمبيوتر، مؤكدة أنها تعطلهم وتجعل من المستحيل على مشرّعي القوانين الإمساك بالمجرمين ومقاضاتهم. ابتهجت مجموعات حقوق الإنسان، مصرة على أنه يجب ألا تقرأ (إن إس أي) رسائلهم الالكترونية على كل حال. تابعت برامج صياغة الشيفرات زيادة أعدادها. خسرت (إن إس أي) المعركة — تماماً كما كان قد خطط له. تم خداع المجتمع الالكتروني العالمي بأكمله... أو هكذا بدا.

الفصل 5

"أين الجميع؟" تساءلت سوزان وهي تعبر طابق الكريبتو الفارغ. *أمر طارئ.*

على الرغم من أن معظم الأقسام في (إن إس أي) تكون مليئة طوال أيام الأسبوع ، إلا أن الكريبتو يكون عادة هادئاً في أيام السبت. فالرياضيون المختصون بتحليل الشيفرات هم بطبيعتهم أشخاص عصبيو المزاج ومدمنون على العمل، ويسود قانون عام غير مكتوب أنهم يرتاحون أيام السبت إلا في حال الطوارئ. إن محللي الشيفرات هم سلعة لها قيمة كبيرة في (إن إس أي)، لذلك لا يخاطرون بخسارتهم في حال إتعابهم.

بينما عبرت سوزان الطابق، لاح لها الترانسلتر على يمينها. وبدت أصوات المولدات على مسافة ثمانية طوابق أسفل منها تنذر بالسوء بشكل غريب اليوم. لم تحب سوزان على الإطلاق التواجد في قسم التشفير خلال ساعات العطلة. كان ذلك بمثابة الوقوع وحيدة في قفص مع وحش ضخم من المستقبل. وبسرعة، شقت طريقها باتجاه مكتب القائد.

مكتب عمل ستراثمور ذو الجدران الزجاجية، الذي يلقب باسم 'حوض السمك' لمظهره عندما تفتح الستائر، ينتصب عالياً فوق مجموعة من الدرجات ذات الممرات الضيقة عند الجدار الخلفي لقسم الكريبتو. وبينما أخذت تصعد هذه الدرجات ذات الجواف الحديدية، نظرت إلى الأعلى إلى باب مكتب ستراثمور الضخم المصنوع من خشب البلوط، ويحمل شعار (إن إس أي) ـ نسر جسور يقبض بإحكام على مفتاح هيكلي[1] قديم. خلف هذا الباب، يجلس واحد من أعظم الرجال الذين التقتهم في حياتها.

القائد ستراثمور، معاون مدير العمليات، ابن الست والخمسين سنة، هو بمثابة والد لسوزان. فهو من قام بتعيينها، وهو الرجل الذي جعل من (إن إس أي) بيتاً لها. عندما انضمت سوزان إلى (إن إس أي) منذ عقد ونيّف، كان ستراثمور يترأس الفرع الخاص بتطوير قسم تحليل الشيفرات ـ مكان تدريب محللي الشيفرات الجدد ـ المحللون الذكور الجدد. على الرغم من أنه لم يكن يحتمل اضطهاد أي شخص لمن هم أدنى منه، إلا أنه كان متعاطفاً بشكل خاص مع العضو المؤنث الوحيد في طاقمه. وعندما اتهم بالمحاباة، أجاب ببساطة بالحقيقة: إن سوزان فليتشر هي واحدة من أذكى

---

(1) المفتاح الهيكلي: مفتاح يفتح أقفالاً مختلفة.

الأعضـــاء الشــابة التـــي التقى بها، وليس لديه رغبة في خسارتها بسبب المضايقات الجنسية. واحد من المحللين الأكبر سناً قرر بغباء أن يختبر ردة فعل ستراثمور.

فـــي صباح أحد الأيام وخلال سنتها الأولى، مرت سوزان على حجرة المحللين الجـــدد لتحصـــل على بعض الأوراق. وعند مغادرتها، لاحظت صورتها على لوحة الإعلانـــات. كاد أن يغمى عليها من الإحراج. كانت صورتها وهي ممدة على سرير وترتدي السروال الداخلي فقط.

وعُـــرف بعد ذلك، أن أحد المحللين قام بنسخ صورة رقمياً من إحدى المجلات الفاحشة ثم وضع رأس سوزان على جسد شخص آخر. كان المظهر مقنعاً تماماً.

لسوء حظ المحلل المسؤول عن هذا العمل، الذي لم يجده القائد ستراثمور مسلياً على الإطلاق، وبعد ساعتين، صدرت مذكّرة مهمة تقول:

"يُنهى عمل الموظف كارل أوستين

بسبب سلوك غير ملائم".

مـــنذ ذلك اليوم وحتى الآن، لم يعبث أي شخص معها: سوزان فليتشر هي الفتاة المفضلة لدى القائد ستراثمور.

ولكـــن لـــم يكـــن المحللون الشبان وحدهم من تعلم احترام ستراثمور؛ فقد أثبت ســـتراثمور حضـــوره أمـــام مرؤوسيه من خلال تقديم عدد من العمليات الاستخبارية المميـــزة والـــناجحة. وبيـــنما هو يترفع بالمراتب، أصبح تريفور ستراثمور مشهوراً بتحلـــيلاته الفاعلة المختصرة للمواقف الشديدة التعقيد. بدا أنه يمتلك مقدرة خارقة لأن يرى من خلال التعقيدات الأخلاقية المحيطة بالقرارات الصعبة لـــ (إن إس أي)، وأن يعمل بلا ندم وفق المصلحة الجماعية.

لـــم يكن هناك أي شك في عقل جميع الأشخاص أن ستراثمور رجل محب لبلده. كان معروفاً لدى أصدقائه بالوطنية وبعد النظر... رجل صالح في عالم من الكذب.

خـــلال الســـنوات التـــي عملت فيها سوزان في (إن إس أي)، إرتقى ستراثمور بســـرعة وبشكل مثير من رئيس قسم تطوير تحليل الشيفرات إلى معاون قائد (إن إس أي) بأكملهـــا. الآن، يوجد شخص وحيد فقط يفوق القائد ستراثمور بالمرتبة ــ المدير ليلاند فونتين، الحاكم الأسطوري لقصر الأحجية ــ لم يرَ على الإطلاق، يُسمع أحياناً، ويثـــير الخـــوف بشـــكل كبير. كان من النادر أن التقى هو وستراثمور وجهاً لوجه، وعـــندما التقـــيا، كـــان لقاؤهما تصارعاً لشخصيتين جبارتين. كان فونتين جباراً من

الجـــبابرة، ولكـــن ستراثمور لم يبد أنه يهتم لذلك. يطرح أفكاره ليقنع بها المدير بقوة الملاكم المتقد. لم يتجرأ رئيس الولايات المتحدة نفسه على تحدي فونتين بالطريقة التي يفعلهـــا ستراثمور. يجب على الشخص أن يمتلك حصانة سياسية ليفعل ذلك ـ أو، في حالة ستراثمور، لا مبالاة سياسية.

وصـــلت سوزان إلى أعلى درجات السلَّم الحديدي، وقبل أن تطرقه، أرسل قفل الباب الالكتروني الخاص بستراثمور طنيناً. انفتح الباب، ولوّح القائد لها لتدخل.

"شكراً لمجيئك سوزان، أدين لك بواحدة."

"على الإطلاق،" ابتسمت وهي تجلس مواجه مكتبه.

كان ستراثمور رجلاً ممشوق القوام، ممتلئ الجسم، تخفي ملامحه الشاحبة كفاءته الصـــارمة وتطلّعه إلى الكمال. تُظهر عيناه الرماديتان عادة الثقة والتحفظ المولود عن التجربة، ولكنهما اليوم تبدوان غاضبتين وقلقتين.

"تبدو مرهقاً." قالت سوزان.

"كنت أفضل حالاً." تنهد ستراثمور.

غريب، فكرت هي.

بـــدا ســـتراثمور بأسوأ حال رأته فيه سوزان. شعره الرمادي الخفيف كان أشعثاً وجبيـــنه يُقطر عرقاً على الرغم من هواء الغرفة المكيف. بدا وكأنه قد نام في بذلته. كان يجلس خلف مكتب حديث مع لوحتي مفاتيح غائرتين وشاشة جهاز كمبيوتر. كان المكتب مبعثراً بأوراق مطبوعة من الكمبيوتر، وبدا مثل حجرة طيار غريبة موضوعة هناك في مركز حجرته المزودة بالستائر.

"أسبوع قاسٍ؟" سألته.

هز كتفيه باستهجان: "كالمعتاد. إن (إي إف إف) تضغط عليّ حول الحقوق المدنية الخاصة مرة أخرى."

ضحكت سوزان بخفوت. إن (إي إف إف)، أو مؤسسة الإلكترونيات الرائدة، هي اتحاد عالمي لمستخدمي الكمبيوتر الذين أنشأوا اتحاداً قوياً للحريات المدنية التي تهدف إلـــى دعـــم الـــتحدث بحـــريّة على الإنترنت وتعليم الآخرين حقيقة العيش في العالم الالكترونـــي ومخاطره. كانت تحتج باستمرار ضد ما يدعى 'مقدرات اختلاس السمع فـــي الوكالات الحكومية' ـ بالتحديد (إن إس أي). كانت (إي إف إف) شوكة مستمرة في جنب ستراثمور.

"يـــبدو أنـــه العمل كالعادة،" قالت سوزان. "إذاً، ما هو الأمر الطارئ الكبير الذي

أخرجتني من حوض الاستحمام من أجله؟"

جلس ستراثمور للحظة، يلمس بشرود كرة الكمبيوتر[1] الموضوعة في مكتبه. بعد صمت طويل، ثبت نظره بسوزان: "ما هي أطول مدة استغرقها الترانسلتر في تحليل الشيفرة؟"

فاجأها السؤال كثيراً. بدا عديم المعنى. *هذا ما طلبني من أجله؟*

"حسناً..." ترددت. "صادفنا اختراقاً من قبل كومينت منذ بضع أشهر واستغرق حوالى الساعة، ولكنه كان يحتوي على مفتاح طويل بشكل سخيف ــ عشرة آلاف بت أو ما شابه."

أطلق ستراثمور صوتاً يشبه صوت الخنزير. "ساعة، هاه؟ ماذا عن بعض الاختبارات الجديّة التي أجريناها؟"

هزت كتفيها مستهجنة: "حسناً، في حال اشتملت على إجراءات تشخيصية، فإنها أطول بالتأكيد."

"أطول بكم؟"

لم تستطع سوزان تخيل ما الذي يريد ستراثمور الوصول إليه. "حسناً، سيدي، لقد جربت خوارزمية في آذار/مارس الماضي تحتوي على مفتاح متشعب مكون من مليون بت. توابع رياضية دورية، وأجهزة كمبيوتر متسلسلة، وما شابه. ومع ذلك قام الترانسلتر بحلها."

"كم استغرقت المدة؟"

"ثلاث ساعات."

قوّس ستراثمور حاجبيه: "ثلاث ساعات؟ تلك الفترة؟"

عبست سوزان، إذ شعرت بالإهانة بعض الشيء. لقد كان عملها خلال السنوات الثلاث الأخيرة هو تطوير أداء جهاز الكمبيوتر الأكثر سرية في العالم؛ معظم البرمجة التي جعلت الترانسلتر بهذه السرعة كانت من أدائها. هذا ما جعل مفتاحاً بمليون بت قصة معقولة بصعوبة.

"حسناً،" قال ستراثمور. "حتى في الشروط القصوى، بقيت أطول شيفرة داخل الترانسلتر حوالى الثلاث ساعات فقط."

أومأت سوزان: "نعم، تقريباً."

---

(1) كرة الكمبيوتر: كرة تستخدم عوضاً عن فأرة الكمبيوتر.

صـمت ستراثمور وكأنه خائف من أن يقول شيئاً ربما يندم عليه. وأخيراً، نظر إليها. "يقوم الترانسلتر بالتوصل إلى شيء منذ..." توقف.

انتظرت سوزان: "أكثر من ثلاث ساعات؟"

أومأ ستراثمور.

نظرت من دون قلق: "وسيلة تشخيصية جديدة؟ شيء ما من قسم أمن الأنظمة؟"

هز ستراثمور رأسه: "إنه ملف خارجي."

انـــتظرت سوزان النهاية المضحكة لهذه النكتة، ولكنها لم تأت. "ملف خارجي؟ أنت تمزح، أليس كذلك؟"

"أتمـــنى ذلـــك، أدخلـــت البـــيانات الليلة الماضية حوالى الساعة الحادية عشرة والنصف. لم يتم حلها بعد."

تدلـــى فـــك سوزان. نظرت إلى ساعتها ومن ثم إلى ستراثمور. "لا تزال تعمل عليها؟ أكثر من خمس عشرة ساعة؟"

انحـــنى ستراثمور إلى الأمام وأدار شاشته باتجاه سوزان. كانت الشاشة سوداء باستثناء مربع نصف أصفر صغير يومض في المنتصف.

الوقت المستهلك: 15:09:33

بانتظار المفتاح: ____________

حدقت باندهاش. بدا أن الترانسلتر كان يعمل على شيفرة واحدة لأكثر من خمس عشـــرة ساعة. وهي تعلم أن معالجات الكمبيوتر فيه تقوم باختبار ثلاثين مليون مفتاح فـــي كل ثانية ــ مئة بليون في كل ساعة. وفي حال أن الترانسلتر لا يزال يقوم بالعد، هذا يعني أن المفتاح رقم ضخم جداً ــ أكثر من عشرة بلايين مرتبة. وهذا هو الجنون المطلق.

"هـــذا مســـتحيل!" قالت، "هل تفحصت وجود أي خطأ؟ ربما صادف الترانسلتر خللاً ما و ــ"

"العمل سليم تماماً."

"لابد أن يكون مفتاح المرور ضخماً جداً!"

هـــز ستراثمور رأسه. "الخوارزمية التجارية المعيارية. أخمن أنه مفتاح بأربعة وستين بت."

حائرة، نظرت سوزان من خارج النافذة إلى الترانسلتر الموجود في الأسفل. تعلم

مـــن خبرتها أن بإمكانه إيجاد المفتاح المكون من أربعة وستين بت في غضون عشر دقائق. "لابد أن يكون هناك تفسير لهذا."

أومأ ستراثمور: "هناك، ولن يعجبك."

بدت قلقة: "هل الترانسلتر عاجز عن العمل؟"

"الترانسلتر بحالة جيدة."

"هل اعترضه فيروس؟"

هز ستراثمور رأسه: "لا وجود لفيروس. اسمعيني حتى النهاية فقط."

دُهشـــت ســـوزان. لم يصادف الترانسلتر أي شيفرة لم يتمكن من تحليلها خلال ســـاعة. وعادةً ما يظهر النص الواضح في طابعة ستراثمور خلال دقائق. ألقت نظرة إلى الطابعة ذات السرعة العالية خلف مكتبه. كانت فارغة.

"ســـوزان،" قـــال ستراثمور بهدوء. "سيكون هذا أمراً صعب القبول في البداية، ولكـــن استمعي لدقيقة فقط." مضغ شفته. "هذه الشيفرة التي يعمل عليها الترانسلتر ـــ إنهـــا فـــريدة مـــن نوعها. لا تشبه أي شيء رأيناه من قبل." صمت ستراثمور وكأن الكلمات كانت صعبة اللفظ عليه. "هذه الشيفرة غير قابلة للحل."

حدقـــت ســـوزان به وكادت أن تضحك. *غير قابلة للحل؟ ماذا يفترض أن يعني هـــذا؟* لا يوجـــد أي شيء يسمى شيفرة غير قابلة للحل ـــ بعضها يستغرق وقتاً أطول مـــن غـــيره، ولكن كل شيفرة يمكن حلها. الأمر مضمون رياضياً بأنه عاجلاً أم آجلاً سيعلم الترانسلتر بالمفتاح الصحيح. "عفواً؟"

"الشيفرة غير قابلة للحل." أعاد كلامه بصراحة.

غـــير *قابلة للحل؟* لم تستطع سوزان تصديق أن العبارة قد لُفظت من رجل لديه سبع وعشرون سنة من الخبرة في مجال تحليل الشيفرات.

"غير قابلة للحل، سيدي؟ قالت سوزان بقلق. "ماذا عن مبدأ بيرغوفسكي؟"

علمـــت ســـوزان عن مبدأ بيرغوفسكي في وقت مبكر خلال عملها. كان حجر الأســـاس فـــي تقنـــية القوة الإجبارية. وكان هذا هو الإلهام الذي دفع ستراثمور لبناء الترانسلتر. يقول المبدأ بشكل صريح إنه في حال قام الكمبيوتر باختبار مفاتيح عديدة، فإنـــه مضمون رياضياً بأن يجد المفتاح الصحيح. إن سرية الشيفرة لم يكن بسبب أن مفـــتاح المـــرور لا يمكـــن إيجاده بل بسبب أن معظم الأشخاص لم يجدوا الوقت أو المعدات للمحاولة.

هز ستراثمور رأسه: "إن الشيفرة مختلفة."

"مختلفة؟" نظرت إليه بارتياب. *شيفرة غير قابلة للحل هي استحالة رياضية! إنه يعلم هذا!*

مرر ستراثمور يده على جلدة رأسه المعرّقة. "هذه الشيفرة هي نتاج لخوارزمية تشفير جديدة ــ واحدة لم نرها من قبل على الإطلاق."

أصبحت الآن أكثر ارتياباً من قبل، إن خوارزميات التشفير هي صيغ رياضية فقط، طرق لتحويل النص إلى شيفرة. حيث يقوم الرياضيون والمبرمجون بإنتاج الخوارزميات الجديدة كل يوم. هناك المئات منها في الأسواق ــ (بي جي بي)، (دفي هيلمان)، (زيب)، (ايديا)، (إيل غامال). يقوم الترانسلتر بتحليلها كلها يومياً، ليس لديه مشكلة. تبدو الشيفرات كلها متشابهة بالنسبة للترانسلتر، بغض النظر عن الخوارزمية التي صاغتها.

احتجت قائلة: "لا أفهم. نحن لا نتحدث عن هندسة عكسية لتابع معقد، نحن نتحدث عن القوة الإجبارية. مهما تكن (بي جي بي)، (لوسيفر)، (دي سي أي) ــ لا يهم. تصوغ الخوارزمية مفتاحاً تعتقد بأنه سري، ويعمل الترانسلتر عليه إلى أن يجده."

كان لرد ستراثمور المتّزن والمضبوط لأستاذ جيد. "نعم، سوزان. سيجد الترانسلتر المفتاح دائماً ــ حتى ولو كان ضخماً." صمت للحظة طويلة. "إلا إذا..."

أرادت أن تتكلّم، ولكنه كان من الواضح أن ستراثمور على وشك إلقاء القنبلة. *إلا إذا ماذا؟*

"إلا إذا كان الكمبيوتر لا يعلم متى استطاع تحليل الشيفرة."

كادت سوزان تسقط من كرسيها. "ماذا!"

"إلا إذا حزر الكمبيوتر المفتاح الصحيح ولكنه استمر في المحاولة لأنه لم يدرك أنه وجده." بدا على ستراثمور الكآبة. "أعتقد بأن لهذه الخوارزمية نصاً واضحاً دورياً."

لهثت سوزان.

إن مفهوم النص الواضح الدوري وُضع نظرياً بشكل غامض في البداية من قبل رياضي هنغاري (جوسيف هارني) عام 1987. وبسبب أن الكمبيوترات ذات القوة الإجبارية تقوم بتحليل الشيفرات من خلال اختبار النص الواضح بحثاً عن احتوائه على كلمات مفهومة، افترض هارني خوارزمية تشفير تقوم بالإضافة إلى تشفير النص بزحل النص الواضح الذي تم تحليله وفق متحول عشوائي زمني. نظرياً، ستضمن

الطفـرات المسـتمرة بأن الكمبيوتر المحلل لن يحدد مجموعات لكلمات مفهومة على الإطـلاق، وبالتالي لن يعلم متى وجد المفتاح الملائم. كان المفهوم مشابهاً بطريقة ما لفكرة استعمار المريخ ـ قابلة للفهم من الناحية العقلية ولكنها في الوقت الحاضر تفوق مقدرة الإنسان.

سألته: "من أين حصلت على هذا؟"

كانت إجابة القائد بطيئة. "صاغها مبرمج من القطاع العام."

"مـاذا؟" استندت سوزان منهارة إلى كرسيها: "لدينا أفضل المبرمجين في العالم هـنا في الأسفل! جميعنا نعمل سوية ولم نقترب على الإطلاق من طريقة لكتابة نص واضح دوري. هل تحاول القول إن شخصاً ما من الحثالة يملك حاسباً قد اكتشف كيفية فعل ذلك؟"

خفـض سـتراثمور صـوته في محاولة واضحة لتهدئتها. "لم أكن لأطلق اسم 'حثالة' على هذا الشخص."

لم تكن سوزان تصغي. فقد كانت مقتنعة بوجود تفسير آخر لذلك: خلل، فيروس، أي شيء كان محتملاً أكثر من الشيفرة غير القابلة للحل.

حـدق سـتراثمور فيها بتجهم: "أحد أذكى العقول في عالم تحليل الشيفرات كتب هذه الخوارزمية."

كانت سوزان أكثر شكاً من قبل؛ كانت العقول الأذكى على الإطلاق موجودة في قسمها، وبالتأكيد كان يتوجب عليها أن تسمع عن خوارزمية كهذه.

"من؟" سألته.

قـال سـتراثمور: "أنا متأكد من أن باستطاعتك معرفته، إنه ليس معجباً بـ (إن إس أي) كثيراً."

"حسناً، هذا يقلل الاحتمالات!" قالت بسخرية.

"عمل في مشروع الترانسلتر. خرق القواعد. وكاد أن يسبب كابوساً أمنياً. قمتُ بطرده."

كـان وجه سوزان شاحباً فقط للحظة قبل أن يتحول إلى اللون الأصفر: "أوه، يا إلهي..."

أومـأ سـتراثمور. "كان يتباهى طوال السنة عن عمله في الخوارزمية المقاومة للقوة الإجبارية."

"ولـ، لكـن..." تلعثمـت سوزان: "ظننت أنه كان يتظاهر بذلك. هل قام بذلك

بالفعل؟"

"نعم، الكاتب الأعظم للشيفرات التي لا يمكن تحليلها."

صمتت سوزان لوقت طويل. "ولكن... هذا يعني..."

حدق ستراثمور في عينيها: "نعم، إينسي تانكادو جعل الترانسلتر أمراً لا فائدة منه."

الفصل 6

على الرغم من أن إينسي تانكادو لم يكن على قيد الحياة خلال الحرب العالمية الثانية، إلا أنه درس بعناية كل شيء عنها ـ خصوصاً حول حدثها الأهم، الانفجار الذي أحرق فيه 100,000 شخص من أبناء بلده بواسطة القنبلة الذرية.

هيروشيما، 8:15 صباحاً، 6 آب/أغسطس، 1945 ـ مشهد وحشي للدمار. عرض تافه للقوة من قبل دولة كانت قد ربحت الحرب أصلاً. كان تانكادو قد قبل كل هذا. ولكن الأمر الذي لم يستطع قبوله على الإطلاق هو أن تلك القنبلة قد سرقت منه معرفة أمه. لقد ماتت وهي تضعه ـ بسبب مضاعفات كان سببها التسمم الإشعاعي الذي عانت منه لسنوات طويلة قبلها.

في عام 1945، وقبل ولادة إينسي، سافرت أمه، كالعديد من صديقاتها إلى هيروشيما للتطوع في مراكز الحروق. وهناك أصبحت واحدة من 'الهيباكوشا' ـ الأشخاص الذين تعرضوا للإشعاع. بعد تسع عشرة سنة، وفي عمر السادسة والثلاثين، وهي ممددة في غرفة الولادة تنزف داخلياً، علمت أنها ستموت أخيراً. الأمر الذي لم تعلمه هو أن الموت سيجنبها معرفة الذعر الأخير ـ طفلها الوحيد سيولد مشوهاً.

لم يشاهد والد إينسي ولده على الإطلاق. مرتبكاً بخسارة زوجته وخجلاً من قدوم ما أخبرته عنه الممرضات بأنه طفل غير تام وربما لن يبقى على قيد الحياة حتى الصباح، اختفى من المستشفى ولم يعد على الإطلاق. وضع إينسي تانكادو في بيت للرعاية.

في كل ليلة يحدق تانكادو الصغير إلى الأسفل في أصابعه الملتوية وهو يحمل لعبة الأماني خاصته ويقسم على الانتقام ـ الانتقام ضد دولة قد سرقت أمه ودفعت والده إلى التخلي عنه. الأمر الذي لم يعلمه هو أن القدر كان على وشك التدخل.

في كانون الثاني/يناير الذي أصبح فيه إينسي بعمر الثانية عشر، اتصل مصنع لأجهزة الكمبيوتر في طوكيو بعائلته المتبنية وطلب منهم أن يشترك طفلهم المشوه في اختبار للوحة مفاتيح جديدة صممت من أجل الأطفال المعوّقين فوافقت عائلته.

على الرغم من أن إينسي تانكادو لم يكن قد رأى جهاز كمبيوتر من قبل، بدا أنه فطرياً عرف كيفية استخدامه. فتح الكمبيوتر له عوالم لم يتخيل إمكانية تحققها على الإطلاق. وفي وقت قصير أصبح حياته كلها. وعندما كبر، أعطى دروساً وكسب

الأموال. وفي النهاية حصل على بعثة إلى جامعة دوشيشا. بعدها عُرف إينسي تانكادو عبر طوكيو بـ 'فكوشا كيساي' ـ المعوّق المعجزة.

في آخر الأمر، قرأ تانكادو عن بيرل هاربر وجرائم الحرب اليابانية. وتلاشى كرهه لأمريكا ببطء. أصبح بوذياً مخلصاً، ونسي نذر طفولته للانتقام؛ الغفران هو الطريق الوحيد إلى المعرفة.

في الوقت الذي بلغ فيه العشرين، كان إينسي تانكادو رمزاً معبوداً سرياً بين المبرمجين. عرضت (آي بي إم) عليه تأشيرة عمل ومنصباً في تكساس. انتهز تانكادو هذه الفرصة بتلهف. بعد ثلاث سنوات، ترك (آي بي إم) وعاش في نيويورك وكان يكتب برامج الكمبيوتر بنفسه. ركب الموجة الجديدة لمفاتيح التشفير العامة. كتب الخوارزميات وصنع منها ثروة.

كالعديد من المؤلفين المتفوقين في خوارزميات التشفير، تم دعوة تانكادو إلى (إن إس أي). لم تته السخرية عنه ـ فرصة العمل في قلب حكومة الدولة التي كان قد أقسم على كرهها. قرر أن يذهب إلى المقابلة. مهما كانت شكوكه، اختفت عندما قابل القائد ستراثمور. تحدثا بصراحة عن خلفية تانكادو، وعن العداء الكامن الذي ربما يشعر به تجاه الولايات المتحدة و عن خططه المستقبلية. خضع تانكادو لاختبار كشف الكذب ولخمسة أسابيع من الاختبارات النفسية الصارمة. نجح فيها كلها. تم إبدال كرهه بإخلاصه لبوذا. بعد أربع أشهر، ذهب إينسي تانكادو إلى العمل في قسم الكريبتو الخاص بوكالة الأمن القومي.

على الرغم من راتبه الضخم، كان تانكادو يذهب إلى العمل على دراجته النارية القديمة، ويأكل غداءه المجهز في مكتبه بدلاً من مشاركة بقية القسم في تناول اللحم الشهي مع الحساء في المطعم. أُعجب محللو الشيفرات الآخرون به. كان ذكياً ـ المبرمج المبدع الذي لم يروا مثله في حياتهم. كان لطيفاً وشريفاً، هادئاً وصاحب أخلاق فاضلة. الاستقامة الأخلاقية كانت ذات مرتبة مهمة بالنسبة له. ولهذا السبب، كانت إحالته من العمل في (إن إس أي) وترحيله اللاحق بمثابة صدمة.

تانكادو، كبقية طاقم تحليل الشيفرات، كان يعمل على مشروع الترانسلتر بمفهوم يقول إنه في حال نجاحه، سيستخدم فقط في حل شيفرة الرسائل الالكترونية الموافق عليها مسبقاً من وزارة العدل. يفترض باستخدام (إن إس أي) للترانسلتر أن يكون منظماً بالطريقة نفسها التي يحتاج فيها (إف بي آي) إلى وثيقة محكمة فيدرالية لتنصيب توصيلة كهربائية لاستراق السمع. كما يجب أن يتضمن الترانسلتر برمجة

تطلــب كلمة السر مودعة لدى الوكالة الفيدرالية ووزارة العدل في حال تحليل الشيفرة للملــف. هذا سيمنع (إن إس أي) من الاستماع من دون قيد إلى الاتصالات الشخصية للمواطنين المطيعين للقوانين حول العالم.

ومع ذلك، عندما حان الوقت لإدخال البرمجة، أُخبر طاقم الترانسلتر عن حدوث تغيــير في الخطط. بسبب ضغوطات الوقت المترافقة عادة مع العمل المقاوم للإرهاب فـــي (إن إس أي)، سيكون الترانسلتر آلة مصممة لفك التشفير بشكل حر تعمل يومياً بتنظيم (إن إس أي) فقط.

كان إينسي تانكادو غاضباً جداً. فإن هذا يعني أن (إن إس أي) تستطيع عملياً أن تفتح الرسائل الالكترونية لجميع الأشخاص وتعيد إغلاقها من دون معرفتهم. كان ذلك بمــثابة وضع جهاز استراق السمع في الهواتف كلها عبر العالم. حاول ستراثمور أن يجعل تانكادو يرى الترانسلتر على أنه جهاز خاضع للقانون، ولكن ذلك كان من دون فــائدة؛ كــان تانكادو مصراً على أنه يشكل اعتداءً شنيعاً على الحقوق الإنسانية. ترك عملــه علــى الفور، وخلال ساعات اعتدى على الشيفرة السرية لـــ (إن إس أي) من خلال محاولة الاتصال بمؤسسة الإلكترونيات الرائدة. كان تانكادو جاهزاً ليصدم العالم بقصته عن الآلة السرية القادرة على التعرض إلى مستخدمي الكمبيوتر حول العالم في خيانة حكومية لا تصدق. لم يكن لدى (إن إس إي) أي خيار سوى إيقافه.

ســجنُ تانكــادو ونَفيُه، نُشر بشكل واسع بين مجموعات الأخبار على الإنترنت، وشــكّل خزياً عاماً مشؤوماً. وخلافاً لرغبة ستراثمور، قام اختصاصيو احتواء الضرر في (إن إس أي) ـــ لعلمهم أن تانكادو سيحاول إقناع العالم بوجود الترانسلتر ـــ بتنظيم الإشــاعات التي تقضي على مصداقيته. الأمر الذي أدى إلى تجنب مجتمع الكمبيوتر العالمــي إينســي تانكادو ـــ لا أحد يثق بمشوَّه متهم بالتجسس خصوصاً عندما يحاول شراء حريته باتهامات باطلة حول آلة أمريكية لتحليل الشيفرات.

الشـــيء الأغرب في هذا كله أن تانكادو بدا متفهماً؛ كل ذلك كان جزءاً من لعبة اســتخبارية. بــدا أنه لا يُكن أي غضب، بل التصميم فقط. عندما قام الأمن بمرافقته بعيداً، نطق تانكادو بكلماته الأخيرة إلى ستراثمور بهدوء بارد.

قــال له: "جميعنا لدينا الحق في الاحتفاظ بالأسرار. يوماً ما، سأرى أنه بإمكاننا ذلك."

الفصل 7

تدافعت الأفكار في عقل سوزان بقوة ـ إينسي تانكادو أنشأ برنامجاً يمكنه كتابة شيفرات غير قابلة للحل! كانت تحاول فهم الفكرة ولكن بصعوبة.

"الحصن الرقمي،" قال ستراثمور. "هذا ما أطلقه عليه. إنه السلاح الأقوى المضاد للاستخبارات. لو أن هذا البرنامج وصل إلى الأسواق، سيتمكن حتى تلاميذ الصفوف الابتدائية مع المودم بإرسال شيفرات لا تتمكن (إن إس أي) من حلها. ستصاب استخباراتنا بالضياع."

لكن أفكار سوزان كانت بعيدة كثيراً عن التضمينات السياسية للحصن الرقمي. كانت لا تزال تناضل لفهم وجودها. فقد قضت حياتها في تحليل الشيفرات، وتنكر بحزم وجود الشيفرة المطلقة. كل شيفرة قابلة للحل ـ مبدأ بيرغوفسكي! شعرت وكأنها ملحد يتقابل وجهاً لوجه مع الله.

"لو انتشرت هذه الشيفرة،" همسَت قائلة، "سيصبح تحليل الشيفرات علماً هالكاً."

أومأ ستراثمور: "هذه هي أقل مشكلاتنا."

"هل يمكننا أن نرشي تانكادو؟ أعلم أنه يكرهنا، ولكن هل يمكننا أن نعرض عليه البعض من ملايين الدولارات؟ نقنعه ألا يقوم بالتوزيع؟"

ضحك ستراثمور، "بعض الملايين؟ هل تعلمين ما قيمة هذا الشيء؟ الحكومات كلها في العالم ستقوم بعرض الكثير من الدولارات. هل تتخيلين أن نخبر الرئيس بأننا لا نزال نسترق السمع على العراقيين ولكننا لم نعد قادرين على قراءة ما اعترضنا؟ هذا لا يتعلق بـ (إن إس أي) فقط، بل إنه يخص المجتمع الاستخباراتي بأكمله. تقدم هذه المنشأة الدعم إلى الجميع ـ (إف بي آي)، (سي آي أي)، (دي إي أي)؛ جميعها ستصاب بالإحباط. سيصبح من غير الممكن ملاحقة شحنات تجار المخدرات، الشركات الكبيرة ستقوم بنقل الأموال من دون أي تعقب لأوراقها، وستترك (آي أر أس)[1] من دون علم، سيتمكن الإرهابيون من التحدث في سرية كاملة ـ سوف تعم الفوضى."

"سيكون هذا اليوم المشهود لـ (إي إف إف)" قالت سوزان شاحبةً.

"ليس لدى (إي إف إف) المعلومات الأولية عما نفعله هنا." شجب ستراثمور

---

(1) (أي أر أس): خدمة الضريبة الداخلية (وكالة الضرائب الأمريكية)

باشمنزاز. "عندما يعلمون كم هو عدد الهجمات الإرهابية التي قمنا بإيقافها بسبب تحليل الشيفرات، فإنهم سيغيرون موقفهم."

وافقته سوزان، ولكنها تعلم أيضاً الحقائق؛ لن تدرك (إي إف إف) على الإطلاق كم هي أهمية الترانسلتر. فقد ساعد الترانسلتر في إحباط العديد من الهجمات، ولكن المعلومات كانت بالغة السرية ولن تُحرر على الإطلاق. الأسباب الكامنة وراء السرية كانت بسيطة: لن تتحمل الحكومة الهستيريا الجماعية التي ستسببها الحقيقة؛ لا يعلم أحد كيف ستكون ردة فعل الجماهير عندما يسمعون أنه قد تمت النجاة بصعوبة من تفجيرين نوويين من قبل مجموعات متعصبة في أراضي الولايات المتحدة في السنة الماضية.

الهجمات النووية، على أي حال، لم تكن التهديد الوحيد. في الشهر الماضي وحده، اعترض الترانسلتر واحدة من الهجمات الإرهابية الأكثر تنظيماً بشكل بارع التي لم تشهد (إن إس أي) مثيلها من قبل على الإطلاق. منظمة مضادة للحكومة كانت قد استنبطت الخطة وأطلقت على نفسها الاسم المشفر 'شيروود فورست'. كان هدفها مبنى نيويورك للتبادل التجاري، وذلك بغية 'إعادة توزيع الثروة'. خلال ستة أيام، قام أعضاء المجموعة بوضع سبع وعشرين علبة ذات حقل مغناطيسي وغير مصنوعة من المتفجرات في الأبنية المحيطة بالمبنى. تشكل هذه الأدوات، عندما تعطى الإشارة بإحداث الصدمة، تياراً مغناطيسياً قوياً. وهكذا فإن التفريغ المتوافق لهذه العلب الموضوعة بعناية سيخلق حقلاً مغناطيسياً قوياً جداً لدرجة تمحى معها جميع معلومات الوسائل المغناطيسية في مبنى التبادل التجاري ـ السواقات الصلبة في أجهزة الكمبيوتر، بنوك التخزين ضخمة الذاكرة، النسخ الاحتياطية من الأشرطة، وحتى الأقراص المرنة. التسجيلات كلها الخاصة بكل شخص وما يملكه ستتحطم بشكل دائم.

وبما أن التوقيت البالغ الدقة ضروري من أجل التفجير المتزامن للأدوات، تم وصل العلب سوية من خلال خطوط الإنترنت. خلال اليومين المتبقيين من العد التنازلي، تبادلت الموقتات الداخلية للعلب تيارات هائلة من بيانات التزامن المشفرة. اعترضت (إن إس أي) ذبذبات المعلومات على أنها شذوذ شبكي، ولكنها تجاهلتها لأنها ظهرت وكأنها تبادل كلام غامض لا فائدة منه. ولكن بعد أن قام الترانسلتر بتحليل شيفرة سيل المعلومات، ميّز المحللون على الفور الترتيب على أنه عد تنازلي لموقتة شبكية. حُدد مكان العلب وتمت زالتها قبل ثلاث ساعات من الزمن المخطط لانطلاقها.

تعلم سوزان أنه لولا الترانسلتر، لكانت (إن إس أي) عاجزة عن مواجهة الإرهاب الالكتروني المتطور. نظرت إلى الشاشة. لا تزال تظهر أكثر من خمس عشرة ساعة. حتى ولو أن ملف تانكادو قد تم حله الآن، فإن (إن إس أي) قد غرقت. سيتمكن قسم تحليل الشيفرات من حل أقل من شيفرتين يومياً. حتى بالنسبة الحالية لحل 150 شيفرة يومياً، لا يزال هناك ركام من الملفات التي تنتظر حل شيفرتها.

"اتصل تانكادو بي الشهر الماضي،" قال ستراثمور مقاطعاً أفكار سوزان.

نظرت إليه سوزان: "اتصل تانكادو *بك؟*"

أومأ بالإيجاب: "ليحذرني."

"*يحذرك؟* إنه يكرهك."

"اتصل ليخبرني أنه يقوم بإنهاء خوارزمية تصوغ شيفرات لا يمكن حلها. لم أصدقه."

"ولكن لماذا يخبرك عنها؟" سألت سوزان. "هل يريد منك أن تشتريها؟"

"لا، لقد كان ابتزازاً."

بدأت الأشياء تتموضع في مكانها فجأة عند سوزان. "بالطبع،" قالت مندهشة. "أرادك أن تبرئه."

"لا،" عبس ستراثمور. "تانكادو أراد الترانسلتر."

"الترانسلتر؟"

"نعم. أمرني أن أظهر وأخبر العالم أننا نملك الترانسلتر. قال لو أننا اعترفنا أنه بإمكاننا قراءة الرسائل الالكترونية العامة، سيقوم بإتلاف الحصن الرقمي."

بدت سوزان مرتابة.

هز ستراثمور كتفيه باستهجان: "في كلا الحالتين، تأخر الوقت الآن. لقد قام بوضع نسخة مجانية في موقع الانترنت الخاص به. يستطيع كل شخص في العالم أن يحملها."

اصفر وجه سوزان. "هو *ماذا؟!*"

"إنها دعاية إعلانية. لا شيء يثير القلق حول ذلك. إن النسخة التي وضعها مشفرة. يمكن للناس تحميلها ولكن ليس بإمكانهم فتحها. إنها براعة، حقاً. الشيفرة المصدر للحصن الرقمي تم تشفيرها، مغلقة تماماً."

بدت سوزان مندهشة. "بالطبع! يمكن لكل شخص أن يحصل على نسخة، ولكن ليس بإمكان أي شخص فتحها."

"بالطبع، إن تانكادو يدلي بالجزرة."

"هل رأيت الخوارزمية؟"

بدا القائد محتاراً. "لا، أخبرتك أنها مشفرة."

بدت سوزان محتارة مثله تماماً. "ولكننا نملك الترانسلتر؛ لماذا لا نقوم بحل شيفرتها ببساطة؟" ولكن عندما رأت سوزان وجه ستراثمور، أدركت أن القوانين قد تغيرت. "يا إلهي." قالت لاهثة، وقد فهمت فجأة. "الحصن الرقمي مشفر بنفسه؟"

أومأ ستراثمور: "تماماً."

كانت سوزان مندهشة. إن صيغة الحصن الرقمي مشفرة باستخدام الحصن الرقمي نفسه. لقد قام تانكادو بوضع وصفة رياضية نفيسة، ولكن نص تلك الوصفة تم تشفيره. وقد استخدمها للقيام في التشفير.

"إنها خزنة بيكلمان،" تمتمت سوزان برعب.

أومأ ستراثمور. إن خزنة بيكلمان هي سيناريو تشفيري نظري، حيث قام صانع خزنات بكتابة المخطوطات الأولية من أجل خزينة لا يمكن فتحها. أراد أن يبقي المخطوطات سراً، لذا قام ببناء الخزينة وأقفل على المخطوطات في داخلها. قام تانكادو بفعل الشيء نفسه مع الحصن الرقمي. قام بحماية مخطوطاته الأولية من خلال تشفيرها باستخدام الصيغة المحددة في مخطوطاته.

"والملف في الترانسلتر؟" سألت سوزان.

"لقد قمت بتحميله من موقع تانكادو على الإنترنت كالجميع. إن (إن إس أي) الآن هي المالك الفخور لخوارزمية الحصن الرقمي؛ لا يمكننا فتحها فقط."

أعجبت سوزان بإبداع إينسي تانكادو. من دون إظهار خوارزميته، أثبت لـ (إن إس أي) أنها غير قابلة للحل.

سلمها ستراثمور قصاصة من جريدة. كانت دعاية مترجمة من صحيفة نيكي شيمبن، المكافئ الياباني لصحيفة وال ستريت، تقول إن المبرمج الياباني إينسي تانكادو قد أنهى الصيغة الرياضية التي ادعى أن بإمكانها صياغة شيفرات لا يمكن تحليلها. كانت الصيغة تدعى الحصن الرقمي، وكانت متوافرة للمراجعة على الإنترنت. سيقوم المبرمج ببيعها خلال مزايدة للمزايد الأعلى. تابع المقال ليقول إنه على الرغم من الاهتمام الضخم في اليابان، إلا أن الشركات المبرمجة القليلة في الولايات المتحدة، التي سمعت عن الحصن الرقمي رأت أن هذا الادعاء مناف للعقل، مشابه لتحويل الرصاص إلى الذهب. إن الصيغة، كما قالوا، هي خدعة ولن تؤخذ على محمل الجد.

نظرت سوزان إليه: "مزاد؟"

أومـــأ ستراثمور. "حتى الآن، قامت الشركات المبرمجة كلها في اليابان بتحميل النسخة المشفرة للحصن الرقمي وتحاول حل الرموز لفتحها. كل ثانية تمر من دون أن يتمكنوا من فتحها، يرتفع السعر المعروض."

انفجـــرت سوزان قائلة:"هذا أمر سخيف، الملفات المشفرة الجديدة كلها غير قابلة للحـــل إلا إذا كنت تملك الترانسلتر. لا يمكن أن يكون الحصن الرقمي إلا خوارزمية عامة ذات نطاق شعبي، ولن يتمكن أحد من هذه الشركات من حلها."

"ولكـــنها خدعـــة تســـويق ذكية،" قال ستراثمور. "فكري بها ــ أصناف الزجاج المضـــاد للرصاص كلها توقف الرصاص، ولكن لو تحدتك شركة في وضع رصاصة عبر زجاجهم، فإن الجميع سيقومون بالمحاولة فجـــأة."

"واليابانـــيون قد *صدّقوا* حقاً أن الحصن الرقمي مختلف؟ أفضل من كل شيء في السوق؟"

"صحيح أنه قد تم تجنب تانكادو، ولكن الجميع يعلم أنه عبقري. إنه أيقونة رائعة بيـــن المخترقين (الهاكرز). في حال قال تانكادو إن الخوارزمية غير قابلة للحل، فهي حقاً غير قابلة للحل."

"ولكن *جميعها* غير قابلة للحل بحسب ما يعلمه العامة!"

"نعم... " قال متأملاً. "حتى هذه اللحظة."

"ماذا يفترض أن يعني *هذا*؟"

تـــنهد ســـتراثمور: "مـــنذ عشرين سنة مضت، لم يتخيل أحد أننا سنقوم بتحليل شـــيفرات ذات اثني عشر بت. ولكن التكنولوجيا تقدمت، كما هو حالها دائماً. افترض مصـــنعو البرامج في مرحلة ما أن الكمبيوتر كالترانسلتر سيوجد حقاً. إن التكنولوجيا تـــتطور بســـرعة كبيرة، وفي النهاية ستخـــسر الخوارزميات الحالية الخاصة بالتشفير سريتها. سنحتاج إلى خوارزميات أفضل لمواجهة أجهزة الكمبيوتر المستقبلية."

"وهذا هو حال الحصن الرقمي؟"

"بالضـــبط. الخوارزمية المضادة لـــلقوة الإجبارية لن تموت أبداً، مهما طورت أجهـــزة الكمبـــيوتر المحللـــة للشيفرات. يمكن لها أن تصبح المعيار العالمي بسرعة كبيرة."

أخـــذت ســـوزان نفســـاً طويلاً: "ليساعدنا الله." همست بذلك. "هل يمكننا خوض المزايدة؟"

هـز ستراثمور رأسه: "لقد منحنا تانكادو فرصتنا. وجعل ذلك واضحاً. إنها مخاطرة كبيرة على أي حال؛ لو تم الإيقاع بنا، فإننا نعترف بشكل أساسي أننا خائفون من خوارزميته. سنكون وكأننا نقدم اعترافاً عاماً بأننا لا نملك الترانسلتر وحسب، بل بأن الحصن الرقمي منيع."

"ما هي المدة؟"

عبس ستراثمور: "لقد خطط تانكادو أن يعلن المزاد الأكبر في ظهر الغد."

شعرت سوزان بأن معدتها تتقبض: "ماذا بعد ذلك؟"

"الاتفاق أنه سيعطي الفائز مفتاح المرور."

"*مفتاح المرور؟*"

"جزء من الخدعة. إن الجميع قد حصل مسبقاً على الخوارزمية، لذا فإن تانكادو يزاود على حل تشفير مفتاح المرور."

همهمت سوزان: "بالطبع." لقد كان ذلك رائعاً. نظيف وبسيط. قام تانكادو بتشفير الحصن الرقمي، وهو وحده يحمل مفتاح المرور الذي يفك تشفيرها. وجدت أنه من الصعب فهم أنه في مكان ما في الخارج ــ وربما مبعثرة على ورقة في جيب تانكادو ــ هناك مفتاح مرور بأربعة وستين بت يمكن له أن ينهي التجمع الاستخباراتي للولايات المتحدة للأبد.

شعرت سوزان فجأة بالاستياء وهي تتخيل السيناريو. سيقوم تانكادو بإعطاء مفتاح المرور للمزايد الأعلى، وستقوم تلك الشركة بحل شيفرة ملف الحصن الرقمي. وربما ستقوم بتضمين الخوارزمية في رقاقة مشفرة، وخلال خمس سنوات ستحمل جميع أجهزة الكمبيوتر رقاقة الحصن الرقمي. لم يحلم أي مصنع تجاري من قبل بصنع رقاقة للتشفير لأن خوارزميات التشفير العادية ستصبح عديمة الفائدة في النهاية. ولكن الحصن الرقمي لن يصبح عديم الفائدة على الإطلاق؛ بآلية النص الواضح الدوري، لن تجد القوة الإجبارية المفتاح الصحيح أبداً. معيار جديد للتشفير الرقمي. من الآن وإلى الأبد. الشيفرات كلها غير قابلة للحل. المصرفيون، السماسرة، الإرهابيون، والجواسيس. عالم واحد ــ خوارزمية واحدة.

الفوضوية.

"ما هي الخيارات؟" سألت سوزان. كانت على علم تماماً بأن الأوقات البائسة تُوجب إجراءات بائسة، حتى في (إن إس أي).

"لا نستطيع قتله، إذا كان هذا ما تسألين عنه."

كــان ذلك بالضبط ما تسأل عنه سوزان. فخلال سنوات عملها مع (إن إس أي)، كانــت سوزان قد سمعت إشاعات حول تبنيها الحر لأمهر السفاحين في العالم ــ أيدي مستأجرة لتنفيذ الأعمال القذرة للمجتمع الاستخباراتي.

هز ستراثمور رأسه: "إن تانكادو ذكي جداً ليترك لنا خياراً كهذا."

شعرت سوزان بارتياح غريب: "إنه محمي؟"

"ليس تماماً."

"مختفٍ؟"

هــز ستراثمور كتفيه: "لقد غادر تانكادو اليابان. لقد خطط أن يراقب مناقصاته عبر الهاتف. ولكننا نعلم أين هو."

"ولا تخطط للتحرك؟"

"لا. لديه تأمين. لقد أعطى نسخة من مفتاح المرور إلى شخص آخر مجهول... في حال حدث أي شيء."

بالطــبع، أعجبــت بــه سوزان، *ملاك حارس*. "وأفترض أنه لو حدث أي شيء لتانكادو، فإن الرجل الغامض سيقوم ببيع المفتاح؟"

"أسوأ من ذلك. أي شخص يقترب من تانكادو، سيقوم شريكه بإعلان المفتاح."

بدت سوزان مرتبكة: "سيقوم شريكه *بإعلان* المفتاح؟"

أومــأ ســتراثمور: "ســيقوم بوضعه على الإنترنت، ووضعه في الجرائد، وعلى لوحاتِ الإعلانات. في الواقع، سيقوم بالتصدق به."

توسعت عينا سوزان. "تحميل مجاني؟"

"بالضبط. علم تانكادو أنه في حال وفاته، لن يحتاج إلى الأموال ــ لماذا لا يقدم إلى العالم هدية وداع صغيرة؟"

ساد صمت طويل. أخذت سوزان نفساً عميقاً وكأنها تريد قبول الحقيقة المرعبة. *لقد صاغ إينسي تانكادو خوارزمية غير قابلة للحل. ونحن الآن رهائن له.*

نهضــت فجأة، وكان صوتها صارماً: "يجب أن نتصل بتانكادو! لا بد من وجود طــريقة لإقناعه ألا يحررها! نعرض عليه أن نضاعف العرض الأعلى ثلاث مرات! يمكننا تطهير سمعته! أي شيء!"

"لقد فات الأوان كثيراً،" قال ستراثمور. أخذ نفساً عميقاً. "لقد وجد إينسي تانكادو ميتاً هذا الصباح في سيفيل، في إسبانيا."

الـفـصــل 8

لمســت المحــركات المــزدوجة لطائرة ليرجيت 60 أرض المدرج الجافة. من خــارج النافذة، بدا المنظر القاحل لمنطقة إكستريمادورا المنخفضة في إسبانيا مشوشاً، ثم بدأ بالتباطؤ.

"سيد بيكر؟" قال الصوت مطقطقاً: "لقد وصلنا."

نهــض بيكر وتمطمط. وبعد أن فتح حجرة الأمتعة الموجودة فوق مقعده، تذكر أنه لا يملك أي أمتعة. لم يكن هناك وقت كاف ليحزمها. هذا لا يهم ــ فقد وعدوه بأن تكون الرحلة قصيرة جداً، ذهاباً وإياباً.

بينما دارت المحركات ببطء، تحركت الطائرة بعيدة عن أشعة الشمس إلى هنغار فارغ مقــابل المحطــة الرئيسية. بعد لحظة، ظهر الطيار ودفع باب الحجرة ليفتحها. ألقى بيكر ما تبقى من عصير التوت ووضع الكأس في مكان الشرب المخصص ثم حمل معطفه.

ســحب الطــيار ظرفاً سميكاً من ورق المانيلا من بذلة الطيران. "لقد أُمرت أن أعطيك هذا." سلمه لبيكر. على الوجه الأمامي، كُتب بالقلم الأزرق، هذه الكلمات:

احتفظ بهذه النقود

مرر بيكر يده عبر كدسة الأموال السميكة الحمراء: "ما هذا...؟"

"عملة محلية،" قال الطيار من دون تردد.

"أعلــم مــا هي،" تمتم بيكر. "ولكنها... كثيرة جداً. كل ما أحتاج إليه هو أجرة التاكســي." قــام بــيكر بإجــراء التحويلات في عقله. "القيمة التي هنا تساوي *آلاف* الدولارات!"

"هذه هي الأوامر، سيدي." التفت الطيار وغادر عائداً إلى حجرة الطائرة. انزلق الباب لينغلق من خلفه.

حــدق بــيكر إلــى الأعلى إلى الطائرة ومن ثم إلى الأسفل إلى النقود في يده. بعد الوقوف للحظة في الهنغار الفارغ، وضع الظرف في جيب صدره، ووضع المعطف على كتفــيه وتوجــه إلى الخارج عبر المدرج. لقد كانت بداية غريبة. دفعها بيكر خارج عقله. بالقليل من الحظ، سيعود بسرعة ليعوّض ما فاته من رحلته في ستون مانور مع سوزان.

ذهاباً وإياباً، قال لنفسه. *ذهاباً وإياباً*.

كان من المستحيل أن يعلم ما الذي سيحدث له.

الفصل 9

كان فني أمن الأنظمة فيل شارتروكيان قد قرر أن يبقى داخل الكريبتو لدقيقة واحدة فقط ـ وقت كافٍ ليجمع بعض الأوراق التي كان قد نسيها في اليوم السابق. ولكن ذلك لن يحدث.

بعد أن شق طريقه عبر طابق الكريبتو وعند دخوله إلى مخبر أمن الأنظمة، علم على الفور أن هناك شيئاً ما ليس على ما يرام. الكمبيوتر التقني الخاص بمراقبة الترانسلتر بشكل دائم كان من دون حراسة، والشاشة مغلقة.

صاح شارتروكيان: "مرحباً؟"

لم يجب أحد. كان المخبر نظيفاً تماماً ـ وكأن أحداً لم يدخله منذ ساعات.

وعلى الرغم من أن عمر شارتروكيان هو ثلاث وعشرون سنة فقط، وهو جديد نسبياً في فريق أمن الأنظمة، إلا أنه قد تم تدريبه جيداً، وهو يعلم القوانين: هناك *دائماً* رجل أمن في الكريبتو في الخدمة.. خصوصاً في أيام السبت عندما لا يتواجد أحد من محللي الشيفرات.

قام على الفور بتشغيل الشاشة والتفت إلى لوحة العمل الموجودة على الحائط. "من على المراقبة؟" سأل جهاراً، وهو يتفحص قائمة الأسماء. بحسب الجدول، كان من المفترض أن يبدأ شاب مبتدئ يدعى سيدينبيرغ في المناوبة المزدوجة عند منتصف الليلة السابقة. حدق شارتروكيان حول المختبر الفارغ وعبس. "إذن أين هو بحق الجحيم؟"

وبينما ينظر إلى الشاشة وقد بدأت تعمل، تساءل شارتروكيان ما إذا كان ستراثمور يعلم أن مختبر أمن الأنظمة خال من الحراسة. كان فيل قد لاحظ وهو في طريقه أن ستائر مكتب ستراثمور مغلقة، الأمر الذي يعني أن المدير في الداخل ـ وهذا أمر غير مستغرب على الإطلاق في أيام السبت؛ ستراثمور، على الرغم من طلبه من محللي الشيفرات أخذ عطلة أيام السبت، بدا أنه يعمل 365 يوماً في السنة.

كان هناك شيء واحد واثقٌ منه شارتروكيان ـ لو أن ستراثمور علم أن مختبر أمن الأنظمة خال من الحراسة، سيكلف ذلك الحارس الجديد المتغيب وظيفته. نظر شارتروكيان إلى الهاتف متسائلاً إذا كان يتوجب عليه الاتصال بالتقني الشاب وإنقاذه من الورطة؛ كان هناك قاعدة لا تُذكر بين تقني الأنظمة الأمنية وهي مراقبة زلات بعضهم البعض. في الكريبتو، يعتبر تقنيو أمن الأنظمة مواطنين من مستوى متدنٍ، في اختلاف

دائـــم مـــع مالكـــي الأراضي. لم يكن أمراً سرياً أن المحللين هم الحاكمون لهذا المسكن الـــبالغة تكلفـــته ملايين الدولارات؛ يُحتمل تقنيو الأنظمة الأمنية فقط لأنهم يعملون على إبقاء الأجهزة تعمل بشكل ملائم.

قرر شارتروكيان ما هو فاعله، فأمسك بسماعة الهاتف، ولكن السماعة لم تصل إلـــى أذنـــيه. تجمـــد في مكانه، تحجرت عيناه على الشاشة التي بدأت تتركز أمامه. وبحركة بطيئة، وضع سماعة الهاتف وحدق بدهشة فاغراً فمه.

خـــلال ثمانـــية أشهر وهو يعمل كتقنيٍ في أمن الأنظمة، لم ير فيل شارتروكيان علـــى الإطـــلاق شاشة عرض الترانسلتر تُظهر أي شيء سوى أصفار ثنائية في حقل الساعات. كان اليوم هو الأول.

الوقت المستغرق:15:17:21

"خمس عشرة ساعة وسبع عشرة دقيقة؟" تسمّر في مكانه. "مستحيل!"

أعـــاد تشـــغيل الشاشـــة، معتـــبراً أنها لم تعمل بشكل صحيح. ولكن، عندما بدأت العرض، أظهرت الشيء نفسه.

شـــعر شـــارتروكيان بقشعريرة. كانت مسؤولية تقنيي أمن الأنظمة واحدة فقط: إبقاء الترانسلتر 'نظيفاً' ــ خالياً من الفيروسات.

يعلم شارتروكيان أن عملية تستغرق خمس عشرة ساعة يمكن أن تعني أمراً واحداً فقـــط ــ عـــدوى بفـــيروس. ملـــف ملوث وُضع في داخل الترانسلتر وهو يقوم بإفساد الـــبرمجة. على الفور، قام بما تدرب عليه؛ لم يعد يهم أن كان مختبر أمن الأنظمة خالياً من الحراسة، أو أن الشاشة قد أُطفئت. ركز على المشكلة الحالية ــ الترانسلتر. مباشرةً، قام بعرض سجل يحتوي الملفات كلها التي دخلت الترانسلتر في الثماني والأربعين ساعة الماضية. بدأ يتفحص القائمة.

هـــل دخـــل أي ملف ملوث عبره؟ تساءل بنفسه. *هل من الممكن أن شيئاً ما قد تجاوز مرشحات الأمان؟*

كإجراء احتياطي، يتوجب على كل ملف يدخل الترانسلتر المرور عبر ما يدعى باســـم 'غاونتليت[1]' ــ سلسلة من البوابات الفاعلة على مستوى الدارات والمرشحات المجمعّة والبرامج المطهرة التي تفحص الملفات الداخلية بحثاً عن فيروسات الكمبيوتر والعملـــيات الـــتي يمكـــن أن تكون خطيرة. الملفات المتضمنة برمجة 'غير معروفة'

(1) غاونتليت: القفاز الحديدي الطويل.

للغاونتليت يتم رفضها على الفور. يجب أن تُفحص يدوياً. أحياناً، يرفض الغاونتليت ملفات غير مؤذية أبداً استناداً إلى أنها تحتوي على برمجة لم ترها المرشحات من قبل على الإطلاق. في تلك الحالة، يقوم التقني بفحص يدوي مدقق، وعندها فقط، عند تأكيد صحة أن الملف نظيف، يتجاهلون مرشحات الغاونتليت ويرسلون الملف إلى الترانسلتر.

إن فيروسات الكمبيوتر متنوعة بالدرجة التي تتنوع فيها الفيروسات الحقيقية. وكنظائرها الفيزيولوجية، فإن فيروسات الكمبيوتر لديها هدف واحد فقط ــ إلصاق أنفسها بالنظام المضيف والتضاعف. في هذه الحالة، المضيف هو الترانسلتر.

كان شارتروكيان مندهشاً من أن (إن إس أي) لم تكن تصادف مشاكل مع الفيروسات من قبل. حيث إن الغاونتليت حارس فاعل ومع ذلك فإن (إن إس أي) تتغذى من القاع، فهي تمتص بكميات ضخمة معلومات رقمية من الأنظمة حول العالم. افتراس المعلومات يشبه كثيراً ممارسة الجنس عشوائياً ــ بحماية أو من دون حماية، عاجلاً أم آجلاً، ستصاب بشيء ما.

أنهى شارتروكيان فحص قائمة الملف الموجودة أمامه، فأصبح أشد حيرة من قبل. الملفات كلها تم فحصها، لم يشاهد الغاونتليت أي شيء غير طبيعي، وهذا يعني أن الملف في الترانسلتر نظيف بالكامل.

"إذاً ما هو الشيء الذي يستغرق كل هذا الوقت، بحق الجحيم؟" سأل بقوة في صمت الغرفة. شعر شارتروكيان بنفسه يتصبب عرقاً. تساءل إذا كان يجب عليه إزعاج ستراثمور بهذه الأخبار.

"تحري عن الفيروسات،" قال شارتروكيان بحزم، محاولاً تهدئة نفسه. "يتوجب عليّ إجراء مسح فيروسي."

يعلم شارتروكيان أن تحري الفيروسات هو أول شيء سيطلبه ستراثمور على أي حال. محدقاً إلى الخارج في طابق الكريبتو الفارغ، قرر شارتروكيان ما عليه فعله. قام بتحميل برنامج الفحص الفيروسي وبدأ به. سيستغرق الإجراء حوالى خمس عشرة دقيقة.

"عُد نظيفاً،" همس هو. "نظيفاً بالكامل. أرجوك، قل لبابا أنه لا يوجد شيء."

ولكن شارتروكيان أحس بأن هذا ليس "لا شيء". الغريزة أخبرته أن هناك شيئاً ما غير طبيعي يحدث في داخل وحش تحليل الشيفرات العظيم.

الفصل 10

"إينسي تانكادو ميت؟" شعرت سوزان بموجة من الغثيان. "أنت قتلته؟ اعتقدت أنك قلت ـ "

"لم نلمسه،" أكد لها ستراثمور. "لقد مات بنوبة قلبية. جاءنا اتصال من كومينت في وقت مبكر هذا الصباح. قام جهاز الكمبيوتر الخاص بهم بالإشارة إلى اسم تانكادو في سجل شرطة سيفيل عبر الانتربول."

"نوبة قلبية؟" بدت سوزان مرتابة. "إنه في الثلاثين من العمر."

"اثنان وثلاثون،" صحح لها ستراثمور. "يوجد خلل في قلبه منذ الولادة."

"لم اسمع عن ذلك مطلقاً."

"تبين ذلك في الفحص الفيزيائي في (إن إس أي). ليس هذا شيئاً يتباهى به."

كانت سوزان تعاني من مشكلة في تقبل سرنديبية[1] التوقيت. "قلب فيه خلل يمكن أن يقتله ـ ببساطة؟ يبدو الأمر ملائماً بشكل مفرط."

هز ستراثمور كتفيه: "قلب ضعيف... قارنيها مع الحرارة المرتفعة في إسبانيا. بالإضافة إلى الضغط الناجم عن ابتزاز (إن إس أي)..."

صمتت سوزان للحظة. رغم اعتبار الظروف، شعرت بوخز من الألم لموت مثل هذا الرفيق الذكي في تحليل الشيفرات. قاطع أفكارها صوت ستراثمور الأجش.

"إن الأمر الجيد الوحيد في هذا الإخفاق هو أن تانكادو كان يسافر وحيداً. فرصنا جيدة بأن يكون شريكه لا يعلم بموته بعد. قالت السلطات الأسبانية إن بإمكانها احتواء المعلومات لأطول فترة ممكنة. لقد وصلتنا المكالمة فقط لأن كومينت كانت على علم بما يحدث." نظر ستراثمور إلى سوزان عن قرب. "يجب عليّ إيجاد شريكه قبل أن يعلم بموت تانكادو. لذلك قمت باستدعائك. أحتاج إلى مساعدتك."

ارتبكت سوزان. فقد بدا لها أن موت إينسي تانكادو في الوقت المناسب قد قام بحل مشكلتهم بأكملها. "أيها القائد،" جادلته قائلة: "بما أن السلطات تقول إن موته هو بسبب نوبة قلبية، فنحن خارج دائرة الاتهام؛ سيعلم شريكه أن (إن إس أي) غير مسؤولة."

"غير مسؤولة؟" اتسعت عينا ستراثمور باستغراب. "شخص ما يبتز (إن إس أي)

---

(1) سرنديبية: موهبة اكتشاف الأشياء النفيسة أو السارة مصادفةً (من أسطورة أمراء سرنديب الثلاثة).

ومن ثم يظهر أنه ميت بعد أيام عدة ــ ونحن غير *مسؤولين؟* أراهن أن صديق تانكادو الغامض لن يراها بهذه الطريقة. مهما حدث، نبدو مذنبين بكل معنى الكلمة. يمكن أن يكــون ببساطة سماً، أو تشريحاً ملفقاً للجثة، أي شيء." صمت ستراثمور. "ماذا كانت ردة فعلك الأولى عندما أخبرتك أن تانكادو ميت؟"

عبست: "اعتقدت أن (إن إس أي) قد قتلته."

"بالضــبط. إذا كــان بمقدور (إن إس أي) أن تضع خمسة أقمار ريوليت في مدار ثابــت[1] فوق الشرق الأوسط، اعتقد أنه من السليم الافتراض بأننا نمتلك بعض الموارد لرشوة بعض رجال الشرطة الإسبانيين." أوضح القائد وجهة نظره.

تنهدت سوزان. *إينسي تانكادو ميت، وسوف تلام (إن إس أي) لذلك.* "أيمكننا إيجاد شريكه في الوقت المناسب؟"

"أعــتقد لــك. لديــنا أدلة جيدة. لقد قام تانكادو بعدد كبير من البلاغات العامة أنه يعمل مع شريك. اعتقد أنه تمنى بذلك إعاقة شركات البرمجة عن إيذائه أو محاولة سرقة مفــتاحه. هــدد بأنــه لــو حدثت أي لعبة ماكرة، سيقوم شريكه بنشر المفتاح، وستجد الشركات كلها نفسها فجأة في منافسة لبرنامج مجاني."

"ذكي." أومأت سوزان.

تــابع ستراثمور حديثه. "بضع مرات، في العلن، أشار تانكادو إلى شريكه بالاسم. أطلق عليه اسم نورث داكوتا."

"نورث داكوتا؟ من الواضح أنه اسم مستعار من نوع ما."

"نعم، ولكن، على سبيل الحيطة، قمت بإجراء استعلام على الإنترنت باستخدام اسم نــورث داكوتا كمضمار للبحث. لا أعتقد أنني وجدت أي شيء، ولكنني وجدت حساب بــريد الكترونــي." صمت ستراثمور. "وبالطبع افترضت أنه لم يكن لنورث داكوتا الذي نبحــث عــنه، ولكننــي بحثت في الحساب فقط لأتأكد. تخيلي دهشتي عندما وجدت أن الحســاب مليء برسائل الكترونية من إينسي تانكادو." قوس ستراثمور حاجبيه. "وكانت الرسائل كلها مليئة بإشارات إلى الحصن الرقمي، وإلى خطط تانكادو في ابتزاز (إن إس أي)."

نظرت سوزان إلى ستراثمور بشك. كانت مندهشة أن القائد يترك نفسه ليُلعب بها بســهولة. "أيهــا القائد،" جادلته سوزان، "يعلم تانكادو تمام العلم أن بإمكان (إن إس أي) افــتراس الــبريد الالكترونــي من على الإنترنت؛ لن يستخدم الرسائل الالكترونية *على*

---

(1) المدار الثابت: قمر صناعي للاتصالات يدور مع الأرض ولكن يبدو ثابتاً فوق مكان محدد.

الإطلاق لإرسال معلومات سرية. إنه فخ. لقد قام إينسي تانكادو *بتقديم* نورث داكوتا لك. علم أنك ستجري البحث. مهما كانت المعلومات التي يرسلها، *أرادك* أنت أن تجدها ــ إنها جرجرة مزيفة.

"غريزة جيدة،" أجابها ستراثمور بغضب، "باستثناء بعض الأشياء. لم أجد أي شيء ضمن اسم نورث داكوتا، لذلك تلاعبت بمضمار البحث. الحساب الذي وجدته كان تحت شكل مختلف ــ انداكوتا NDAKOTA."

هزت سوزان رأسها. "إن تجربة التغيير هي إجراء معتاد. يعلم تانكادو أنك ستجرب جميع التغيرات إلى أن تصل إلى شيء ما. انداكوتا هو بديل سهل جداً."

"ربما،" قال ستراثمور، وهو يخربش كلمات على قطعة من الورق ويسلمها إلى سوزان. "ولكن انظري لهذا."

قرأت سوزان الورقة. فهمت فجأة ما يفكر به القائد. على الورقة كان هناك عنوان البريد الإلكتروني لنورث داكوتا.

NDAKOTA@ara.anon.org

كانت الأحرف (أي أر أي) (a r a) في العنوان هي التي جذبت انتباه عيني سوزان. إن (أي أر أي) تمثل شركة إعادة إرسال بريد أمريكا الإلكتروني عديم الاسم، مُخدم معروف عديم الاسم.

المخدمات عديمة الاسم كانت معروفة بين مستخدمي الإنترنت الذين يريدون إبقاء هوياتهم سرية. لقاء أجر معين، تحمي هذه الشركات خصوصية المرسِل بكونها وسيطاً للبريد الالكتروني. إن ذلك بمثابة الحصول على علبة مرقمة في مكتب البريد ــ يمكن للمستخدم إرسال البريد وتلقيه من دون الكشف عن مكانه أو اسمه الحقيقي. تستقبل الشركة الرسالة الإلكترونية الموجهة إلى الاسم المستعار ومن ثم ترسلها إلى الحساب الحقيقي للمتلقي. الشركة البريدية مقيدة باتفاق أن لا تكشف هوية أو مكان مستخدميها الحقيقية أبداً.

"إنها ليست دليلاً." قال ستراثمور. "ولكنها مثيرة للشك بعض الشيء."

أومأت سوزان، وقد أصبحت مقتنعة أكثر فجأة. "إذاً أنت تقول إن تانكادو لم يهتم لأي شخص قد يبحث عن اسم نورث داكوتا لأن هويته وموقعه محميان من قبل (أي أر أي)."

"بالضبط."

أخذت سوزان تخطط للحظة: "تقدم (أي أر أي) الخدمات لحسابات أمريكية بشكل أساسي، تعتقد أن نورث داكوتا يمكن أن يكون هنا في مكان ما؟"

هـز سـتراثمور كتفـيه: "يمكن ذلك. بشريك أمريكي، يمكن لتانكادو أن يبقي مفتاحي الشيفرة منفصلين عن بعضهما من الناحية الجغرافية. ربما تكون حركة ذكية."

فكـرت سـوزان بذلـك، وشكت في أن تانكادو سيشارك مفتاح الشيفرة مع أي شـخص آخر سوى صديق حميم. وكما تذكر، لم يكن لإينسي تانكادو أصدقاء كثر في الولايات المتحدة.

"نـورث داكوتـا،" أخـذت تفكر وعقلها التحليلي يتأمل بالمعاني المحتملة للاسم المستعار. "كيف تبدو رسالته الالكترونية المرسلة إلى تانكادو؟"

"لـيس لـدي فكـرة. اسـتطاع كومينت فقط أن يمسك بتانكادو وهو مسافر إلى الخارج. حالياً، كل ما نملكه عن نورث داكوتا هو عنوان عديم الاسم."

فكرت سوزان لدقيقة: "هل هناك احتمال أن يكون شركاً؟"

قوس ستراثمور حاجبيه: "كيف ذلك؟"

"يمكـن لـتانكادو أن يرسل رسائل مزيفة إلى حساب فارغ على أمل أننا سنقوم بملاحقته. نظن أنه محمي، وبذلك لن يخاطر بمشاركة مفتاح المرور الخاص به. ربما يعمل لوحده."

ضـحك سـتراثمور بخفوت متأثراً: "فكرة مخادعة، باستثناء شيء واحد. إنه لا يسـتخدم أيـاً مـن حساباته الخاصة بالمنزل أو العمل على الإنترنت. لقد كان يزور باستمرار جامعة دوشيشا و يدخل إلى كمبيوترهم المركزي. يبدو أن لديه حساباً هناك عمـل علـى أن يبقيه سرياً. إنه حساب مخبأ بشكل جيد، ولقد وجدته بالصدفة فقط." صـمت ستراثمور. "إذاً... لو أن تانكادو أرادنا أن نلاحق بريده، لماذا يستخدم حساباً سرياً؟"

فكرت سوزان ملياً بالسؤال. "ربما استخدم حساباً سرياً لكي لا تشك بأي خدعة؟ ربمـا قـام تانكـادو بإخفـاء الحساب لدرجة كافية تجعلك عندما تكتشفها تعتقد أنك محظوظ. إن ذلك يمنح المصداقية لرسائله الالكترونية."

ضحك ستراثمور بخفوت: "يجب أن تكوني موظفة ميدانية. إن هذه الفكرة جيدة. لسـوء الحـظ، كـل رسالة قام تانكادو بإرسالها كان لها رد. يكتب تانكادو وشريكه يجيب."

عبست سوزان: "ذلك معقول. إذاً، أنت تقول إن نورث داكوتا حقيقي."

"أخشـــى ذلـــك. وعلينا أن نجده... وبهدوء. بمجرد شعوره بإننا نلاحقه، سينتهي الأمر."

علمت سوزان الآن بالضبط لماذا قام ستراثمور باستدعائها. "دعني أحزر،" قالت لـــه. "تريديني أن ألاحق البيانات السرية لــ (أي أر أي) وأجد الهوية الحقيقية لنورث داكوتا؟"

قدم إليها ستراثمور ابتسامة حميمة: "آنسة فليتشر، إنك تقرأين أفكاري."

عندما يتعلق الأمر بأبحاث الانترنت السرية، سوزان فليتشر هي المرأة المناسبة للعمل. منذ سنة مضت، كان ضابط عالي المنزلة في البيت الأبيض يتلقى تهديدات عن طـــريق البريد الالكتروني من شخص ذي عنوان بريدي عديم الاسم. عندها طُلب من (إن إس أي) إيجاد ذلك الشخص. على الرغم من أن (إن إس أي) تملك النفوذ لتطلب من شركة البريد الكشف عن هوية المستخدم، اختارت طريقة أكثر براعة ــ الاقتفاء.

ابـــتكرت ســـوزان، فـــي الواقـــع، مرشـــد اتجاهات مخفياً في جزء من رسالة الكترونـــية. تمكنت من إرساله إلى العنوان المزيف للمستخدم، وقامت الشركة البريدية عند قيامها بالمهمة التي اتفق عليها بإرسالها إلى العنوان الحقيقي للمستخدم. من هناك، ســيقوم البرنامج بتسجيل مكان الاتصال للإنترنت والاتصال مرة أخرى بـــ (إن إس أي). بعدهـــا يتحلل البرنامج من دون أي أثر. منذ ذلك اليوم، كلما تعلق الأمر بـــ (إن إس أي)، لم يكن البريد عديم الاسم أكثر من إزعاج ثانوي.

"هل يمكنك إيجاده؟" سأل ستراثمور.

"بالطبع. لماذا انتظرت وقتاً طويلاً للاتصال بي؟"

"في الواقع،" ــ عبس هو ــ "لم أخطط للاتصال بك على الإطلاق. لم أرغب في أن يعلم أي شخص آخر بالأمر. حاولت إرسال نسخة من المقتفي بنفسي، ولكنك كتبت ذلـــك الشـــيء اللعين بأحدى هذه اللغات الجديدة المهجنة؛ لم أستطع أن أجعلها تعمل. تابَعَت في إرسال معلومات لا معنى لها. في النهاية كان عليّ أن أرضخ للأمر الواقع وأحضرك."

ضحكت سوزان بخفوت. كان ستراثمور مبرمجاً ذكياً في تحليل الشيفرات، ولكن ذخـــيرته كانت محدودة بشكل أساسي للأعمال الخوارزمية؛ القواعد الأساسية للبرمجة 'العامّـــية' الواضـــحة تخرج عن سيطرته غالباً. ما يزيد الأمر سوءاً هو أن سوزان كتبت المقتفي بلغة برمجية هجينة وجديدة تدعى 'ليمبو'؛ كان مفهوماً أن ستراثمور قد واجه مشاكل غير متوقعة. "سأعتني بالأمر." ابتسمت لـــه وهي تلتفت لتغادر. "سأكون

في قسمي."

"أهناك فكرة عن الوقت المستغرق؟"

صمتت سوزان. "حسناً... ذلك يعتمد على كفاءة (أي أر أي) في إعادة إرسال بريدهم. إذا كان هنا في الولايات المتحدة ويستخدم بريداً مثل (أي أو أل) أو كومبيوسيرف، سألاحق بطاقته الاعتمادية وأحصل على العنوان المستهدف خلال ساعة. وإذا كان مع جامعة أو اتحاد، فسيستغرق وقتاً أطول بقليل." ابتسمت بارتباك. "بعد ذلك، البقية تعود إليك."

تعلم سوزان أن 'البقية' ستكون فريق اقتحام من (إن إس أي)، تقوم باقتحام منزل ذلك الشخص وتندفع عبر النوافذ مع بنادق للإرهاب. ربما سيعتقد الفريق أن ذلك لمداهمة مخدرات. ومن دون شك سيسرع ستراثمور إلى المبنى بنفسه ويحدد مكان مفتاح المرور ذي الأربعة والستين بت. بعدها سيقوم بتحطيمه. سوف يُهمل الحصن الرقمي للأبد من الإنترنت، مقفل لطول الأمد.

"أرسلي المقتفي بحذر،" ألح ستراثمور: "في حال عرف نورث داكوتا أننا نلاحقه، سيُذعر ولن أتمكن من إرسال فريق إلى هناك قبل أن يختفي مع المفتاح."

"اضرب واختفي." أكدت له. "في اللحظة التي يجد فيها هذا الشيء حسابه، سيتحلل. لن يعلم على الإطلاق أننا كنا هناك."

أومأ القائد بتعب: "شكراً لك."

ابتسمت سوزان بنعومة. كانت دائماً مندهشة كيف يتمكن ستراثمور في وجه المصائب من التمتع بالهدوء الكامل. كانت مقتنعة من أن تلك المقدرة هي التي حددت له عمله وجعلته يصل إلى أعلى درجات القوة.

فيما توجهت سوزان إلى الباب، ألقت نظرة طويلة إلى الأسفل إلى الترانسلتر. إن وجود خوارزمية غير قابلة للحل كان مفهوماً لا تزال تحاول فهمه. دعت أن يتمكنوا من إيجاد نورث داكوتا في الوقت المناسب.

"أسرعي بذلك،" صاح ستراثمور: "وستكونين في الجبال الدخانية عند حلول المساء."

تجمدت سوزان وهي في طريقها. تعلم أنها لم تذكر رحلتها على الإطلاق أمام ستراثمور. التفتت إليه. *هل تقوم (إن إس أي) بالاستماع إلى هاتفي؟*

ابتسم ستراثمور خجلاً: "أخبرني ديفيد عن رحلتكم هذا الصباح. قال إنك سوف تستائين لتأخيرها."

أحست سوزان بالضياع: "تحدثت مع ديفيد هذا *الصباح؟*"

"بالطبع،" بدا ستراثمور محتاراً من ردة فعل سوزان. "كان عليّ تزويده بالمعلومات."

"تزوده بالمعلومات؟" سألته. *لماذا؟*"

"لرحلته. لقد أرسلت ديفيد إلى إسبانيا."

الفصل 11

إسبانيا. *أرسلتُ ديفيد إلى إسبانيا*. وخزتها كلمات القائد.

"ديفيد في إسبانيا؟" شكت سوزان بالأمر. "أرسلته إلى إسبانيا؟" تحولت نبرة صوتها إلى الغضب: "*لماذا؟*"

بدا ستراثمور عاجزاً عن الكلام. من الواضح أنه غير معتاد على أن يصيح أحد بوجهه، ولو كان رئيس محللي الشيفرات. نظر إلى سوزان بارتباك. كانت منثنية مثل أم نمرة تحمي جراءها.

"سوزان،" قال لها. "لقد تحدثت معه، أليس كذلك؟ شرح لك ديفيد *بالتأكيد*؟"

كانت مصدومة لدرجة لم تتمكن من الحديث. *إسبانيا؟ لهذا السبب قام ديفيد بتأجيل رحلتنا إلى ستون مانور؟*

"لقد أرسلت سيارة لتقله في الصباح. قال إنه سيتصل بك قبل المغادرة. أنا آسف. اعتقدت ــ"

"لماذا تقوم بإرسال ديفيد إلى إسبانيا؟"

صمت ستراثمور قليلاً وقدم إليها نظرة واضحة. "للحصول على مفتاح المرور الآخر."

"أي مفتاح آخر؟"

"نسخة تانكادو."

كانت سوزان تائهة. "عمَّ تتحدث؟"

تنهد ستراثمور: "من المؤكد أن تانكادو يملك نسخة عن مفتاح المرور معه عندما توفي. أنا لا أريدها أن تنتشر في معرض الجثث في سيفيل."

"لذا قمت بإرسال ديفيد بيكر؟" كانت سوزان أكثر من مجرد مصدومة. لم يكن أي شيء مفهوماً. "إن ديفيد لا يعمل معك حتى!"

بدا ستراثمور مجفلاً. لم يتحدث أحد بمثل تلك الطريقة مع معاون مدير (إن إس أي) على الإطلاق. "سوزان،" قال لها محافظاً على هدوءه. "هذه هي النقطة. احتجت إلى ــ"

اندفعت النمرة فجأة: "لديك عشرون ألف موظف تحت خدمتك! من يعطيك الحق بإرسال خطيبي؟"

"احتجت إلى رسول مدني، شخص بعيد تماماً عن الحكومة. في حال اتبعت

القواعد النظامية وعلم أحد بالأمر ــ"

"هل ديفيد بيكر هو المدني الوحيد الذي تعرفه؟"

"لا! ديفيد بيكر *ليس* المدني الوحيد الذي أعرفه! ولكن في الساعة السادسة هذا الصباح، كانت الأشياء تحدث بسرعة! إن ديفيد يتحدث اللغة وهو ذكي، وأثق به، واعتقدت أنني أقدم إليه معروفاً!"

"معروف؟" قالت سوزان باهتياج: "إرساله إلى إسبانيا هو معروف؟"

"نعم! إنني أدفع له عشرة آلاف دولار لقاء عمل يوم واحد. سيقوم بجمع ممتلكات تانكادو، وسيعود. هذا معروف!"

صمتت سوزان. لقد فهمت الأمر. كان الأمر يتعلق بالمال.

عادت أفكارها إلى الوراء خمسة أشهر، إلى الليلة التي عرض فيها رئيس جامعة جورج تاون على ديفيد ترقية ليصبح رئيس قسم اللغات. حذره الرئيس من أن ساعات تدريسه ستتضاءل وسيكون هناك زيادة في الأعمال الوظيفية الاعتيادية، ولكن كان هناك أيضاً علاوة في راتبه. أرادت سوزان الصياح، *ديفيد، لا تفعل ذلك! ستكون في حالة بائسة! لدينا الكثير من الأموال ــ ولا يهم من منا الذي يكسبها؟* ولكن لم يكن ما فضلته. في النهاية، وقفت أمام قراره بالموافقة. بينما يتجهزون للنوم في تلك الليلة، حاولت أن تكون سعيدة من أجله، ولكن شيء ما داخلها استمر في إخبارها أن هذه ستكون كارثة. كانت على حق ــ ولكنها لم تكن واثقة على الإطلاق من أنها محقة كثيراً.

"دفعت له عشرة آلاف دولار؟" سألته. "هذه خدعة حقيرة!"

اهتاج ستراثمور غضباً الآن: "خدعة؟ لم تكن هذه أي خدعة لعينة! إنني لم أخبره عن الأموال حتى. طلبت منه ذلك كخدمة شخصية. وقد وافق على الذهاب."

"بالطبع وافق! فأنت مديري! أنت نائب المدير في (إن إس أي)! لم يستطع أن يرفض!"

"أنت محقة،" قال ستراثمور بغضب. "لهذا السبب اتصلت به. لم أكن مرتاحاً لــ ــ"

"هل يعلم المدير أنك أرسلت مدنياً؟"

"سوزان،" قال ستراثمور وقد أصبح من الواضح أنه صبره بدأ يتلاشى: "لا علاقة للمدير بالموضوع. لا يعلم أي شيء عن هذا."

حدقت سوزان بستراثمور وهي غير مصدقة. وكأنها لم تعد تعلم الشخص الذي تتحدث معه. لقد أرسل خطيبها ــ أستاذ ــ في مهمة لــ (إن إس أي) ومن ثم يرفض

إخبار المدير عن الأزمة الأكبر في تاريخ المنظمة.

"*لم يتم إعلام ليلاند فونتين؟*"

كـــان ســـتراثمور قد وصل إلى آخر حد. انفجر قائلاً: "سوزان، استمعي الآن! دعوتـــك إلـــى هنا لأنني أحتاج إلى حليف وليس إلى محقق! لقد كان هذا أسوأ صباح على الإطلاق. قمت بتحميل ملف تانكادو في الليلة السابقة وجلست هنا بجانب الطابعة لســاعات وأنــا أصلي أن يتمكن الترانسلتر من تحليلها. عند الفجر، كبتّ عزة نفسي واتصــلت بالمديــر ــ ودعيني أخبرك، كانت هذه محادثة كنت أتطلع لها حقاً. صباح الخير سيدي، أنا متأسف لإيقاظك. لماذا أتصل؟ فقط لأنني اكتشفت أن الترانسلتر عديم الفائدة. إنه بسبب خوارزمية لم يتمكن فريق الكريبتو النفيس بكامله من كتابتها!" طرق ستراثمور معصمه بالمكتب.

وقفــت ســوزان مــتجمدة. لم تصدر أي صوت. فخلال عشر سنوات، لم تشهد ستراثمور وقد فقد هدوئه سوى مرات قليلة، ولم يكن بسببها على الإطلاق.

مــرّت عشر ثوان، لم يتحدث أي منهما على الإطلاق. أخيراً، جلس ستراثمور واستطاعت سوزان سماع أنفاسه تعود لطبيعتها ببطء. عندما تحدث أخيراً، كان صوته هادئاً بشكل مخيف ومسيطراً عليه.

"لســوء الحــظ،" قال ستراثمور بهدوء. إن المدير في أمريكا الجنوبية مع رئيس كولومبيا. لأنه من المؤكد عدم قدرته على فعل أي شيء من هناك كان لدي خياران ــ أطلــب مــنه أن يقطــع لقاءه ويعود، أو أتدبر الأمر بنفسي." ساد صمت طويل. في الــنهاية، نظر ستراثمور وعيناه التعبتان تحدقان بِعَيْنَي سوزان. أصبحت تعابيره أكثر هدوءاً على الفور: "سوزان، أنا متأسف. فأنا متعب. إن هذا الكابوس يتحقق. أعلم أنك غاضبة بشأن ديفيد. لم أقصد أن تعلمي بالأمر بهذه الطريقة. ظننت أنك تعرفين."

شعرت سوزان بموجة من الذنب: "لقد بالغت في ردة فعلي، أنا متأسفة. إن ديفيد خيار جيد."

أومأ ستراثمور بشرود: "سيعود الليلة."

فكرت سوزان بكل شيء قد مر به القائد ــ الضغط الذي تعرض لــه من مراقبة الترانســلتر، الســاعات الطــوال، واللقاءات. كانت هناك شائعات بأن زوجته البالغة الثلاثيــن من العمر قد تركته. وفوق كل ذلك، ظهر الحصن الرقمي ــ التهديد الأمني الأكــبر فــي تاريخ (إن إس أي)، وذلك الشخص المسكين كان يعمل منفرداً. ليس من المستغرب أنه يبدو على وشك الانهيار.

"بالـــنظر إلـــى الظروف،" قالت سوزان: "أظن أنه ربما يتوجب عليك الاتصال بالمدير."

هـــز ســـتراثمور رأســـه، وقطرة من العرق تقطر على مكتبه. "إنني لن أخاطر بتعريض سلامة المدير للخطر، أو المخاطرة بتسرب الأمر عند إعلامه بأزمة كبيرة لا يمكنه فعل أي شيء حيالها."

تعلم سوزان أنه على حق. حتى في لحظات كهذه، كان ستراثمور صافي الذهن. "هل فكرت بأمر الاتصال بالرئيس؟"

أومأ ستراثمور: "نعم. وقد قررت عكس ذلك."

لقـــد علمت سوزان ذلك تماماً. حيث يمتلك الموظفون ذوو الشأن العالي في (إن إس أي) الحـــق بالتصرف في الطوارئ الأمنية المؤكدة من دون إعلام مدرائهم. وإن (إن إس أي) هـــي المـــنظمة الاســـتخبارية الوحيدة التي تتمتع بالحصانة الكاملة من المســـؤولية الفيدرالـــية من أي نوع. وعادة ما يستفيد ستراثمور من هذا الحق لنفسه؛ يفضل أن يُعمل سحره لوحده.

"أيها القائد،" ناقشته سوزان. "إن هذا الأمر عصيب جداً لأن تقوم بتدبره وحدك. يجب عليك السماح لشخص ما بالعمل معك."

"ســـوزان، إن وجود الحصن الرقمي يحتوي على تضمينات ضخمة لمستقبل هذه المـــنظمة. لا أنـــوي إخبار الرئيس من دون إعلام المدير. إننا نعاني من أزمة، وأنا ســـأتدبرها." حدق بها بعمق: "أنا معاون المدير المسؤول عن العمليات." ابتسامة متعبة تســـللت إلـــى وجهـــه. "وبالإضافة إلى ذلك، أنا لست وحيداً. معي سوزان فليتشر في الفريق."

فـــي تلك اللحظة، أدركت سوزان ما الذي تقدره كثيراً بتريفور ستراثمور. لعشر ســـنوات، خلال السراء والضراء، كان دائماً المرشد لها. الراسخ، الثابت على المبدأ. كان إخلاصه هو الذي أدهشها ـــ الولاء الذي لا يمكن زحزحته لمبادئه وبلده وأفكاره. مهما يحدث، القائد تريفور ستراثمور هو الضوء المنير في عالم القرارات المستحيلة.

"أنتِ في فريقي، أليس كذلك؟" سألها.

ردّت بابتسامة: "نعم سيدي، أنا كذلك. مئة بالمائة."

"جيد. الآن، هل نعود إلى العمل؟"

الـفـصـل 12

ذهب ديفيد بيكر إلى الجنازات، ورأى جثثاً لأشخاص ميتين من قبل، ولكن كان هـناك شيء ما يثير الأعصاب بوضوح في هذا. لم تكن جثة نظيفة طاهرة تستلقي في تـابوت مغطى بالحرير. كانت هذه الجثة معراة بالكامل ومرمية بشكل فظٍ على طاولة من الألمنيوم. لم تكن العيون قد تمتعت بالنظرة الميتة الشاغرة بعد. بدلاً من ذلك كانت منحرفة إلى الأعلى باتجاه السقف في مشهد مخيف من الرعب والندم.

سأل بيكر بلهجة إسبانية طلقة. "أين هي ممتلكاته؟"

"هـنا" أجابه الملازم ذو الأسنان الصفراء. أشار إلى علبة من الملابس والأشياء الشخصية الأخرى.

"هل هذا كل شيء؟"

"نعم."

طلب بيكر علبة كرتون. أسرع الملازم للبحث عن واحدة.

كـان ذلك مساء يوم السبت، وكان معرض الجثث في سيفيل مغلقاً كالعادة. سمح المـلازم الشاب لبيكر بالدخول تبعاً لأوامر مباشرة من رئيس شرطة سيفيل ـ بدا أن لهذا الزائر الأمريكي أصدقاء ذوي سلطة عالية.

نظـر بيكر إلى كومة الملابس. يوجد هناك جواز سفر ومحفظة جيب ونظارات موضوعة في الحذاء. وكان هناك أيضاً قطعة قماش قطنية أخذتها الشرطة من الفندق الـذي كـان فيه الرجل. كانت تعليمات بيكر واضحة: لا تلمس أي شيء. لا تقرأ أي شيء. فقط أحضرها. كل شيء. لا تنسَ أي شيء.

فحص بيكر الكومة وعبس. *ماذا تريد (إن إس أي) من هذه الأشياء التافهة؟*

عاد الملازم مع علبة صغيرة وبدأ بيكر بوضع الملابس داخلها.

ضرب الملازم رجل الجثة. "من هو؟" سأل بالإسبانية.

"لا أعلم."

"يبدو صينياً."

ياباني، فكر بيكر.

"وغد مسكين، نوبة قلبية، أليس كذلك؟"

أومأ بيكر بشرود. "هذا ما أخبروني به."

تنهد الملازم وهز رأسه متعاطفاً. "إن شمس سيفيل قاسية. خذ حذرك في الخارج غداً."

"شكراً." قال بيكر. "ولكنني متوجه إلى وطني."

بدا الضابط مندهشاً: "لقد وصلت للتو!"

"أعلم، ولكن الشخص الذي دفع لرحلتي ينتظر هذه الأشياء."

بدا الملازم منزعجاً بالطريقة التي يكون فيها الإسبانيون منزعجين. "تقصد أنك لن تجوب في سيفيل؟"

"كنت هنا منذ سنوات. مدينة جميلة. أرغب حقاً في البقاء."

"لقد رأيت لاجيرالدا إذاً؟"

أومأ بيكر. إنه في الواقع لم يصعد إلى برج موريش القديم على الإطلاق، ولكنه رآه.

"ماذا عن الألكزار؟"

أومأ بيكر مرة ثانية، متذكراً الليلة التي استمع فيها إلى باكو دي لوسيا يعزف الفلامينكو[1] على الغيتار في الساحة تحت النجوم في غابة يعود عمرها إلى القرن الخامس عشر. تمنى لو أنه كان يعرف سوزان في ذلك الوقت.

"وبالطبع هناك كريستوفر كولومبس." قال الضابط وهو يبتسم بابتهاج: "إنه مدفون في كاتدرائيتنا."

نظر بيكر إليه: "حقاً؟ اعتقدت أن كولومبس مدفون في جمهورية الدومنيكان."

"لا بحق الجحيم! من قال هذه الإشاعات؟ إن جسد كولومبس هنا في إسبانيا! أظنك قلت إنك دخلت الجامعة."

هز بيكر كتفيه: "لا بد أنني تغيبت في ذلك اليوم."

"إن الكنيسة الإسبانية فخورة جداً بامتلاك جثته."

الكنيسة الإسبانية. يعلم بيكر أن هناك كنيسة واحدة فقط في إسبانيا ـــ الكنيسة الكاثوليكية الرومانية. إن المذهب الكاثوليكي منتشر هنا أكثر من مدينة الفاتيكان.

"نحن، بالطبع، لا نملك جسده بالكامل." أضاف الملازم بالإسبانية. "خصيتاه فقط؟"

---

(1) فلامينكو: موسيقى خاصة برقصة إسبانية.

توقف بيكر عن جمع الأشياء ونظر إلى الملازم. قاوم إطلاق الضحكة. "خصيتاه فقط؟"

أومـــأ الملازم بفخر، "نعم، عندما حصلت الكنيسة على بقايا هذا الرجل العظيم، قاموا بتقديسه وتوزيع رفاته على كاتدرائيات مختلفة ليستمتع الجميع بعظمته."

"وأنتم حصلتم على..." كبت بيكر ضحكته.

"أوه! إنه جزء مهم جداً." دافع الملازم عن رأيه. "إنه ليس كالحصول على ضلع أو مفصل كتلك الكنائس في غاليسيا! يجب أن تبقى لتراهما بالتأكيد."

أومأ بيكر بأدب، "ربما سأمرّ للزيارة وأنا في طريقي خارج البلدة."

تــنهد المـــلازم. "حـــظ ســيىء. إن الكاتدرائية مغلقة حتى يحين قداس شروق الشمس."

"في يوم آخر إذاً." ابتسم بيكر وهو يرفع العلبة. "ربما يتوجب عليّ المغادرة. إن طائرتي تنتظر." ألقى نظرة أخيرة حول الغرفة.

"أتريد أن أقلك إلى المطار؟" سأل الملازم. "عندي دراجة نارية موتوجوزي هناك في الخلف."

"لا شـــكراً، سأســـتقل سيارة أجرة." كان بيكر قد قاد دراجة نارية مرة وهو في الجامعة، وكاد أن يُقتل، لذا لا ينوي تكرار المحاولة، بغض النظر عمن سيقودها.

"كما تريد،" قال الملازم وهو متوجه إلى الباب. "سأتولى أمر الإضاءة."

أخذ بيكر العلبة تحت ذراعه. *هل أخذت كل شيء؟* ألقى نظرة أخيرة إلى الجسد العاري المسجى، ووجهه إلى الأعلى تحت الأضواء اللامعة، من الواضح أنه لا يخبئ شــيئاً. رأى بـــيكر أن عينيه تنظران مرة أخرى إلى اليدين المشوهتين بشكل غريب. حدق لدقيقة، مركزاً نظره أكثر.

أطفأ الملازم الأضواء، وساد الظلام الغرفة.

"انتظر،" قال بيكر. "أشعلها."

أومضت الأضواء مرة أخرى.

وضـــع بيكر علبته على الأرض ومشى إلى الجثة، انحنى إلى الأسفل ونظر إلى يد الرجل اليسرى.

تبع الملازم نظرة بيكر. "قبيح تماماً، أليس كذلك؟"

ولكـــن التشوه لم يكون هو الذي لفت انتباه بيكر، لقد رأى شيئاً آخر، التفت إلى الملازم، "أنت متأكد من أن كل شيء في هذه العلبة؟"

أومأ الملازم: "نعم، هذا كل شيء."

وقـــف بـــيكر للحظة واضعاً يديه على وركيه. بعدها، التقط العلبة، وأعادها إلى الطاولـــة، ثـــم أفـــرغ محتوياتها. بحذر، قطعة قطعة، فتش الملابس. ثم أفرغ الحذاء وحـــركه وكأنـــه يحـــاول إفراغ حصاة. بعد أن فتش كل شيء مرة ثانية، تراجع إلى الخلف وقطب حاجبيه.

"أهناك مشكلة؟" سأل الملازم.

"نعم،" قال بيكر: "لقد أضعنا شيئاً ما."

الفصل 13

وقف توكوجين نوماتاكا في مكتبه العلوي الفخم ونظر إلى الخارج إلى الأفق في سماء طوكيو. يعرفه كل من موظفيه ومنافسيه باسم أكوتا سام ــ القرش المميت. لثلاثة عقود، كان قد علم الكثير من النوايا وراهن بأعلى الأرقام وتفوق على المنافسين اليابانيين جميعهم؛ هو الآن على حافة أن يصبح عملاقاً في السوق العالمي أيضاً.

كان على وشك أن ينهي الاتفاق الأعظم في حياته ــ الاتفاق الذي سيجعل من مؤسسة نوماتك شركة مايكرسوفت المستقبل. كان دمه مليئاً بالاندفاع الممتع للأدرينالين. التجارة حرب ــ وهذه حرب مثيرة.

على الرغم من أن توكوجين نوماتاكا كان شاكاً بالأمر عندما تلقى المكالمة منذ ثلاثة أيام، إلا أنه يعرف الحقيقة الآن. كان مباركاً بـ ــ *مايوري* ــ الحظ السعيد. لقد اختارته الآلهة.

"لدي نسخة من مفتاح مرور الحصن الرقمي، " قالت اللهجة الأمريكية. "أتريد شراءها؟"

كاد نوماتاكا يضحك بصوت عالٍ. عرف أنها خدعة. لقد دفعت مؤسسة نوماتك الكثير من أجل خوارزمية إينسي تانكادو الجديدة، والآن يلعب أحد منافسي نوماتك لعبته، محاولاً أن يكشف المبلغ المدفوع.

"لديك مفتاح المرور؟" تظاهر نوماتاكا بالاهتمام.

"نعم. اسمي هو نورث داكوتا."

كبت نوماتاكا ضحكته. الجميع يعلم بأمر نورث داكوتا. كان تانكادو قد أخبر الصحافة عن شريكه السري. كانت حركة جيدة لصالح تانكادو أن يكون له شريك؛ حتى في اليابان، الأعمال التجارية قد أصبحت مخزية. لم يكن إينسي تانكادو آمناً. مع ذلك، حركة غادرة من قبل أي مؤسسة ضيقة الصدر وسيتم نشر مفتاح المرور؛ ستعاني كل شركة برمجة في السوق.

أخذ مجة طويلة من سيجاره (ماركة أومامي) وتابع دوره في التمثيلية المثيرة للشفقة التي كان يؤديها المتصل. "إذاً أنت تقوم ببيع مفتاح المرور؟ هذا ممتع. كيف يشعر إينسي تانكادو حيال ذلك؟"

"لست مخلصاً للسيد تانكادو. كان السيد تانكادو غبياً عندما وثق بي. إن مفتاح المرور يساوي مئات أضعاف ما يدفعه لي لقاء تخبئته من أجله."

"أنـــا متأســـف،" قال نوماتاكا. "لا يساوي مفتاح المرور وحده أي شيء عندي. عـــندما يعلـــم تانكادو بالذي فعلته، سيقوم ببساطة بنشر نسخته، وسيكون السوق مليئاً بها."

"ستستلم النسختين." قال الصوت له. "نسخة السيد تانكادو ونسختي."

حجـــب نوماتاكا السماعة وضحك بصوت عال. لم يستطع أن يكبت سؤاله: "كم تطلب لقاء المفتاحين؟"

"عشرون مليون دولار أمريكي."

كان الرقم عشرون مليون هو بالضبط ما دفعه نوماتاكا. "عشرون مليون؟" لهث برعب ساخراً: "هذا مبلغ خيالي!"

"لقد رأيت الخوارزمية. أؤكد لك أنها تساوي ذلك حقاً."

تباً، فكر نوماتاكا. *إنها تساوي أكثر من ذلك بعشر مرات*. "لسوء الحظ،" قال وقد تعب من اللعبة. "كلانا يعلم أن السيد تانكادو لن يحتمل ذلك. فكر بالنتائج القانونية."

صمت المتصل بصورة مشؤومة: "ماذا لو لم يعد السيد تانكادو طرفاً في البيع؟"

أراد نوماتاكـــا أن يضـــحك ولكنه لاحظ تصميماً غريباً في صوت المتصل. "في حـــال لم يعد السيد تانكادو طرفاً في البيع؟" فكر نوماتاكا بالأمر. "سيكون بيني وبينك اتفاق."

"سأتصل بك." قال الصوت. انقطع الاتصال.

الفصل 14

حدق بيكر بالجثة إلى الأسفل. حتى بعد ساعات من الموت، كان الوجه الآسيوي يشع بوهج وردي بسبب سفعة شمس حديثة. ما تبقى منه كان باللون الأصفر الشاحب ــ كله ما عدا منطقة صغيرة من كدمة أرجوانية فوق قلبه مباشرة.

ربما بسبب إجراء الإنعاش القلبي، فكر بيكر بذلك. *من المحزن أنه لم يفد.*

عاد لتفحّص اليدين. لم تكن تشبه أي شيء كان بيكر قد شاهده من قبل. كل يد كانت تحوي على ثلاثة أصابع فقط، وكانت ملتوية ومنحرفة. ليس التشويه هو ما كان ينظر إليه بيكر على أي حال.

"حسناً، سأبقى." قال الملازم بصوت أجش من الجهة المقابلة للغرفة. "إنه ياباني، ليس صينياً."

نظر بيكر إليه. كان الملازم يقلّب في جواز سفر الرجل الميت. "أفضل ألا تنظر إليه،" طلب منه بيكر. *لا تلمس أي شيء، لا تقرأ أي شيء.*

"إينسي تانكادو... ولد في كانون الثاني ــ"

"من فضلك." قال بيكر بلطف. "أعده إلى مكانه."

حدق الملازم للحظة أخرى فيه ثم رماه إلى الأسفل فوق الكومة. "يحمل هذا الفتى تأشيرة مرور من الدرجة الثالثة. ربما مكث هنا لسنوات."

لمس يد الجثة بقلم: "ربما كان يعيش هنا."

"لا، تاريخ الدخول كان الأسبوع الماضي."

"ربما كان يتنقل هنا،" قال بيكر مقتضباً.

"نعم، ربما. الأسبوع الأول البائس. ضربة شمس ونوبة قلبية. وغد مسكين."

تجاهل بيكر الملازم وأخذ يتفحص اليد. "أنت متأكد من أنه لم يكن يرتدي أي مجوهرات عندما توفي؟"

نظر إليه الملازم مندهشاً: "مجوهرات؟"

"نعم. انظر إلى هذا."

مشى الملازم إليه.

أظهر الجلد على اليد اليسرى لتانكادو آثاراً لسفعة شمس، في كل مكان باستثناء شريط ضيق على اللحم حول الإصبع الأصغر.

أشار بيكر إلى شريط اللحم الشاحب. "أترى أنه لا وجود لسفعة شمس هنا؟ يبدو وكأنه كان يرتدي خاتماً."

بدا الملازم متفاجئاً. "*خاتم؟*" أصبح صوته مرتبكاً. أمعن النظر في إصبع الجثة. بعدها تورد وجهه من الإحراج. "يا إلهي." ضحك بخفوت. "كانت القصة *صحيحة؟*"

راود بيكر شعور مفاجئ بالضياع. "عفواً؟"

هز الملازم رأسه بدهشة: "كنت أريد أن أذكر ذلك من قبل... ولكن اعتقدت أن الفتى مجنون."

كان بيكر جاداً: "أي فتى؟"

"الفـــتى الـــذي اتصل من الإسعاف. سائح كندي. استمر في الحديث عن الخاتم. يثرثر بأسوأ لهجة إسبانية سمعتها في حياتي."

"قال إن السيد تانكادو كان يرتدي *خاتماً؟*"

أومـــأ الملازم. سحب سيجارة (ماركة دوكادو)، نظر إلى الإشارة القائلة 'ممنوع التدخين'، وأشعل السيجارة من دون اكتراث. "أعتقد أنه كان يجب علي أن أقول شيئاً حول ذلك، ولكن الفتى بدا مجنوناً بالكامل."

عبس بيكر. ترددت كلمات ستراثمور في أذنيه. *أريد كل شيء كان يحمله اينسي تانكادو. كل شيء. لا تترك أي شيء. ولا حتى قصاصة الورق الصغيرة.*

"أين الخاتم الآن؟" سأل بيكر.

نفث الضابط الدخان. "قصة طويلة."

شيء ما أخبر بيكر بأن هذه *ليست* أخباراً جيدة. "أخبرني على أي حال."

الفصل 15

جلست سوزان فليتشر أمام كمبيوترها الخاص في نود 3، أي الغرفة الخاصة والعازلة للصوت لمحللي الشيفرات، تقع تماماً فوق الطابق الرئيسي. صفيحة بسماكة أنشين من الزجاج المتقوس الوحيد الاتجاه منحت محللي الشيفرات نظرة شاملة إلى طابق الكريبتو، وبالوقت نفسه لا يمكن لأحد أن يرى ما في الداخل.

في مؤخرة مقصورة نود 3 الواسعة، انتصب اثنا عشر كمبيوتراً في شكل دائري رائع. قُصد من ذلك الترتيب الحلقي تشجيع التبادل الفكري بين المحللين، لتذكيرهم بأنهم جزء من فريق أكبر ـ مشابه لمحللي الشيفرات في فرسان الطاولة المستديرة[1]. بصورة هزلية، الأسرار أمرٌ غير مرغوب فيه داخل نود 3.

ملقبةً بـ 'الحظيرة النقالة[2]'، لم تكن نود 3 تعطي ذلك الشعور البائس الذي يرافق بقية أجزاء الكريبتو. صُممت ليشعر فيها الشخص وكأنه في منزله ـ سجاد مخملي، نظام صوتي عالي التقنية، ثلاجة مليئة بالطعام، مطبخ صغير، ملعب صغير للعب كرة السلة. كان لـ (إن إس أي) فلسفة خاصة حيال قسم تحليل الشيفرات: لا تنفق ملايين الأموال على أجهزة الكمبيوتر الخاصة بتحليل الشيفرات من دون أن تغوي نخبة النخبة بملازمتها واستخدامها.

خلعت سوزان حذاءها من ماركة سالفاتور فيراغوما وأدخلت أصابعها المجوربة في السجادة السميكة. شُجع موظفو الحكومة مرتفعو الرواتب على الإحجام عن العروض المترفة للثروة الشخصية. لم يكن ذلك مشكلة تواجه سوزان في الغالب ـ كانت سعيدة تماماً بشقتها الدوبلكس المتواضعة وسيارة الفولفو وخزانة الملابس العارية. ولكن الأحذية كانت قضية أخرى بالنسبة لها. حتى عندما كانت سوزان في الجامعة، كانت تنفق أموالها من أجل الأفضل.

لا يمكنك القفز إلى النجوم وأقدامك تؤلمك، كانت خالتها قد قالت لها ذلك مرة. *وعندما تصلين إلى المكان الذي كنت ذاهبة إليه، من الأفضل أن تظهري بمظهر رائع!*

مططت سوزان نفسها بشدة، وثم جلست لتبدأ عملها. سحبت المقتفي وتجهزت لإعداده. نظرت إلى عنوان البريد الالكتروني الذي أعطاها إياه ستراثمور.

---

(1) فرسان الطاولة المستديرة: فرسان ملك بريطانيا أرثر الأول.

(2) الحظيرة النقالة: هيكل نقال يلعب فيه الأطفال بأمان.

NDAKOTA@ara.anon.org

كــان للرجل الذي يطلق على نفسه اسم نورث داكوتا حساب بريدي عديم الاسم، ولكــن سوزان تعلم أن ذلك الغموض لن يستمر لفترة طويلة. سيمر المقتفي خلال (أي أر أي)، ويتم إرساله إلى نورث داكوتا، وبعدها يبعث بالمعلومات التي تحوي العنوان البريدي الحقيقي له.

فــي حــال جــرى كل شيء بشكل جيد، سيتم تحديد موقع نورث داكوتا قريباً، ويتمكــن ستراثمور من مصادرة مفتاح المرور. هذا سيترك المهمة على ديفيد وحده. عــندما يجــد نسخة تانكادو، سيتم تدمير مفتاحي المرور معاً؛ فقنبلة تانكادو الصغيرة الموقتة ستكون غير مؤذية، انفجار مميت من دون فتيل التفجير.

أعادت سوزان تفحّص العنوان مرة ثانية على ورقة أمامها ثم أدخلت المعلومات فــي حقــل البــيانات الصحيح. ضحكت بينها وبين نفسها على ستراثمور الذي عانى مشــاكل في إرسال المقتفي بنفسه. يبدو أنه قام بإرساله مرتين، وفي كلا المرتين كان يســتقبل عنوان تانكادو نفسه عوضاً عن نورث داكوتا. كان ذلك خطأً بسيطاً، فكرت ســوزان؛ ربما قام ستراثمور بإبدال حقل البيانات، وقام المقتفي بالبحث عن الحساب الخطأ.

أنهــت ســوزان ترتيــب المقتفــي ورصفته من أجل إرساله. ومن ثم اختارت 'إدخال'. أطلق الكمبيوتر طنيناً واحداً.

تم إرسال المقتفي

الآن، جاء دور لعبة الانتظار.

تــنهدت سوزان. شعرت بالذنب لأنها كانت قاسية على القائد. لو كان هناك أي شــخص قــادر على معالجة هذا التهديد بمفرده، لكان تريفور ستراثمور. لديه طريقة فريدة في الحصول على الأفضل من أولئك الذين يتحدونه.

مــنذ ستة أشهر مضت، عندما نشرت (أي إف إف) قصة بأن غواصة تابعة لــ (إن إس أي) تقــوم باســتراق السمع على أسلاك الهاتف الموضوعة تحت الماء، قام ســتراثمور بهــدوء بتسريب قصة متعارضة تقول إن الغواصة كانت في الواقع تدفن نفايات سامة بشكل غير شرعي. أمضى كل من (أي أف أف) وحماة بيئة المحيط وقتاً طويــلاً في الشجار حول من يملك القصة الحقيقية. في النهاية، ملت الصحافة من هذه القصة وصرفت النظر عنها.

كــل حركة كان ستراثمور يقوم بها مخططة بشكل دقيق. يعتمد بشكل كبير على كمبـيوتره فـي تدبـر خططه ومراجعتها. كالعديد من موظفي (إن إس أي)، يستخدم سـتراثمور البرنامج المطور في (إن إس أي) الذي يدعى 'عاصفة الدماغ' ـ طريقة سليمة في حل 'المشكلة المستقبلية الممكنة ـ ماذا لو' في جو حاسوبي آمن.

كـان عاصـفة الدماغ تجربة أمنية اصطناعية توصف من قبل مصمميها باسم المحاكي للأسباب والنتائج. كان الهدف منها أصلاً هو الاستخدام في الحملات السياسية كطـريقة لإيجاد نماذج حالية الحدوث تعرض 'بيئة سياسية'. مزوداً بكميات كبيرة من المعلومـات، أنـتج الـبرنامج شبكة متصلة ـ نموذجاً مفترضاً للتفاعل بين المتقلبات السياسـية، بمـا فيها الأشخاص الحاليين ذوي المناصب العليا، وطاقمهم، وروابطهم الشخصـية بيـن بعضـهم البعض، بالإضافة إلى القضايا المثيرة والدوافع الشخصية المقـدرة مـن خلال الأمور المفضلة مثل الجنس، العرقية، الأموال، والسلطة. بعدها يتمكـن المستخدم من إدخال الحدث الافتراضي وسيتنبأ 'عاصفة الدماغ' بتأثير الحدث في 'البيئة'.

عمـل القائد ستراثمور بدقة شديدة مع عاصفة الدماغ ـ ليس لأغراض سياسية، بـل كجهـاز (تي إف إم)؛ برنامج يعطي الخط الزمني، ومخطط الأفعال، والخرائط، وهـو أداة قوية من أجل تحديد الاستراتيجيات المعقدة والتنبؤ بمواطن الضعف. تشك سوزان بوجود خطط مخبأة في جهاز ستراثمور ستقوم يوماً ما بتغيير العالم.

نعم، فكرت سوزان، *كنت قاسية جداً عليه.*

انزعجت أفكارها بالهسيس الصادر عن أبواب نود 3.

اندفع ستراثمور إلى الداخل. "سوزان، لقد اتصل ديفيد للتو. لقد واجهه عائق."

الفصل 16

"خاتم؟" بدت سوزان شاكة بالأمر. "لقد ضيع تانكادو خاتماً؟"

"نعم. نحن محظوظون لأن ديفيد انتبه للأمر. لقد كانت لعبة انتباه حقيقية."

"ولكنك تبحث عن مفتاح المرور، وليس عن المجوهرات."

"أعلم،" قال ستراثمور: "ولكنني أظن أنها الشيء نفسه."

بدت سوزان ضائعة.

"إنها قصة طويلة."

أشارت إلى المقتفي على شاشتها." أنا لست ذاهبة إلى أي مكان."

تنهد ستراثمور بشدة وبدأ يذرع المكان جيئة وذهاباً. "يبدو أن هناك من شاهد موت تانكادو. بحسب ما قاله الملازم في معرض الجثث، اتصل سائح كندي هذا الصباح بالشرطة وهو مذعور ــ قال إن رجلاً يابانياً يواجه نوبة قلبية في الحديقة. عند وصول الملازم، وجد تانكادو ميتاً والكندي هناك معه، لذلك اتصل بالإسعاف. في الوقت الذي كان فيه رجال الإسعاف يأخذون جثة تانكادو إلى المعرض، حاول الملازم أن يجعل الكندي يخبره ما الذي حدث. كل ما قاله الرجل الكبير في السن هو ثرثرة حول خاتم تبرع به تانكادو قبل موته بقليل."

نظرت سوزان إليه بشك: "تانكادو *تبرع* بخاتم؟"

"نعم. يبدو أنه دفعه في وجه ذلك الرجل الكبير ــ وكأنه كان يتوسل إليه أن يأخذه. يبدو أن الرجل الكبير قد نظر إليه عن قرب." توقف ستراثمور عن المشي والتفت: "قال إن الخاتم يحوي نقوشاً ــ بنوع من الأحرف."

"أحرف؟"

"نعم، وبحسب ما قاله، لم تكن بالإنكليزية." قوس ستراثمور حاجبيه بترقب.

"باليابانية؟"

هز ستراثمور رأسه. "كان ذلك اعتقادي الأول أيضاً. ولكن انظري إلى هذا ــ أوضح الكندي أن الأحرف لا تهجئ أي شيء. لا يمكن للأحرف اليابانية أن تختلط مع أحرفنا الرومانية. قال أن النقوش تبدو مثل خربشة قطة على آلة كاتبة."

ضحكت سوزان: "أيها القائد، أنت بالتأكيد لا تفكر ــ"

قاطعها ستراثمور. "سوزان، الأمر واضح تماماً. لقد نقش تانكادو مفتاح الحصن

الرقمــي على خاتمه. إن الذهب متين. سواء كان نائماً أو يستحم أو يــأكل ــ سيبقى مفتاح المرور معه دائماً، جاهزاً خلال لحظة من أجل النشر الفوري."

بدت سوزان مرتابة: "على إصبعه؟ بهذه الدرجة من الانفتاح؟"

"لــم لا؟ إن إســبانيا ليست العاصمة العالمية لصياغة الشيفرات. لن يكون لأي شــخص فكــرة عما تعنيه هذه الأحرف. بالإضافة إلى ذلك، إذا كان المفتاح معيارياً مؤلفــاً مــن أربعة وستين بت ــ حتى في وضح النهار، لا يمكن لأي شخص أن يقرأ ويتذكر الأحرف الأربعة والستين."

بــدت سوزان محتارة: "وقام تانكادو بإعطاء هذا الخاتم لغريب قبل لحظات من موته؟ لماذا؟"

ضاقت نظرة ستراثمور. "لماذا برأيك؟"

استغرق الأمر لحظة فقط قبل أن تفهمه سوزان. اتسعت عيناها.

أومأ ستراثمور.. "كان تانكادو يحاول التخلص منه. ظن أننا نحن من قتله. شعر بنفســه تمــوت وافــترض بشكل منطقي أننا المسؤولون. كان التوقيت متزامناً تماماً. اســتنتج أننا قد وصلنا إليه، قمنا بوضع السم لــه أو شيء من هذا القبيل، معطل قلبي بطــيء المفعــول. علــم أن الطريقة الوحيدة التي نتجرأ فيها على قتله تكون في حال وجدنا نورث داكوتا."

شــعرت ســوزان بقشــعريرة: "بالطبع،" همست. "اعتقد تانكادو أننا قضينا على بوليصة تأمينه لذلك أمكننا التخلص منه أيضاً."

كــان كل شيء يتضح أمام سوزان. كان توقيت النوبة القلبية من حسن حظ (إن إس أي) وهــذا مــا جعل تانكادو يفترض أن (إن إس أي) هي المسؤولة. كان حدسه الأخير هو الثأر. تبرع إينسي تانكادو بالخاتم كوسيلة أخيرة لنشر مفتاح المرور. الآن، بشكل لا يصدق، يحمل سائح كندي من دون علم مفتاح الخوارزمية الأقوى في مجال صياغة الشيفرات في التاريخ.

أخــذت ســوزان نفســاً عميقاً وسألت السؤال المحتوم: "إذاً أين هو ذلك الكندي الآن؟"

عبس ستراثمور: "هذه هي المشكلة."

"لا يعلم الملازم أين هو؟"

"لا. كانــت قصة ذلك الكندي سخيفة جداً جعلت الملازم يستنتج أنه ربما مصدوم أو خَرِف. لذلك وضع الرجل الكبير خلفه على الدراجة النارية ليأخذه إلى فندقه. ولكن

الكندي لم يعرف كيف يتعلق خلفه، سقط بعد ثلاثة أقدام ــ حطم رأسه وكسر معصمه."

"ماذا!" غصت سوزان.

"أراد الملازم أن يأخذه إلى المشفى ولكن الكندي كان غاضباً ــ قال إنه سيذهب إلى كندا مشياً بدلاً من ركوب تلك الدراجة مرة أخرى. لذلك، كل ما تمكن الملازم فعله هو المشي معه إلى عيادة شعبية صغيرة بجانب الحديقة. تركه هناك ليتم فحصه."

عبست سوزان: "أظن أنه ليس هناك حاجة لنعلم إلى أين توجه ديفيد."

الفصل 17

خطى ديفيد بيكر بسرعة إلى داخل الساحة الآجريّة الحارقة لفندق بلازا دي إسبانا. أمامه، إل إينتامينتو ـ المبنى القديم لمجلس المدينة ـ ينتصب من بين الأشجار على مساحة ثلاثة هكتارات من الآجر اللامع الأبيض والأزرق. قممه العربية وواجهته المنقوشة تعطي انطباعاً بأن نية بنائه كانت قصراً أكثر منه مكتباً حكومياً. رغم تاريخه من الانقلابات العسكرية، النيران، وأحكام الشنق العلنية، يزوره معظم السياح لأنه اشتهر في فيلم لورنس العرب حيث كان قيادة الأركان العسكرية الإنكليزية. فقد كان من الأوفر على شركة التصوير كولومبيا أن تصور الفيلم في إسبانيا بدلاً من مصر، حيث كانت التأثيرات المغربية في فن البناء في سيفيل كافية لتقنع مشاهدي السينما بأنهم ينظرون إلى مصر.

أعاد بيكر ضبط ساعته السايكو على التوقيت المحلي: 9:10 مساءً ـ لا يزال يعتبر كوقت ما بعد الظهر بحسب المعايير المحلية؛ لا يأكل الإسباني المميز طعام الغداء قبل غروب الشمس على الإطلاق، ونادراً ما تغادر الشمس الأندلسية الكسولة السماء قبل العاشرة.

حتى في حرارة أوائل المساء، وجد بيكر نفسه يمشي عبر الحديقة بخطى رشيقة. بدت نبرة صوت ستراثمور أكثر إلحاحاً هذه المرة عما كانت عليه هذا الصباح. لم تترك الأوامر الجديدة التي تلقاها أي مجال لسوء الفهم: جِد الكندي، احصل على الخاتم. افعل كل ما هو ضروري، فقط احصل على الخاتم.

تساءل بيكر ما هو الشيء المهم الذي يمكن أن يكون في هذا الخاتم مع النقوش عليه. لم يشرح له ستراثمور، ولم يسأله بيكر. *(إن إس أي)*، فكر بذلك، ***لا تقل أي شيء***[1].

على الجانب الآخر لشارع إيزابيلا كاتوليكا، كانت العيادة واضحة تماماً ـ الرمز العالمي للصليب الأحمر مرسوم في دائرة بيضاء على السقف. كان ملازم الشرطة قد أوصل الكندي إلى هنا منذ ساعات. معصم مكسور ورأس مرتطم ـ من دون شك لقد تمت معالجة وصرف المريض بحلول هذا الوقت. كان أمل بيكر هو أن العيادة قد أخذت منه بعض المعلومات ـ عنوان الفندق الحالي أو رقم الهاتف الذي

---

(1) NSA: Never Say Anything

يمكن من خلاله الوصول إلى ذلك الرجل. بالقليل من الحظ، وجد بيكر أن بإمكانه العثور على الكندي، إحضار الخاتم والتوجه إلى موطنه من دون المزيد من التعقيدات.

كان ستراثمور قد أخبر بيكر بالتالي: "استخدم العشرة آلاف لشراء ذلك الخاتم في حال احتجت إلى ذلك، سأعوضها لك."

"هذا ليس بالأمر المهم." أجابه بيكر. كان قد نوى أن يعيد الأموال على أي حال. فهو لم يذهب إلى إسبانيا من أجل المال، لقد ذهب من أجل سوزان. إن القائد تريفور ستراثمور هو الوصي والناصح المخلص لسوزان. إن سوزان تدين له بالكثير؛ مهمة سفر ليوم واحد هو أقل شيء يمكن لبيكر فعله.

لسوء الحظ، لم تجر الأشياء في هذا الصباح كما خطط بيكر تماماً. كان يأمل أن يتصل بسوزان من الطائرة ويشرح لها كل شيء. فكر بأن يجعل الطيار يتصل بستراثمور ليتمكن من إيصال رسالة معه ولكنه تردد في إشراك معاون المدير بمشاكله العاطفية.

حاول بيكر أن يتصل بسوزان بنفسه ثلاث مرات ــ الأولى من هاتفه الخلوي الذي كان خارج التغطية على متن الطائرة، الثانية من هاتف بحصّالة في المطار، والثالثة من معرض الجثث. لم تكن سوزان موجودة. تساءل بيكر أين يمكن أن تكون. ردت عليه الآلة المجيبة ولكنه لم يترك رسالة؛ ما أراد قوله لم يكن رسالة للآلة المجيبة.

عندما اقترب من الطريق، شاهد كابينة هاتفية بجانب مدخل الحديقة. مشى بسرعة، انتزع السماعة، واستخدم بطاقته الهاتفية ليجري الاتصال. كان هناك صمت طويل بينما كانت المكالمة تصل. في النهاية، بدأ بالرنين.

هيا، كوني هناك.

بعد خمس رنات، تمت المكالمة.

"أهلاً. أنا سوزان فليتشر. أنا لست في المنزل الآن، ولكن اترك اسمك..."

استمع بيكر للرسالة. *أين هي؟* ستكون سوزان منزعجة في هذا الوقت. تساءل لو أنها قد ذهبت إلى ستون مانور من دونه. كان هناك طنين.

"أهلاً. أنا ديفيد،" صمت قليلاً غير متأكد مما سيقوله. أحد الأشياء التي كرهها في الآلات المجيبة هي أنها في حال توقف ليفكر، ينقطع الاتصال. "أنا متأسف لأنني لم أتصل،" قال دونما تفكير في الوقت المناسب. تساءل لو يتوجب عليه إخبارها عما يجري. تردد في ذلك. "اتصلي بالقائد ستراثمور. سيشرح لك كل شيء." كان قلب

بيكر يطرق بشدة. *هذا* سخيف، فكر بذلك. "أحبك،" أضاف بسرعة وأنهى المكالمة.

انــتظر بيكر الإشارة المرورية ليعبر شارع بوربولا. فكر في كيف أن سوزان من دون شك ستفترض الأسوأ؛ إنه على غير عادته لم يتصل رغم أنه وعد بذلك.

خطــى بيكر إلى شارع عريض رباعي المسارب. "جيئة وذهاباً،" همس لنفسه. "جيــئة وذهابــاً." انشغل البال بشدة عند رؤيته رجل بنظارات صغيرة ينظر إليه من الجهة المقابلة للشارع.

الفصل 18

واقفاً أمام النافذة الزجاجية الضخمة في ناطحة السحاب في طوكيو، أخذ نوماتاكا مجةً طويلةً من سيجاره وابتسم لنفسه. يستطيع بصعوبة تصديق حظه السعيد. لقد تحدث مع ذلك الأمريكي مرة ثانية، وفي حال جرى كل شيء كما كان مخططاً له، فقد تم التخلص من إينسي تانكادو بحلول هذا الوقت وتمت مصادرة نسخته من مفتاح المرور.

إنه أمر ساخر، فكر نوماتاكا، أنه بنفسه سيحصل على مفتاح مرور إينسي تانكادو. لقد التقى توكوجين نوماتاكا بتانكادو مرة واحدة فقط منذ سنوات عدة مضت. حيث جاء المبرمج الشاب إلى مؤسسة نوماتك بعد تخرجه من الجامعة مباشرة، يبحث عن عمل. رفضه نوماتاكا. لم يكن هناك شك في أن تانكادو ذكي، ولكن في ذلك الوقت كان هناك اعتبارات أخرى. رغم أن اليابان كانت تتغير، إلا أن نوماتاكا كان قد تدرب في المدرسة القديمة؛ عاش تبعاً لطريقة مينبوكو ــ السمعة والوجه الحسن. أما التشويه فلا يمكن احتماله. لو قام بتوظيف مشوه، فإنه سيجلب العار لشركته. تخلّص من السيرة الذاتية الخاصة بتانكادو من دونَ حتى أن يلقي نظرة إليها.

تفحص نوماتاكا ساعته مرة أخرى. ذلك الأمريكي، نورث داكوتا، كان يجب أن يتصل بحلول هذا الوقت. شعر بمسحة من التوتر. تمنى ألا يكون قد جرى أي شيء بصورة خاطئة.

إذا كان مفتاحا المرور بالدرجة الجيدة التي وُعد بها، سيتمكنان من فتح قفل المنتج المطلوب في عصر الكمبيوتر ــ خوارزمية رقمية محمية بالكامل لصياغة الشيفرات. يمكن لنوماتاكا أن يضع الخوارزمية في رقاقات (في إس إل آي) المضادة للحرارة والمختومة بإحكام ومن ثم تسويقها على نطاق واسع إلى مصنّعي عالم الكمبيوتر والحكومات والمصانع وربما إلى السوق السوداء... السوق السوداء للإرهابيين العالميين.

ابتسم نوماتاكا. يبدو، كالمعتاد، أنه يثني على الشيشيغوسان ــ الآلهة السبعة للحظ السعيد. شركة نوماتك على وشك السيطرة على النسخة الوحيدة الموجودة للحصن الرقمي. إن مبلغ عشرين مليون دولار كبير جداً ــ ولكن بالنظر إلى المنتَج، إنه الصفقة الرابحة لهذا القرن.

الـفـصـل 19

"ماذا لو كان هناك شخص آخر يبحث عن الخاتم؟" سألت سوزان بعصبية مفاجأة "يمكن أن يكون ديفيد في خطر؟"

هز ستراثمور رأسه: "لا أحد آخر يعلم بوجود الخاتم. لذلك أرسلت ديفيد. أردت إبقاء الأمر بتلك الطريقة. الجواسيس الفضوليون لا يتعقبون عادة المعلمين الإسبانيين."

"إنه بروفيسور." صححت لـه سوزان، وقد ندمت على الفور لهذا التوضيح. في بعض الأحيان، تشعر سوزان بأن ديفيد لم يكن جيداً كفاية بنظر القائد، فهو يظن أنه كان بإمكانها الحصول على شخص أفضل من أستاذ مدرسة.

"أيها القائد،" قالت سوزان على سبيل تغيير الموضوع، "في حال قمت بإعلام ديفيد هذا الصباح بواسطة هاتف سيارة، يمكن أن يكون شخص ما قد اعترض ــ"

"بنسبة واحد بالمليون،" قاطعها ستراثمور بنبرة صوت مطمئنة، "أي مسترق للسمع يجب أن يكون في الوضع الحالي ويعرف بالضبط ما الذي يستمع إليه." وضع يده على كتفها: "لم أكن لأرسل ديفيد على الإطلاق لو اعتقدت أن الوضع خطير." ابتسم لها. "ثقي بي. أي إشارة لمشكلة، وسأستدعي المختصين."

قوطعت كلمات ستراثمور بصوت مفاجئ لأحد يطرق على زجاج نود 3. التفت ستراثمور وسوزان.

لصق التقني فيل شارتروكيان وجهه مواجه الزجاج وكان يطرق بقوة، يمط نفسه ليشاهد من خلاله. مهما كان الذي يقوله بدهشة، لم يكن مسموعاً عبر الزجاج العازل للصوت. بدا وكأنه قد رأى شبحاً.

"ماذا يفعل شارتروكيان هنا بحق الجحيم؟" تذمر ستراثمور. "إنه ليس في المناوبة اليوم."

"يبدو وكأن هناك مشكلة." قالت سوزان: "ربما قد شاهد الشاشة العارضة."

"تباً لذلك!" أطلق ستراثمور باستهجان: "لقد اتصلت خصيصاً بالتقني المناوب وأخبرته ألا يأتي!"

لم تستغرب سوزان. إن إلغاء مناوبة لتقني لم يكن أمراً عادياً، ولكن ستراثمور من دون شك قد أراد الخصوصية لتعم المكان. آخر شيء يحتاجه كان تقنياً معتوهاً يقوم بفضح سر الحصن الرقمي.

"مـن الأفضـل أن ننهـي عمل الترانسلتر." قالت سوزان. "يمكننا إعادة ضبط الشاشة ونقول لفيل إنه كان يتخيل."

بـدا أن سـتراثمور يفكـر بالأمـر، بعدهـا هز رأسه: "ليس بعد، لقد استغرق الترانسـلتر خمس عشرة ساعة في فحصه. أريده أن يجرب لأربع وعشرين ساعة — فقط لأتأكد."

بـدا الأمـر مفهوماً لسوزان. فإن الحصن الرقمي هو أول استخدام لعمل نص واضح دوري. من الممكن أن تانكادو قد أغفل شيئاً ما؛ ربما يتمكن الترانسلتر من حله بعد أربع وعشرين ساعة. شكت سوزان بذلك.

"ليسـتمر الترانسـلتر بـالعمل،" قـرر سـتراثمور: "أريد أن أتأكد من أن هذه الخوارزمية لا تُمس."

استمر شارتروكيان في الطرق على اللوح الزجاجي.

"لا يجري أي شيء هنا،" همهم ستراثمور: "ادعمي كلامي."

أخـذ القـائد نفساً عميقاً ثم خطا نحو الأبواب الزجاجية المنزلقة. تم تفعيل اللوح المضغوط على الأرض ثم انفتحت الأبواب.

دخـل شـارتروكيان بسـرعة إلى الغرفة: "أيها القائد، سيدي، أنا... أنا متأسف لإزعاجك، ولكن الشاشة العارضة... لقد قمت بإجراء فحص فيروسي و —"

"فـيل، فـيل، فـيل،" تحـدث القائد بسرور وهو يضع يده المطمأنة على كتف شارتروكيان. "اهدأ، ما هي المشكلة؟"

مـن نـبرة صـوت القائد الهادئة لا يمكن لشخص أن يعرف بأن عالمه يتساقط حوله. خطا جانباً وأدخل شارتروكيان إلى الجدران المقدسة لنود 3. عبر التقني العتبة بتردد، مثل كلب مدرب جداً قد ميز ما هو الصواب.

مـن النظرة المرتبكة على وجه شارتروكيان، كان واضحاً أنه لم يرِ من قبل ما فـي داخـل هذا المكان على الإطلاق. مهما كان مصدر ذعره، كان قد نُسي لحظتها. ألقـى نظرة على المدخل المترف، وعلى صف الأجهزة الخاصة، والأريكة، ورفوف الكتـب، والإضاءة المريحة للنظر. عندما وقع نظره على الملكة الحاكمة لقسم تحليل الشيفرات، سوزان فليتشر، نظر بعيداً على الفور. أرعبت سوزان الجحيم داخله. عقلها يعمـل فـي مستوى مختلف عنه. فهي جميلة بشكل مزعج و كلماته تبدو كخليط غير مفهوم بحضورها دائماً. المظهر المتواضع لسوزان زاد الأمر سوءاً.

"ما هي المشكلة، فيل؟" قال ستراثمور وهو يفتح الثلاجة. "أتريد شراباً؟"

"لا، أوه، لا، شكراً لك، سيدي." بدا أنه معقود اللسان، غير واثق من أنه مرحب به بصدق. "سيدي... أظن أن هناك مشكلة في الترانسلتر."

أغلق ستراثمور الثلاجة ونظر إلى شارتروكيان من دون مبالاة: "أتقصد الشاشة العارضة؟"

بدا شارتروكيان مصدوماً: "أتقصد أنك *شاهدتها*؟"

"بالتأكيد. إنها تعمل منذ حوالى ست عشرة ساعة، إذا لم أكن مخطئاً."

بدا شارتروكيان محتاراً: "نعم، سيدي، ست عشرة ساعة. ولكن ليس هذا كل شيء، سيدي. لقد قمت بفحص فيروسي، وظهر شيء غريب بعض الشيء."

"حقاً؟" بدا ستراثمور غير مهتم. "ما هو نوع هذا الشيء؟"

راقبت سوزان تمثيلية القائد متأثرة.

اكتشف شارتروكيان الأمر: "إن الترانسلتر يقوم بمعالجة شيء ما متطور جداً. لم تشهد المرشحات من قبل أي شيء كهذا. أخشى أن الترانسلتر ربما قد تعرض لفيروس ما."

"فيروس؟" ضحك ستراثمور بخفوت مع مسحة من التلطف. "فيل، أقدر لك اهتمامك، أنا حقاً أقدر ذلك. ولكن الآنسة فليتشر وأنا نقوم بإجراء فحص جديد، نوع متطور جداً. كنت لأعلمك بالأمر ولكنني لم أعلم أنك في المناوبة هذا اليوم."

بذل التقني جهده ليدافع عن نفسه بلباقة: "لقد تبادلت مع الفتى الجديد. أخذت مناوبته في عطلة نهاية الأسبوع."

ضاقت عينا ستراثمور: "هذا غريب. تحدثت معه الليلة الماضية. أخبرته ألا يأتي. لم يقل أي شيء عن تبادل المناوبات."

شعر شارتروكيان بعقدة تنتصب في حلقه. ساد صمت متوتر.

"حسناً،" تنهد ستراثمور أخيراً. "يبدو ذلك كخطأ مؤسف." وضع يده على كتف التقني وقاده باتجاه الباب. "الأخبار الجيدة هي أنه لا يتوجب عليك البقاء. سأبقى أنا والآنسة فليتشر هنا طوال اليوم. سنتولى الأمر. استمتع بالعطلة وحسب."

كان شارتروكيان متردداً. "أيها القائد، أظن حقاً أنه يجب أن نتفحص — "

"فيل،" أعاد ستراثمور كلامه بالقليل من التجهم. "إن الترانسلتر بحالة جيدة. لو أن الفحص قد شاهد شيئاً غريباً، فإن ذلك بسبب أننا نحن وضعناه هناك. أما الآن، فإذا لم يكن لديك مانع..." يضيق صوت ستراثمور وفهم التقني. لقد انتهى وقته.

"اختبار، تباً لذلك!" بربر شارتروكيان، يستشيط غاضباً وهو في طريقه إلى

مختبر أمن الأنظمة. "ما هذه المهمة الدورية التي تجعل ثلاثة ملايين معالج تعمل لست عشرة ساعة؟"

تساءل شارتروكيان عما إذا كان يتوجب عليه الاتصال برئيس أمن الأنظمة. *تباً لمحللي الشيفرات*، فكر بذلك. *إنهم لا يفهمون أي شيء عن الاحتياطات الأمنية!*

القَسَم الذي أخذه شارتروكيان على عاتقه عندما انضم إلى أمن الأنظمة بدأ يدور في رأسه. لقد أقسم أن يستخدم خبرته وتدريبه وغريزته ليحمي استثمار (إن إس أي) المقدر ببلايين الدولارات.

"الغريزة،" قال بجرأة. *إن الأمر لا يحتاج إلى وسيط روحي ليعلم أن هذا ليس أي اختبار لعين!*

بجرأة، مشى شارتروكيان بسرعة إلى الجهاز الخاص وشغل سلسلة برامج الترانسلتر الخاصة بتقويم الأنظمة.

"إن طفلك في ورطة أيها القائد،" دمدم متذمراً. "أنت لا تثق بالغريزة؟ سأثبت لك ذلك!"

الفصل 20

كانت عيادة الصحة العامة في الواقع مدرسة ابتدائية محولة ولا تشبه المشفى على الإطلاق، كانت عبارة عن بناء آجري طويل ذي طابق واحد مع نوافذ ضخمة وأرجوحة صدئة وضعت في الخلف. توجه بيكر إلى الأدراج المكسرة.

في الداخل، ساد الظلام والضجيج. كانت غرفة الانتظار عبارة عن خط من الكراسي المعدنية القابلة للطي شغلت الطول الكامل للممر الطويل الضيق. أظهرت لوحة كرتونية موضوعة على لافتة خشبية العبارة 'مكتب' مع سهم يشير إلى أسفل القاعة.

مشى بيكر في ممر قليل الإضاءة، كالاستوديوهات المصممة لأفلام هوليود المرعبة. أما الرائحة فكرائحة البول. كانت الإضاءة في النهاية البعيدة منطفئة، ولا تكشف المسافة المتبقية والمقدرة بأربعين أو خمسين قدماً أي شيء سوى صور ظليلة صامتة. امرأة تنزف... زوجان شابان يبكيان... فتاة صغيرة تصلي... وصل بيكر إلى نهاية الصالة المعتمة. كان الباب على يساره مفتوحاً جزئياً فدفعه ليفتحه. كان فارغاً بالكامل باستثناء امرأة عجوز ذابلة مُعراة على سرير نقال تواجه صعوبة باستخدام نونية السرير.

رائع، همهم بيكر ساخراً. أغلق الباب. *أين المكتب بحق الجحيم؟*

حول الموقد في القاعة، سمع بيكر أصواتاً. تبع الصوت فوصل إلى باب زجاجي نصف شفاف بدا وكأن شجاراً يجري خلفه. على مضض، دفع بيكر الباب ليفتحه. المكتب. فوضى تامة. كما كان يخشى.

كان الصف يحوي حوالى عشرة أشخاص خلف بعضهم، يتدافعون ويصرخون. لم يُعرف عن إسبانيا الفاعلية، ويعلم بيكر أنه ربما سيقضي الليلة بأكملها ينتظر ليسأل عن ذلك الكندي. كان هناك سكرتيرة واحدة خلف المكتب، تصد المرضى الساخطين. وقف بيكر في المدخل للحظة وأخذ يفكر بخياراته. كان هناك طريقة أفضل.

"من بعد إذنك!" صاح الممرض. أسرعت عربة لنقل المرضى بالمثول.

ابتعد بيكر عن الطريق وصاح باتجاه الممرض: "أين أجد الهاتف؟"

من دون أن يوقف خطاه، أشار الرجل إلى مجموعة من الأبواب المزدوجة واختفى عند الزاوية. مشى بيكر إلى الأبواب وشق طريقه خلالها.

كانت الغرفة أمامه ضخمة ــ حجرة للألعاب الرياضية. كانت الأرضية باللون

الأخضر الشاحب وبدت متموجة تحت الأضواء المشعة. على الجدار، تدلت حلقة لكرة السلة بترهل من لوحها. مبعثرين فوق الأرضية، كان هناك القليل من المرضى فوق أسرتهم المنخفضة. في الزاوية البعيدة، أسفل لوح النقاط المحروق، كان هناك هاتف قديم بحصالة. تمنى بيكر أن يعمل.

بينما يخطو عبر الغرفة، بحث في جيبه عن قطعة نقدية، وجد 75 بيزيتا[1] بالدورو[2]، فكة من سيارة الأجرة ـ تكفي لمكالمتين محليتين فقط. ابتسم بأدب للممرضة الخارجة وشق طريقه نحو الهاتف. رافعاً سماعة الهاتف، اتصل بيكر بمركز الاستعلامات. بعد ثلاثين ثانية، حصل على رقم عيادة المكتب الرئيسي.

بغض النظر عن البلد، يبدو أن هناك حقيقة عالمية واحدة عندما يتعلق الأمر بالمكاتب: لا يمكن لأحد أن يتحمل صوت هاتف من دون أن يجيب عليه. لا يهم عدد الزبائن المنتظرة التي تحتاج إلى المساعدة، ستنتهي السكرتيرة دائماً ما تقوم به لترفع السماعة.

ضغط بيكر زر التحويلة ذي الأرقام الست. خلال لحظة، سيحصل على مكتب العيادة. من دون شك، سيكون كندي واحد قد قُبل هنا اليوم بمعصم مكسور وارتجاج دماغ؛ سيكون من السهل إيجاد ملفه. يعلم بيكر أن المكتب سيكون متردداً في إعطاء اسم الرجل وعنوانه الحالي لرجل غريب تماماً، ولكن لديه خطة.

بدأ الهاتف بالرنين، قدّر بيكر أن خمس رنات هو ما سيستغرقه الأمر، ولكنه رنّ تسع عشرة رنة.

" عيادة الصحة العامة،" صاحت السكرتيرة المهتاجة.

تحدث بيكر بالإسبانية مع لهجة أمريكية فرنسية. "أنا ديفيد بيكر، من السفارة الكندية. تمت معالجة أحد مواطنينا من قبلكم اليوم. أريد معلومات عنه لتتمكن سفارتنا من ترتيب دفع التكلفة."

"جيد،" قالت المرأة. "سأرسل ذلك إلى السفارة يوم الاثنين."

"في الواقع،" ألح بيكر. "من المهم أن أحصل عليها فوراً."

"مستحيل،" قالت المرأة بحدة: "نحن مشغولون جداً."

حاول بيكر أن يكون رسمياً بالقدر الممكن: "إنها قضية مستعجلة. إن الرجل

---

(1) بيزيتا: وحدة النقد الإسبانية.

(2) الدورو: دولار إسباني فضي.

مصـــاب بمعصم مكسور ورأس مؤذى. تمت معالجته في وقت ما هذا الصباح. لا بد أن يكون ملفه في القمة مباشرة."

أثخـــن بيكر لهجته بالإسبانية ـ فأصبحت واضحة كفاية لتحقق مطالبه ومربكة لدرجة تكون فيها مغضبة. فالناس عادة يتّبعون الأصول عندما يكونون غاضبين.

ولكن بدلاً عن إتباع الأوامر، قامت المرأة بلعن الأمريكيين الشماليين المتعجرفين وأغلقت السماعة بعنف.

عــبس بــيكر وأنهى المكالمة. لقد هُزم. فكرة الانتظار لساعات في الطابور لم تسعده؛ كان الوقت يمضي ـ يمكن أن يكون الكندي في أي مكان الآن. ربما قرر أن يعــود إلـــى كـــندا. ربما سيقوم ببيع الخاتم. لم يكن لبيكر متسع من الوقت لينتظر في الطابور. بعزم جديد، خطف بيكر سماعة الهاتف وأعاد الاتصال. ضغط السماعة على أذنـــه واســـتند إلى الحائط. بدأ بالرنين، حدق بيكر في خارج الغرفة. الرنة الأولى... الثانية... الثالثة ـ

جرى اندفاع مفاجئ للأدرينالين عبر جسده.

دار بـــيكر وطـــرق السماعة معيداً إياها إلى حاملها. بعدها التفت وحدق بتمعن خـــارج الغرفة بصمت مندهش. هناك على السرير، مباشرة أمامه، باستعانة كومة من الوسادات القديمة، يتمدد رجل عجوز بجبيرة ناصعة البياض في معصمه الأيمن.

الـفـصــل 21

بدا الأمريكي المتحدث من خلال الهاتف الخاص لتوكجين نوماتاكا قلقاً.

"سيد نوماتاكا ــ أمامي لحظة واحدة فقط."

"حسناً. أثق أن لديك مفتاحي المرور."

"سيكون هناك تأخير بسيط،" أجاب الأمريكي.

"غير مقبول" استهجن نوماتاكا. "قلت إنني سأحصل عليهما في نهاية اليوم!"

"هناك تفسير لذلك."

"هل تانكادو ميت؟"

"نعـم،" قال الصوت. "لقد قام رجلي بقتل السيد تانكادو، ولكنه فشل في الحصول على مفتاح المرور. لقد تبرع به تانكادو قبل موته. لسائح."

"هذا أمر مريع!" قال نوماتاكا بصوت عالٍ: "إذاً، كيف تعدني بامتلاك حصري — "

"اهدأ،" استرضاه الأمريكي: "ستكون لك الحقوق الحصرية. هذا هو ضماني. في حال تم العثور على مفتاح المرور الضائع، سيكون الحصن الرقمي لك."

"ولكن يمكن أن يتم نسخ مفتاح المرور!"

"أي شخص يرى المفتاح سيموت."

ساد صمت طويل، وأخيراً تحدث نوماتاكا: "أين هو المفتاح الآن؟"

"كل ما تحتاج إلى معرفته هو أنه سيتم العثور عليه بالتأكيد."

"كيف يمكنك التأكد إلى هذه الدرجة؟"

"لأننـــي لســت الوحيد الذي أبحث عنه. الاستخبارات الأمريكية قد علمت بأمر المفـتاح الضائع. لأسباب واضحة، يفضلون منع إطلاق الحصن الرقمي. لقد أرسلوا رجلاً ليحدد مكان الخاتم، اسمه ديفيد بيكر."

"كيف تعلم هذا؟"

"ليس لهذا علاقة بالموضوع."

صمت نوماتاكا: "ولو قام السيد بيكر بتحديد مكان المفتاح؟"

"سيأخذه رجلي منه."

"وبعد ذلك؟"

"لا تقلـق،" قـال الأمريكي بهدوء."عندما يجد السيد بيكر المفتاح، ستتم مكافأته بالشكل الملائم."

الفصل 22

مشى بيكر بسرعة ونظر إلى الرجل النائم على السرير، معصمه الأيمن ملفوفاً بالجبيرة. عمره بين الستين والسبعين، كان شعره الأبيض الناصع مفروقاً إلى الجانب بشكل أنيق، وفي منتصف جبهته، يوجد أثر للكمة بنفسجية غامقة امتدت إلى الأسفل إلى عينه اليمنى.

صدمة صغيرة؟ فكر بذلك متذكراً كلمات الملازم. تفحص بيكر أصابع الرجل. لا يوجد خاتم ذهبي في أي مكان. مد بيكر يده ولمس ساعد الرجل. "سيدي؟" هزه بلطف. "عفواً... سيدي؟"

لم يتحرك الرجل.

حاول بيكر مرة ثانية، بصوت أعلى بقليل. "سيدي؟"

تحرك الرجل حركة ضئيلة: "كم... كم الساعة ــ" فتح عينيه ببطء وركز نظره على بيكر. عبس لإزعاجه. "ماذا تريد؟"

نعم، فكر بيكر. *كندي فرنسي!* ابتسم بيكر له. "هل يمكنني الحديث معك للحظة؟"

على الرغم من أن اللغة الفرنسية التي يتحدث بها بيكر كانت رائعة، تحدث بما يأمل أن تكون هي اللغة الأضعف للرجل، الإنكليزية. إن إقناع غريب تماماً بتسليم خاتم ذهبي ربما يكون أمراً يتطلب بعض البراعة والحذر؛ يعلم بيكر أن بإمكانه استخدام أي حيلة يقدر عليها.

ساد صمت طويل إلى أن استوعب الرجل أين هو وما الذي يفعله. نظر إلى ما حوله ثم بذل جهداً كبيراً ليحرك شاربه الأبيض المترهل. في النهاية، تحدث. "ما الذي تريده؟" كانت لهجته الإنكليزية حادة وأنفية.

"سيدي،" قال بيكر، مفرطاً في لفظ كلماته وكأنه يتحدث مع رجل أصم، "أريد أن أطرح عليك بعض الأسئلة؟"

حملق به الرجل مع نظرة غريبة على وجهه. "هل تواجه أي مشكلة؟"

عبس بيكر؛ كانت اللغة الإنكليزية لهذا الرجل خالية من أي خطأ. فقط على الفور نبرة صوته المتعالية. "أنا آسف لإزعاجك، سيدي، ولكن هل كنت في البلازا دي إسبانا اليوم؟"

ضاقت عينا الرجل العجوز: "هل أنت من مجلس المدينة؟"

"لا، في الواقع، أنا ــ"

"من مكتب السياحة؟"

"لا، أنا ـــ"

"انظر، أعلم لماذا أنت هنا!" حاول الرجل العجوز أن يجلس ولكن بصعوبة. "أنا لـــن أخـــاف! لقد قلت ذلك مرة، وقلت ذلك لآلاف المرات ـــ إن بيير كلوشار يصوغ العالم بالطريقة التي يعيشها في هذا العالم. إن بعضاً من أدلتكم السياحية قد تخفي ذلك لقاء ليلة مجانية في البلدة، ولكن مجلة مونتريال تايمز ليست للأجرة! أرفض ذلك!"

"عفواً سيدي، لا أظن أنك تفـــ"

"أفهــم ذلــك تماماً!" هز إصبعه النحيلة في وجه بيكر، وصدى صوته في حجرة الألعـــاب الرياضية. "أنت لست الأول! لقد حاولوا الشيء نفسه في مولين روج، قصر بـــراون، وفـــي غولفينو في لاغوس! ولكن ما هو الشيء الذي تمت طباعته؟ الحقيقة! أســـوأ ويلينغتون قد تناولته على الإطلاق! أقذر حوضَ استحمام رأيته! الشاطئ الأكثر صخوراً الذي مشيت عليه في حياتي! لا يتوقع قرائي أقل من ذلك!"

بـــدأ المرضى على الأسرة المجاورة بالنهوض لرؤية ما الذي يجري. نظر بيكر بقلق حوله بحثاً عن وجود ممرض. آخر شيء يحتاجه هو أن يطرد إلى الخارج.

كـــان كلوشـــار يوبـــخ بعنف. "هذا العذر البائس لضابط في الشرطة يعمل في مدينـــتك! لقد جعلني أركب على دراجته النارية! انظر إليّ!" حاول أن يرفع معصمه: "الآن من الذي سيقوم بكتابة العمود المخصص لي في الجريدة؟"

"سيدي، أنا ـــ"

"لم أنزعج كهذا على الإطلاق طوال الثلاث والأربعين سنة لي في السفر! انظر إلى هذا المكان! تعلم، لقد خصص لي العمود منذ ـــ"

"سيدي!" رفع بيكر يديه الاثنتين بسرعة ليعلن إشارة الاستسلام. "أنا لست مهتماً بعمودك الصحفي؛ أنا من القنصلية الكندية. أنا هنا لأتأكد أنك بحالة جيدة!"

فجـــأة، ســـاد الغرفة هدوء تام. نظر الرجل إلى الأعلى من على سريره وحدق بالمتطفل بارتياب.

تولـــى بـــيكر الأمـــر بـــالهمس: "أنا هنا لأرى إن كان بإمكاني تقديم أي شيء لمساعدتك." *مثل إحضار جرعة من المهدئات*.

بعد صمت طويل، تحدث الكندي: "القنصلية؟" لانت نبرة صوته بشكل واضح.

أومأ بيكر.

"إذاً، أنت *لست* هنا بشأن عمودي الصحفي؟"

"لا، سيدي."

بـــدا وكأن فقاعة ضخمة قد انفجرت أمام بيير كلوشار. استراح ببطء على كومة الوســـادات. بدا مفطور الفؤاد. "ظننت أنك من المدينة... تحاول أن تجعلني..." صمت قليلاً ثم نظر إليه: "إذا لم يكن الأمر حول عامودي الصحفي، إذاً لماذا أنت هنا؟"

سؤال جيد، فكر بيكر، وهو يتخيل الجبال الدخانية. "فقط مجرد فضول دبلوماسي غير رسمي،" كذب بقوله ذلك.

بدا الرجل مندهشاً: "فضول دبلوماسي؟"

"نعـــم سيدي، أنا واثق من أن رجل بمنزلتك على علم بأن الحكومة الكندية تعمل بجهـــد لحمايـــة مواطنـــيها مـــن المعاملة المهينة في مثل... لنقل ـ في البلدان الأقل *احتراماً*."

انشقت شفتا كلوشار النحيلتين بابتسامة ماكرة. "ولكن بالطبع... كم هذا لطيف." *أنت* مواطن كندي، أليس كذلك؟"

"نعم، بالطبع. كم كنت سخيفاً. من فضلك، سامحني. شخص بمثل منصبي يُتَقرب إليه عادة... حسناً... أنت تفهم."

"نعم، سيد كلوشار، بالطبع. الثمن الذي ندفعه لقاء الشهرة."

"صحيح!" أطلق كلوشار تنهداً مأساوياً. لقد كان شهيداً معارضاً يتحمل الجماهير. "أتـــرى هـــذا المكان الشنيع؟" دور عينيه حول المكان الغريب. "إن هذا سخيف. ولقد قرروا أن يبقوني هنا طوال الليل."

نظر بيكر حوله: "أعرف. إنه مريع. أنا متأسف لأن الوقت استغرق مني كل هذا لأصل إليك."

بدا كلوشار مرتبكاً: "لم أكن أعلم حتى أنك ستأتي."

غيّر بيكر الموضوع. "يبدو أن هناك ضربة موجعة على رأسك. هل تؤلمك؟"

"لا، علـــى الإطـــلاق. لقد سقطت هذا الصباح ـ الثمن الذي يدفعه الشخص لقاء كونـــه فـــاعل خير. إن المعصم هو الذي يؤلمني. الشرطي الغبي! أقصد، حقاً! وضع رجل في مثل عمري على دراجة نارية. إنه أمر يستحق الشجب."

"هل هناك أي شيء أحضره لك؟"

فكر كلورشاد للحظة، يمتع نفسه بذلك الاهتمام. "حسناً، في الواقع... " مد رقبته وميل رأسه إلى اليمين واليسار، "أرغب في استخدام وسادة أخرى لو سمحت."

"بالطبع،" انتزع بيكر وسادة من سرير مجاور وساعد الرجل ليرتاح.

تنهد الرجل العجوز بارتياح: "ذلك أفضل... شكراً لك."

"على الرحب والسعة." أجابه بيكر بالفرنسية.

"آه!" ابتسم الرجل بدفء. "إذاً أنت تتحدث لغة العالم المتحضر."

"ذلك مجالها تقريباً" قال بيكر بإحراج.

"ليست مشكلة." قال كلوشار بفخر. "إن عمودي الصحفي ينشر في الولايات المتحدة؛ لغتي الإنكليزية من الدرجة الأولى."

"كما سمعت." ابتسم بيكر. جلس على حافة سرير كلوشار. "الآن، إذا لم تمانع أن أسألك يا سيد كلوشار، ما الذي يدفع رجلاً مثلك أن يأتي إلى مكان كهذا؟ هناك مستشفيات أفضل بكثير من هذا في سيفيل."

بدا كلوشار غاضباً: "ضابط الشرطة ذاك... لقد أوقعني من على دراجته النارية وتركني أنزف في الشارع مثل خنزير عالق. كان علي المشي إلى هنا."

"لم يعرض عليك أن يوصلك إلى مكان أفضل؟"

"على تلك الدراجة اللعينة؟ لا شكراً!"

"ما الذي حدث بالضبط هذا الصباح؟"

"لقد أخبرت الملازم بكل شيء."

"لقد تحدثت مع الملازم و ـــ "

"أتمنى أن تكون قد أنبته!" قاطع كلوشار حديثه.

أومأ بيكر. "بأقصى الكلمات، المكتب سيقوم بإكمال ذلك."

"آمل ذلك."

"سيد كلوشار،" ابتسم بيكر وهو يسحب قلماً من جيب سترته. "أريد تقديم شكوى رسمية إلى المدينة. هل تساعد في ذلك؟ رجل في مثل مكانتك المرموقة، سيكون شاهداً مهماً."

بدا كلوشار متباهياً لأنه سيتم الاقتباس منه. جلس وقال: "لماذا، نعم... بالطبع. ذلك من دواعي سروري."

فتح بيكر دفتر ملاحظاته ونظر إليه: "حسناً، هيا نبدأ منذ هذا الصباح. أخبرني عن الحادث."

تنهد الرجل العجوز. "إن ذلك محزن حقاً. انهار الرجل الآسيوي البائس. حاولت مساعدته ـــ ولكن من دون فائدة."

"قمت بإجراء الإنعاش القلبي له؟"

بدا كلوشار محرجاً: "أخشى أنني لا أعلم كيف. اتصلت بالإسعاف."

تذكر بيكر الكدمة البنفسجية على صدر تانكادو. "هل قام المسعف بإجراء الإنعاش القلبي له؟"

"لا، بحق السماوات!" ضحك كلوشار. "لا داعي لضرب حصان ميت بالسوط ــ لقد مات ذلك الشخص قبل وقت طويل من وصول سيارة الإسعاف. قاموا بالتأكد من نبضات قلبه ثم أخذوه، وتُركت أنا مع رجل الشرطة المروع."

هذا غريب، فكر بيكر متسائلاً عن سبب حدوث تلك الكدمة. طرد تلك الفكرة من عقله والتفت إلى المشكلة الحالية. "ماذا عن الخاتم؟" قال ذلك بلا مبالاة بالقدر الذي أمكنه.

بدا كلوشار مندهشاً: "أخبرك الملازم عن الخاتم؟"

"نعم، فعل ذلك."

بدا كلوشار مذهولاً: "حقاً؟ لم أظن أنه صدق قصتي. كان وقحاً جداً ــ وكأنه اعتقد أنني أكذب. ولكن قصتي كانت حقيقية، بالطبع. إنني أفتخر بصدقي."

"أين الخاتم؟" ضغط عليه بيكر.

لم يبدُ أن كلوشار قد سمع. كان يحدق بانشداه، ينظر إلى الفضاء. "نموذج غريب حقاً، جميع تلك الأحرف ــ لا تماثل أي لغة رأيتها."

"ربما اليابانية؟" اقترح بيكر.

"بالتأكيد لا."

"إذن نظرت إليها بتمعن؟"

"نعم، بالطبع! عندما انحنيت لمساعدته، استمر الرجل في دفع أصابعه أمام وجهي. أراد أن يعطيني الخاتم. كان ذلك أمراً غريباً ومريعاً حقاً ــ كانت يداه مفزعتين."

"كان هذا عندما أخذت الخاتم؟"

اتسعت عينا كلوشار: "هذا ما أخبرك به الملازم! أنني أخذت الخاتم؟"

ارتبك بيكر فجأة.

انفجر كلوشار. "علمت أنه لم يكن يصغي! هكذا تبدأ الإشاعات! أخبرته أن ذلك الشخص الياباني قد تبرع بالخاتم ــ ولكن ليس *لي!* من المستحيل أن آخذ أي شيء من رجل يحتضر! بحق الجحيم، ذلك مستحيل! يا لتلك الفكرة!"

أحس بيكر بالقلق. "إذاً أنت لا تملك الخاتم؟"

"لا، بحق السماء!"

وخز مؤلم انسل في معدته. "ومن أخذه إذن؟"

حدق كلوشار ببيكر بسخط: "الألماني! أخذه الألماني!"

شعر بيكر وكأن الأرض ترتج تحته. "الألماني؟ أي ألماني؟"

"الألماني في الحديقة! أخبرت الملازم عنه! رفضت الخاتم ولكن الخنزير الفاشي قبله!"

وضـــع بـــيكر قلمه وورقته. لقد انتهت التمثيلية، فقد تحولت إلى مأزق. "إذن، أخذ *الألماني* الخاتم؟"

"بالفعل."

"إلى أين ذهب؟"

"لا أعلم. لقد أسرعت للاتصال بالشرطة. عندما رجعت، كان قد غادر؟"

"أتعلم من كان هو؟"

"سائح ما."

"أنت متأكد؟"

"حياتـــي مليـــئة بالسائحين،" قال كلوشار بحدة، "أعلم من يكون الشخص بمجرد رؤيته. كان هو وصديقته يتجولان في الحديقة."

إزداد بـــيكر ارتـــباكاً مع مرور كل لحظة. "صديقته؟ كان هناك شخص ما مع الألماني؟"

أومأ كلوشار. "مرافقة. امرأة حمراء الشعر فائقة الجمال. رائعة!"

"مرافِقة؟" قال بيكر مذهولاً. "كالـــ... العاهرة؟"

كشّر كلوشار. "نعم، لو أحببت استخدام ذلك التعبير البذيء."

"ولكن... الملازم لم يقل شيئاً عن ــ"

"بالطـــبع لا! لـــم أذكـــر لـــــه تلك المرافِقة." أوضح كلوشار لبيكر ذلك بحركة مزدرية من يده السليمة. "إنهما ليسا مجرمين ــ من السخف أن يتم إزعاجهما وكأنهما مجرمان خسيسان."

لا يزال بيكر في حالة معتدلة من الذهول: "هل كان هناك أي شخص آخر؟"

"لا، نحن الثلاثة فقط. كان الجو حاراً."

"هل أنت متأكد من أن تلك المرأة عاهرة؟"

"بالطـــبع. امـــرأة بهذا الجمال لن ترافق رجلاً كهذا إلا في حال دُفع لها الكثير!

يـــاللهول! لقـــد كان سميناً، سميناً، سميناً جداً! ألماني صخّاب[1]، ثقيل الوزن وذميم!" ظهـــرت تعابـــير الألـــم للحظـــة على كلوشار وهو ينقل وزنه، ومع ذلك تجاهل ألمه واســـتمر في حديثه. "كان الرجل كالوحش ـ ثلاثمائة رطل على الأقل. التصق بتلك الغـــزالة المســـكينة وكأنهـــا ستهرب ـ ولا ألومها على ذلك. أقصد حقاً! كانت يداه تحيطان بها. يتباهى أنه حصل عليها طوال عطلة نهاية الأسبوع مقابل ثلاثمائة دولار! هو من كان يجب أن يموت، ليس ذلك الأسيوي المسكين." رفع كلوشار نفسه ليستنشق الهواء، أقحم بيكر نفسه.

"هل حصلت على اسمه؟"

فكر كلوشار للحظة ثم هز رأسه: "ليس لدي فكرة." أجفل من الألم مرة أخرى ثم استراح ببطء على وساداته.

تنهد بيكر. تلاشى الخاتم أمام نظره. لن يكون القائد ستراثمور مسروراً لذلك.

ربت كلوشار على جبهته. وصل انفجار الحماسة لأقصى حدوده. بدا متعباً فجأة.

حـــاول بيكر طريقة أخرى. "سيد كلوشار. أريد أن آخذ إفادة الألماني والمرافقة أيضاً. هل لديك أي فكرة عن مكان تواجدهما؟"

أغلق كلوشار عينيه، بدأت قواه تتلاشى، وبدأت أنفاسه تضمحل.

"أي شيء من هذا القبيل؟" ضغط بيكر عليه: "اسم مرافقته؟"

ساد صمت طويل.

فرك كلوشار صدغه الأيمن، بدأ فجأة يشحب. "حسناً... آه... لا. لا أصدق... " كان صوته مرتعشاً.

انحنى بيكر باتجاهه. "هل أنت بخير؟"

أومـــأ كلوشـــار قلـــيلاً. "نعـــم، جيد... قليلاً فقط... الإثارة ربما..." بدأ يصاب بالدوار.

"فكر، سيد كلوشار،" حثه بيكر بهدوء. "إنه أمر مهم."

أجفل كلوشار: "لا أعلم... المرأة... لقد ناداها الرجل بـــ..." أغلق عينيه وتأوه.

"ما هو اسمها؟"

"أنا حقاً لا أذكر... " كان كلوشار يذبل بسرعة.

"فكـــر،" حثه بيكر، "من المهم أن يكون ملف القنصلية كاملاً قدر الإمكان. أحتاج

(1) صخّاب: كثير الكلام بصوت عال ومزعج.

إلـى إفادات من شهود آخرين لأدعم، أي معلومات يمكنك أن تعطيني إياها للمساعدة في تحديد مكانهم..."

ولكـن كلوشار لم يكن يستمع. كان يربت على جبينه بالمُلاءة. "أنا آسف... ربما غداً..." بدا مصاباً بالغثيان بشدة.

"سـيد كلوشـار، من المهم أن تتذكر هذا *الآن*." أدرك بيكر فجأة أنه كان يتحدث بصوتٍ عالٍ جداً. فالمرضى على الأسرة المجاورة لا يزالون يراقبون ما الذي يحدث. من الجانب البعيد للغرفة، ظهرت ممرضة عبر باب المدخل ومشت بخفة نحوهم.

"أي شيء على الإطلاق،" حثه بيكر بسرعة.

"أطلق الألماني على المرأة اسم ـــ"

قام بيكر بهز كلوشار قليلاً محاولاً إعادته إلى وعيه.

ارتجت عينا كلوشار في تلك اللحظة. "اسمها..."

ابق معي أيها العجوز...

"قطر..." أُغلقت عينا كلوشار مرة ثانية. كانت الممرضة تقترب. بدت غاضبة.

"قطر؟" هز بيكر ساعد كلوشار.

تأوه الرجل العجوز. "ناداها باسم..." كان كلوشار يغمغم الآن، يُسمع بصعوبة.

وصـلت الممرضـة إلـى مسافة أقل من عشرة أقدام، صاخبة على بيكر بإسبانية غاضـبة، لـم يسمع بيكر أي شيء، كانت عيناه مثبتتين على شفاه الرجل العجوز. هز كلوشار مرة واحدة أخيرة عندما اقتربت منه الممرضة.

أمسـكت الممرضـة كـتف ديفـيد بيكر بعنف. سحبته إلى قدميه في الوقت الذي انفتحـت فـيه شـفتا كلوشار. الكلمة الوحيدة التي انطلقت من فم الرجل العجوز لم تكن ملفوظة فعلاً. كانت تنهدة هادئة ـــ وكأنه تذكر حسي بعيد. "قطر الندى..."

ساقت القبضة الغاضبة بيكر بعيداً بعنف.

قطـر الـندى؟ ما هذا النوع من الاسم 'قطر الندى' بحق الجحيم؟ دار بعيداً عن الممرضة والتفت مرة أخيرة إلى كلوشار. "قطر الندى؟ هل أنت *متأكد؟*"

ولكن بيير كلوشار غط في نوم عميق.

الــفــصـــل 23

جلست سوزان وحيدة في الأجواء المترفة لنود 3. أخذت رشفة من شراب الشاي بالليمون وانتظرت عودة المقتفي.

بصفتها رئيسة محللي الشيفرات، تستمتع سوزان بالجهاز بأفضل حالة لــه. فهو علــى الجانب الخلفي من حلقة الكمبيوترات ومواجه لطابق الكريبتو. من هذا الموقع، تتمكن سوزان من الإشراف على أجهزة نود 3 كلها. كما تتمكن أيضاً من رؤية، على الجانــب الآخــر للزجاج الوحيد الجانب، الترانسلتر ينتصب بدقة في منتصف أرضية قسم الكريبتو.

نظــرت ســوزان إلـــى ساعتها. مرت ساعة تقريباً، يبدو أن الشركة الأمريكية المعـيدة للرســائل الالكترونــية غير مستعجلة على إعادة إرسال بريد نورث داكوتا. تــنهدت بشــدة. فعلــى الرغم من جهودها لتنسى ما دار في حديث الصباح مع ديفيد، كانت الكلمات تُعاد وتعاد في رأسها. علمت أنها كانت قاسية معه. صلت ليكون بأمان في إسبانيا.

تضــاربت أفكارها مع الهسيس العالي للأبواب الزجاجية. نظرت إليه وتأوهت. فقد كان محلل الشيفرات كريج هيل يقف عند المدخل.

كــان كريج هيل طويلاً ومفتول العضلات بشعر أشقر كثيف وذقن عميقة الشق. ملابســه صــارخة دائماً وزائدة عن الحد كما كان لا مبالياً. لقّبه زملاؤه المحللون بــ 'الملح الصخري' ــ مثل المعدن. يزعم هيل دائماً أن ذلك يشير إلى حجر كريم نادر ــ مماثل لذكائه الفذ ولبنية جسده القاسية كالحجر. ولو سمح لــه غروره بالرجوع إلى الموسوعة لعلم أن هذا مجرد فضلات ملحية تركت خلف البحر عندما جف.

كجميع محللي الشيفرات في (إن إس أي)، يتقاضى هيل راتباً ممتازاً. ولكن إبقاء تلــك الحقــيقة لنفســه كان أمراً صعباً جداً. فهو يقود سيارة لوتس بيضاء ذات فتحة للســقف ونظام صبووفر[1] يصم الآذان. كان مدمناً للأجهزة الخارقة، وكانت سيارته هــي النموذج العارض؛ فقد أدخل عليها نظام كمبيوتر عالمي لتحديد المواقع (جي بي إس)، وأقفال أبواب تعمل عن طريق الصوت، مشوش رادار ذا خمسة مراكز، وهاتف وفــاكس خلوييــن لكــي لا يبقى خارج خدمات رسائله. يُظهر رقم سيارته الأحرف

---

(1) Subwoofer: مكبر صوت من النوع الحديث يتمتع بنظام نقاوة عالي الجودة

MEGABYTE محاطةً بإطار من النيون البنفسجي.

أُنقذ كريج هيل من طفولة إجرام حقيرة بمساعدة فرقة المارينز الأمريكية. حيث تعلـم أمور الكمبيوتر. كان واحداً من أفضل المبرمجين الذين عرفتهم المارينز، على طـريقه للوصـول إلى رتبة عسكرية بارزة. ولكن قبل يومين من إنهاء فترة الخدمة الثالثة، تغيّر مستقبله فجأة. قَتل هيل من دون قصد جندياً في نزاع وهو ثمل. يبدو أن فـن الدفـاع الكوري عن النفس، التايكوندو، أكثر خطورة من كونه دفاعاً. وفوراً تم عزله عن الخدمة.

بعـد قضاء فترة قصيرة في السجن، بدأ 'الملح الصخري' بالبحث عن عمل في القطـاع الخـاص كمـبرمج. كـان دائماً يتحدث بصدق عن الحادث الذي حصل في الجيش، وتودد إلى أصحاب العمل المأمولين بأن يعمل لمدة شهر كامل من دون راتب ليثبـت جدارتــه. لم يكن يعاني نقصاً في الممولين، وحالما يكتشفون ما بإمكانه فعله بالحاسوب، لا يرغبون في تركه على الإطلاق.

عندما ازدادت خبرته بالكمبيوتر، بدأ هيل بإقامة علاقات عبر الإنترنت مع أنحاء العـالم كله. كان أحد أولاد السلالة الجديدة من مدمني الكمبيوتر مع أصدقاء الرسائل الإلكترونـية مـن الـدول كلها، يتنقل داخل المنتديات الإلكترونية المبتذلة وخارجها، ومجموعـات المحادثة الأوروبية. كما طرد من قبل رئيسَيْ عمل مختلفَيْن لاستخدامه حاسباتهم الإلكترونية التجارية لتحميل صور إباحية على الإنترنت لبعض أصدقائه.

"مـا الذي تفعلينه هنا؟" سألها، بينما كان واقفاً إلى الباب محدقاً بها. من الواضح أنه توقع أن يحظى بنود 3 وحده اليوم.

أجـبرت سـوزان نفسها أن تبقى هادئة: "إنه يوم السبت، كريج. أرغب في أن أسـألك السؤال نفسه." ولكن سوزان تعلم ما الذي يفعله هيل هنا. إنه مدمن الكمبيوتر الأعظم. على الرغم من القوانين الخاصة بيوم السبت، هو عادة ما ينسل إلى الكريبتو فـي أيـام العطل لاستخدام الطاقة المؤتمتة التي لا تضارع في (إن إس أي) لاختبار برامج جديدة كان يعمل عليها.

"أردت فقـط أن أعيد ضبط بعض الخطوط وأفتح بريدي الالكتروني،" قال هيل. حدق فيها بفضول: "ماذا قلت إنك تفعلين هنا؟"

"لم أقل شيئاً،" أجابته سوزان.

قوس هيل حاجبه متفاجئاً: "لا داعي أن تخجلي. ليس لدينا أسرار هنا في نود 3، أتذكرين؟ الجميع للفرد والفرد للجميع."

رشفت سوزان من شراب الشاي متجاهلة وجوده. هز هيل كتفيه مستهجناً وخطى باتجاه خزانة نود 3. كانت الخزانة هي موقفه الأول دائماً. وبينما يعبر الغرفة، تنهد بشدة وحدق بشهوة بساقي سوزان الممتدتين أسفل جهازها. أما هي، فمن دون أن تنظر إليه، سحبت ساقيها وتابعت العمل. ابتسم هيل بتكلف.

كانت سوزان قد اعتادت على تودد هيل منها جنسياً. كان عذره المفضل يدور حول موائمة واجهة عتادهما ليعملا متزامنين. وهذا ما كان يُشعِر سوزان بالاشمئزاز. بإمكانها أن تتذمر لستراثمور عن هيل؛ ولكن من الأسهل بكثير أن تتجاهله فقط.

اقترب من خزانة نود 3 وسحب الأبواب الشبكية ليفتحها مثل الثور. سحب علبة التوبروير (لحفظ الطعام) خارج الثلاجة ودفع ببعض حبات التوفو في فمه. انحنى على الموقد وأخذ يملّس بنطاله الرمادي (من ماركة بيلفيني) وقميصه المنشى بشكل جيد. "ستمكثين هنا طويلاً؟"

"طوال الليل،" أجابته سوزان بصراحة.

"همم..." قال 'الملح الصخري' بتودّد وفمه ممتلئ: "إنه يوم سبت دافئ في هذه الحجرة، نحن الاثنان فقط."

"بل، نحن *الثلاث* فقط،" اعترضت سوزان. "القائد ستراثمور في الأعلى. ربما ترغب في الاختفاء قبل أن يراك."

هز هيل كتفيه باستهجان: "لا يبدو أنه يمانع وجودك هنا. لابد أنه يستمتع بصحبتك."

أجبرت سوزان نفسها أن تبقى صامتة.

ضحك بينه وبين نفسه ثم وضع علبة التوبروير جانباً، وبعدها أمسك بزجاجة زيت زيتون من النوع الأول وابتلع منها بضع جرعات كبيرة. كان مدمناً على الأغذية الصحية ويزعم أن زيت الزيتون ينظف أمعائه الغليظة. عندما لم يكن يدفع بعصير الجزر إلى بقية الطاقم، كان ينصح بفوائد المواد المنظفة للقولون.

وضع هيل الزيت جانباً وذهب لتشغيل جهازه الكمبيوتر المقابل لسوزان مباشرة. حتى عبر الحلقة الواسعة للأجهزة، استطاعت سوزان شم رائحة الكولونيا الخاصة به. كشّرت أنفها.

"كولونيا رائعة، كريج. إستخدمت الزجاجة بأكملها؟"

نقر هيل بإصبعه على جهازه: "فقط لأجلك، عزيزتي؟"

بينما كان يجلس بانتظار إقلاع جهازه، راودت سوزان فكرة مفاجئة مزعجة.

ماذا لو قام هيل بتشغيل شاشة الترانسلتر؟ لم يكن هناك سبب منطقي يدفعه للقيام بهذا، ولكن رغم ذلك فإن تعلم سوزان أنه لن يصدق قصة غير محبوكة بشكل جيد حول اختبار استغرق من الترانسلتر ست عشرة ساعة. سيطلب هيل أن يعلم الحقيقة. والحقيقة أمر لا تنوي سوزان إخباره بها. إنها لا تثق بكريج هيل. إنه لا يلاءم (إن إس أي). لقد كانت معارضةً لتوظيفه منذ البداية، ولكن لم يكن لـ (إن إس أي) الخيار. إنه نتاج الفضيحة المكتومة.

مأزق سكيبجاك.

منذ أربع سنوات مضت، وفي محاولة لصياغة شيفرة واحدة معتمدة ذات مفتاح عام، كلف مجلس الشيوخ أفضل الرياضيين في الدولة، أولئك الموجودين في ناسا، لكتابة خوارزمية جديدة خارقة. كان هدف مجلس الشيوخ من ذلك أن تشرّع خوارزمية جديدة تكون هي القياسية في الدولة، وهكذا تخفف من التعارض الحالي القائم بين المؤسسات التي تستخدم خوارزميات مختلفة.

وبالطبع، إن سؤال (إن إس أي) للمساعدة في صياغة شيفرة ذات مفتاح عام هو مشابه نوعاً ما لسؤال المحكوم عليه صنع تابوته. لم يكن قد تم اختراع الترانسلتر بعد، وستساعد طريقة صياغة الشيفرات المعتمدة بإكثار استخدام كتابة الشيفرات وجعل عمل (إن إس أي) الصعب أصلاً أكثر صعوبة.

فهمت (إي أف أف) تضارب المصالح هذا وقامت بالضغط بشدة بأن (إن إس أي) ستقوم بصياغة خوارزمية من نوعية رديئة ــ شيء يمكن تحليله. ولاسترضاء تلك المخاوف، أعلن مجلس الشيوخ أنه في الوقت الذي ستنتهي فيه خوارزمية (إن إس أي)، ستحرر الشيفرة ليتم فحصها من قبل رياضيي العالم جميعهم لتأكيد نوعيتها.

على مضض، قام فريق تحليل الشيفرات في (إن إس أي) بقيادة ستراثمور بصياغة خوارزمية سميت باسم سكيبجاك. قدمت سكيبجاك إلى مجلس الشيوخ للتصديق عليها. اختبر الرياضيون في جميع أنحاء العالم سكيبجاك وكانوا متأثرين بالإجماع. وصفوها بأنها خوارزمية قوية وغير مُفسدة، وستكون معياراً للتشفير. ولكن قبل ثلاثة أيام من تصويت مجلس الشيوخ على الموافقة الكاملة لسكيبجاك، صدم مبرمج شاب من مختبرات بيل، كريج هيل، العالم بإعلانه أنه قد اكتشف سراً مخبأً في هذه الخوارزمية.

يتألف الخيار الخفي من بضعة أسطر من البرمجة الماكرة قام القائد ستراثمور بإدخالها على الخوارزمية. تمت إضافتها بطريقة داهية لم يتمكن أحد، باستثناء كريج

هـــيل، من رؤيتها. إن إضافة ستراثمور الخفية هذه تعني عملياً أن أي شيفرة مكتوبة باســـتعمال سكيبجاك يمكن فك تشفيرها من خلال كلمة سرية معروفة فقط من قبل (إن إس أي). كـــان ستراثمور على مقربة من تحويل الصيغة المعتمدة من قبل الدولة في صـــياغة الشيفرات إلى أكبر انقلاب استخباراتي شهدته (إن إس أي) من قبل؛ ستحمل (إن إس أي) المفتاح الرئيسي لجميع الشفرات المصاغة في أمريكا.

كان الجمهور المدرك لأمور الكمبيوتر غاضباً جداً. انقضّت (أي أف أف) على تلك الفضيحة كالنسور، لتمزق مجلس الشيوخ على أجزاء بسبب سذاجتهم، وإعلان أن (إن إس أي) هي التهديد الأكبر للعالم الحر منذ زمن هتلر. وتم إلغاء الشيفرة المعتمدة عندها.

أمـــا المفاجأة الصغيرة، فكانت عندما وظفت (إن إس أي) كريج هيل بعد يومين. شعر ستراثمور أنه من صالح (إن إس أي) أن يشركه في العمل الداخلي من أن يكون في العمل الخارجي ضده.

واجه ستراثمور فضيحة سكيبجاك مرفوع الرأس. دافع عن عمله ذلك بشدة أمام مجلـــس الشيوخ. احتج بأن رغبة الجماهير في السرية ستصبح ضدهم. أصر على أن الشـــعب يحـــتاج إلى شخص ما يراقب عنه؛ يحتاج الشعب إلى أن تقوم (إن إس أي) بتحليل الشيفرات بهدف المحافظة على الأمن. أما المجموعات مثل (إي أف أف) فكان إحساسها مختلفاً. وقد استمروا في النـــزاع منذ ذلك الحين.

الفصل 24

وقف ديفيد بيكر في كابينة هاتفية مقابل عيادة الصحة العامة؛ لقد تم طرده للتو لإزعاجه المريض رقم 104، السيد كلوشار.

أصبحت الأشياء فجأة أكثر تعقيداً مما توقعه. معروفه الصغير الذي أراد تقديمه إلى ستراثمور ـ إحضار بعض الأشياء الشخصية الخاصة ـ قد تحول إلى لعبة مطاردة لخاتم غريب.

لقد اتصل بستراثمور للتو وأخبره بأمر السائح الألماني. لم يتم تقبُّل هذه الأخبار بشكل جيد. فبعد التحدث عن التفاصيل، صمت ستراثمور لوقت طويل. "ديفيد،" قال أخيراً ببطء ووقار، "إن إيجاد هذا الخاتم هو قضية خاصة بالأمن القومي. أتركها بين يديك. لا تخيبني." انقطع الاتصال.

وقف ديفيد في كابينة الهاتف وتنهد. فتح دليل الهاتف الممزق وبدأ بتفحص الصفحات الصفراء. "لا يوجد أي شيء مفيد من هذا." تمتم بينه وبين نفسه.

هناك ثلاثة إدراجات فقط لخدمات المرافقة في الدليل، وليس لديه الكثير ليعرف عنه. كل ما يعرفه هو أن رفيقة ذلك الألماني ذات شعر أحمر، وبصورة مريحة هذا أمر نادر في إسبانيا. وذكر كلوشار المهتاج اسم تلك المرافقة على أنه 'قطر الندى'. كشّر بيكر ـ قطر الندى؟ بدا أنه أشبه ببقرة من كونه فتاة جميلة. ليس اسماً كاثوليكياً صالحاً على الإطلاق؛ لا بد أن يكون كلوشار مخطئاً.

اتصل بيكر بالرقم الأول.

"الخدمات الاجتماعية، سيفيل،" أجابه صوت أنثوي حسن.

مزج بيكر لغته الإسبانية مع لهجة ألمانية ثقيلة. "هل تتحدثين اللغة الألمانية؟"

"لا. ولكنني أتحدث الإنكليزية" كانت تلك الإجابة.

تابع بيكر حديثه بإنكليزية محطمة. "شكراً لك، أتساءل لو أنك تساعدينني؟"

"كيف نخدمك؟" تحدثت المرأة ببطء محاولةً بذلك مساعدة زبونها الحالي. "ربما تريد مرافقة؟"

"نعم، من فضلك. حصل أخي، كلاوس، اليوم على فتاة جميلة جداً، بشعر أحمر. أريد مثلها. غداً، من فضلك."

"هل أتى أخوك كلاوس إلى هنا؟" انفعل الصوت فجأة وكأنهما صديقان قديمان.

"نعم. إنه سمين جداً. تذكرينه، أليس كذلك؟"

"تقول إنه كان هنا اليوم؟"

استطاع بيكر سماعها وهي تقلب الدفاتر. لن يكون هناك اسم كلاوس على القائمة، ولكن بيكر اعتقد بأنه من النادر أن يستخدم الزبائن أسماءهم الحقيقية.

"همم، أنا متأسفة،" اعتذرت منه. "لا أرى اسمه هنا. ما هو اسم الفتاة التي كان أخوك معها؟"

"إنها ذات شعر أحمر،" قال بيكر، متجنباً السؤال.

"شعر أحمر؟" أعادت كلامه. ساد الصمت. "هنا الخدمات الاجتماعية، سيفيل. أنت متأكد من أن أخاك كان هنا؟"

"بالطبع، نعم."

"سيدي، ليس لدينا هنا أحد بشعر أحمر. لدينا الجمال الأندلسي الحقيقي هنا فقط."

"شعر أحمر،" أعاد بيكر وهو يشعر بالغباء.

"أنا متأسفة، ليس لدينا أحد بشعر أحمر، ولكن ـ"

"الاسم هو قطر الندى،" قال بيكر بسرعة ومن دون تفكير وهو يشعر بأنه أكثر غباءً.

يبدو أن هذا الاسم السخيف لم يعنِ أي شيء للمرأة. اعتذرت منه واقترحت أنّ بيكر قد خلط بينها وبين وكالة أخرى، وأغلقت الهاتف باحترام.

الضربة الأولى.

عبس بيكر واتصل بالرقم الثاني. تم الاتصال مباشرة.

"مساء الخير، موجيريز إسبانيا. هل يمكنني مساعدتك؟"

بدأ بيكر بالحديث نفسه، سائح ألماني مستعد لدفع الكثير من الدولارات مقابل فتاة بشعر أحمر، التي خرجت مع أخيه اليوم.

في هذه المرة، كانت الإجابة باللغة الألمانية، ولكن مرة أخرى، لا يوجد شعر أحمر. "أنا متأسفة." أنهت المرأة الاتصال.

الضربة الثانية.

نظر بيكر إلى الأسفل إلى دليل الهاتف. بقي رقم واحد فقط. نهاية الحبل.

اتصل.

"إيسكورتيس بيلين." أجابه رجل بنبرة صوت مبتذلة.

مرة أخرى، حدثه بيكر عن القصة.

"نعم، نعم، سيدي. اسمي هو السيد رولدان. أنا مسرور لخدمتك. لدينا هنا اثنتان بشعر أحمر. فتاتان جميلتان."

قفز قلب بيكر فرحاً: "جميل جداً؟" أعاد ذلك بلهجته الألمانية. "شعر أحمر؟"

"نعـم، ما هو اسم أخيك؟ سأخبرك من كانت مرافقته اليوم. ويمكننا إرسالها إليك في الغد."

"كلاوس شميت،" أجابه بيكر بسرعة باسم تذكره من كتاب قديم.

ســاد صــمت طويل. "حسناً، سيدي... لا أرى اسم كلاوس شميت في السجل، ولكن ربما فضل أخوك أن يكون كتوماً ــ ربما زوجة في المنزل؟" ضحك بشكل غير ملائم.

"نعم، إن كلاوس متزوج. ولكنه سمين جداً. في الحقيقة، إن زوجته لا تنام معه."

نظــر بيكر إلى نفسه وقد انعكست صورته في الكابينة. *لو تمكنت سوزان من سماعي الآن*، فكــر بذلــك. "أنا سمين ووحيد أيضاً. أريد أن أضطجع معها. وأدفع الكثير من الأموال أيضاً."

كــان بــيكر يقــدم عرضاً مؤثراً، ولكنه تمادى كثيراً. إن البغاء أمر ممنوع في إسـبانيا، والسـيد رولدان شخص حذر. لقد تم اختباره مسبقاً من قبل ضباط الشرطة بالــتظاهر أنهم سياح متلهفون. *أريد أن أضطجع معها*. علم رولدان أن هذه خدعة. لو قــال نعــم، سيتم تغريمه بشدة، وكما يحدث دائماً سيتوجب عليه تقديم واحدة من-أبرز المرافقات لمفوض الشرطة من دون أجر لعطلة الأسبوع بكاملها.

عــندما تحدث رولدان، لم يكن صوته ودوداً: "سيدي، هنا إيسكورتيس بيلين، هل يمكنني أن أسأل من المتصل؟"

"آه... سيكمند شميت،" اخترع بيكر الاسم بسرعة.

"من أين حصلت على رقمنا؟"

"من الصفحات الصفراء."

"نعم، سيدي، هذا لأننا وكالة لتأمين الرفقة."

"نعم، أريد رفيقة." أحس بيكر بأن هناك خطباً ما.

"ســيدي، إن وكالتــنا هي خدمة تقدم الرفيقات لرجال الأعمال من أجل دعوات الغــداء والعشاء. لهذا السبب تم إدراجنا في دليل الهاتف. ما نفعله قانوني. وما تبحث عنه هو *عاهرة*." انزلقت الكلمة من لسانه مثل آفة قذرة.

"ولكن أخي..."

"سيدي، لو أن أخاك قد أمضى اليوم في تقبيل فتاة في الحديقة، فإنها ليست واحدة من عندنا. لدينا قوانين صارمة حول علاقة الزبون بالرفيقة."

"ولكن... "

"لا بد أنك خلطت بيننا وبين شخص آخر. لدينا فتاتان بشعر أحمر فقط، إيماكولادا وروكيا، وكل منهما لن تسمح لشخص أن ينام معها من أجل المال. هذا يسمى بغاء، وإنه غير قانوني في إسبانيا. ليلة سعيدة، سيدي."

"ولكن ـ"

انتهت المكالمة.

تنهّد بيكر، ووضع السماعة في مكانها. الضربة الثالثة. لقد كان واثقاً من أن كلوشار قد قال إن الألماني أخذ الفتاة لكامل عطلة الأسبوع.

خرج من كابينة الهاتف ووقف في نقطة التقاطع بين شارع سالدو وجادة أسنسيون. على الرغم من حركة المرور تلك، انتشرت الرائحة العطرية لبرتقال مدينة سيفيل من حوله. كان وقت الغروب ـ الساعة الأكثر رومانسية. فكر بسوزان. غزت كلمات ستراثمور عقله: جد *الخاتم*. ارتمى بيكر بيأس على مقعد وأخذ يفكر بالخطوة التالية.

أي خطوة؟

الـفـصـل 25

داخـل عـيادة الصحة العامة، كانت ساعات الزيارة قد انتهت، وانطفأت الأنوار داخـل حجـرة الألعـاب. كان بيير كلوشار يغط في نوم عميق. لم يرَ الشخص الذي انحـنى فوقه. ومضت إبرة الحقنة المسروقة في الظلام. ثم اختفت داخل أنبوب الحقن الوريـدي فوق معصم كلوشار تماماً. احتوى السائل الذي حقن تحت الجلد على ثلاثين سـنتيمتراً مكعباً من سائل تنظيف سُرق من عربة التنظيفات. بقوة كبيرة، دُكّ المدحم إلى الأسفل وأدخل السائل المزرق إلى أوردة الرجل العجوز.

استيقظ كلوشار لثوان فقط. كان من الممكن أن يصرخ من شدة الألم لولا وجود يدٍ قوية تشد بإحكام على فمه. تمدد على سريره عاجزاً عن الحركة، مُثبتاً بما يبدو أنه ثقل لا يمكن تحريكه. أحس بتيار ناري يلفحه في طريقه إلى أعلى ساعده، وهناك ألم معذب يشق طريقه عبر إبطه وصدره ومن ثم، ومثل مليون جزء محطم من الزجاج، ضرب دماغه. رأى كلوشار نوراً أبيض ساطعاً... ومن ثم لم يرَ شيئاً.

حـرر الـرجل قبضـته وألقى نظرة في الظلام إلى الاسم الموجود على اللوحة الطبية ومن ثم انسل بهدوء إلى الخارج.

فـي الشـارع، مـد الرجل ذو النظارات الرقيقة يده إلى جهاز صغير معلق في حـزامه. تلـك العلـبة المسـتطيلة كانت بحجم بطاقة الائتمان. وهي النموذج الأولي لكمبـيوتر مونوكل. تم تطويره من قبل البحرية الأمريكية لمساعدة التقنيين في تسجيل فولـتاجات الـبطارية فـي الأماكن البعيدة في السفن والغواصات، إن هذا الكمبيوتر المصغر يحوي مودم خليوي وأحدث التطورات في تكنولوجيا القطع الصغيرة. شاشته كريستالية سائلة شفافة، موضوعة على العدسة اليسرى للنظارة. أظهر مونوكل عصراً جديـداً كاملاً في الكمبيوترات الشخصية؛ فبإمكان المستخدم الآن أن ينظر عبر بياناته وأن يبقى على اتصال مع العالم من حوله.

لم يكن نجاح مونوكل الحقيقي هو عرضه المصغر ولكن نظام إدخال المعلومات فـيه. حيـث يمكن للمستخدم أن يدخل المعلومات عبر نقاط تماس مثبتة على رؤوس أصـابعه؛ من خلال لمس النقاط بتسلسل مشابه للكتابة بالاختزال في المحكمة. سيقوم الكمبيوتر بعدها بترجمة الاختزالات إلى الإنكليزية.

ضـغط القاتل على مفتاح صغير، فارتجت نظاراته لتعمل، وبيدين مخفيتين على

جانبــيه، بــدأ بلمس رؤوس أصابع مختلفة سوية بتعاقب سريع. ظهرت الرسالة أمام عينيه.

العنوان: ب. كلوشار ــ قُضي عليه.

ابتســم. إن نقــل الإعــلام بالقــتل هــو جزء من مهمته. ولكن تضمين أسماء الضــحايا... بالنســبة لــه هو أمر يبعث على الرضا. تحركت أصابعه بسرعة مرة أخرى، وتم تفعيل المودم الخليوي.

أرسلت الرسالة.

الـفـصـل 26

جالساً على مقعد مواجه للعيادة الشعبية، تساءل بيكر ما الذي يتوجب عليه فعله الآن. اتصالاته بوكالات المرافقة لم تجد نفعاً. القائد، بصفته قلقاً حول المكالمات من الهواتف غير السرية، كان قد طلب من بيكر ألا يتصل مرة أخرى حتى يحصل على الخاتم. فكر بيكر في أمر الذهاب إلى الشرطة المحلية لطلب المساعدة ــ ربما لديهم سجل لعاهرة بشعر أحمر ــ ولكن ستراثمور كان قد أعطى أوامر صارمة حول ذلك أيضاً. *أنت شخص خفي. لا أحد يعلم بوجود ذلك الخاتم.*

تساءل بيكر ما إذا كان عليه التجول في منطقة تريانا بحثاً عن هذه المرأة الغامضة. أو ربما يفترض عليه البحث في المطاعم كلها عن ألماني سمين. كل شيء بدا وكأنه مضيعة للوقت.

دوت كلمات ستراثمور: إنها قضية حول الأمن القومي... يجب عليك إيجاد الخاتم.

صوت خفي في رأس بيكر أخبره أنه قد نسي شيئاً ما ــ شيء مهم ــ ولكن بالنظر إلى سيرة حياته، لم يستطع التفكير في ما يمكن أن يكون. أنا أستاذ، ولست عميلاً سرياً لعيناً! فكر بذلك. بدأ يتساءل لماذا لم يرسل ستراثمور شخصاً محترفاً.

نهض ومشى دونما وجهة في شارع ديليسياس، متأملاً بخياراته. بدا الممر المرصوف بالحجارة غير واضح أسفل. كان المساء يهبط بسرعة.

قطر الندى.

كان هناك شيء بخصوص الأسماء الغريبة أنها تستمر في مضايقته في رأسه. *قطر الندى.* الصوت المبتذل للسيد رولدان في إيسكورتيس بيلين كان يدور في دوامة مستمرة في رأسه. *"لدينا اثنتان بشعر أحمر... اثنتان بشعر أحمر، إيماكولادا وروكيا... روكيا... روكيا...*

توقف بيكر. أدرك فجأة. *وألقب نفسي باختصاصي اللغات؟* لم يصدق أن فاتته هذه.

روكيا هو أحد أكثر الأسماء شيوعاً في إسبانيا. تحمل جميع التضمينات الحقيقية لفتاة كاثوليكية شابة ــ الطهارة، العفة، والجمال الحقيقي. دلالات الطهارة جميعها تشتق من المعنى الحرفي لاسم ــ *قطرة من الندى!*

رن الصوت الكندي القديم في أذني بيكر. *قطر الندى.* قامت روكيا بترجمة

اســمها إلــى اللغة الوحيدة المشتركة بينها وبين زبونها ـ الإنكليزية. باهتياج، أسرع بيكر ليبحث عن هاتف.

فــي الجهــة المقابلــة للشارع، تبعه الرجل صاحب النظارات، ولكن بمنأى عن الأنظار.

الفصل 27

على أرضية الكريبتو، كانت الظلال تزداد طولاً وشحوباً. في الأعلى، ازداد نور الأضواء الأوتوماتيكية بالتدريج ليعوض ذلك. كانت سوزان جالسة أمام جهازها بصمت تنتظر أخباراً من المقتفي. استغرق الأمر أكثر مما توقعته.

كان عقلها يجوب ــ مشتاقاً لديفيد، ودافعاً كريج هيل بالذهاب إلى منزله، على الرغم من أنه لم يتزحزح، كان صامتاً بصورة محمودة، مستغرقاً في ما يحدث في جهازه. لم تهتم سوزان لما كان يفعله هيل، ما دام أنه لم يدخل إلى الشاشة العارضة. وبالتأكيد لم يفعل ذلك ــ فإن رؤية ست عشرة ساعة ستجلب صراخاً مسموعاً من الدهشة.

كانت سوزان ترشف من كوب الشاي الثالث عندما حدث الأمر أخيراً ــ أطلق جهازها رنيناً لمرة واحدة. تسارعت دقات قلبها. ظهرت أيقونة ظرفية وامضة على شاشتها تعلن وصول البريد الالكتروني. ألقت سوزان نظرة سريعة إلى هيل. كان مستغرقاً في عمله. حجزت نفسها وفتحت الظرف.

"تورث داكوتا،" همست لنفسها. "لنرَ من أنت."

عندما انفتح البريد الالكتروني، كان عبارة عن سطر واحد. قرأته سوزان. ومن ثم قرأته مرة أخرى.

العشاء في ألفريدو؟ الثامنة مساءً؟

في الجهة المقابلة من الغرفة، كبت هيل ضحكة خافتة. تفحصت سوزان ترويسة الرسالة.

من: GHALE@crypto.nsa.gov

شعرت سوزان بموجة من الغضب ولكنها كبتتها. محت الرسالة. "ناضج حقاً، كريج؟"

"إنهم يقدمون طبق كرباتشو لذيذ." ابتسم هيل. "ما رأيك؟ وبعدها يمكن ــ"

"إنسَ الأمر."

"متكبرة." تنهد هيل والتفت إلى جهازه. كانت هذه هي المحاولة التاسعة والثمانين مع سوزان فليتشر. إن محللة الشيفرات الذكية تلك كانت دائماً تحبطه، وهو كثيراً ما

يتخيل أنه يمارس الجنس معها ـ تثبيتها مقابل غطاء الترانسلتر المتقوس ومضاجعتها هــناك فوق الآجر الأسود الدافئ مباشرة. ولكن سوزان لا تهتم به على الإطلاق. في رأي هــيل، مــا يزيد الأشياء سوءاً هو أن سوزان كانت مغرمة بأستاذ جامعة يقضي ســاعات طويلــة مــن العمل الشاق لقاء أجر زهيد. إنه أمر يثير الشفقة بأن سوزان ستضــعف جيــناتها الوراثية بالإنجاب من هذا الشخص الأخرق ـ وخصوصاً عندما يمكنها الفوز بكريج. *سنحظى بأطفال مميزين،* فكر بذلك.

"ما الذي تعملين عليه؟" سأل هيل محاولاً التقرب منها بشكل مختلف.

لم تقل سوزان أي شيء.

"يــا لــك من عضو في فريق عمل جماعي. أمتأكدة أنت من أنه لا يمكنني إلقاء نظرة؟" وقف هيل وبدأ بالتحرك حول دائرة الأجهزة متجهاً نحوها.

أحســت سوزان بأنه يمكن لفضول هيل أن يثير بعض المشاكل الخطيرة اليوم. وصلت إلى قرار حاسم. "إنه اختبار،" أجابته وقد اعتمدت على كذبة القائد.

توقــف في الطريق. "اختبار؟" بدا شاكاً بالأمر. "أنت تقضين يوم السبت لإجراء اختبار بدلاً من الاستمتاع مع ذلك الأستاذ؟"

"اسمه ديفيد."

"لا يهم."

حملقت سوزان به غاضبة: "أليس لديك شيء أفضل تفعله؟"

"هل تحاولين التخلّص مني؟" تجهم هيل.

"في الواقع، نعم."

"سو، لقد جرحت مشاعري."

ضاقت عينا سوزان. تكره أن يلقبها أحد بسو. لم تكن تكره اللقب ولكن هيل كان الوحيد الذي يستعمله.

"لماذا لا أقوم بمساعدتك؟" عرض هيل. كان فجأة يحوم باتجاهها مرة أخرى. "أنا رائــع بالاخــتبارات. بالإضــافة إلى أنني أتوق لأرى ما هو هذا الاختبار الذي جعل سوزان فليتشر العظيمة تأتي إلى العمل يوم السبت."

شــعرت ســوزان باندفاع الأدرينالين. حدقت إلى الأسفل بالمقتفي على شاشتها. تعلــم أنهــا لا تستطيع ترك هيل يراه ـ سيطرح الكثير من الأسئلة. "إنه أمر سري، كريج." قالت له.

ولكـــن هـــيل استمر بالمجيء. بينما هو يدور حول جهازها، علمت سوزان أن علـــيها التصـــرف بسرعة. كان هيل على مسافة قصيرة عندما قامت بحركتها. وقفت لتلاقي جسده المتحرك، معرقلة طريقه. كانت رائحة الكولونيا تزداد قوة.

حدقت بعينيه مباشرة: "قلت لا."

رفـــع رأسه، يبدو أن تصرفها الغريب للحفاظ على السرية أثاره. اقترب مازحاً. لم يكن كريج هيل مستعداً لما سيحدث بعد ذلك.

بهـــدوء صارم، ضغطت سوزان بسبابة يدها على صدره القاسي، موقفة حركته التالية.

توقـــف هيل وتراجع إلى الخلف مصدوماً. من الواضح أن سوزان فليتشر كانت جـــادة، لم تكن قد لمسته من قبل على الإطلاق، *أبداً*. يتخيل هيل أن يكون أول اتصال بينهما هكذا، ولكنها كانت البداية. نظر إليها نظرة حيرة طويلة والتفت ببطء عائداً إلى جهـــازه. بيـــنما هو يجلس، توضح شيء واحد تماماً: إن سوزان فليتشر الجميلة تعمل على شيء مهم جداً، وبالتأكيد المطلق أنه ليس اختباراً.

الفصل 28

كان السيد رولدان جالساً خلف مكتبه في إيسكورتيس بيلين يهنئ نفسه على التجنب الرائع لمحاولة الشرطة الجديدة والمثيرة للشفقة للإيقاع به. جعل ضابط شرطة يقوم بتقليد لهجة ألمانية ويطلب فتاة لهذه الليلة ــ إنه أمر يوقع في الشرك؛ يا تُرى ما هي الخطة التالية؟

أطلق الهاتف على مكتبه طنيناً عالياً. رفع السيد رولدان السماعة يعمّه إحساس بالثقة. "إيسكورتيس بيلين."

"إيسكورتيس بيلين،" قال صوت رجل بلغة إسبانية سريعة. بدا صوته أنفياً وكأنه مصاب برشح خفيف. "هل هذا فندق؟"

"لا، سيدي. ما هو الرقم الذي تتصل به؟" لم يرغب السيد رولدان في الوقوع في أي خدع أخرى هذا المساء.

"346210." قال الصوت.

عبس رولدان. بدا الصوت معروفاً بالنسبة له بصورة غامضة. حاول أن يحدد اللهجة ــ بيرغوس، ربما؟ "لقد اتصلت بالرقم الصحيح." قال رولدان بحذر، "ولكن هذا مكان لخدمات الرفقة."

ساد صمت على الخط. "أوه... أرى ذلك. أنا متأسف. شخص ما كتب هذا الرقم؛ اعتقدت أنه فندق. أنا سائح هنا، من بيرغوس. أقدم اعتذاراتي لإزعاجك. مساء الخــ"

"انتظر!" لم يتمكن السيد رولدان من كبت نفسه؛ فقد كان بائعاً في الأصل. هل كانت هذه إشارة؟ زبون جديد من الشمال؟ لن يدع بعض الأوهام تفسد بيعة ممكنة.

"صديقي،" تحدث رولدان بحماسة على الهاتف. "اعتقدت أنني ميزت القليل من لكنة بيرغوس فيك. أنا نفسي من فالنسيا. ما الذي جاء بك إلى سيفيل؟"

"إنني أبيع المجوهرات. مجوهرات مرصعة باللآلئ."

"مجوهرات، حقاً! لا بد أنك تسافر كثيراً."

سعل الصوت، "نعم، بالتأكيد."

"أنت في سيفيل بخصوص التجارة؟" أكد رولدان. من المستحيل أن يكون هذا الرجل فتىً من الشرطة، إنه زبون بكل معنى الكلمة. "دعني أحزر ــ صديق أعطاك هذا الرقم؟ أخبرك أن تتصل بنا. هل أنا محق؟"

كان الصوت محرجاً بشكل واضح: "حسناً، لا. في الواقع، لا شيء كهذا."

"لا تكـن خجولاً سيدي. نحن نقدم خدمات الرفيقات، لا شيء لتكون خجولاً منه. فتـيات رائعـات، وصديقات مرافقات، هذا كل شيء. من أعطاك رقمنا؟ ربما يكون زبوننا. يمكنني منحك تخفيضاً خاصاً."

بدا الصوت مرتبكاً: "أه... في الواقع، لم يعطني أحد هذا الرقم. رأيته مع جواز سفر. أحاول أن أجد صاحبه."

اكـتأب قلـب رولدان. لم يكن هذا الرجل زبوناً بعد كل هذا. "قلت إنك وجدت الرقم؟"

"نعـم، وجـدت جواز سفر لرجل في الحديقة اليوم. وكان رقمك على قطعة من الـورق داخلـه. اعتقدت أنه رقم لفندق الرجل؛ كنت آمل أن أعيد جواز السفر له. أنا مخطئ. سأقوم بإيصاله إلى مركز الشرطة وأنا في طريقي ـــ "

"عفواً،" قاطعه رولدان بعصبية. "هل يمكنني أن أقترح فكرة أفضل؟" إن رولدان يفتخر بنفسه على أنه حذر، وإن زيارة إلى الشرطة ستكون سبباً في جعل زبائنه زبائننا يمين فقط. "فكر بهذا،" عرض عليه. "لأن الرجل صاحب جواز السفر يحمل رقمنا، ن المؤكد أنه زبون عندنا. ربما يمكنني أن أوفر عليك الذهاب إلى الشرطة."

تردد الصوت: "لا أعلم. ربما يتوجب علي فقط ـــ"

"لا تكن متهوراً، يا صديقي. أنا أشعر بالخجل لأعترف بأن الشرطة هنا لا تتمتع اً بكفاءة الشرطة في الشمال. سوف يستغرق الأمر أياماً قبل أن يُعاد جواز السفر ى صاحبه. في حال أخبرتني عن اسم هذا الرجل، سأعمل على أن يحصل على سفره مباشرة."

عـم، حسناً... أظن أنه ليس هناك مشكلة..." خشخشت بعض الأوراق ثم عاد : "إنه اسم ألماني. لا يمكنني لفظه بسهولة... جوستا... جوستافسون؟"

يعرف رالدون الاسم، ولكن لديه زبائن من أنحاء العالم كافة. إنهم لا يتركون الحقيقة على الإطلاق. "كيف يبدو ـــ في الصورة؟ ربما أتمكن من معرفته."

سناً..." قال الصوت: "إن وجهه سمين جداً، جداً."

رفه رولدان على الفور. تذكر الوجه السمين جيداً. هو الرجل الذي مع روكيا. غريب، فكر بذلك، أن يتلقى اتصالين عن ذلك الألماني في الليلة نفسها.

ـيد جوستافسـون؟" أجبر رولدان نفسه على إطلاق ضحكة خافتة. "بالطبع!

أعرفه جيداً. عندما تحضر لي جواز السفر، سأعمل على إيصاله له."

"أنـــا في المركز التجاري للمدينة من دون سيارة،" قاطعه الصوت. "ربما يمكنك أن تأتي عندي."

"فـــي الواقـــع،" تردد رولدان: "لا يمكنني ترك الهاتف. ولكن في الحقيقة ليست المسافة كبيرة لو..."

"أنا متأسف. إن الوقت متأخر لأجوب المنطقة. هناك دائرة للشرطة في الجوار. سأضعه هناك، وعندما ترى السيد جوستافسون، يمكنك إخباره بمكانه."

"لا، انـــتظر!" صاح رولدان. "لا ضرورة لإشراك الشرطة بالأمر. قلت إنك في المركـــز التجاري، صحيح؟ هل تعلم فندق ألفونسو الثالث عشر؟ إنه أحد أجود فنادق المدينة."

"نعم،" قال الصوت. "أعلم فندق ألفونسو الثالث عشر. إنه في الجوار."

"رائع! إن السيد جوستافسون ضيف هناك الليلة. ربما يكون هناك الآن."

تردد الصوت. "فهمت. إذاً... أفترض أنه لن يكون هناك مشكلة."

"عظـــيم! إنـــه يتناول العشاء مع إحدى الرفيقات في مطعم الفندق." يعلم رولدان أنهمـــا ربمـــا يكونان في السرير الآن، ولكنه يحتاج إلى أن يكون حذراً كي لا يزعج شـــعور المتصـــل. "اترك جواز السفر مع البواب، اسمه مانويل. أخبره أنني أرسلتك. اطلـــب مـــنه أن يعطـــيه لروكيا. فإن روكيا هي رفيقة السيد جوستافسون لهذه الليلة. ســـتعمل على إعادة جواز السفر. يمكنك أن تترك اسمك وعنوانك في الداخل ــ ربما يرسل السيد جوستافسون رسالة شكر لك."

"فكـــرة جـــيدة. فندق ألفونسو الثالث عشر. جيد جداً، سأوصله إلى هناك الآن. شكراً لمساعدتك."

أغلق ديفيد بيكر السماعة. "ألفونسو الثالث عشر،" ضحك بخفوت. "يتوجب عليك أن تعلم كيف تسأل فقط."

بعد لحظات عدة أخرى، كان ظل شخص صامت يتبع بيكر في شارع ديليسياس تحت جناح السماء الأندلسية المخيمة برقة.

الـفـصـل 29

لا تزال غاضبة من صدامها مع هيل، حدقت سوزان عبر الزجاج الوحيد الاتجاه لنود 3. كان طابق الكريبتو فارغاً. هيل صامت مرة أخرى، يستغرق في عمله. تمنت سوزان لو أنه يغادر.

تساءلت إذا كان عليها الاتصال بستراثمور؛ بإمكان القائد أن يطرده خارجاً ببساطة ـ علـى أي حـال، إنـه يوم السبت. لكن سوزان تعلم أنه في حال طُرد هيل، سيشك مباشـرة بالأمـر. وفـور طرده، سيبدأ ربما بالاتصال بالمحللين الآخرين ويسألهم عما يعتقدون أنه يحدث. قررت سوزان أنه من الأفضل ترك هيل هنا. سيغادر لوحده قريباً.

خوارزمـية غير قابلة للتحليل. تنهدت وأفكارها تعود إلى الحصن الرقمي. أثار دهشـتها أن خوارزمـية كهـذه يمكن أن تصاغ حقاً ـ ثم، مرة أخرى، الدليل أمامها مباشرة؛ ظهر أن الترانسلتر عاجز بأمرها.

فكـرت سوزان بستراثمور، يتحمل بنبل ثقل هذه المحنة على كتفيه، يفعل ما هو ضروري، يبقى صامداً في وجه المصائب.

تـرى سـوزان شخصـية ديفيد في ستراثمور أحياناً. لديهما العديد من الصفات المشـتركة ـ التصـميم، الإخـلاص، والذكـاء. تظن سوزان في بعض الأحيان أن سـتراثمور سيضـيع مـن دونها؛ يبدو صفاء حبها لتحليل الشيفرات أنه حبل السلامة العاطفـي لستراثمور، يرفعه من بحر السياسة القلقة ويذكره بأيامه السابقة عندما كان محلل شيفرات.

كما أن سوزان تعتمد على ستراثمور أيضاً؛ فإنه هو الآخر ملجؤها في عالم الرجال المتعطشـين إلـى السـلطة، يرعى لها مهنتها، ويحميها، وكما يقول مازحاً أحياناً، يجعل أحلامها كلها محققة. هناك لمسة من الحقيقة في ذلك، فكرت بهذا. بالدرجة التي ربما يكون هـذا من دون قصد، فإن القائد هو من أجرى الاتصال الذي أُحضر بموجبه ديفيد بيكر إلى (إن إس أي) فـي ظهر ذلك اليوم المُقدَّر. دار عقلها إلى الخلف ليتذكره، فتحركت عيناها فطرياً إلى حاملة الورق بجانب لوحة المفاتيح. كان هناك ورقة فاكس صغيرة.

لقـد مضـى على وجود الفاكس هنا سبعة أشهر. إنها الشيفرة الوحيدة التي بقي على سوزان فليتشر تحليلها. كانت من ديفيد. قرأتها للمرة الخمس مئة.

رجاءً اقبلي هذا الفاكس المتواضع

حبي لك من دون شمع

كـــان قـــد أرســـله إليها بعد مشاحنة صغيرة. رجته لأشهر عديدة أن يخبرها ما يعنيه، ولكنه رفض. *من دون شمع*. كان ذلك انتقام ديفيد. فقد علمته الكثير عن تحليل الشيفرات ولتبقيه متيقظاً طوال الوقت، كانت تقوم بتشفير رسائلها إليه عبر نظام تشفير بســيط. قوائم التسوق، ورسائل الغرام ـ كانت كلها مشفرة. كانت لعبة، وأصبح ديفيد محلــل شــيفرات جيداً تماماً. ومن ثم قرر أن يرد المعروف. فبدأ بختم جميع رسائله بالأحــرف 'من دون شمع، ديفِيد'. تمتلك سوزان الآن أكثر من أربع وعشرين رسالة جميعها من ديفيد وموقعة بالطريقة نفسها. *من دون شمع*.

توســلت سوزان إليه ليخبرها عن المعنى الضمني، ولكن ديفيد لم يتحدث. كلما سألته، يبتسم ببساطة ويقول: *أنت* محللة الشيفرات."

قامت رئيسة قسم تحليل الشيفرات بتجربة كل شيء ـ البدائل، مربعات التشفير، وحــتى الجناس التصحيفي[1]. مرّرت الأحرف 'من دون شمع' عبر جهاز الكمبيوتر الخــاص بها وطلبت منه إعادة ترتيب الأحرف لصياغة عبارة جديدة. كل ما حصلته علــيه مــن ذلك هو : كوخ سيارة أجرة واو. بدا أن إينسي تانكادو ليس الوحيد القادر على كتابة شيفرات لا يمكن تحليلها.

انقطعــت أفكارها بصوت هسيس الأبواب الهوائية وهي تفتح. خطى ستراثمور إلى الداخل.

"ســوزان، هل من جديد؟" رأى ستراثمور هيل فتوقف. "مساء الخير، سيد هيل." عبس وضاقت عيناه. "تعمل يوم السبت، يا للمفاجأة. كيف ندين لك بهذا الشرف؟"

ابتسم ببساطة. "بأن أتأكد فقط من أهميتي."

"فهمت،" زفر ستراثمور ويبدو أنه يفكر بخياراته. بعد لحظة، بدا أنه قد قرر هو الآخر ألا يثير انتباه هيل. التفت ببرود إلى سوزان. "آنسة فليتشر، هل يمكنني التحدث معك للحظة؟ *في الخارج*؟"

ترددت سوزان: "آه... نعم، سيدي." ألقت نظرة مرتبكة على شاشتها ومن ثم إلى كريج هيل. "لحظة فقط."

بــبعض الضــربات على لوحة المفاتيح، فعّلت برنامجاً يُدعى "قفل الشاشة". إنه لخدمــة الخصوصية. فكل جهاز في نود 3 مزود به. ولأن الأجهزة تعمل طوال الليل والــنهار ومن دون توقف، فإن "قفل الشاشة" يمكّن محللي الشيفرات من مغادرة أماكن عملهــم وهــم على يقين بأن أحداً لن يعبث بملفاتهم. أدخلت سوزان شيفرتها الخاصة

(1) الجناس التصحيفي: تغيير يجرى في ترتيب أحرف كلمة ما بهدف تشكيل كلمة جديدة.

المكونة من خمسة رموز، فتحولت شاشتها لتظهر السواد. ستبقى على تلك الحالة إلى أن تعود وتطبع التسلسل الخاص.

لبست حذاءها وتبعت القائد إلى الخارج.

"ما الذي يفعله هنا بحق الجحيم؟" سألها ستراثمور.

"كعادته،" أجابت سوزان: "لا شيء."

بدا ستراثمور قلقاً: "هل قال أي شيء حول الترانسلتر؟"

"لا. ولكـــن لو قام بتفعيل الشاشة العارضة ورأى أنها تسجل سبع عشرة ساعة، سيجد ما سيقوله بالتأكيد."

فكر ستراثمور بالأمر. "لا ضرورة لأن يفعلها."

نظرت سوزان إلى القائد: "أتريد أن ترسله إلى المنزل؟"

"لا. ســنتركه يــبقى." حــدق ســتراثمور بمكتــب أمــن الأنظمة: "هل غادر شارتروكيان؟"

"لا أعلم. لم أره."

"يا إلهي!" تأوه ستراثمور. "أصبح هذا سيركاً،" مرر يده فوق لحيته الخشنة التي كانــت قد عتمت وجهه خلال الست وثلاثين ساعة الماضية. "هل هناك أي شيء من المتقفي؟ أشعر وكأن يديَّ مربوطتان إلى الأعلى هناك."

"ليس بعد. هل هناك أي شيء من ديفيد؟"

هز ستراثموز رأسه. "طلبت منه ألا يتصل بي حتى يحصل على الخاتم."

بدت سوزان متفاجئة: "لم لا؟ ماذا لو كان يحتاج إلى المساعدة؟"

هــز ستراثمور كتفيه مستهجناً: "لا أستطيع مساعدته من هنا ــ سيكون لوحده. بالإضافة إلى أنني لا أفضل أن أتحدث معه عبر خطوط غير سرية خوفاً من أن يكون أحد يسترق السمع."

اتسعت عينا سوزان بقلق: "ماذا يفترض أن يعني هذا؟"

بــدا ستراثمور معتذراً فوراً. قدم إليها ابتسامة مطمئنة: "إن ديفيد بخير. أنا حذر جداً فقط."

علــى بعد ثلاثين قدماً من حديثهم، مختبئاً خلف الزجاج الوحيد الاتجاه لنود 3، وقف كريج هيل أمام جهاز سوزان. كانت شاشتها سوداء. ألقى هيل نظرة على القائد وسوزان. ثم أخذ محفظة جيبه. أخرج بطاقة صغيرة وقرأها.

متأكداً مرة أخرى من أن ستراثمور وسوزان لا يزالان يتحدثان، طبع هيل بحذر

خمس محارف على لوحة المفاتيح. بعد ثانية، تم تفعيل الشاشة.

"بينغو،" ضحك بخفوت.

كانـــت سرقة الشيفرات الخاصة بنود 3 عملية سهلة. في نود 3، الأجهزة تحوي لوحـــات مفاتيح متشابهة يمكن فصلها. قام هيل ببساطة بأخذ لوحة مفاتيحه إلى المنزل في أحدى الليالي وأدخل عليها رقاقة تحفظ في داخلها تسجيلاً للنقرات كلها التي تطبع مـــن خلالهـــا. بعدها، جاء باكراً وأبدل لوحة مفاتيحه المُعدلة مع لوحة مفاتيح شخص آخـــر، وانتظر. في نهاية اليوم، أعاد لوحة مفاتيحه وعرض البيانات المسجلة بواسطة الـــرقاقة. رغـــم أنه كان هناك ملايين الضربات المسجلة على اللوحة، فإن أمر إيجاد شـــيفرة المـــرور بسيط؛ أول شيء يقوم به محلل الشيفرات في كل صباح هو طباعة الشيفرة الخاصة التي تفعل جهازه. وهذا، بالطبع، جعل مهمة هيل سهلة جداً ــ تظهر الشيفرة الخاصة دائماً على أنها أول خمسة محارف على القائمة.

هذا أمر ساخر، فكر هيل وهو ينظر إلى شاشة سوزان. كان قد سرق الشيفرات الخاصة فقط من أجل المتعة. كان سعيداً الآن بأنه فعل هذا؛ بدا البرنامج الموجود على شاشة سوزان ذا شأن مهم.

احـــتار هـــيل بأمـــره للحظـــة. كـــان مكـــتوباً بلغة ليمبو ــ ليست من إحدى اختصاصـــاته. ولكـــن بمجـــرد النظر إليه، كان متأكداً من أمر واحد فقط ــ هذا ليس اختباراً. فهم ذلك من كلمتين فقط. ولكنهما كانتا كافيتين.

المقتفي يبحث...

"مقتفـــي؟" قال بصوت عالٍ: "يبحث عن *ماذا؟*" شعر هيل بالارتباك فجأة. جلس للحظة يتفحص شاشة سوزان. بعدها، وصل إلى قراره.

يـــدرك هـــيل جـــيداً أن لغـــة البرمجة ليمبو تستعين كثيراً بلغتين أخرتين: سي وباســـكال ــ كلاهما يعرفهما جيداً. ناظراً ليتأكد من أن ستراثمور وسوزان لا يزالان يـــتحدثان فـــي الخـــارج، قام هيل بخطوته. أدخل بعض الأوامر المعدلة بلغة باسكال واختار 'إدخال'. أجابت نافذة المقتفي الحالية كما تمنى تماماً.

إنهاء المقتفي؟

طبع بسرعة: نعم.

هل أنت متأكد؟

طبع مرة أخرى: نعم.

بعد لحظة، أطلق الكمبيوتر طنيناً.

انتهى المقتفي

ابتسم هيل. أرسل الجهاز رسالة يخبر فيها مقتفي سوزان أن ينهي نفسه تلقائياً وقبل الأوان. مهما كان الشيء الذي تبحث عنه عليه الانتظار.

حذراً من ألا يترك أي أثر، دخل هيل بخبرة إلى سجل نشاطات النظام وحذف الأوامر كلها التي طبعها للتو. بعدها أعاد إدخال شيفرة سوزان الخاصة.

تحولت الشاشة لتظهر السواد.

عندما عادت سوزان إلى نود 3، كان كريج هيل يجلس بهدوء خلف جهازه.

الفصل 30

فندق ألفونسو الثالث عشر هو فندق أربع نجوم يقع خلف بويرتا دي جيريز، يحاط بسياج سميك من الحديد المزخرف وبأزهار الليلك. شق ديفيد طريقه عبر الأدراج الرخامية. عند وصوله إلى الباب، فتح بطريقة سحرية، وقاده خادم الفندق إلى الداخل.

"الحقائب، سيدي؟" هل يمكنني مساعدتك؟"

"لا شكراً. أريد رؤية البواب."

بدا خادم الفندق مستاءً وكأن الحوار الذي استغرق ثانيتين بينهما لم يكن مرضياً. "من هنا، سيدي." قاد بيكر إلى داخل الصالة، أشار إلى البواب، ومن ثم أسرع بالخروج.

كانت الصالة صغيرة ورائعة ومزخرفة بأناقة. لقد مضى على العصر الذهبي لإسبانيا وقت طويل، ولكن لفترة بسيطة في أواسط القرن السابع عشر كانت هذه الدولة الصغيرة تحكم العالم. كانت الغرفة تذكره بفخامة تلك الحقبة ــ دروع الفرسان، الكليشات العسكرية المطبوعة وصندوق عرض لقوالب ذهبية من العالم الجديد.

حائماً خلف الطاولة المكتوب عليها "البواب"، وقف رجل أنيق وحسن الترتيب يبتسم بحماسة وكأنه كان ينتظر طوال حياته ليقدم المساعدة. "كيف يمكنني خدمتك، سيدي؟" تحدث بلغة متكلفة وهو يمرر عينيه إلى أعلى جسد بيكر وأسفله.

أجابه بيكر بالإسبانية: "أريد التحدث مع مانويل."

ابتسم وجه الرجل المسمرّ جيداً: "نعم، نعم، سيدي. أنا هو مانويل. ما الذي ترغب فيه؟"

"السيد رولدان في إيسكورتيس بيلين أخبرني أنك ــ"

أسكته بتلويحه من يده ونظر بانزعاج حول الصالة. "لم لا تقترب إلى هنا؟" أرشد بيكر إلى نهاية الطاولة. "الآن،" تابع حديثه همساً: "كيف يمكنني مساعدتك؟"

بدأ بيكر مرة ثانية، مخفضاً صوته: "أحتاج إلى أن أتحدث مع أحد رفيقاته التي أعتقد أنها تتناول العشاء هنا. اسمها روكيا."

أطلق البواب نفسه وكأنه مختنقاً: "آه، روكيا ــ المخلوق الجميل."

"أحتاج إلى رؤيتها فوراً."

"ولكن، سيدي. إنها مع الزبون."

أومأ بيكر معتذراً: "إنه أمر مهم." *قضية تمس الأمن القومي.*

هز البواب رأسه. "مستحيل، ربما لو غادرت —"

"سيستغرق الأمر لحظة فقط. هل هي في غرفة تناول العشاء؟"

هــز البواب رأسه: "لقد أغلقت غرفة تناول العشاء هنا منذ نصف ساعة. أخشى أن روكـيا وضـيفها قد خلدا إلى الفراش لهذه الليلة. لو ترغب في أن تترك رسالة، يمكنني إعطاؤها إياها في الصباح." أشار إلى صف من علب الرسائل المرقمة خلفه.

"لو بإمكاني الاتصال بغرفتها فقط و —"

"أنــا متأسف،" قال البواب وأدبه يتلاشى. "إن لفندق ألفونسو الثالث عشر سياسة صارمة حول خصوصية الزبائن."

لــم يكــن بــيكر يرغب في الانتظار عشر ساعات لنزول رجل سمين وعاهرة لتناول الإفطار في الصباح.

"أفهم ذلك،" قال بيكر. "متأسف لإزعاجك." التفت ومشى عائداً إلى الصالة. خطى مباشرة إلى مقعدٍ للكتابة مصنوع من خشب الكرز والذي كان قد رآه أثناء طريقه إلى الداخـل، يحـوي تجهـيزات مفرطة بالبطاقات البريدية وأدوات الكتابة بالإضافة إلى الأقـلام والظـروف. وضـع بيكر قطعة ورق فارغة في الظرف وكتب عليها كلمة واحدة.

روكيا.

ثم عاد إلى البواب.

"أنــا متأسف لإزعاجك مرة أخرى،" قال بيكر وهو يقترب بخجل: "لقد كنت غبياً بعض الشيء، أعلم ذلك. كنت آمل إخبار روكيا شخصياً كم استمتعت بالوقت معها في ذلـك الـيوم. ولكننـي سأغادر البلدة الليلة. ربما سأترك لها رسالة فقط." وضع بيكر الظرف على الطاولة.

ألقى البواب نظرة على الظرف وأطلق صوتاً حزيناً بينه وبين نفسه. *ملتاع آخر مشـتـه للجـنس الآخـر*، فكّر بذلك. *يا لهذا الضياع.* نظر إليه وابتسم "ولكن بالطبع، سيد.."

"بوسان،" قال بيكر. "ميغويل بوسان."

"بالتأكيد. سأعمل على أن تحصل عليه روكيا في الصباح."

"شكراً لك." ابتسم بيكر والتفت ليذهب.

بعـد أن تأكد بحذر من التفات بيكر، رفع الظرف عن الطاولة ومن ثم التفت إلى

صــف شقوق العلب المرقمة على الحائط خلفه. باللحظة التي سل فيها الرجل الظرف داخل إحدى الفتحات، التفت بيكر لسؤال أخير.

"من أين يمكنني الاتصال بسيارة أجرة؟"

التفــت الـبواب عن جدار الخزانات وأجابه. ولكن بيكر لم يسمع الإجابة. كان التوقيت رائعاً. فقد كانت يد البواب تخرج للتو من علبة كُتب عليها 'الجناح 301'.

شكر بيكر البواب وتجول ببطء بحثاً عن المصعد.

ذهاباً وإياباً، أعاد الكلام بينه وبين نفسه.

الفصل 31

عادت سوزان إلى نود 3. المحادثة مع ستراثمور جعلتها قلقة جداً حول سلامة ديفيد. كانت تخيلاتها تتسع كثيراً.

"إذاً،" قال هيل بطلاقة من خلف جهازه. "ما الذي يريده ستراثمور؟ أمسية عاطفية وحده مع رئيسة تحليل الشيفرات؟"

تجاهلت سوزان تعليقه وجلست خلف جهازها. طبعت الشيفرة الخاصة فاشتعلت الشاشة. ظهر برنامج المقتفي؛ لم تعد بعد أي معلومات عن نورث داكوتا.

اللعنة، فكرت سوزان. *ما هو الشيء الذي يستغرق كل هذا الوقت؟*

"تبدين غاضبة جداً،" قال هيل ببراءة. "أتواجهين مشكلة مع اختبارك؟"

"لا شيء مهم،" أجابته. لكن سوزان لم تكن واثقة من ذلك. لقد تأخر المقتفي. تساءلت ما إذا كانت قد أخطأت خلال كتابته. بدأت تتفحص الأسطر الطويلة لبرمجة ليمبو على شاشتها، بحثاً عن أي شيء ربما يكون قد أخر الأمور.

راقبها هيل باعتداد بالنفس. "قصدت أن أسألك،" تجرأ بالحديث. "ما هو ردك حول الخوارزمية التي لا يمكن تحليلها التي قال إينسي تانكادو أنه يكتبها؟"

انقلبت معدة سوزان. نظرت إليه: "خوارزمية لا يمكن حلها." تماسكت نفسها: "آه، نعم... أظن أنني قرأت شيئاً ما بخصوص هذا."

"إدعاء لا يمكن تصديقه."

"نعم،" أجابته سوزان، وهي تتساءل لماذا قال هيل ذلك فجأة. "لكنني لا أصدق هذا. الجميع يعرف بأن خوارزمية لا يمكن تحليلها هي استحالة رياضية."

ابتسم هيل. "أوه، نعم... بحسب مبدأ بيرغوفسكي."

"وبالمنطق." أجابته بحدة.

"من يعلم..." تنهد هيل بإثارة. "هناك أشياء في السماء والأرض أكثر مما تتخيلينه في المنطق."

"عفواً."

"شكسبير،" قال هيل. *"هاملت."*

"قرأت الكثير وأنت في السجن؟"

ضحك هيل بخفوت: "بشكل جاد، سوزان، هل فكرت بأن ذلك ممكن، أو ربما كتب تانكادو فعلاً خوارزمية لا يمكن تحليلها حقاً؟"

جعلت هذه المحادثة سوزان مرتبكة: "حسناً. لم نتمكن من فعل ذلك."

"ربما يكون تانكادو أفضل منا."

"ربما." هزت سوزان كتفيها بلا مبالاة، متظاهرة بعدم الاهتمام.

"لقد تبادلنا الرسائل لفترة،" قال هيل عرضاً: "أنا وتانكادو. هل تعلمين هذا؟"

نظرت سوزان إليه محاولة أن تخفي شعورها بالصدمة. "حقاً؟"

"نعم. بعد أن كشفت عن خوارزمية سكيبجاك، كتب لي ــ قائلاً إننا إخوة في الصراع العالمي للخصوصية الرقمية."

تمكنت سوزان بصعوبة أن تخفي ذهولها. *هيل على علاقة شخصية مع تانكادو!* بذلت جهدها لتبدو غير مهتمة.

تابع هيل حديثه: "هنأني لأنني تمكنت من إثبات أن لسكيبجاك سراً مخبئاً ــ أطلق عليها اسم ضربة لصالح الحقوق الخاصة للمواطنين في أنحاء العالم كله. يتوجب عليك الاعتراف يا سوزان بأن السر المخبأ في سكيبجاك كان لعبة سرية وغير شريفة. قراءة الرسائل الالكترونية للعالم أجمع؟ برأيي استحق ستراثمور أن *يُقبض* عليه."

"كريج،" قالت سوزان بحدة تقاوم غضبها: "ذلك السر كان بهدف أن تتمكن (إن إس أي) من فك شيفرات الرسائل الالكترونية التي تهدد أمن هذا البلد."

"أوه، حقاً؟" تنهد هيل بسذاجة. "والتجسس على المواطنين العاديين هو فرصة أخرى نكون بها محظوظين؟"

"لا نتجسس على المواطنين العاديين، وأنت تعلم ذلك. بإمكان (إف بي آي) أن تسجل المكالمات الهاتفية كلها، ولكن هذا لا يعني أنها تستمع إلى المكالمات الجارية كلها."

"لو يملكون القدرة، لفعلوا ذلك."

تجاهلت سوزان التعليق. "يجب أن تتمتع الحكومات بالحق لأن تجمع المعلومات التي تهدد المصلحة العامة."

"يا إلهي،" ــ تنهد هيل ــ "تبدين وكأن دماغك قد غُسلت من قبل ستراثمور. تعلمين جيداً أنه ليس بإمكان (إف بي آي) الاستماع متى شاءت ــ يجب أن يحصلوا على الترخيص. شيفرة معتمدة ملغمة تعني أن (إن إس أي) ستتمكن من الاستماع إلى *أي شخص وفي أي وقت وفي أي مكان.*"

"أنت محق ــ وهذا ما يجب أن نتمتع به!" أصبح صوت سوزان أجشاً فجأة: "لو لم تقم أنت باكتشاف السر المخبأ في سكيبجاك، لكنا تمكنا من الدخول إلى *كل* شيفرة

نحتاج إلى أن نحللها، عوضاً عن الاعتماد على ما يقوم به الترانسلتر فقط."

"لـــو أننـــي لم أجد السر المخبأ،" احتج هيل بذلك، "لتمكن من ذلك شخص آخر. أنقذتكم عندما اكتشفت ذلك. هل تتخيلين ما هي النتائج التي ستترتب لو كانت سكيبجاك تستخدم عندما يُعلم بالأمر؟"

"علـــى أي حـــال،" أجابـــته سوزان، "الآن نواجه (إي أف أف) المصابة بجنون الاضطهاد والمعتقدة بأننا نضع أسراراً مخبأة في خوارزمياتنا كلها؟"

سألها باعتداد بالنفس: "حسناً، ألا نفعل ذلك؟"

نظرت إليه سوزان ببرود.

"هيي،" قال لها مخففاً من حدة الضغط عليها، "هذا غير مهم الآن على أي حال. لقـد أنشـأت الترانسـلتر. تملكين مزود المعلومات الفوري. يمكنك قراءة ما تريدين، عندما تشائين ـــ بعيداً عن الأسئلة. لقد فزت."

"ألا تقصد أننا فزنا جميعاً؟ آخر ما سمعته، هو أنك تعمل لصالح (إن إس أي)."

"ليس لوقت طويل." قال هيل بابتهاج.

"لا تصغ الوعود."

"أنا جاد. يوماً ما سأخرج من هنا."

"عندها تكون قد غلبتني."

فـــي تلـــك اللحظـــة، وجدت سوزان نفسها ترغب في أن تلعن هيل لكل خطب يجـــري. أرادت أن تلعنه للحصن الرقمي، ولمشاكلها مع ديفيد، ولحقيقة أنها ليست في الجـــبال الدخانـــية ـــ ولكن لا شيء منها كان خطأه. خطأ هيل الوحيد هو أنه بغيض. تحـــتاج ســـوزان إلـــى أن تكون الشخص الأعقل. إن مسؤوليتها بصفتها رئيسة قسم الكريبتو أن تحافظ على الأمن، أن تعلّم. كان هيل صغيراً وساذجاً.

نظـــرت سوزان إليه. إنه أمر مخيب، فكرت بذلك، أن يكون لهيل الموهبة التي تخوله أن يكون ذا فائدة في الكريبتو، ولكنه حتى الآن لم يستوعب أهمية ما تفعله (إن إس أي).

"كريج،" قالت سوزان وقد أصبح صوتها هادئاً ومضبوطاً: "أنا أخضع للكثير من الضـــغوطات الـــيوم. لقد غضبت فقط عندما تحدثت عن (إن إس أي) وكأنك تُشبّهها بـــــ "توم المختلس للنظر"[1] ولكن بشكل متطور. لقد أُنشئت هذه المنظمة لهدف واحد

(1) توم المختلس للنظر: يطلق على كل من يسترق النظر إلى قوم في خلوة.

فقـــط ـــ حمايـــة أمن هذا البلد. هذا يمكن أن يتضمن هز بعض الأشجار والبحث عن الـــتفاح الفاسد من وقت إلى آخر. أظن أنه بإمكان معظم المواطنين التضحية وبسعادة ببعض الخصوصية لمعرفة أن الأشخاص السيئين لا يمكنهم المناورة من دون حذر."

لم يقل هيل أي شيء.

"عاجلاً أم آجلاً،" احتجت سوزان، "يحتاج أن يضع أناس هذا البلد ثقتهم في مكان مـــا. هـــناك الكثـــير مـــن الأشخاص الطيبين، ولكن هناك أيضاً الكثير من الأشرار المختلطين معهم. يتوجب على أحد ما أن يملك القدرة على الوصول إلى ذلك ويفصل بين الحق والباطل. هذا هو عملنا. هذه هي مهمتنا. سواءً أحببنا ذلك أم لا، هناك بوابة هشة بين الديمقراطية والفوضوية. و (إن إس أي) تحمي هذه البوابة."

أومأ وقد استغرق بتفكير عميق. "كويس كيستديت إيسوس كوستوديز؟"

بدت سوزان محتارة.

"إنهـــا باللاتينية." قال هيل. "مقتبسة من ساتيرز لجوفينال. تعني: 'من سيحرس الحرس؟'"

"لم أفهم قصدك،" قالت سوزان، "'من سيحرس الحرس'؟"

"تعـــم. إذا كـــنا نحن حراس المجتمع، إذاً من سوف يراقبنا ويتأكد من أننا لسنا خطرين؟"

أومأت سوزان وهي لا تعلم كيف ستجيبه.

ابتســـم هـــيل: "هذا ما كان تانكادو يوقع به رسائله المبعوثة لي كلها. كانت تلك مقولته المفضلة؟"

الفصل 32

وقف ديفيد بيكر في الممر خارج الجناح 301. يعلم أنه هناك في مكان ما خلف هذا الباب المنحوت والمزخرف يوجد الخاتم. *قضية تمس الأمن القومي.*

سمع بيكر حركة داخل الغرفة، وحديثاً ضعيفاً. طرق الباب، صاحت لهجة ألمانية عميقة.

"نعم؟"

بقي بيكر صامتاً.

"نعم؟"

شُقّ الباب، ونظر وجه مستدير ألماني إليه.

ابتسم بيكر بلطف. لا يعرف اسم الرجل. سأله بالألمانية: "ألماني، صح؟"

أومأ الرجل، غير واثق.

تابع بيكر حديثه بلغة ألمانية طلقة. "هل يمكنني أن أتحدث معك للحظة؟"

بدا الرجل مرتبكاً. "ما الذي تريده؟"

أدرك بيكر أنه كان عليه أن يتدرب على هذا قبل أن يطرق بوقاحة باب شخص غريب. أخذ يفكر بالكلمات المناسبة. "لديك شيء أحتاج إليه؟"

بدا أن هذه ليست هي الكلمات المناسبة. ضاقت عينا الألماني.

قال بيكر بالألمانية: "لديك خاتم."

"ابتعد من هنا،" قال الرجل بتذمر وبدأ بإغلاق الباب. من دون تفكير، دس بيكر قدمه في الشق ودفع الباب بقوة ليفتحه. ندم على الفور لهذا التصرف.

اتسعت عينا الرجل الألماني ثم سأله: "ما الذي تفعله؟"

علم بيكر أنه في مأزق. نظر بخوف إلى أول الممر وآخره. لقد طُرد للتو من العيادة، لا يريد أن يطرد ثانية أيضاً.

قال الألماني بصوت عالٍ: "أبعد قدمك!"

فحص بيكر أصابع الرجل السمينة بحثاً عن الخاتم. لا شيء. *أنا قريب جداً*، فكر بهذا. "معك الخاتم!" أعاد بيكر بالألمانية عندما صُفع الباب لينغلق.

وقف ديفيد بيكر للحظة طويلة في الممر الممتلئ بالأثاث. عُلقت صورة للرسام الإسباني سالفادور دالي في الجوار. "ملائمة،" قال بيكر. *السريالية، أنا عالق في حلم*

سـخيف، فكر بهذا. لقد نهض هذا الصباح عن سريره ولكن بطريقة ما وصل إلى هنا إلى إسبانيا يقتحم غرفة فندق لشخص غريب بحثاً عن خاتم سحري.

أعاده صوت ستراثمور الحاد إلى الواقع: *يتوجب عليك أن تجد الخاتم.*

أخـذ بيكر نفساً عميقاً وأبعد الكلمات عن عقله. أراد العودة إلى بيته. نظر مرة أخـرى إلـى الـباب المرقم 301. بطاقته للعودة إلى الديار في الجانب الآخر منه ــ الخاتم الذهبي. كل ما يتوجب عليه فعله هو الحصول عليه.

تـنهد بتصميم ثم خطى عائداً إلى الجناح 301 وطرق بقوة على الباب. لقد حان وقت التصرف بشدة.

فتح الألماني الباب وكان على وشك الاحتجاج، ولكن بيكر قاطعه. أظهر بسرعة هوية نادي كرة القدم وصاح: "الشرطة!" واقتحم الغرفة وأشعل الأضواء.

ملتفتاً، حدق الألماني به بذهول: "ألم ــ"

"اخـرس!" صرخ بيكر بالإنكليزية. "هل معك عاهرة هنا في الغرفة؟" حدق بيكر فـي الغرفة حوله. كانت مترفة جداً كسائر غرف الفنادق التي رآها. أزهار، شامبانيا، ومظلة سرير ضخمة. لم تكن روكيا في مكان يمكن رؤيته. كان باب الحمام مغلقاً.

"عاهـرة؟" حدق الألماني بارتباك في باب الحمام المغلق. كان أضخم مما تخيله بيكر. بدأ شعر صدره من تحت ذقنه المثلثة ثم انحدر بشكل واضح إلى بطنه الضخم. أمـا رباطة المنشفة البيضاء الوبرية الخاصة ببرنس حمام فندق ألفونسو الثالث عشر فقد التفت بصعوبة حول خصره.

نظر بيكر إلى ذلك الضخم بأكثر نظرة مرعبة عنده. "ما اسمك؟"

نظرة من الذعر عبرت وجه الألماني السمين. "ماذا تريد؟"

"أنـا من قسم العلاقات السياحية لشرطة إسبانيا هنا في سيفيل. هل يوجد عاهرة هنا في الغرفة؟"

نظر الألماني بتوتر إلى باب الحمام. تردد. "نعم،" اعترف أخيراً.

"هل تعرف أن هذا غير قانوني هنا في إسبانيا؟"

"لا،" كذب الألماني. "لا أعرف ذلك. سأرسلها إلى بيتها على الفور."

"أخشى أنه قد فات الأوان،" قال بيكر وصوته مليء بالقوة. جاب الغرفة متمهلاً. "لدي عرض لك."

لهث الألماني قائلاً: "عرض؟"

"نعـم. يمكننـي أخـذك إلى مركز الشرطة الآن..." صمت بيكر فجأة وطقطق

أصابع يديه.

"أو ماذا؟" سأل الألماني واتسعت عيناه من الذعر.

"أو نتفق."

"مـا هـو نـوع الاتفاق؟" كان الألماني قد سمع قصصاً عن الرشوة في شرطة إسبانيا.

"لديك شيء أحتاجه." قال بيكر.

"نعم، بالتأكيد!" قال الألماني بطلاقة وهو يجبر نفسه على الابتسام. ذهب مباشرة إلى محفظة جيبه الموجودة في الخزانة: "كم تريد؟"

جعل بيكر فكه يهبط بسخط كاذب: "هل تحاول رشوة ضابط للقانون؟" صاح به.

"لا! بالطـبع لا! ظننـت فقط..." وأخفى الرجل السمين محفظته بسرعة. "أنا... أنـا..." كـان مرتبكاً بالكامل. انهار على زاوية السرير ولوى يديه. صرّ السرير من وزنه. "أنا متأسف."

سـحب بيكر وردة من المزهرية الموجودة في منتصف الغرفة وشمّها بلا مبالاة قبل أن يتركها تسقط إلى الأرض. التفت فجأة: "ماذا تعرف عن تلك الجريمة؟"

شحب وجه الرجل: "جريمة؟"

"تعـم. الرجل الأسيوي هذا الصباح؟ في الحديقة؟ لقد تم اغتياله ــ إيموردينغ." كان بيكر يحب المرادف الألماني لكلمة اغتيال. إيموردينغ. كانت مخيفة جداً.

"اغتيال؟ هو... كان هو...؟"

"نعم."

"ولكـن... هـذا مستحيل،" ارتعد الألماني. "كنت هناك. لقد أصيب بنوبة قلبية. رأيته. لا أثر للدم. ولا أثر لرصاص."

هز بيكر رأسه بتعاطف: "الأشياء ليست كما تراها دائماً."

اصفرّ وجه الرجل أكثر.

قـدم بـيكر إليه ابتسامة لطيفة. لقد نجحت الكذبة. كان الألماني المسكين يتعرق بكثرة.

"ماذاــ ماذا تريد؟" قال متمتماً. "لا أعرف شيئاً."

بدأ بيكر بالمشي. "كان الضحية يرتدي خاتماً ذهبياً. أريده."

"ليــ.. ليس معي."

تنهد بيكر بمراعاة وأشار إلى باب الحمام. "وروكيا؟ قطرة الندى؟"

تحـول وجـه الرجل من الأصفر إلى البنفسجي: "تعلم عن قطرة الندى؟" مسح العـرق عن جبينه السمين فبلل أكمام المنشفة الوبرية. كان على وشك أن يتكلم عندما انفتح باب الحمام.

نظر كلا الرجلين.

وقفـت روكـيا إيفا غرينادا عند المدخل. امرأة رائعة. شعر أحمر طويل متدلٍ، بشـرة قوقازيـة رائعة، عينان بنيتان داكنتان، جبهة ناعمة عالية. ارتدت برنس حمام أبـيض يشـابه بـرنس الألماني. كانت العقدة مربوطة بأناقة فوق ردفيها العريضين والعـنق مرخي ليكشف عن الشق المسمرّ. خطت إلى داخل غرفة النوم، صورة عن الثقة بالنفس.

"أيمكنني مساعدتك؟" سألته بلغة إنكليزية عميقة.

حدق بيكر في تلكِ المرأة المذهلة الواقفة أمامه ولم تطرف عيناه. "أريد الخاتم." قال ببرود.

"من أنت؟" سألته.

تحول بيكر ليتحدث الإسبانية بلكنة أندلسية صحيحة. "من شرطة سيفيل."

ضحكت. "مستحيل،" أجابته بالإسبانية.

شـعر بيكر وكأن عقدة ارتفعت في حلقه. كانت روكيا أكثر صرامة من زبونها. "مسـتحيل؟" أعاد كلامها محافظاً على هدوئه. "هل آخذك إلى مركز المدينة لأثبت لك ذلك؟"

ابتسمت روكيا بتكلف: "لن أحرجك بقبول هذا العرض. الآن، من أنت؟"

التزم بيكر بقصته. "أنا من شرطة سيفيل."

خطـت روكيا بتوعد نحوه: "أعرف ضباط الشرطة جميعهم في سلك الأمن، فهم زبائني المفضلون."

شـعر بيكر بأن نظرتها تقرّعه بشدة. تخطى ذلك: "أنا في مهمة سياحية خاصة للشرطة. أعطني الخاتم أو سأقوم بأخذكم إلى المركز و —"

"وماذا؟" سألته وقد رفعت حاجبيها بتلهف ساخر.

صـمت بيكر. كان في مأزق. لقد أعطت الخطة عكس النتائج المرجوة. *لماذا لا تصدق هذا؟*

اقتربت روكيا. "لا أعلم من أنت أو ماذا تريد، ولكن إذا لم تخرج من هذا الجناح

فـوراً، سأتصـل بأمـن الفندق وستعتقلك الشرطة الحقيقية لانتحالك شخصية ضابط شرطة."

يعلم بيكر أن بمقدور ستراثمور إخراجه من السجن خلال خمس دقائق، ولكن تم توضيح الأمر جيداً حيث يفترض بهذه القضية أن تتم بسرية. الاعتقال ليس جزءاً من الخطة.

وقفت روكيا على بعد بضعة خطوات من بيكر وكانت تحدق به.

"حسـناً،" تـنهد بيكر بشكل يؤكد على الهزيمة في صوته. ترك لكنته الإسبانية تؤثـر: "أنـا لسـت من شرطة سيفيل. منظمة حكومية في الولايات المتحدة أرسلتني لإحضار الخاتم. هذا كل ما بإمكاني الكشف عنه. لقد تم تخويلي بأن أدفع لكم مقابله."

ساد صمت طويل.

تركـت روكيا عبارته معلقة قبل أن تفتح فمها بابتسامة ماكرة. "الآن، هذا ليس بالأمـر الصـعب، أليس كذلك؟" جلست على كرسي وقاطعت ساقيها. "كم يمكنك أن تدفع؟"

كبت بيكر تنهد الارتياح. لم يمض وقت طويل قبل الوصول إلى لب الموضوع. "يمكننـي دفع 750,000 بيزيتا. خمسة آلاف دولار أمريكي." كان ذلك نصف ما يملك ولكن ربما عشرة أضعاف ثمن الخاتم الحقيقي.

رفعت روكيا حاجبيها. "هذا كثير."

"نعم. هل اتفقنا؟"

هزت روكيا رأسها. "أتمنى لو أستطيع الموافقة."

"مليون بيزيتا؟" قال بيكر من دون تفكير. "هذا كل ما أملك."

"واو،" ابتسـمت. "أنتم الأمريكيون لا تعرفون المساومة جيداً. لا يمكنكم المكوث ليوم واحد في أسواقنا."

"نقـداً، الآن." قال بيكر وهو يمد يده إلى الظرف في سترته. *أريد أن أعود إلى البيت فقط.*

هزت روكيا رأسها. "لا أستطيع."

قال بيكر بعدوانية: "لم لا؟"

"لم أعد أملك الخاتم." قالت معتذرة: "لقد بعته مسبقاً."

الـفـصـل 33

حـدق توكوجين نوماتاكا إلى الخارج عبر نافذته، ثم أخذ يذرع المكان كالحيوان المأسـور. لـم يكن قد سمع شيئاً من المتصل بعد، نورث داكوتا. *تباً للأمريكيين! لا وجود لاحترام المواعيد لديهم!*

كـان بإمكانـه الاتصـال بـنورث داكوتا بنفسه ولكنه لا يملك رقم هاتفه. كره نوماتاكا أن تكون تجارته بهذه الطريقة ـ شخص آخر هو المسيطر.

كانت الفكرة قد مرت في فكره منذ البداية وهي أن الاتصالات من نورث داكوتا ربمـا تكـون خدعة ـ منافس ياباني يلعب به. كانت الشكوك القديمة تعود الآن. قرر نوماتاكا أنه يحتاج إلى المزيد من المعلومات.

اندفع خارج مكتبه وغادر مدخل نوماتك الرئيسي. انحنى موظفوه بتبجيل عندما مـر غاضـباً بينهم. إن نوماتاكا أذكى من أن يصدق أنهم يحبونه فعلاً ـ الانحناء هو مجاملة من الموظفين اليابانيين تقدم حتى لأكثر رؤساء العمل قساوة.

اتجه نوماتاكا مباشرة إلى لوحة مفاتيح المقسم الرئيسية للشركة. الاتصالات كلها تدار بواسطة عاملة مقسم واحدة جالسة أمام مقسم كورينكو 2000، لوحة مفاتيح باثني عشر خطاً. كانت المرأة مشغولة ولكنها وقفت وانحنت عندما دخل نوماتاكا.

"اجلسي،" قال بحدة.

أطاعته.

"تلقيـت اتصـالاً في الساعة الرابعة وخمس وأربعين دقيقة على خطي الخاص اليوم. هل بإمكانك أن تخبريني مصدرها؟" لعن نوماتاكا نفسه لأنه لم يفعل هذا مسبقاً.

بلعـت عاملة المقسم ريقها بتوتر: "ليس لدينا ميزة معرفة رقم المتصل على هذه الآلـة، سـيدي. ولكـن يمكننـي الاتصـال بالشركة الهاتفية. أنا متأكدة أن بإمكانهم مساعدتنا."

لا يشـك نوماتاكـا أن بإمكـان شركة الهاتف المساعدة. في عصر الرقميات، أصـبحت الخصوصية شيئاً من الماضي؛ هناك تسجيل عن كل شيء. شركات الهاتف بإمكانها أن تخبرك بالضبط من الذي اتصل بك وكم المدة التي تحدثت فيها.

"افعلي ذلك،" أمرها. "أعلميني بما ستجدينه."

الفصل 34

جلست سوزان وحيدة في نود 3، بانتظار مقتفيها. كان هيل قد قرر أن يخرج لاستنشاق الهواء ـ قرارٌ كانت سوزان ممتنة له. ولكن، بصورة غريبة، منحتها العزلة القليل من الطمأنينة. وجدت سوزان نفسها تحاول فهم العلاقة الغريبة بين تانكادو وهيل.

"من سيحرس الحرس؟" قالت لنفسها. استمرت الكلمات في الدوران برأسها. أجبرت نفسها على إبعادها من عقلها.

تحولت أفكارها إلى ديفيد آملة أن يكون بخير. فلا تزال تجد صعوبة في تصديق أنه في إسبانيا. فكلما كان الإسراع في إيجادهم لمفاتيح المرور كان ذلك أفضل.

نسيت سوزان تعقب المدة التي قضتها وهي جالسة بانتظار مقتفيها. ساعتان؟ ثلاث ساعات؟ نظرت إلى الخارج إلى طابق الكريبتو الفارغ، وتمنت أن يطلق جهازها طنيناً. ساد الصمت فقط. لقد غربت شمس أواخر الصيف. فوق رأسها، كانت الأضواء الأوتوماتيكية قد اشتغلت. أحست سوزان بأن الوقت يمضي بسرعة.

نظرت إلى الأسفل إلى المقتفي وعبست. "هيا،" تذمرت. "لقد أخذت كفايتك من الوقت." حركت الفأرة براحة يدها ثم طرقت لتذهب إلى نافذة المقتفي الحالية. "كم مضى على الوقت وأنت تعمل، على أي حال؟"

فتحت سوزان نافذة المقتفي ـ ساعة رقمية مشابهة لتلك الموضوعة على الترانسلتر تظهر الساعات والدقائق التي مضت على مرور المقتفي. حدقت سوزان في الشاشة متوقعة أن ترى المقرئة للساعات والدقائق. ولكنها رأت شيئاً آخر تماماً. ما رأته أوقف الدماء في عروقها.

تم إلغاء المقتفي

"إلغاء المقتفي!" صاحت بصوت عالٍ. "لماذا؟"

وبذعر مفاجئ، مرت سوزان بحماسة على البيانات باحثة في البرمجة عن أي أمر ربما يكون قد أخبر المقتفي بالإلغاء. ولكن بحثها لم يجدِ نتيجة. بدا أن مقتفيها قد توقف من تلقاء نفسه. علمت سوزان أن هذا يعني شيئاً واحداً فقط ـ لقد تعرض مقتفيها لخطأ.

تعتبر سوزان "البق" مصدر القوة الأكثر إغضاباً في برمجة الكمبيوتر. ولأن الكمبيوترات تتبع سلسلة بالغة الدقة من العمليات، فإن الأخطاء البرمجية الصغيرة جداً كثيراً ما تسبب تأثيرات فظيعة. الأخطاء التركيبية البسيطة ـ كأن يدخل المبرمج

بشــكل خاطــئ فاصلة عوضاً عن نقطة ـ يمكن أن تضعف برنامجاً بالكامل. كانت سوزان دائماً ما تفكر أن لفظة 'البقّة' لها أصل مضحك:

أتــت مــن أول جهاز كمبيوتر في العالم ـ مارك 1 ـ وهو عبارة عن دوائر كهروميكانيكية مذهلة بحجم الغرفة بنيت في عام 1944 في مختبر في جامعة هارفرد. صــادف ذلــك الكمبيوتر خللاً في يوم ما، ولم يستطع أحد أن يحدد موقع العطل. بعد ساعات من البحث، مساعد في المختبر وجد أخيراً المشكلة. بدا أن عثة قد حطت على إحدى لوحات دوائر الكمبيوتر وأحدثت الخلل. منذ تلك اللحظة، أطلق على الخلل الذي يحدث في أجهزة الكمبيوتر اسم البق.

"ليس لدي وقت لهذا،" شتمت سوزان.

إن العــثور على بقّة في البرنامج عملية قد تستغرق أياماً. حيث يحتاج كل سطر في البرمجة إلى أن يُبحث ليتم كشف الخطأ الصغير ـ أمر يشبه تدقيق موسوعة كاملة للبحث عن خطأ مطبعي واحد.

تعلــم سوزان أن هناك خياراً واحداً فقط ـ إرسال مقتفيها مرة ثانية. تعلم أيضاً أنــه من المؤكد أن يلاقي المقتفي البقة نفسها ويُلغى مرة أخرى. وإن إلغاء ذلك الخلل سيستغرق وقتاً طويلاً، الوقت الذي لا تملكه هي والقائد.

ولكــن بيــنما كانت سوزان تحدق في مقتفيها، متسائلة عن الخطأ الذي ارتكبته، أدركــت شيئاً واحداً غير مفهوم. لقد استخدمت المقتفي نفسه في الشهر الماضي ومن دون أي خطأ على الإطلاق. لماذا سيحدث الخلل فجأة؟

بينما هي تتساءل، دوّى تعليق ستراثمور المسبق في عقلها. سوزان، *لقد حاولت إرسال المقتفي بنفسي، ولكن المعلومات العائدة تبين أنها غير مفهومة.*

أعادت سوزان سماع الكلمات مرة أخرى. *المعلومات العائدة...*

أمالت رأسها جانباً. هل هذا ممكن؟ المعلومات العائدة؟

فــي حال أن ستراثمور قد تلقى معلومات عائدة من المقتفي، إذاً من المؤكد أنه كــان يعمــل. كانــت بياناته غير مفهومة، افترضت سوزان، لأنه أدخل خطوط بحث خاطئة ـ ولكن رغم ذلك، كان المقتفي يعمل.

أدركــت على الفور وجود تفسير واحد محتمل فقط لسبب إلغاء مقتفيها. الأخطاء البرمجية الداخلية ليست وحدها الأسباب التي تحدث خلل البرامج؛ في بعض الأحيان، هــناك قوى *خارجية* ـ موجات كهربائية، دقيقات من الغبار على لوحات الدارات أو تمديــدات سلكية خاطئة. ولأن الأجهزة في نود 3 كانت مضبوطة بشكل جيد، لم تفكر حتى بهذا.

وقفت سوزان وخطت بسرعة داخل نود 3 إلى رف ضخم للكتيبات التقنية. أمسكت مجلداً سلكياً كُتب عليه 'عمليات الأنظمة الأمنية' وقلبت صفحاته بإبهامها. وجدت ما كانت تبحث عنه، حملت الكتيب إلى جهازها وأدخلت بعض الأوامر. بعدها انتظرت بينما كان الكمبيوتر يقوم بسرعة بعرض قائمة الأوامر التي أُدخلت في الساعات الثلاث الماضية. تمنت أن يظهر البحث نوعاً من تدخل خارجي – أمر إلغاء بسبب عطل في مزود الكهرباء أو رقاقة فيها خلل.

بعد لحظات، أطلق جهاز سوزان طنيناً. تسارعت ضربات قلبها. أخذت نفساً عميقاً وتفحصت الشاشة.

خطأ رقم 22

شعرت سوزان بموجة من الأمل. كانت هذه أخباراً طيبة. إن حقيقة أن البحث قد وجد شيفرة خاطئة يعني أن مقتفيها بخير. يبدو أنه تم إلغاء المقتفي بسبب شذوذ خارجي وقد كان من غير المحتمل أن يتكرر الخطأ.

خطأ رقم 22. أجهدت سوزان ذاكرتها محاولة أن تتذكر ما الذي يمثله الخطأ رقم 22. كانت أخطاء الأجهزة نادرة جداً في نود 3 لذلك فهي لم تستطع تذكر تشفيرها الرقمي.

قلبّت سوزان عبر المجلد بحثاً عن قائمة شيفرات الخطأ.

خطأ في تقسيم الهارد: 19

موجة ارتفاع في التيار: 20

خطأ في الأقراص: 21

عندما وصلت إلى الرقم 22، توقفت وحدقت للحظة طويلة. بارتباك، حدقت بالشاشة مرة ثانية.

خطأ رقم 22

عبست سوزان ونظرت مرة أخرى إلى مجلد مهام البرامج. ما الذي رأته لم تفهم منه شيئاً. أظهر التفسير ببساطة:

إلغاء يدوي: 22

الفصل 35

حدق بيكر بذهول في روكيا: "بعت الخاتم؟"

أومأت المرأة وشعرها الأحمر الحريري يتدلى حول كتفيها.

أراد بيكر أن يكون هذا غير صحيح: "... ولكن..."

هزت كتفيها مستهجنة وقالت بالإسبانية: "لفتاة بجانب الحديقة."

شعر بيكر بأن ساقيه تضعفان. *لا يمكن أن يكون هذا!*

ابتسمت روكيا بخجل وأشارت إلى الألماني: "أراد أن يحتفظ به ولكنني رفضت. أحمل دماً غجرياً في داخلي؛ نحن الغجر، بالإضافة إلى امتلاكنا الشعر الأحمر، نؤمن بالخرافات كثيراً. خاتم مقدم من رجل يحتضر ليس إشارة جيدة."

"هل تعرفين الفتاة؟" استجوبها بيكر.

قوست حاجبيها: "أنت حقاً تريد ذلك الخاتم، أليس كذلك؟"

أومأ بيكر بتجهم: "إلى من بعته؟"

جلس الألماني الضخم محتاراً على السرير. لقد تم إفساد مساءه العاطفي، ويبدو أن ليس لديه أي فكرة عن السبب. "ما الذي يحدث؟" سأل بانزعاج.

تجاهله بيكر.

"في الواقع، لم أبعه،" قالت روكيا: "حاولت ذلك، ولكنها كانت مجرد فتاة ولا تملك أي نقود. انتهى بي الحال وأنا أقدمه إليها. لو كنت أعرف بعرضك السخي، لكنت احتفظت به لك."

"لماذا غادرت الحديقة؟" سأل بيكر. "لقد توفي شخص ما. لماذا لم تنتظري قدوم الشرطة لإعطائهم الخاتم؟"

"أنا أنجذب إلى الكثير من الأشياء، سيد بيكر، ولكن *المشاكل* ليست جزءاً منها. بالإضافة إلى أن الرجل العجوز بدا مسيطراً على الوضع."

"الكندي؟"

"نعم، لقد اتصل بالإسعاف. قررنا المغادرة. لم أجد سبباً لإشراك رفيقي أو نفسي مع الشرطة."

أومأ بيكر بشرود. كان لا يزال يحاول أن يتقبل هذا القدر القاسي. *تبرعت بذلك الشيء اللعين!*

"حاولـت مساعدة الرجل المحتضر،" شرحت روكيا. "ولكن بدا أنه لم يرغب في ذلـك. بـدأ بالخـاتم ـ استمر في دفعه أمام وجوهنا. كانت أصابعه الثلاثة المشوهة مـتجهة إلى الأعلى. استمر في دفع يده إلينا ـ وكأنه كان يفترض بنا أخذ الخاتم. لم أرغب بذلك، ولكن صديقي هنا هو الذي فعل ذلك أخيراً. بعدها توفي الرجل."

"وحاولت القيام بالإنعاش القلبي؟" خمن بيكر.

"لا. لـم نلمسه. أصيب صديقي بالخوف. إنه كبير ولكنه جبان." ابتسمت بإغواء بوجه بيكر. "لا تقلق ـ لا يستطيع نطق أي كلمة بالإسبانية."

عبس بيكر. كان يتساءل مرة أخرى حول الكدمات على صدر تانكادو. "هل قام المسعفون بإعطائه الإنعاش القلبي؟"

"لا أعلم. كما أخبرتك، غادرنا قبل وصولهم."

"تقصدين بعد أن *سرقتم* الخاتم." عبس بيكر.

حملقت روكيا به غاضبة: "لم نسرق الخاتم. كان الرجل يحتضر. ورغباته كانت واضحة. منحناه آخر أمنية له."

هـدأ بيكر. إن روكيا محقة؛ كان هو سيقوم بالشيء اللعين نفسه. "ولكنك بعدها أعطيت الخاتم للفتاة؟"

"أخـبرتك. لقد جعلني الخاتم غاضبة. كانت الفتاة ترتدي الكثير من المجوهرات. ظننت أنه ربما سيعجبها."

"ألم تظن أنه أمر غريب؟ أن *تعطيها* خاتماً؟"

"لا. أخبرتها أنني وجدته في الحديقة. ظننتها ستدفع لي ثمنه، ولكنها لم تفعل. لم أهتم لذلك. كنت أريد أن أتخلص منه فقط."

"متى أعطيتها إياه؟"

هـزت روكـيا كتفـيها مستهجنة. "بعد ظهر هذا اليوم. بعد ساعة من حصولي عليه."

نظـر بيكر إلى ساعته: 11:48 مساءً. مضت ثماني ساعات. *ما الذي أفعله هنا بحـق الجحيم؟ يفترض أن أكون في الجبال الدخانية.* تنهد وسأل السؤال الوحيد الذي استطاع التفكير به. "كيف تبدو الفتاة؟"

"إنها من جماعة متشردي البانك (Punk) [1]؟" أجابت روكيا بالإسبانية.

---

(1) Punk: حركة شبابية نشأت في نهاية السبعينيات تتميز بموسيقا الروك الصاخبة، والمواقف الهجومية، بالإضافة لقصات شعر ومكياج وملابس غير اعتيادية

نظر بيكر إليها محتاراً: "البانك؟"

"نعم."

"بانك؟"

"نعـم." قالتها بإنكليزية فظة، وبعدها عادت فوراً لتتحدث بالإسبانية: "الكثير من المجوهرات. قرط غريب في أذن واحدة. أظنه كان على شكل جمجمة."

"هل يوجد مشجعون لحركة البانك في سيفيل؟"

ابتسمت روكيا وتحدثت بالإسبانية: "العالم بأسره." كان ذلك شعار مكتب السياحة في سيفيل.

"هل أعطتك اسمها؟"

"لا."

"هل قالت لك إلى أين هي ذاهبة؟"

"لا. كانت لغتها الإسبانية بائسة جداً."

"لم تكن إسبانية؟" سأل بيكر.

"لا. كانـت بريطانـية، على ما أعتقد. كانت ذات شعر غريب ـ أحمر وأبيض وأزرق."

أجفل بيكر لتلك الصورة الغريبة: "ربما كانت أمريكية،" سألها.

"لا أعتقد ذلك." قالت روكيا. "كانت ترتدي قميصاً يشبه العلم البريطاني."

أومـأ بـيكر بصـمت. "حسناً. شعر أحمر وأبيض وأزرق. قميص يشبه العلم البريطاني، قرط على شكل الجمجمة في أذن واحدة. ماذا أيضاً؟"

"لا شيء. امرأة اعتيادية من البانك فقط."

اعتـيادية؟ كان بيكر ينتمي إلى عالم القمصان الرسمية الطلابية وقصات الشعر المحافظـة ـ لـم يتمكـن حتى من تخيل صورة تلك المرأة التي كانت روكيا تتحدث عنها. "هل يمكنك التفكير بأي شيء آخر؟" ضغط عليها.

فكرت روكيا للحظة. "لا، هذا كل شيء."

بعدها فوراً طقطق السرير بصوت عالٍ. زبون روكيا نقل مكان ثقله بشكل غير مـريح. التفـت بـيكر إليه وتحدث معه بلغة ألمانية طلقة. "أي شيء آخر؟ أي شيء تساعدني فيه بالبحث عن هذه المرأة مع الخاتم؟"

ساد صمت طويل. وكأن الرجل العملاق كان لديه شيء يريد قوله، ولكنه لم يكن مـتأكداً كـيف يقولـه. اهـتزت شفته السفلى للحظة، ثم توقفت وبعدها تحدث. كانت

الكلمـات الأربعـة التـي لفظهـا باللغة الإنكليزية تماماً، ولكنها كانت واضحة بشكل غامض بسبب لكنته الألمانية الثقيلة. "أُغرب عن وجهي ومت."

أجفل بيكر بذهول: "عفواً؟"

"أُغـرب عـن وجهي ومت"، أعاد الرجل كلماته، مربتاً براحة يده اليسرى على ساعده الأيمن السمين ــ تقريب وقح لإيماءة إيطالية تعبر عن 'اللعنة عليك'.

كـان بيكر كثير البعد عن أن يتم ذمه. *أُغرب عن وجهي ومت؟* التفت عائداً إلى روكيا وتحدث بالإسبانية. "يبدو أنني تخطيت حدودي المرحب بها."

"لا تقلق لأمره." ضحكت: "إنه فقط غاضب قليلاً. سيحصل على ما أتى لأجله." مالت شعرها ثم غمزت.

"هـل هـناك أي شـيء آخـر؟" سأل بيكر: "أي شيء يمكنك إخباري به ربما يساعدني؟"

هزت روكيا رأسها. "هذا كل شيء. ولكنك لن تجدها على الإطلاق. سيفيل مدينة كبيرة ــ يمكن أن تكون مضللة جداً."

"سأبذل كل ما بوسعي." *إنها قضية تمس الأمن القومي...*

"إذا لـم يحالفك الحظ،" قالت روكيا وهي تحدق بالظرف المنتفخ في جيب بيكر، "عـد إليـنا أرجـوك. سيكون صديقي نائماً من دون شك. أطرق الباب بهدوء. سأجد غرفة أخرى. سترى جانباً من إسبانيا لن تنساه في حياتك." بوزت شفتاها بإغواء.

أجـبر بـيكر نفسـه على إطلاق ابتسامة مؤدبة: "يتوجب علي الذهاب." اعتذر للألماني لاعتراض أمسيته.

ابتسم الضخم بخجل: "على الرحب والسعة"

توجه بيكر إلى الباب. *لا مشكلة؟* مهما حدث لـ 'أُغرب عن وجهي ومت'؟

الـفـصـل 36

"إلغاء يدوي؟" حدقت سوزان بشاشتها، محتارة.

تعلم أنها لم تقم بإدخال أي أمر للإلغاء اليدوي ــ على الأقل ليس عمداً. تساءلت ما إذا قامت بإدخال التسلسل الخاطئ للمفاتيح بالخطأ.

"مستحيل،" بربرت. بحسب الأوامر البرمجية، تم إرسال أمر الإلغاء منذ أقل من عشرين دقيقة. علمت سوزان أن الشيء الوحيد الذي أدخلته منذ عشرين دقيقة هو الشيفرة الخاصة عندما خرجت للحديث مع القائد. وإنه أمر سخيف أن تظن بأن الشيفرة الخاصة قد تم تفسيرها بشكل خاطئ على أنها أمر إلغاء.

مع أنها تعرف أن هذا مضيعة للوقت، أخرجت سوزان سجل قفل الشاشة وتأكدت من أن شيفرتها الخاصة تم إدخالها بشكل صحيح. بالتأكيد، تم ذلك.

"إذاً، *من أين*،" سألت بغضب: "من أين تلقى أمر الإلغاء *اليدوي*؟"

عبست سوزان وأغلقت نافذة قفل الشاشة. ولكن بشكل غير متوقع، وفي أجزاء الثانية التي كانت النافذة تتغلق خلالها، شيء ما جذب انتباهها. فتحت النافذة مرة أخرى وتفحصت البيانات. لم يعن ذلك شيئاً. كان إدخال 'القفل' صحيحاً عندما غادرت نود 3، ولكن توقيت إدخال 'إلغاء القفل' التالي بدا غريباً. كان الفارق بين الإدخالين أقل من دقيقة واحدة. كانت سوزان متأكدة من أنها كانت في الخارج مع القائد لأكثر من دقيقة واحدة.

انتقلت سوزان بالمؤشر إلى نهاية الصفحة. ما رأته تركها مشدوهة. عند تسجيل الدخول بعد ثلاث دقائق، ظهرت مجموعة ثانية من إدخالات 'القفل ــ إلغاء القفل'. وبحسب التسجيل، شخص ما قد ألغى قفل جهازها عندما كانت في الخارج.

"غير ممكن!" شدت على نفسها. المرشح الوحيد لفعل ذلك هو كريج هيل، ولكن سوزان واثقة تماماً من أنها لم تعط هيل شيفرتها الخاصة على الإطلاق. باتباع الإجراءات الممتازة لمحللي الشيفرات، كانت سوزان قد اختارت شيفرتها الخاصة عشوائياً ولم تدونها على الإطلاق؛ وإن تخمين هيل للأرقام والأحرف الخمس الصحيحة هو أمر مستحيل ــ إنها ستة وثلاثين مرفوعة للأس خمسة، أي ما يعادل أكثر من ستين مليون احتمال.

ولكن إدخالات قفل الشاشة كانت واضحة كالشمس. حدقت سوزان بها حائرة. لقد دخل هيل على جهازها بطريقة ما عندما كانت في الخارج، وقام بإرسال أمر إلغاء

يدوي لمقتفيها.

الأسـئلة عن السرعة التي قام بها بذلك فتحت المجال للأسئلة عن السبب؟ ليس لـدى هـيل أي حافز للدخول على جهازها. إنه حتى لا يعرف أن سوزان تعمل على المقتفي. حتى ولو كان يعلم، فكرت سوزان، لماذا سيقوم بمعارضة تعقبها لشخص ما يسمى بنورث داكوتا؟

الأسئلة التي لم تجد حلاً لها بدت أنها تتضاعف في رأسها. "الأشياء الأهم أولاً،" قالـت بصوت عالٍ. ستقوم بمعالجة موضوع هيل خلال لحظة. مركزة على مشكلتها الحالية، قامت سوزان بإعادة تحميل مقتفيها ثم اختارت مفتاح 'الدخول'. أطلق جهازها طنيناً مرة واحدة.

تم إرسال المقتفي

تعلـم سـوزان أن عـودة المقتفي ستستهلك ساعات. شتمت هيل، متسائلة كيف حصل على شيفرتها الخاصة، متسائلة عن اهتمامه في مقتفيها.

نهضت وخطت مباشرة إلى جهاز هيل. كانت الشاشة سوداء، ولكنها علمت أنها ليست مقفلة ـ فقد كانت تومض بشكل خافت عند الأطراف. من النادر أن يقفل محللو الشيفرات أجهزتهم إلا عندما يغادرون نود 3 في الليل. بدلاً من ذلك، يقومون ببساطة بإطفـاء الأضواء على شاشاتهم ـ إشارة لشيفرة مشتركة محترمة بأنه لا يتوجب على أحد إزعاج الجهاز.

وصـلت سـوزان إلى جهاز هيل. "اللعنة على شيفرة الاحترام،" قالت. "ما الذي تنوي فعله بحق الجحيم؟"

بإلقـاء نظـرة سـريعة إلى طابق الكريبتو الفارغ، أشعلت سوزان أدوات تحكم الإضـاءة فـي جهاز هيل. اشتغل الجهاز ولكن الشاشة كانت فارغة بالكامل. عبست سـوزان فـي تلك الشاشة الفارغة. غير واثقة كيف تبدأ، وصلت إلى محرك بحث ثم أدخلت:

البحث عن: 'المقتفي'

كـان ذلـك بعيد الاحتمال، ولكن لو كان هناك أي إشارة إلى مقتفي سوزان في جهـاز هيل، فإن هذا البحث سيجده. ربما ذلك سيسلط بعض الضوء على السبب الذي دفع هيل إلى القيام بإلغاء يدوي لبرنامجها. بعد ثوان عدة، أومضت الشاشة.

لا وجود لأي أثر

جلست سوزان للحظة، غير متأكدة عمَّ تبحث. حاولت مرة أخرى.

البحث عن: 'قفل الشاشة'

أومضت الشاشة ثانيةً وقدمت مجموعة من الإشارات السليمة ـ لا وجود لأثر بأن هيل يملك أي نسخ عن الشيفرة الخاصة لسوزان على كمبيوتره.

تنهدت سوزان بصوت عالٍ. *إذاً، ما هي البرامج التي كان يستخدمها اليوم؟* ذهبت إلى قائمة هيل بالتطبيقات المستخدمة مؤخراً لتبحث عن آخر برنامج كان يستخدمه. كان ذلك مخدم رسائله الالكترونية. تفحصت سوزان القرص الصلب. وفي النهاية وجدت مجلد رسائله الالكترونية مخبأ بحذر داخل دلائل أخرى. فتحت المجلد، فظهرت مجلدات إضافية؛ بدا أن هيل لديه هويات وحسابات بريدية متعددة. إحداها، كما لاحظت سوزان باندهاش، كان حساباً غامضاً. فتحت المجلد، اختارت واحداً من القدامى، اتجهت نحو الرسائل، وقرأتها.

توقفت عن التنفس فوراً. أظهرت الرسالة:

إلى: NDAKOTA@ARA.ANON.ORG

من: ET@DOSHISHA.EDU

تقدم عظيم! كاد الحصن الرقمي أن ينتهي.

هذا الحدث سيعيق (إن إس أي) لعشرات السنين!

وكما لو أنها في حلم، قرأت سوزان الرسالة مرات ومرات. بعدها، مرتجفة، فتحت رسالة أخرى.

إلى: NDAKOTA@ARA.ANON.ORG

من: ET@DOSHISHA.EDU

النص الدوري الواضح يعمل! السلاسل المتغيرة هي الخدعة!

هذا لا يصدق، ولكنه موجود. رسالة من إينسي تانكادو. كان يكتب لكريج هيل. كانا يعملان سوية. تخدر جسد سوزان عندما كانت الحقيقة المستحيلة تحدق بها من الجهاز.

كريج هيل هو نورث داكوتا؟

حدقت عينا سوزان بالشاشة. بحث عقلها بيأس عن بعض التفسيرات الأخرى، ولكن لم يكن هناك شيء. كان ذلك حقيقة ـ مفاجئة ولا مفر منها: استخدم تانكادو

سلاسل متغيرة لخلق نص واضح دوري، ولقد تآمر هيل معه لتحطيم (إن إس أي).

"ذلك..." تمتمت سوزان: "ذلك... غير ممكن."

وكما لو كان يعارض، تذكرت كلام هيل سابقاً: *لقد كتب لي تانكادو بضع مرات... لقد ربح ستراثمور الرهان عندما استأجرني... سأخرج من هنا يوماً ما.*

ولكن، لم تستطع سوزان تقبّل ما كانت تراه. صحيح أن كريج هيل كان فظاً ومتعجرفاً ــ ولكنه لم يكن خائناً. هو يعلم ما الذي سيفعله الحصن الرقمي بـ (إن إس أي)؛ من المستحيل أن يشترك في مكيدة لتحريره!

ولكن، أدركت سوزان، لا يوجد شيء يمنعه من ذلك ــ لا شيء سوى الآداب والشرف. فكرت بخوارزمية سكيبجاك. لقد أفسد كريج هيل خطط (إن إس أي) مرة من قبل. ما الذي يمنعه من محاولة ذلك مرة أخرى؟

"ولكن تانكادو..." تساءلت سوزان. *لماذا سيقوم شخص مصاب بالأوهام الاضطهادية مثل تانكادو بالوثوق بشخص غير جدير بالثقة بمثل هيل؟*

تعلم أنه لا شيء من هذا يهم الآن. كل ما يهم هو الوصول إلى ستراثمور. بسخرية القدر، كان شريك تانكادو أمامهم مباشرة. تساءلت ما إذا كان هيل يعلم بأن إينسي تانكادو ميت.

بدأت بسرعة بإغلاق ملفات الرسائل الالكترونيّة الخاصة بهيل بهدف مغادرة الجهاز تماماً عندما وجدت ذلك. لا يمكن لهيل أن يشك بأي شيء ــ ليس بعد. مفتاح مرور الحصن الرقمي، أدركت باندهاش، ربما يكون مخبأً في مكان ما داخل هذا الجهاز بالتحديد.

ولكن بينما كانت سوزان تغلق آخر الملفات، مر ظل من خارج نافذة نود 3. حدقت أكثر، فرأت هيل يقترب. اندفع الأدرينالين في جسدها. كان قريباً من الأبواب.

"اللعنة!" شتمت وهي تنظر إلى المسافة المتبقية لتصل إلى كرسيها. تعلم أنه لا يمكنها فعل ذلك على الإطلاق. فقد كان هيل قريباً جداً.

التفتت بيأس، باحثة في خيارات نود 3. أطلقت الأبواب خلفها قرقعة. وبعدها تداخلت. شعرت سوزان بأن الغريزة هي المسيطرة. مقحمة حذاءها في السجادة، أسرعت بخطى طويلة ممتدة باتجاه خزانة الطعام. في الوقت الذي أطلقت فيه الأبواب هسيساً لتفتح، تحركت سوزان بسرعة لتقف أمام الثلاجة وسحبت الباب لتفتحه. تمايل إبريق زجاجي في الأعلى بشكل متقلقل وبعدها تأرجح ليقف.

"جائعة؟" سألها وهو يدخل نود 3 ماشياً باتجاهها. كان صوته هادئاً وغنجاً. "هل ترغبين في مشاركتي في بعض الصويا؟"

تـــنهدت سوزان والتفتت لتواجهه. "لا شكراً،" ثم قالت: "أظن أنني فقطـــ"، ولكن الكلمات علقت في حلقها. أصفرّ وجهها.

حدق هيل فيها باستغراب: "ما الأمر؟"

عضـــت سوزان على شفتها وحدقت به. "لا شيء." تدبرت أمرها. ولكنها كانت كذبـــة. فـــي الجهة المقابلة من الغرفة، أومض جهاز هيل بلون ساطع. لقد نسيت أن تطفئ الإضاءة.

الفصل 37

في الدور الأسفل لفندق ألفونسو الثالث عشر، تجول بيكر بتعب متجهاً إلى الحانة. ساقي الحانة الذي كان يشبه القزم وضع فوطة أمامه. "ماذا تشرب؟"

"لا شيء، شكراً لك." أجابه بيكر. "أريد أن أعلم ما إذا كان يوجد نوادٍ في البلدة لمعجبي موسيقى روك البنك؟"

حدق الساقي به باستغراب: "نوادٍ لجماعة البنك."

"نعم، هل هناك مكان في البلدة حيث يقضون فيه أوقاتهم جميعاً؟"

"لا أعلم سيدي. ولكن بالتأكيد ليس هنا!" ابتسم له. "ماذا عن الشراب؟"

شعر بيكر برغبة أن يهزّ الرجل. لا شيء يجري كما كان قد خطط له.

"أي شيء؟" قال الساقي. "شراب جيريز؟"

أنغام خافتة للموسيقى الكلاسيكية كانت تنبعث فوق رأسه. *كونشيرتو برندينبيرغ*، فكر بهذا. *رقم أربعة*. كان هو وسوزان قد رأى أكاديمية سانت مارتن تعزف لبرندينبيرغ في الميدان في الجامعة السنة الماضية. تمنى فجأة لو كانت معه الآن. النسيم الصادر عن مكيف الهواء فوق رأسه ذكره بحالة الطقس في الخارج. تخيل نفسه يمشي في الشوارع المرهقة المتعبة لتريانا يبحث عن متشردة ترتدي قميصاً بعلم بريطانيا. فكر في سوزان مرة أخرى. "عصير التوت." سمع نفسه يقول ذلك.

بدا الساقي محتاراً: "لوحده؟" كان عصير التوت شراباً شعبياً في إسبانيا ولكن شربه لوحده أمر غير مسموع.

"نعم،" قال بيكر. "لوحده."

"مع رشة من الفودكا؟"

"لا، شكراً"

لاطفه الساقي: "مجاناً؟"

خلال الطرق في رأسه، تخيل بيكر الشوارع القذرة لتريانا، والحرارة الخانقة والليلة الطويلة التي أمامه. *يا له من جحيم*. أومأ: "نعم، قليل من الفودكا."

بدا الساقي أكثر ارتياحاً وأسرع لإحضار العصير.

حدق بيكر في أنحاء الحانة المزخرفة وتساءل ما إذا كان يحلم. أي شيء يمكن

أن يُفهم أكثر من الحقيقة. *أنا أستاذ جامعة*، فكر بذلك، *في مهمة سرية.*

عاد الساقي وقدم الشراب إلى بيكر. "توت مع رشة من الفودكا، سيدي."

شكره بيكر. أخذ منه رشفة وشعر بالغثيان. *هذه هي الرشة؟*

الفصل 38

وقف هيل في منتصف الطريق إلى مدخل نود 3 وحدق بسوزان. "ما الأمر، سو؟ تبدين فظيعة."

قاومت سوزان غضبها المتزايد. على بعد عشر أقدام، اتقدت شاشة هيل بضوء ساطع. "أنا... أنا... بخير." تدبرت أمرها وكان قلبها يطرق بسرعة.

نظر هيل إليها حائراً. "أترغبين في بعض الماء؟"

لم تستطع سوزان الإجابة. شتمت نفسها. *كيف نسيت أن أطفئ إضاءة تلك الشاشة اللعينة؟* تعلم سوزان أن في اللحظة التي يشك فيها هيل بأنها كانت تبحث في جهازه، سيشك بأنها تعلم هويته الحقيقية، نورث داكوتا. خافت من أن هيل سيقوم بفعل أي شيء ليبقي تلك المعلومة داخل نود 3.

تساءلت سوزان ما إذا كان يتوجب عليها الاندفاع نحو الباب. ولكن الفرصة لم تسنح لها. فجأة، كان هناك طرق على الجدار الزجاجي. التفت كل من هيل وسوزان بسرعة. كان ذلك شارتروكيان. كان يطرق بقبضتيه المبللتين بالعرق على الزجاج مرة أخرى. بدا وكأنه قد شاهد عفريتاً.

عبس هيل في وجه ذلك التقني المخبول خارج النافذة، بعدها التفت إلى سوزان. "سأعود فوراً. اشربي شيئاً ما. تبدين شاحبة." التفت هيل وذهب إلى الخارج.

ثبتت سوزان نفسها وتحركت بسرعة إلى جهاز هيل. انحنت وضبطت أدوات التحكم بالإضاءة. تحول لون الشاشة إلى الأسود.

كان رأسها يعمل بسرعة. التفت ونظرت إلى المحادثة الجارية الآن في طابق الكريبتو. يبدو أن شارتروكيان لم يذهب إلى المنزل، بعد كل هذا. كان التقني الشاب مذعوراً، يخبر هيل بكل شيء. علمت سوزان أن ذلك لا يهم ـ هيل يعلم كل شيء يجب أن يُعرف.

يجب عليّ الوصول إلى ستراثمور، فكرت بذلك. وبسرعة.

الفصل 39

الغــرفة 301. وقفت روكيا إيفا غرانادا عارية أمام مرآة الحمام. كانت هذه هي اللحظــة التي خافت منها طوال اليوم. كان الألماني على السرير ينتظرها. كان أضخم رجل صاحبته في حياتها.

كارهــةً، أخذت مكعب ثلج من دلو الماء وفركت به صدرها الذي أصبح قاسياً، هــذا جــزء من عملها الروتيني، أن تجعل الرجال يشعرون بالرغبة. وهذا ما يجعلهم يعــودون إلــيها دائماً. مررت يديها عبر جسدها اللين المسمرّ وأملت أن يستمر على حالته هذه لأربع أو خمس سنوات أخرى حتى تجني ما يمكن تقاعدها، فالسيد رولدان يــأخذ معظــم أجرها، ولكن من دونه لكانت الآن مع بقية الساقطات اللواتي يصاحبن الســكارى في تريانا. يملك زبائنه هؤلاء المال على الأقل. كما أنهم لا يضربونها قطّ، ومــن الســهل إرضــاؤهم. لبست ملابسها الداخلية، أخذت نفساً عميقاً، وفتحت باب الحمام.

عندما خطت روكيا إلى الغرفة، جحظت عينا الألماني. كانت ترتدي ثوباً أسوداً طويلاً. مما جعل جسدها الكستنائي يشع بنور لطيف.

"تعالي هنا،" قال بتلهف، وهو ينزع ثوبه ويتمدد على ظهره.

أجبرت روكيا نفسها على الابتسام، واقتربت من السرير. حدقت في ذلك الألماني الضخم. ضحكت بينها وبين نفسها بارتياح....

أمســكها بسرعة وبتوقٍ شديد، حضنَها، وهنا بدأت تئن وتتلوى في نشوة كاذبة. عــندئذٍ دوّرهــا وصعد فوقها، شعرت أنها ستتحطم. بدأت تلهث وتختنق مواجه رقبته المتقلبة. صلّت من أجل أن ينتهي بسرعة.

"نعــم! نعم!" لهثت بذلك خلال الاندفاعات. غرزت أظافر أصابعها في مؤخرته لتحثه.

أفكــار عشــوائية اندفعت في عقلها ــ وجوه رجال لا تحصى قامت بإرضائهم، سقوف حدقت فيها لساعات في الظلام، أحلام كثيرة لإنجاب الأطفال...

فجــأة، ومن دون تحذير، تقوس جسد الألماني، تصلب، وانهار فوراً فوقها. *هذا كل شيء؟* فكرت بذلك، متفاجئة ومرتاحة.

حاولــت أن تــنزلق من أسفله. "عزيزي،" همست باختناق. "دعني أقوم فوقك." ولكن الرجل لم يتحرك.

تحركت إلى الأعلى ودفعت كتفيه الضخمتين. "عزيزي، أنا... أنا لا أستطيع أن أتنفس!" بدأت تشعر بالإغماء. شعرت بأضلاعها تتحطم. "إنهض!" بدأت أصابعها بالغريزة تسحب شعره المتلبد. "انهض!"

عندها شعرت بالسائل اللزج الدافئ. كان متلبداً في شعره ــ يتدفق على وجنتيها، إلى فمها. كان مالحاً. إلتوت بشدة أسفله. من فوقها، شعاع ضوء غريب أنار وجه الألماني المتلوي من الألم. فجوة الرصاصة التي في صدغه كانت تدفق الدم فوقها. حاولت أن تصرخ، ولكن لم يكن قد تبقى أي هواء في رئتيها. كان يسحقها. بانفعال شديد، نظرت باتجاه شعاع الضوء القادم من المدخل. رأت يداً ومسدساً مع كاتم صوت. لمع في الضوء. ثم لا شيء.

الفصل 40

خارج نود 3، بدا شارتروكيان يائساً، كان يحاول إقناع هيل بأن الترانسلتر في مأزق. أسرعت سوزان بالمرور جانبهما مفكرة بأمر واحد في عقلها ـ أن تجد ستراثمور.

أمسك التقني المذعور ساعد سوزان عندما كانت تمر: "آنسة فليتشر! هناك فيروس! أنا جاد! يجب أن ـ"

حررت سوزان نفسها وحدقت به بغضب شديد: "ظننت أن القائد طلب منك الذهاب إلى المنزل."

"ولكن الشاشة العارضة! إنها تسجل ثمانية عشر ـ"

"القائد ستراثمور أخبرك أن تذهب إلى المنزل!"

"اللعنة على ستراثمور!" صرخ شارتروكيان فكانت الكلمات تدوي عبر القبة.

صوت عميق دوى من الأعلى: "سيد شارتروكيان؟"

جمد الموظفون الثلاثة للقسم في أمكنتهم.

في الأعلى فوقهم، وقف ستراثمور عند الدرابزين خارج مكتبه.

للحظة، الصوت الوحيد داخل القبة كان صوت الطنين المستمر للمحركات في الأسفل. حاولت سوزان بشدة أن تلفت نظر ستراثمور. *أيها القائد! هيل هو نورث داكوتا!*

ولكن ستراثمور كان مركزاً بصره على ذلك التقني الشاب. نزل السلالم وهو ينظر بعينين نصف مفتوحتين مثبتتين على شارتروكيان طوال طريقه إلى الأسفل. شق طريقه عبر طابق الكريبتو وتوقف على بعد ست إنشات أمام التقني المرتجف. "ماذا قلت؟"

"سيدي،" قال شارتروكيان باختناق، "الترانسلتر في مأزق."

"أيها القائد؟" اعترضت سوزان. "لو بإمكاني ـ"

لوّح القائد لها بالابتعاد. لم تفارق عيناه التقني.

قال فيل بسرعة: "هناك ملف قد أصيب بفيروس، سيدي، أنا متأكد من ذلك!"

تحوّل لون بشرة ستراثمور إلى الأحمر الداكن. "سيد شارتروكيان، لقد تحدثنا عن ذلك. ليس هناك أي ملف مصاب في الترانسلتر!"

"نعم، هناك!" صاح، "وإذا تمكن من الوصول إلى البيانات الرئيسية ـــ"

"أيـــن هو ذلك الملف المصاب بحق الجحيم؟" رفع ستراثمور صوته عالياً. "أرني إياه!"

تردد شارتروكيان: "لا أستطيع."

"بالطبع، لا تستطيع! إنه غير موجود!"

قالت سوزان: "أيها القائد، يجب أن ـــ"

مرة أخرى أسكتها ستراثمور بإشارة غاضبة.

نظـــرت سوزان إلى هيل بغضب. بدا متعالياً وغير مبالٍ. *منطقي*، فكرت بذلك. *لن يقلق هيل على الفيروس؛ هو يعلم ما الذي يجري حقاً داخل الترانسلتر.*

كـــان شارتروكيان ملحاً: "الملف المصاب موجود فعلاً، سيدي. ولكن الغاونتليت لم يتمكن من تحديده."

"في حال أن الغاونتليت لم يتمكن من تحديده،" قال ستراثمور وقد استشاط غضباً، "إذاً كيف تعلم بوجوده بحق الجحيم؟"

بـــدا شـــارتروكيان فجـــأة أكثر ثقة: "سلاسل متغيرة، سيدي. لقد أجريت تحليلاً كاملاً، وتبين النتيجة أن هناك سلاسل متغيرة!"

فهمت سوزان الآن لماذا شارتروكيان قلق جداً. *سلاسل متغيرة*، تأملت ذلك. تعلم أن السلاسل المتغيرة هي تسلسل مبرمج يقوم بإفساد البيانات بطرق معقدة كثيراً. كانت شائعة جداً في فيروسات الكمبيوتر خصوصاً الفيروسات التي تغير مجموعات البيانات الكبـــيرة. وبالتأكـــيد، تعلـــم سوزان أيضاً من رسالة تانكادو الالكترونية بأن السلاسل المتغـــيرة التـــي رآها شارتروكيان هي غير مؤذية ـــ هي ببساطة جزء من الحصن الرقمي.

اســـتمر التقنـــي في حديثه: "عندما رأيت السلاسل لأول مرة، سيدي، ظننت أن مرشـــحات الغاونتليـــت قد فشلت في تحديدها. ولكن عندما أجريت بعض الاختبارات وجـــدت ..." صـــمت وقد بدا مرتبكاً فجأة: "وجدت أن شخصاً ما قد جعل الغاونتليت تتجاهلها يدوياً."

صـــدرت العـــبارة عـــندما كان هناك صمت مفاجئ. تحول وجه ستراثمور إلى درجـــة غامقـــة مـــن اللون القرمزي. لم يكن هناك أي شك في الشخص الذي يتهمه شـــارتروكيان بفعـــل ذلـــك؛ جهاز ستراثمور هو الجهاز الوحيد في الكريبتو المخول بإعطاء أمر التجاهل لمرشحات الغاونتليت.

عـندما تحـدّث ستراثمور كان صوته كالجليد. "سيد شارتروكيان، ليس لأن لك علاقـة بالأمـر، ولكـن أنا الذي أجريت *التجاهل*." تابع حديثه ومزاجه قد اقترب من درجـة الغليان. "كما قلت لك مسبقاً، أنا أجري اختباراً متقدماً جداً. السلاسل المتغيرة التـي رأيتها في الترانسلتر هي جزء من الاختبار؛ هي هناك لأنني أنا الذي وضعتها هناك. رفض الغاونتليت أن يدعني أحمل الملف، لذلك قمت بتجاهل مرشحاته." ضاقت عينا ستراثمور بحدة وهو ينظر إلى شارتروكيان: "الآن، هل هناك أي شيء آخر قبل أن تغادر؟"

وبسرعة شديدة، اتضح كل شيء أمام سوزان. عندما حمّل ستراثمور خوارزمية الحصـن الرقمـي المشـفرة مـن الانترنت وحاول تمريرها عبر الترانسلتر، علقت السلاسـل المتغيرة في مرشحات الغاونتليت. ولشدة حاجته إلى معرفة إن كان الحصن الرقمي قابل للحل أم لا، قرر ستراثمور أن يتجاهل المرشحات.

وبشـكل اعتـيادي، تجـاهل الغاونتليت أمراً لا مجال للتفكير به. ولكن في هذا الموقـف، لـيس هناك أي خطورة في إرسال الحصن الرقمي مباشرة إلى الترانسلتر؛ فإن القائد يعرف بالضبط ما هو الملف ومن أين أتى.

"بـبالغ الاحترام، سيدي." ضغط شارتروكيان. "لم أسمع مسبقاً بأي اختبار يحوي تسلسلاً ــ"

"أيهـا القائد،" اعترضت سوزان، إذ أصبحت لا تحتمل الانتظار للحظة أخرى: "أريد حقاً أن ــ"

اعـترض كلماتها الرنين الحاد لهاتف ستراثمور الخلوي. أمسك القائد بالسماعة بسرعة. "ما الأمر!" صاح. ثم صمت واستمع إلى المتصل.

نسيت سوزان أمر هيل للحظة. صلّت من أجل يكون المتصل هو ديفيد. *أخبرنـي أنـه بخـير*، فكرت بهذا. *أخبرني أنه وجد الخاتم!* ولكن ستراثمور نظر إليها وعبس. ليس ديفيد.

شعرت سوزان بأن نفَسَها يتناقص. كل ما أرادته هو أن تعرف بأن الرجل الذي تحـبه بأمان. تعلم سوزان أن ستراثمور ليس لديه الصبر لانتظار مبررات أخرى؛ لو اسـتغرق ديفـيد وقـتاً أطـول، فإن القائد سيقوم بإرسال دعم ــ الموظفين الميدانيين التابعين لـ (إن إس أي). إنها مقامرة يأمل أن يتجنبها.

"أيها القائد؟" نبهه شارتروكيان. "أظن حقاً أنه يتوجب فحص ــ"

"انـتظر،" قـال ستراثمور معتذراً من المتصل. غطى فتحة الهاتف ووجّه نظرة

عنـيفة إلـى التقني الشاب. "سيد شارتروكيان،" تذمر قائلاً، "انتهت المناقشة. يتوجب عليك مغادرة القسم. *الآن*. هذا أمر."

وقف شارتروكيان مذهولاً: "ولكن، سيدي، السلا—"

"الآن!." صرخ ستراثمور.

حـدق شـارتروكيان بـه للحظة غير قادر على التحدث. ثم اندفع باتجاه مختبر التقنيين.

التفـت ستراثمور وحدق بهيل بنظرة حائرة. فهمت سوزان حيرة القائد. لقد كان هـيل هادئـاً — هادئاً بشدة. يعلم هيل جيداً بأنه ليس هناك أي اختبار يستخدم سلاسل متغيرة، أي شيء يجعل الترانسلتر منشغلاً لمدة ثماني عشرة ساعة. ومع ذلك، لم يقل هـيل أي كلمـة. بدا غير مهتم بهذه الفوضى بأكملها. كان من الواضح أن ستراثمور يتساءل عن السبب. لدى سوزان الإجابة.

"أيها القائد،" قالت بإصرار. "لو أستطيع التحدث معك —"

"بعد دقيقة،" اعترض وهو لا يزال يحدق بهيل بغرابة. "أريد إنهاء هذه المكالمة." بعد ذلك، استدار ستراثمور وتوجه إلى مكتبه.

فتحـت سـوزان فمها، ولكن الكلمات توقفت في طرف لسانها. *هيل هو نورث داكوتـا!* وقفـت متصلبة، غيرَ قادرة على التنفس. شعرت بأن هيل يحدق بها. التفتت سوزان. خطى هيل إلى الجانب ولوح بيده بلطف باتجاه باب نود 3. "من بعدك، سو."

الفصل 41

في حجرة البياضات في الطابق الثالث لفندق ألفونسو، تمددت خادمة فاقدة الوعي على الأرض. كان الرجل الذي يرتدي النظارات السلكية يعيد وضع المفتاح الرئيسي(1) للفندق في جيبها. لم يحس بصراخها عندما ضربها، ولكن ليس لديه طريقة للتأكد من ذلك ـ لقد أُصيب بالصمم منذ كان في الثانية عشر.

مد يده إلى علبة البطارية على حزامه بنوع من الوقار؛ هدية من الزبون، لقد منحته الآلة حياة جديدة. يستطيع الآن تلقي اتصالاته من أي مكان في العالم. الاتصالات كلها تصله فوراً ومن دون مراقبة.

كان متلهفاً وهو يلمس الزر. أنارت نظاراته. مرة أخرى بدأت أصابعه بالطباعة على الهواء وبدأت بالطباعة سوية. كالمعتاد، كان قد سجل أسماء ضحاياه ـ قضية بسيطة عن طريق البحث في محفظة الجيب أو الحقيبة. جرت الاتصالات بواسطة أصابعه، وظهرت الرسائل على عدسات نظاراته مثل الأشباح في الهواء.

العنوان: روكيا إيفا غرانادا ـ تم القضاء عليها.

العنوان: هانز هوبر ـ تم القضاء عليه.

أسفل منه بثلاثة طوابق، دفع ديفيد بيكر ثمن الشراب وتجوّل في الصالة، حاملاً كأسه النصف ممتلئ في يده. تحرك باتجاه مصطبة الفندق لاستنشاق بعض الهواء النقي. *ذهاباً وإياباً*، فكر بذلك. لم تجر الأشياء اليوم تماماً كما خطط لها. كان عليه أن يتخذ القرار. أيتوجب عليه أن يستسلم ويعود إلى المطار؟ *قضية تمس الأمن القومي*. شتم بصوت مهموس. إذاً لماذا قاموا بإرسال أستاذ جامعي، بحق الجحيم؟

تحرك بيكر بعيداً عن نظر الساقي وألقى ما تبقى من الشراب في حوض الياسمين. أصابته الفودكا بالدوار. *أرخص مشروب في التاريخ*، هذا ما كانت تطلق عليه سوزان أحياناً. بعد أن ملأ الكأس الزجاجي الثقيل بماءٍ من النافورة، أخذ منها رشفة طويلة.

مطط جسده مرات عدة في محاولة لطرد الإرهاق الخفيف الذي أصابه. بعدها، وضع الكأس ومشى في الصالة.

عندما مر بجانب المصعد، انزلقت الأبواب لتفتح. كان هناك رجل في الداخل. كل ما رآه بيكر كان نظارات ذات إطارات سلكية سميكة. رفع الرجل منديلاً ليمسح أنفه. ابتسم بيكر باحترام ثم غادر... خارجاً إلى ليل سيفيل الخانق.

---

(1) المفتاح الرئيسي: مفتاح يفتح أبواب الفندق كلها.

الــفـــصـــل 42

فـــي داخل نود 3، مشت سوزان باهتياج شديد. تمنت لو أنها فضحت هيل عندما سنحت الفرصة لها.

جلس هيل أمام جهازه: "التوتر قاتل، سو. هناك شيء تريدين البوح به؟"

أجبرت سوزان نفسها على الجلوس. فكرت بأنه لابد لستراثمور من أن يكون قد أنهـى مكالمـته الآن وسـيعود إلى الحديث معها، ولكنه لم يكن على مرأى نظرها. حاولت سوزان أن تبقى هادئة. حدقت في شاشة كمبيوترها. كان المقتفي لا يزال يعمل ــ للمـرة الثانـية. لقـد أصـبح الآن شيئاً غير مهم. فهي تعلم العنوان البريدي الذي ستتلقاه: GHALE@crypto.nsa.gov

نظــرت سوزان إلى الأعلى إلى مكان عمل القائد وعلمت أنه لا يمكنها الانتظار أكثر. لقد حان الوقت أن تقطع مكالمة القائد الهاتفية. وقفت وتوجهت نحو الباب.

بدا أن هيل قد ارتبك فجأة، من الواضح أنه لاحظ تصرف سوزان الغريب. مشى بسرعة عبر الغرفة واعترضها عند الباب. كاتفاً ذراعيه ومعيقاً خروجها.

"أخبريني ما الذي يجري،" سألها: "هناك شيء ما يجري هنا اليوم. ما هو؟"

"دعني أخرج،" قالت سوزان بكل ما أمكنها من الهدوء وهي تشعر بوخز مفاجئ للخطر.

"هــيا،" ضـــغط علـــيها هيل. "لقد قام ستراثمور عملياً بطرد شارتروكيان لأدائه عملــه. مـــا الذي يجري داخل الترانسلتر؟ ليس لدينا أي اختبار يستغرق ثماني عشرة ساعة. هذا هراء، وتعلمين ذلك. أخبريني ما الذي يجري."

ضاقت عينا سوزان. *تعلم جيداً ما الذي يجري!* قالت لنفسها. "ابتعد عن طريقي، كريج." طلبت منه. "أحتاج إلى أن أذهب إلى الحمام."

ابتســم هيل بتكلف. انتظر لوقت طويل ثم خطى جانباً. "عفواً، سو. كنت أعبث فقط."

اندفعــت سوزان من جانبه وغادرت نود 3. عندما مرت أمام الحائط الزجاجي، أحست بأن عينا هيل تنصبان عليها من الداخل.

علـــى مضض، إلتفّت باتجاه الحمامات. كان عليها الالتفاف قبل أن تذهب لرؤية القائد. يجب أن لا يشك كريج هيل بأي شيء.

الفصل 43

رجل أنيق في الخامسة والأربعين من العمر، تشاد برينكيرهوف كان مرتباً ومهندماً وحسن الإطلاع. كانت بذلته الصيفية الخفيفة مثل بشرة جسده المسمرة فلم تظهر أي نقص أو عيب. شعره كثيف أشقر رملي اللون، والأهم من ذلك ـ كل شيء ملكه. كانت عيناه زرقاوين لامعتين ـ مجمّلتين بشكل رائع بمعجزة العدسات اللاصقة الملونة.

نظر حوله إلى المكتب ذي الجدران الخشبية وعرف أنه قد سما لأعلى منصب يمكنه الوصول إليه في (إن إس أي). كان في الطابق التاسع ـ صف الماهوغوني، المكتب 9A197. الجناح الإداري.

كانت ليلة السبت، وصفُ الماهوغوني فارغ بالكامل، فقد ذهب الموظفون منذ وقت طويل ـ بعيداً يتسلون بكل ما يمكن للرجال ذوي النفوذ الاستمتاع به في وقت عطلتهم. على الرغم من أن برينكيرهوف يحلم دائماً بأن يصل إلى منصب 'حقيقي' في هذه الوكالة، إلا أنه قد انتهى به الحال بطريقة ما ليشغل منصب 'مساعد شخصي' ـ وهو يمثل الطريق المسدودة في الصراع السياسي. أما حقيقة أنه يعمل جنباً إلى جنب مع الرجل الأكثر سلطة في الاستخبارات الأمريكية فكانت عزاءه الوحيد. كان برينكيرهوف قد تخرج بدرجة شرف من أندوفر آند ويليامز، ومع ذلك هو هنا، في خريف عمره، من دون أي سلطة حقيقية ـ ومن دون دعم حقيقي. فهو يقضي أيامه ينظّم مواعيد شخص آخر.

كان هناك بالتأكيد فوائد من أن يكون مساعداً شخصياً للمدير ـ فقد كان لبرينكيرهوف مكتب فخم في الجناح الإداري، مزود بإذن دخول مطلق إلى المكاتب كلها في (إن إس أي)، ومستوى خاص للتميز جاء من الصحبة التي يلازمها. يقوم بالمهام لأعلى مراتب السلطة. يعلم برينكيرهوف في داخله أنه وُلد ليكون مساعداً شخصياً ـ ذكي بشكل كافٍ لتدوين الملاحظات، وسيم بشكل كافٍ لتقديم المؤتمرات الصحفية، وكسول بشكل كافٍ ليرضى بهذا.

أعلن الصوت اللطيف لجرس الساعة الموضوعة على رف الموقد نهاية يوم آخر في حياته البائسة. *اللعنة*، فكر بذلك. *الساعة الخامسة في يوم السبت. ما الذي أفعله هنا بحق الجحيم؟*

"تشاد؟" ظهرت امرأة عند مدخل الباب.

نظر برينكيرهوف إليها. ميدج ميلكن، المحللة السكرتارية الداخلية لفونتين. كانت في الستين من العمر، سمينة قليلاً، وما زاد في حيرة برينكرهوف، أنها ممتعة جداً. مغازلة رائعة وزوجة سابقة لثلاث مرات... تطوف ميدج خلسة في الجناح الإداري ذي الست غرف بسلطة وقحة. كانت ذكية وحدسية وتعمل لساعات غير معقولة، وكان يُشاع بأنها تعرف عن الأعمال الداخلية لـ (إن إس أي) أكثر من أي شخص آخر.

اللعنة، فكر برينكيرهوف، وهو ينظر إليها وقد ارتدت ثوباً رمادياً من الكشمير. *إما أنا قد أصبحت أكبر سناً أو أنها تبدو أكثر شباباً.*

"التقارير الأسبوعية،" ابتسمت له وهي تلوح بمجموعة الأوراق. "تحتاج إلى مراجعة الحسابات."

نظر برينكيرهوف إلى جسدها. "تبدو الحسابات 'الأجساد' جيدة من هنا."

"حقاً، تشاد." ضحكت. "أنا كبيرة في السن كفاية لأكون بمثابة أمك."

لا تذكّريني، فكر بذلك.

خطت ميدج إلى الداخل ومشت بانحراف إلى مكتبه. "أنا في طريقي إلى الخارج، ولكن المدير يريد هذه مُنسَّقةً عند عودته من أمريكا الجنوبية. ويكون هذا يوم الاثنين، صحيحة وبأسرع ما يمكن." وضعت الأوراق أمامه.

"هل أنا محاسب؟"

"لا، عزيزي، أنت مساعد المدير، ظننتك تعرف ذلك."

"إذاً هل أقوم بحساب الأرقام؟"

حركت شعرها: "أنت تريد مسؤولية أكبر. هذه هي."

نظر إليها بحزن: "ميدج... ليس لدي أي وجود."

نقرت بإصبعها على الورق. "هذه هي حياتك، تشاد برينكيرهوف." نظرت إليه وخفضت صوتها: "هل أحضر لك أي شيء قبل أن أذهب؟"

نظر إليها بتوسل وحرك رقبته المتألمة: "أكتافي متصلبة."

لم تنخدع ميدج. "تناول الأسبرين."

تجهم. "ألا يمكنك تدليك ظهري؟"

هزت رأسها: "مجلة كوزموبوليتان تقول إن ثلثي من يقومون بتدليك الظهر ينتهي بهم الأمر إلى ممارسة الجنس."

بدا برينكيرهوف ساخطاً. "أما نحن فلن نفعل ذلك أبداً!"

"تماماً،" غمزت بعينها: "هذه هي المشكلة."

"ميدج ــ"

"ليلة سعيدة، تشاد." توجهت إلى الباب.

"ستغادرين؟"

"أتعلم كنت لأبقى،" قالت ميدج وقد توقفت عند المدخل. "ولكنني أتمتع بشيء من الكبرياء. أنا فقط لا أستطيع أن ألعب الدور الثانوي ــ وبخاصة أمام مراهقة."

"زوجتي *ليست* مراهقة،" دافع برينكيرهوف. "إنها فقط تتظاهر بذلك."

نظـرت مـيدج إلـيه باستغراب. "لم أكن أتحدث عن زوجتك." حركت عينيها ببراءة: "كنت أتحدث عن *كارمن*." لفظت الاسم بلهجة ولاية بورتوريكو.

أصبح صوت برينكيرهوف أجشاً قليلاً: "من؟"

"كارمن؟ في خدمات الطعام؟"

شـعر برينكيرهوف بنفسه تندفع فجأة. كارمن هورتا هي طاهية المعجنات التي تـبلغ السـابعة والعشـرين من العمر وتعمل في قسم خدمات (إن إس أي). وقد كان برينكيرهوف قد استمتع معها ببعض من العلاقات الجنسية التي من المفترض أن تكون سرية في الساعات الأخيرة في المخزن.

شريرة: "تذكر، تشاد... المراقب يعرف كل شيء."

المراقب؟ غص برينكيرهوف غير مصدق. *المراقب يراقب الخدمات أيضاً؟*

المراقـب أو 'الوصيّ' هو ما تطلقه ميدج عادة على سينتريكس 333 الموضوع فـي مكـان يشبه الخزنة على جانب الغرفة المركزية للجناح. الوصيّ هو عالم ميدج بأكمله. فهو يتلقى معلومات من 148 كاميرا سرية مغلقة و 399 باباً إلكترونياً و377 شـريطاً هاتفياً و 212 آلة سرية لاستراق السمع مخبأة بأسلوب معماري في مبنى (إن إس أي).

كـان مـدراء (إن إس أي) قد تعلّموا بجهد أن الموظفين البالغ عددهم 26000 ليسوا ذوي فائدة عظيمة وحسب بل إنهم عائق كبير أيضاً. فإن كل خرق أمني خطير فـي تـاريخ (إن إس أي) كـان مصدره من الداخل. إنها مهمة ميدج بصفتها محللة سـكرتارية داخلية أن تراقب كل شيء يجري داخل جدران (إن إس أي)... بما فيها، على ما يبدو، خدمات الطعام.

وقف برينكيرهوف ليدافع عن نفسه، ولكن ميدج كانت في طريقها إلى الخارج.

"ضـع يديك على المكتب،" صاحت بذلك. "لا مزيد من التصرفات المضحكة بعد ذهابي. الجدران لها أعين."

جلـس برينكـيرهوف واستمع لصوت كعبها يختفي بعيداً عند نهاية الممر. على الأقل هو يعلم أن ميدج لن تبوح بذلك لأحد أبداً. كان عندها نقاط ضعف. فقد تصرفت ميدج بالقليل من حماقاتها ــ معظمها القيام بتدليكات للظهر مع برينكيرهوف.

عـادت أفكاره إلى الخلف إلى كارمن. أخذ يتخيل جسدها الرشيق، تلك الأفخاذ الداكنة ومحطة الراديو تلك التي تديرها على الحد الأعلى ــ موسيقى مدينة سان جوان المثيرة. ابتسم. *ربما أزورها لتناول وجبة خفيفة بعد الانتهاء.*

فتح الورقة الأولى.

كريبتو ــ المنتجات/النفقات

أصـبح مزاجه مبتهجاً على الفور. قدمت إليه ميدج هدية مجانية؛ تقرير الكريبتو سهل جداً دائماً. حيث يفترض به عملياً أن يصنف الأشياء كلها، ولكن الحساب الوحيد الـذي يسـأل عـنه المديـر هـو (إم سي دي) ــ التكلفة الوسطية لكل عملية تحليل للشـيفرات. يمثل (إم سي دي) المبلغ المقدر الذي يكلّفه الترانسلتر في تحليل الشيفرة الواحـدة. وطالما أن المبلغ يكون أقل من 1000$ للشيفرة الواحدة، لا يجفل فونتين. *ألف دولار.* ضحك برينكيرهوف بخفوت. دولارات ضرائبنا في العمل.

عـندما بدأ بالمرور عبر الوثيقة وتفحص التكلفة الوسطية، أخذت صور لكارمن هورتـا وهـي تلـوث نفسها بالعسل وسكر البودرة تجول في رأسه. بعد ثلاثين ثانية سينتهي كل شيء. كانت بيانات الكريبتو رائعة ــ كما هو الحال دائماً.

ولكـن قـبل الانتقال إلى التقرير التالي، شيء ما لفت انتباهه. في نهاية الورقة، كانـت التكلفة الأخيرة ملغاة. إذ كان الرقم كبيراً جداً لدرجة أنه نُقل إلى العمود التالي وشوّه ترتيب الورقة. حدق برينكيرهوف في الرقم بذهول.

999,999,999؟ لهـث. *بلـيون دولار؟* تلاشت صور كارمن. شيفرة تكلف بليون دولار؟

جلس برينكيرهوف هناك مصعوقاً لدقيقة. بعدها وبحالة من الذعر، أسرع خارجاً إلى الصالة. "ميدج! عودي!"

الفصل 44

وقف فيل شارتروكيان يستشيط غضباً في مختبر تقنيي أمن الأنظمة. ترددت كلمات ستراثمور في رأسه: *غادر الآن! هذا أمر!* رفس سلة المهملات وشتم في ذلك المختبر الفارغ.

"اختبار، اللعنة! منذ متى يقوم نائب المدير بإلغاء مرشحات الغاونتليت!؟"

إن تقنيي أمن الأنظمة يتلقون راتباً جيداً لقاء حماية أنظمة الكمبيوتر في (إن إس أي)، وكان شارتروكيان قد تعلَّم أن هناك شرطين أساسيين للعمل فقط: أن يكون ذكياً تماماً وأن يتمتع بجنون الشك لدرجة كبيرة.

اللعنة، شتم بذلك، *هذا ليس جنون الشك! إن الشاشة العارضة تظهر توقيتاً لثماني عشرة ساعة!*

هذا فيروس. استطاع شارتروكيان الشعور به. كان هناك شك ضئيل في عقله حول ما يجري: لقد أخطأ ستراثمور عندما ألغى مرشحات الغاونتليت، والآن يحاول أن يغطي ذلك بقصة غير محبوكة جيداً عن اختبار ما.

لم يكن شارتروكيان قلقاً بأن الترانسلتر هو المشكلة الوحيدة. ولكن لم يكن كذلك. رغم مظهره، إلا أن وحش تحليل الشيفرات الضخم لم يكن يعمل معزولاً على الإطلاق. رغم أن محللي الشيفرات يؤمنون بأن الغاونتليت قد صممت لهدف واحد هو حماية تحفتهم في تحليل الشيفرات، فإن التقنيين يفهمون الحقيقة. مرشحات الغاونتليت تحمي شيئاً أكثر أهمية... بنك معلومات (إن إس أي) الرئيسي.

إن القصة التي وراء تشييد بنك المعلومات كانت تثير إعجاب شارتروكيان دائماً. رغم جهود وزارة الدفاع لإبقاء الإنترنت لأنفسهم في نهاية السبعينات، كان من المفيد جداً عدم لفت انتباه القطاع الخاص. في النهاية، تمكنت الجامعات من الانقضاض عليها. وبعد فترة قصيرة صدرت المخدمات التجارية. انفتحت بوابات التدفق، وانصبت الجماهير عليها. في بداية التسعينات، أصبحت 'انترنت' الحكومة - التي كانت مسبقاً سرية - أرضاً مكتظة بالرسائل الالكترونية الشعبية والصور الإباحية المُختلقة.

بعد حدوث عدد من الاختراقات غير المعلنة والضارة في الوقت ذاته في مكتب الاستخبارات، أصبح من الواضح بشكل متزايد أن الأسرار الحكومية لم تعد آمنة على أجهزة الكمبيوتر الموصولة مع الإنترنت المزدهرة. أصدر الرئيس بالتعاون مع وزارة

الدفـــاع مرسوماً سرياً لإنشاء شبكة جديدة سرية بالكامل لاستبدالها بالإنترنت المُخترقة وتعمـــل كوسيلة اتصال بين وكالات الاستخبارات في الولايات المتحدة. ولمنع المزيد من سرقات الأسرار الحكومية عن طريق الكمبيوتر، تم نقل المعلومات الحساسة كلها إلـــى موقع وحيد بالغ السرية ــ بنك معلومات (إن إس أي) المنشأ حديثاً ــ إنه بمثابة فورت نوكس[1] لمعلومات استخبارات الولايات المتحدة.

وبالمعنى الحرفي، تم رقمياً تحويل ملايين الصور والأشرطة والوثائق وأشرطة الفـــيديو السرية الخاصة بالدولة ونقلها إلى أجهزة تخزين ضخمة وتلاها إتلاف النسخ الصلبة. تمت حماية بنك المعلومات بأجهزة تقوية كهربائية ثلاثية الطبقات ونظام دعم رقمـــي متعدد الطبقات أيضاً. كما أنه يتموضع على مسافة 214 قدماً (65 متراً) تحت الأرض ليحجبها عن الحقول المغناطيسية وعن الانفجارات المحتملة. يُرمز للنشاطات القائمـــة داخل غرفة التحكم على أنها 'الظلال الأكثر سرية'... أعلى مستويات السرية في البلاد.

لم تكن أسرار الدولة أكثر أماناً على الإطلاق من قبل. يستضيف بنك المعلومات الحصـــين الآن التصـــاميم الأولية للأسلحة المتطورة وقوائم ضمان للشهود، والأسماء المستعارة للعملاء في الميدان، وتحليلات مفصلة واقتراحات عن العمليات السرية. لا نهايـــة لهـــذه القائمة. لن يكون هناك المزيد من المداهمات التي تخل في استخبارات الولايات المتحدة.

وبالطبع، أدرك موظفو (إن إس أي) بأن المعلومات المخزنة تكون ذات قيمة فقط عندما تكون قابلة للوصول. إن الإنجاز الحقيقي ليس هو منع العامة من الوصول إلى المعلومـــات الســـرية وحســـب، بـــل هـــو جعل هذه المعلومات سهلة المنال من قبل الأشـــخاص المفوّضـــين. للمعلومـــات المخزنة كلها مستويات من الإجازات الأمنية، ويمكن الحصول عليها من قبل الموظفين الحكوميين بالاعتماد على مبدأ مجزأ ومحدّد مـــن مســـتوى السرية. حيث يمكن لقائد الغواصة مثلاً الاتصال وتفحُّص آخر صور الأقمار الصناعية في (إن إس أي) الخاصة بالموانئ الروسية ولكن لا يمكنه الحصول علـــى خطط عن مهام ملاحقة تجار المخدرات في جنوب أمريكا. ويمكن لمحللي (سي آي أي) الحصـــول علـــى تواريـــخ القتلة المشهورين ولكن لا يمكنهم الحصول على شيفرات الحملات الخاصة بالرئيس.

---

(1) فورت نوكس: موضع مخزون ذهب الولايات المتحدة منذ عام 1936

وبالطـــبع، لم يكن لدى تقنيي أمن الأنظمة أي تصريح للحصول على المعلومات مـــن قـــبل بنك المعلومات ولكنهم مسؤولون عن حمايته. وكبنوك المعلومات الضخمة كلهـــا ــ ابـــتداءً مـــن شركات التأمين وحتى الجامعات ــ كانت أجهزة (إن إس أي) معرضـــة للهجوم باستمرار من قبل قراصنة الكومبيوتر الذين يحاولون اختلاس النظر علـــى الأســـرار المنـــتظرة فـــي الداخل. ولكن مبرمجي السرية في (إن إس أي) هم الأفضـــل فـــي العالم. إذ لم يتمكن أي شخص على الإطلاق من الاقتراب والتسلل إلى بـــنك معلومات (إن إس أي) ــ لا يوجد أي سبب يدفع (إن إس أي) لتفكر بأنه يمكن لأي شخص فعل ذلك.

داخل مختبر تقنيي أمن الأنظمة، تصبب شارتروكيان عرقاً وهو يحاول الوصول إلى قرار إما بالمغادرة أو لا. أي مشكلة في الترانسلتر تعني مشكلة في بنك المعلومات أيضاً. قلة اهتمام ستراثمور كانت تحيّره.

يعلـــم الجميع أن الترانسلتر وبنك المعلومات مرتبطان بشكل لا يمكن فصله. كل شيفرة، في حال تحليلها، يتم إطلاقها من الكريبتو عبر الياف بصرية يبلغ طولها 250 يـــاردة إلى بنك معلومات (إن إس أي) لحفظها بأمان. إن جهاز التخزين المقدس ذلك لديه مداخل محدودة ــ والترانسلتر واحد منها. كان من المفترض أن يكون الغاونتليت بداية الحصن المنيع. وقام ستراثمور بإلغائه.

اســـتطاع شـــارتروكيان أن يستمع لقلبه وهو ينبض بسرعة. *لقد عمل الترانسلتر لمـــدة ثمانـــي عشرة ساعة!* التفكير بفيروس كمبيوتر قد دخل الترانسلتر وبعدها أخذ يـــتجول في الدور السفلي لـــ (إن إس أي) كان أمراً كبيراً. "عليّ أن أقدم تقريراً حول هذا،" قال من دون تفكير بصوتٍ عالٍ.

فـــي موقـــف كهذا، يعلم شارتروكيان أن هناك شخصاً واحداً يمكن الاتصال به: موظف تقنيي أمن الأنظمة الأعلى في (إن إس أي)، وهو شخص سريع الغضب يزن 400 رطـــل (180 كـــغ) وهو ملك الكمبيوتر الذي أنشأ الغاونتليت. يُلقب بجابا. كان جابا شخصاً مبجلاً في (إن إس أي) ــ يجول في الغرف، يُهدّئ الشجارات الحاصلة، ويشـــتم حماقة السخفاء والمتعجرفين. يعلم شارتروكيان أنه في الوقت الذي يسمع فيه جابـــا عن قيام ستراثمور بإلغاء مرشحات الغاونتليت، سيثور غضبه على الفور. *أمر ســـيئ جداً*، فكر بذلك، *أمامي واجب عليّ القيام به*. أمسك بسماعة الهاتف وطلب رقم جابا الخلوي العامل على مدار الأربع وعشرين ساعة.

الفصل 45

تجول ديفيد بيكر متخبطاً في جادة ديل سيد ومحاولاً استجماع أفكاره. لعبت الظلال الصامتة على أحجار الرصيف أسفل قدميه. كان تأثير الفودكا ما يزال مسيطراً عليه. لا شيء عن حياته بدا واضحاً في هذه اللحظة. انحرف عقله عائداً إلى سوزان متسائلاً عما إذا كانت قد تلقت رسالته الهاتفية الآن.

قادماً من الأعلى، أطلق باص نقل سيفيلي صافرة ليتوقف أمام الموقف. نظر بيكر إليه. فُتحت أبواب الباص، ولكن أحداً لم يترجل منه. عادت محركات الديزل لتعمل، ولكن في اللحظة التي كان الباص يغادر فيها، خرج ثلاثة مراهقين من الحانة في أعلى الشارع وركضوا للحاق به، يصرخون ويلوحون. هدأت المحركات مرة أخرى، وأسرع الأولاد للحاق بها.

على بعد ثلاثين ياردة خلفهم، حدق بيكر بنظرة ملؤها الشك. تركزت رؤيته فجأة، ولكنه عرف بأن الذي يراه مستحيلاً. إنها فرصة بنسبة واحد بالمليون.

أنا أهذي.

ولكن عندما انفتحت أبواب الباص، تجمع الأولاد أمامه للركوب. رآها بيكر مرة ثانية. هذه المرة كان متأكداً. واضحة بشكل كامل تحت نور ضوء الشارع الموضوع عند الزاوية، كان قد رآها.

صعد الركاب على متنه، ودارت محركات الباص مرة أخرى. وجد بيكر نفسه فجأة في سباق مفاجئ، تثبتت الصورة الغريبة في عقله ــ أحمر شفاه أسود، ظل واسع للعين، وذلك الشعر... على شكل رماح شائكة مرفوعة إلى الأعلى في ثلاث قمم مميزة. الأحمر، الأبيض والأزرق.

عندما بدأ الباص بالتحرك، اندفع بيكر إلى أعلى الشارع وراء دخان أحادي أكسيد الكربون الصادر عنه.

"توقف!" صاح وهو يركض خلفه.

انزلق جسد بيكر المتكاسل فوق الرصيف. رشاقته المعتادة في لعبة الإسكواش لم تكن معه؛ اختل توازنه. كان عقله يواجه مشكلة في المحافظة على مسار أقدامه. شتم الساقي وإرهاق السفر الطويل.

كان الباص واحداً من آليات الديزل القديمة في سيفيل، ولحسن حظ بيكر أن الغيار الأول إلى المحرك كان طويلاً ويحتاج إلى جهد. شعر بيكر بأن المسافة بينهما

تتناقص. علم أن عليه الوصول إلى الباص قبل أن يرفع غيار سرعة المحرك.

أطلق عادم المحرك المزدوج سحابة من الدخان الأسود عندما تجهز السائق ليقود الباص بالغيار الثاني. أجهد بيكر نفسه للركض بسرعة أكبر. عندما اندفع بموازاة منصة الباص الخلفية، تحرك بيكر إلى اليمين مسرعاً بجانب الباص. استطاع رؤية الأبواب الخلفية ـ وكما هو حال باصات سيفيل كلها، كانت قد تركت مفتوحة: تكييف رخيص.

ثبت بيكر نظره على الفتحة وتجاهل شعور الاحتراق الذي سيطر على ساقيه. كانت الإطارات بجانبه، عند علو أكتافه، تدمدم بإيقاع يعلو أكثر فأكثر مع كل ثانية. اندفع باتجاه الباب، أخفق في إمساك المقبض وكاد يفقد توازنه، اندفع بقوة أكبر. في أسفل الباص، فرقع القابض عندما تجهز السائق ليرفع الغيار.

إنه يبدّل! لن أتمكن من الصعود!

ولكن عندما تحررت مسننات المحرك لتنتظم الغيار الأعلى، تباطء الباص قليلاً. اندفع بيكر بقوة. عادت المحركات لتعمل في الوقت الذي لفّت فيه أصابعه حول مقبض الباب. كادت أكتاف بيكر تتمزق من جوفها عندما اندفع المحرك قاذفاً به إلى مكان الصعود.

تمدد ديفيد بيكر منهاراً في مدخل الباص. كان الرصيف يمر بسرعة على بعد إنشات قليلة أسفله. صحا الآن من دواره، كان كتفاه وساقاه يؤلمانه. وقف متمايلاً وثبت نفسه ثم صعد إلى الباص المظلم.

في زحمة الظلال، على بعد بضعة مقاعد، كانت رماح الشعر الشائكة المميزة.

أحمر، أبيض، وأزرق! لقد فعلتها!

امتلأ عقل بيكر بصور عن الخاتم، عن طائرة ليرجيت 60 المنتظرة، وأخيراً، عن سوزان.

عندما اقترب بيكر من مقعد الفتاة متسائلاً عما سيقوله لها، مر الباص أسفل ضوء في الشارع. أُضيء الوجه للحظة.

حدق بيكر بذعر. كان الماكياج على وجهها ممتداً فوق لحية سميكة. إنها لم تكن فتاة على الإطلاق، ولكنه شاب. كان يرتدي حلقة فضية في شفته العليا، وسترة جلدية سوداء، من دون قميص.

"اللعنة عليك، ما الذي تريده؟" سأل الصوت الأجش. كانت لكنته كأناس نيويورك.

تحــت تأثــير الــدوار المربك من الترنح البطيء، نظر بيكر إلى ركاب الباص المحدقيــن به. لقد كانوا جميعاً من جماعة البنك. نصفهم على الأقل كان بشعر أحمر وأبيض وأزرق.

"اجلس!" صاح السائق.

لم يسمعه بيكر من شدة الدوار.

"اجلس!" صرخ السائق.

التفــت بيكر بغموض إلى الوجه الغاضب في المرآة العاكسة. ولكنه انتظر وقتاً طويلاً.

مــنزعجاً، داس السائق بقوة على الفرامل. شعر بيكر بأن ثقله يترنح. بحث عن مقعــد فــي الخلف ولكنه أخفق. للحظة، أحس بيكر بأنه يطير في الهواء. بعدها، حط بقوة على الأرضية الوسخة.

فــي جادة ديل سيد، خطا الشكل البشري من وراء الظلال. ضبط نظاراته ذات الإطــار السلكي وأنعم النظر في الباص المغادر. لقد هرب ديفيد بيكر، ولكن ذلك لن يدوم طويلاً. من بين الباصات كلها في سيفيل، ركب السيد بيكر الباص السيئ السمعة ذي الرقم 27، صاحب الاتجاه الواحد المحدد.

الفصل 46

أغلق فيل شارتروكيان سماعة الهاتف بعنف. كان هاتف جابا مشغولاً؛ يرفض جابا استخدام ميزة انتظار المكالمة على أنها وسيلة تحايل مقحمة قُدمت من قبل شركة الاتصالات (أي تي آند تي) لزيادة أرباحها من خلال إيصال المكالمات كلها؛ العبارة البسيطة القائلة: 'أنا على الخط الآخر، سأعاود الاتصال بك' تحقق الملايين للشركات الهاتفية سنوياً. إن رفض جابا لاستخدام ميزة انتظار المكالمة منحه صفة مميزة عن رفضه الصامت لمطلب (إن إس أي) بحمل هاتفه الخلوي للطوارئ في الأوقات كلها.

التفت شارتروكيان ونظر خارجاً إلى طابق الكريبتو الفارغ. بدأت أصوات همهمة المحركات في الأسفل تزداد مع كل دقيقة. أحس بأن الوقت ينفد منه. عرف أن عليه المغادرة، ولكن خارج الدمدمة في أسفل الكريبتو، بدأت المقولة الشهيرة لتقنيي أمن الأنظمة بالدوران في عقله: *تصرف أولاً، فسّر لاحقاً.*

في عالم مخاطر أمن أجهزة الكمبيوتر، تعني الدقائق عادة الاختلاف بين سلامة النظام أو خسارته. من النادر أن يكون هناك وقت لتفسير الإجراء الدفاعي قبل القيام به. يتلقى تقنيو أمن الأنظمة رواتبهم لقاء خبرتهم التقنية... وغريزتهم.

تصرّف أولاً، فسّر لاحقاً. يعلم شارتروكيان ما عليه فعله. وهو يعلم أيضاً أنه عندما ينجلي الغبار، سيكون إما بطل (إن إس أي)، أو في عداد العاطلين عن العمل.

إن كومبيوتر التحليل العظيم مصاب بفيروس ــ كان تقني أمن الأنظمة واثقاً من ذلك. هناك فعل وحيد يتمتع بروح المسؤولية... إغلاقه.

يعلم شارتروكيان أن هناك طريقتين لإغلاق الترانسلتر. إما من الجهاز الخاص للقائد وهو محجوز في مكتبه ــ هذه مستحيلة. الطريقة الثانية هي إغلاق يدوي في الدور السفلية أسفل طابق الكريبتو.

ابتلع شارتروكيان ريقه بصعوبة. يكره الدور السفلية. ذهب إلى هناك مرة واحدة فقط، خلال فترة التدريب. كان مثل شيء يشبه عالم الغرباء بممرات المتاهة الطويلة الضيقة، وأنابيب فريون، وانحدار يصيب بالدوار بطول 136 قدماً (40 م) إلى تجهيزات الطاقة المدمدمة في الأسفل...

كان ذلك آخر مكان يحب الذهاب إليه، وكان ستراثمور آخر شخص يرغب في معارضته، ولكن الواجب هو الواجب. *جميعهم سيشكرونني غداً*، فكر بذلك، متسائلاً عما إذا كان على حق.

أخــذ نفســاً عمــيقاً وفتح شارتروكيان الخزانة المعدنية الخاصة بالتقني الأعلى مقامــاً. علــى رف يحوي قطعاً حاسوبية مفككة، مخبأ خلف جهاز الاتصال وفاحص شــبكة، كان هناك كوب من الألمنيوم من جامعة ستانفورد. من دون أن يلمس حوافه، مد يده إلى الداخل ورفع مفتاح ميديكو.

دمــدم قــائلاً: "الأمور التي لا يعرفها موظفو أمن الأنظمة عن الأمن هي شيء رائع حقاً."

الــفــصــل 47

"شــيفرة ببليون دولار؟" ضحكت ميدج ضحكة مكبوتة وهي ترافق برينكيرهوف عائدة في المدخل. "هذه فكرة جيدة."

"أقسم بذلك،" قال هو.

نظرت إليه بطرف عينها. "آمل ألا تكون هذه خدعة لتجعلني أخلع ثوبي."

"ميدج، إنني لا ــ،" قال بعفة نفس.

"أعلم ذلك، تشاد. لا تذكرني."

بعــد ثلاثين ثانية، كانت ميدج تجلس خلف كرسي برينكيرهوف تتفحص تقرير الكريبتو.

"أرأيتِ؟" قال وهو ينحني فوقها ويشير إلى الرقم المحدد. "هذه التكلفة الوسطية؟ بليون دولار!"

ضحكت ميدج بخفوت: "إنها تبدو تماماً وكأنها خطأ مطبعي، أليس كذلك؟"

"هاه." همهم ساخراً. "خطأ مطبعي فقط."

"يبدو وكأن الرقم قد قسم على الصفر."

"على ماذا؟"

"علــى الصفر." قالت وهي تتفحص بقية المعلومات. "إن التكلفة الوسطية تحسب على أنها كسر ــ المجموع بأكمله مقسم على عدد الشيفرات."

"بالتأكيد." أومأ برينكيرهوف باندهاش وهو يحاول ألا ينظر إلى الأسفل من أمام ثوبها.

"عــندما يكون المقام صفراً،" شرحت ميدج، "يسعى الجواب إلى اللانهاية. تكره الكمبــيوترات اللانهايــة، لذلك تقوم بطباعة أعداد التسعة بأكملها." أشارت إلى عمود مختلف. "أرأيت هذا؟"

"نعم،" أعاد برينكيرهوف تركيزه على الورقة.

"إنها بيانات إنتاج اليوم. انظر إلى عدد الشيفرات."

تبع برينكيرهوف مطيعاً إصبعها لأسفل العمود.

عدد الشيفرات: 0

نقرت ميدج على الرقم. "تماماً كما توقعت. قسمت على الصفر."

قوّس برينكرهوف حاجبيه: "إذاً كل شيء على ما يرام؟"

هــزت كتفيها: "يعني ذلك أننا لم نقم بتحليل أي شيفرة اليوم. لابد أن الترانسلتر في إجازة."

"إجــازة؟" بدا برينكيرهوف شاكاً بالأمر. لقد قضى مع المدير وقتاً كافياً ليعرف بأن 'الإجازات' ليست جزءاً من طريقة عمله المفضلة ـ وبخاصة عندما يتعلق الأمر بالترانسلتر. لقــد دفــع فونتين 2 بليون دولار لمحلل الشيفرات الضخم، وهو يريد تعويــض أمواله. فكل ثانية يتعطل فيها الترانسلتر عن العمل تكون مثل رمي الأموال في المرحاض.

"آه... مــيدج؟" قــال برينكــيرهوف. "إن الترانســلتر لا يأخذ أي إجازات على الإطلاق. إنه يعمل ليلاً نهاراً. تعلمين ذلك."

هزت كتفيها مستهجنة: "ربما لم يرغب ستراثمور في الخروج ليلة الأمس ليجهز مهمــة عطلة نهاية الأسبوع. ربما عرف أن فونتين ليس هنا وخرج باكراً ليذهب إلى الصيد."

"هيا، ميدج." نظر برينكيرهوف إليها باشمئزاز. "امنحي الرجل فرصة".

كان من المعروف أن ميدج ميلكن لا تحب تريفور ستراثمور. فقد قام ستراثمور بمــناورة ماكرة في إعادة كتابة سكيبجاك، ولكن تم الإمساك به. رغم نوايا ستراثمور الواضــحة، إلا أن (إن إس أي) كانــت قد دفعت الثمن. لقد حصلت (إي أف أف) من ذلــك علــى المزيد من القوة، وفونتين قد خسر مصداقيته مع الكونغرس، والأسوأ من ذلــك، أن الوكالــة قــد خسرت الكثير من سريتها. فقد ظهرت فجأة ربات منازل في مينيســوتا يشــتكين إلى مخدم الإنترنت أمريكا أون لاين وبرودجي بأن (إن إس أي) ربما تقوم بقراءة رسائلهم الالكترونية ــ وكأن (إن إس أي) مهتمة بالوصفات السرية لأطعمتهم الحلوة.

لقد كلف خطأ ستراثمور الغبي (إن إس أي) الكثير، وميدج تشعر بالمسؤولية ــ لــيس لأنه كان بإمكانها أن توقف فعلة ستراثمور الخطرة، ولكن لأن العامل الرئيسي كــان فعلاً غير مرخص به قد حصل من خلف ظهر القائد فونتين، الظهر الذي كان يُدفع لميدج لقاء حمايته. إن عدم إعلام فونتين بالأمر جعله موضع خطر؛ وجعل ميدج غاضــبة. ولكــن المدير كان قد تعلّم منذ وقت طويل أن يقف جانباً ويترك الأشخاص الأذكياء يقومون بعملهم؛ وهذا بالضبط ما عالج به موضوع تريفور ستراثمور.

"ميدج، تعلمين جيداً أن ستراثمور ليس كسولاً." ناقشها برينكيرهوف. "وأنه يدير

الترانسلتر باهتمام شديد."

أومــأت مــيدج. تعلم في أعماقها أن اتهام ستراثمور بالتملّص أمر سخيف. فإن القــائد كان مخلصاً في عمله كما أصبحوا ــ مخلصين لحد لا يحتمل. يتحمل مصائب العــالم وكأنها مصائبه الشخصية. إن خطة سكيبجاك الخاصة بــ (إن إس أي) كانت واحدة من أفكار ستراثمور ــ محاولة صريحة لتغيير العالم. لسوء الحظ، كالعديد من المطالب الخيرة، انتهت هذه البعثة بعذاب أليم.

"حسناً،" اعترفت، "إذاً، كنت قاسية قليلاً."

"قلــيلاً؟!!" ضــاقت عيــنا برينكيرهوف. "أمام ستراثمور ركام من الملفات يمتد طولهــا لمــيل. إنــه لن يترك الترانسلتر عاطلاً عن العمل في عطلة نهاية الأسبوع بكاملها."

"حســناً، حسناً." تنهدت ميدج. "إنه خطئي." جعّدت حاجبها وتساءلت لماذا لم يقم الترانســلتر بتحليل أي شيفرة طوال اليوم. "دعني أتأكد من شيء." قالت ثم بدأت تقلب صــفحات الــتقرير. حددت ما كانت تبحث عنه وتفحصت الأرقام. أومأت بعد لحظة. "أنــت محــق، تشــاد. لقــد كــان الترانسلتر يعمل بطاقته القصوى. حتى إن المواد الاســتهلاكية الأولية مرتفعة قليلاً؛ لقد استهلكنا أكثر من نصف مليون كيلو واط/ساعة منذ منتصف ليلة الأمس."

"إذاً، أين يتركنا هذا؟"

كانت ميدج محتارة. "لست متأكدة. هذا غريب."

"تريدين التأكد من البيانات؟"

نظــرت إلــيه باستهجان. كان هناك شيئان لا يمكن الشك بهما عن ميدج ميلكن. إحداهما هي بياناتها. انتظر برينكيرهوف بينما قامت ميدج بتفحص الحسابات.

"هاه." قالت في النهاية. "تقرير البارحة يبدو جيداً: 237 شيفرة تم تحليلها. التكلفة الوســطية: 874 $، الوقــت المتوسط لكل شيفرة، أكثر بقليل من ست دقائق. المواد الاستهلاكية الأولية: متوسط. آخر شيفرة دخلت الترانسلتر ــ" توقفت.

"ماذا؟"

"هــذا مضحك،" قالت له. "آخر ملف في سجل البارحة كان في الساعة 11:37 مساءً."

"إذاً؟"

"إذاً، يقــوم الترانسلتر بتحليل الشيفرات كل ست دقائق أو ما يقارب. آخر ملف

لكـــل يوم ينتهي تقريباً عند منتصف الليل. هذا بالتأكيد لا يبدو مثل ـــ" سكتت قليلاً ثم لهثت.

قفز برينكيرهوف: "ماذا!"

كانت ميدج تحدق في الأرقام باندهاش. "هذا الملف؟ الملف الذي دخل الترانسلتر الليلة الماضية؟"

"نعم؟"

"لـــم يـــتم تحلـــيله بعد. إن وقت الدخول هو 23:37:08 ـــ ولكن لا يوجد وقت للتحليل بعد." حركت ميدج الأوراق بارتباك: "البارحة أم اليوم!"

هز برينكيرهوف كتفيه مستهجناً: "ربما يقوم الشباب بإجراء اختبار قاسٍ."

هزت ميدج رأسها: *"لمدة ثماني عشرة ساعة؟"* صمتت: "غير محتمل. بالإضافة إلى أن المعلومات تقول إنه ملف خارجي. يجب أن نتصل بستراثمور."

"في منزله؟" بلع برينكيرهوف ريقه: "في ليلة يوم السبت؟"

"لا." قالت ميدج. "أعرف ستراثمور، لابد أنه يعمل على هذه. أراهن بالكثير من الأموال على أنه هنا. إحساس داخلي فقط." كانت الأحاسيس الداخلية لميدج هي الشيء الآخر الذي لا يخطئ أبداً. "هيا،" قالت وهي تقف. "دعنا نرى لو كنت محقة."

تـــبع برينكـــيرهوف مـــيدج إلى مكتبها، حيث جلست وبدأت تشغّل لوحة مفاتيح المراقب مثل عازف الأرغن.

نظـــر برينكـــيرهوف إلـــى مجموعـــة شاشـــات الفيديو ذات التعليق المكتوب، الموضـــوعة علـــى الحـــائط، كانت شاشاتها كلها قد توقفت على شعار (إن إس أي). "ستقومين بالتجسس على الكريبتو؟" سألها بارتباك.

"لا،" أجابته ميدج. "أتمنى لو بإمكاني ذلك، ولكن هناك اتفاق يحكم بمنع ذلك في الكريبتو. ليس هناك أي كاميرا فيديو. ولا صوت. لا شيء. هذه أوامر ستراثمور. كل مـــا لـــدي هو مقاربة الإحصاءات وأمور الترانسلتر الرئيسية. نحن محظوظون لأننا حصـــلنا علـــى ذلـــك. أراد ســـتراثمور عـــزلة كاملة، ولكن فونتين أصر على هذه الأساسيات."

بدا برينكيرهوف محتاراً: "ليس في الكريبتو تصوير فيديو؟"

"لمـــاذا؟" ســـألته وهـــي تلتفـــت عن شاشتها. "أنت وكارمن ترغبان في بعض الخصوصية أيضاً؟"

دمدم برينكيرهوف بشيء لم يُسمع.

ضغطت ميدج على المزيد من المفاتيح. "أنا أفتح سجل مصعد ستراثمور." راقبت شاشتها للحظة ثم نقرت ببرجمة[1] يدها على المكتب. "إنه هنا." قالت بعقلانية. "إنه في الكريبتو الآن. انظر إلى هذا. لاحظ الساعات الطويلة ــ لقد دخل في صباح البارحة نشيطاً ومبكراً، ولم يتزحزح مصعده منذ ذلك الوقت. لا أرى أي استخدام لبطاقة مغناطيسية من قبله في الطابق الرئيسي. إذاً، هو بالتأكيد هنا."

أطلق برينكيرهوف تنهيدة استراحة خفيفة: "إذاً، في حال كان ستراثمور هنا، كل شيء بخير، أليس كذلك؟"

فكرت ميدج للحظة: "ربما،" قررت أخيراً.

"ربما؟"

"يجب أن نتصل به ونتأكد."

همهم برينكيرهوف بسخرية: "ميدج، إنه نائب المدير. أنا متأكد من أن كل شيء تحت السيطرة. دعينا لا نستبق الــ"

"أوه، هيا، تشاد ــ لا تكن كالطفل. إننا نقوم بعملنا فقط. هناك مشكلة في الإحصاءات، ونحن نحقق بالأمر. بالإضافة إلى أنني أرغب في تذكير ستراثمور بأن المراقب يراقب. أجعله يفكر مرتين قبل أن يخطط للمزيد من الخدع الاستعراضية لإنقاذ العالم." رفعت ميدج سماعة الهاتف وبدأت بالاتصال.

بدا برينكيرهوف مرتبكاً: "أحقاً تظنين أنه يجب علينا إزعاجه؟"

"أنا لا أزعجه،" قالت ميدج وهي تعطيه السماعة: *أنت*."

---

(1) برجمة: إحدى البراجم وهي مفاصل الأصابع.

الفصل 48

"ماذا؟" قالت باهتياج غير مصدقة: "يدّعي ستراثمور بأن معلوماتنا خاطئة؟"

أومأ برينكيرهوف وأغلق السماعة.

"أنكر ستراثمور أن الترانسلتر قد انشغل بملف لمدة ثماني عشرة ساعة؟"

"كان راضياً تماماً عن الأمر بأكمله." ابتسم برينكيرهوف فخوراً بأنه أنهى المكالمة الهاتفية بسلام. "أكد أن الترانسلتر يعمل بشكل جيد. قال إنه يقوم بتحليل الشيفرات كل ست دقائق حتى ونحن نتكلم. شكرني لأنني حققت في الأمر معه."

"إنه يكذب،" قالت ميدج بغضب. "لقد مضى على عملي في إحصاءات الكريبتو سنتان. لم تكن المعلومات خاطئة من قبل أبداً."

"هناك المرة الأولى لكل شيء." قال من دون مبالاة.

رمته بنظرة استنكار. "أنا أمر على المعلومات كلها *مرتين*."

"حسناً... تعلمين ما الذي يقولونه عن أجهزة الكمبيوتر. عندما تخطئ، تكون راضية عن خطئها على الأقل."

التفتت فجأة وحدقت به. "هذا ليس مضحكاً، تشاد. إن مكتب نائب المدير قد أخبر مكتب المدير بكذبة واضحة. أريد أن أعرف السبب!"

تمنى برينكيرهوف فجأة ألا يكون قد طلب عودتها. لقد أغضبتها مكالمة ستراثمور الهاتفية جداً. منذ حادثة سكيبجاك، كلما أحست ميدج بأن هناك شيئاً مشكوكاً بأمره يجري، تقوم بتحويله بشكل غريب من شيء عابث إلى مكيدة مدبرة. لم يكن شيء ليوقفها إلا بعد أن تعيد كل شيء إلى وضعه.

"ميدج، من الممكن أن تكون معلوماتنا خاطئة." قال برينكيرهوف بحدة. "أقصد، فكري بالأمر – ملف يعيق الترانسلتر لمدة ثماني عشرة ساعة؟ لم يسمع عن هذا مسبقاً. اذهبي إلى البيت. لقد تأخر الوقت."

نظرت إليه باستهزاء ونقرت على التقرير الموضوع على الطاولة. "إنني متأكدة من معلوماتي. غريزتي تقول إنها صحيحة."

عبس برينكيرهوف. حتى المدير بنفسه لا يشك بغريزة ميدج ميلكن على الإطلاق – لديها عادة خارقة وهي أنها تكون محقة دائماً.

"هناك خطب ما،" صرحت بذلك. "وأصر على أن أعرف ما هو."

الـفـصــل 49

نهض بيكر بسرعة عن أرض الباص وسقط في مقعد فارغ.

"حركة رائعة، أيها الأبله." سخر منه الولد ذو الشعر المجعد بثلاث خصل.

حـدق بيكر فيه بغضب تحت أنوار الضوء الصارخ. كان هو ذلك الولد الذي لحق به إلى الباص. أخذ ينظر بكآبة إلى تسريحة شعره الحمراء والبيضاء والزرقاء.

"مـا قصـة تسـريحة الشـعر هـذه؟" تذمر بيكر قائلاً وهو يشير إلى الآخرين. "جميعكم..."

"أحمر، أبيض وأزرق؟" قال الولد.

أومأ بيكر، محاولاً ألا يثير مشاعرهم بالنظر إلى الثقب في الشفة العليا للولد.

"جوداس تابو،" قال الولد موضحاً.

بدا بيكر محتاراً.

بصاق الشخص في ممشى الباص من الواضح أنه كان نتيجة اشمئزازه من جهل بـيكر عن السبب. "جوداس تابو؟ أعظم رجال البانك بعد سِد فيشياس؟ لقد مضى على قطع رأسه سنة اليوم. إنها الذكرى السنوية له."

أومأ بيكر بغموض، من الواضح أنه لم يفهم علاقة ذلك.

"لقـد قام تابو بتسريح شعره بهذه الطريقة في اليوم الذي أعلن فيه انتهائه." بصق الولد مرة ثانية. "كل مشجع يشعر بأهميته يجعل شعره أحمر وأبيض وأزرق اليوم."

للحظـة طويلة، لم يقل بيكر أي شيء. ببطء، وكأنه قد حقن بمهدّئ، التفت وتوجه إلى الخلف. أخذ بيكر يتفحص المجموعة في الباص. جميعهم كانوا من البانك، ومعظمهم كان يحدّق به.

كل مشجع يلوّن شعره بالأحمر والأبيض والأزرق اليوم.

وصـل بـيكر إلـى نهاية الباص وسحب حبل تنبيه السائق على الجدار. لقد حان الوقـت لأن يخـرج. سحب مرة أخرى. لم يحدث أي شيء. سحبه للمرة الثالثة، بشكل أكثر اهتياجاً، لا شيء.

"لقد تم فصله في الباص 27." بصق الولد مرة أخرى. "لذلك لا نستخدمه."

التفت بيكر. "تقصد، أنه ليس بإمكاني الخروج؟"

ضحك الولد: "ليس قبل أن تصل إلى نهاية الخط."

* * *

بعـد خمـس دقـائق، كان الباص ينطلق بسرعة فائقة على طول طريق ريفي إسباني معتم. التفت بيكر إلى الولد خلفه. "هل هذا الشيء سيتوقف؟"

أومأ الولد. "المزيد من بعض الأميال."

"إلى أين نذهب؟"

انفجر بابتسامة عريضة مفاجئة: "تقصد أنك لا تعرف؟"

هز بيكر كتفيه باستهجان.

بدأ الولد يضحك بشكل هستيري، "أوه، اللعنة. ستحب ذلك كثيراً."

الفصل 50

على بعد ياردات قليلة فقط عن غلاف الترانسلتر، وقف فيل شارتروكيان أمام لصاقة لأحرف بيضاء في طابق الكريبتو.

الدور السفلية في الكريبتو

الأشخاص المخولون فقط.

يعلم أنه بالتأكيد ليس من الأشخاص المخولين. أطلق نظرة سريعة إلى مكتب ستراثمور. كانت الستائر لا تزال مغلقة. شاهد شارتروكيان سوزان فليتشر في الحمامات، لذلك يعرف بأنها ليست مشكلة. السؤال الآخر الوحيد هو هيل. نظر باتجاه نود 3، متسائلاً ما إذا كان ذلك المحلل يراقبه.

"إلى الجحيم،" دمدم بذلك.

كانت رؤية حد الفتحة المجوفة القابلة للتحرك الموجودة تحت أقدامه مشوشة في الأرض. كان شارتروكيان قد خبأ المفتاح الذي أخذه من مختبر التقنيين في يده.

ركع إلى الأسفل وأدخل المفتاح في الأرض ثم أداره. أصدر المزلاج في الأرض صوت طقطقة. بعدها، قام بفك لولب المزلاج الكبير الخارجي وفتح الباب. متأكداً من عدم وجود أحد، جثم إلى الأسفل ثانية وسحب. كان لوح الباب صغيراً، يبلغ ثلاثة طولاً وثلاثة أقدام عرضاً، ولكنه كان ثقيلاً. عندما انفتح أخيراً، ارتد التقني إلى الخلف.

هبة من الهواء الساخن ضربت وجهه. حملت معها اللسعة الحادة لغاز فريون. أخذت موجات من الدخان تنبعث إلى الخارج من الفتحة، ملونة بالضوء الأحمر المستخدم في الأسفل. أصبحت الهمهمة البعيدة للمحركات في الأسفل لعلعةً. نهض شارتروكيان ونظر إلى الفتحة. بدت أشبه ببوابة إلى الجحيم من كونها مدخلاً خلفياً للكمبيوتر. كان هناك درج ضيق يؤدي إلى المنصة الموضوعة تحت الأرض. وراء ذلك، كانت الدرجات، ولكن كل ما استطاع رؤيته ضباباً أحمر يدوّم.

وقف كريج هيل خلف الزجاج ذي الاتجاه الواحد لنود 3. راقب فيل شارتروكيان وهو يحرر نفسه أسفل السلم باتجاه الدور السفلية. من المكان الذي كان هيل يقف فيه، ظهر رأس التقني وكأنه منفصل عن جسده ومن ثم مغادراً إلى طابق الكريبتو. بعدها، وببطء، غطس في الضباب الملتف.

"حــركة عاصــفة،" دمــدم هــيل. يعلم إلى أين كان شارتروكيان متجهاً. إيقاف الترانســلتر هــو حــركة منطقية في حال اعتقد أن الكمبيوتر يصادف فيروساً. لسوء الحــظ، كانــت هذه طريقة مؤكدة لجعل الكريبتو مليئاً بتقنيي أمن الأنظمة في غضون عشر دقائق. العمليات الطارئة ترفع رايات الطوارئ في لوحة التحكم الأساسية. تحقيق تقنيــي الأنظمــة في الكريبتو هو شيء لا يمكن لهيل تحمله. غادر هيل نود 3 وتوجه إلى الباب الأرضي. يجب أن يتم إيقاف شارتروكيان.

الـفـصــل 51

يشبه جابا الشرغوف (فرخ الضفدع) الضخم. وكالمخلوق السينمائي الذي يلقبونه بــه، كان رأسه أصلع يشبه الكرة. وكملائكة الحراسة المقيمين لأنظمة كمبيوترات (إن إس أي) كلها، ينتقل جابا من مكتب إلى مكتب، يضبط، يوحّد ويركّز على مبدئه الذي يقول إن الوقاية خير من العلاج. لم يتعطل أي كمبيوتر على الإطلاق في (إن إس أي) خلال عهد جابا؛ لقد قصد أن يحافظ عليها بتلك الطريقة.

كانت قاعدة جابا الرئيسية محطة عمل مرتفعة تطل على بنك معلومات (إن إس أي) بــالغ السرية الواقع تحت الأرض. هناك يمكن أن يقوم الفيروس بمعظم الضرر، وهــناك يقضــي معظم وقته. لكن في هذه اللحظة، كان جابا يأخذ استراحة ويستمتع بتناول الفطائر المبهّرة في مطعم (إن إس أي) الذي يفتح طوال الليل. كان على وشك أن يطلب الثالثة عندما رن هاتفه الخلوي.

"أهلاً،" قال مُحْدِثاً صوتاً كالسعال وهو يبتلع ملء فمه طعاماً.

"جابا،" قال صوت امرأة لطيف. "أنا ميدج."

"ملكــة البــيانات!" قال الرجل باهتياج. كان دائماً لديه مشاعر رقيقة تجاه ميدج ميلكن. فهي حاذقة، والمرأة الوحيدة أيضاً التي كانت تلهو مع جابا. "كيف حالك؟"

"لست سيئة."

مسح جابا فمه بمنديل: "أنت في العمل؟"

"نعم."

"هل تهتمين في مشاركتي بتناول الفطائر؟"

"كنت أود ذلك جابا، إنني أراقب هذه الأرداف؟"

"حقاً؟" أطلق ضحكة نصف مكبوتة: "هل تمانعين إذا شاركتك؟"

"أنت شخص سيّئ."

"ليس لديك أي فكرة..."

"سعيدة لأنني تمكنت من الإيقاع بك،" قالت له: "أحتاج إلى بعض النصائح."

أخذ رشفة كبيرة من شراب د. بيبر. "تفضلي."

"ربمــا لا يكون هناك أي شيء،" قالت ميدج: "ولكن تبين أن إحصاءات الكريبتو تظهر شيئاً غريباً. كنت آمل أن يكون بإمكانك إلقاء الضوء عليها."

"ما لديك؟" أخذ رشفة أخرى.

"لــدي تقرير يقول إن الترانسلتر كان ما زال على ملف منذ ثماني عشرة ساعة ولم يتمكن من حله بعد."

بصق جابا ما في فمه من شراب على فطيرته: "ماذا؟"

"هل لديك أي فكرة؟"

مسح فطيرته بقطعة من القماش: "ما هو هذا التقرير؟"

"تقريــر الإنتاج. تحليلات التكلفة الأساسية." شرحت لــه ميدج بسرعة عن الذي وجدته هي وبرينكيرهوف.

"هل اتصلت بستراثمور؟"

"نعم. قال إن كل شيء على ما يرام في الكريبتو. وإن الترانسلتر يعمل بسرعته القصوى، و معلوماتنا خاطئة."

كشَّــر جابــا: "إذاً، مــا المشكلة؟ الخطأ في تقريرك." لم تجبه ميدج. أدرك جابا الأمر. عبس: "ألا تعتقدين أن هناك خطأً في تقريرك؟"

"هذا صحيح."

"إذاً تعتقدين أن ستراثمور يكذب؟"

"ليس هذا." قالت ميدج بطريقة لبقة، وهي تعرف أن موقفها ضعيف. "الأمر فقط أن إحصاءاتي لم تخطئ على الإطلاق في الماضي. اعتقدت أن هناك رأياً آخر."

"حسناً،" قال جابا: "أكره أن أكون أنا من يخطئها، ولكن معلوماتك خاطئة."

"تعتقد ذلك؟"

"أراهــن بعملــي علــى صحة ذلك." أخذ جابا قضمة كبيرة من الفطيرة المبهرة وتحــدث بفم مليء بالطعام، "أطول ملف بقي داخل الترانسلتر دام ثلاث ساعات فقط. هــذا يتضمن الاختبارات والفحوصات المحدودة وكل شيء. الشيء الوحيد الذي يمكن أن يشغله لمدة ثماني عشرة ساعة هو الفيروس. لا شيء آخر يمكنه ذلك."

"فيروس؟"

"نعــم، نــوع مــن الحلقات الطويلة. شيء ما دخل إلى المعالجات، شكّل حلقة، وأوقف كل شيء."

"حســناً،" تجرأت وقالــت: "ولكــن ستراثمور بقي داخل الكريبتو لحوالى ست وثلاثين ساعة متواصلة. هل من احتمال أنه كان يواجه فيروساً؟"

ضـــحك جابا: "لقد مضى على ستراثمور في الداخل ست وثلاثين ساعة؟ يا لـــه من مسكين. ربما منعته زوجته من القدوم إلى المنزل. سمعت بأنها تحضّر أمتعته."

فكرت ميدج للحظة. لقد سمعت بذلك أيضاً. تساءلت ما إذا كانت زوجته مصابة بأوهام الشك.

"مـــيدج،" صـــفّر جابا وأخذ رشفة طويلة: "لو أن لعبة ستراثمور الكبيرة مصابة بفيروس، لكان اتصل بي. إن ستراثمور ذكي، ولكنه لا يعلم أي شيء عن الفيروسات. الترانســـلتر هـــو كل ما لديه. أول إشارة لأي مشكلة، وسيقوم بقرع ناقوس الخطر ـــ تقريـــباً، هـــذا يعنـــي *أنا*." ابتلع جابا لقمة من الجبنة البيضاء. "بالإضافة إلى أنه من المســـتحيل للترانســـلتر أن يواجـــه فيروســـاً. إن لدى الغاونتليت أفضل مجموعة من المرشحات التي صغتها على الإطلاق. لا يمكن لأي شيء المرور من خلالها."

بعد صمت طويل، تنهدت ميدج. "أي أفكار أخرى؟"

"نعم. إن معلوماتك خاطئة."

"لقد قلت ذلك مسبقاً."

"بالضبط."

عبست: "لم تسمع عن أي شيء؟ أي شيء على الإطلاق؟"

ضـــحك جابا بقسوة. "ميدج... استمعي. انتهت سكيبجاك. لقد أنهاها ستراثمور. انسي ذلك ـــ انتهى كل شيء." ساد صمت طويل على الهاتف، فأدرك جابا أنه تمادى كثـــيراً. "آسف ميدج. أعلم أنه تم الضغط عليك كثيراً بسبب هذه المشكلة بأكملها. لقد كان ستراثمور مخطئاً. أعرف كيف تشعرين حياله."

"ليس لهذا الأمر أي علاقة بسكيبجاك." قالت بصرامة.

نعـــم، بالتأكـــيد، فكر جابا. "اسمعي، ميدج. لا أملك أي مشاعر حيال ستراثمور بطـــريقة أو بأخرى. أقصد، إن ذلك الشخص هو محلل شيفرات. إنهم جميعاً أشخاص ســـيئون أنانيون. يريدون معلوماتهم في اليوم السابق. كل ملف لعين هو الوحيد الذي يمكن لـــه إنقاذ العالم."

"إذاً، ما رأيك؟"

تـــنهد جابـــا: "أقول إن ستراثمور هو معتوه كالبقية: ولكن أقول أيضاً إنه يحب الترانسلتر أكثر من زوجته المسكينة. لو كان هناك أي مشكلة، لاتصل بي."

كانـــت ميدج هادئة لوقت طويل. في النهاية، أطلقت تنهيدة مترددة. "تقول إذاً إن معلوماتي خاطئة؟"

ضحك جابا بخفوت: "هل هناك أي صدى هنا؟"

ضحكت.

"انظري، ميدج. ابعثي لي بمهمة عمل. سأكون هناك يوم الاثنين للتأكد من آلتك. حـــتى ذلـــك الحيـــن، اخرجي من هنا. إنها ليلة السبت. ابحثي لنفسك عن شاب أو ما شابه."

تنهدت: "أحاول، جابا. صدقني، أنا أحاول."

الـفـصــل 52

يقــع نـــادي ‘إيمبروجو‘ ــ ‘المشعوذ‘ بالعربية ــ في الضواحي في نهاية خط الــباص 27. يبدو أشبه بحصن من كونه نادياً للرقص، كان محاطاً من الجوانب كلها بجــدران آجرية غرزت فيها قطع من زجاجات بيرة محطمة ــ نظام حماية يمنع أي شــخص من الدخول بطريقة غير قانونية، أي من دون أن يترك خلفه نصيباً كبيراً من اللحم الممزق.

طــوال الطــريق، كان بيكر قد أجبر نفسه على إدراك حقيقة أنه فشل. لقد حان الوقــت لإعلام ستراثمور بالأخبار السيئة ــ أصبح الأمل مقطوعاً من البحث. لقد بذل أفضل ما يمكنه؛ حان الوقت الآن للعودة إلى الديار.

ولكـــن الآن، محدقاً بجماهير الرعاع المتدافعة في طريقها عبر مدخل النادي، لم يكــن بيكر واثقاً من أن ضميره سيسمح لــه بإيقاف البحث. كان يحدق في أكبر حشد للــبانك كـــان قد رآه في حياته؛ كان هناك تسريحات الشعر باللون الأحمر والأبيض والأزرق في كل مكان.

تـــنهد بيكر، يفكر بخياراته. تفحّص الحشد ورفع كتفيه باستهجان. *في أي مكان غــير هــذا يمكــن أن تتواجد هذه الفتاة في ليلة السبت؟* لاعناً حظه البائس، نزل من الباص.

كان مدخل نادي إيمبروجو عبارة عن ممر حجري ضيق. في اللحظة التي دخل فيها بيكر، شعر على الفور بأنه علق بين الحشود المتلهفة المتدافعة نحو الداخل.

"ابتعد عن طريقي، أيها الشاذ!" يد مسمارية مرت أمامه، تلقى بعدها بيكر ضربة من الكوع في جانبه.

"ربطة عنق أنيقة." شخص ما سحب ربطة عنق بيكر بشدة.

"أترغــب فـــي المضاجعة؟" حدقت به شابة تبدو مثل شخص قد خرج من ‘فجر الموتى‘[1].

انتهـــت ظلمة الممر في حجرة إسمنتية ضخمة تفوح منها رائحة الكحول وأجساد البشــر. كـــان المشــهد سريالياً ــ كهف جبلي عميق تتحرك في داخله مئات الأجساد سـوية. يـــندفعون إلـــى الأعلى والأسفل، تضغط الأيدي بشدة على الأرداف، وتتمايل

---

(1) *Dawn of the Dead*: فيلم يدور حول استعمار العالم من قبل أكلة لحوم البشر (زومبي)

الـرؤوس مثل الأبصال الميتة على قمة الأشواك المتيبسة. مشاعر مهتاجة تقوم بأداء عروض لقفزات عن المنصة ثم تحط على بحر من الأطراف البشرية. كانت الأجساد تـتحرك راقصـة إلى الأمام والخلف مثل كرات الشاطئ البشرية. من فوق رؤوسهم، أعطت الأضواء المتذبذبة الشيء بأكمله منظر الفيلم الصامت القديم.

على الجدار البعيد، كانت مكبرات الصوت بحجم سيارات الشحن الصغيرة تهتز بشدة كبيرة لدرجة أن أكثر الراقصين إدماناً وقفوا على بعد ثلاثين قدماً بعيداً عن تلك المكبرات المرتعشة.

سد بيكر أذنيه وبحث خلال الحشد. في كل مكان ينظر إليه كان هناك رأس أحمر وأبيض وأزرق. كانت الأجساد متراصة سوية بشدة لدرجة أنه لم يستطع رؤية ما كانوا يـرتدون. لـم ير أي إشارة لعلم بريطاني في أي مكان. كان من الواضح أنه لم يستطع دخول الحشد من دون أن يتعرض لدوس الناس عليه. شخص ما في الجوار بدأ يتقيأ.

شـيء رائـع، همهـم بيكر بسخرية. ابتعد إلى الوراء إلى داخل مدخل مطلي بالرذاذ.

وصل به المدخل إلى داخل نفق ضيق مليء بالمرايا، ينتهي بفتحة إلى باحة في الهـواء الطلق، مليئة بالطاولات والكراسي. كانت الباحة مكتظة بهواة موسيقى روك البانك، ولكن بالنسبة لبيكر كانت بوابة إلى شانغريلا[1] ـ كانت سماء الصيف مفتوحة فوقه والموسيقى تلاشت بعيداً.

مـتجاهلاً الـنظرات الفضولية، مشى بيكر إلى داخل الزحام. حرّر ربطة عنقه وسـقط متثاقلاً على كرسي في أقرب طاولة غير محجوزة. بدا أن الوقت قد استغرق منه عمره كله منذ مكالمة ستراثمور في الصباح الباكر.

بعـد أن أبعد زجاجات البيرة الفارغة عن طاولته، وضع رأسه بين يديه، *لبضع دقائق فقط*، فكر بذلك.

على بعد خمسة أميال، جلس الرجل صاحب النظارات السلكية في المقعد الخلفي لسيارة أجرة من نوع فيات تنطلق بتهور على طول الطريق الريفي.

"إيمبروجو،" قال مذكراً السائق بوجهتهم.

أومأ الرجل، محدقاً براكبه الجديد الغريب في المرآة الخلفية. " إيمبروجو،" دمدم بينه وبين نفسه: "أناس أغرب في كل ليلة."

---

(1) شانغريلا: جنة تخيلية ونائية موضوعة على الأرض.

الـفـصــل 53

تمـدد توكوجين نوماتاكا عارياً على طاولة المساج في الشقة العلوية في مكتبه. فكّـت المدلكـة الشخصية التشنجات في رقبته. دفعت يديها بحركة ملتوية في الجيوب الـسـمينة المحـيطة بعظـم كتفيه، تشق ببطء طريقها إلى الأسفل إلى المنشفة الساترة مؤخرته. انزلقت يداها إلى الأسفل... أسفل المنشفة. لم يلاحظ ذلك نوماتاكا. كان عقله في مكان آخر. لقد كان ينتظر رنين هاتفه الخاص. لم يتم ذلك.

هناك طرق على الباب.

"ادخل،" صاح نوماتاكا.

سحبت المدلكة يديها على الفور من أسفل المنشفة.

دخلت عاملة المقسم وانحنت: "أيها الرئيس المبجل؟"

"تحدثي."

انحنـت العاملة ثانيةً. "لقد تحدثت مع مركز الهاتف. منشأ المكالمة هو رمز البلد 1 – الولايات المتحدة."

أومـأ نوماتاكا. هذه أخبار جيدة. *أتت المكالمة من الولايات المتحدة.* ابتسم. *إنها حقيقية.*

"في أي مكان من الولايات المتحدة؟" سألها.

"إنهم يعملون على معرفة ذلك، سيدي."

"جيد. أعلميني عندما يكون لديك المزيد."

انحنت العاملة مرة أخرى وغادرت.

شعر نوماتاكا بأن عضلاته قد استرخت. رمز البلد 1. أخبار جيدة بالفعل.

الفصل 54

أخذت سوزان فليتشر تذرع المكان وقد فرغ صبرها في حمّام الكريبتو وأخذت تعد ببطء للخمسين. كان رأسها ينبض. *انتظري فترة أطول بقليل*، قالت لنفسها. *هيل هو نورث داكوتا!*

تساءلت سوزان ما هي خطط هيل. هل سيعلن عن مفتاح المرور؟ هل سيكون جشعاً ويحاول بيع الخوارزمية؟ لم تتمكن سوزان من تحمل الانتظار لفترة أطول. يجب أن تصل إلى ستراثمور.

فتحت الباب بحذر وخرجت بموازاة الحائط العاكس على الجانب البعيد للكريبتو. من المستحيل لها أن تعرف إذا ما كان هيل لا يزال يراقب. يجب أن تتحرك بسرعة إلى مكتب ستراثمور. ليس بسرعة كبيرة، بالتأكيد ـ لا يمكنها أن تدع هيل يشك بأنها تعرف سره. وصلت إلى الباب وكانت على وشك أن تفتحه عندما سمعت شيئاً ما. أصوات، أصوات رجال.

كانت الأصوات صادرة من عمود التهوئة الموضوع بجانب الأرضية. تركت الباب وتحركت باتجاه الفتحة. كانت الأصوات مكتومة بطنين المحركات الموجودة في الأسفل. بدا أن الحوار صادر من الممرات في الدور السفلية. أحد الأصوات كان صاخباً وغاضباً. بدا وكأنه صوت فيل شارتروكيان.

"لا تصدقني؟"

علا صوت الغضب المتزايد.

"نواجه فيروساً!"

ثم صاح صوت أجش.

"يجب أن نتصل بجابا!"

ثم كان هناك أصوات نزاع.

"دعني أذهب!"

الصوت الذي تلا ذلك لم يكن بشرياً بالكامل. كان هناك صيحة نحيب طويلة من الذعر، مثل حيوان معذب على وشك الموت. تجمدت سوزان في مكانها خلف الفتحة. انتهت الأصوات على نحو مفاجئ، كما كانت قد بدأت، ثم ساد صمت بعدها.

بعد لحظة، وكأنه تنظيم لحفلة موسيقية رخيصة من الذعر، بدأت الأضواء في الحمّام تتلاشى ببطء. بعدها، أومضت ثم انطفأت. وجدت سوزان فليتشر نفسها تقف في ظلام دامس.

الفصل 55

"أنت تجلس على مقعدي، أيها المغفل."

رفع بيكر رأسه عن ساعديه. *ألا يوجد أحد يتحدث الإسبانية في هذا البلد اللعين؟*

محملقاً به، وقف شاب قصير ذو وجه مليء بالبثور برأس حليق. نصف فروة رأسه كانت باللون الأحمر والنصف الآخر باللون الأرجواني. بدا وكأنه بيضة عيد الفصح. "قلت إنك تجلس في مكاني، أيها المغفل."

"سمعتك من المرة الأولى،" قال بيكر، وهو ينهض. لم يكن في مزاج للشجار. حان وقت الذهاب.

"أين وضعت زجاجاتي؟" تكلم الولد بغضب شديد. كان هناك دبوس في أنفه.

أشار بيكر إلى زجاجات البيرة التي وضعها على الأرض. "كانت فارغة."

"إنها فوارغي اللعينة الخاصة بي!"

"اعتذاراتي،" قال بيكر، ثم التفت ليذهب.

اعترض الشاذ طريقه: "التقطهم!"

أومض بيكر بعينيه غير مسرور لسماع ذلك: "أنت تمزح، أليس كذلك؟" كان أطول من الولد بحوالى قدم كاملة وأسمن منه بحوالى خمسين رطلاً.

"هل أبدو وكأنني أمزح؟"

لم يقل بيكر أي شيء.

"إلتقطهم!" علا صوت الولد.

حاول بيكر أن يتجاوزه ويمضي، ولكن المراهق اعترض طريقه. "قلت، التقطهم!"

بدأ الشاذون الثملون يلتفتون لمشاهدة هذه الإثارة.

"لا تريد فعل ذلك أيها الولد." قال بيكر بهدوء.

"أنا أحذرك!" اهتاج الولد. "هذه طاولتي! أنا آتي إلى هنا كل ليلة. *التقطهم الآن!*"

فرغ صبر بيكر. ألا يفترض أن يكون الآن في الجبال الدخانية مع سوزان؟ ما الذي يفعله هنا في إسبانيا، يتجادل مع مراهق مصاب بالذهان(1)؟"

من دون أي تحذير، أمسك بيكر بالولد من تحت إبطيه، رفعه عالياً، ثم طرق

(1) الذهان: فقد التواصل مع الواقع.

مؤخرته بالطاولة. "انظر، أنت أيها القزم الهائج. ستتنحى عن الطريق الآن، أو سأقوم بنزع تلك الحلقة عن أنفك وأغلق بها فمك."

شحب وجه الولد.

رفعه بيكر للحظة، بعدها حرر قبضته. من دون أن يبعد عينيه عن الولد الخائف، انحنى بيكر إلى الأسفل، التقط الزجاجات ومن ثم أعادها إلى الطاولة. "ما تقول؟" سأله.

لم يكن الولد قادراً على التكلم.

"على الرحب والسعة،" قال بيكر بغضب. *هذا الولد لوحة إعلانات متجولة تشجع على تحديد النسل*، فكر بيكر.

"إذهب إلى الجحيم!" صاح الغلام، وقد أدرك أن أقرانه يضحكون عليه. "إذهب من هنا!"

لم يتحرك بيكر. شيء ما قاله الولد تسجل فجأة. *آتي إلى هنا كل ليلة*. تساءل بيكر ما إذا كان بإمكان الولد مساعدته. "أنا آسف،" قال بيكر، "لم أعرف اسمك."

"اللون المزدوج،" قال، وكأنه كان يقدم حكماً بالموت.

اللون المزدوج؟" ضحك بيكر. "دعني أحزر... بسبب شعرك؟"

"لا، تباً،"

"اسم مضلل. قمت بذلك من تلقاء نفسك؟"

"بالتأكيد." قال الولد بفخر. "سأقوم *بتسجيل براءة الاختراع* على ذلك."

عبس بيكر: "تقصد *تسجيل علامة تجارية*؟"

بدا الولد مرتبكاً.

"ستحتاج إلى علامة تجارية لذلك الاسم،" قال بيكر، "وليس براءة اختراع."

"مهما يكن!" صاح الشاذ بإحباط.

أصيبت التشكيلة المتعددة الألوان من الأولاد الثملين والسكارى في الطاولات المجاورة بنوبة ضحك لا يمكن كبتها. نهض اللون المزدوج وصرخ بوجه بيكر: "ما الذي تريده مني؟"

فكر بيكر للحظة. *أريد أن أغسل شعرك، أنظف لك لغتك، وأجد لك عملاً*. استنتج بيكر أن هذا كثير جداً ليطلبه منه عند اللقاء الأول. قال له: "أريد بعض المعلومات."

"اللعنة عليك."

"أبحث عن شخص ما."

"أنا لم أكن أره."

"أنا لم أره،" صحح لـه بيكر وهو يشير إلى النادلة العابرة. طلب زجاجتين من البيرة وقدم واحدة إلى اللون المزدوج. بدا الولد مذهولاً. أخذ جرعة كبيرة من البيرة ونظر إلى بيكر بحذر.

"هل تتقرب مني جنسياً، أيها السيد؟"

ابتسم بيكر: "أنا أبحث عن فتاة."

أطلق اللون المزدوج ضحكة عالية: "بالتأكيد لن تحصل على أي إثارة وأنت بهذه الملابس!"

عبس بيكر: "أنا لا أبحث عن الإثارة. أريد التحدث معها فقط. ربما يمكنك مساعدتي في إيجادها."

وضع اللون المزدوج زجاجته: "هل أنت شرطي؟"

هز بيكر رأسه بالنفي.

ضاقت عينا الولد: "تبدو مثل الشرطي."

"أيها الفتى، أنا من ميريلاند. لو كنت شرطياً، لكنت خارج حدود نفوذي. ألا تعتقد ذلك؟"

بدا السؤال عقبة أمامه.

"اسمي هو ديفيد بيكر." ابتسم بيكر ومد يده فوق الطاولة ليصافحه.

ارتد الولد باشمئزاز: "تراجع إلى الخلف، أيها الشاذ."

سحب بيكر يده.

قال الولد باستهزاء: "سأساعدك، ولكن ذلك سيكلفك."

تظاهر بيكر بالموافقة: "كم تريد؟"

"مئة دولار."

عبس بيكر: "أملك بيزيتا فقط."

"مهما يكن! اجعلها مئة بيزيتا."

من الواضح أن فرق العملات الأجنبية لم يكن من الأمور التي يبرع فيها اللون المزدوج؛ مئة بيزيتا هي عبارة عن سبع وثمانين سنتاً. "اتفقنا،" قال بيكر وهو يطرق بزجاجته على الطاولة.

ابتسم الولد للمرة الأولى: "اتفقنا."

"حســناً،" تابع بيكر حديثه في لهجة ساكنة. "أظن أن الفتاة التي أبحث عنها ربما تتجول هنا. لديها شعر أحمر وأبيض وأزرق."

استهزأ به اللون المزدوج: "إنها الذكرى السنوية لجوداس تابو. الجميع لديهم —"

"إنها ترتدي أيضاً قميصاً بلون العلم البريطاني وتملك قرطاً على شكل الجمجمة في أذن واحدة."

نظرة غامضة من الإدراك عبرت وجه اللون المزدوج. رآها بيكر وشعر بموجة من الأمل. ولكن بعد لحظة، تحولت تعابير اللون المزدوج إلى التجهم. طرق زجاجته إلى الأسفل وأمسك بقميص بيكر.

"إنها فتاة إدواردو، أيها المغفل! أنا أحذرك! المسها، وسيقتلك!"

الفصل 56

مشت ميدج ميلكن خلسة وبغضب إلى غرفة المؤتمرات المقابلة لمكتبها. بالإضافة إلى أن غرفة المؤتمرات تحوي طاولة مصنوعة من خشب الماهوغوني ويبلغ طولها حوالى اثنين وثلاثين قدماً، ومنقوشٌ عليها شعار (إن إس أي) بخشب الكرز الأسود والجوز، فإن فيها أيضاً ثلاثة لوحات مائية لماريون بايك، شتلة من السرخس الناعم، ومكان صغير للشرب مصنوع من الرخام، وبالطبع، جهاز لتبريد الماء كشيء أساسي. تناولت ميدج كأساً من الماء، على أمل أن تهدأ أعصابها.

حدقت في النافذة بينما كانت ترتشف الماء. كان ضوء القمر يدخل عبر الحاجبة الفينيسية[1] ويلعب على سطح الطاولة. كانت دائماً تفكر بأن هذا المكان يصلح لمكتب مدير أكثر من الموقع الحالي لفونتين أمام المبنى. أصح من أن نقول إنها تطل على موقف سيارات (إن إس أي)، فإن غرفة المؤتمرات تطل على سلسلة الأبنية المؤثرة المنفصلة عن (إن إس أي) ــ بما فيها قبة الكريبتو، وهي جزيرة عالية التقنية تقع منفصلة عن البناء الرئيسي على ثلاثة هكتارات من الغابات. تم إنشاؤها عمداً خلف الستار الطبيعي من بستان نبات القيقب، حيث إنه من الصعب رؤية الكريبتو من معظم النوافذ في بناء (إن إس أي)، ولكن المنظر من الجناح الإداري كان رائعاً. بالنسبة لميدج، بدت غرفة المؤتمرات أنها أفضل موقع للملك ليحافظ على ملكه. كانت قد اقترحت من قبل أن يغير فونتين مكتبه، ولكن المدير أجاب ببساطة: "ليس إلى الخلف،". لم يكن فونتين رجلاً يرغب في أن يتواجد في النهاية البعيدة لأي شيء.

فتحت ميدج الستائر. حدقت إلى الخارج إلى التلال. متنهدة بكآبة، نظرت باتجاه المنطقة التي ينتصب فيها الكريبتو. دائماً ما كانت تشعر ميدج بالارتياح عند رؤيتها منظر قبة الكريبتو ــ منارة متوهجة بغض النظر عن الوقت. ولكن الليلة، عندما حدقت إلى الخارج، لم تشعر بالارتياح. بدلاً من ذلك، وجدت نفسها تحدق إلى الفراغ. عندما اقتربت بوجهها إلى الزجاج، استحوذ عليها ذعر أنثوي شديد. أسفل منها، لم يكن هناك أي شيء سوى الظلام الدامس. لقد اختفت الكريبتو!

---

(1) الحاجبة الفينيسية: ستارة ذات أضلاع يمكن تعديلها لإدخال النور المطلوب.

الفصل 57

لم يكن لحمامات الكريبتو أي نوافذ، وكان الظلام المحيط بسوزان فليتشر حالكاً. وقفت ساكنة من دون أي حركة بانتظار اللحظة التي تستطيع فيها استعادة تحملها، مدركة بذعر الإحساس المتزايد للخوف المسيطر على جسدها. بدت الصرخة المفجعة التي صدرت عن فتحة التهوية تحوم حولها. رغم جهودها لتقاوم إحساس الفزع المتزايد، مشى الخوف عبر جسدها وسيطر عليها.

في اهتياج الحركات المضطربة اللاإرادية، وجدت سوزان نفسها تتلمس طريقها بخوف عبر أبواب المراحيض والمغاسل. مرتبكة، دارت حول الغرفة ويداها أمامها محاولة التعرف إلى المكان. تعثرت بسلة مهملات، ووجدت نفسها أمام حائط آجري. متبعة الحائط بيدها، مشت باتجاه المخرج، وأخذت تتلمس مقبض الباب. سحبته لتفتحه ومشت خارجاً إلى طابق الكريبتو.

هناك، جمدت للمرة الثانية.

لم يكن الكريبتو مشابهاً للحظة التي كان فيها منذ لحظات فقط. كان الترانسلتر عبارة عن صورة رمادية ظليلة تحت ضوء الشفق الخفيف المتسلل إلى الداخل عبر القبة. الأضواء العلوية كلها كانت منطفئة. حتى مفاتيح المرور الالكترونية المثبتة على الأبواب لم تكن تتوهج.

في الوقت الذي اعتادت فيه عينا سوزان على الظلام، رأت الضوء الوحيد القادم إلى الكريبتو عبر الفتحة الأرضية ـ ضوء أحمر شاحب يتوهج من أضواء الإنارة في الأسفل. تحركت باتجاهه. هناك، انبعثت الرائحة الخفيفة للأوزون في الهواء.

عندما نجحت في الوصول إلى الباب الأرضي، بحثت عن الفتحة. كانت أعمدة الفريون تقذف بدوامات من الضباب عبر اللون الأحمر، ومن الصوت العالي للمحركات، عرفت سوزان بأن الكريبتو كان يعمل على الطاقة الاحتياطية. من خلال الضباب، تمكنت من رؤية ستراثمور يقف على سلم الدرج في الأسفل. كان ينحني فوق الدرابزين ويحدق إلى أعماق عمود الترانسلتر المدمدم.

"أيها القائد!"

لم يكن هناك أي إجابة.

حررت سوزان نفسها واستطاعت الوصول إلى السلم. اندفع الهواء الساخن من

أسـفل تنورتها. كانت الدرجات زلقة بسبب تكثّف البخار. أجلست نفسها على الدرجة الشعرية[1].

"أيها القائد؟"

لـم يلتفت ستراثمور. استمر في التحديق إلى الأسفل مصدوماً، وكأنه في غشية. تبعـت سـوزان نظرته عبر عامود الدرابزين. للحظة، لم تتمكن من رؤية أي شيء سـوى تدفقات البخار. بعدها، وفجأة، رأته. شخص ما، أسفل ستة طوابق، بدا واضحاً بعد مدة قصيرة رغم موجات الدخان. كتلة متشابكة من الأطراف الملتوية. ممدداً على بعد تسعين قدماً إلى الأسفل، كان فيل شارتروكيان ينبطح على الأذرع الحديدية الحادة للمحرك الرئيسي. كان جسده معتماً ومحترقاً. لقد أطفأت سقطته جهاز الطاقة الرئيسي في الكريبتو.

ولكن الصورة الأكثر رعباً لم تكن صورة شارتروكيان، بل صورة شخص آخر، جسد آخر، على منتصف الدرج الطويل، جاثماً ليختبئ في الظلال. الجسد القوي الذي لا يمكن الخطأ فيه. إنه كريج هيل.

---

(1) الشعرية: ذات قضبان متصالبة.

الـفـصـــل 58

صاح الشاذ بوجه بيكر: "ميغان تخص صديقي إدواردو! ابتعد عنها!"

"أين هي؟" كان قلب بيكر ينبض بسرعة كبيرة خارجة عن سيطرته.

"اللعنة عليك!"

"إنـــه أمــر طـــارئ!" قال بيكر بغضب، أمسك بكم الولد. "تملك خاتماً يخصني. سأدفع لها ثمنه كثيراً!"

تجمـد اللـــون المزدوج في مكانه وانفجر بضحكة لم يتمكن من إيقافها: "تقصد قطعة الذهب القبيحة تلك هي ملكك؟"

اتسعت عينا بيكر. "رأيته؟"

أومأ اللون المزدوج بخجل.

"أين هو؟" سأل بيكر.

"لا أعلم." ضحك اللون المزدوج بخفوت، "كانت ميغان هنا تحاول بيعه."

"كانت تحاول *بيعه*؟"

"لا تقلق، يا رجل، لم يحالفها الحظ. لديك ذوق رديء في المجوهرات."

"هل أنت متأكد من أن أحداً لم يشتره؟"

"هل تكذبني؟ لقاء أربعمائة دولار؟ أخبرتها أنني سأعطيها خمسين، ولكنها أرادت المزيد. كانت تحاول شراء تذكرة طيارة ــ تذكرة سفر غير محجوزة."

شعر بيكر بأن الدم في وجهه يجف تدريجياً: "إلى أين؟"

"إلى كونيكتيكت اللعينة،" قال اللون المزدوج بغضب.

"كونيكتيكت؟"

"تباً، نعم. تعود إلى قصر الأم والأب في الضواحي. كرهت العائلة الإسبانية التي تقـيم عــندهم. الأخـــوة المغفلون دائماً يتحرشون بها. لا يوجد عندهم أي مياه ساخنة أيضاً."

شعر بيكر بأن عقدة قد تشكلت في حلقه: "متى ستغادر؟"

نظـــر اللون المزدوج إليه. "متى؟" ضحك. "لقد ذهبت منذ وقت طويل. توجّهت إلــى المطـــار منذ ساعات. أفضل مكان لتبيع فيه الخاتم ــ السياح الأغنياء وما شابه. عندما تحصل على النقود، ستطير على الفور."

غثيان شديد تحرك في أمعاء بيكر. *هذا نوع من النكت المثيرة للاشمئزاز، أليس كذلك؟ فكر بذلك*. وقف للحظة طويلة: "ما هي كنيتها؟"

تأمل اللون المزدوج في السؤال وهز كتفيه باستهجان.

"ما هي الرحلة التي ستغادر فيها؟"

"قالت شيئاً عن رحلة الماريهوانا؟"

" رحلة الماريهوانا؟"

نعـــم. أحـــزان عطلة الأسبوع ـــ سيفيل، مدريد، لا غارديا. هذا ما يدعونه بها. يســـافر بهـــا شباب الجامعة لأنها رخيصة. أعتقد بأنهم يجلسون في الخلف ويدخنون الماريهوانا."

عظيم، همهم بيكر ساخراً وهو يمرر يده عبر شعره: "ما هو وقت الرحلة؟"

"الثانـــية صـــباحاً، تماماً. كل ليلة سبت. إنها في مكان ما فوق المحيط الأطلسي الآن."

نظـــر بيكر إلى ساعته. أظهرت الساعة التوقيت: 1:45 مساءً. التفت إلى اللون المزدوج مرتبكاً. "قلت إن الرحلة في الساعة الثانية صباحاً؟"

أومأ الشاذ، وهو يضحك. "تبدو وكأنك منزعج، أيها العجوز."

أشار بيكر بغضب إلى ساعته. "ولكنها الساعة الثانية إلا ربع!"

نظـــر اللـــون المزدوج إلى الساعة، يبدو محتاراً. "حسناً، اللعنة" ضحك. "أنا في العادة لا أثمل إلى هذه الدرجة حتى الساعة الرابعة صباحاً!"

"ما هي أسرع طريقة إلى المطار؟" قال بيكر بغضب.

"تقف سيارة أجرة في الخارج."

أمسك بيكر بألف بيزيتا من جيبه ووضعها في يد اللون المزدوج.

"شـــكراً أيهـــا الرجل!" صاح الشاذ. "عندما ترى ميغان، انقل لها تحياتيّ!" ولكن بيكر كان قد ذهب.

تنهد اللون المزدوج وترنح باتجاه مكان الرقص. كان ثملاً جداً ليلاحظ أن الرجل بالنظارات السلكية يتبعه.

فـــي الخارج، تفحص بيكر موقف السيارات بحثاً عن سيارة أجرة. لم يكن هناك أي واحدة. ركض باتجاه حارس النادي الضخم: "سيارة أجرة!"

هز الحارس رأسه. "الوقت مبكر جداً."

مبكر جداً، شتم بيكر. *إنها الساعة الثانية صباحاً.*

"اطلب لي واحدة!"

سحب الرجل سماعة الهاتف اللاسلكية. قال بضع كلمات ثم أغلقها. "بعد عشرين دقيقة،" أجابه.

"عشرون دقيقة؟!" سأله بيكر. "هل هناك باص؟"

هز الحارس كتفيه باستهجان: "بعد خمس وأربعين دقيقة."

رفع بيكر يديه مستسلماً. رائع!

صوت محرك صغير أدار رأس بيكر. بدا صوته وكأنه منشار كهربائي محمول. دخل ولد ضخم مع صديقته إلى موقف السيارات على دراجة نارية قديمة من نوع فيسبا 250. كانت تنورة الفتاة قد ارتفعت كثيراً فوق فخذيها. لم تبد أنها لاحظت ذلك. أسرع بيكر باتجاههم. *لا أصدق أنني أفعل هذا* فكر بذلك. *أكره الدرجات النارية.* صاح بالسائق: "سأدفع لك عشرة آلاف بيزيتا لتوصلني إلى المطار!"

تجاهله الولد وأطفأ المحرك.

"عشرون ألف!" صاح بيكر. "أحتاج إلى أن أصل إلى المطار!"

نظر إليه الولد. "عفواً"؟ كان إيطالياً.

"المطار! من فضلك. على الفيسبا! عشرون ألف بيزيتا!"

نظر الإيطالي إليه ثم إلى دراجته الصغيرة البائسة وضحك: "عشرون ألف بيزيتا؟ من أجل الفيسبا؟"

"خمسون ألف!" عرض عليه بيكر. كان ذلك حوالى أربع مائة دولار.

ضحك الولد شاكاً بالأمر: "أين هي النقود؟"

سحب بيكر خمسة من فئة العشرة آلاف بيزيتا من جيبه وأعطاها للولد. نظر الإيطالي إلى الأموال وبعدها إلى صديقته. أمسكت الفتاة الأموال ووضعتها في قميصها.

"*مجنون!*" ابتسم الولد بابتهاج. قذف بمفاتيح الفيسبا إلى بيكر. بعدها أمسك بيد صديقته وركض ضاحكاً إلى داخل المبنى.

"توقف!" صاح بيكر: "أردتك أن *توصلني!*"

الـفـصـل 59

مـدت سـوزان يدها إلى يد القائد ستراثمور وهو يحاول مساعدتها في الصعود على السلم إلى طابق الكريبتو. صورة فيل شارتروكيان ممدداً ومهشماً على المحركات لـم تفارق عقلها. فكرة أن هيل كان مختبئاً في أعماق الكريبتو تركتها مشوشة الذهن. الحقيقة واضحة ـ قام هيل بدفع شارتروكيان.

مشت سوزان متعثرة مارة بظل الترانسلتر عائدة إلى المخرج الرئيسي للكريبتو ـ الـباب الذي مرت عبره منذ ساعات مضت. ضربتها المسعورة على لوحة مفاتيح الـباب المطفـأة لـم تجد نفعاً في فتح الباب الضخم. لقد علقت؛ الكريبتو هو سجنها. انتصـبت القبة مثل قمر صناعي، على بعد 109 ياردات (95 م) عن البناء الرئيسي لـــ (إن إس أي)، التي يتم الوصول إليها فقط عبر الباب الرئيسي. وبما أن الكريبتو يقـوم بإمداد نفسه بالطاقة منفرداً، فإن القائمين على لوحة التحكم ربما لم يعرفوا بعد أنهم في ورطة.

"الطاقـة الرئيسـية مـنقطعة،" قال ستراثمور وقد وصل إلى جانبها. "نحن على الاحتياطي."

الطاقـة الاحتياطـية فـي الكريبـتو قد صممت لتجعل الترانسلتر ونظام تبريده مفضـلين علـى الأجهزة الأخرى كلها، بما فيها الأضواء والأبواب. بتلك الطريقة لن يعطـل ضـياع الطاقـة المفاجئ الترانسلتر خلال عملية مهمة. وهذا يعني أيضاً أن الترانسـلتر لن يعمل على الإطلاق من دون نظام تبريده الفريوني الخاص؛ ففي حال عـدم التبريد، سترتفع حرارة المعالجات البالغ عددها ثلاثة ملايين إلى مستويات هائلة ـ ربمـا تقـوم بإحراق الرقاقات المصنوعة من السليكون وتسبب في انصهار متقد. كانت تلك صورة لم يتجرأ أحد على تخيلها.

حاولـت سـوزان أن تحدد وجهتها. كانت أفكارها منشغلة بصورة واحدة وهي صورة تقني أمن الأنظمة على المولدات. طرقت على لوحة المفاتيح مرة ثانية. لم يكن هـناك أي إجابة أيضاً. "أوقف المهمة!" طلبت ذلك. عند إعطاء الترانسلتر أمر إيقاف البحـث عن مفتاح مرور الحصن الرقمي سيقوم بإغلاق داراته وتأمين طاقة احتياطية كافية لتجعل الأبواب تعمل ثانية.

"اهدئي، سوزان،" قال ستراثمور وهو يضع يده المطمئنة على كتفها.

لمسـة القـائد المطمئـنة أبعدت سوزان عن دوارها. تذكرت فجأة لماذا أرادت الوصول إليه. التفتت إليه: "أيها القائد! كريج هيل هو نورث داكوتا!"

ساد صمت بدا أنه لا نهاية له في الظلام. أخيراً أجاب ستراثمور وقد بدا صوته مرتبكاً أكثر من كونه مصدوماً. "ما الذي تتحدثين عنه؟"

"هيل..." همست له: "إنه نورث داكوتا."

ساد المزيد من الصمت عندما أخذ ستراثمور يفكر بكلمات سوزان. "المقتفي؟" بدا مرتبكاً. "أوضح أنه هيل؟"

"لم يعد المقتفي بعد. لقد قام هيل بإلغائه!"

تابعت سوزان حديثها لتشرح له كيف قام هيل بإيقاف مقتفيها، وكيف وجدت رسالة الكترونية من تانكادو في بريد هيل. تبع ذلك لحظة طويلة من الصمت. هز ستراثمور رأسه غير مصدق.

"من المستحيل أن يكون *كريج هيل* هو ضمان لتانكادو! هذا مناف للعقل! لا يمكن لتانكادو أن يثق بهيل."

"أيها القائد،" قالت له، "لقد خذلنا هيل من قبل ــ سكيبجاك. تانكادو يثق به."

لم يبد أن ستراثمور وجد الكلمات المناسبة للإجابة.

"أوقف الترانسلتر،" توسلت إليه سوزان، "لدينا نورث داكوتا. اتصل بأمن البناء. دعنا نخرج من هنا."

رفع ستراثمور يده إلى الأعلى طالباً منها لحظة للتفكير.

نظرت سوزان بقلق باتجاه الباب الأرضي. كانت الفتحة بعيدة عن مرأى نظرها خلف الترانسلتر، ولكن الوهج الأحمر انتشر من فوق الآجر الأسود مثل النار على الجليد. *هيا، اتصل بالأمن، أيها القائد! أوقف الترانسلتر! أخرجنا من هنا!*

فجأة، اندفع ستراثمور ليقوم بعمله. "اتبعيني،" قال لها. خطا بسرعة باتجاه عامود التهوية.

"أيها القائد! هيل شخص خطير! إنه ــ"

ولكن ستراثمور اختفى في الظلام. أسرعت سوزان لتلحق بظله. دار القائد حول الترانسلتر ووصل إلى الفتحة في الأرض. حدق في حفرة الدوامة البخارية. نظر بصمت إلى أرضية الكريبتو المظلمة. بعدها انحنى إلى الأسفل ورفع الباب الأرضي الثقيل. دار بشكل قوس صغير. عندما تركه، طرق لينغلق بضربة مخيفة الصوت. أصبح الكريبتو مرة أخرى صامتاً، كالكهف المظلم. بدا أن نورث داكوتا قد علق.

انحنى ستراثمور. أدار القفل المعدني الثقيل. دار إلى مكانه. قُفلت الدور السفلية.

هو وسوزان لم يسمعا الخطوات الخفيفة القادمة من جهة نود 3.

الـفـصــل 60

توجه اللون المزدوج عبر الممر ذي المرايا الذي يصل بين الباحة الخارجية إلى ساحة الرقص. عندما التفت ليتفحص دبوس أنفه في انعكاس المرآة، أحس بأن شخصاً مـا يلــوح خلفه. التفت، ولكنه تأخر جداً. زوج من الأيدي القوية ثبتت جسده مواجه الزجاج حيث كان وجهه يلاصقه.

حــاول الشاذ أن يلتفت. "إدواردو؟ يا رجل، هل هذا أنت؟" شعر اللون المزدوج بــأن يــداً مــرت على محفظة جيبه قبل أن يضغط ذلك الشخص بثبات على ظهره. "إيدي؟" صاح الشاذ. "كفاك غباءً! شخص ما كان يبحث عن ميغان."

أمسكه الشخص بثبات.

"هــي، إيــدي، يــا رجل، كف عن ذلك!" ولكن عندما نظر اللون المزدوج إلى المرآة، رأى الشخص الذي كان يثبته، لم يكن صديقه على الإطلاق.

كــان الوجــه مليئاً بالندب. حدقت به عينان فاقدتان الحياة تشبهان قطعتي الفحم ظهــرتا خلــف نظارات سلكية. انحنى الرجل إلى الأمام، مثبتاً فمه مواجه أذن اللون المزدوج. همس صوت غريب: "إلى أين ذهب؟" بدت الكلمات مشوهة نوعاً ما.

تجمد الشاذ في مكانه، مشدوهاً من الخوف.

أعاد الصوت كلامه: "إلى أين ذهب ذلك الأمريكي؟"

"إلى... إلى المطار." تمتم اللون المزدوج.

"إلــى المطار؟" أعاد الرجل كلامه وكانت عيناه تراقبان شفاه اللون المزدوج في المرآة.

أومأ الشاذ.

"هل حصل على الخاتم؟"

هز اللون المزدوج رأسه خائفاً: "لا."

"هل رأيت الخاتم؟"

صمت اللون المزدوج، ما هو الجواب الصحيح؟

"هل رأيت الخاتم؟" سأل الصوت المكبوت.

أومــأ اللون المزدوج بالإيجاب، آملاً بأن يكافأ على صدقه. لم يحدث ذلك. بعد ثوان انزلق إلى الأرض، كُسرت رقبته.

الـفـصــل 61

تمدد جابا على ظهره عالقاً في منتصف المسافة بين أجزاء مفككة لكمبيوتر كبير مـــتطور. كان هناك ضوء وامض في فمه، أداة ربط في يده، ومخطط كبير يستند إلى بطنه. لقد انتهى للتو من ربط مجموعة جديدة من الخافضات لقوة الإشارة إلى اللوحة الأم المعطلة عندما رن هاتفه الخلوي.

"تباً،" شتم وهو يتلمس طريقه إلى السماعة عبر كومة من الأسلاك. "جابا هنا."

"جابا، أنا ميدج."

ابتهج: "مرتان في ليلة واحدة؟ سيبدأ الناس بالتحدث."

"هناك مشكلة في الكريبتو." كان صوتها حاداً.

عبس جابا. "لقد تحدثنا عن هذا سابقاً. أتذكرين؟"

"إنها مشكلة في *الطاقة*"

"أنا لست كهربائياً. اتصلي بقسم الهندسة."

"إن القبة مظلمة."

"أنت تتخيلين أشياءً. اذهبي إلى المنزل." التفت عائداً إلى مخططه.

"ظلام دامس!" صاحت به.

تـــنهد جابـــا ووضــــع الضــــوء الوامــــض. "ميدج، أولاً، لدينا هناك مزود طاقة احتياطــي. من المستحيل أن يسود الظلام الدامس. ثانياً، لدى ستراثمور صورة أفضل عن وضع الكريبتو مني الآن. لم لا تتصلين به؟"

"لأن لهذا علاقة به. إنه يخبئ شيئاً ما."

دوّر جابا عيناه: "عزيزتي ميدج، أنا منشغل جداً في سلسلة من الأسلاك هنا. لو كنت تحتاجين إلى صديق في مشوار، سأتصرف. غير ذلك، اتصلي بقسم الهندسة."

"جابا، هذا أمر خطير. أنا *أشعر* بذلك."

هي *تشعر بذلك؟* إن الأمر رسمي، فكر بذلك، إن ميدج في مزاج سيئ. "إذا كان ستراثمور غير قلق حول ذلك، فأنا لست قلقاً."

"إن الظلام دامس في الكريبتو، اللعنة!"

"ربما يحدق ستراثمور إلى النجوم."

"جابا! أنا لست أمزح معك!"

"حســناً، حســناً." تذمر قائلاً، سانداً نفسه إلى الأعلى بمرفقه. "ربما تكون إحدى المولدات قد تعطلت. حالما أنتهي من هنا، سأمر على الكريبتو وـ"

"مــاذا عن مزود الطاقة الاحتياطي!" سألته ميدج: "لو أن أحد المولدات قد انطفأ، لماذا لا يعمل مزود الطاقة؟"

"لا أعلــم، ربمـــا يكون ستراثمور قد جعل الترانسلتر يعمل فنفدت طاقة المزود بأكملها."

"إذاً، لماذا لا يقوم بإيقافه؟ ربما يكون فيروساً. لقد قلت شيئاً ما عن الفيروس قبل قليل."

"تــباً، مــيدج!" انفجر جابا غضباً. "أخبرتك أنه لا وجود للفيروس في الكريبتو! توقفي عن كونك إنسانة *شكوكة!*"

ساد صمت طويل على الخط.

"أنـــا متأسـف جــداً، ميدج." اعتذر جابا، "دعيني أشرح لك." كان صوته جاداً. "أولاً، لديــنا الغاونتليــت ـ لا يمكن لأي فيروس المرور عبرها. ثانياً، لو كان هناك عطــل في الطاقة، فإن لذلك علاقة بالأجهزة ـ لا يمكن للفيروسات أن تعطل الطاقة، إنهــا تخــرب الأنظمــة والبيانات فقط. مهما كان الذي يحدث في الكريبتو، إنه ليس بفيروس."

صمت.

"ميدج؟ أنت هنا؟"

كانــت إجابــة مــيدج غير ودّية. "جابا، أمامي عمل عليّ القيام به. لا أتوقع أن يُصــرخ علـــيّ لقيامـــي به. عندما أتصل لأسأل عن آلة يبلغ ثمنها العديد من بلايين الدولارات معطلة في الظلام، أتوقع إجابة محترفة."

"نعم، سيدتي."

"إجابــة بسـيطة بـنعم أو لا ستفي بالغرض. هل من الممكن أن يكون للمشكلة الحاصلة في الكريبتو علاقة بأي فيروس؟"

"ميدج... أخبرتك ـ"

"نعم أو لا. هل يمكن أن يواجه الترانسلتر فيروساً؟"

تنهد جابا: "لا، ميدج. هذا مستحيل تماماً."

"شكراً لك."

أجبر نفسه على إطلاق ضحكة خفيفة، وحاول أن يهدأ من مزاجها: "إلا إذا كنت

تعتقدين بأن ستراثمور صاغ فيروساً بنفسه وقام بتعطيل مرشحاتي."

ســاد صــمت مذهل. عندما تحدثت ميدج، كان لصوتها حدة غريبة: "هل يمكن لستراثمور أن يعطل الغاونتليت؟"

تنهد جابا. "هذه *دعابة* ميدج." ولكنه عرف أن الأوان قد فات.

الفصل 62

جلست سوزان والقائد قرب الباب الأرضي وأخذا يتناقشان عما سيفعلانه بعد ذلك.

"لدينا فيل شارتروكيان ميت في الأسفل،" ناقش ستراثمور. "لو طلبنا المساعدة، سيتحول الكريبتو إلى سيرك."

"إذاً ما الذي تقترح فعله؟" سألت سوزان، وهي ترغب في المغادرة فقط.

فكر ستراثمور للحظة: "لا تسأليني كيف حدث ذلك،" قال وهو يحدق إلى الأسفل إلى العامود الأرضي المقفل. "ولكن يبدو وكأننا حصلنا على نورث داكوتا وتمكنا منه من دون قصد." هز رأسه غير مصدق. "يا لها من صدفة غريبة." يبدو أنه لا يزال مندهشاً بفكرة أن هيل قد تورط بخطة تانكادو. "أعتقد أن لدى هيل مفتاح المرور مخبأ في مكان ما في جهازه ـ ربما لديه نسخة في المنزل. على أي حال، لقد وقع في الفخ."

"إذاً، لم لا نتصل بأمن المبنى ونجعلهم ينقلونه بعيداً؟"

"ليس بعد،" قال ستراثمور. "لو أن تقنيي أمن الأنظمة علموا بمهمة الترانسلتر الطويلة، سنواجه مجموعة جديدة من المشاكل. أريد إنهاء آثار الحصن الرقمي كلها قبل أن نفتح الأبواب."

أومأت سوزان بتردد. إنها خطة جيدة. عندما يقوم الأمن بأخذ هيل في النهاية من الدور السفلية ويتهمونه بمقتل شارتروكيان، ربما سيهدد بأن يخبر العالم بأسره عن الحصن الرقمي. ولكن الأثر سيكون قد امّحى ـ يمكن لستراثمور أن يتظاهر بأنه لا يعرف أي شيء. *تشغيل طويل؟ خوارزمية لا يمكن حلها؟ ولكن هذا مناف للعقل! ألم يسمع هيل بمبدأ بيرغوفسكي؟*

"هذا ما يتوجب علينا فعله،" أوضح ستراثمور بهدوء خطته. "نمحو جميع مراسلات هيل كلها مع تانكادو. نمحو التسجيلات الدالة كلها على أنني قمت بإلغاء الغاونتليت، تحليلات شارتروكيان كلها، سجلات الشاشة، كل شيء. يختفي الحصن الرقمي. لم يكن هنا على الإطلاق. ندفن مفتاح هيل وندعو الإله أن يحصل ديفيد على نسخة تانكادو."

ديفيد، فكرت بذلك. أجبرت نفسها على إخراجه من عقلها. تحتاج إلى التركيز في القضية الحالية.

"سـأتدبر أمر مختبر أمن الأنظمة." قال ستراثمور. "تسجيلات الشاشة العارضة، تسـجيلات عن فاعلية متغيرة، الأعمال كافة. أنت تتدبرين نود 3. امحي رسائل هيل الالكترونية كلها. أي تسجيل عن مراسلته لتانكادو، أي شيء يذكر الحصن الرقمي."

"حسـناً،" أجابت سوزان، وقد ركزت تفكيرها بالكامل. "سأمحو كل ما في سواقة هيل. أعيد تهيئة كل شيء."

"لا!" كانـت إجابة ستراثمور حادة. "لا تفعلي ذلك. لابد أن هيل يملك نسخة عن مفتاح المرور هناك. أريدها."

فغـرت سـوزان فمهـا من الصدمة: "تريد مفتاح المرور؟ اعتقدت أن المهمة الأساسية هي تدمير مفاتيح المرور بأكملها!"

"إنها كذلك. ولكنني أريد نسخة. أريد أن أتمكن من فتح ذلك الملف اللعين وألقي نظرة إلى برنامج تانكادو."

قاسـمت سـوزان فضـول سـتراثمور، ولكـن غريزتها أخبرتها بأن فتح قفل خوارزمية الحصن الرقمي هو أمر مناف للحكمة، بغض النظر عن مقدار المتعة التي سـيكون بها. الآن، يقفل على ذلك البرنامج بأمان في مدفنه المشفر ـــ غير مؤذٍ على الإطلاق. في حال قام بفك شيفرته... "أيها القائد، ألا يكون من الأفضل لو ـــ"

"أريد المفتاح،" أجابها.

كان على سوزان الاعتراف بأنها منذ أن سمعت عن الحصن الرقمي وهي تشعر بفضـول كبير لتعرف كيف تمكن تانكادو من صياغته. إن وجوده الغريب يتناقض مع أكـثر القوانيـن أساسـاً في عالم تحليل الشيفرات. نظرت سوزان إلى القائد. "ستقوم بإتلاف الخوارزمية على الفور بعد أن نراها؟"

"من دون أي أثر."

عبسـت سوزان. فهي تعلم أن إيجاد مفتاح هيل لن يحدث بسرعة. تحديد موقع مفـتاح مـرور عشوائي في إحدى السواقات الصلبة لنود 3 كان شيئاً مشابهاً لمحاولة البحـث عـن زوج مـن الجوارب في غرفة نوم بحجم ولاية تكساس بأكملها. تعمل محـركات البحـث في أجهزة الكمبيوتر فقط عندما تعرف ما الذي تبحث عنه؛ مفتاح المـرور هـذا عشـوائي. ولكن لحسن الحظ، ولأن الكريبتو كان قد واجه الكثير من القضـايا العشوائية، فإن سوزان وبعضاً من الآخرين، أنشأوا عملية معقدة تعرف باسم البحث الشامل. يتطلب البحث من الكمبيوتر بشكل أساسي أن ينظر في سلاسل الرموز

كلهـــا على السواقة الصلبة، ويقارن كل سلسلة مع معجم ضخم، ثم يشير إلى السلاسل كلها التي تبدو غير مفهومة أو عشوائية. لقد كان عملاً دقيقاً جداً بأن تصحح المعايير بشكل مستمر، ولكن كان ممكناً.

تعرف سوزان أنها كانت الخيار المنطقي لتبحث عن مفتاح المرور. تنهدت على أمـــل ألا تندم على ذلك. "في حال جرى كل شيء على ما يرام، سيستغرق الأمر مني حوالى نصف ساعة."

"إذاً، هـــيا نذهب إلى العمل،" قال ستراثمور وهو يضع يده على كتفها ويرشدها عبر الظلام باتجاه نود 3.

مـــن فوقهـــم، كانـــت السماء المليئة بالنجوم قد مدت نفسها فوق القبة. تساءلت سوزان ما إذا كان ديفيد قد تمكن من رؤية النجوم نفسها من فوق سيفيل.

عـــندما اقتربا من الأبواب الزجاجية الثقيلة لنود 3، شتم ستراثمور همساً. كانت لوحة المفاتيح الخاصة بنود 3 مطفئة، والأبواب مغلقة.

قال: "اللعنة، لا يوجد كهرباء. لقد نسيت ذلك."

تفحـــص ستراثمور الأبواب الانزلاقية، وضع راحة يده منبسطة مواجه الزجاج. بعدهـــا تمـــايل بانحراف محاولاً أن يُزلقها لتنفتح. كانت يداه مليئتين بالعرق فانزلقتا. مسحهما ببنطاله وحاول ثانيةً. في هذه المرة، انزلقت الأبواب بشق صغير.

ســـوزان، وقد رأت هذا التقدم، اقتربت من ستراثمور وقام كلاهما بالدفع سوية. انزلقـــت الأبـــواب لتفتح مسافة أنش تقريباً. أمسكاها للحظة، ولكن الضغط كان كبيراً جداً. انغلقت الأبواب بسرعة ثانية.

"انـــتظر،" قالـــت ســـوزان وقد غيرت مكانها إلى أمام ستراثمور: "حسناً، حاول الآن."

سحبا. مرة أخرى، انفتحت الأبواب حوالى أنش. شعاع باهت من اللون الأزرق ظهـــر من داخل نود 3، كانت الأجهزة لا تزال تعمل؛ كانت تعتبر على أنها ضرورية لعمل الترانسلتر ولذلك فهي تتلقى طاقة احتياطية.

أدخلـــت سوزان مقدمة حذائها إلى داخل الباب ودفعت بقوة أكبر. بدأت الأبواب بالـــتحرك. تحرك ستراثمور ليحصل على زاوية أفضل. مثبتاً راحة كفيه على اللوح اليســـاري، دفعـــه إلى الخلف بقوة. دفعت سوزان اللوح اليميني في الاتجاه المعاكس. ببط، وبجهد كبير، بدأت الأبواب تنفصل. أصبحا الآن على بعد قدم عن بعضها.

"لا تدعيها تفلت،" قال ستراثمور، لاهثاً عندما دفعا بقوة أكبر. "المزيد فقط."

غـيرت سـوزان وضعيتها حيث جعلت كتفها في الصدع. دفعت ثانية، بزاوية أفضل هذه المرة. تراصت الأبواب عليها.

قـبل أن يتمكن ستراثمور من إيقافها، ضغطت بجسدها النحيل إلى داخل الفتحة. اعـترض سـتراثمور، ولكنها كانت مصممة. أرادت أن تخرج من الكريبتو، كما أنها تعلم جيداً أن ستراثمور لن يذهب إلى أي مكان قبل أن يتم العثور على مفتاح المرور الخاص بهيل.

تمركزت في الفتحة ودفعت بكامل قوتها. بدت الأبواب وكأنها تندفع إلى الخلف. فجـأة، فقـدت سوزان سيطرتها. ارتدت الأبواب باتجاهها. بذل ستراثمور كل طاقته ليـبعدهما عن بعضهما، ولكن الارتداد كان قوياً جداً. في اللحظة، التي كانت الأبواب فيها ستنغلق، انزلقت سوزان عبرها وسقطت في الجهة الأخرى.

ناضـل القـائد ليعـيد فتح الأبواب لمسافة صغيرة. وضع وجهه مقابل الصدع الضيق: "يا إلهي، سوزان ــ هل أنت بخير؟"

وقفت سوزان مرتبة ثيابها: "جيدة."

نظـرت من حولها. كانت نود 3 فارغةً، مضاءة بشاشات الكمبيوتر فقط. أعطت الظـلال الـزرقاء المكان مظهراً مخيفاً. التفتت إلى ستراثمور في صدع الباب. كان وجهه يبدو شاحباً ومريضاً في الضوء الأزرق.

"سـوزان،" قـال لهـا، "امنحينـي عشرين دقيقة لأمحو الملفات في مختبر أمن الأنظمة. عندما تختفي الآثار كلها، سأصعد إلى جهازي وأوقف الترانسلتر."

"يفضـل ذلـك،" قالت سوزان وهي تنظر إلى الأبواب الزجاجية الثقيلة. تعلم أنه إلى أن يتوقف الترانسلتر عن أخذ الطاقة الاحتياطية، فأنها ستبقى سجينة في نود 3.

تـرك سـتراثمور الأبواب، فانغلقت بسرعة. راقبت سوزان القائد عبر الزجاج وهو يختفي في ظلام الكريبتو.

الـفـصــل 63

شــقت دراجــة بيكر الجديدة طريقها صاعدة إلى مدخل مطار سيفيل. لقد كانت مفاصــل يديــه بيضـــاء اللون طوال الطريق. دلت ساعته على 2:00 صباحاً بحسب التوقيت المحلي.

عــندما اقترب من المدخل الرئيسي، صعد إلى الرصيف وقفز عن الدراجة التي كانت لا تزال تتحرك. سقطت على الرصيف ثم قرقعت لتقف. اندفع بيكر وقدماه غير قادرتين على حمله عبر الأبواب الدوارة. *لن أعيدها مرة ثانية*، شتم بينه وبين نفسه.

كانــت المحطــة جافة ومضاءة بشكل صارخ. المكان فارغ باستثناء بواب يلمّع الأرضــية. في الجانب الآخر للباحة، كانت موظفة تذاكر تقفل حجرة الخطوط الجوية الخاصة بشركة آيبريا. فهم بيكر ذلك على أنها علامة سيئة.

ركض إليها: "رحلة الولايات المتحدة؟"

نظــرت المرأة الأندلسية الجميلة من خلف الطاولة وابتسمت معتذرة. "لقد فاتتك منذ لحظات." تعلقت كلماتها في الهواء للحظة طويلة.

فاتتني، ترهلت كتفا بيكر. "هل كان هناك مكان فارغ في الرحلة؟"

"الكثير،" ابتسمت المرأة. "كانت فارغة تقريباً. ولكن رحلة الغد في الساعة الثامنة صباحاً ستكون أيضاً ــ"

"أريد أن أعرف ما إذا كانت صديقة لي قد غادرت في تلك الرحلة. كانت تحجز في المكان الاحتياطي."

عبســت المرأة: "أنا متأسفة، سيدي. كان هناك الكثير من المسافرين الاحتياطيين الليلة، ولكن قوانين الخصوصية تصرح ــ"

"إن الأمــر مهم جداً." حثها بيكر. "أريد فقط أن أعرف ما إذا كانت قد سافرت. هذا كل شيء."

عبرت لــه المرأة عن إيماءة متعاطفة. "مشاكل العشاق؟"

فكر بيكر للحظة، ثم قدم إليها ضحكة خجولة. "إن الأمر كذلك فقط."

غمزته: "ما اسمها؟"

"ميغان،" أجابها بحزن.

ابتسمت الموظفة: "ألا يوجد لصديقتك كنية؟"

تـــنهد بـــيكر بـــبطء. *نعم، ولكنني لا أعرفه!* "في الواقع، إن الموقف معقد بعض الشيء. قلت إن الطائرة كانت فارغة تقريباً. ربما بإمكانك ــ"

"من دون أن أعرف الكنية، لا يمكنني حقاً..."

"في الواقع،" اعترض بيكر كلامها، وقد راودته فكرة أخرى. "هل كانت مناوبتك طوال الليل؟"

أومأت المرأة: "من السابعة حتى السابعة."

"إذاً، ربمـــا تكونيـــن قد شاهدتها. إنها شابة صغيرة. ربما في الخامسة عشرة أو السادسة عشرة؟ شعرها كان ــ" قبل أن تنطلق الكلمة من فمه، أدرك بيكر خطأه.

ضاقت عينا المرأة. "عشيقتك تبلغ من العمر خمس عشرة سنة فقط؟"

"لا!" قـــال بيكر بسرعة. "أقصد..." *تبّاً*، "إذا كان بإمكانك أن تساعدينني فقط، إن الأمر مهم جداً."

"أنا متأسفة،" قالت المرأة ببرود.

"ليس الأمر كما يبدو. لو بإمكانك فقط ــ"

"تصـــبح علـــى خـــير، سيدي." جذبت المرأة الحاجز الحديدي إلى الأسفل فوق الطاولة واختفت باتجاه الغرفة الخلفية.

تـــأوه بـــيكر وحدق باتجاه السماء. بهدوء. تفحص المكان الواسع. لا شيء. *لابد أنهـــا باعـــت الخـــاتم وسافرت.* توجه نحو الحارس. صاح بصوت يفوق صوت آلة التلميع. "هل رأيت فتاة؟"

مد العجوز يده وأطفأ الآلة: "نعم؟"

أعاد بيكر كلامه: "هل رأيت فتاة؟ بشعر أحمر وأبيض وأزرق."

ضحك الحارس: "تبدو قبيحة." هز رأسه بالنفي وعاد إلى العمل.

وقف بيكر في منتصف باحة المطار الفارغة وتساءل ما الذي يتوجب عليه فعله بعـــد ذلك. لقد كانت أمسيته مسرحية من الأخطاء. طرقت كلمات ستراثمور في عقله: لا تتصـــل حتى تجد الخاتم. سيطر عليه التعب الشديد. لو أن ميغان قد باعت الخاتم، وسافرت فمن المستحيل أن أعرف من هو الذي يملك الخاتم الآن.

أغلـــق بـــيكر عينيه وحاول أن يركز. *ما هي الخطوة التالية؟* قرر أن يفكر في الأمر للحظة. أولاً، كل ما يحتاج إليه هو رحلة، فات على موعدها الكثير، إلى غرفة الاستراحة.

الــفـصــل 64

وقفت سوزان وحيدة في الصمت المظلم لنود 3. مهمتها الحالية بسيطة: الدخول إلى جهاز هيل، تحديد مفتاحه، ومن ثم محو اتصالاته مع تانكادو كلها. يجب ألا يكون هناك أي إشارة إلى الحصن الرقمي في أي مكان.

مخــاوف سوزان الداخلية من أن تنقذ المفتاح ثم تقوم بفك شيفرة الحصن الرقمي كانــت تزعجها باستمرار مرة أخرى. شعرت بالارتباك في المجازفة بذلك؛ لقد كانوا محظوظيــن حــتى الآن. ظهــر نورث داكوتا بمعجزة أمامهم وعلق أيضاً. المشكلة الوحــيدة المتبقــية هي ديفيد؛ يجب أن يجد النسخة الأخرى من مفتاح المرور. أملت سوزان أن يحقق ديفيد تقدماً.

بيــنما كانت تشق طريقها إلى داخل نود 3، حاولت سوزان أن تصفي ذهنها. لقد كــان أمراً غريباً أن تشعر بذلك الارتباك في مكان اعتادت عليه كثيراً. بدا كل شيء في نود 3 غريباً في الظلام. ولكن كان هناك شيء آخر. شعرت سوزان بتردد لحظي، ثــم نظرت إلى الخلف إلى الأبواب العاطلة عن العمل. لا يوجد أي مخرج. *عشرون دقيقة*، فكرت بذلك.

فــي اللحظة التي التفتت فيها إلى جهاز هيل، لاحظت رائحة غريبة شبيهة بالمسك ــ بالتأكــيد ليســت رائحة نود 3. تساءلت ما إذا كان جهاز إزالة التأمين لا يعمل بشك جــيد. كانت الرائحة مألوفة بشكل غريب، ومعها أتى شعور القشعريرة المزعج. تخيلت هــيل الــذي حُبس في الأسفل داخل زنزانة بخارية ضخمة. *هل قام بإحراق شيء ما؟* نظرت إلى الأعلى إلى فتحات التهوية وشمتها. ولكن الرائحة بدت أنها تأتي من جانبها.

نظــرت باتجــاه الأبــواب الشبكية لمكان المطبخ الصغير. خلال لحظة، ميزت الرائحة. إنها رائحة كولونيا... ممزوجة بالعرق.

ارتــدت غريــزياً، غير جاهزة لما رأته. من خلف الألواح الشبكية، حدقت بها عيــنان. استغرق الأمر لحظة واحدة فقط للحقيقة المرعبة التي أدركتها. لم يُقفل على كريج هيل في الدور السفلية ــ لقد كان في نود 3! لقد صعد إلى الأعلى قبل أن يغلق ستراثمور الباب الأرضي. لقد كان قوياً كفاية لأن يفتح الأبواب كلها بنفسه.

كانــت سوزان قد سمعت مرة بأن الرعب المفاجئ يسبب الشلل ــ عرفت الآن بأن ذلك خرافة. في اللحظة التي أدرك عقلها ما الذي يجري، قامت بحركتها ــ خطت نحو الخلف عبر الظلام بفكرة واحدة في عقلها: الهروب.

الضجة من خلفها كانت لحظية. لقد كان هيل يجلس بصمت على الموقد، ممدداً ساقيه مثل زوجي دعامات. اندفع هيل إلى داخل الغرفة، وأسرع باتجاهها بخطى قوية.

أوقعت سوزان ضوءاً خلفها، في محاولة لتعيق هيل وهو يتحرك باتجاهها. أحست بأنه يفوقها سرعة من دون أي معاناة، كان يتقدم بسرعة.

عندما التفت ذراعه اليمنى حول خصرها من الخلف، شعرت بها وكأنها ترتطم بقضيب فولاذي. لهثت من الألم عندما كان الهواء ينفد منها. تقلصت عضلاته تجاه قفصها الصدري.

قاومت سوزان وبدأت تلتوي بقوة. بطريقة ما، ارتطم مرفقها بشيء غضروفي. حرر هيل قبضته، أمسك أنفه بيديه. سقط على ركبتيه، ويداه تلتفان على وجهه.

"ابنة الـ" صرخ من الألم.

أسرعت سوزان باتجاه صفائح الضغط الخاصة بالأبواب وهي تتلو الصلوات من أجل أن يكون ستراثمور قد أعاد الكهرباء في تلك اللحظة وأن تنفتح الأبواب. بدلاً من ذلك، وجدت نفسها تطرق على الزجاج.

تحرك هيل بتثاقل نحوها، وأنفه مليء بالدم. خلال لحظة، كانت يداه حولها مرة ثانية _ إحداها كانت تتثبت بقوة على ثديها الأيسر والأخرى على القسم الأوسط منها. جذبها بقوة عن الباب.

صرخت، ويداها تمتدان بمحاولة غير ذي جدوى لإيقافه.

سحبها إلى الخلف، ضغط إبزيم حزامه على عامودها الفقري. لم تتمكن سوزان من تخيل قوته. سحبها إلى الخلف فوق السجادة، وكاد حذاؤها ينخلع. في حركة واحدة رشيقة، رفعها ووضعها على الأرض بجانب جهازه.

أصبحت سوزان ممدّدة على ظهرها، ارتفعت تنورتها إلى الأعلى إلى وركها. تحرر الزر الأعلى لقميصها، وكان صدرها يلهث تحت الضوء الأزرق. نظرت إلى الأعلى بذعر عندما كان هيل يجلس فوقها ليثبتها. لم تتمكن من فهم النظرة في عينيه. بدت وكأنها نظرة خوف. أو نظرة غضب؟ انصبت عيناه على جسدها. شعرت بموجة جديدة من الذعر.

جلس هيل بثبات على القسم الأوسط من جسدها، محدقاً إلى الأسفل بها بحملقة باردة. كل شيء كانت سوزان قد تعلمته عن الدفاع عن النفس كان يتسارع في عقلها. فجأة. حاولت أن تعاركه، ولكن جسدها لم يتجاوب. لقد كانت خدرة. أغلقت عينيها.

أوه، أرجوك، يا إلهي. لا!

الـفـصــل 65

أخذ برينكيرهوف يذرع مكتب ميدج جيئة وذهاباً: "لم يقم أحد بإلغاء الغاونتليت. هذا مستحيل!"

"خطأ،" أجابته بقوة. "لقد تحدثت للتو مع جابا. قال إنه قام بتنصيب خيار الإلغاء العام الماضي."

بدا المساعد الشخصي شاكاً بالأمر: "لم أسمع بذلك على الإطلاق."

"لا أحد سمع عن ذلك. كان الأمر سرياً."

"مـيدج،" جادلها برينكيرهوف. "إن جابا مصاب بوسواس حول الأمن! لن يقوم بنفسه بوضع خيار إلغاء ـ"

"لقد جعله ستراثمور يفعل ذلك،" قاطعت حديثه.

تمكن برينكرهوف من سماع عقلها وكأنه يقرقع.

"أتذكـر في العام الماضي،" سألته،" عندما كان ستراثمور يعمل على المجموعة الإرهابية المضادة للسامية في كاليفورنيا؟"

أومـأ برينكـيرهوف. لقـد كانت إحدى الضربات الموفقة لستراثمور في العام الماضـي. باستخدام الترانسلتر لفك شيفرة مُعترضة، قام بالكشف عن مؤامرة لتفجير مدرسـة يهودية في لوس أنجلوس. قام بفك شيفرة الرسالة الإرهابية قبل انفجار القنبلة باثنتي عشرة دقيقة، واستخدم هاتفاً سريعاً، فأنقذ بذلك ثلاث مائة طفل في المدرسة.

"أعلـم بـأن،" قالـت ميدج وقد أخفضت صوتها من دون مبرر. "جابا قال إن ستراثمور اعترض الشيفرة الإرهابية قبل *ست ساعات* من انفجار تلك القنبلة."

تدلى فك برينكيرهوف: "ولكن... لماذا انتظر ـ"

"لأنـه لم يتمكن من جعل الترانسلتر يقوم بتحليل الملف. حاول، ولكن الغاونتليت استمرت في رفضه. كانت شيفرته مصاغة بخوارزمية عامة جديدة لم تكن المرشحات قد تعرفت إليها بعد. استغرق الأمر من جابا ست ساعات تقريباً ليعدلها."

بدا برينكيرهوف مندهشاً.

"كـان ستراثمور غاضباً جداً. لقد جعل جابا يقوم بتنصيب خيار إلغاء الغاونتليت في حال تعرض لذلك مرة ثانية."

"يا إلهي." أطلق برينكيرهوف صفيراً. "ليس لدي أي فكرة." ضاقت عيناه بعدها: "إذاً ما هو رأيك؟"

"أظن أن ستراثمور استخدم هذا الخيار اليوم... لييسر أمر ملف رفضه الغاونتليت."

"إذاً؟ هذا هو هدف ذلك الخيار، صحيح؟"

هزت ميدج رأسها. "ليس في حال كان الملف المطلوب فيروساً."

تعثر برينكيرهوف فجأة: "فيروس؟ من قال أي شيء عن فيروس!"

"هذا هو التفسير الوحيد،" قالت له. "قال جابا إن الفيروس وحده هو من يتمكن من جعل الترانسلتر يعمل لتلك المدة الطويلة، إذاً ـــ"

"انتظري لحظة!" أظهر برينكيرهوف لها علامة انتهاء الوقت. "قال ستراثمور إن كل شيء على ما يرام!"

"إنه يكذب."

كان برينكيرهوف تائهاً. "تقولين إن ستراثمور قام عن عمد بجعل الفيروس يدخل إلى الترانسلتر؟"

"لا،" أجابته بسرعة. "لا أظن بأنه علم بأمر الفيروس. لقد تم خداعه."

كان برينكيرهوف عاجزاً عن الكلام. من المؤكد أن ميدج ميلكن كانت غير قادرة على السيطرة على نفسها.

"هذا يفسر الكثير،" أصرت على كلامها. "هذا يفسر ما كان يفعله هناك طوال الليل."

"يزرع الفيروسات في جهاز كمبيوتره الخاص؟"

"لا،" قالت منزعجة. "يحاول أن يصلح خطأه! ولا يمكنه الآن إيقاف الترانسلتر وإعادة الطاقة الاحتياطية لأن الفيروس قام بإغلاق المعالجات!"

دوّر برينكيرهوف عينيه. كانت ميدج قد أصيبت بالجنون في الماضي، ولكن ليس لهذه الدرجة. حاول تهدئتها. "لم يبدُ أن جابا قلقٌ حول هذا."

"جابا غبي،" قالت بازدراء.

بدا برينكيرهوف متفاجئاً. لم يطلق أحد من قبل على جابا لقب الغبي ـــ ربما الخنزير. ولكن ليس الغبي. "أنت تحكّمين الحدس الأنثوي ضد الدرجة المتطورة لجابا في البرمجة المضادة للغزو؟"

حدقت به بفظاظة.

رفع برينكيرهوف يديه مستسلماً: "لا تهتمي. أسحب كلامي." لا يحتاج إلى أن يتم تذكيره بمقدرة ميدج الخارقة في الإحساس بالكوارث. "ميدج،" توسل إليها. "أعلم

بأنك تكرهين ستراثمور، ولكن ـــ "

"لـــيس لهذا أي علاقة بستراثمور!" كانت ميدج في أعلى مستويات طاقتها. "أول شـــيء نحتاج القيام به هو التأكد ما إذا قام ستراثمور بإلغاء الغاونتليت. ومن ثم نتصل بالمدير."

"عظـــيم،" تـــأوه برينكـــيرهوف: "سأتصل بستراثمور وأطلب منه أن يرسل إلينا تفصيلاً موقعاً عن الأمر."

"لا،" أجابـــته وقـــد تجاهلـــت سخريته." "لقد كذب ستراثمور علينا مسبقاً اليوم." نظرت إلى الأعلى وعيناها تحدقان بعينيه. "هل لديك مفاتيح مكتب فونتين؟"

"بالطبع. أنا مساعده الشخصي."

"أحتاج إليها."

حـــدق برينكـــيرهوف غير مصدق: "ميدج، من المستحيل أن أدعك تدخلين إلى مكتب فونتين."

"يجـــب عليك ذلك!" طلبت منه. التفتت ميدج وبدأت بالطباعة على لوحة مفاتيح المراقـــب. "أنا أطلب قائمة مهام الترانسلتر. لو قام ستراثمور بإلغاء الغاونتليت يدوياً، فإن ذلك سيظهر على الطابعة."

"ما علاقة هذا بمكتب فونتين؟"

التفتت وحدقت به: "قائمة المهام تظهر على طابعة فونتين فقط. تعلم ذلك!"

"هذا لأنها *سرية*، ميدج!"

"هذا أمر طارئ. يجب أن أرى القائمة."

وضع برينكيرهوف يديه على كتفيها: "ميدج، اهدئي من فضلك. تعلمين أن ليس بإمكاني ـــ"

تأففـــت بصوت عالٍ والتفتت عائدة إلى لوحة المفاتيح. "أنا أقوم بطباعة القائمة. أنا سأدخل، التقطها، وأخرج. أعطني المفتاح الآن."

"ميدج..."

انتهـــت من التنضيد ثم التفتت عائدة إليه. "تشاد، تتم طباعة التقرير خلال ثلاثين ثانـــية. إليك الاتفاق. تعطيني المفتاح. في حال قام ستراثمور بالإلغاء، نتصل بالأمن. فـــي حـــال كنـــت مخطئة، أغادر ويكون بإمكانك الذهاب ودهن المربى فوق كارمن هيورتا." حدقت به بحملقة حقودة ومدت يدها من أجل المفتاح. "أنا أنتظر."

تـــأوه برينكـــيرهوف نادماً على أنه طلب منها العودة لتتأكد من تقرير الكريبتو.

نظـر إلـى يدهـا الممـدودة. "أنت تتحدثين عن معلومات سرية داخل مسكن المدير الخاص. هل لديك أي فكرة عما سيحدث إذا تم الإمساك بنا؟"

"المدير في أمريكا الجنوبية."

"أنا متأسف. لا يمكنني القيام بذلك." شبك ساعديه وخطى إلى الخارج.

حدقت ميدج به، وعيناها الرماديتان تشتعلان غضباً. "أوه، نعم بإمكانك." همست له. بعدها التفتت إلى المراقب وطلبت أرشيف الفيديو.

سـأنجو مـن ذلك ميدج، قال لنفسه عندما جلس على مكتبه وبدأ بمراجعة بقية تقاريـره. ليس من المفترض به أن يقدم مفاتيح المدير في كل مرة تصاب فيها ميدج بجنون الشك.

كـان قد بدأ للتو في مراجعة بيانات 'كومسيك' عندما قوطعت أفكاره بالأصوات القادمة من الغرفة الأخرى. وضع أوراقه ثم مشى إلى مدخل الباب.

كان الجناح الرئيسي مظلماً ـ بأكمله باستثناء ظل باهت لضوء رمادي قادم من باب ميدج نصف المفتوح. استمَع. استمرت الأصوات. بدت الأصوات مثيرة. "ميدج؟"

لا إجابة.

خطـا عـبر الظلام إلى مكان عملها. كانت الأصوات مألوفة بشكل غريب. دفع الباب ليفتحه. كانت الغرفة فارغة. كان كرسي ميدج فارغاً. كانت الأصوات قادمة من الأعلـى. نظـر برينكيرهوف إلى شاشات الفيديو فأصيب بالجمود على الفور. كانت الصـورة نفسـها تُعـرض علـى الشاشات الاثنتي عشرة كلها ـ نوع من الرقصات الفاحشـة المـنظمة. ثبـت برينكيرهوف نفسه على خلفية كرسي ميدج وأخذ يراقب مرتعباً.

"تشاد؟" صاح صوت من خلفه.

التفت وحدق بعينين نصف مفتوحتين بالظلام. كانت ميدج واقفة مواجه الباب في مـنطقة الاستقبال بالجناح الرئيسي أمام الأبواب المزدوجة لمكتب المدير. كانت يدها ممتدة: "المفتاح، تشاد."

تـورد برينكيرهوف خجلاً. التفت عائداً إلى الشاشات. حاول أن يحجب الصور، ولكن ذلك من دون فائدة. كان في كل مكان، يتأوه من المتعة ويربت بتلهف على ثديي كارمن هيورتا الصغيرين والمليئين بالعسل.

الفصل 66

مشى بيكر عبر الباحة باتجاه أبواب غرفة الاستراحة ليجد الباب الخاص بـ ’الرجال‘ مغلقاً بشريط لاصق ذي لون أرجواني وعربة صغيرة مليئة بمواد وقماش التنظيف. نظر إلى الباب الآخر المخصص للنساء. خطا إليه ثم دق الباب بقوة.

"مرحباً؟" صاح وهو يدفع باب غرفة السيدات ليفتحه مسافة إنش. "عفواً؟"

صمت.

دخل.

كان الحمام نموذجياً، كالمؤسسات الإسبانية ــ آجر أبيض بشكل مربع تماماً، ومصباح واحد متوهج في الأعلى. كالمعتاد، كان هناك حاجز ومبولة واحدة. سواء كانت النساء تستخدم المبولة أم لا، فإن ذلك أمر غير مهم ــ وضعها هناك وفر على المتعهدين نفقات بناء حاجز إضافي.

نظر بيكر إلى الحمام باشمئزاز. كان قذراً. المغسلة مسدودة بمياه بنية غامقة اللون. أوراق المرحاض الوسخة كانت مبعثرة في كل مكان، الأرضية مليئة بالمياه. مفتاح الكهرباء القديم المثبت على الحائط كان ملطخاً ببصمات أصابع خضراء اللون.

خطا بيكر أمام المرآة وتنهد. العينان اللتان تحدقان به عادة تكونان مليئتين بالصفاء الشديد، أما الليلة فلم تكونا بذلك الصفاء. *كم مضى عليّ من الوقت وأنا منشغل بهذا الأمر؟* تساءل. غابت الحسابات عن ذهنه. على غير عادة أساتذة الجامعة، حرر ربطة عنقه المثلثة الشكل في أعلى ياقته. بعدها التفت إلى المبولة خلفه.

عندما وقف هناك، وجد نفسه يتساءل عما إذا كانت سوزان في المنزل. *إلى أين يمكن لها أن تذهب؟ إلى ستون مانور من دوني؟*

"هيه!" صاح صوت أنثوي من خلفه بغضب.

قفز بيكر من الخوف: "أنا أنا..." تلعثم وهو يسرع في رفع السحاب إلى الأعلى. "أنا متأسف... أنا... "

التفت بيكر ليواجه الفتاة التي كانت قد دخلت للتو. كانت شابة مثقفة، وكأنها جاءت من صفحات مجلة *سيفينتين*. كانت ترتدي سروالاً محافظاً من القماش المتصالب وقميصاً أبيض من دون أكمام. في يدها قطعة قماش حمراء من ماركة ل. ل. بين. شعرها الأشقر كان مصففاً بطريقة مرتبة.

"أنا متأسف،" تلعثم بيكر، وهو يثبت حزامه. "كانت غرفة الرجال... على أي

حال... أنا مغادر."

"اللعنة عليك أيها الشاذ!"

تفاجأ بيكر من ردة فعلها. بدت تلك الكلمات الجائرة تصدر من شفاهها بشكل غير ملائم ـ مثل مياه البواليع الفائضة من إناء ملمع. ولكن عندما كان بيكر يحدق بها، رأى أنها غير ملمعة كما ظن في البداية. كانت عيناها منتفختين ومحتقنتين بالدم، وساعدها الأيسر متورماً. أسفل ذلك التهيج الأحمر الموجود على ساعدها، كان اللحم أزرق اللون.

يا إلهي، فكر بيكر. *مخدرات وريدية. من كان سيحزر؟*

"اخرج من هنا!" صاحت به. "اخرج فوراً!"

نسي بيكر للحظة أمر الخاتم، (إن إس أي)، وكل شيء. كان قلبه متعاطفاً مع تلك الشابة. ربما يكون والداها قد أرسلاها إلى هنا بصحبة برنامج دراسة للمدارس الإعدادية وتأشيرة دخول ـ وانتهى بها الحال وحيدة في المرحاض في منتصف الليل تتعاطى المخدرات.

"هل أنت على ما يرام؟" سألها وهو يتوجه نحو الباب.

"أنا بحالة جيدة،" كان صوتها لطيفاً. "يمكنك المغادرة الآن!"

التفت بيكر ليذهب. ألقى نظره على ساعدها بآخر نظرة حزينة. *لا يمكنك فعل شيء*، ديفيد. *اتركها وحدها.*

"الآن!" صاحت به.

أومأ بيكر. بينما كان يغادر، قدم إليها ابتسامة حزينة. "خذي حذرك."

الفصل 67

"سوزان؟" لهث هيل ووجهه أمامها.

كان يجلس وكل ساق لـه على جانب منها، وزنه بأكمله على الجزء الأوسط من جسدها. انغرز عجزه بألم في عظم العانة لديها عبر قماش لتنورتها الرقيق. كان أنفه يقطر دماً على كامل جسدها. أحست بوجود القيء في نهاية حنجرتها. كانت يداه فوق صدرها.

لم تشعر بأي شيء. *هل يلمسني؟* استغرق الأمر ثانية من سوزان لتدرك أن هيل كان يزرّر الزر الأعلى لقميصها ويغطيها بالكامل.

"سوزان،" لهث هيل غير قادر على التنفس. "يجب عليك إخراجي من هنا."

كانت سوزان مصابة بالدوار. لم يبد أي شيء مفهوماً.

"سوزان، يجب عليك مساعدتي! لقد قام ستراثمور بقتل شارتروكيان! رأيت ذلك!"

استغرقت الكلمات ثانية لتفهمها. *ستراثمور قتل شارتروكيان؟* من الواضح أن هيل لا يعلم بأن سوزان رأته في الأسفل.

"يعلم ستراثمور أنني رأيته!" قال هيل غاضباً: "سيقوم بقتلي أيضاً!"

لو لم تكن سوزان غير قادرة على التنفس من شدة الخوف، لكانت ضحكت أمام وجهه. تذكرت فرضية فرّق – تسد المستخدمة من قبل المارينز القدماء. لفّق الكذب ــ احفر لأعدائك ضد بعضهم البعض.

"هذا صحيح!" صاح بوجهها. "يجب أن نتصل من أجل المساعدة! أظن أن كلينا في خطر!"

لم تصدق أي كلمة مما قاله.

كانت ساقا هيل القويتان تتشنجان، فدار على وركه ليخفف من ثقله قليلاً. فتح فمه ليتحدث ولكن الفرصة لم تسنح له.

في الوقت الذي ارتفع فيه جسد هيل، شعرت سوزان باندفاع الدورة الدموية ثانية إلى ساقيها. قبل أن تعلم ما الذي حدث، قذفت بساقها اليسرى بقوة إلى ما بين ساقي هيل. شعرت بأن ركبتها ترتطم بالجيب النسيجي الطري بين ساقيه.

أنّ هيل من شدة الألم وترنح على الفور. تدحرج على جانبه، متشبثاً بنفسه. إلتوت سوزان من أسفل ثقله الخدر. ناضلت لتصل إلى الباب، وهي على علم بأنها لن

تكون قوية كفاية لتتمكن من الخروج.

بعـد أن اتخـذت قـرارها بجـزء من الثانية، ثبتت سوزان نفسها خلف طاولة الاجـتماعات الرخامية الطويلة ثم أقحمت قدمها في السجادة. وبصورة محمودة، كان للطاولـة عجلات صغيرة في الأسفل. مشت بخطى واسعة بكامل قوتها باتجاه الجدار الزجاجـي، دافعة الطاولة أمامها. كانت العجلات قوية فتدحرجت الطاولة بشكل جيد. في منتصف المسافة داخل نود 3، كانت سوزان بسرعتها القصوى.

علـى بعـد خمس أقدام عن الجدار الزجاجي، تنهدت سوزان وتركت الطاولة. قفزت إلى الجانب وغطت عينيها. بعد ارتطام مروع، انفجر الجدار بوابل من الزجاج. أصوات الكريبتو أسرعت في الدخول إلى نود 3 للمرة الأولى منذ بنائها.

نظـرت لما حدث. عبر الفتحة المثلمة، استطاعت رؤية الطاولة. كانت لا تزال تتدحرج. التفّت بدوائر كبيرة على أرضية الكريبتو ثم اختفت أخيراً في الظلام.

أدخلت سوزان قدمها في حذائها المتلف، ألقت نظرة أخيرة على كريج هيل الذي استمر في التلوّي من الألم، ثم اندفعت بسرعة عبر بحر الزجاج المكسور إلى الخارج إلى الكريبتو.

الـفـصـل 68

" الآن، ألـم يكـن ذلـك سهلاً؟" قالت ميدج باستهزاء عندما كان برينكيرهوف يسلمها مفتاح مكتب فونتين.

بدا برينكيرهوف منهزماً.

"سـأمحوها قـبل أن أذهـب،" وعدت ميدج. "إلا في حال أردتها أنت وزوجتك لتضمها للمجموعة الخاصة."

"احضري الورقة اللعينة وحسب،" قال ذلك غاضباً. "وبعدها اخرجي!"

"حاضر سيدي،" أجابته ميدج ضاحكة بلهجة بورتو ريكو الثقيلة. غمزته واتجهت عبر الجناح إلى الأبواب المزدوجة لمكتب فونتين.

لا يشـبه مكتب ليلاند فونتين الخاص أي شيء من بقية الجناح الإداري. لم يكن هناك أي لوحات، لا كراسي كثيرة، أي نباتات اصطناعية، أو أي ساعات قديمة. كان مكانـه مـنظماً للإنـتاج وحسب. مكتبه ذو اللوح الزجاجي وكرسيه الأسود الجلدي موضـوعان مباشـرة مواجه النافذة الضخمة. ثلاثة خزائن لحفظ الملفات وُضعت في الـزاوية بجانب طاولة صغيرة عليها آلة فرنسية لصنع القهوة. كان القمر قد ارتفع في سـماء فـورت ميد، فتسرب النور الخافت عبر النافذة موضحاً قلة الأثاث في مكتب المدير.

ما الذي أفعله بحق الجحيم؟ تساءل برينكيرهوف.

خطـت ميدج بسرعة إلى الطابعة وأخرجت قائمة الأوامر. حدقت بعينين نصف مغمضتين تحت جنح الظلام الدامس: "لا يمكنني قراءة البيانات،" تذمرت بذلك: "أشعل الأضواء."

"ستقرئينها *في الخارج*. أسرعي الآن."

ولكـن علـى مـا يـبدو أن مـيدج كانت تستمتع بوقتها كثيراً. أخذت تلهو مع برينكيرهوف وهي تمشي إلى النافذة وتعدل وضعية الورقة المطبوعة لتتمكن من رؤية أفضل.

"ميدج..."

استمرت في القراءة.

تـرنح برينكيرهوف بقلق عند مدخل الباب: "ميدج... أسرعي. هذا مكان المدير الخاص."

"إنهـا هـنا في مكان ما." دمدمت بذلك وهي تتفحص الورقة المطبوعة. "لقد قام ستراثمور بإلغاء الغاونتليت، أنا أعرف ذلك." تحركت إلى مقربة أكثر من النافذة.

بدأ برينكيرهوف يعرق. استمرت ميدج في القراءة.

بعـد لحظـات قليلة، لهثت: "عرفت ذلك! لقد فعلها ستراثمور! فعلها حقاً! ذلك الأبله!" رفعت الورقة إلى الأعلى وهزتها: "قام بإلغاء الغاونتليت! ألقِ نظرة!"

حدق برينكيرهوف مصعوقاً للحظة ثم أسرع عبر مكتب المدير. اندفع إلى جانب ميدج الواقفة أمام النافذة. أشارت إلى نهاية الورقة.

قرأ برينكيرهوف غير مصدق: "ماذا...؟"

احـتوت القائمة على ملفات آخر ست وثلاثين ساعة دخلت الترانسلتر. بعد كل ملـف، كـان هناك رمز بأربع أرقام كتصريح من الغاونتليت. ولكن آخر ملف على الورقة لم يكن لـه رمز تصريح ـ أفصحت قراءة النص ببساطة عن: إلغاء يدوي.

يا إلهي، فكر برينكيرهوف. *تكتشف ميدج شيئاً ثانية.*

"ذلـك الأبلـه!" قالـت مـيدج باهتـياج، غاضبة جداً. "انظر إلى هذا! رفضت الغاونتليت الملف مرتين! سلاسل متغيرة! ويقوم بإلغائها مع *ذلك*! ما الذي كان يفكر به بحق الجحيم؟"

شـعر برينكيرهوف بالعجز. تساءل لماذا ميدج دائماً محقة. لم يلاحظ أي منهما الانعكـاس الـذي ظهر في النافذة أمامهما. شخص ضخم كان يقف في مدخل مكتب فونتين المفتوح.

" يا إلهي،" كان برينكيرهوف يتنفس بصعوبة: "تعتقدين أننا نواجه فيروساً؟"

تنهدت ميدج: "لا شيء سواه يمكن أن يكون ذلك."

"يمكن أن يكون شيئاً لعيناً لا علاقة لكما به!" انبعث الصوت العميق من خلفهما.

اصطدم رأس ميدج بالنافذة. التف برينكيرهوف حول كرسي المدير ودار باتجاه الصوت. عرف على الفور صاحب الظل.

"المدير!" لهث برينكيرهوف. خطا بسرعة إليه ومد يده. "أهلاً بعودتك، سيدي."

تجاهل الرجل الضخم يده.

"أنـا ـ أنـا ظننـت،" تلعـثم برينكيرهوف، ساحباً يده، "ظننت أنك في أمريكا الجنوبية."

حدق ليلاند فونتين بمساعده بعينين كالرصاص: "نعم... وعدت الآن."

الفصل 69

"هيه، يا سيد!"

كان بيكر يمشي عبر الباحة باتجاه مجموعة الهواتف غير المجانية. توقف والتفت. كانت الفتاة التي فاجأها للتو في الحمام قادمة خلفه، لوحت له لينتظر. "أيها السيد، انتظر!"

ماذا الآن؟ تأوه بيكر. *تريد أن تقاضيني من أجل اعتدائي على الخصوصية.*

سحبت الفتاة حقيبتها معها. عندما وصلت، كانت ابتسامة كبيرة تعلو وجهها. "متأسفة لأنني صرخت بوجهك هناك. كنت قد فاجأتني نوعاً ما."

"لا مشكلة،" طمأنها بيكر وهو محتار بعض الشيء. "أنا كنت في المكان الخطأ."

"سيبدو هذا جنوناً،" قالت وهي تغمز بعينيها المحتقنتين بالدم. "ولكن هل يمكنني أن أجد عندك القليل من المال لتقرضني إياه؟"

حدق بيكر بها غير مصدق ما يسمعه. "مال لماذا؟" سألها. لن أقوم بتمويل إدمانك على المخدرات إذا كان هذا ما تطلبينه.

"أنا أحاول العودة إلى بلدي،" قالت الشقراء. "أيمكنك مساعدتي؟"

"أفاتتك الرحلة؟"

أومأت. "لقد أضعت تذكرتي. لن يسمحوا لي بالدخول. شركات الطيران اللعينة تلك. لا أملك النقود لشراء واحدة أخرى."

"أين والداك؟" سألها بيكر.

"في الولايات المتحدة."

"هل يمكنك الاتصال بهم؟"

"لا. لقد حاولت مسبقاً. أعتقد أنهم يقضون إجازة نهاية الأسبوع على قارب أحد الأشخاص."

تفحص بيكر ملابس الفتاة الغالية الثمن. "ألا تملكين بطاقة اعتماد؟"

"نعم، ولكن والدي قام بإلغائها. يعتقد أنني أتعاطى المخدرات."

"هل تتعاطين المخدرات؟" سألها بيكر، بوجه خال من التعبير، وهو ينظر إلى ساعدها المحتقن.

حملقت الفتاة بسخط: "بالطبع لا!" أطلقت بوجه بيكر نفخة بريئة، فأحس فجأة أنه قد خُدع.

"هـيا،" قالـت لـه الفتاة. "يبدو أنك شاب غني. ألا يمكنك أن ترمي إلي ببعض النقود لأصل إلى وطني؟ يمكنني إرسالها إليك في ما بعد."

استنتج بيكر بأن أي أموال يعطيها للفتاة يمكن أن تنتهي بيد تاجر مخدرات في تريانا[1]. "أولاً،" قال لها، "أنا لست شاباً غنياً ـ أنا أستاذ جامعي. ولكنني سأخبرك ما الذي سأفعله..." *سأرى صحة ادعائك، هذا ما سأفعله.* "لم لا أقوم أنا بشراء البطاقة لك؟"

حدقـت الشـقراء بـه بذهول تام. "ستفعل ذلك؟" تلعثمت وعيناها مليئتان أملاً. "ستشتري لي البطاقة لأعود إلى وطني؟ أوه، يا الله، شكراً لك!"

كان بيكر عاجزاً عن الكلام. بدا أنه قد أساء فهم الموقف في تلك اللحظة.

ألقت الفتاة ساعديها حوله. "لقد كان صيفاً لعيناً،" غصت وقد كانت على وشك أن تنفجر بالبكاء. "أوه، شكراً لك! عليّ أن أخرج من هنا!"

قابل بيكر عناقها بحذر، توقفت الفتاة عن عناقه، نظر إلى ساعدها مرة ثانية.

تبعت نظرته إلى الطفح الجلدي المزرق. "فاضح، أليس كذلك؟"

أومأ بيكر. "أعتقد أنك قلت إنك لست مدمنة مخدرات؟"

ضـحكت الفـتاة: "إنه الحبر السحري! لقد كدت أن أنزع جلدي وأنا أحاول أن أزيله. لقد تشوه الحبر."

نظـر بيكر عن قرب أكثر. تحت أشعة الضوء اللامع، تمكن من رؤيته، ملطخاً أسـفل الانـتفاخ الأحمر على ساعدها، حدود الرسم الباهت ـ تبعثرت الكلمات على اللحم.

"ولكن... ولكن عيناك،" قال بيكر وهو يشعر بغبائه. "كلاهما حُمْر اللون."

ضحكت: "لقد كنت أبكي. أخبرتك، لقد فاتتني الرحلة."

نظر بيكر مرة أخرى إلى الكلمات على ساعدها.

عبست، وهي محرجة. "يا للعجب، لا يزال يمكنك قراءتها، أليس كذلك؟"

انحنى بيكر إلى مقربة أكثر. تمكن من رؤيتها بشكل جيد. كانت الرسالة واضحة جـداً. عـندما قرأ الكلمات الأربع الغامضة، لمعت الاثنتا عشرة ساعة الماضية أمام عينيه.

وجد ديفيد بيكر نفسه عائداً إلى غرفة فندق ألفونسو. الألماني الضخم كان يلمس

---

(1) تريانا: جزيرة تابعة للفيليبين.

ساعده ويقول بلغة إنكليزية غير واضحة: اغرب عن وجهي ومت.

"أنت بخير؟" سألته الفتاة وهي تنظر إلى بيكر المنبهر.

لم يبعد بيكر نظره عن ساعدها. لقد كان مصاباً بالدوار. الكلمات الملطخة حملت معها رسالة بسيطة جداً: أغرب عن وجهي ومت.

نظرت الشقراء إليها، محرجة: "كتبها صديق لي.. غبي بعض الشيء، أليس كذلك؟"

"لم يتمكن بيكر من الحديث. *أغرب عن وجهي ومت*. لم يصدق ذلك. لم يكن الألماني يهينه، لقد كان يحاول مساعدته. رفع بيكر نظرته إلى وجه الفتاة. تحت نور ضوء الباحة الساطع، تمكن من رؤية الآثار الباهتة للون الأحمر والأزرق في شعر الفتاة الأشقر.

"أنـ، أنت..." تلعثم بيكر وهو ينظر إلى أذنيها غير المثقوبتين. "لا يمكنك ارتداء أقراط، أليس كذلك؟"

نظرت إليه الفتاة باستغراب. أخرجت شيئاً صغيراً من جيبها ورفعته إلى الأعلى. حدق بيكر في الأقراط التي على شكل الجمجمة المعلقة في يدها.

"أقراط ذات مشبك؟" تلعثم بيكر.

"نعم، بالتأكيد." أجابته الفتاة. "أنا أخاف جداً من الحُقَن."

الفصل 70

وقف ديفيد بيكر في الباحة الخالية وشعر بأن ساقيه تضعفان. نظر إلى الفتاة أمامه وعلم أن بحثه قد انتهى. لقد قامت بغسل شعرها وتبديل ثيابها — ربما على أمل أن تجد فرصة أفضل لبيع الخاتم — ولكنها لم تطير إلى نيويورك.

ناضل بيكر ليحافظ على هدوئه. رحلته الشاقة كانت على وشك الانتهاء. تفحص أصابعها. كانت فارغة. نظر إلى الأسفل إلى حقيبتها.

إنه هناك، فكر بذلك، يجب *أن يكون كذلك!*

ابتسم وهو يستوعب إثارته بصعوبة. "هذا سيبدو ضرباً من الجنون،" قال لها، "ولكن أظن أنك تملكين شيئاً أحتاج إليه."

"أوه؟" بدت ميغان فجأة غير واثقة.

أخذ بيكر محفظته: "وبالطبع سأكون سعيداً لأدفع لك." نظر إلى الأسفل وبدأ يفرز أمواله في المحفظة.

بينما كانت ميغان تنظر إليه وهو يحسب أمواله، أطلقت لهثه مروعة، يبدو أنها قد أساءت فهم نواياه. ألقت نظرة خائفة باتجاه الباب الدائر... تقيس المسافة. كان على بعد خمسين ياردة.

"أستطيع إعطاءك مالاً كافياً لتشتري بطاقة لتعودي إلى وطنك لو —"

"لا تقل هذا،" قالت ميغان بسرعة وهي تجبر نفسها على إطلاق ابتسامة: "أظن أنني أعلم بالضبط ما الذي تريده." انحنت إلى الأسفل وبدأت تنقب في محفظتها.

شعر بيكر بموجة من الأمل. *إنها تملكه!* قال لنفسه. *إنها تملك الخاتم!* لم يعلم كيف تمكنت من معرفة ما الذي يريده، ولكنه كان متعباً جداً لدرجة لم يهتم لذلك. استرخت كل عضلة في جسده. تخيل نفسه وهو يسلم الخاتم إلى نائب مدير (إن إس أي) المبتهج. بعدها سيتمدد هو وسوزان في سرير كبير في ستون مانور ويعوضان الوقت الذي فاتهما.

وجدت الفتاة أخيراً ما الذي كانت تبحث عنه — سبراي الفلفل الحارق — البديل الآمن بيئياً عن البهار، مصنوع من مزيج مناسب من الفلفل الأحمر والتوابل. وفي حركة واحدة رشيقة، تأرجحت وأطلقتها في موجة مباشرة إلى عيني بيكر. أمسكت محفظتها بسرعة وأسرعت نحو الباب. عندما نظرت إلى الخلف، كان ديفيد بيكر على الأرض، ممسكاً وجهه، يتلوى من الألم.

الفصل 71

أشعل توكوجين نوماتاكا سيجاره الرابع واستمر يحوم في المكان ذهاباً وإياباً. نزع سماعة الهاتف بسرعة واتصل بعاملة المقسم الرئيسية.

"هل هناك أي معلومات بعد عن رقم الهاتف؟" سألها قبل أن تتمكن العاملة من التكلم.

"لا شيء بعد، سيدي. إن الأمر يستغرق وقتاً أطول بقليل من المتوقع ـ إن المكالمة صادرة من هاتف خلوي."

هاتف خلوي، تأمل نوماتاكا. *شخصيات بارزة*. لحسن حظ الاقتصاد الياباني أن لدى الأمريكيين شهية نهمة للأجهزة الالكترونية.

"محطة التقوية،" أضافت العاملة، "هي في المنطقة ذات الرقم 202. ولكننا لا نملك الرقم بعد."

"202؟ أين ذلك؟" *في أي منطقة من الامتداد الواسع لأمريكا يختبئ نورث داكوتا الغامض؟*

"في مكان ما بالقرب من واشنطن، دي سي، سيدي."

قوّس نوماتاكا حاجبيه. "اتصلي بي فور حصولك على الرقم."

الـفـصـل 72

مشت سوزان فليتشر متعثرة عبر طابق الكريبتو الفارغ باتجاه مدخل ستراثمور. كـان مكتـب القـائد يبعد عن هيل بمقدار المسافة التي تمكنت سوزان من قطعها في المبنى المغلق.

عندما وصلت سوزان إلى نهاية درجات الممر، وجدت باب القائد مفتوحاً قليلاً، أصـبح القفـل الالكترونـي معطلاً بسبب انقطاع التيار الكهربائي. أقحمت نفسها إلى الداخل.

"أيهـا القـائد؟" الضوء الوحيد الموجود هو وهج شاشات كمبيوترات ستراثمور. "أيها القائد!" صاحت سوزان مرة ثانية. *"أيها القائد!"*

تذكـرت سـوزان فجأة أن القائد في مختبر أمن الأنظمة. احتارت ماذا تفعل في مكتـبه الفارغ، ولا تزال تجربتها المرعبة مع هيل تجري في دمها. يتوجب عليها أن تخـرج مـن الكريبتو. مع الحصن الرقمي أو من دونه ، لقد حان وقت التصرف — الوقت لإيقاف الترانسلتر عن العمل والهرب. حدقت إلى شاشات ستراثمور الوامضة، ثم أسرعت إلى مكتبه. طرقت بأصابعها على لوحة مفاتيحه. *إيقاف الترانسلتر!* المهمة سـهلة الآن حيـث إنها على جهاز مخول بذلك. طلبت سوزان نافذة الأمر الصحيحة وطبعت:

إلغاء المهمة

تأرجحت أصابعها للحظة فوق مفتاح 'إدخال'.

"سوزان!" صاح صوت قادم من المدخل. التفتت سوزان مذعورة، خائفة من أن يكـون ذلك هيل. ولكنه لم يكن كذلك، إنه ستراثمور. وقف، شاحباً ومخيفاً في الوهج الالكتروني، كان صدره يلهث. "ما الذي يحدث بحق الجحيم!"

"أيها القـا...ئد!" لهثت سوزان. "هيل في نود 3! لقد هاجمني للتو!"

"ماذا! مستحيل! إن هيل مقفل عليه في —"

"لا، لـيس كذلـك! لقـد هـرب! نحتاج إلى الأمن هنا فوراً! أقوم بإلغاء مهمة الترانسلتر!" مدت سوزان يدها لتضغط على المفتاح.

"لا تلمسي ذلك!" اندفع ستراثمور بسرعة إلى الجهاز وسحب يدها بعيداً.

ارتدّت إلى الخلف مذهولة. نظرت إليه وللمرة الثانية اليوم لم تتمكن من تمييزه.

شعرت سوزان فجأة أنها وحيدة.

رأى ستراثمور الدم على قميصها، وندم على الفور من غضبه المفاجئ. "يا إلهي، سوزان، هل أنت بخير؟"

لم تجبه.

تمنى لو أنه لم يندفع أمامها بتلك الصورة غير الضرورية. كانت أعصابه منهكة. لقد كان مسؤولاً عن كثير من المواضيع. كانت هناك أشياء في عقله ــ أشياء لا تعلم سوزان فليتشر بأمرها ــ أشياء لم يخبرها عنها وصلّى لئلا يحتاج إلى لذلك.

"أنا متأسف،" قال بلطف: "أخبريني ما الذي حدث."

التفتت بعيداً. "هذا لا يهم. الدم ليس مني. أخرجني من هنا فقط."

"هل تأذيتِ؟" وضع ستراثمور يده على كتفها. ارتدَّت سوزان. أسقط يده ونظر بعيداً. عندما نظر مرة أخرى إلى وجه سوزان، بدت أنها تحدق في شيء ما على الجدار.

هناك، في الظلام، كانت لوحة مفاتيح تومض بكامل طاقتها. تبع ستراثمور نظرتها وعبس. تمنى ألا تكون سوزان قد لاحظت لوحة المفاتيح الوامضة. تتحكم لوحة المفاتيح الوامضة تلك بمصعده الخاص. يستخدمه ستراثمور وضيوفه أصحاب السلطة العليا ليدخلوا ويخرجوا من الكريبتو من دون إعلام بقية الطاقم. ينزل ذلك المصعد الشخصي لمسافة خمسين قدماً (15 م) أسفل قبة الكريبتو ثم يتحرك جانبياً مسافة 109 ياردة (100 م) عبر نفق مدّعم تحت الأرض إلى الدور السفلية في بناء (إن إس أي) الرئيسي. يصل ذلك المصعد الكريبتو بـ (إن إس أي) ويتغذى من طاقة البناء الرئيسي؛ كان يعمل رغم انقطاع التيار الكهربائي عن الكريبتو.

كان ستراثمور يعلم من البداية أنه يعمل، ولكن رغم أن سوزان كانت تطرق على المخرج الرئيسي في الأسفل، إلا أنه لم يذكره لها. لم يتمكن من منح المخرج لسوزان ــ ليس بعد. تساءل كم يتوجب عليه أن يخبرها من الأمور حتى يجعلها ترغب في البقاء.

اندفعت سوزان مارة بستراثمور ومسرعة نحو الجدار الخلفي. لكمت بغضب الأزرار المضاءة.

"من فضلك،" توسلت إليه. ولكن الأبواب لم تفتح.

"سوزان،" قال ستراثمور بهدوء. "يعمل المصعد على كلمة سر."

"كلمة سر؟" أعادت سوزان كلامه بغضب. حدقت في لوحة المفاتيح. أسفل لوحة المفاتيح الرئيسية كان هناك لوحة مفاتيح ثانية ــ واحدة أصغر منها، مزودة بأزرار

صغيرة جداً. كل زر كان معلماً بحرف من الحروف الهجائية. التفتت سوزان باتجاهه. "ما هي كلمة السر!" سألته.

فكر ستراثمور للحظة وتنهد بشدة: "سوزان، اجلسي."

نظرت سوزان وكأنها لا تستطيع تصديق أذنيها.

"اجلسي،" أعاد القائد كلامه بصوت حازم.

"دعني أخرج!" ألقت سوزان نظرة مرتبكة باتجاه باب مكتب القائد المفتوح.

نظر ستراثمور إلى سوزان المذعورة. بهدوء، تحرك نحو باب مكتبه. خطى إلى الخارج إلى منبسط الدرج وحدق في الظلام الدامس. لم يكن هيل في أي مكان يمكن رؤيته فيه. خطى القائد عائداً إلى الداخل وسحب الباب ليغلقه. بعدها سحب كرسياً أمام الباب ليبقيه مغلقاً، عاد إلى مكتبه، وأخرج شيئاً من الدرج. في الوهج الخافت للشاشات، رأت سوزان ما الذي كان يحمله. شحب وجهها. إنه مسدس.

سحب ستراثمور كرسيين إلى منتصف الغرفة. أدارهما ليواجها باب المكتب المغلق. بعدها جلس. رفع المسدس المتألق النصف أوتوماتيكي ووجهه بثبات نحو الباب المفتوح قليلاً. بعد لحظة، وضع المسدس في حضنه.

تحدث برزانة: "سوزان، نحن بأمان هنا. نحتاج إلى أن نتكلم. إذا قدم كريج هيل عبر ذلك الباب..." ترك الكلمات معلقة.

كانت سوزان عاجزة عن الكلام.

حدق ستراثمور بها في الضوء الخفيف لمكتبه. ربت على المقعد بجانبه. "سوزان، اجلسي، لدي شيء أريد قوله لك." لم تتحرك. "عندما أنتهي،" قال لها: "سأعطيك كلمة السر للمصعد. وأنت ستقررين أتذهبين أم لا."

كان هناك صمت طويل. مترنحةً، تحركت سوزان عبر المكتب وجلست إلى جانبه.

"سوزان،" بدأ حديثه: "لم أكن صادقاً بالكامل معك."

الفصل 73

شعر ديفيد بيكر وكأن وجهه قد غطس في زيت التربنتينة[1] ثم اشتعل. تدحرج على الأرض ونظر بانحراف عبر رؤيته الجانبية غير الواضحة في الفتاة التي كانت في منتصف المسافة باتجاه الأبواب الدوّارة. كانت تركض باندفاع خائفة بشدة وهي تسحب حقيبتها خلفها فوق الآجر. حاول بيكر أن يسحب نفسه بصعوبة، ولكنه لم يستطع. لم يتمكن من الرؤية بسبب النار الحارة جداً. *لا يمكنها الخروج!*

حاول أن يصيح، ولكن لم يكن هناك هواء في رئتيه، ألم شديد فقط. "لا!" صاح وهو يسعل. خرج الصوت من شفاهه بصعوبة.

علم بيكر أن في اللحظة التي ستخرج فيها عبر الباب، ستختفي إلى الأبد. حاول أن يصيح مرة أخرى، ولكن حنجرته كانت تحترق بشدة.

كانت الفتاة قد وصلت تقريباً إلى الباب الدوّار. ترنَّح بيكر، ولهث ليتمكن من التنفس. مشى باضطراب خلفها. اندفعت الفتاة إلى الجزء الأول من الباب الدوّار، تسحب حقيبتها خلفها. على بعد عشرين ياردة (18 م) خلفها، كان بيكر يشق طريقه بصعوبة غير قادر على الرؤية باتجاه الباب.

"انتظري!" لهث بصوت عال. *"انتظري!"*

اندفعت الفتاة باهتياج إلى داخل الباب. بدأ الباب بالدوران، ولكنه علق بعدها. التفتت الشقراء بذعر ورأت حقيبتها قد علقت في الفتحة. انحنت إلى الأسفل وسحبتها بغضب لتحررها.

ثبَّت بيكر رؤيته غير الواضحة على القماش الناتئ عبر الباب. عندما سقط، كانت الحافة الحمراء للقماش المصنوع من النايلون والخارجة من الشق هي كل ما تمكن من رؤيته. أسرع باتجاهها، ويداه ممدودتان.

عندما سقط بيكر باتجاه الباب، كانت يداه على بعد إنشات قليلة فقط، انزلق القماش إلى الشق واختفى. لم تمسك أصابعه بشيء عندما دارت الأبواب لتتحرك ثانية. تشقلبت الفتاة والحقيبة إلى الشارع في الخارج.

"ميغان!" صاح بيكر وقد ارتطم بالأرض. شعَر بإبرٍ حارة جداً من خلف تجويف عينيه. تحولت رؤيته القمعية إلى لا شيء، ثم أصابته موجة جديدة من الغثيان. صدى

---

(1) زيت التربنتينة: زيت يستخرج من أشجار الصنوبر.

صوته في السواد الكالح.

ميغان!

لم يكن ديفيد بيكر متأكداً من المدة التي قضاها متمدداً هناك قبل أن يدرك همهمة المصابيح الوامضة فوقه. كل شيء آخر كان هادئاً. عبر ذلك الصمت، سمع صوتاً. شخص ما كان يصيح. حاول أن يرفع رأسه عن الأرض. كان العالم مترنحاً أمامه، رطباً. *الصوت مرة أخرى.* نظر بانحراف إلى الباحة ورأى الشخص على بعد عشرين ياردة عنه.

"أيها السيد؟"

ميّز بيكر الصوت. لقد كانت الفتاة. كانت تقف على مدخل آخر بعيداً عن الباحة، وهي تمسك بحقيبتها أمام صدرها. بدت خائفة أكثر مما كانت عليه من قبل.

"أيها السيد؟" سألته، وصوتها يرتجف. "لم أخبرك عن اسمي أبداً. كيف عرفت اسمي؟"

الـفـصـل 74

المديـر لـيلاند فونتين رجلٌ ضخم، يبلغ من العمر ثلاثاً وستين سنة، بتسريحة شعر عسكرية قصيرة ومظهر صارم. عيناه شديدتا السواد تبدوان مثل الفحم عندما تتم إثارتـه، وهـذا هو الحال بشكل دائم تقريباً. ترقّى في مراتب (إن إس أي) من خلال العمل الجاد والتخطيط الجيد واحترامه لأسلافه. هو أول مدير أمريكي إفريقي لمكتب الأمـن القومي، ولكن أحداً لم يذكر على الإطلاق هذا الفارق؛ فقد كانت سياسة فونتين ومن دون أدنى شك سياسة غير تمييزية، وتبع طاقمه بحكمة ذلك النظام.

أبقـى فونتيـن كلاً من ميدج وبرينكيرهوف واقفين عندما ذهب ليمارس عادته الصـامتة فـي صـنع فـنجان قهوة غواتيمالا. ثم جلس على مكتبه، تركهما واقفين، وسألهما مثل أطفال مدرسة في مكتب المدير.

قامـت مـيدج بالإجابة ـ شارحة لـه سلسلة الأحداث الغريبة التي قادتهما إلى الاعتداء على حرمة مكتبه.

"فيروس؟" سأل المدير ببرود. "كلاكما تظنان أننا نواجه فيروساً؟"

غمز برينكيرهوف.

"نعم، سيدي،" أجابت ميدج بسرعة.

"وذلـك لأن ستراثمور قام بإلغاء المرشحات؟" نظر فونتين إلى الورقة المطبوعة أمامه.

"نعم،" قالت له: "وهناك ملف لم يتم تحليله خلال أكثر من عشرين ساعة!"

عبس فونتين: "أو ذلك ما تقوله معلوماتك."

كانـت ميدج على وشك أن تحتج، ولكنها أمسكت لسانها. عوضاً عن ذلك قالت: "هناك انقطاع في التيار في الكريبتو."

نظر فونتين، يبدو متفاجئاً.

أكـدت ميدج كلامها بإيماءة فظة. "الطاقة بأكملها مقطوعة. اعتقد جابا أنه ربما ـ"

"اتصلت بجابا؟"

"نعم، سيدي، أنا ـ"

"جابا؟" نهض فونتين مهتاجاً: "لماذا لم تتصلي بستراثمور بحق الجحيم؟"

"فعلنا ذلك!" دافعت ميدج: "قال إن كل شيء على ما يرام."

وقف فونتين وصدره يتنهد. "إذاً ليس هناك أي سبب لنشك به." كان نبرة صوته ختامية. أخذ رشفة من القهوة: "الآن، لو سمحتم لي، أمامي عمل يتوجب عليّ القيام به."

تدلى فك ميدج: "عفواً؟"

كان برينكيرهوف قد توجه مسبقاً إلى الباب، ولكن ميدج كانت ثابتة في مكانها.

"قلت، عمت مساءً آنسة ميلكن،" أعاد فونتين كلامه: "بإمكانك الانصراف."

"ولكن ــ ولكن سيدي،" تمتمت قائلة، "أنا... أنا أريد أن أعترض. أظن ــ"

"أنت تعترضين؟" سأل المدير. وضع فنجان القهوة. "أنا الذي أعترض! أعترض على وجودكما في مكتبي. أعترض على تلميحكما بأن نائب مدير هذا المكتب يكذب. أعترض ــ"

"هناك فيروس، سيدي! حدسي قال لي ــ"

"حسناً، حدسك مخطئ آنسة ميلكن! لمرة واحدة، مخطئ!"

رفضت ميدج الاستسلام: "ولكن، سيدي! قام القائد ستراثمور بإيقاف الغاونتليت!"

خطى فونتين باتجاهها، وهو يضبط غضبه بصعوبة. "هذه امتيازاته! أنا أدفع لك لتراقبي المحللين وموظفي الخدمة ــ وليس لتتجسسي على نائب المدير! لولاه لكنا مازلنا نقوم بتحليل الشيفرات بواسطة القلم والورق! غادري الآن!" التفت إلى برينكيرهوف، الذي كان واقفاً أمام مدخل الباب شاحباً ومرتجفاً. "كلاكما."

"مع كامل احترامي سيدي،" قالت ميدج: "أرغب في أن أنصح بإرسال فريق من تقنيي أمن الأنظمة إلى الكريبتو فقط لنتأكد ــ"

"لن نقوم بفعل شيء كهذا!"

بعد هذا التوتر، أومأت ميدج: "حسناً، عمت مساءً." التفتت وغادرت. وهي تمشي، تمكن برينكيرهوف من خلال عينيها أن يرى أنه ليس لديها أي نية في ترك الأمر ــ ليس قبل أن يقتنع حدسها.

حدق برينكيرهوف عبر الغرفة إلى مديره، ضخم وغاضب خلف مكتبه. ليس هذا هو المدير الذي يعرفه. المدير الذي يعرفه شديد التمسك بالتفاصيل، حتى طريقة رزم الطرود بشكل أنيق. هو دائماً ما يشجع فريقه على فحص وتوضيح أي تناقض في الإجراءات اليومية، مهما تكن تافهة. ولكنه الآن هنا، يطلب منهم تجاهل سلسلة غريبة من الصدَف.

من المؤكد أن المدير يخفي شيئاً ما، ولكن يتقاضى برينكيرهوف أجره لقاء المساعدة وليس التحقيق. فونتين كان قد أثبت مراراً وتكراراً بأنه يريد اهتمامات الجميع في عملهم بشكل أساسي؛ لو كانت المساعدة الآن تعني تجاهل الآمر، فليكن ذلك. لسوء الحظ، تتقاضى ميدج أجرها لقاء التحقيق، ويخشى برينكيرهوف أنها ستتوجه إلى الكريبتو لتقوم بعملها.

حان الوقت لكي يخرج كل واحد سيرته الذاتية، فكر برينكيرهوف وهو يلتفت إلى الباب.

"تشاد!" صاح فونتين، من خلفه. كان فونتين قد رأى النظرة في عيني ميدج عندما غادرت. "لا تدعها تخرج من الجناح!"

أومأ برينكيرهوف وأسرع خلف ميدج.

تنهد فونتين ووضع رأسه بين يديه. كانت عيناه السوداوان كئيبتين. لقد كانت رحلة طويلة غير متوقعة إلى الوطن. وكان الشهر الماضي واحداً من أكثر الشهور تطلعاً بالنسبة لليلاند فونتين. هناك أشياء تحدث الآن في (إن إس أي) ستغير التاريخ، وبصورة هزلية، لقد اكتشف المدير فونتين أمرها بمحض الصدفة لا غير.

منذ ثلاث أشهر مضت، سمع فونتين خبراً مفاده أن زوجة القائد ستراثمور على وشك أن تتركه. وقد سمع أيضاً تقارير تقول إن ستراثمور كان يعمل لساعات طويلة، وبدا أنه على وشك الانهيار تحت ذلك الضغط الكبير. رغم اختلاف الآراء مع ستراثمور حول العديد من القضايا، إلا أن فونتين يكنّ لنائب المدير الاحترام الكبير؛ ستراثمور رجل ذكي، ربما أفضل ما ملكته (إن إس أي). في الوقت نفسه، منذ إخفاق سكيبجاك، كان ستراثمور يرزح تحت ضغط هائل. هذا ما جعل فونتين مرتبكاً؛ القائد يدير الكثير من الأمور المهمة في (إن إس أي) ــ ويتوجب على فونتين حماية هذه الوكالة.

إحتاج فونتين إلى شخص يراقب ستراثمور المتذبذب ويتأكد من ثقته مئة بالمئة ــ ولكن لم يكن ذلك بالأمر السهل. ستراثمور رجل ذكي وقوي؛ احتاج فونتين إلى طريقة ليختبر فيها القائد من دون تشويه ثقته بنفسه أو سلطته.

قرر فونتين، بغض النظر عن احترام ستراثمور، القيام بالعمل بنفسه. قام بتركيب جهاز تسجيل غير مرئي في حساب القائد ستراثمور في الكريبتو ــ بريده الالكتروني، رسائله الداخلية، استعماله لبرنامج عاصفة الدماغ، كل شيء. إذا كان ستراثمور على وشك التداعي، سيرى المدير إشارات إنذار في أعماله. ولكن بدلاً من إشارات إخفاق، اكتشف فونتين تحضيرات لأحد أكثر المخططات الاستخباراتية إثارة

والتي كان قد صادفها في حياته. لا عجب إذاً أن ستراثمور كان يناضل بتلك الطريقة؛ لو تمكن من تحقيق تلك الخطة، فإنها ستعوض مئة مرة عن إخفاق سكيبجاك.

كــان فونتين قد استنتج أن ستراثمور بخير، يعمل بنسبة 110 بالمئة ــ بمستوى الحكمــة والذكاء والوطنية المعتاد التي عُرف به. أفضل شيء يتمكن المدير من فعله هــو الــتوقف جانباً ومراقبة القائد وهو يصنع سحره. لقد استنبط ستراثمور خطة... خطة ليس لدى فونتين أي نية في اعتراضها.

الــفــصــل 75

لمس ستراثمور بأصابعه مسدس البريتّا في حضنه. برغم الغضب الذي يغلي في دمــه، كان ستراثمور قد بُرمج ليفكر بوضوح. حقيقة أن هيل قد تجرأ على أن يضع إصـبعه على سوزان فليتشر قد أثارت اشمئزازه، ولكن حقيقة أن ذلك كان خطأه هو جعلـته أكـثر اشــمئزازاً؛ إذ ان ذهــاب سوزان إلى نود 3 كانت فكرته هو. يعرف ستراثمور جيداً كيف يقسّم عواطفه ــ من المستحيل أن يؤثر هذا في تدبر أمر الحصن الرقمي. إنه هو نائب مدير مكتب الأمن القومي. واليوم عمله أكثر جدية عما كان عليه من قبل على الإطلاق.

أبطــأ ستراثمور تنفسه. "سوزان،" كان صوته فاعلاً وواضحاً. "هل قمت بمحو الرسائل الالكترونية الخاصة بهيل؟"

"لا،" قالت مرتبكة.

"هل لديك مفتاح المرور؟"

هزت رأسها بالنفي.

عــبس ســتراثمور وهــو يمضغ شفته. كان عقله يفكر بسرعة. إنه في ورطة. بإمكانــه وبكــل سهولة أن يُدخل كلمة السر لمصعده، وستذهب سوزان. ولكنه يحتاج إليها هنا. يحتاج إلى مساعدتها في العثور على مفتاح المرور الخاص بهيل. لم يخبرها ســتراثمور بعد، ولكن إيجاد مفتاح المرور ذلك هو أكثر من مجرد فضول أكاديمي ــ إنــه ضــرورة أساسية. شكّ ستراثمور في أن بإمكانه إجراء البحث الشامل وأن يجد مفــتاح المرور بنفسه، ولكنه قد واجه مسبقاً مشاكل في تشغيل المقتفي. لم يكن يرغب في المخاطرة بذلك مرة أخرى.

"سوزان،" تنهد وهو مصمماً. "أحتاج إلى مساعدتك في إيجاد مفتاح مرور هيل."

"ماذا!" نهضت سوزان وعيناها غاضبتان.

قــاوم ســتراثمور الرغــبة فــي أن يقف هو الآخر معها. كان يعلم الكثير عن المفاوضات ــ مركز القوة هو دائماً الجالس. كان يأمل بأن تفعل مثله. لم تفعل ذلك.

"سوزان، اجلسي."

تجاهلته.

"اجلسي." في هذه المرة، كان أمراً.

بقيــت ســوزان واقفــة. "أيها القائد، إذا كنت لا تزال تملك الرغبة الحارقة في

اختبار خوارزمية تانكادو، يمكنك فعل ذلك وحدك. أريد الخروج."

رفع ستراثمور رأسه وأخذ نفساً عميقاً. كان من الواضح أنها تحتاج إلى تفسير. *تستحق ذلك*، فكر بالأمر. اتخذ ستراثمور قراره ـ ستستمع سوزان فليتشر لكل شيء. صلى من أجل ألا يكون ما يفعله خطأً.

"سوزان،" بدأ حديثه: "لم يكن من المفترض أن يصل الأمر إلى هذه الدرجة." مرر يده عبر شعره. "هناك أشياء لم أخبرك بها. أحياناً رجل في منصبي..." تردد القائد وكأنه يؤدي اعترافاً مؤلماً. "أحياناً رجل في منصبي يُجبر على الكذب على الأشخاص الذين يحبهم. اليوم هو واحد من هذه الأيام." نظر إليها بحزن. "ما أنا على وشك قوله، لم أخطط على الإطلاق أن أقوله... لك... أو لأي شخص."

شعرت سوزان بقشعريرة. كان على وجه القائد نظرة جادة إلى حد كبير. من الواضح وجود جانب من جدول أعماله لم تكن على اطلاع عليه. جلست سوزان.

ساد صمت طويل بينما كان ستراثمور يحدق في السقف، يستجمع أفكاره. "سوزان،" قال أخيراً، وصوته ضعيف. "ليس لدي عائلة." أعاد نظره إليها. "ليس لدي زواج أتحدث عنه. حياتي كانت هي حبي لوطني. حياتي كانت العمل هنا في (إن إس أي)."

استمعت سوزان بصمت.

"وكما يمكن أن تخمني،" تابع حديثه، "خططت لأن أتقاعد عما قريب. ولكنني أريد التقاعد وأنا مليء بالفخر. أريد التقاعد وأنا على علم بأنني حققت فرقاً."

"ولكنك بالفعل حققت اختلافاً،" سمعت سوزان نفسها تقول ذلك. "لقد بنيت الترانسلتر."

لم يبد أن ستراثمور قد سمع ذلك. "خلال السنوات القليلة الماضية، كان عملنا هنا في (إن إس أي) يزداد صعوبة مع مرور الأيام. لقد واجهنا أعداءً لم أتخيل أنهم سيقومون بتحدينا. أنا أتحدث عن مواطنينا أنفسهم. المحامون، المتعصبون للحقوق المدنية، (إي أف أف) ـ أدّى جميعهم دوراً، ولكن الأمر أكبر من ذلك. *الشعب*. لقد فقدوا الثقة. لقد أصيبوا بجنون الارتياب. فجأة أصبحوا يروننا على أننا أعداؤهم. أشخاص مثلي ومثلك، أشخاص يهتمون بمصالح الأمة على أنه الأساس، ثم نجد أنفسنا نقاتل لنحافظ على حقنا في خدمة بلدنا. نحن لم نعد المحافظين على السلام. أصبحنا نسترق السمع، نتلصص على الأشخاص، نتعدى على حقوق الشعب." أطلق ستراثمور تنهدة. "لسوء الحظ، هناك أشخاص ساذجون في العالم، أشخاص لا يمكنهم تخيل الرعب الذي سيلاقونه في حال لم نتدخل. أؤمن بصدق أن الأمر يعود إلينا في إنقاذهم

من جهلهم."

انتظرت سوزان لتسمع وجهة نظره.

حدق القائد بتعب إلى الأرض ثم نظر إلى الأعلى. "سوزان، اسمعيني." قال وهو يبتسم بلطف. "سوف ترغبين في إيقافي، ولكن اسمعيني. لقد كنت أقوم بفك شيفرة رسالة تانكادو البريدية منذ حوالى شهرين. وكما يمكنك أن تتخيلي، كنت مذهولاً عندما قرأت رسالته أول مرة إلى نورث داكوتا حول الخوارزمية غير القابلة للتحليل التي يطلق عليها الحصن الرقمي. لم أؤمن أن ذلك ممكن. ولكن في كل مرة اعترضت فيها رسالة جديدة، بدا تانكادو أكثر وأكثر إقناعاً. عندما قرأت بأنه استخدم سلاسل متغيرة ليصوغ شيفرة لمفتاح دوري، أدركت أنه قد سبقنا بسنوات ضوئية، لقد كانت تلك مقاربة لم يقم أحد هنا بتجربتها."

"ولِمَ سنقوم بذلك؟" سألته سوزان. "إنها بالكاد منطقية."

نهض ستراثمور وراح يمشي، مبقياً عينه على الباب. "منذ بضعة أسابيع، عندما سمعت عن المزاد العلني لبيع الحصن الرقمي، قبلت في النهاية حقيقة أن تانكادو كان جاداً. علمت أنه لو قام ببيع خوارزميته لشركة برمجة يابانية، سيقضى علينا جميعاً، لذلك حاولت التفكير في أي طريقة لإيقافه. فكرت في قتله، ولكن بتلك الشهرة الواسعة المحيطة بالخوارزمية وبجميع تلك الإدعاءات الأخيرة عن الترانسلتر، سنكون مشتبهين بتلك الجريمة. كان ذلك عندما خطر الأمر في بالي." التفت إلى سوزان. "أدركت أنه *لا* يتوجب إيقاف الحصن الرقمي."

حدقت به سوزان، ومن الواضح أنها تائهة.

تابع ستراثمور حديثه: "رأيت فجأة الحصن الرقمي على أنه فرصة العمر. اكتشفت أنه ببضع تغيرات بسيطة، يمكن أن يعمل الحصن الرقمي *لصالحنا* بدلاً من أن يعمل ضدنا."

لم تكن سوزان قد سمعت من قبل أي شيء منافياً للعقل كهذا. الحصن الرقمي هو خوارزمية غير قابلة للحل، يمكن لها أن تدمرهم.

"إذا،" تابع ستراثمور، "إذا تمكنت من القيام بتعديل بسيط في الخوارزمية... قبل إطلاقها... " قدم إليها ومضة ماكرة بعينه.

استغرق الأمر ثانية فقط.

رأى ستراثمور الإثارة تظهر في عيني سوزان. شرح خطته بحماسة. "إذا تمكنت من الحصول على مفتاح المرور، فسوف نستطيع فتح قفل نسخة الحصن الرقمي لدينا وندخل التعديل."

"خـــيار خفـــي،" قالـــت لـــه سوزان، وقد نسيت تماماً أن القائد قد كذب عليها. شعرت بموجة من الحماسة: "تماماً مثل سكيبجاك."

أومأ ستراثمور. "بعدها يمكننا إبدال ملف تانكادو المجاني الموجود على الإنترنت بنســختنا *المعدلة*. وبسبب أن الحصن الرقمي هو خوارزمية يابانية، لن يشك أحدٌ بأن لـــ (إن إس أي) دوراً فيها. كل ما علينا فعله هو إجراء التغيير."

أدركـــت ســـوزان أن الخطة كانت عبقرية جداً. إنها واضحة... ستراثمور. لقد خطط لإطلاقٍ خوارزمية لن تتمكن (إن إس أي) من حلها!

"بإطلاق وصول تام،" قال ستراثمور، "سيصبح الحصن الرقمي الشيفرة المعتمدة بين عشية وضحاها."

"بيـــن عشـــية وضـــحاها؟" قالت سوزان. "كيف استنتجت *ذلك؟* حتى ولو أصبح الحصـــن الرقمـــي مـــتوافراً في كل مكان مجاناً، سيستمر معظم مستخدمي الكمبيوتر باســتخدام خوارزمـــياتهم القديمة على اعتبار ذلك أكثر طمأنينة لهم. ما السبب الذي يجعلهم يستخدمون الحصن الرقمي؟"

ابتسم ستراثمور. "بسيط. تسرب أمني. يكتشف العالم بأكمله أمر الترانسلتر."

تدلى فك سوزان.

"بســيط تمامـــاً، سوزان، نجعل الحقيقة تنطلق في كل مكان. نخبر العالم عن أن لـــدى (أن إس أي) جهـــاز كمبيوتر يمكنه تحليل الخوارزميات كلها باستثناء الحصن الرقمي."

كانت سوزان مندهشة. "عندها ينتقل الجميع إلى استخدام الحصن الرقمي... من دون معرفة أن بإمكاننا تحليله!"

أومـــأ ســـتراثمور. "بالضبط." ساد صمت طويل. "أنا آسف لأنني كذبت عليك. محاولـــة إعـــادة صياغة الحصن الرقمي هو خدعة كبيرة بعض الشيء، لم أرغب في إشراكك بالأمر."

"أنـــا... أفهم ذلك." أجابته ببطء، وهي لا تزال مذهولة من الألمعية الخارقة لتلك الفكرة. "أنت لست كاذباً سيئاً."

ضـــحك ســـتراثمور بخفـــوت. "سنوات من الخبرة. الكذب هو الطريقة الوحيدة لإبقائك بعيداً عن الحلقة."

أومأت سوزان: "وكم هو حجم الحلقة؟"

"أنت تنظرين إليها."

ابتسمت سوزان للمرة الأولى خلال ساعة. "كنت أخشى أن تقول ذلك."

هز كتفيه: "حالما يتم وضع الحصن الرقمي في مكانه، سـأقوم بإعلام المدير."

كانـت سوزان متأثرة. إن خطة ستراثمور كانت ضربة استخباراتية عالمية ذات شـأن عظـيم لـم يُتخيل من قبل. وقد حاول القيام بها وحده. بدا وكأنه قد نجح بذلك أيضاً. مفتاح المرور كان في الأسفل هناك. تانكادو ميت. تم تحديد شريك تانكادو.

صمتت سوزان.

تانكادو ميت. هذا يبدو مريحاً جداً. فكرت بالكذب كله الذي أخبرها به ستراثمور فأحست فجأة بالقشعريرة. نظرت بارتباك إلى القائد. "هل قتلت إينسي تانكادو؟"

بـدا سـتراثمور متفاجـئاً. هز رأسه: "بالطبع لا. لم يكن هناك حاجة إلى قتل تانكـادو. في الحقيقة، أفضّل أن يكون على قيد الحياة. موته ربما سيثير الشكوك حول الحصـن الرقمـي. أريد هذا التغيير أن ينتشر بأكثر ما يمكننا من الهدوء والوضوح. الخطة الأصلية كانت هي أن نقوم بالتعديل ثم نجعل تانكادو يبيع مفتاحه."

كـان على سوزان الاعتراف بأن ذلك بدا منطقياً. لن يكون لدى تانكادو أي شك بـأن الخوارزمـية الموجـودة على الإنترنت هي ليست الأصلية. لن يتمكن أحد من الدخول إليها باستثنائه هو ونورث داكوتا. باستثناء لو قام تانكادو باسترجاعها ودراسة برمجتها بعد إطلاقها، لن يعرف على الإطلاق بأمر الخيار الخفي. لقد كدح في العمل على الحصن الرقمي لفترة كافية تجعله لا يرغب ربما في رؤية البرمجة مرة أخرى.

تركـت سـوزان كل شيء يتركز. فهمت فجأة حاجة ستراثمور إلى السرية في الكريبتو. تستغرق المهمة الحالية وقتاً طويلاً وهي حساسة جداً ــ كتابة خيار خفي في خوارزمـية معقدة وتحقيق تغيير غير قابل للكشف في الإنترنت. كان الإخفاء ذا أهمية كبيرة جداً. أثر بسيط لأن يكون الحصن الرقمي قد تم لمسه سيقوم بإفساد خطة القائد.

الآن فهمت تماماً لماذا أراد أن يترك الترانسلتر يعمل. *في حال سيكون الحصن الرقمـي هو الطفل المدلل الجديد لدى (إن إس أي)، فبالتأكيد أراد ستراثمور أن يتأكد من أنه غير قابل للحل!*

"أما تزالين ترغبين في الخروج؟" سألها.

نظرت سوزان إليه. بطريقة ما جالسة هناك في الظلام مع القائد العظيم تريفور ستراثمور، تلاشى خوفها بعيداً. إعادة كتابة الحصن الرقمي هو فرصة لتغيير التاريخ ــ فرصـة لجعـل الذي لا يصدق حقيقة ــ ويمكن لستراثمور أن يستخدم مساعدتها. أجبرت سوزان نفسها على إطلاق ابتسامة مترددة. "ما هي خطوتنا التالية؟"

ابتسم ستراثمور بابتهاج. اقترب ووضع يده على كتفها. "شكراً لك." ابتسم ثم أسرع للقيام بعمله. "سنذهب إلى الطابق السفلي سويةً." أمسك بمسدسه. "أنت ستبحثين في جهاز هيل. وأنا سأقوم بحمايتك."

أجفلت سوزان عند سماعها فكرة النزول إلى الأسفل. "ألا يمكننا الانتظار إلى أن يتصل ديفيد ومعه نسخة تانكادو؟"

هز ستراثمور رأسه: "كلما أسرعنا في إجراء التعديل، كان أفضل. ليس لدينا أي ضمان بأن ديفيد سيعثر على النسخة الأخرى. لو سقط الخاتم بمحض الصدفة التعيسة في الأيدي الخاطئة هناك، سأفضّل أن نكون قد قمنا بتعديل الخوارزمية مسبقاً. بتلك الطريقة، مهما كان الشخص الذي يملك المفتاح، سيقوم بتحميل *نسختنا* من الخوارزمية." وضع ستراثمور إصبعه على المسدس ووقف: "يجب أن نذهب لنجلب مفتاح هيل."

صمتت سوزان. لدى القائد وجهة نظر محقّة. إنهما يحتاجان إلى مفتاح المرور الخاص بهيل. وهما يحتاجان إليه الآن.

عندما وقفت سوزان كانت ساقاها شديدتي العصبية. تمنت لو أنها قامت بضرب هيل بقوة أكثر. نظرت إلى سلاح ستراثمور وفجأة أحست بالقلق: "هل ستقوم حقاً بإطلاق النار على كريج هيل؟"

"لا." عبس ستراثمور، وهو يمشي بخطى واسعة نحو الباب: "ولكن لنأمل أنه لا يعرف ذلك."

الـفـصـل 76

خارج حدود مطار سيفيل، وقفت سيارة أجرة لم توقف عدادها. حدق الراكب ذو النظارات السلكية عبر النوافذ ذات الصفائح الزجاجية بالمطار المضاء بشكل جيد. عرف أنه وصل في الوقت المناسب.

استطاع رؤية الفتاة الشقراء. كانت تساعد ديفيد بيكر في الجلوس على كرسي. بدا أن بيكر يتألم. *لم يعرف الألم بعد*، فكر الراكب. سحبت الفتاة شيئاً صغيراً من جيبها ورفعته إلى الأعلى. رفعه بيكر وتفحصه تحت ذلك الضوء. بعدها زلقه في إصبعه. سحب رزمة من الأموال من جيبه ودفعها للفتاة. تحدثا لبضع دقائق بعد ذلك، ثم عانقته الفتاة. لوحت إليه، ووضعت الحقيبة على كتفها، ثم توجهت عبر الباحة.

أخيراً، فكّر الرجل في سيارة الأجرة. *أخيراً*.

الفصل 77

خطى ستراثمور لخارج مكتبه إلى منبسط الدرج وسلاحه موجه إلى الأمام. مشت سوزان خلفه، متسائلة ما إذا كان هيل لا يزال في نود 3.

ألقى الضوء الصادر عن شاشة جهاز ستراثمور خلفهم ظلالاً غريبة لأجسادهم فوق منبسط الدرج الشعري. اندفعت سوزان ببطء على مقربة أكثر من القائد.

عندما تحركا بعيداً عن الباب، تلاشى الضوء، فغاصا في الظلام. كان الضوء الوحيد في طابق الكريبتو صادراً من النجوم في الأعلى، ومن الضباب الباهت الصادر من خلفهم عبر نافذة نود 3 المكسورة.

اندفع ستراثمور إلى الأمام، يبحث عن المكان الذي يبدأ منه ذلك السلم الضيق. ناقلاً المسدس البريتّا إلى يده اليسرى، تلمّس طريقه إلى الدرابزين بيده اليمنى. علم أنه ربما يكون مُصوباً سيئاً بيده اليسرى، ويحتاج إلى يده اليمنى لتدعمه. ولكن السقوط إلى الأسفل فوق هذه الأدراج يمكن أن يصيب الشخص بالشلل طوال حياته، ولم تتضمن أحلام ستراثمور عند تقاعده كرسي المقعدين.

أما سوزان، التي أصبحت لا ترى شيئاً بسبب ظلام قبة الكريبتو، فنزلت الدرج ويدها على كتف ستراثمور. حتى على بعد مسافة قدمين فقط عنه، لم تتمكن من رؤية جسد القائد. عند كل درجة معدنية، كانت تجر أصابع قدمها إلى الأمام تبحث عن الحافة.

بدأت سوزان تفكر ملياً بمخاطرة الذهاب إلى نود 3 للحصول على مفتاح مرور هيل. أصر القائد على أن هيل لن يتجرأ على لمسهما، ولكن سوزان لم تكن واثقة من ذلك. لقد فقد هيل الأمل. فأمامه خياران فقط: إما الهرب من الكريبتو أو الذهاب إلى السجن.

صوتٌ ما إستمرّ في إخبار سوزان أنه يتوجب عليهم انتظار مكالمة ديفيد واستخدام مفتاح مروره، ولكنها تعلم أن عثوره على المفتاح ليس أمراً مضموناً. تساءلت ما الذي كان يستغرق من ديفيد كل ذلك الوقت. كبتت سوزان ذلك الخوف واستمرت في المشي.

نزل ستراثمور بصمت. لم يكن هناك حاجة إلى إثارة انتباه هيل أنهما قادمان. بينما كان يقترب من النهاية، بطأ ستراثمور في مشيه، وهو يتلمس الخطوة الأخيرة. عندما وجدها، أطلق كعب حذائه فرقعة على الآجرّة السوداء القاسية. شعرت سوزان

بأن كتفه متوتر. لقد دخلوا إلى المنطقة الخطرة. يمكن أن يكون في أي مكان هنا.

أمـــام مرأى عيونهم، مختبئاً الآن خلف الترانسلتر، كان هدفهما ـ نود 3. صلّت سوزان من أجل أن يكون هيل لا يزال هناك، ممدّداً على الأرض، يئن متلوياً من الألم مثل الكلب.

ترك ستراثمور الدرابزين ونقل المسدس إلى يده اليمنى. من دون لفظ أي كلمة، تحـــرك في الظلام. تشبثت سوزان بكتفه بشدة. إذا أضاعته، ستكون الطريقة الوحيدة لإيجاده مرة أخرى هي التحدث. ربما يسمعهما هيل. عندما ذهبا بعيداً عن مأمنهما في الـــدرج، تذكـــرت ســـوزان ألعـــاب المطاردة عندما كانت صغيرة ــ غادرت المخبأ الرئيسي، وهي الآن في الأرض المكشوفة. إنها معرضة للهجوم.

الترانســـلتر هـــو الجزيـــرة الوحيدة في البحر الأسود. كل بضع خطوات، كان ستراثمور يقف، يوازن مسدسه، ويسترق السمع. الصوت الوحيد كان الهمهمة الخافتة الصـــادرة من الأسفل. أرادت سوزان أن تسحبه إلى الخلف، حيث الأمان، إلى المخبأ الرئيسي. بدا أن هناك وجوهاً تحيط بها من الجهات كلها في الظلام.

فـــي منتصـــف الطـــريق إلى الترانسلتر، تبدد صمت الكريبتو. في مكان ما في الظلام، على ما يبدو فوقهما تماماً، اخترق الليل صوت عالي الشدة. التفت ستراثمور، أضاعته سوزان. فألقت ساعدها إلى الأمام، تبحث عنه. ولكن القائد كان قد ذهب. فرغ المكان الذي كان كتفه فيه. أسرعت إلى الأمام إلى الفراغ.

اســـتمر صوت الطنين. كان بقربها. التفتت سوزان في الظلام. كان هناك حفيف الملابس، وفجأة توقف الصوت. جمدت سوزان في مكانها. بعد ثانية، وكأنه واحد من أســـوأ كوابيس طفولتها، ظهر الجسد. فجأة برز وجه أمامها، شبح أخضر اللون. وجه ظلال شيطانية حادة قد برزت من الأعلى على شكل صور مشوّهة. قفزت إلى الخلف. التفتت لتهرب، ولكنه أمسك بساعدها.

"لا تتحركي!" أمرها بذلك.

للحظـــة، اعتقدت أنها قد رأت هيل في تلك العينين المتوقدتين. ولكن الصوت لم يكـــن لهيل. واللمسة كانت ناعمة جداً. إنه ستراثمور. كان مضاءً من الخلف بالشيء المتقد الذي سحبه للتو من جيبه. ارتخى جسدها بالارتياح. شعرت بأنها قد عادت إلى التنفس مرة أخرى. كان الشيء الذي في يده نوعاً من المصابيح الإلكترونية التي تبعث نوراً أخضر اللون.

"اللعـــنة،" شـــتم ســـتراثمور بصـــمت خافت. "إنه البيجر الجديد." حدق بالبيجر

باشمنزاز وقد وضعه في راحة كفه. كان قد نسي أن يحوله إلى الرنين الصامت. وبصورة هزلية، كان قد ذهب إلى مركز إلكترونيات محلي ليشتري تلك الآلة. لقد دفع الكثير من الأموال حينها ليجعله عديم الاسم؛ فلا أحد أفضل من ستراثمور يعلم كيف أن (إن إس أي) تراقب الأمور ـ الرسائل الرقمية التي يبعثها ويرسلها عبر هذا البيجر كانت شيئاً يحتاج ستراثمور بالتأكيد إلى أن يبقيه سراً.

نظرت سوزان حولها بارتباك. لو لم يكن هيل قد علم أنهما هنا، فلا بد أنه عرف الآن.

ضغط ستراثمور على بضعة أزرار وقرأ الرسالة القادمة. تأوه بهدوء. كان هناك المزيد من الأخبار السيئة القادمة من إسبانيا ـ ليس من ديفيد، ولكن من شخص آخر كان ستراثمور قد أرسله إلى سيفيل.

على بعد ثلاثة آلاف ميل، سيارة شحن للمراقبة الجوالة أسرعت عبر شوارع سيفيل المظلمة. كانت مكلفة من قبل (إن إس أي) تحت مهمة سرية 'في الظلال' من قاعدة روتا العسكرية. كان الرجلان القابعان داخلها متوترين. لم تكن هذه هي المرة الأولى التي يتلقيان فيها أوامر طارئة من فورت ميد، ولكن هذه الأوامر لم تكن عادة من أشخاص أصحاب سلطة عالية جداً.

صاح العميل الجالس خلف المقود: "أي إشارة لرجلنا؟"

لم تغادر عينا زميله إشارة الشبكة الصادرة عن شاشة فيديو كبيرة في السقف: "لا. استمر في القيادة."

الفصل 78

أسفل كومة الأسلاك المجدولة، كان جابا يتصبب عرقاً، وهو مستلق على ظهره والقلم الضوئي مثبَّت في فمه. كان قد اعتاد العمل لساعات متأخرة في أيام العطل؛ الساعات التي يكون فيها الازدحام أقل في (إن إس أي) هي الأوقات الوحيدة التي يتمكن فيها من القيام بصيانة الأجهزة. وهو يناور مع السلك الحديدي المتقد الخاص باللحام عبر مجموعة الأسلاك فوقه، تحرك بعناية فائقة، إن حرق أي زوائد ربما تؤدي إلى التسبب بكارثة.

بضع إنشات قليلة فقط، فكر بذلك. لقد استغرق العمل وقتاً أكثر مما كان يتوقعه.

في اللحظة التي كان يقرب فيها القطعة الحديدية من نهاية سلك اللحام، رن هاتفه الخلوي بحدة. جفل جابا، ارتعش ساعده، فسقطت كمية كبيرة من الرصاص المائع اللاذع.

"اللعنة!" أسقط قطعة الحديد وكاد يبتلع القلم الضوئي. "اللعنة! اللعنة! اللعنة!"

فرك باهتياج قطرة اللحام المبرد. تلاشت، تاركة أثراً. الرقاقة التي كان يحاول لحامها في مكانها سقطت وطرقت برأسه.

"تباً لذلك!"

استدعاه هاتفه مرة أخرى. تجاهله جابا.

"ميدج،" شتم بصوت خفيف. *اللعنة عليك! إن الكريبتو بخير!* استمر الهاتف بالرنين. عاد جابا إلى العمل معيداً وضع الرقاقة الجديدة. بعد دقيقة، كانت الرقاقة في مكانها، ولكن الهاتف استمر بالرنين. *بحق الله، ميدج! استسلمي!*

رن الهاتف لخمس عشرة ثانية أخرى ثم توقف أخيراً. أطلق جابا تنهدة ارتياح.

بعد ستين ثانية، فرقع نظام الاتصال فوقه. "هل يتفضل رئيس تقنيي أمن الأنظمة بالاتصال بالمقسم الرئيسي ليتلقى رسالته."

دوّر جابا عينيه باندهاش. *لا تستسلم أبداً؟* تجاهل النداء.

الـفـصـل 79

أعاد ستراثمور وضع البيجر في جيبه وأمعن نظره عبر الظلام باتجاه نود 3.

مد يده بحثاً عن يد سوزان. "هيا."

ولكن أصابعهما لم تتلامس على الإطلاق.

سمعا صرخة طويلة صادرة من حنجرة شخص ما في الظلام. لاح شخص متوعد ــ وكأن سيارة شحن اندفعت إلى الداخل من دون أن تشعل أضواءها الأمامية. بعد ثانية، كان هناك اصطدام وانزلق ستراثمور فوق الأرض.

لقد كان هيل. لقد فضح البيجر مكانهما.

سمعت سوزان سقوط المسدس. للحظة كانت متجمدة في مكانها، لا تعلم إلى أين تهرب، أو ماذا تفعل. أخبرها حدسها أن تهرب، ولكنها لا تملك شيفرة المصعد. أخبرها قلبها أن تساعد ستراثمور، ولكن كيف؟ عندما التفتت يائسةً، توقعت أن تسمع أصوات صراع البقاء أو الموت على الأرض، ولكن لم يكن هناك أي شيء. أصبح كل شيء صامتاً فجأة ــ وكأن هيل قد ضرب القائد واختفى بعدها عائداً إلى الظلام.

انتظرت سوزان، محدّقة في الظلام، على أمل ألا يكون ستراثمور قد أصيب بأذى. بعد أن انتظرت إلى اللانهاية، همست، "أيها القائد؟"

عندما قالت ذلك، أدركت خطأها. بعد ثانية برز عطر هيل خلفها. التفتت ولكن بعد أن فاتها الوقت. من دون أي إنذار، كانت تتلوى، تلهث من أجل الهواء. وجدت نفسها تناضل في قبضة مألوفة، ووجهها مواجه صدر هيل.

"إن خصيتيَّ تؤلمانني." لهث هيل في أذنها.

التوت ركبتا سوزان. بدأت النجوم في القبة تدور حولها.

الفصل 80

شدّ هيل على رقبة سوزان وصاح في الظلام. "أيها القائد، حبيبتك معي. أريد الخروج!"

أجاب الصمت على طلبه.

شدّ هيل بقبضته بقوة أكثر: "سأكسر لها رقبتها!"

صوّب المسدس مباشرة خلفه. كان صوت ستراثمور هادئاً ومطمئناً: "دعها تذهب."

أجفلت سوزان من الألم. "أيها القائد!"

دوّر هيل جسد سوزان باتجاه الصوت. "أطلق النار وستصوّب على حبيبتك سوزان. هل أنت جاهز لتخاطر بذلك؟"

تحرك صوت ستراثمور ليصبح على مقربة أكثر. "دعها تذهب."

"مستحيل. ستقتلني."

"لن أقتل أحداً."

"أوه، ياه؟ قل ذلك لشارتروكيان!"

تحرك ستراثمور على مقربة أكثر. "شارتروكيان ميت."

"اللعنة عليك. أنت قتلته. رأيت ذلك!"

"استسلم كريج." قال ستراثمور بهدوء.

قبض هيل على سوزان بشدة وهمس في أذنها. "لقد قام ستراثمور بدفع شارتروكيان ـ أقسم على ذلك!"

"إنها لن تقع في خدعتك بأن تفرق وتسد." قال ستراثمور وهو يتحرك على مقربة أكثر. "دعها تذهب."

قال هيل باستهجان في الظلام. "لقد كان شارتروكيان مجرد *طفل*، بحق الله! لماذا فعلت ذلك؟ لتحمي سرك التافه؟"

حافظ ستراثمور على هدوئه. "وما هو هذا السر التافه؟"

"أنت تعلم جيداً ما هو هذا السر! الحصن الرقمي!"

"رائع" بربر ستراثمور متعالياً، وصوته هادئ جداً. "إذاً أنت تعلم فعلاً بأمر الحصن الرقمي. كنت قد بدأت أفكر بأنك ستتنكر هذا أيضاً."

"اللعنة عليك."

"دفاع ذكي."

"أنت غبي،" شتم هيل. "لمعلوماتك، الترانسلتر حار جداً."

"حقــاً؟" ضحك ستراثمور بخفوت. "دعني أحزر ـــ يجب عليّ أن أفتح الأبواب واستدعي تقنيي أمن الأنظمة؟"

"بالضبط،" أجابه هيل بسرعة. "وستكون أبله إذا لم تفعل ذلك."

ضحك ستراثمور بصوت أعلى هذه المرة. "هذه هي خدعتك الماكرة؟ الترانسلتر حار جداً، لذا افتح الأبواب ودعنا نخرج؟"

"هــذا صحيح، تباً لك! لقد كنت في الطوابق السفلية! إن الطاقة الاحتياطية غير قادرة على سحب فريون كاف!"

"شكراً لهذه النصيحة." قال ستراثمور. "ولكن لدى الترانسلتر إغلاق أوتوماتيكي، في حال ارتفعت حرارته إلى درجة كبيرة، سيتوقف الحصن الرقمي بنفسه."

قال هيل باستهزاء. "أنت مجنون. لماذا سأهتم إذا انفجر الترانسلتر؟ إن تلك الآلة اللعينة يجب حظر استخدامها على أي حال."

تــنهد ســتراثمور. "إن التأثير النفسي الطفلي ينطبق على الأطفال فقط، كريج. دعها تذهب."

"إذن يمكنك إطلاق النار علي؟"

"لن أطلق النار عليك. أريد مفتاح المرور فقط."

"أي مفتاح مرور؟"

تنهد ستراثمور مرة أخرى. "ذلك الذي أرسله تانكادو إليك."

"ليس لدي أي فكرة عما تتحدث."

"كاذب!" تدبرت سوزان قول ذلك. "لقد رأيت بريد تانكادو في حسابك!"

تصلب هيل. دوّر سوزان: "اقتحمت حسابي البريدي؟"

"وأنت قمت بإلغاء المقتفي الخاص بي،" قالت بسرعة.

شعر هيل بأن ضغط دمه يندفع كالصاروخ. فكر بأنه قد قام بمحو آثاره كلها؛ لم يكــن لديــه أي فكــرة بأن سوزان تعلم ما الذي فعله. لم يكن من المستغرب لماذا لا تصدق سوزان أي كلمة يقولها. شعر هيل بأن الجدران تنطبق عليه. علم أنه لن يتمكن مــن الكــذب علــيها ـــ لــيس فــي الوقت المناسب. همس في أذنها وقد فقد الأمل: "سوزان... لقد قام ستراثمور بقتل شارتروكيان!"

"دعها تذهب،" قال ستراثمور بحدة. "لن تصدقك."

"ولماذا تقوم بذلك؟" أجابه هيل بسرعة. "أنت وغد كاذب! لقد قمت بغسل دماغها! تخبرها فقط بما يناسب غاياتك! هل تعلم *حقاً* ما الذي خططت لأن تفعله بالحصن الرقمي؟"

"وما الذي يكون هذا؟" قال ستراثمور بسخرية.

علم هيل أن ما هو على وشك قوله إما سيكون بطاقة إلى حريته أو إذناً بموته. أخذ نفساً عميقاً وخاطر بما سيقوله. "لقد خططت أن تكتب خياراً خفياً في الحصن الرقمي."

أجاب صمت محير على كلماته في الظلام. علم هيل أنه قد أصاب الهدف تماماً.

يبدو أن هدوء ستراثمور المحكم قد وضع على الاختبار الآن. "من الذي أخبرك؟" سأله بصوت قوي جداً.

"قرأت ذلك،" قال هيل معتداً بنفسه، محاولاً أن يستفيد من تحول القوى. "في إحدى بياناتك الخاصة بعاصفة الدماغ."

"مستحيل. أنا لا أقوم بطباعة بياناتي تلك *على الإطلاق*."

"أعرف ذلك. لقد قرأته مباشرة من حسابك البريدي."

بدا ستراثمور شاكاً بالأمر: "دخلت إلى مكتبي؟"

"لا. تطفلت عليك وأنا في نود 3." أجبر هيل نفسه على إطلاق ضحكة واثقة بالنفس. يعلم أنه سيحتاج إلى مهارات المفاوضات كلها التي تعلمها في المارينز ليخرج من الكريبتو على قيد الحياة.

اندفع ستراثمور على مقربة أكثر، موجهاً مسدسه في الظلام. "كيف عرفت بأمر الخيار الخفي؟"

"أخبرتك، لقد تطفلت على حسابك."

"مستحيل."

أجبر هيل نفسه على إطلاق سخرية ليعيد ثقته بنفسه. "أحد مشاكل توظيف النخبة، أيها القائد ـ أحياناً يكونون أفضل منك."

"أيها الشاب،" اهتاج ستراثمور، "لا أعلم من أين حصلت على المعلومات، ولكن أنت في طريقك إلى حتفك. ستدع الآنسة فليتشر تذهب الآن فوراً، أو سأتصل بالأمن وأجعلك مرمياً في السجن بقية حياتك."

"لن تفعل ذلك،" وضح هيل على نحو حقيقي. "الاتصال بالأمن سيفسد لك

خططـــك. سأخبرهم بكل شيء." صمت هيل. "ولكن دعني أخرج من هنا سالماً، ولن أقول أي كلمة على الإطلاق عن الحصن الرقمي."

"ليس بيننا اتفاق،" أجابه ستراثمور فوراً. "أريد مفتاح المرور."

"لا أملك أي مفاتيح مرور لعينة!"

"كفاك كذباً!" صاح ستراثمور بقوة. "أين هو؟"

شدّ هيل أكثر على رقبة سوزان: "دعني أخرج، أو سأجعلها تموت!"

قـــام تريفور ستراثمور بمساومات كثيرة مليئة بالمخاطر في حياته، ليعرف بأن هـــيل فـــي حالـــة تفكير خطيرة جداً. لقد وضع نفسه في الزاوية، والخصم الذي في الـــزاوية يكون دائماً النوع الأكثر خطورة ـــ يائس ومن الصعب التنبؤ بما سيقوم به. يعلـــم ستراثمور أن خطوته التالية ستكون ذات أهمية كبيرة. حياة سوزان تعتمد عليها ـــ وكذلك مستقبل الحصن الرقمي.

يعلـــم ستراثمور أن أول شيء عليه القيام به هو تهدئة وتيرة الموقف. بعد لحظة طويلة، تنهد على كره. "حسناً، كريج. لقد فزت. ما الذي تريدني أن أفعله؟"

الصـــمت. بدا أن هيل للحظة غير متأكد من كيفية التعامل مع نبرة صوت القائد المتعاونة. خفف قليلاً عن رقبة سوزان.

"حســـ حسناً..." تلعثم بقوله، وصوته قد ارتعش فجأة. "أول شيء هو أن تعطيني مسدسك. وتأتيان معي."

"رهائن؟" ضحك ستراثمور ببرود. "كريج، يجب عليك أن تفعل ما هو أفضل من ذلك. هناك عشرات الحراس المسلحين من هنا إلى موقف السيارات."

"أنـــا لســـت غبياً." أجاب هيل بسرعة. "أنا سأستقل المصعد. تأتي سوزان معي! *وأنت* تبقى هنا!"

"أكره إخبارك هذا!" أجابه ستراثمور، "ولكن لا يوجد كهرباء لتشغيل المصعد."

"هـــراء!" قـــال بغضب. "هذا المصعد يعمل على طاقة من المبنى الرئيسي! لقد رأيت مخططه!"

"لقد قمنا بتجريبه مسبقاً!" قالت سوزان باختناق، محاولة المساعدة: "إنه لا يعمل."

"كلاكمـــا مجرد لعنة وحسب، هذا لا يصدق." ضيّق هيل قبضته. "لو أن المصعد لا يعمل، سأقوم بإلغاء الترانسلتر وأعيد الطاقة."

"يعتمد المصعد على كلمة سر ليعمل." تدبرت سوزان إطلاق ذلك بغضب.

"هذا كل شيء،" ضحك هيل. "أنا متأكد من أن القائد سيساعدنا. أليس كذلك، أيها

القائد؟"

"مستحيل،" أجاب ستراثمور باستهجان.

غلى هيل من الغيظ: "اسمعني الآن، أيها العجوز ـ هاك اتفاقي! تدعني أنا وسوزان نخرج عبر مصعدك، نقود لبضع ساعات، ثم أتركها تذهب."

شعر ستراثمور بأن المخاطر تزداد. لقد قام بإشراك سوزان في هذا ويحتاج الآن إلى أن يخرجها. بقي صوته راسخاً كالحجر. "ماذا عن خططي للحصن الرقمي؟"

ضحك هيل. "يمكنك صياغة الخيار الخفي ـ لن أتفوه بأي كلمة." أصبح صوته بعدها منذراً بالشؤم. "ولكن في اليوم الذي أعلم به بأنك تلاحقني، سأذهب إلى الصحافة وأخبرهم القصة بأكملها. أخبرهم بأن الحصن الرقمي متلاعب به، وأقوم بإغراق هذه المنظمة اللعينة بأكملها!"

فكر ستراثمور ملياً بعرض هيل. إنه واضح وبسيط. تعيش سوزان، ويحتوي الحصن الرقمي على الخيار المخفي. طالما لا يقدم ستراثمور على اللحاق بهيل، يبقى الخيار الخفي سراً. يعلم ستراثمور بأن هيل لا يستطيع أن يُبقي فمه مغلقاً لوقت طويل. ولكن مع ذلك... المعلومات عن الحصن الرقمي هي ضمان هيل الوحيد ـ ربما سيكون ذكياً. مهما حدث، يعلم ستراثمور بأنه يمكن أن يصفي هيل في ما بعد إذا دعت الحاجة.

"اتخذ قرارك، أيها العجوز!" وبخ هيل بسخرية. "هل سنغادر أم لا؟" ضاقت يدا هيل حول سوزان مثل الملزمة.

يعلم ستراثمور أنه في حال رفع الهاتف الآن واتصل بالأمن فوراً، ستبقى سوزان على قيد الحياة. إنه يراهن بحياته على ذلك. يستطيع رؤية السيناريو بشكل واضح. ستجعل المكالمة هيل متفاجئاً تماماً. سيصاب بالذعر، وفي النهاية، عند لقائه مع الجيش الصغير، لن يتمكن هيل من عمل أي شيء. وبعد وقوعه في تلك الورطة الصغيرة، سيستسلم. *ولكن لو اتصلت بالأمن،* فكر ستراثمور، *ستفسد خطتي.*

شدّ هيل على قبضته أكثر، صاحت سوزان من الألم.

"ما الذي سيحدث؟" صاح هيل، "هل أقتلها؟"

فكر ستراثمور ملياً بخياراته. لو ترك هيل يخرج مع سوزان من الكريبتو، لن يكون هناك أي ضمانات. ربما يقود هيل لفترة، يرصف سيارته في الغابات. سيتملك مسدساً... أصيبت معدة ستراثمور بالغثيان. ليس هناك أي ضمان عما سيقوم هيل بفعله قبل أن يحرر سوزان... ذلك إذا قام بتحريرها. يجب *أن أتصل بالأمن،* قرر

ستراثمور. *ماذا أستطيع أن أفعل سوى ذلك؟* تخيل هيل في المحكمة، يُقر بكل شيء عن الحصن الرقمي. *ستفسد خطتي. لا بد من وجود طريقة أخرى.*

"قرر!" صاح هيل ساحباً سوزان باتجاه الدرج.

لم يكن ستراثمور يصغي. إذا كان إنقاذ سوزان يعني إفساد خطته، فليكن ذلك ـ لا شيء يساوي خسارتها. سوزان فليتشر ثمنٌ يرفض تريفور ستراثمور دفعه.

قام هيل بليّ ساعد سوزان خلف ظهرها وإحناء رقبتها إلى الجانب. "هذه الفرصة الأخيرة، أيها العجوز! أعطني المسدس!"

استمر عقل ستراثمور بالتسارع، باحثاً عن خيار آخر. *هناك دائماً خيارات أخرى!* تحدث أخيراً ـ بهدوء، بحزن تقريباً. "لا، كريج، أنا متأسف. لا يمكنني أن أدعك تذهب على الإطلاق."

اختنق صوت هيل مصدوماً. "ماذا!"

"سأتصل بالأمن."

لهثت سوزان: "أيها القائد! لا!"

خفف هيل من قبضته. "تتصل أنت بالأمن، وتموت هي!"

سحب ستراثمور هاتفه الخلوي من حزامه وقام بتشغيله. "كريج، أنت تخدعني!"

"لن تفعل ذلك أبداً!" صاح هيل. "أنا من سيتحدث! سأفسد خطتك! أنت على بعد ساعات قليلة فقط عن حلمك! السيطرة على المعلومات كلها في العالم! من دون ترانسلتر. بدون حدود ـ معلومات مجانية فقط. إنها فرصة العمر! لن تدعها تفلت منك!"

كان صوت ستراثمور مثل الحديد. "راقبني."

"ولكن ـ ولكن ماذا عن سوزان؟" تمتم هيل. "ستجري ذلك الاتصال، فتموت هي!"

حافظ ستراثمور على ثباته. "هذه فرصة أنا جاهز للمخاطرة بها."

"هراء! أنت تميل إليها أكثر مما تميل إلى الحصن الرقمي! أنا أعرفك! لن تخاطر بذلك!"

بدأت سوزان تدافع عن نفسها بغضب، ولكن ستراثمور سبقها لذلك. "أيها الشاب! أنت لا تعرفني! المخاطر هي ما أتقاضى عليه راتبي. إذا كنت تبحث عن الخيار الصعب، لك ذلك!" بدأ بالنقر على الأزرار على هاتفه. "لقد أسأت في الحكم عليّ، يا بني! لا أحد يهدد حياة موظفيّ ثم يهرب بعيداً!" رفع هاتفه وصاح في السماعة:

"المقسم الرئيسي! صلني مع الأمن!"

بدأ هيل بالتضييق على رقبة سوزان: "سأقتلها. أقسم لك!"

"لـــن تفعل ذلك!" صرح ستراثمور بذلك. "قتل سوزان سيجعل الأشياء أكثر سوءً توقــف عن الحديث وقرّب الهاتف إلى فمه. "الأمن! أنا القائد تريفور ستراثمور. لدينا حالة رهينة هنا في الكريبتو! أحضروا بعض الرجال إلى هنا! نعم، *الآن*، اللعنة! لدينا أيضـــاً عطل في مولد الكهرباء. أريد تسيير الكهرباء من المصادر الخارجية الممكنة كلهـــا إلى هنا. أريد أن تعمل الأنظمة كلها خلال خمس دقائق! لقد قتل كريج هيل أحد تقنيـــي أمـــن الأنظمـــة. وإنه يمسك برئيسة محللي الشيفرات كرهينة. إني أسمح لكم باستخدام الغاز المسيل للدموع علينا جميعاً في حال دعت الحاجة! في حال لم يتعاون الســـيد هيل معكم، قوموا باستخدام القنّاصين لقتله. سأتحمل المسؤولية بالكامل. نفذّوا الأمر الآن!"

وقـــف هـــيل غـــير قادر على الحركة ـ يبدو أنه قد أُنهك وهو غير مصدق ما حدث. تحررت يده القابضةعلى سوزان.

أغلق ستراثمور هاتفه بسرعة وأعاده إلى حزامه. "دورك الآن، كريج."

الفصل 81

وقف بيكر غائم الرؤية أمام كابينة الهاتف في الباحة الرئيسية. بالرغم من وجهه المحترق وغثيانه الخفيف، كانت روحه المعنوية تحلق بعيداً. لقد انتهى الأمر. انتهى حقيقةً. إنه في طريقه إلى الوطن. الخاتم الذي في إصبعه هو كل ما كان يبحث عنه. رفع يده إلى الأعلى تحت الضوء وحدق بعينين نصف مغمضتين في ذلك الإطار الذهبي. لم يتمكن من تركيز نظره بشكل كافٍ يمكنه من القِراءة، ولكن الكلام المنقوش لم يكن بالإنكليزية. الرمز الأول كان إما Q، أو O، أو الصفر، فعيناه تؤلمانه بشدة لا تتمكنان فيها من إخباره. تفحص بيكر الحروف الأولى القليلة. لم تكن مفهومة. *أكانت هذه قضية تمس الأمن القومي فعلاً؟* قال لنفسه.

خطا بيكر إلى داخل كابينة الهاتف واتصل بستراثمور. قبل أن ينتهي من إدخال الرمز الدولي، أجابه تسجيل قائلاً: "أنهي الاتصال الآن وحاول الاتصال مرة أخرى من فضلك." عبس بيكر وأغلق السماعة. لقد نسي تماماً: إجراء مكالمة دولية من إسبانيا كان مثل لعبة الروليت، تعتمد بأكملها على التوقيت والحظ. عليه أن يحاول مرة أخرى بعد بضع دقائق.

حاول بيكر جاهداً تجاهل اللسع المتناقص للفلفل في عينيه. لقد أخبرته ميغان أن فرك عينيه سيزيد الأمر سوءاً؛ لم يكن يتخيل ذلك. بنفاد من الصبر، حاول الاتصال مرة أخرى. لا يزال الاتصال غير ممكن. لم يتمكن بيكر من الانتظار لوقت أطول ــ عيناه تحرقانه بشدة، عليه أن يغسلها بالماء. يمكن لستراثمور الانتظار دقيقة أو اثنتين. غير قادرٍ على الرؤية بصورة جيدة، شق بيكر طريقه باتجاه الحمّامات.

الصورة الضبابية لعربة التنظيف كانت لا تزال أمام حمّام الرجال،.لذا التفت بيكر مرة أخرى باتجاه الباب المُعنوَن بـ 'للسيدات'. ظن أنه قد سمع أصواتاً من الداخل. طرق الباب: "مرحباً؟"

صمت.

ربما تكون ميغان، فكر بذلك. عليها أن تمضي خمس ساعات بانتظار رحلتها قالت إنها ستحاول فرك ساعدها حتى ينظف تماماً.

"ميغان؟" صاح بذلك. طرق مرة أخرى. لم يكن هناك أي إجابة. دفع بيكر الباب ليفتحه. "مرحباً؟" مضى إلى الداخل. بدا أن الحمام فارغ. هز كتفيه مستهجناً ومشى إلى المغسلة.

ما زالت المغسلة قذرة، ولكن المياه كانت باردة. شعر بيكر بأن حدقة عينه ضاقت عندما رش الماء داخلها. بدأ الألم يخف، وتلاشت الغمامة تدريجياً. نظر بيكر إلى نفسه في المرآة. بدا وكأنه قد قضى أياماً وهو يبكي.

نشّف وجهه بكم سترته، وبعدها فهم الأمر فجأة. بسبب الإثارة الشديدة، كان قد نسي إنه في المطار! وفي مكان ما هناك على الطريق الإسفلتية، في أحد الهنغارات الثلاثة الخاصة في مطار سيفيل، تنتصب طائرة ليرجيت 60 بانتظاره لتأخذه إلى الوطن. كان الطيار قد أوضح له تماماً، *لديّ أوامر بالبقاء هنا حتى عودتك.*

من الصعب تصديق ذلك، فكر بيكر، أنه بعد كل هذا، انتهى به الأمر حيث بدأ. ما *الذي انتظره؟* ضحك. أنا *واثق من أنه بإمكان الطيار بعث رسالة إلى ستراثمور!*

ضاحكاً بينه وبين نفسه، ألقى بيكر نظرة سريعة إلى المرآة وعدّل ربطة عنقه. كان على وشك الذهاب عندما لمح انعكاساً لشيء ما خلفه. التفت. بدا أنه طرف حقيبة ميغان، بارزاً من أسفل باب حجرة الحمّام المفتوح جزئياً.

"ميغان؟" صاح. لم يكن هناك أي إجابة. *"ميغان؟"*

مشى بيكر قليلاً. طرق بقوة على جانب الحجرة. لا إجابة. دفع الباب بلطف. انفتح.

كبت بيكر صرخة مليئة بالذعر. كانت ميغان على المرحاض، عيناها متجهتان إلى الأعلى. عند مركز جبهتها تماماً، ومن ثقب الرصاصة كان الدم يسيل على وجهها.

"أوه، يا إلهي!" صاح بيكر مصدوماً.

"إنها ميتة." تكلم صوت أجش ببساطة خلفه.

كان ذلك كالحلم. التفت بيكر.

"السيد بيكر؟" سأله الصوت الغريب.

دائخاً، تفحص بيكر الرجل الداخل إلى غرفة الاستراحة. بدا مألوفاً بشكل غريب.

"أنا هولوهت." قال القاتل. بدت تلك الكلمات الغريبة وكأنها صادرة من أعماق معدته. مد هولوهت يده. "الخاتم."

حدق بيكر بارتباك.

مد الرجل يده إلى جيبه وأخرج المسدس. رفع السلاح ووجهه إلى رأس بيكر. "الخاتم."

في لحظة من الوضوح، شعر بيكر بإحساس لم يشهده من قبل. وكأنه مقيد بغريزة البقاء في اللاوعي، كانت عضلات جسده كلها قد توترت في وقت واحد. طار في الهواء عندما انطلقت الرصاصة. سقط بيكر على ميغان. انفجرت الرصاصة بالحائط خلفه.

"اللعنة!" اهتاج هولوهت. بطريقة ما، في اللحظة الأخيرة الممكنة، انحرف ديفيد بيكر بعيداً عن الطريق. تقدم القاتل.

سحب بيكر نفسه عن المراهقة الميتة. كان هناك خطوات لأقدام تقترب. أنفاس. صوت تلقيم السلاح.

"وداعاً،" همس له الرجل وهو يندفع بقوة مثل النمر، مصوباً سلاحه إلى الحجرة.

انطلقت الرصاصة. كان هناك وهج من اللون الأحمر، ولكنه ليس دماً. إنه شيء آخر. شيء برز فجأة من اللامكان، منطلقاً من الحجرة ومرتطماً بصدر القاتل، مطلقاً رصاصته بثوان قليلة قبل موعدها. لقد كان ذلك حقيبة ميغان.

اندفع بيكر فجأة من الحجرة. دفن كتفه في صدر الرجل وقاده عائداً به إلى المغسلة. كان هناك صوت تحطم عظام. انكسرت المرآة. سقط المسدس. سقط الرجلان أرضاً. سحب بيكر نفسه بعيداً واندفع بسرعة إلى المخرج. اندفع هولوهت مذعوراً باحثاً عن سلاحه، التقطه، ثم أطلقه. اصطدمت الرصاصة بباب الحمام المنغلق.

لاح امتداد باحة المطار أمام مرأى بيكر وكأنه صحراء لا يمكن عبورها. اندفعت ساقاه بسرعة لم يكن يتخيل أنها قادرة عليها.

عندما انزلق عبر الباب الدوار، انفجرت رصاصة خلفه. ثم انفجر اللوح الزجاجي خلفه. دفع بيكر كتفه في الإطار عندما دار الباب إلى الأمام. بعد ثانية، مشى باضطراب فوق الرصيف في الخارج.

وقفت سيارة أجرة تنتظر.

صاح بيكر وهو يطرق على الباب المقفل. "دعني أدخل!" رفض السائق؛ اتفاقه مع الشخص ذي النظارات يحتم عليه الانتظار. التفت بيكر فرأى هولوهت يندفع بسرعة البرق عبر الباحة، والمسدس بيده. نظر بيكر إلى دراجته الصغيرة الواقفة على الرصيف. *أنا ميت.*

ظهر هولوهت عبر الباب الدوار في الوقت المناسب ليرى بيكر يحاول من دون

جدوى تشغيل الدارجة. ابتسم هولوهت ورفع سلاحه.

المكـــابح! تلمس بيكر الذراع أسفل مخزن الوقود. قفز على القادح مرة أخرى. أطلق صوتاً كالسعال ثم انطفأ.

"الخاتم." كان الصوت قريباً منه.

نظـــر بـــيكر فرأى ماسورة السلاح. خزان السلاح كان يدور. طرق قدمه على القادح مرة أخرى.

أخطـــأت رصاصـــة هولوهـــت رأس بيكر في اللحظة التي بدأت فيها الدراجة الصغيرة بالعمل والاندفاع إلى الأمام. حافظ بيكر على حياته في الوقت الذي وثبت فيه الدراجة فجأة أسفل موقف عشبي وتمايلت حول زاوية البناء في طريقها إلى المدرج.

ســـاخطاً، أسرع هولوهت باتجاه سيارة الأجرة المنتظرة. بعد ثوان، تمدد السائق مذهولاً عند حافة الطريق، وهو يراقب سيارته تنفجر بغيمة من الغبار.

الفصل 82

عندما بدأت تفاصيل مكالمة ستراثمور الهاتفية تستقر في عقل كريج هيل الدائخ، وجد نفسه تضعف بموجة من الذعر. *الأمن قادم!* بدأت سوزان تُفلت نفسها. استرد هيل قبضته ممسكاً بها من وسطها، ساحباً إياها إلى الخلف.

"دعني أذهب!" صاحت وصوتها يدوي عبر القبة.

كان عقل هيل يتسارع بشدة. لقد فاجأته مكالمة ستراثمور بالكامل. *اتصل ستراثمور بالأمن! إنه يضحي بخططه الخاصة بالحصن الرقمي!*

لم يتخيل هيل، ولو بعد مليون سنة، أن القائد سيترك الحصن الرقمي يفلت منه. الخيار الخفي هذا فرصةٌ لا تمر إلا مرة واحدة في العمر.

عندما انفجر الذعر، أخذ عقل هيل يخدعه. رأى ماسورة مسدس البريتّا الذي يحمله ستراثمور في كل مكان ينظر إليه. بدأ بالالتفاف، ممسكاً سوزان على مقربة منه، محاولاً أن يمنع القائد من إطلاق النار. بسيطرة من الخوف، قام هيل بسحب سوزان باتجاه الدرج بتهور. بعد خمس دقائق ستنار الأضواء، ستنفتح الأبواب، وفريق المداهمة سيندفع إلى الداخل.

"أنت تؤلمني!" قالت سوزان باختناق. لهثت لتلتقط نَفَسها وهي تمشي باضطراب مع خطوات هيل اليائسة.

فكر هيل في أن يتركها تذهب ويندفع هو بجنون إلى مصعد ستراثمور، ولكن ذلك انتحار. لا يملك كلمة السر. علاوة على ذلك، في الوقت الذي يكون فيه خارج (إن إس أي) من دون رهينة، علم هيل أنه ميت لا محالة. حتى سيارته لوتس لن تفلت من سرعة طائرات (إن إس أي) العامودية. *سوزان هي الضمان الوحيد الذي سيمنع ستراثمور من إبعادي عن الطريق!*

"سوزان،" قال هيل من دون أي تفكير، وهو يسحبها باتجاه السلالم. "تعالي معي! أقسم أنني لن أؤذيك!"

عندما بدأت سوزان تقاومه، أدرك هيل أن أمامه مشاكل جديدة. حتى ولو تمكن بطريقة ما من فتح مصعد ستراثمور وأخذ سوزان معه، فإنها بالتأكيد ستقاومه طوال الطريق خارج المبنى. يعلم هيل تماماً أن لمصعد ستراثمور موقفاً واحداً فقط: 'الطريق التحت أرضي'، متاهة محظورة لأنفاق عبور تحت الأرض يتحرك عبرها الأشخاص أصحاب السلطة العليا بسرية. ليس لدى هيل أي نية في أن ينتهي الحال به

في ممرات الدور السفلية لـ (إن إس أي) بصحبة رهينة تنازعه. إنه بمثابة شرك للموت. أدرك أيضاً أنه حتى ولو تمكن من الخروج، فإنه لا يملك أي مسدس. كيف سيتمكن من جعل سوزان تعبر موقف السيارات؟ كيف سيتمكن من القيادة؟

جاءته الإجابة من صوت أحد أساتذة هيل في الاستراتيجية العسكرية: *قاوم يداً،* حذره الصوت، *فسوف تقاتلك. ولكن أقنع عقلاً بأن يفكر بالطريقة التي تريدها، ويكون نصيراً لك.*

"سوزان،" سمع هيل نفسه يقول، "ستراثمور قاتل! أنت في خطر هنا!"

لم يبد أن سوزان تسمعه. يعلم هيل أن ذلك محاولة سخيفة منه على أي حال؛ لن يقوم ستراثمور بإيذاء سوزان على الإطلاق، وهي تعلم ذلك.

أجهد هيل عينيه ليتمكن من الرؤية في الظلام، متسائلاً أين اختبأ القائد. لقد ساد الصمت على ستراثمور فجأة، وهذا ما جعل هيل أكثر ذعراً. أحس أن وقته قد انتهى. سيصل الأمن في أي لحظة.

بموجة من القوة، لف هيل ساعديه حول خصر سوزان، ساحباً إياها بقوة إلى السلالم. ثبتت سوزان كعبي حذائها عند الدرجة الأولى وسحبت إلى الخلف. ولكن ذلك من دون فائدة، لقد هزمها هيل.

بحذر، تحرك هيل إلى الخلف وسوزان معه. دفعها إلى الأعلى ربما يكون أسهل، ولكن منبسط الدرج في الأعلى مضاء بشاشات كمبيوتر ستراثمور. لو جعل سوزان تصعد أولاً، سيكون لستراثمور مدى واضح تماماً للرمي على ظهر هيل. ولكن عند سحب سوزان خلفه، سيكون لهيل حاجز بشري بينه وبين طابق الكريبتو.

عند ثلث المسافة في أعلى الطريق، أحس هيل بحركة في أسفل الدرج. *إن ستراثمور يقوم بحركته!* "لا تحاول، أيها القائد!" قال هيل باستهجان. "سيفيدك ذلك في قتلها وحسب."

انتظر هيل. ولكن الصمت وحده هو الذي أجابه. أصغى السمع. لا شيء. أسفل الدرج كان هادئاً. هل كان يتخيل أشياءً؟ هذا لا يهم. لن يخاطر ستراثمور بإطلاق النار عليه وسوزان بالقرب منه.

ولكن عندما صعد هيل الأدراج ساحباً سوزان خلفه، حدث شيء غير متوقع. كان هناك صوت ضربة خفيفة على منبسط الدرج خلفه. توقف هيل، واندفع الإدرينالين بسرعة. هل انزلق ستراثمور؟ غريزته أخبرته بأن ستراثمور في أسفل الدرج. ولكن، فجأة، حدث ذلك ثانية ــ بصوت أعلى هذه المرة. خطوة واضحة على الدرجة العلوية!

بذعر، أدرك هيل خطأه. *إن ستراثمور خلفي! أمامه مدى رمي واضح لظهري!* بيأس، دوّر سوزان معيداً إياها إلى الجانب العلوي وبدأ بالتراجع إلى الخلف أسفل الدرج.

عندما وصل إلى الدرجة السفلية، حدق باهتياج إلى منبسط الدرج وصاح: "تراجع، أيها القائد! تراجع، أو سأكسر —"

تحرك عقب المسدس عبر الهواء أسفل الدرج وارتطم بجمجمة هيل.

تحررت سوزان من قبضة هيل المنهار، التفتت بارتباك. أمسكها ستراثمور وقرّبها منه، رابتاً على جسدها المرتجف: "إش،" هدأها، "هذا أنا، أنت بخير."

كانت سوزان ترتجف: "أي... أيها القائد." لهثت بارتباك. "اعتقدت... اعتقدت أنك في الأعلى... لقد سمعت..."

"اهدئي الآن" همس لها، "لقد سمعتني ألقي بحذائي من الأعلى على منبسط الدرج."

وجدت سوزان نفسها تضحك وتبكي في وقت واحد. لقد أنقذ القائد حياتها للتو. واقفاً هناك في الظلام، شعرت سوزان بإحساس ارتياح يغمرها. ولكنه لم يكن مجرداً من الإحساس بالذنب؛ إن الأمن قادم. لقد تركت هيل بغباء يقبض عليها، ويستخدمها ضد ستراثمور. تعلم سوزان أن القائد قد دفع ثمناً كبيراً لإنقاذ حياتها. "أنا آسفة،" قالت له.

"عن ماذا؟"

"خططك للحصن الرقمي... لقد فُسدت."

هز ستراثمور رأسه: "على الإطلاق."

"ولكن... ولكن ماذا عن الأمن؟ سيصلون إلى هنا في أي وقت. لن نجد الوقت الكافي لـ —"

"لن يأتي الأمن، سوزان. لدينا وقت كاف لكل شيء."

أحست سوزان بالضياع: "ولكنك اتصلت..."

ضحك ستراثمور بخفوت: "أقْدم خدعة معروفة. لقد لفقت الاتصال."

الفصل 83

ما من شك أن دراجة بيكر من ماركة الـ "فيسبا" هي أصغر مركبة تجتاز مدرج سيفيل. سرعتها القصوى، التي تئن بمسافة 50 ميلاً في الساعة، بدت وكأنها منشار كهربائي محمول أكثر من كونها دراجة نارية، ولسوء الحظ، كانت على مقدار ناقص تماماً عن الطاقة الضرورية لتجعلها تحلق في الهواء.

في مرآته الجانبية، شاهد بيكر سيارة الأجرة تتمايل على المدرج المظلم على بعد حوالى أربع مئة ياردة (365 م) خلفه. بدأت سرعتها تزداد فوراً. توجه بيكر إلى الأمام. في الأفق، بدا هيكل هنغارات الطائرات منتصباً في السماء المظلمة على بعد نصف ميل عنه. تساءل بيكر ما إذا كانت سيارة الأجرة ستلحق به في تلك المسافة. علم أن بإمكان سوزان القيام بتلك العملية الحسابية خلال ثانيتين لحساب الفرص المتوفرة. شعر بيكر فجأة بخوف لم يشهده من قبل.

أخفض رأسه وداس على السرعة بأعلى طاقتها. انطلقت الفيسبا بكامل سرعتها بالتأكيد. علم بيكر أن سيارة الأجرة خلفه تنطلق بسرعة تسعين ميلاً تقريباً، ضعفي سرعته. ركز نظره على الأبنية الثلاثة التي لاحت له في الأفق. *الوسطى. هنا كانت الليرجيت تقف.* انطلقت الرصاصة.

ارتطمت الرصاصة في المدرج على بعد ياردات خلفه. نظر بيكر إلى الخلف. كان القاتل معلقاً بالنافذة يصوب عليه. انحرف بيكر فانفجرت المرآة الجانبية بوابل من الزجاج. تمكن من الإحساس بتأثير الرصاصة في طريقها إلى مقود الدراجة. مدد جسده منبسطاً فوق الدراجة. *ليساعدني الله، لن أنجح!*

كانت الطريق الإسفلتية أمام درّاجته أكثر إنارة الآن. سيارة الأجرة تقترب، ألقت الأضواء الأمامية بظلال مخيفة على المدرج. انطلقت الطلقة. ارتدت الرصاصة عن جسد الدراجة.

حاول بيكر جاهداً أن يمنعها من الانحراف. يجب *أن أصل إلى الهنغار!* تساءل ما إذا كان طيار الليرجيت يتمكن من رؤيتهم وهم قادمون إليه. *هل يملك سلاحاً؟ هل سيفتح أبواب الطائرة في الوقت المناسب؟* ولكن في الوقت الذي اقترب فيه بيكر من مساحة الهنغار المفتوح المضاءة، أدرك أن السؤال موضع نقاش. لم تكن الليرجيت في أي مكان يتمكن فيه من رؤيتها. حدق بعينيه عبر تلك الصورة الضبابية ورجا أن يكون مصاباً بالهذيان. لم يكن كذلك. كان الهنغار فارغاً. *يا إلهي! أين الطائرة!*

عـــندما انطلقـــت المركبتان إلى داخل الهنغار الفارغ، أخذ بيكر يبحث بيأس عن المخـــرج. لم يكن هناك أي مخرج للجدار الخلفي للمبنى، بل كان عبارة عن صفيحة واســـعة من المعدن المموج، من دون أي أبواب أو نوافذ. زأرت سيارة الأجرة خلفه، ونظر بيكر إلى اليسار ليرى أن هولوهت قد صوب مسدسه باتجاهه.

هـــنا تولّـــت ردّات الفعل التلقائية العمل. ضغط بيكر على المكابح بقوة. بطأت ســـرعته علـــى نحو قليل. كانت أرضية الهنغار زلقة بسبب البترول. انزلقت الدراجة بسرعة خارج السيطرة.

مـــن خلفـــه ســـمع صـــوتاً يصـــم الآذان عندما انعقلت مكابح السيارة وانزلقت الإطـــارات المكشـــوفة على السطح الزلق. دارت السيارة في غيمة من الدخان ومن المطاط المحترق على بعد إنشات قليلة فقط عن دراجة هيل المنزلقة.

الآن جنـــباً إلـــى جنب، انزلقت المركبتان خارج السيطرة على طريق لا بد أنها ســـتؤدي إلـــى تصادمهما في نهاية الهنغار. ضغط بيكر المكابح بيأس، ولكن لم يكن هـــناك أي استجابة؛ كان ذلك مثل القيادة على الجليد. لاح الجدار المعدني أمام عينيه. كان يتسارع بشدة. عندما دارت السيارة بقوة خلفه، واجه بيكر الجدار واستعد من أجل الصدمة.

تحطـــم المعدن يصم الآذان، ولكن لم يكن هناك أي ألم. وجد بيكر نفسه فجأة في الهـــواء الطلـــق، لا يـــزال على دراجته، يثب على حقل كثيف العشب. وكأن الجدار الخلفـــي للهنغار قد اختفى أمامه. كانت سيارة الأجرة لا تزال إلى جانبه، تتمايل عبر الحقـــل. صـــفيحة ضخمة من المعدن المموج الخاصة بجدار الهنغار الخلفي كانت قد طارت فوق سقف سيارة الأجرة وانطلقت فوق رأس بيكر.

بقلب متسارع، سيطر بيكر على الدراجة وانطلق إلى الظلام.

الفصل 84

أطلق جابا تنهدة راضية عندما انتهى من لحم آخر مسنن. أطفأ قطعة اللحام، ووضع القلم الضوئي جانباً ثم تمدد للحظة تحت ظل الكمبيوتر المركزي. لقد كان منهكاً. رقبته تؤلمه. العمل الداخلي كان دائماً ضيقاً، خصوصاً لرجل في حجمه.

لا يزالون يبنونهم بحجم أصغر فأصغر، قال متأملاً.

عندما أغلق عينيه للحظة استراحة يستحقها، بدأ شخص من الخارج يسحبه من حذائه.

"جابا! تعال إلى هنا!" صاح صوت امرأة.

وجدتني ميدج، تأوّه ساخراً.

"جابا! تعال إلى هنا!"

سحب نفسه على كره: "لحب الله، ميدج! أخبرتك ـ" ولكنها لم تكن ميدج. نظر جابا متفاجئاً: "سوشي؟"

سوشي كيوتا كانت شخصية يقظة نشطة لأقصى الحدود. كانت اليد اليمنى المساعدة لجابا، تقنية لأمن الأنظمة بذكاء حاد جداً، من معهد ماساتشوسيتس للتكنولوجيا. عادة ما تعمل لوقت متأخر مع جابا، وهي واحدة من أعضاء طاقمه الذي بدا محباً له بشدة. حملقت به غاضبة وسألته: "لماذا لم تجب على هاتفك الخلوي بحق الجحيم؟" أو حتى النداء؟"

"نداؤك،" أعاد جابا كلامها، "اعتقدت أنه من ـ"

"لا تهتم. هناك شيء غريب يحدث في بنك المعلومات الرئيسي."

نظر جابا إلى ساعته. "غريب؟" بدأ قلقه يزداد، "هل يمكنك التوضيح أكثر؟"

بعد دقيقتين، كان جابا يندفع بسرعة إلى أسفل الرواق باتجاه بنك المعلومات الرئيسي.

الفصل 85

تمدد كريج هيل مكوراً على أرضية نود 3. لقد قام ستراثمور وسوزان للتو بسحبه عبر الكريبتو وربط يديه وقدميه بكبل طابعة قياس 12 من الطابعات الليزرية في نود 3.

لم تتمكن سوزان حتى الآن من فهم الخدعة الماكرة التي نفذها القائد للتو. *لقد زيّف المكالمة!* بطريقة ما، قام ستراثمور بأسر هيل، وإنقاذ سوزان، وتوفير الوقت المطلوب له لإعادة صياغة الحصن الرقمي.

نظرت سوزان إلى محلل الشيفرات المربوط بارتباك. كان هيل يتنفس بصعوبة. جلس ستراثمور على الأريكة بصحبة مسدس البريتّا الموضوع على حضنه بصورة غير ملائمة. أعادت سوزان انتباهها إلى جهاز هيل وتابعت سلسلة البحث العشوائي.

أنهى بحثها الرابع مداره وعاد فارغاً. "لم يحالفنا الحظ بعد." تنهدت. "ربما سنحتاج إلى أن ننتظر ديفيد ليجد نسخة تانكادو."

قدم إليها ستراثمور نظرة معارضة. "إذا فشل ديفيد في ذلك، وسقط مفتاح تانكادو في الأيدي الخطأ..."

لم يحتج ستراثمور إلى أن ينهي كلامه. لقد فهمت سوزان. حتى اللحظة التي يتم فيها إبدال ملف الحصن الرقمي الموجود على الإنترنت بنسخة ستراثمور المعدلة، سيكون مفتاح المرور الخاص بتانكادو خطراً جداً.

"بعد أن نقوم بالتعديل،" أضاف ستراثمور، "لن أبالي بعدد مفاتيح المرور المنتشرة في كل مكان، كلما كانت أكثر فإن ذلك أبهج." أشار إليها لتكمل بحثها، "ولكن حتى ذلك الوقت، علينا أن نسرع."

فتحت سوزان فمها لتؤكد ذلك، ولكن كلماتها كانت محجوبة بدويٍّ عالٍ مفاجئ. تفجر صمت الكريبتو بصوت بوق إنذار من الدور العليا. تبادل كل من سوزان وستراثمور نظرات الإجفال.

"ما هذا؟" صاحت سوزان، وقد كان سؤالها موقتاً بين الإنذارين المتقطعين.

"الترانسلتر!" أجابها ستراثمور، وقد بدا مرتبكاً. "إنه حار جداً. ربما كان هيل محقاً بأن الطاقة الاحتياطية لا تسحب غاز فريون كافٍ."

"ماذا عن الإلغاء الأوتوماتيكي؟"

فكر ستراثمور للحظة، ثم صاح، "لابد أن إحدى الأسلاك قد احترقت."ومضَ

ضوء إنذار أصفر اللون فوق طابق الكريبتو وألقى بوهج متذبذب فوق وجهه.

"يفضل أن توقفه!" صاحت سوزان.

أومأ ستراثمور. لم يكن أمراً مجهولاً ما سيحدث في حال ارتفعت حرارة ثلاثة ملايين معالج من السليكون لأكثر مما ينبغي وقررت أن تشتعل. يحتاج ستراثمور إلى أن يصعد إلى الأعلى إلى جهازه ويقوم بإيقاف مهمة الحصن الرقمي ـ قبل أن يلاحظ أي شخص خارج الكريبتو المشكلة ويقرر أن يرسل فرسانه.

ألقى ستراثمور نظرة على هيل المغمى عليه. وضع المسدس على الطاولة إلى جانب سوزان وصاح بصوت يعلو صوت الصفارة: "ابقِ بعيدة هنا!" عندما اختفى عبر الفتحة في جدار نود 3، صاح ستراثمور: "جدي لي مفتاح المرور!"

نظرت سوزان إلى نتائج بحثها غير المجدي عن مفتاح المرور وتمنت أن يسرع ستراثمور في الإيقاف. بدا الضجيج والأضواء التي انتشرت في الكريبتو وكأنها على وشك إطلاق صاروخ.

على الأرض، بدأ هيل بالتحرك قليلاً، يجفل مع كل صفارة إنذار. وجدت سوزان نفسها تمسك المسدس. فتح هيل عينيه ليرى سوزان فليتشر واقفة فوقه وهي تحمل المسدس موجهاً إلى جسده.

"أين مفتاح المرور؟" سألته سوزان.

كان هيل يواجه مشكلة في استيعاب أين هو. "ما ـ ماذا حدث؟"

"لقد ضيّعت الفرصة، هذا ما حدث. الآن، أين هو مفتاح المرور؟"

حاول هيل تحريك ساعديه، ولكنه أدرك أنه مربوط. أصبح وجهه شاحباً من كثرة الذعر: "دعيني أذهب!"

"أحتاج إلى مفتاح المرور،" أعادت سوزان كلامها.

"لا أملكه! دعيني أذهب!" حاول هيل النهوض. استطاع وبصعوبة أن يتحرك قليلاً.

صاحت سوزان بين صوتي الصفارات: "أنت نورث داكوتا، ولقد أعطاك إينسي تانكادو نسخة عن المفتاح. أحتاج إليه الآن!"

"أنت مجنونة!" لهث هيل. "أنا لست نورث داكوتا!" حاول من دون فائدة تحرير نفسه.

اتهمته سوزان بغضب: "لا تكذب علي! لماذا رسائل نورث داكوتا بأكملها في بريدك الالكتروني إذاً؟"

"أخبرتك من قبل!" دافع هيل عن نفسه في الوقت الذي انطلقت فيه أصوات الإنذار عالياً. "كنت أتطفل على ستراثمور! تلك الرسائل الالكترونية الموجودة في بريدي كنت قد نسختها من بريد ستراثمور ـ نظام كومينت سرق بريد تانكادو الالكتروني!"

"هراء! لا يمكنك على الإطلاق التطفل على بريد القائد!"

"أنت لا تفهمين!" صاح هيل. "كان هناك تجسس على حساب ستراثمور مسبقاً!" قال هيل كلماته باندفاع سريع بين أصوات صفارات الإنذار. "شخص ما قد وضع التجسس. أظن أنه المدير فونتين! اعتمدت عليه وحسب! عليك أن تصدقيني! عند ذلك اكتشفت خطته عن إعادة صياغة الحصن الرقمي! كنت أقرأ بياناته لعاصفة الدماغ!"

بياناته! صمتت سوزان. لقد وضع ستراثمور ومن دون شك خططه للحصن الرقمي مستخدماً برنامج عاصفة الدماغ. لو قام أي شخص بالتطفل على بريد القائد، فإن المعلومات كلها ستكون متوافرة...

"إعادة صياغة الحصن الرقمي أمر *مثير للاشمئزاز!"* صاح هيل. "أنت تعلمين ما الذي يتضمن ذلك ـ صلاحيات كاملة لـ (إن إس أي)!" انطلقت صفارات الإنذار بصوت عال، تفوق صوت هيل، ولكن هيل كان مصراً. "تظنين أننا جاهزون لتحمل تلك المسؤولية؟ تظنين أن أحداً كذلك؟ إن ذلك أمر قصير الأمد! تقولين إن حكومتنا تضع اهتمامات الناس في أولوياتها؟ عظيم! ولكن ما الذي سيحدث عندما لن تهتم إحدى الحكومات القادمة باهتماماتنا نحن! هذه التقنية ستدوم *إلى الأبد!"*

كانت سوزان تسمعه بصعوبة؛ يصم صوت الضجيج في الكريبتو الآذان.

جاهد هيل ليحرر نفسه. حدق في سوزان وتابع صراخه: "كيف سيتمكن المواطنون من الدفاع عن أنفسهم ضد حكومة تكبت حرياتهم عندما يقوم مسؤول ذو سلطة عليا بالتجسس على اتصالاتهم كلها؟ كيف سيخططون للثورة عندها؟"

كانت سوزان قد سمعت تلك المجادلة مرات عديدة. مناقشات الحكومات المستقبلية كانت دائماً موضع تذمر (إي أف أف).

"يجب أن يتم إيقاف ستراثمور!" صاح هيل في الوقت الذي انطلقت فيه صفارة الإنذار. "أقسم أنني سأفعل ذلك. هذا ما كنت أفعله طوال اليوم هنا ـ أراقب بريده، أنتظره حتى يقوم بحركته لأتمكن من تسجيل ذلك التعديل عند عملية القيام به. أحتاج إلى دليل ـ دليل على أنه كتب خياراً خفياً. لهذا قمت بنسخ بريده الالكتروني بالكامل على بريدي. كان ذلك دليلاً على أنه كان يراقب الحصن الرقمي. خططت لأن أذهب إلى الإعلام برفقة تلك المعلومات."

كـــان قلب سوزان ينبض بسرعة. هل سمعته بشكل صحيح؟ فجأة بدا أن هذا هو كـــريج هيل بالفعل. *هل هذا ممكن؟* إذا كان هيل يعلم بخطة ستراثمور لإطلاق نسخة معدلـــة عن الحصن الرقمي، فإن بإمكانه أن ينتظر حتى يستخدم العالم بأسره ذلك ثم يقوم بتفجير قنبلته ــ كاملة مع الدليل!

تخيلـــت سوزان العنوان: محلل الشيفرات، كريج هيل، يكشف النقاب عن خطة أمريكية سرية للسيطرة على معلومات العالم بأسره!

هل ستعود سكيبجاك مرة ثانية؟ اكتشاف خيار خفي لـــ (إن إس أي) مرة أخرى سيجعل من كريج هيل رجلاً مشهوراً لدرجة لم يحلم بها. وهذا سيقضي على (إن إس أي) أيضـــاً. وجدت نفسها فجأة تتساءل ما إذا كان هيل يقول الحقيقة. *لا!* قررت ذلك. *بالطبع لا!*

استـــمر هـــيل فـــي الدفاع عن نفسه: "لقد قمت بإلغاء مقتفيك لأنني اعتقدت أنكم تبحثون عني! اعتقدت أنكم كنتم تشكون بأن أحداً يتطفل على ستراثمور! لم أرغب في أن تعثري على موضع التطفل وتتبعيه لتجديني!"

ذلـــك معقول، ولكن بعيد الاحتمال. "إذاً لماذا قتلت شارتروكيان؟" سألت سوزان باندفاع.

"لـــم أفعـــل ذلك!" صاح هيل بصوت يعلو صوت الضجيج. "ستراثمور هو من دفعـــه! لقـــد رأيت الأمر بأكمله عندما كنت على السلم! شارتروكيان كان على وشك الاتصال بتقنيي أمن الأنظمة وإفساد خطط ستراثمور بخصوص الخيار الخفي!"

هيل رجل جيد، فكرت بذلك، لديه إجابة عن كل شيء.

"دعيني أذهب!" توسل إليها هيل. "لم أفعل أي شيء!"

"لم تفعل أي شيء؟" صاحت سوزان، متسائلة ما الذي يستغرق من ستراثمور كل ذلك الوقت. "كنت أنت وتانكادو تجعلان من (إن إس أي) رهينة. على الأقل حتى قمت بخداعـــه. أخبرني،" ضغطت عليه، "هل مات تانكادو حقاً بسبب نوبة قلبية، أم جعلت أحد رفاقك يقتله؟"

"أنت عمياء حقاً!" صاح هيل. "ألا ترين أن لا علاقة لي بالأمر؟ فكي وثاقي! قبل أن يأتي الأمن إلى هنا!"

"الأمن ليس قادماً." قالت سوزان من دون مبالاة.

شحب وجه هيل: "ماذا؟"

"لقد زيف ستراثمور المكالمة."

اتســـعت عيـــناه. بـــدا أنـــه مدهـــوش للحظة. بعدها بدأ بالتلوي بشدة. "سيقتلني

ستراثمور! أعلم أنه سيفعل ذلك! أنا متأكد من ذلك!"

"إهدأ، كريج."

علا صوت الإنذار عندما صاح هيل: "ولكنني بريء!"

"أنت تكذب! ولدي الدليل!" خطت سوزان حول دائرة الأجهزة. "أتذكر المقتفي الذي قمت بإلغائه؟" سألته وقد وصلت إلى جهازها. "قمت بإرساله مرة أخرى! لنرى ما إذا عاد؟"

واثقة تماماً، على شاشة جهاز سوزان، كان هناك أيقونة وامضة تنبه إلى عودة المقتفي. حركت المؤشرة وفتحت الرسالة. *هذه المعلومات هي من سيحدد قدر هيل*، فكرت بذلك. *هيل هو نورث داكوتا*. انفتح مربع المعلومات. *هيل هو* ـ

توقفت سوزان. برز المقتفي فجأة، فوقفت سوزان بصمت مفاجئ. لا بد أن يكون هناك خطأ ما؛ لقد أشار المقتفي إلى شخص آخر ـ شخص بعيد الاحتمال تماماً.

ثبتت سوزان نفسها على الجهاز، وأعادت قراءة مربع البيانات أمامها. كانت تلك المعلومات نفسها التي قال ستراثمور إنه تلقاها عندما أرسل المقتفي! كانت سوزان قد اعتقدت بأن ستراثمور قد ارتكب خطأً، ولكنها تعلم أنها أعدت المقتفي بشكل صحيح.

ولكن المعلومات الموجودة على الشاشة لا تصدق:

NDAKOTA=ET@DOSHISHA.EDU

"إي تي؟" سألت سوزان، ورأسها يتصبب عرقاً. "إينسي تانكادو هو نفسه نورث داكوتا؟"

هذا غير مقنع. في حال كانت تلك المعلومات صحيحة، فإن تانكادو وشريكه هما الشخص *نفسه*. أصبحت أفكار سوزان فجأة غير مترابطة. تمنت لو أن تلك الأصوات العالية تتوقف. *لماذا لم يقم ستراثمور بإيقاف ذلك الشيء اللعين؟*

تلوّى هيل على الأرض، يجهد نفسه ليرى سوزان. "ماذا يقول؟ اخبريني!"

حجبت سوزان عن نفسها هيل والضجيج من حولها. *إينسي تانكادو هو نورث داكوتا....*

أعادت ترتيب الأجزاء في محاولة منها لفهمها. إذا كان تانكادو هو نورث داكوتا، إذاً لماذا يقوم بإرسال رسائل الالكترونية لنفسه... الأمر الذي يعني بأن نورث داكوتا غير موجود. شريك تانكادو هو مجرد خدعة.

نورث داكوتا هو شبح، قالت سوزان لنفسها، *خدعة لتشويش الانتباه*.

كانت تلك حيلة ذكية. من الواضح أن ستراثمور كان يرى جانباً واحداً فقط للعبة

التـــنس. عــندما استمرت الكرة في العودة، افترض أن هناك شخصاً أخر في الجانب الآخــر مــن الشــبكة. ولكن تانكادو كان يلعب مواجه الجدار. كان يعلن عن أفضال الحصن الرقمي عبر رسائل الكترونية يبعثها إلى نفسه. لقد كتب الرسائل، أرسلها إلى بريد عديم الاسم، وبعد ساعات عدة، قام ذلك البريد المجهول بإرسالها إليه.

الآن، أدركــت ســوزان، أن الأمر قد توضح بأكمله. لقد *أراد* تانكادو أن يتطفل القائد عليه... لقد *أراد* منه أن يقرأ رسائله الالكترونية. لقد صاغ إينسي تانكادو لنفسه بوليصـــة تأميـــن تخيلية من دون أن يضطر على الإطلاق إلى الوثوق بشخص آخر ليـــتملك مفتاح المرور. وبالتأكيد، لجعل تلك المهزلة بأكملها تبدو أصلية، قام تانكادو باســتخدام حســاب سري... سري لدرجة تكفيه بأن يزيل أي شبهة بأن الأمر بأكمله خدعـــة. تانكـــادو هو شريك نفسه. لا وجود لنورث داكوتا. إينسي تانكادو كان يناجي نفسه.

رجل يناجي نفسه.

فكـــرة مرعبة سيطرت على سوزان. *يمكن أن يكون تانكادو قد استخدم رسائله المزورة ليقنع ستراثمور بالأمر بأكمله.*

تذكـــرت ردة فعلهـــا الأولـــى عندما أخبرها ستراثمور عن خوارزمية لا يمكن تحلـــيلها. أقســـمت أن ذلـــك مستحيل. الاحتمال المربك لذلك الموقف كان قد أصاب ســـوزان بالغثـــيان. ما هو الدليل الذي يملكونه على أن تانكادو قد قام *بالفعل* بصياغة الحصـــن الرقمي؟ فقط الكثير من الخدع في بريده الالكتروني. وبالطبع... الترانسلتر. لقـــد علق الجهاز في حلقة دورية لأكثر من عشرين ساعة. لكن سوزان تعلم أن هناك بـــرامج أخرى يمكن لها أن تجعل الترانسلتر مشغولاً لذلك الوقت، برامج أسهل بكثير من صياغة خوارزميات لا يمكن تحليلها.

فيروسات.

انتشرت القشعريرة عبر جسدها بأكمله.

ولكن كيف لفيروس أن يدخل إلى الترانسلتر؟

وكـــأن صـــوتاً قـــد صاح من القبر، فيل شارتروكيان، قدم إليها الإجابة: *لقد قام ستراثمور بإلغاء الغاونتليت!*

في إيحاء مقزز، فهمت سوزان الحقيقة. لقد قام ستراثمور بتحميل ملف الحصن الرقمي الخاص بتانكادو وحاول أن يرسله إلى الترانسلتر لتحليله. ولكن الغاونتليت قد رفضـــته لاحـــتوائه على سلاسل متغيرة خطرة. وبشكل طبيعي، كان ستراثمور ليقلق حـــول ذلك الأمر، ولكنه رأى رسائل تانكادو ــ *السلاسل المتعاقبة هي الخدعة!* مقتنعاً

بـــأن تحمـــيل الحصن الرقمي هو أمر آمن، قام ستراثمور بإلغاء مرشحات الغاونتليت وإرسال الملف إلى الترانسلتر.

تمكنـــت ســـوزان من الحديث ولكن بصعوبة شديدة: "ليس هناك حصن رقمي،" كبتـــت صوتها عندما انطلقت الصفارات. ببطء، وبضعف، انحنت باتجاه جهازها. لقد كان تانكادو يخدع الأغبياء... ولقد التهمت (إن إس أي) الطعم.

بعدها، علا صوت طويل مذعوراً. إنه ستراثمور.

الـــفـــصـــل 86

كان تريفور ستراثمور منحنياً على مكتبه عندما وصلت سوزان إلى بابه منقطعة الأنفـــاس. كان رأسه إلى الأسفل مليئاً بالعرق يتلألأ تحت أضواء شاشة المراقبة. علا صوت الإنذار في الطوابق السفلية.

اندفعت سوزان بسرعة إلى مكتبه: "أيها القائد؟"

لم يتحرك ستراثمور.

"أيها القائد! علينا إيقاف الترانسلتر! علينا أن ـــ"

"لقـــد تمكن منا،" قال ستراثمور من دون أن ينظر إلى الأعلى. "لقد تمكن تانكادو من خداعنا جميعاً... "

كـــان بإمكانها أن تحزر من نبرة صوته أنه قد فهم الأمر. خدعة تانكادو بأكملها عـــن الخوارزمية التي لا يمكن تحليلها... القيام بمزاد علني من أجل مفتاح المرور ـــ كلهـــا تمثيلية. لقد جعل تانكادو (إن إس أي) تقوم بالتطفل على بريده، خدعهم وجعلهم يصدقون أن لديه شريك، وساقهم إلى تحميل ملف خطير جداً.

"السلاسل المتغيرة ـــ" قال ستراثمور متلعثماً.

"أعلم."

نظر القائد إليها ببطء: "الملف الذي حملته من الإنترنت... كان..."

حاولـــت ســـوزان البقاء هادئة. لقد توضّحت عناصر اللعبة كلها. لا وجود لأي خوارزمـــية لا يمكـــن تحليلها ـــ لا وجود لأي حصن رقمي. الملف الذي قام تانكادو بتـــنزيله علـــى الإنترنت مجرد فيروس مشفّر، وربما يكون محمياً بخوارزمية مشفرة عامـــة مـــتوافرة لـــدى الجمـــيع، قادرة أن تجعل الجميع بعيدين عن الأذى ـــ الجميع باستثناء (إن إس أي). لقد قام الترانسلتر بفك تلك الحماية وتحرير الفيروس.

"السلاســـل المتغـــيرة،" قـــال القـــائد بصوت أجش. "قال تانكادو بأنها جزء من الخوارزمية،" انهار ستراثمور على مكتبه.

فهمت سوزان ألم القائد. لقد تم خداعه بالكامل. لم ينو تانكادو أن يدع أي شركة كمبـــيوتر تشـــتري خوارزميـــته. لم يكن هناك أي خوارزمية. الأمر بأكمله تمثيلية. الحصـــن الرقمـــي هو شبح، خدعة، وجزء من طعم لإغواء (إن إس أي). كل خطوة اتخذها ستراثمور، كان خلالها تانكادو يقف خلف الكواليس، يتحكم بالخيوط.

"قمت بإلغاء الغاونتليت." تأوه القائد.

"لم تعلم."

طـرق ستراثمور بقبضـة يده على المكتب. "كان يجب أن أعلم! الاسم الذي استخدمه، بحق الله! إنداكوتا! انظري إليه!"

"ما الذي تقصد؟"

"إنه يضحك علينا! لقد لعب في الأحرف!"

كانـت سـوزان محـتارة للحظة. إنداكوتا هو مجرد لعب في الأحرف؟ تخيلت الأحرف وبدأت تعيد ترتيبها في عقلها. إنداكوتا... كادو تان... أوكتادان... تانكادو... لـم تقـو قدماها على حملها. كان ستراثمور محقاً. كانت واضحة كالشمس. كيف لم ينتـبهوا لذلـك؟ نورث داكوتا لم يكن إشارة إلى ولاية أمريكية على الإطلاق ـ كان تانكـادو يقـوم بفرك الجرح بالملح! وصل به الحد إلى أن يرسل تحذيراً إلى (إن إس أي)، إشـارة واضحة أنه هو إنداكوتا. الأحرف تشكل كلمة تانكادو. ولكن حتى أفضل محللي الشيفرات في العالم لم ينتبهوا لذلك، تماماً كما خطط.

"لقد كان تانكادو يهزأ بنا." قال ستراثمور.

"يجب عليك أن توقف الترانسلتر،" وضحت سوزان.

حدق ستراثمور بجمود في الحائط.

"أيها القائد. أوقفه! الله وحده يعلم ما الذي يحدث هناك!"

"لقد حاولت،" همس ستراثمور، بأضعف صوت سمعته منه على الإطلاق.

"ما الذي تعنيه بكلمة *حاولت*؟"

أدار سـتراثمور شاشة الكمبيوتر باتجاهها. كانت شاشته قد أُضيئت بظل غريب للـون الأحمـر. في الأسفل، ظهر مربع حوار المحاولات العديدة لإغلاق الترانسلتر. كانت كلها ملحقة بالرد نفسه:

متأسف. غير قادر على الإيقاف.

متأسف. غير قادر على الإيقاف.

متأسف. غير قادر على الإيقاف.

شـعرت سـوزان بالقشعريرة. *غير قادر على الإيقاف؟ ولكن لماذا؟* خشيت أنها تعلـم الإجابة مسبقاً. *إذاً هذا هو انتقام تانكادو؟ تدمير الترانسلتر!* لسنوات طويلة، كان إينسـي تانكادو يرغب في أن يعلم العالم بأسره عن الترانسلتر، ولكن لم يصدقه أحد. لذلـك قـرر أن يدمر ذلك الوحش العظيم وحده. لقد قاتل حتى الموت بما يؤمن به ـ حق الفرد بالخصوصية.

دوت صفارات الإنذار في الأسفل.

"يجب أن نقطع الطاقة الكهربائية بأكملها!" طلبت سوزان. "الآن!"

علمت سوزان أنه في حال أسرعوا، يمكنهم إنقاذ الآلة المعالجة العظيمة. الكمبيوترات كلها في العالم ـ ابتداءً من المعالجات الصغيرة اللاسلكية انتهاءً بأنظمة التحكم في الأقمار الاصطناعية في ناسا ـ قد أُنشئ داخلها خيار حماية لمواقف كهذه. لا يعد إصلاحاً جيداً، ولكنه يعمل دائماً. إنه يعرف باسم "إيقاف العمل."

من خلال إغلاق الكهرباء المتبقية في الكريبتو، يمكنهم إجبار الترانسلتر على التوقف. يمكنهم إزالة الفيروس في ما بعد. ستكون المهمة بسيطة حيث يمكن إعادة تهيئة الأقراص الصلبة في الترانسلتر. إعادة التهيئة ستقوم بمسح ذاكرة الكمبيوتر بأكملها ـ البيانات، البرمجة، الفيروس *وكل شيء*. في أغلب الأحيان، تؤدي إعادة التهيئة إلى فقدان الآلاف من الملفات، وأحياناً سنوات من العمل. ولكن الترانسلتر شيء مختلف ـ يمكن أن يتم إعادة تهيئته من دون خسارة أي شيء. أجهزة المعالجات على التوازي كانت مصممة لتفكر، وليس لتتذكر. لا شيء في الواقع كان قد حفظ داخل الترانسلتر. حالما يقوم بتحليل الشيفرة، ترسل النتائج إلى بنك المعلومات الرئيسي في (إن إس أي) بهدف ـ

تجمدت سوزان في مكانها. في لحظة صارخة من الإدراك، وضعت يدها على فمها وكبتت صرختها. "بنك المعلومات الرئيسي!"

حدق ستراثمور في الظلام، وصوته قد تحرر من جسده. من الواضح أنه قد توصل إلى ذلك الإدراك مسبقاً. "نعم، سوزان. بنك المعلومات الرئيسي..."

أومأت سوزان مشدوهة. *استعمل تانكادو الترانسلتر لوضع فيروس في بنك المعلومات الرئيسي.*

تحرك ستراثمور محطماً إلى شاشته. أعادت سوزان نظرها إلى الشاشة أمامها ونظرت إلى أسفل مربع الحوار. أسفل الشاشة كانت الكلمات تظهر:

أخبروا العالم عن الترانسلتر

الحقيقة وحدها يمكنها إنقاذكم الآن...

شعرت سوزان بالبرد. المعلومات الأكثر سرية في الدولة كانت محفوظة في (إن إس أي): بروتوكولات الاتصالات العسكرية، شيفرات تأكيد سيجنيت، هويات الجواسيس الأجانب، مخطوطات أولية لأسلحة متطورة، وثائق مؤتمتة، اتفاقات تجارية ـ لا نهاية للقائمة.

"لــن يــتجرأ تانكادو!" صرحت بذلك. "إفساد التسجيلات السرية في الدولة؟" لم تصــدق ســوزان بأن إينسي تانكادو يتجرأ على مهاجمة بنك معلومات (إن إس أي). حدقت في الرسالة.

الحقيقة وحدها يمكنها إنقاذكم الآن

"الحقيقة؟" سألت: "حقيقة ماذا؟"

كــان ســتراثمور يتنفس بصعوبة: "الترانسلتر،" قال بصوت أجش. "الحقيقة عن الترانسلتر."

أومــأت ســوزان. بدا ذلك معقولاً. كان تانكادو يجبر (إن إس أي) على إخبار العالم بأمر الترانسلتر. توضح أنه ابتزاز في النهاية. كان يقدم خياراً لــ (إن إس أي) ــ إما أن تخبر العالم عن الترانسلتر أو تخسر بنك معلوماتها. حدقت برعب في النص الموجود أمامها. في أسفل الشاشة، كان هناك خط واحد يومض بشكل واعد.

أدخل مفتاح المرور

محدقــة في الكلمات الوامضة، فهمت سوزان ــ الفيروس، مفتاح المرور، خاتم تانكــادو، خدعة الابتزاز الماكرة. ليس لمفتاح المرور أي علاقة بفك الخوارزمية، إنه جــرعة *مضــادة*. مفتاح المرور يوقف الفيروس. كانت سوزان قد قرأت الكثير عن فيروســات كهذه ــ برامج مهلكة تتضمن معالجة موجودة داخلها، مفتاح سري يمكن استخدامه لتعطيلها. *لم يخطط تانكادو على الإطلاق لأن يخرب بنك معلومات (إن إس أي) ــ أراد أن يفضــح فقط الترانسلتر! بعدها سيقوم بإعطائنا مفتاح المرور، لنتمكن من إيقاف الفيروس!*

لقد اتضح لسوزان الآن أن خطة تانكادو قد فشلت بشكل مريع. لم يكن قد خطط لأن يمــوت. كان قد خطط لأن يجلس في حانة إسبانية ويستمع إلى المؤتمر الصحفي فــي قــناة (سي إن إن) عن جهاز الكمبيوتر الأمريكي الأكثر سرية والخاص بتحليل الشــيفرات. بعدها، كان قد خطط لأن يتصل بستراثمور، ويقرأ لــه مفتاح المرور من الخــاتم، وينقذ بنك المعلومات في آخر دقيقة ممكنة. وبعد ضحكة كبيرة، سيختفي مع النسيان، بطل لــ (إي أف أف).

طرقت سوزان بمعصم يدها على المكتب. "نحتاج إلى الخاتم! إنه مفتاح المرور الوحــيد." لقد فهمت الآن ــ ليس هناك نورث داكوتا، ليس هناك أي نسخة أخرى عن مفتاح المرور. حتى ولو أعلن (إن إس أي) عن الترانسلتر، لم يعد هناك تانكادو لينقذ

المصيبة.

ستراثمور صامت.

الموقف أكثر جدية مما تتخيله سوزان. الأمر الأكثر فظاعة هو أن تانكادو قد ترك الأمور تصل إلى هذه الدرجة. من المؤكد أنه عرف ما الذي سيحصل في حال لم يحصل (إن إس أي) على الخاتم ـ ورغم ذلك، في اللحظات الأخيرة لحياته، قام بالتصدق بالخاتم. لقد حاول عمداً أن يبقيه بعيداً عنهم. ومرة أخرى، أدركت سوزان، نيّة تانكادو ـ يحتفظ بالخاتم من أجلهم، بعدما اعتقد بأن (إن إس أي) قد قتلته؟

ومع ذلك، لم تكن سوزان قادرة على التصديق بأن تانكادو كان ليسمح بهذا أن يحدث. كان رجلاً مسالماً. لم يرغب في أن يشفي غليل غضبه بالتدمير، كل ما أراده هو إصلاح الخطأ. وهذا كان حول الترانسلتر. هذا يتعلق بحق كل شخص يرغب في الاحتفاظ بأسراره. هذا يتعلق بجعل العالم يعلم بأن (إن إس أي) تسترق السمع. مسح بنك معلومات (إن إس أي) هو عمل عدواني لم تتوقع سوزان أن يقترفه إينسي تانكادو.

أعادتها صفارات الإنذار إلى الواقع. نظرت إلى القائد الواهن وعرفت ما الذي يفكر به. ليس فقط أن خططه من أجل الخيار الخفي في الحصن الرقمي قد انتهت، بل أيضاً ان تهوره قد وضع (إن إس أي) أمام أسوأ كارثة أمنية في تاريخ الولايات المتحدة.

"أيها القائد، هذا ليس خطأك!" أصرت على ذلك بصوت علا صوت الإنذار. "لو أن تانكادو لم يمت، لكان بإمكاننا المقايضة ـ لكننا نملك الخيارات!"

لم يسمع القائد ستراثمور أي شيئاً. انتهت حياته. لقد أمضى ثلاثين سنة في خدمة بلده. كان يفترض أن تكون هذه لحظة مجده، اللحظة المؤثرة ـ الخيار الخفي في المعيار العالمي لصياغة الشيفرات. ولكن بدلاً من ذلك، لقد أرسل فيروساً إلى بنك المعلومات الرئيسي في مكتب الأمن القومي. ليس هناك أي طريقة لإيقافه ـ ليس من دون قطع الكهرباء ومسح كل شيء من بلايين البايتات من البيانات التي لا يمكن استرجاعها. الخاتم وحده هو من يمكنه حمايتها، وإذا لم يجد ديفيد الخاتم بعد...

"يجب أن أغلق الترانسلتر!" تولت سوزان السيطرة. "سأنزل إلى الأسفل إلى الدور السفلية لأقطع دارة الحماية الكهربائية."

التفت ستراثمور ببطء ليواجهها. كان رجلاً محطماً. "أنا سأفعل ذلك." قال بصوت ضعيف أجش. نهض، متعثراً عندما حاول أن يخرج من وراء مكتبه.

أجلسته سوزان ثانيةً: "لا،" صاحت بذلك. *أنا* من سيذهب." لم تترك نبرة صوتها مجالاً للنقاش.

وضـــع ســـتراثمور وجهه بين يديه: "حسناً. في الطابق السفلي. خلف مضخات الفريون."

التفتت سوزان وتوجهت نحو الباب. في منتصف الطريق هناك، التفتت ونظرت مـــرة أخرى: "أيها القائد،" صاحت: "لم ينته الأمر. لم نهزم بعد. إذا وجد ديفيد الخاتم في الوقت المناسب، يمكننا إنقاذ بنك المعلومات!"

لم يقل ستراثمور أي شيئاً.

"إتصـــل ببنك المعلومات!" طلبت منه سوزان. "حذّرهم من الفيروس! أنت نائب مدير (إن إس أي). سننجو !"

وفي حركة بطيئة، نظر ستراثمور إليها. وكأنه رجل يصنع قرار حياته، أومأ لها بمأساوية.

بإصرار، أسرعت سوزان في الظلام.

الفصل 87

ترنحت دراجة الفيسبا على طريق هويلفا. كان الوقت فجراً تقريباً، ولكن الازدحام كان كبيراً ـ شباب سيفيل عائدون من رحلاتهم الشاطئية التي استمرت طوال الليل. أطلقت سيارة شحن مليئة بالمراهقين نفيرها العالي ثم تجاوزته. بدت دراجة بيكر كالدمية على الطريق السريعة.

على بعد ربع ميل خلفه، انحرفت سيارة أجرة مسرعة على الطريق السريع في وابل من الشرر. عندما زادت من سرعتها، ضربت جانبياً سيارة بيجو 504 رامية إياها على متوسط الطريق العشبية.

تخطى بيكر لافتة موضوعة على الطريق: مركز سيفيل ـ 2 كيلومتر. إذا تمكن من الوصول إلى قلب المدينة، فإن الفرصة ستكون أمامه. أظهر عداد سرعة دراجته الرقم 60 كيلومتراً في الساعة. *دقيقتان ليصل إلى المخرج.* علم أن الوقت لن يكفيه لذلك. في مكان ما خلفه، كانت سيارة الأجرة تتقدم بسرعة. حدق بيكر في الأضواء القريبة لقلب مدينة سيفيل وصلى من أجل أن يصل إليها على قيد الحياة.

كان في منتصف المسافة للوصول إلى المخرج عندما سمع صوت المعدن المهلهل خلفه. اندفع على دراجته، ضاغطاً على الدواسة بأقصى طاقتها. كان هناك صوت طلقة مكبوت، انطلقت الرصاصة متجاوزة إياه. انحرف بيكر إلى اليسار، مترنحاً يمنة ويسرة قاطعاً الممر على أمل أن يكسبه ذلك المزيد من الوقت. لم يكن ذلك ذا جدوى. منحدر الخروج كان على مسافة ثلاثمئة ياردة عندما زأرت سيارة الأجرة على بعد بضع سيارات خلفه. علم بيكر أنه خلال ثوان يمكن أن يكون إما مقتولاً بالرصاص أو مصدوماً بالسيارة. تفحص الطريق أمامه بحثاً عن أي مهرب ممكن، ولكن الطريق العام كانت محدودة على جانبه بمنحدرين حادين مليئين بالحصى. مرت أمامه طلقة أخرى. قرر بيكر ما الذي سيفعله.

في صخب أصوات المطاط والشرر، انحدر بشدة إلى الجهة اليمنى وانحرف خارجاً عن الطريق. ارتطمت عجلات الدراجة بأسفل الحاجز. جاهد ليحافظ على توازنه عندما أطلقت الدراجة سحابة من الحصى وبدأت تشق طريقها في المنحدر. دارت العجلات بشدة، متشبثة بالأرض غير المتماسكة. صرخ المحرك الصغير بصوت مثير للشفقة عندما حاول شق طريقه. دفعه بيكر آملاً ألا يتوقف فجأة. لم يتجرأ على النظر خلفه، واثقاً من أنه بأي لحظة يمكن أن تندفع سيارة الأجرة وتطلق

الرصاص.

لم ينطلق الرصاص على الإطلاق.

وصل بيكر إلى قمة التل، ورآه ــ المركز. انتشرت أضواء مركز المدينة أمامه مثل سماء مليئة بالنجوم. شق طريقه بسرعة عبر شجيرات صغيرة خارجاً من حاجز الطريق. شعر بدراجته أصبحت أسرع فجأة. بدا أن جادة لويس مونتوتو تتسارع أسفل إطاراته. اندفع بسرعة مجتازاً ملعب كرة القدم الموجود على يساره. لقد أصبح حراً.

عندما سمع بيكر الصوت المألوف للمعدن على الطريق الإسمنتي نظر أمامه. على بعد مئة ياردة أمامه، قدمت سيارة الأجرة مسرعة من طريق المخرج. كانت قد انحرفت عبر جادة لويس مونتوتو واندفعت مباشرة باتجاهه.

علم بيكر أنه يتوجب عليه أن يشعر بالذعر، ولكنه لم يكن كذلك. فهو يعلم تماماً إلى أين كان يذهب، انحنى إلى اليسار إلى مينينديز بيلايو وحرر الدواسة. اندفعت الدراجة عبر حديقة صغيرة ثم إلى داخل ممر مرصوف بالحجر لماتيوس كاجو ــ الشارع وحيد الاتجاه المؤدي إلى بوابة باريو سانتا كروز.

أبعد بقليل فقط، فكر بذلك.

تبعته سيارة الأجرة، يدوي صوتها على مقربة منه. لحقت به عبر بوابة سانتا كروز، مقتلعة مراياها الجانبية في المدخل الضيق. علم بيكر أنه قد فاز. سانتا كروز هي الجزء الأقدم في سيفيل. لم يكن لها أي طرقات بين الأبنية، فقط متاهات من ممرات المشاة المبنية منذ عصر الرومان. كانت تتسع للمشاة وللدراجات الصغيرة فقط. كان بيكر قد ضاع ذات مرة لساعات في تلك الكهوف الضيقة.

عندما اندفع بيكر إلى الامتداد الأخير لماتيوس كاجو، انتصبت أمامه كاتدرائية سيفيل القوطية المبنية من القرن الحادي عشر كالجبل. بجانبها مباشرة، ارتفع برج جيرالدا على مسافة 419 قدماً (125 م) نحو السماء إلى داخل الفجر المنبثق. كانت هذه سانتا كروز، موطن ثاني أكبر كاتدرائية في العالم، بالإضافة إلى كونها المكان الأقدم للعائلات الكاثوليكية الأكثر ورعاً في سيفيل.

أسرع بيكر عبر الساحة الحجرية. انطلقت رصاصة واحدة، ولكنها كانت متأخرة جداً. فقد اختفى بيكر ودراجته أسفل ممر مشاة صغير ــ كاليتا دي لا فيرجين.

الـفـصـل 88

ألقت أضواء دراجة بيكر النارية بظلال صارخة على جدران الممرات الضيقة. داس بـيكر بقوة مبدلاً غيار سرعة المحرك، محدثاً ضجة قوية بين الأبنية البيضاء، مقدماً إلى سكان سانتا كروز صرخة استيقاظ باكرة في صباح يوم الأحد.

كـان قد مضى أقل من ثلاثين دقيقة منذ هروب بيكر من المطار. كان معرضاً للخطر طوال تلك المدة، عقله يتصارع مع أسئلة كثيرة: *من الذي يحاول قتلي؟ ما هو الشـيء الخـاص حـول الخاتم؟ أين هي طائرة (إن إس أي)؟* فكر بمقتل ميغان في الحمام، فعاد الغثيان إليه.

كان بيكر قد أمل بأن يمر مباشرة عبر الزقاق ويخرج من الجانب الآخر، ولكن سـانتا كـروز كانت عبارة عن متاهة محيرة من الممرات الضيقة. إنها مليئة ببدايات موهمـة ونهايات مسدودة. ارتبك بسرعة، نظر إلى برج جيرالدا ليحدد أين هو، ولكن الجدران المحيطة به كانت عالية جداً، لذلك لم ير أي شيء باستثناء شق خفيف للفجر القادم فوقه.

تسـاءل بيكر أين هو الرجل صاحب النظارات؛ كان أذكى من أن يفكر بأن ذلك القـاتل قـد استسـلم. ربما يلحق القاتل به مشياً. ناضل بيكر وهو يناور بدراجته عند الـزوايا القاسية. كانت فرقعة المحرك تدوي على طول الممرات. علم بيكر أنه هدف سـهل فـي صمت سانتا كروز. في ذلك الوقت، كل ما كان في صالحه هو السرعة. *يجب عليّ الوصول إلى الطرف الآخر!*

بعد سلسلة من الالتفافات والطرق المستقيمة، انزلق بيكر إلى نقطة تقاطع بثلاثة طرق معنونة بإسكوينا دي لوس ريبس. علم أنه في مأزق ــ لقد مر من هنا من قبل. عندما وقف مباعداً بين رجليه على الدراجة الواقفة، في محاولة منه لأن يحدد الطريق التـي سيسلكها، توقف المحرك. أظهر مقياس البنزين الكلمة ــ فارغ. لحظتها، وكأنه ينتظر دوره، ظهر ظل في نهاية الممر على يساره.

العقل البشري هو أسرع جهاز كمبيوتر في الوجود. في أجزاء من الثانية التالية، سـجل عقـل بـيكر شكل نظارات الرجل، بحث في ذاكرته عن تطابق، وجد واحداً مسـجلاً أنه خطر، وطلب القرار. لديه واحد فقط. أوقع الدارجة التي أصبحت عديمة الفائدة، وانطلق مندفعاً بأقصى سرعة.

لسـوء حظ بيكر، كان هولوهت الآن على أرض صلبة وليس على سيارة أجرة

مترنحة. رفع سلاحه بهدوء وأطلق النار.

أصابت الرصاصة جانب بيكر في الوقت الذي كان يمشي فيه باضطراب حول الزاوية بعيداً عن المدى. مشى خمس أو ست خطوات قبل أن يحس بذلك الشعور. في البداية بدا وكأنه شد عضلي، فوق الورك تماماً. ولكن بعدها أصبح وخزاً خفيفاً دافئاً. عندما رأى بيكر الدم، أدرك ما حصل. لم يشعر بأي ألم في أي مكان، انطلاقة سريعة فقط عبر المتاهة الملتوية لسانتا كروز.

أسرع هولوهت خلف فريسته، ينوي إصابتها في الرأس، ولكنه كان محترفاً؛ أراد أن يلعب لعبة الاحتمالات. كان بيكر هدفاً متحركاً، والتصويب على جزئه الأوسط سيؤمن هامش الخطأ الأكبر عامودياً وأفقياً. لقد أثمرت الاحتمالات. التفت بيكر في اللحظة الأخيرة، وعوضاً عن أن يُخطئ رأسه، أصاب هولوهت جزءاً من جنبه. برغم أنه يعلم بأن الرصاصة قد ارتطمت ببيكر بمقدار صغير ولن تسبب له أذية دائمة، إلا أن الطلقة قد أدت غرضها. لقد تم اللقاء. لمس الموت الفريسة. كانت تلك لعبة جديدة بأكملها.

أسرع بيكر إلى الأمام غير قادر على الرؤية. ملتفتاً، ملتوياً، خارجاً عن الممرات المستقيمة. بدت الخطوات خلفه ثابتة. كان عقل بيكر فارغاً. من كل شيء — أين هو، من الذي يلاحقه ـ كل ما تبقى له هو الغريزة، الحفاظ على النفس، من دون أي ألم، الخوف فقط، والطاقة القليلة.

اصطدمت طلقة بالآجر خلفه، انتشر وابل من الزجاج فوق رقبته من الخلف. مشى باضطراب إلى الجهة اليسرى، إلى ممر آخر. سمع صوته يصيح طلباً للنجدة، ولكن جو الصباح بقي هادئاً تماماً باستثناء صوت الأقدام واللهاث الشديد.

جنبه يحترق. ظنّ أنه سيترك آثاراً للون القرمزي على الممرات البيضاء. بحث في كل مكان عن باب مفتوح، بوابة مفتوحة، أي مخرج من ذلك الوادي الخانق. لا شيء. ضاقت الممرات.

"النجدة!" صاح بيكر بالإسبانية بصوت لم يكن مسموعاً تماماً.

الجدران تقترب من بعضها بعضاً من الجانبين. انحنى الممر. بحث بيكر عن أي نقطة تقاطع، أي رافد، أي طريق للخروج، ضاق الممر، أبواب مقفلة، يضيق، بوابات مقفلة، خطى الأقدام تقترب. كان في طريق مباشرة، وفجأة أخذ الممر يرتفع. وبالارتفاع شعر بيكر بساقيه تنشدان، كان يبطئ.

وبعدها كان هناك.

مـــثل طـــريق حرة لم تجد من يمولها، توقف الزقاق، هناك حائط عال، ومنصة خشبية، ولا شيء سوى ذلك، لا مفر، نظر بيكر إلى أعلى مسافة ثلاثة طوابق للمبنى، ثم التفت وعاد عبر الممر الطويل، ولكنه خطى بضع خطوات فقط قبل أن يتوقف.

عـــند زاويـــة الطـــريق المستقيمة، ظهر شخص ما. تحرك الرجل باتجاه بيكر بتصميم متعمد. في يده، ومض السلاح تحت أشعة شمس الصباح.

شعر بيكر ببعد نظر مفاجئ عندما ثبت نفسه باتجاه الحائط. لقد أدرك فجأة الألم في جنبه. لمس مكانه ونظر إليه. لطّخ الدم أصابعه وكذلك خاتم إينسي تانكادو الذهبي. شـــعر بالدوار. حدق إلى الخاتم المنقوش، متسائلاً. لقد نسي أنه يرتديه. لقد نسي لماذا أتى إلى سيفيل. نظر إلى الشخص القادم إليه. نظر إلى الأسفل إلى الخاتم. ألهذا السبب ماتت ميغان؟ ألهذا السبب سأموت أنا؟

تقـــدم الظـــل من الممر المائل. لم يرَ بيكر أي شيء سوى الجدران ــ المسدودة خلفه. مداخل لبضع بوابات بينها، ولكن الوقت قد فات لطلب المساعدة.

ضـــغط بيكر بظهره على الحاجز. فجأة شعر بكل قطعة من الرمل أسفل حذائه، بكل نتوء للجدار المزخرف خلفه. كان عقله يسرع إلى الخلف، إلى طفولته، والديه... سوزان.

أوه، يا إلهي... سوزان.

لأول مرة منذ كان طفلاً، صلى بيكر، لم يصلّ من أجل أن ينجو من الموت؛ لم يؤمـــن بالمعجزات. بدلاً من ذلك، صلى للمرأة التي تركها كي تجد القوة، كي تعلم من دون شك أنها كانت محبوبة. أغلق عينيه. أسرعت الذكريات كالوابل. لم تكن ذكريات الاجـــتماعات، الأعمال في الجامعة، والأشياء التي شكلت 90 بالمئة من حياته؛ كانت الذكـــريات عنها. ذكريات بسيطة: تعليمها كيف تستخدم العيدان الصينية، الإبحار في جزيرة كابي كود. *أحبك*، فكر بذلك. *لتعرفي ذلك... إلى الأبد.*

وكأن كل دفاع، كل مظهر، كل خطر في حياته قد تلاشى بعيداً. كان يقف عارياً ــ بلحمـــه ودمـــه أمام الله. *أنا إنسان*، فكر بذلك. وبلحظة من الهزل، فكر. *إنسان من دون شـــمع*. وقف، مغلقاً عينيه، في الوقت الذي اقترب منه الرجل صاحب النظارات. فـــي مكـــان ما بجانبه، جرس بدأ يقرع. انتظر بيكر فيّ الظلام، الصوت الذي سينهي حياته.

الفصل 89

كانت شمس الصباح تبزغ للتو فوق سقوف بيوت سيفيل وتشع على الأودية في الأسفل. أطلقت الأجراس التي تعلو الجيرالدا موسيقاها العالية لشروق الشمس. كانت تلك هي اللحظة التي ينتظرها المواطنون جميعهم. في كل مكان من البلدة القديمة، انفتحت البوابات وتدفقت العائلات إلى تلك الممرات الضيقة. وكأن دم الحياة قد تدفق عبر أوردة سانتا كروز القديمة، سلكوا طريقهم باتجاه قلب البلدة، باتجاه قلب تاريخهم، باتجاه صلاتهم، قداسهم، وكاتدرائيتهم.

في مكان ما في عقل بيكر، كان جرس يقرع. *أنا ميت؟* وعلى مضض تقريباً، فتح عينيه و نظر بهما نصف مغمضتين إلى أول شعاع من نور الشمس. علم تماماً أين هو. جهد نفسه ليعدل نظرته وأخذ يتفحص الممر بحثاً عن مهاجمه. ولكن الرجل صاحب النظارات السلكية لم يكن هناك. بدلاً من ذلك، كان هناك أشخاص آخرون. عائلات إسبانية، في أجمل ملابسهم، يتقدمون من مداخل بيوتهم إلى الممرات، يتحدثون ويضحكون.

في أسفل الممر، مختبئاً بعيداً عن مرمى نظر بيكر، أخذ هولوهت يشتم خيبته. في البداية كان هناك زوج واحد فقط يفصلان بينه وبين فريسته. كان هولوهت متأكداً من أنهما سيغادران. ولكن أصوات الأجراس استمرت في إطلاق دويها على طول الممر، ساحبة أناساً آخرين من منازلهم، زوج آخر مع أطفالهم، حيّوا بعضهم بعضاً. تحدثوا، ضحكوا، وقبلوا بعضهم ثلاث مرات على الوجنتين. ظهرت مجموعة أخرى، ولم يعد هولوهت يرى فريسته. الآن، وفي غضب متوهج، انطلق بسرعة إلى الزحام المتزايد. يجب أن يصل إلى ديفيد بيكر!

شق القاتل طريقه بصعوبة باتجاه نهاية الممر. وجد نفسه للحظة تائهاً في بحر من الأجساد ـ معاطف وربطات عنق، أثواب سوداء اللون، أغطية رأس مربوطة فوق رؤوس نساءٍ منحنيات الظهر. بدا جميعهم غافلين عن وجود هولوهت؛ تجولوا كعادتهم، انتقل جميعهم في الكساء الأسود، من مكان إلى الآخر، يتحركون كشخص واحد، ويحجبون طريقه. ركزّ هولوهت في طريقه عبر الزحام واندفع في الممر إلى نهايته، رافعاً سلاحه. أطلق بعدها صرخة مكبوتة همجية، ذهب ديفيد بيكر.

مشى بيكر بخطى مضطربة وجانبية في طريقه عبر الزحام. *اتبع الزحام،* فكر بذلك. *عندها ستعرف طريقك إلى الخارج.* انطلق بسرعة عند نقطة التقاطع فاتسع

الممــر. كانــت الــبوابات تفتح في كل مكان وينصبّ الناس إلى الخارج. علا صوت جلجلة الأجراس أكثر.

جنــب بيكر لا يزال يؤلمه، ولكنه أحس بأن النزف قد توقف. أسرع في مشيه. في مكان ما خلفه، يقترب منه أكثر، كان الرجل بصحبة السلاح.

انطلــق بــيكر يمنة ويسرة بين المجموعات الذاهبة للكنيسة ومحاولاً إبقاء رأسه منخفضـــاً. لم يعد على مسافة بعيدة جداً. استطاع الإحساس بذلك. احتشد الزحام أكثر. اتســع الــزقاق. لم يعد هناك روافد صغيرة، هذا هو النهر الرئيسي. عندما دار حول المنعطف، رآها بيكر فجأة، تنتصب أمامهم ــ الكاتدرائية وبرج جيرالدا.

صــمّت أصــوات الأجــراس الآذان، انطلق صدى الأصوات في الساحة ذات الجدران العالية. تقارب الازدحام، جميعهم باللون الأسود، يندفعون حول الساحة باتجاه الأبــواب المنفتحة لكاتدرائية سيفيل. حاول بيكر أن ينشقّ عنهم باتجاه ماتيوس كاجو، ولكــنه علــق. لقد أصبح كتفاً لكتف، وجنباً لجنب، مع الحشد المندفع. كان للإسبانيين دائماً رأي مختلف عن فكرة الاقتراب تختلف عن بقية العالم. انحشر بيكر بين امرأتين بدينتين، كانت عيناهما مغلقتين، تاركتين الحشد يسوقهما. أخذتا تتمتمان بالصلوات إلى أنفسهن وتدوّران المسابح بأصابعهن.

عندما اقترب الزحام من البناء الحجري الضخم، حاول بيكر أن يندفع إلى الجهة اليســرى مــرة أخرى، ولكن التدفق كان أقوى. الانتظار، التدافع والانجراف، العيون المغلقــة، والصلوات المتمتمة. التفت إلى الزحام، محاولاً أن يعود أدراجه عبر الحشد المشــتاق، لقــد كان ذلك مستحيلاً، مثل السباحة ضد التيار في نهر يبلغ عمقه الميل. التفــت. لاحــت أبواب الكاتدرائية أمامه ــ مثل فتحة سباق كرنفال مظلمة، تمنى ألا يكون قد قدم عبرها. أدرك ديفيد بيكر فجأة أنه ذاهبٌ إلى الكنيسة.

الفصل 90

كانت أصوات صفارات الإنذار تدوي في الكريبتو. لم يكن لدى ستراثمور أي فكرة عن الوقت الذي مضى على ذهاب سوزان. جلس وحيداً في الظلال، يناديه أزيز الترانسلتر. *ستنجو... ستنجو....*

نعم، فكر بذلك، *سأنجو ــ ولكن النجاة لا تساوي شيئاً من دون الشرف. أفضل الموت على العيش في ظل الخزي.*

الخزي هو الشيء الذي ينتظره. لقد قام بإخفاء المعلومات عن المدير. لقد قام بإرسال فيروس إلى أكثر أجهزة الكمبيوتر أمناً في البلد. لاشك في أنه سيشنق معلقاً في الخارج حتى يجف. كانت نواياه وطنية، ولكن لم يحدث أي شيء كما خطط له. كان هناك الموت والغدر. سيكون هناك محاكمات، اتهامات، غضب جماهيري. لقد خدم بلده بالشرف والكرامة لسنوات عدة، ولن يسمح للأمر أن ينتهي بهذا الحال.

سأنجو، فكر بذلك.

أنت كاذب، أجابته أفكاره الخاصة.

هذا صحيح، لقد كان كاذباً. هناك أشخاص لم يكن صادقاً معهم. سوزان فليتشر أحدهم. هناك أشياء كثيرة لم يخبرها عنها ــ أشياء كان خجلاً منها بشدة. لسنوات عدة كانت هي وهمه، خيال حياته اليومية. حلم فيها بالليل، صاح من أجلها في نومه. لم يستطع مقاومتها. كانت بدرجة ذكاء وجمال امرأة لا يمكن تخيلها. حاولت زوجته أن تكون صبورة معه، ولكن عندما التقت بسوزان أخيراً، فقدت الأمل على الفور. لم تلم بيف ستراثمور زوجها على مشاعره. حاولت أن تتحمل الألم بكامل طاقتها، ولكنه ازداد كثيراً مؤخراً. لقد أخبرته بأن زواجهما ينتهي؛ لم يكن ظل امرأة أخرى ليكون المكان الذي تقضي فيه بقية حياتها.

تدريجياً، أبعدت صفارات الإنذار ستراثمور عن ذهوله. بحثت طاقته التحليلية عن مخرج ما. لقد أثبت عقله على كره ما كان قلبه يشك به. كان هناك مهرب واحد فقط، حل واحد فقط.

حدق ستراثمور إلى الأسفل في لوحة المفاتيح وبدأ بالطباعة. لم يهتم بتدوير الشاشة ليتمكن من رؤيتها. نقرت أصابعه لتطبع الكلمات ببطء وعلى نحو حاسم.

أصدقائي الأعزاء، أنا سأنتحر اليوم...

بهذه الطريقة، لن يتساءل أي شخص على الإطلاق. لن يكون هناك أي أسئلة. لن يكون هناك أي اتهامات. سيوضح للعالم بأكمله ما الذي حدث. لقد مات الكثيرون... ولكن لا يزال أمامه حياة واحدة عليه أن يأخذها.

الــفــصــل 91

في الكاتدرائية، الظلام دامس دائماً. يتحول دفء النهار إلى برودة رطبة. تخفت أصوات الزحام خلف جدران الغرانيت السميكة. لا يمكن لأي عدد مهما كان من الشمعدانات أن يضيء الظلام الكبير فوق رؤوسهم. تسقط الظلال في كل مكان. في الأعلى فوقهم، يوجد زجاج ملون فقط، يقوم بترشيح قبح العالم الخارجي محولاً إياه إلى أشعة من الأضواء الحمراء والزرقاء الصامتة.

كاتدرائية سيفيل، كالكاتدرائيات العظيمة كلها في أوروبا، تنتشر على شكل الصليب. ينتصب حرم الكنيسة ومذبحها فوق منتصفها تماماً، وتنفتح منحدرة نحو الحرم الرئيسي. المقاعد الخشبية تملأ المحور العمودي، تنتظم على مسافة 113 ياردة من المذبح حتى أسفل الصليب. على يسار المذبح ويمينه، كان هناك مقصورات الاعتراف للكاهن، والأضرحة المقدسة، ومقاعد إضافية.

وجد بيكر نفسه محشوراً في منتصف أحد المقاعد الخشبية الطويلة على بعد نصف المسافة من الخلف. فوق رأسه، في الفضاء الفارغ المشوش، تدلت مبخرة فضية بحجم الثلاجة مشكّلة أقواساً ضخمة على حبل قد بلي، تنشر روائح البخور. إستمرت أجراس الكاتدرائية بالطرق، مرسلة بأمواج اهتزاز تدمدم عبر الجدران الحجرية. أخفض بيكر نظره إلى الجدار المنزلق خلف المذبح. أمامه الكثير من الأمور ليحمد الله عليها. إنه يتنفس، إنه على قيد الحياة، إنها معجزة.

عندما تجهّز القس ليقدم الصلوات الابتدائية، تفحص بيكر جنبه. كان هناك بقعة حمراء على القميص، ولكن النزف توقف، كان الجرح صغيراً، أشبه بتمزق من أن يكون ثقباً. دسّ بيكر قميصه إلى الداخل، ورفع رقبته ليرى. خلفه، كانت الأبواب قد دارت لتغلق. علم في حال أنه كان ملاحقاً، فإنه قد وقع في الفخ الآن. لأنّ لكاتدرائية سيفيل مدخلاً واحداً فعال، هذا التصميم تعمم في الأيام التي أصبحت تستخدم فيها الكنائس كحصون، ملجأ آمن ضد الغزو البربري. عندما يكون هناك مدخل واحد، سيكون هناك باب واحد يتوجب إغلاقه بإحكام. للمدخل الوحيد الآن دور آخر — يضمن أن السياح جميعهم الذين دخلوا الكاتدرائية قد اشتروا البطاقة.

انغلقت الأبواب المطلية بالذهب، البالغ ارتفاعها مسافة اثنين وعشرين قدماً، مطلقة صوت اصطدام قوي، لقد حُجز بيكر الآن في بيت الرب. أغلق عينيه وانزلق إلى الأسفل في مقعده. كان الشخص الوحيد في المبنى غير المرتدي اللون الأسود.

أصوات في مكان ما بدأت ترتل.

باتجـاه نهايـة الكنيسـة، تحـرك شخص ببطء على جانب الممشى، مختبئاً في الظـلال. لقد تمكن من الانسلال إلى الداخل قبل أن تنغلق الأبواب بلحظة. ابتسم بينه وبيـن نفسـه. لقد أصبحت المطاردة أكثر متعةً. *بيكر هنا... أستطيع الإحساس بذلك.* تحـرك بانـتظام، صف واحد في كل مرة. فوق رأسه، كان إناء البخور يلتوي بقوس طويل بطيء. *مكان جميل للموت،* فكر هولوهت. *أتمنى أن أحقق ذلك جيداً.*

انحـنى بيكر على أرض الكاتدرائية الباردة وخبأ رأسه بعيداً عن مجال الرؤية. حدق الرجل الجالس بجانبه إلى الأسفل ـ كان هذا التصرف الأكثر مخالفة للقواعد في بيت الرب.

"مريض،" اعتذر بيكر بالإسبانية.

علـم بـيكر أن عليه أن يبقى منخفضاً. لقد لمح ظلاً مألوفاً يتحرك في الممشى الجانبي. *إنه هو! إنه هنا!*

علـى الرغم من كونه في منتصف الحشد الضخم، خشي بيكر من أن يكون هدفاً سـهل المنال ـ سترته الكاكية اللون مثل إشارة في زحام من اللون الأسود. فكر في خلعهـا، ولكـن القمـيص الأبيض تحتها لم يكن أفضل منها. بدلاً من ذلك، جثم إلى الأسفل أكثر.

عـبس الرجل إلى جانبه: "أنت سائح،" قال لـه بالإسبانية. بعدها همس ساخراً: "هل أطلب لك الطبيب؟"

نظر بيكر إلى الأعلى بوجه الرجل العجوز المليء بالشامات. "لا، شكراً لك. أنا جيد الآن."

نظر إليه الرجل غاضباً: "إذاً، اجلس!" كان هناك أصوات 'إش' مبعثرة حولهم، عض الرجل العجوز على لسانه وتوجه إلى الأمام.

أغلق بيكر عينيه ونزل إلى الأسفل أكثر، متسائلاً كم المدة التي ستطول فيها تلك الطقـوس. حيـث أن بـيكر، الذي تربى على البروتستانتية، كان دائماً لديه فكرة بأن الكاثوليكييـن طويلو النَفَس. صلّى من أجل أن يكون ذلك صحيحاً ـ حالما تنتهي تلك الطقـوس، سيجبر على الوقوف ويخرج الجميع. في ذلك اللون الكاكي، حتماً سيكون ميتاً.

علـم بيكر أن ليس أمامه أي خيار الآن. ببساطة، انحنى على الأرضية الحجرية الـباردة لـتلك الكاتدرائـية العظيمة. في النهاية، فقد الرجل العجوز اهتمامه به. يقف

رجــال الديــن، ينشدون تراتيلهم. بقي بيكر في الأسفل، بدأت ساقاه تتشنجان. لم يكن هناك متسع لكي يمدّهما. *الصبر*، فكر بذلك. *الصبر*. أغلق عينيه وأخذ نفساً عميقاً.

بعد دقائق شعر بأن شخصاً ما يرفسه، نظر إلى الأعلى، الرجل ذو الوجه المليء بالشامات يقف على يمينه، ينتظره وقد فرغ صبره لأن يغادر المقعد.

أُصــيب بيكر بالذعر، *يريد المغادرة الآن؟ يجب أن أقف!* أشار بيكر للرجل أن يخطــو فوقــه. استطاع الرجل وبصعوبة كبت غضبه. أمسك نهايات معطفه، سحبها بغضــب، وانحــنى إلى الخلف ليكشف لــه الصف الكامل من الأشخاص المنتظرين الذيــن يريدون المغادرة. نظر بيكر إلى يساره ليرى أن المرأة التي كانت جالسة هناك قــد رحلــت. علــى طول الصف بأكمله من جهته اليسرى كان فارغاً حتى الممشى المركزي. .

لا يمكن أن تكون الطقوس قد انتهت! هذا مستحيل! لقد دخلنا هنا للتو!

ولكــن عندما نظر إلى صفي المذبح في نهاية الصف وإلى مجموعة الأشخاص المتحركين لمركز الممشى باتجاه المذبح، علم ما الذي يحدث.

العشاء الرباني، همهم ساخراً، *يقوم به الإسبان اللعينون في البداية!*

الــفــصــل 92

نزلــت سوزان السلم إلى الدور السفلية. بخار كثيف يغلي حول جسد الترانسلتر. والممرات الضيقة رطبة بسبب التكاثف. كادت تسقط، فكعب حذائها منح القليل فقط من الاحـتكاك. تسـاءلت كـم سيصمد الترانسلتر. استمرت صفارات الإنذار في إطلاق تحذيرها المتقطع. أضواء الطوارئ تدور بفاصل ثانيتين. أسفلها بثلاث طوابق، كانت المحــركات الاحتياطــية تهــتز بأنين مرهق. علمت سوزان أنه في مكان ما في ذلك الضباب المعتم، هناك قاطعة التيار. أحست بالوقت ينفد منها.

فـــي الأعلـــى، أمسك ستراثمور المسدس في يده، أعاد قراءة ملاحظته ووضعها علـــى أرضية الغرفة حيث كان يقف. ما كان على وشك القيام به هو عمل وضيع من دون شك. *سأنجو*، فكر بذلك. فكر بالفيروس الموجود في بنك معلومات (إن إس أي)، فكــر بديفــيد بــيكر في إسبانيا، وفكر بخططه عن الخيار الخفي. لقد قال الكثير من الكــذب، إنــه مذنــب بالكثير. علم أن هذه هي الطريقة الوحيدة ليتجنب المحاسبة... الطــريقة الوحــيدة ليتجنب العار. بحذر، صوب مسدسه. بعدها، أغلق عينيه وسحب الزناد.

نزلت سوزان ست درجات فقط عندما سمعت الطلقة المكبوتة، كانت بعيدة جداً، مسموعة بصعوبة فوق أصوات المحركات. لم تكن قد سمعت صوت إطلاق رصاصة من قبل إلا على التلفاز، ولكنها كانت متأكدة تماماً ما هي.

توقفــت، دوى الصــوت في أذنيها. وبموجة من الذعر، خشيت الأسوأ. تخيلت أحــلام القــائد ــ الخيار الخفي في الحصن الرقمي، الضربة الرائعة التي لم تتحقق. تخيلــت الفيروس في بنك المعلومات، زواجه الفاشل، تلك الإيماءة الغريبة التي قدمها إليها. اضطربت مشيتها. التفتت إلى منبسط الدرج، ممسكةً بالدرابزين. *أيها القائد! لا.*

جمــدت للحظة، أصبح عقلها فارغاً، بدا أن صدى الطلقة أجج صوت الضجيج حولهــا. أخــبرها عقلهــا أن تستمر في المشي، ولكن ساقيها رفضتا ذلك. *أيها القائد!* وجدت نفسها بعد لحظة تتعثر في طريقها على الدرج، نسيت تماماً الخطر حولها.

ركضت بتهور، منزلقة على المعدن الأملس. بدت الرطوبة فوقها وكأنها المطر. عــندما وصــلت إلــى السلم وبدأت تصعده، شعرت بنفسها ارتفعت باندفاع هائل من البخار الذي نبذها تقريباً عبر الباب الأرضي. تدحرجت على أرضية الكريبتو وشعرت بالهواء البارد يتبعها. التصق قميصها الأبيض بجسدها، وقد تشرّب الماء.

ساد الظلام، توقفت سوزان، محاولة استجماع قواها. كان صوت الطلقة يدوي في حلقة لا تنتهي في رأسها وهي تلاطم بخاراً حاراً صاعداً عبر الباب الأرضي مثل غاز ينطلق من بركان على وشك الانفجار.

لعنت نفسها لأنها تركت المسدس مع ستراثمور، لقد تركته معه، أليس كذلك؟ *أم تركته في نود 3؟* راحت تسأل نفسها في الوقت الذي اعتادت فيه عيناها الظلام، نظرت باتجاه الثقب المفتوح في جدار نود 3. كان الوهج الصادر عن الشاشات شاحباً، ولكن من مكانها استطاعت رؤية هيل ممدداً من دون حراك على الأرضية حيث تركته. لم يكن هناك أي إشارة لستراثمور. مذعورة مما وجدته، التفتت باتجاه مكتب القائد.

ولكن عندما بدأت تتحرك، شيء ما بدا غريباً. تحركت إلى الخلف بضع خطوات ونظرت إلى نود 3 ثانية. تحت نور الضوء الخفيف، تمكنت من رؤية يد هيل، لم تكن عند جانبه، لم يعد مربوطاً مثل المومياء، كان ساعده موضوعاً على رأسه. كان ممدداً وظهره على الأرض. هل تمكن من التحرر؟ لم يتحرك، كان ساكناً كالميت.

حدقت سوزان إلى الأعلى إلى مكان عمل ستراثمور في الأعلى: "أيها القائد؟"

صمت.

بتردد، تحركت باتجاه نود 3. كان هناك شيء ما في يد هيل. أومض تحت ضوء الشاشات. تحركت سوزان عن قرب أكثر... فأكثر. تمكنت فجأة من رؤية ما كان يحمله هيل.. إنه المسدس.

لهثت، تبعت قوس يد هيل، تحركت عيناها إلى وجهه، الذي رأته كان غريباً، نصف رأس كريج هيل كان مليئاً بالدم، لقد انتشرت البقعة المظلمة على السجادة.

أوه، يا إلهي! ارتدت سوزان إلى الخلف، لم تكن تلك طلقة القائد التي سمعتها، إنها *لهيل!*

وكأنها في حالة سكر، تحركت سوزان باتجاه الجثة، يبدو أن هيل قد تمكن من تحرير نفسه، سلك الطابعة على الأرض بجانبه. *لا بد أنني تركت المسدس على الأريكة*، فكرت بذلك. بدا الدم الذي تدفق من الثقب في جمجمته أسود اللون تحت النور الأزرق.

على الأرض بجانب هيل، كان هناك قطعة ورق. مشت سوزان إليها باضطراب، والتقطتها. إنها رسالة.

أصدقائي الأعزاء، أنا سأنتحر اليوم ككفارة عن الأخطاء التالية...

باندهاش مطلق، حدقت سوزان إلى ورقة الانتحار في يدها. قرأتها ببطء. كانت

ســرياليةـ بخلاف خصائص هيلـ لائحة بالجرائم. اعترف بكل شيءـ اكتشاف أن إنداكوتا هو خدعة، استئجار شخص من المرتزقة لقتل إينسي تانكادو وأخذ الخاتم، دفع فيل شارترو كيان، والتخطيط لبيع الحصن الرقمي.

وصــلت ســوزان إلى السطر الأخير، لم تكن جاهزة لما قرأته، فكلمات الرسالة الأخيرة صعقتها.

الأســوأ مــن ذلــك، أنا أسف حقاً بالنسبة لديفيد بيكر، اغفري لي، كنت منبهراً بالطموح.

عــندما وقفت سوزان مرتجفة أمام جثة هيل، اقتربت أصوات وقع أقدام تركض خلفها، في حركة بطيئة، التفتت.

ظهــر ستراثمور في النافذة المكسورة شاحباً ولاهثاً، حدق إلى الأسفل بجثة هيل بذهول واضح.

"أوه، يا إلهي!" قال. "ما الذي حدث؟"

الــفــصــل 93

العشاء الرباني.

حــدد هولوهــت موضــع بيكر على الفور، لم يكن الخطأ ممكناً في تلك السترة الكاكية، وخصوصاً ببقعة من الدم على أحد الجانبين، كانت السترة تتحرك في الممشى المركزي في بحر من اللون الأسود، *يجب ألا يعلم بوجودي،* ابتسم هولوهت، *إنه رجل ميت.*

تلمــس جهاز التواصل المعدني الصغير الموجود على أطراف أصابعه، متشوقاً لينقل إلى المتلقي الأمريكي الأخبار السارة، *قريباً،* فكر بذلك، *قريباً جداً.*

والحــيوان المفترس المتحرك باتجاه الريح، تحرك هولوهت إلى نهاية الكنيسة، وأخــذ بعدها يقترب ــ مباشرة باتجاه الممشى المركزي، لم يكن هولوهت يرغب في أن يتعقــب بــيكر عــبر الحشد المغادر للكنيسة. لقد وقعت فريسته في الفخ، انقلاب محظوظ للأحداث. يحتاج هولوهت إلى المجال فقط ليقضي عليه بهدوء. كاتم الصوت خاصــته، أفضــل شيء تنفق أموالك فيه، لا يطلق أكثر من مجرد سعلة صغيرة. هذا سيفي بالغرض.

عــندما اقترب هولوهت من سترة الكاكي، لم ينتبه من التمتمة الهادئة القادمة من أولئك الذين يمر بهم، استطاع رجال الدين فهم إثارة ذلك الرجل ليتلقى مباركة الرب، ولكن رغم ذلك، هناك قواعد صارمة للطقوس ــ صفان، فرد واحد.

اســتمر هولوهت في التحرك. كان يقترب بسرعة، مرر أصابعه على المسدس في جيب سترته، حانت اللحظة المناسبة، كان ديفيد بيكر محظوظاً بشكل استثنائي حتى هذه اللحظة؛ لم يكن هناك أي حاجة إلى المزيد من المغامرة.

كانــت سترة الكاكي على بعد عشرة أشخاص أمامه، تتوجه إلى الأمام، ورأسها إلــى الأسفل. كرر هولوهت عملية القتل في عقله. الصورة واضحة ــ المرور حتى خلــف بيكر، إبقاء المسدس منخفضاً وبعيداً عن مرمى النظر، إطلاق رصاصتين إلى ظهــر بيكر، يسقط بيكر فجأة، يمسكه هولوهت ويساعده في الجلوس على المقعد مثل صديق مخلص. بعدها يقوم هولوهت وبسرعة بالتحرك إلى نهاية الكنيسة وكأنه يطلب النجدة. في تلك الفوضى، يختفي قبل أن يعرف أي شخص ما الذي حدث.

خمسة أشخاص، أربعة، ثلاثة.

وضــع هولوهــت إصــبعه على المسدس في جيبه، مبقياً إياه منخفضاً. سيقوم بــإطلاق الــنار عــند مستوى الورك إلى الأعلى باتجاه العامود الفقري لبيكر. بتلك

الطـريقة، سـترتطم الرصاصة إما في العامود الفقري أو في الرئة قبل الاستقرار في القلب. حتى ولو أخطأت الرصاصة القلب، سيموت بيكر، فرئة متمزقة كفيلة بإهلاكه، ربمـا ليس في جزء من العالم أكثر تطوراً من الناحية الطبية، ولكن في *إسبانيا*، فذلك كفيل بالموت.

شخصـان... واحـد. ومن ثم كان هولوهت هناك. وكراقص يقوم بأداء حركته التي تدرب عليها جيداً، التفت إلى الجهة اليمنى. وضع يده على كتف السترة الكاكية، صوب مسدسه، و... أطلق النار، صفعتان صغيرتان بصوتين مكبوتين.

تصـلب الجسد على الفور. سقط بعدها. أمسك هولوهت ضحيته من أسفل إبطه. وبحركة واحدة، أدار الجثة إلى المقعد قبل أن تنتشر بقع الدم عبر ظهره. في الجوار، التفت الناس. لم يراع هولوهت أي انتباه ـ سيختفي خلال لحظة.

تلمس أصابع الرجل الفاقدة الحياة بحثاً عن الخاتم، لا شيء، تلمسها مرة أخرى، كانـت الأصـابع فارغة، أدار هولوهت الرجل بغضب، فأصابه الذعر فوراً، لم يكن الوجه لديفيد بيكر.

رافال دي لا مازا، موظف المصرف في ضواحي سيفيل، كان قد مات بلحظتها تقريـباً. ولا يـزال يمسـك بـ 50000 بيزيتا دفعها لـه أمريكي غريب لقاء سترته السوداء الرخيصة.

الفصل 94

وقفت ميدج ميلكن تدخن عند مبرد الماء بالقرب من مدخل غرفة المؤتمرات. *ما الذي يفعله فونتين بحق الجحيم؟* طوت الكوب الكرتوني ورمته بقوة في سلة المهملات. *هناك شيء ما يحدث في الكريبتو! أستطيع الإحساس بذلك!* علمت ميدج أن هناك طريقة واحدة فقط لتثبت فيها لنفسها صحة ذلك. ستقوم بتفحص الكريبتو بنفسها – تعثر على جابا إذا احتاج الأمر. دارت على كعب حذائها وتوجهت إلى الباب.

ظهر برينكيرهوف من مكان ما وسد طريقها. "إلى أين أنت متوجهة؟"

"إلى البيت!" كذبت ميدج.

رفض برينكيرهوف أن يتركها تمر.

حملقت ميدج. "أخبرك فونتين ألا تدعني أخرج، أليس كذلك؟"

نظر برينكيرهوف بعيداً.

"تشاد، أنا أقول لك، هناك شيء ما يحدث في الكريبتو – شيء خطير. لا أعلم لماذا يتجاهل فونتين الأمر، ولكن الترانسلتر في مشكلة. هناك خطب ما يحدث في الأسفل الليلة!"

"ميدج،" هدأها، وهو يمشي بقربها باتجاه نوافذ غرفة المؤتمرات ذات الستائر، "لندع المدير يتدبر الأمر."

احتدت نظرة ميدج. "هل لديك أي فكرة عما سيحدث للترانسلتر في حال تعطلت أنظمة التبريد؟"

هز برينكيرهوف كتفيه مستهجناً واقترب من النافذة: "ربما تكون الكهرباء قد عادت الآن على أي حال،" سحب الستائر عن بعضها ونظر.

"لا تزال معتمة؟" سألت ميدج.

ولكن برينكيرهوف لم يجبها. لقد كان مسحوراً بالكامل. المشهد في الأسفل عند قبة الكريبتو لا يمكن تخيله. القبة الزجاجية بكاملها كانت مليئة بأضواء دوامة، نبضات كهربائية وامضة، وبخار يدوم. وقف برينكيرهوف، يتمايل مترنحاً أمام الزجاج. بعدها، بنوبة من الذعر، انطلق وهو يصيح: "أيها المدير! *أيها المدير!"*

الـفـصــل 95

تجمـــع الناس حول الجسد الساقط في المقعد. فوق رؤوسهم، دار البخور بأقواس مسالمة. دار هولوهت بهمجية في الممشى المركزي وتفحص الكنيسة. يجب *أن يكون هنا!* التفت باتجاه المذبح.

علـــى بعد ثلاثين مقعداً، كانت إجراءات العشاء الرباني المقدسة تتم من دون أي مقاطعـــة. حـــدق القســـيس جوستاف هيريرا، رئيس حملة كأس القربان، بفضول إلى الاهتـــياج الهـــادئ فـــي أحد المقاعد المركزية؛ لم يكن قلقاً حول ذلك. يمكن أن يُنهك أحـــياناً الـــبعض من العامة الكبار في السن ويغمى عليهم. قلة الهواء هي التي تكون المسؤولة عادة عن هذه الخدعة.

فـــي هـــذه الأثناء، كان هولوهت يبحث باهتياج. لم يكن بيكر في أي مكان على مـــرأى نظـــره. كان هناك ما يقارب المئة من الأشخاص منحنين عند المذبح الطويل يـــتلقون العشـــاء الربانـــي. تســـاءل هولوهـــت ما إذا كان بيكر واحداً منهم، تفحص ظهورهم، كان جاهزاً لأن يطلق النار من على مسافة خمسين ياردة ثم يهرب مسرعاً.

نظـــر الكاهن الشاب القائم على العشاء الرباني إلى بيكر بنظرة استنكار. لقد فهم توق ذلك الغريب ليتلقى المشاركة، ولكن ليس ذلك بعذر لـــه ليغير الترتيب.

أحـــنى بيكر رأسه ومضغ الرقاقة المستديرة بأفضل ما أمكنه. أحس بأن شيئاً ما يجـــري خلفـــه، نوع من الاضطراب. فكر بالرجل الذي اشترى منه السترة وتمنى أن يكـــون قـــد استمع لتحذيره ولم يأخذ مكانه. بدأ بالالتفات والنظر، ولكنه خشي من أن رجل النظارات قد يبادله النظرة. جثم على أمل أن تخفي سترته السوداء خلفية بنطلونه الكاكي. لم يكن ذلك.

كأس القربان كانت تأتي بسرعة من جهة يمينه. بدأ الناس بتناول الشراب، ورسم إشارات الصليب على صدورهم، ويقفون للمغادرة. *ببطء!* لم يكن بيكر على عجلة من أمـــره لـــيغادر المذبـــح. ولكن بوجود ألفي شخص ينتظرون العشاء الرباني وثمانية قساوسة فقط قائمين على ذلك، فإنه من غير المستحب الانتظار طويلاً من أجل رشفة من الشراب.

* * *

كانـــت كـــأس القربان على يمين بيكر تماماً عندما حدد هولوهت موقع البنطلون الكاكـــي الممـــيز. "أنـــت ميـــت الآن." قال بهسيس ناعم. تحرك هولوهت إلى مركز

الممشى. لقد مضى وقت اللطف. طلقتان في الظهر، وسيقوم بخطف الخاتم والهرب. أكبر مرآب لسيارات الأجرة في سيفيل كان قريباً جداً في ماتيوس كاجو. مد يده ليأخذ سلاحه.

وداعاً، سيد بيكر...

الرائحة الواخزة للشراب ملأت أنف بيكر عندما قام القس هيريرا بخفض الكأس الفضية المزخرفة باليد. *الوقت مبكر قليلاً للشرب*، فكر بيكر عندما انحنى إلى الأمام. ولكن عندما سقط الكأس المقدس إلى أسفل مستوى النظر، كان هناك حركة غير واضحة تماماً. شخص ما، يأتي مسرعاً، ظهر شكله منحنياً في الانعكاس الظاهر على الكأس.

رأى بيكر لمعة معدن، سلاح قد أُشهر، على الفور، ومن دون وعي، كراكض عند إطلاق صوت طلقة البداية، وثب بيكر إلى الأمام، سقط الكاهن بذعر عندما انطلق الكأس في الهواء، وانصب الشراب على الرخام الأبيض. تبعثر الكهنة وصبيان المذبح عندما وثب بيكر فوق درابزين العشاء الرباني. أطلق كاتم الصوت طلقة واحدة، حط بيكر بقوة، وانفجرت الرصاصة على الأرضية الرخامية خلفه. بعد لحظة، كان يتشقلب أسفل ثلاثة أدراج من الغرانيت إلى الخندق، ممر ضيق يدخل من خلاله الكهنة، ليصعدوا إلى المذبح وكأنه نعمة إلهية.

في أسفل الأدراج، تعثر وسقط، شعر بيكر بنفسه ينزلق خارجاً عن السيطرة على الأحجار الملساء المصقولة. خنجر من الألم عبر أحشاءه عندما حط على جنبه. بعد لحظة، كان يمشي مضطرباً عبر المدخل ذي الستائر وأسفل مجموعة من الأدراج الخشبية.

الألم، كان بيكر يركض، عبر غرفة الملابس، الظلام سائد، انطلقت صيحات من المذبح، أصوات عالية لوقع أقدام في المطاردة، اندفع بيكر عبر مجموعة من الأبواب المزدوجة وانزلق في أحد أمكنة الدراسة، المظلمة، والمفروشة بثراء وبخشب ماهوغاني مزخرف. على الجدار البعيد كان هناك صليب بالحجم البشري. ترنح بيكر واقفاً، نهاية مغلقة، كان قريباً من الصليب، تمكن من سماع هولوهت يقترب بسرعة، حدق بيكر في ذلك الصليب وشتم حظه السيئ.

"*اللعنة!*" صاح بذلك.

كان هناك صوت مفاجئ لزجاج مكسور على يسار بيكر. التفت، لهث رجل في رداء أحمر والتفت لينظر إلى بيكر بذعر. وكقطة قد ضُبطت ومعها طائر كناري، مسح رجل الدين فمه ومحاولاً إخفاء الزجاجة المكسورة لشراب العشاء المقدس عند

قدميه. *"أخرجني!"* طلب بيكر بالإسبانية. "أخرجني!"

الكاردينال غويرا قد تصرف بغريزته، شيطان قد دخل على جناحه المقدس طالباً الهـرب مـن بيت الرب، سيمنحه غويرا تلك الأمنية ـ على الفور، كان الشيطان قد دخل في لحظة غير مناسبة على الإطلاق.

شـاحباً، أشار الكاردينال إلى ستارة على الجدار على جانبه الأيسر. مخبأ خلف السـتارة، كـان هناك باب قد وضعه منذ ثلاث سنوات. يؤدي مباشرة إلى الساحة في الخـارج. كـان الكاردينال قد تعب الخروج من الكنيسة عبر الباب الأمامي كآثم من العامة.

الـفـصــل 96

كانت سوزان مبتلة ومرتجفة، تجثم على أريكة نود 3. وضع ستراثمور معطف بذلته على كتفيها. امتدت جثة هيل على بعد ياردات عدة أمامها. دوت صفارات الإنذار. وكجليد ينكسر على بركة متجمدة، أطلق غطاء الترانسلتر صوت قرقعة حادة.

"سأذهب إلى الأسفل لأقطع الكهرباء،" قال ستراثمور واضعاً يده المطمئنة على كتف سوزان. "سأعود على الفور."

حدقت سوزان بالقائد عندما اندفع فوق أرضية الكريبتو. لم يعد الرجل المتخشب الذي رأته قبل عشر دقائق. لقد عاد القائد تريفور ستراثمور ـ منطقياً، متزناً، يفعل ما هو ضروري لإنهاء العمل.

الكلمات الأخيرة لملاحظة المنتحر هيل قد عبرت عقلها مثل قطار فقد السيطرة: *الأسوأ من ذلك، أنا آسف حقاً بالنسبة لديفيد بيكر. اغفري لي، كنت منبهراً بالطموح.*

لقد تثبت كابوس سوزان فليتشر للتو. ديفيد في خطر... أو أسوأ من ذلك. ربما قد يكون الوقت قد فات. *أنا آسف حقاً بالنسبة لديفيد بيكر.*

حدقت في الملاحظة. لم يوقعها هيل حتى ـ لقد طبع الكلمات فقط واسمه في الأسفل: *كريج هيل*. اعترف بكل ما لديه، ضغط 'طباعة' ومن ثم أطلق النار على نفسه ـ تماماً كذلك. لقد كان هيل قد أقسم ألا يعود إلى السجن ثانية؛ لقد وفى بنذره ـ اختار الموت بدلاً من ذلك.

"ديفيد..." قالت وهي تبكي. *ديفيد!*

في تلك اللحظة، على بعد عشرة أقدام في أسفل طابق الكريبتو، خطى القائد ستراثمور نازلاً السلم إلى منبسط الدرج الأول. لقد كان يوم الإخفاقات. ما بدأ وكأنه مهمة وطنية قد انحرف بشدة خارجاً عن السيطرة. لقد كان القائد مجبراً على صنع قرارات مستحيلة، اقتراف أعمال شنيعة ـ أعمال لم يتخيل نفسه قادراً على القيام بها.

إنه الحل! إنه الحل الوحيد اللعين!

هناك واجب يجب التفكير فيه: البلد والشرف. علم ستراثمور أن الوقت ما زال أمامه. يمكنه إغلاق الترانسلتر. يمكنه استخدام الخاتم لإنقاذ بنك معلومات البلد الذي لا يقدر بثمن. *نعم،* فكر بذلك. *لا يزال هناك وقت.*

نظر ستراثمور إلى المصيبة حوله. مرشات الماء فوق رأسه كانت تعمل. والترانسلتر يئن. وصفارات الإنذار تدوي. بدت أضواء الطوارئ وكأنها طائرات هيلكوبتر تقترب عبر الضباب الكثيف. مع كل خطوة، كل ما يراه كان كريج هيل ـ

محلل الشيفرات الشاب المحدق إلى الأعلى، عيناه تتوسلان ومن ثم، الطلقة، موت هيل كـان لخدمـة البلد... للشرف. لا يمكن لـ (إن إس أي) تحمل المزيد من الفضائح. احـتاج سـتراثمور إلى كبش الفداء. بالإضافة إلى أن كريج هيل كان مصيبة تنتظر الوقوع.

قوطعـت أفكـار ستراثمور بصوت هاتفه الخلوي، كان مسموعاً بصعوبة فوق أصوات الإنذارات والدخان المطلق للهسيس، رفعه عن حزامه من دون أن يتوقف.

"تحدث."

"أين مفتاح المرور؟" طلب صوت مألوف.

"من أنت؟" صاح ستراثمور بصوت أعلى من صوت الضجيج.

"أنا نوماتاكا!" أجابه الصوت الغاضب. "لقد وعدت بتقديم مفتاح المرور!"

استمر ستراثمور بالتحرك.

"أريد الحصن الرقمي!" قال نوماتاكا باستهجان.

"ليس هناك أي حصن رقمي!" رد عليه ستراثمور غاضباً.

"ماذا؟"

"ليس هناك خوارزمية غير قابلة للحل!"

"بالطـبع هـناك! لقد رأيتها على الإنترنت! كان الموظفون عندي يحاولون فكها لأيام!"

"إنها فيروس مشفر، أيها الغبي ــ وأنت محظوظ لعين لأنك لم تتمكن من فتحها!"

"ولكن ــ"

"انتهت الصفقة!" صاح ستراثمور. "أنا لست نورث داكوتا. ليس هناك أي نورث داكوتا! انسَ أنني ذكرته له!" أغلق الهاتف الخلوي، أطفأ الرنين، ودكه في حزامه. لن يكون هناك أي إزعاجات أخرى.

على بعد اثني عشر ألف ميل (19000 كلم)، وقف توكوجيان نوماتاكا محدقاً في نافذتـه ذات اللوح الزجاجي. تدلى سيجاره بترهل من فمه. صفقة حياته تحطمت أمام عينيه.

اسـتمر سـتراثمور بالـنزول، *انتهـت الصفقة*، شركة نوماتك لن تحصل على خوارزمـية غـير قابلة للحل على الإطلاق... ولن تحصل (إن إس أي) على الخيار الخفي على الإطلاق.

لقد مضى وقت طويل على حلم ستراثمور وهو يخطط لـه ــ لقد اختار نوماتك

بعـناية. لقـد كانـت نوماتك شركة غنية، وكانت على الأغلب ستفوز في مزاد مفتاح المرور. لن يكون لأحد رأي آخر عندما ستحصل على المفتاح. بشكل ملائم، لا يوجد أي شركة أقل احتمالاً منها بأن تتهم بالاشتراك مع حكومة الولايات المتحدة. توكوجين نوماتاكا كـان يابانـياً مـن العالم القديم ـ الموت قبل العار. كره الأمريكيين، كره طعامهم، كره عاداتهم، والأهم من ذلك، أنه كره قبضتهم على السوق العالمي للبرامج.

لقـد أصبحت رؤيا ستراثمور واضحة ـ معيار تشفير عالمي مع خيار خفي لـ (إن إس أي). لقد تطلع لأن يشارك حلمه مع سوزان، لأن ينفذه معها إلى جنبه، ولكنه علـم بأنـه لا يسـتطيع. مـع أن مـوت إينسي تانكادو سينقذ العديد من الأرواح في المستقبل، لم تكن سوزان لتوافق؛ إنها مسالمة. *أنا مسالم أيضاً*، فكر ستراثمور، *ولكن ليس لدي الحرية لأتصرف كذلك.*

لـم يكن هناك أي شك في عقل القائد عمن سيقتل تانكادو. تانكادو في إسبانيا ـ وإسبانيا تعني هولوهت. أحد المرتزقة البرتغاليين البالغ من العمر اثنين وأربعين عاماً كان واحداً من أفضل المحترفين لدى القائد. مضى على عمله مع (إن إس أي) سنوات طويلـة. ولـد ونشأ في ليشبونة، وأنجز هولوهت أعمالاً لـ (إن إس أي) في أوروبا بأكملها. لم يتم تعقب عمليات قتله على الإطلاق إلى فورت ميد. الخدعة الوحيدة هي أن هولوهت كان أطرشاً؛ المكالمات الهاتفية مستحيلة. وقد رتب ستراثمور مؤخراً لأن يـتلقى هولوهـت لعبة (إن إس أي) الجديدة، كمبيوتر مونوكل. لقد اشترى ستراثمور لنفسـه سـكاي بـيجر وبرمجه إلى التردد نفسه. منذ تلك اللحظة، كانت اتصالاته مع هولوهت ليست فورية فقط بل لا يمكن تعقبها على الإطلاق أيضاً.

الرسالة الأولى التي أرسلها ستراثمور إلى هولوهت تركت مساحة صغيرة لسوء الفهم. لقد تمت مناقشتها مسبقاً، اقتل إينسي تانكادو، احصل على مفتاح المرور.

لم يسأل ستراثمور على الإطلاق كيف يقوم هولوهت بفعل سحره، ولكن بطريقة ما فعلها مرة ثانية. إينسي تانكادو كان ميتاً، والسلطات كانت مقتنعة بأن الموت بسبب نوبة قلبية. قتل كلاسيكي ـ باستثناء أمر واحد فقط. لقد أساء هولوهت اختيار المكان. يـبدو أن موت تانكادو في مكان عام هو جزء ضروري من الخدعة. ولكن على نحو غير متوقع، ظهر العامة بسرعة. كان هولوهت مجبراً على الاختباء قبل أن يتمكن من فحص الجثة بحثاً عن مفتاح المرور. عندما انفض الغبار، كانت جثة تانكادو في أيدي محققي سيفيل.

كـان سـتراثمور غاضباً. لقد أخفق هولوهت لأول مرة في حياته ـ وقد اختار وقـتاً مشـؤوماً لذلـك. الحصول على مفتاح مرور تانكادو كان أمراً خطيراً، ولكن

ســتراثمور علم بأن إرسال عميل أطرش إلى معرض جثث سيفيل هو مهمة انتحارية. فكــر فـــي خياراته الأخرى. مكيدة أخرى بدأت تظهر. رأى ستراثمور الفرصة فجأة ليعمل على الجبهتين ــ فرصة ليحقق حلمين في حياته بدلاً من واحد فقط. في السادسة والنصف صباحاً، اتصل بديفيد بيكر.

الـفـصـل 97

اندفـع فونتيـن إلى غرفة المؤتمرات بأقصى سرعته. كان برينكيرهوف وميدج على مقربة منه.

"انظر!" قالت ميدج باختناق، مشيرة باهتياج إلى النافذة.

نظـر فونتين خارج النافذة إلى الأضواء العالية في قبة الكريبتو. اتسعت عيناه. هذا *لم* يكن حتماً جزءاً من الخطة.

قال برينكيرهوف باهتياج: "إنها كصالة رقص لعينة هناك!"

حـدق فونتيـن محاولاً فهم الأمر. في السنوات القليلة الماضية، كان الترانسلتر جاهـزاً للعمل، لم يكن كذلك على الإطلاق. *إن حرارته عالية جداً،* فكر بذلك. تساءل لماذا لم يقم ستراثمور بإيقافه. استغرق الأمر من فونتين ثانية تقريباً ليصوغ قراره.

رفـع سماعة هاتف داخلية من طاولة المؤتمرات وطلب الكريبتو. بدأت السماعة بالرنين وكأن الجهة المطلوبة معطلة.

طـرق فونتيـن السـماعة لـيغلقها. "اللعنة!" رفعها مرة أخرى واتصل بهاتف ستراثمور الخلوي الخاص، بدأ الهاتف يرن.

مرت ست رنات.

أخذ كل من برينكيرهوف وميدج يراقب فونتين وهو يمشي على مسافة يسمح بها سلك الهاتف مثل نمر مربوط بسلسلة. بعد دقيقة كاملة، أصبح لون فونتين قرمزياً لشدة الغضب.

طـرق السـماعة مغلقـاً إياها مرة أخرى. "أمر لا يصدق!" زأر بصوت عالٍ، "الكريبتو على وشك الانفجار، ولا يجيب ستراثمور على هاتفه اللعين!"

الفصل 98

اندفع هولوهت خارج جناح الكاردينال غويرا إلى شمس الصباح المتوهجة. حجب عينيه وشتم. كان يقف خارج الكاتدرائية في فناء صغير، محاطاً بحائط حجري عالٍ، وبالوجه الغربي لبرج جيرالدا وبسياجين من الحديد المزخرف، كانت البوابة مفتوحة، وخارجها ساحة فارغة. كانت جدران سانتا كروزا في الأفق. لا يمكن أن يكون بيكر قد نجا بتلك السرعة. التفت هولوهت وتفحص الفناء. *إنه هنا في الداخل! لا بد من ذلك!*

الفناء، المسمى حديقة البرتقال، مشهورٌ في سيفيل بشجيرات البرتقال العشرين المزهرة فيه. تلك الأشجار معروفة على أنها موطن المربى الإنكليزي. فقد قام تاجر إنكليزي في القرن الثامن عشر بشراء ثلاث دزينات من البرتقال من كنيسة سيفيل وأخذها معه إلى لندن ليجد تلك الفاكهة غير صالحة للأكل لشدة مرارتها. حاول أن يصنع المربى من قشرتها وانتهى به الحال وهو يضيف إليها كميات كبيرة من السكر فقط ليجعلها مستساغة. عندها ولد مربى البرتقال.

تحرك هولوهت إلى الأمام عبر البستان، موجهاً مسدسه. كانت الأشجار قديمة، والأوراق قد نمت إلى الأعلى بكثرة على جذوعها. لم يكن الوصول إلى أقصر فروعها ممكناً، ولم تكن جذوعها النحيلة تقدم أي غطاء. رأى هولوهت بسرعة أن الفناء فارغ، نظر إلى الأمام مباشرة. الجيرالدا.

المدخل إلى درج الجيرالدا الحلزوني كان محدداً بحبل ويافطة خشبية صغيرة. تدلى الحبل عديم الحركة. صعدت عينا هولوهت على طول البرج البالغ ارتفاعه 419 قدماً (125 م) وعلى الفور علم أن تلك فكرة سخيفة. من المستحيل أن يكون بيكر بذلك الغباء. التف الدرج الوحيد متجهاً نحو حجرة مربعة حجرية. كانت هناك شقوق ضيقة في الجدار للرؤية ولكن ليس هناك طريق للخروج.

صعد ديفيد بيكر آخر درجة عالية وتمايل غير قادر على التنفس إلى حجرة حجرية صغيرة. كانت الجدران العالية تنتصب حوله من الجهات كلها وتتوضع الشقوق الضيقة على المحيط. ليس هناك مخرج.

لم يقدم القدر لبيكر أي خدمة هذا الصباح. عندما اندفع خارج الكاتدرائية إلى الساحة المفتوحة، علقت سترته في الباب. علقه القماش في المنتصف وأداره بقوة إلى اليسار قبل أن يتمزق. كان بيكر يتعثر فجأة عندما فقد توازنه إلى الشمس الساطعة.

عندما نظر إلى الأعلى، كان يتوجه مباشرة عند السلم. قفز فوق الحبل وأسرع بالصعود. عندما أدرك وجهته، كان الوقت قد فاته.

وقف الآن في الزنزانة المنفردة وأمسك أنفاسه، كان جانبه يحرقه. دخلت شرائح ضيقة من شمس الصباح عبر الفتحات في الجدار. نظر إلى الخارج. كان الرجل صاحب النظارات بعيداً عنه في الأسفل، وظهره لبيكر، محدقاً في الساحة. نقل بيكر جسده إلى أمام الشق ليتمكن من الرؤية أكثر. *اقطع الفناء*، حثه على ذلك.

سقط ظل الجيرالدا على الساحة مثل الأشجار العملاقة. حدق هولوهت على طولها. في نهاية الظل البعيدة، ظهرت ثلاثة شقوق من الضوء عبر فتحات البرج الخاصة بالرؤية وسقطت على شكل مستطيلات على الحجر المرصوف في الأسفل. أحد هذه المستطيلات كانت مخفية بظل رجل. من دون جهد وبنظرة واحدة باتجاه قمة البرج، التفت هولوهت وأسرع باتجاه درج الجيرالدا.

الفصل 99

طرق فونتين قبضته بيده، خطا عبر غرفة المؤتمرات محدقاً بأضواء الكريبتو الوامضة. "أوقفه! اللعنة! أوقفه!"

ظهرت ميدج عند مدخل الباب تلوح بورقة مطبوعة قد ظهرت للتو: "أيها المدير! لا يمكن لستراثمور إيقافه!"

"ماذا!" قال لاهثاً كل من برينكيرهوف وفونتين سوية.

"لقد حاول يا سيدي!" رفعت ميدج التقرير إلى الأعلى. "لأربع مرات! لقد علق الترانسلتر في نوع من الحلقة عديمة النهاية."

التفت فونتين وحدق مرة أخرى بالنافذة. "يا إلهي!"

رن هاتف غرفة المؤتمرات بحدة. رمى المدير ساعديه بسرعة: "لا بد أنه ستراثمور! في توقيت لعين!"

رفع برينكيرهوف السماعة: "مكتب المدير."

مد فونتين يده ليأخذ السماعة.

بدا برينكيرهوف مرتبكاً والتفت إلى ميدج: "إنه جابا. يريدك."

حول المدير نظرته على ميدج التي كانت في طريقها تعبر الغرفة. شغلت زر المتحدث. "ما الأمر، جابا."

دوى صوت جابا الرنان في الغرفة. "ميدج، أنا في بنك المعلومات الرئيسي. نحن نواجه بعض المشاكل الغريبة هنا. كنت أتساءل ما إذا ـــ"

"اللعنة، جابا." صاحت ميدج. "هذا ما كنت أحاول إخبارك به!"

"يمكن ألا يكون شيئاً مهماً." حاول جابا الدفاع. "ولكن ـــ"

"توقف عن قول هذا! مهما كان الذي يحدث هناك، فخذه على محمل الجد، بشكل جاد جداً. معلوماتي ليست خاطئة ـــ ولم تكن كذلك مسبقاً على الإطلاق، ولن تكون في المستقبل أيضاً." بدأت تغلق السماعة، ثم أضافت: "أوه، جابا؟ فقط لأن لا يكون هناك أي مفاجئات... لقد قام ستراثمور بإلغاء الغاونتليت."

الـفـصـل 100

صـعد هولوهت الأدراج ثلاث في كل مرة. الضوء الوحيد في الممر الحلزوني كـان صادراً عن نوافذ خارجية عند كل 180 درجة. *لقد علق في الفخ! سيموت ديفيد بـيكر!* دار هولوهت إلى الأعلى، رافعاً مسدسه. بقي ملتصقاً في الجدار الخارجي في حـال قرر بيكر مهاجمته من الأعلى. إن أعمدة الشموع الحديدية الموضوعة عند كل منبسـط للـدرج هي أسلحة جيدة في حال قرر بيكر استخدامها. ولكن من خلال إبقاء نفسـه كاشـفاً للطريق، سيتمكن هولوهت من رؤيته في الوقت المناسب. فإن لسلاح هولوهت مدى أطول بكثير من حامل الشمعة البالغ طوله خمسة أقدام.

تحـرك هولوهت بسرعة ولكن بحذر أيضاً. كانت الأدراج شديدة الانحدار؛ لقد مـات السياح هنا، هذه ليست أمريكا ــ لا وجود لإشارات أمان، أو درابزين، أو حتى حقـوق تأمين. هذه إسبانيا. إذا كنت غبياً لدرجة تجعلك تسقط، فإن هذا خطأك اللعين، بغض النظر عمن بنى الأدراج.

توقف هولوهت عند أحد الفتحات الواقعة عند مستوى الكتف ونظر إلى الخارج. كان في الجهة الشمالية، حوالى نصف الطريق إلى الأعلى، الأمر الذي ظهر لـه من منظر الأشياء.

كانت الفتحة إلى منبسط السلم الخاص بالرؤية مرئية من عند الزاوية. كان السلم حـتى الأعلى فارغاً. لم يقدِم ديفيد بيكر على تحديه. أدرك هولوهت أن بيكر ربما لم يـره عندما دخل البرج. وهذا يعني أن عنصر المفاجأة هو لصالح هولوهت أيضاً ــ علمـاً أنه ليس بحاجة إلى ذلك. فإن هولوهت يملك الوسائل كلها. حتى تصميم البرج كان في صالحه؛ يلتقي الدرج مع منصة الرؤية في الزاوية الجنوبية الغربية ــ سيكون أمام هولوهت مدى إطلاق جيد إلى نقاط الخلية كلها من دون احتمال أن يأتي بيكر من خلفه. وفوق كل ذلك، فإن هولوهت سيتحرك من الظلام إلى النور. *مساحة القتل*، تمتم بذلك.

قـاس هولوهت المسافة إلى المخرج، سبع خطوات، تدرب على القتل في عقله. لو بقي على اليمين عند اقترابه من الفتحة، سيتمكن من رؤية الزاوية اليسرى للمنصة قـبل أن يصلها. وفي حال كان بيكر هناك، سيطلق هولوهت عليه النار. ولو لم يكن كذلـك، سينتقل إلى الجانب الآخر ويدخل متحركاً إلى الجهة الشرقية، مواجه الزاوية اليمنى، وهذا هو المكان الوحيد الذي يتبقى لبيكر. ابتسم.

المادة: ديفيد بيكر ـــ تم القضاء عليه

لقد حان الوقت. تفحص سلاحه.

وبسرعة عنيفة، اندفع هولوهت، دارت المنصة أمامه لتتوضح رؤيتها. كانت الزاوية اليسرى فارغة. وكما كان قد تدرب عليه، انتقل إلى الداخل واندفع عبر الفتحة مواجهاً الجهة اليمنى، أطلق النار على الزاوية، ارتدت الرصاصة على الجدار الأعزل وكادت ترتطم به. دار هولوهت بشدة وأطلق صرخة مكبوتة، لم يكن أحد هناك، لقد اختفى ديفيد بيكر.

على بعد ثلاث لفات من الأدراج، معلقاً على بعد 325 قدماً (90 م) فوق حديقة البرتقال، كان ديفيد بيكر ملتصقاً بالجدار خارج الجيرالدا مثل رجل يؤدي عرضاً وهو معلق في الهواء على طرف النافذة. عندما كان هولوهت يندفع إلى أعلى الأدراج، كان بيكر قد نزل مسافة ثلاثة أدراج وخرج من إحدى النوافذ، لقد خرج بعيداً عن مرأى النظر في الوقت المناسب. كان القاتل قد ركض أمامه مباشرة. كان مسرعاً بشدة ليلاحظ مفاصل يديه البيضاء الممسكة بحافة النافذة.

معلقاً خارج النافذة، شكر بيكر ربه بأن تدريباته اليومية في لعبة الإسكواش تتضمن عشرين دقيقة على جهاز نوتيلوس ليمرن عضلاته من أجل ضرب كرة قوية من فوق الرأس. لسوء الحظ، على الرغم من ساعديه القويين، كان بيكر يواجه مشكلة الآن في سحب نفسه إلى الداخل مرة أخرى. كتفاه يحرقانه، شعر بجنبه وكأنه يتمزق لينفتح، لم تزوده الحافة الحجرية الصغيرة إلا بقبضة صغيرة، جرحت له حواف أصابعه كزجاج مكسور.

علم بيكر أن أمامه ثوانٍ فقط قبل أن ينزل قاتله قادماً من الأعلى. عند الدرجة الأعلى، لا بد أن القاتل سيرى أصابع بيكر على الحافة.

أغلق بيكر عينيه وسحب. يعلم أنه يحتاج إلى معجزة لتنجيه من الموت. كانت أصابعه تفقد قوتها، نظر إلى الأسفل، أسفل ساقيه المعلقتين. كانت مسافة السقوط تساوي طول ملعب لكرة القدم باتجاه أشجار البرتقال في الأسفل، النجاة مستحيلة، الألم في جنبه يزداد سوءاً. دوت أصوات لوقع أقدام في الأعلى، أصوات أقدام تثب مسرعة إلى أسفل الأدراج، أغلق بيكر عينيه. الآن أو أبداً، أحدث صريراً بأسنانه وسحب.

تحرك الحجر تجاه الجلد المغطي لرسغيه عندما سحب نفسه إلى الأعلى. وقع الأقدام كان يأتي بسرعة، تثبت بيكر في داخل الفتحة، محاولاً أن يوطد قبضته، رفس بقدميه، شعر بجسده وكأنه من الرصاص، وكأن شخصاً ما قد ربطه بحبل إلى قدميه وسحبه إلى الأسفل، قاوم ذلك، دفع نفسه إلى الأعلى على مرفقيه. كان الآن في مرأى

نظر واضح، ورأسه على نصف المسافة عبر النافذة كرجل في مقصلة، حرك ساقيه، دافعـــاً جسده بهما إلى الفتحة. كان في منتصف المسافة إلى الداخل. جذعه مدلى إلى الداخـــل، أصوات الأقدام تقترب، أمسك بيكر بجوانب الفتحة وبحركة واحدة دفع نفسه إلى الداخل، ارتطم بالدرج بقوة.

أحـــس هولوهت بجسد بيكر يرتطم بالأرض أسفل منه مباشرة. قفز إلى الأمام، مصـــوباً سلاحه. لاحت النافذة أمامه. *هذه هي!* تحرك هولوهت إلى الجدار الخارجي وصوب إلى أسفل الدرج. اندفعت قدما بيكر خارج مرأى النظر عند المنعطف تماماً. أطلق هولوهت النار بخيبة أمل، فارتدت الرصاصة من أسفل الدرج.

عـــندما اندفـــع هولوهـــت إلى أسفل السلالم لاحقاً بفريسته، حافظ على التصاقه بـــالجدار الخارجـــي مـــن أجل الحصول على أكبر زاوية للرؤية. عندما دار الدرج لتتكشف الرؤية أمامه، بدا أن بيكر دائماً على مسافة 180 درجة قبله، بعيداً عن مرأى نظـــره تماماً. كان بيكر يسلك الممر الداخلي، متجاوزاً الزاوية وقافزاً أربع أو خمس درجـــات فـــي المرة الواحدة. حافظ هولوهت على التقدم معه. سيستغرق الأمر طلقة واحـــدة فقـــط. كان هولوهت هو الذي سيكسب. فهو يعلم أنه حتى لو وصل بيكر إلى الأســـفل، لا يوجـــد أمامه أي مكان للهرب؛ يمكن لهولوهت أن يصيبه من خلفه وهو يعبر الفناء المكشوف. استمر السباق اليائس إلى الأسفل بسرعة.

تحـــرك هولوهـــت إلى الداخل ليتعقبه بسرعة أكثر، أحس بأنه هو الذي يكسب، تمكـــن مـــن رؤيـــة ظل بيكر في كل مرة يمران فيها من الفتحة، إلى الأسفل الأسفل، يلـــتفان، بـــدا أن بيكر دائماً بالقرب من الزاوية، أبقى هولوهت إحدى عينيه على ظله والأخرى على الدرج.

بدا فجأة لهولوهت أن ظل بيكر قد تعثر، انحرف بشكل غريب إلى الأيسر ثم بدا وكأنـــه دار في الهواء، ثم مشى عائداً إلى مركز الدرج، قفز هولوهت إلى الأمام. *لقد أمسكت به!*

على الأدراج أمام هولوهت، كان هناك ومضة من المعدن. لاحت في الهواء من حافـــة الـــزاوية، امـــتدت إلـــى الأمام مثل معادن السياج عند مستوى الكاحل، حاول هولوهـــت أن يتحرك إلى اليسار، ولكن الوقت كان قد فاته، أصبح الشيء بين كاحليه، اندفعـــت قدمه الخلفية إلى الأمام، ثم ارتطم العمود بساقه. امتدت ذراعا هولوهت بحثاً عن شيء تمسكانه ولكنها لم تجد سوى الهواء. لقد أصبح معلقاً في الهواء فجأة، يلتوي على جنبه. عندما وصل هولوهت إلى الأسفل، مر فوق ديفيد بيكر، انبطح على معدته، ويـــداه ممدودتـــان، حامل الشمع في يديه كان الآن ممسوكاً بين ساقي هولوهت عندما

دار مرتطماً إلى الأسفل.

ارتطـــم هولوهت بالجدار الخارجي قبل ارتطامه بالدرج، عندما وصل للأرض أخـــيراً، كـــان متشقلباً، سقط مسدسه على الأرض. استمر جسده بالدوران، رأساً على عقـــب، الـــتف مكملاً خمس قلبات متعاقبة قبل أن يتوقف، كان على بعد اثنتي عشرة خطوة من الفناء.

الفصل 101

لم يكن ديفيد بيكر قد أمسك سلاحاً في حياته، ولكنه يمسك واحداً الآن. يتلوّى جسد هولوهت ويلتف في ظلام درج جيرالدا. ضغط بيكر بماسورة المسدس على صدغ قاتله وانحنى إلى الأسفل بحذر، رعشة واحدة وسيطلق بيكر النار، ولكنه لم يحدث أي رعشة، إنه ميت.

أسقط بيكر المسدس ونزل الدرج. لأول مرة في حياته شعر بالدموع تنهمر، قاومها. علم أن الوقت سيكون أمامه للمشاعر في ما بعد؛ أما الآن فقد حان الوقت للذهاب إلى البيت. حاول الوقوف، ولكنه كان متعباً جداً ليتمكن من ذلك. جلس لفترة طويلة، مرهقاً، على الدرج الحجري.

بشرود، تفحص الرجل الملتوي أمامه، بدت عينا القاتل تحدقان بلا شيء بشكل خاص. بطريقة ما، بقيت نظاراته سليمة. إنها نظارات غريبة، فكر بيكر، بسلك ناتئ من خلف أذنه ومؤدياً إلى نوع من العلب على حزامه. كان بيكر منهكاً بشدة ليشعر بالفضول لذلك.

عندما جلس وحيداً على الدرج وجمع أفكاره، نقل بيكر نظره إلى الخاتم الموجود على إصبعه. لقد وضحت رؤيته بعض الشيء، وتمكن أخيراً من قراءة النقوش. كما كان قد اعتقد، إنها ليست بالإنكليزية. حدق في تلك النقوش لفترة طويلة وعبس بعدها. *هذا يساوي القتل من أجله؟*

كانت شمس الصباح تبهر الأبصار عندما خطى بيكر إلى خارج الجيرالدا نحو الفناء. الألم في جنبه قد هدأ، ورؤيته عادت إلى طبيعتها. وقف للحظة، مترنحاً، يستمتع بعطر أزهار البرتقال. بعدها بدأ يتحرك ببطء عبر الفناء.

عندما خطى بعيداً عن البرج، وقفت شاحنة إلى جانبه، خرج رجلان شابان ببدلات عسكرية منها، وتقدما إليه بدقة محكمة لآلة مضبوطة جيداً.

"ديفيد بيكر؟" سأله أحدهما.

توقف بيكر، مندهشاً بأنهما عرفا اسمه. "من... من أنتم؟"

"تعال معنا، من فضلك. فوراً."

كان هناك شيء غير واقعي بذلك اللقاء ـ شيء ما جعل نهايات أعصاب بيكر تبدأ بالوخز مرة أخرى. وجد نفسه يبتعد عنهم.

حدق الرجل الأقصر بينهما، ببيكر، ببرود. "من هذه الطريق، سيد بيكر، على

الفور."

التفت بيكر ليهرب. ولكنه خطى خطوة واحدة فقط، فسحب أحد الرجلين سلاحه، وانطلقت الطلقة.

اندفـــاع لاذع للألـــم ثار في صدر بيكر، ووصل بسرعة إلى جمجمته، تصلبت أصابعه، سقط بيكر. بعد لحظة، لم يكن هناك أي شيء سوى الظلام الدامس.

الفصل 102

وصل ستراثمور إلى طابق الترانسلتر ونزل السلم إلى الأرض المغطاة بعمق إنش من الماء. ارتجف جهاز الكمبيوتر العملاق بجانبه. سقطت قطرات كبيرة من الماء مثل المطر عبر الضباب الدائر. بدت صفارات الإنذار وكأنها الرعد.

نظر القائد إلى المحركات الرئيسية الواقفة. فيل شارتروكيان كان هناك، بقايا جسده المتفحم انبسطت فوق أضلاع التبريد. بدا المشهد كنوع من عروض هالوين الشريرة.

على الرغم من أن ستراثمور قد أسف على موت الرجل، إلاّ أنه لم يكن هناك شك في أن تلك هي 'الكارثة المرخصة'. لم يترك فيل شارتروكيان لستراثمور أي خيار أخر. عندما قدم تقني أمن الأنظمة مسرعاً من الأعماق، يصيح عن الفيروس، قابله ستراثمور عند منبسط الدرج وحاول أن يفهمه. ولكن شارتروكيان كان حدسياً. *إننا نواجه فيروساً! سأتصل بجابا!* عندما حاول أن يدفعه ليمر، حجب القائد طريقه. كان منبسط الدرج ضيقاً، تعاركا، كان الدرابزين منخفضاً. لقد كان أمراً ساخراً، فكر ستراثمور، أن شارتروكيان كان محقاً بأمر الفيروس تماماً.

اندفاع ذلك الرجل كان مخيفاً ـ صرخة لحظية من الرعب ومن ثم صمت. ولكنها لم تكن بنصف درجة إخافة الشيء التالي الذي رآه القائد ستراثمور. كريج هيل كان يحدق به من الظلال في الأسفل، نظرة من الذعر التام على وجهه. عندها علم ستراثمور أن كريج هيل سيموت.

قرقع الترانسلتر، فعاد انتباه ستراثمور ثانية إلى المهمة الحالية، إطفأ الكهرباء، كان قاطع الكهرباء على الطرف الآخر لمضخات الفريون إلى يسار الترانسلتر. تمكن ستراثمور من رؤيته بوضوح، كل ما عليه فعله هو سحب الرافعة وستطفأ الطاقة المتبقية في الكريبتو. ثم، وبعد بضع ثوانٍ، يتمكن من إعادة تشغيل المحركات الرئيسية؛ ستعود المخارج والوظائف كلها إلى العمل؛ سيبدأ إطلاق الفريون من جديد، وسيكون الترانسلتر في أمان.

ولكن عندما شق ستراثمور طريقه بسرعة باتجاه القاطع، أدرك أن هناك عقبة أخيرة أمامه: جثة شارتروكيان لا تزال ممددةً على أضلاع تبريد المولد الرئيسي. إن قطع ومن ثم إعادة تشغيل المحرك الرئيسي سوف يسبب عطلاً أخر في الطاقة. يجب تحريك الجثة.

نظر ستراثمور إلى البقايا الغريبة واقترب منها. عندما وصل إليها، أمسك بالمعصم. كان اللحم كالبلاستيك الخفيف. أما الأنسجة فقد حرقت تماماً. كان الجسد بأكمله خالياً من الرطوبة. أغلق القائد عينيه، ثبت قبضته على المعصم، وسحب. انزلق الجسد مسافة إنش أو اثنين. سحب ستراثمور بقوة أكبر، انزلق الجسد مرة أخرى، استجمع القائد قواه وسحب بكامل قوته. فجأة كان يتشقلب إلى الخلف. حط بقوة على ظهره مواجه علبة الكهرباء. محاولاً الجلوس في المياه المرتفعة، حدق ستراثمور بذعر في الشيء الذي في قبضة يده. كان ذلك ساعد شارتروكيان. لقد انخلع عند المرفق.

في الأعلى، استمرت سوزان بالانتظار. جلست على أريكة نود 3 وهي تشعر بالشلل. تمدد هيل عند قدميها. لم تكن تتخيل ما الشيء الذي يستغرق من القائد كل هذا الوقت. الدقائق تمر. حاولت طرد ديفيد خارج أفكارها، ولكن ذلك من دون فائدة. مع كل صفارة إنذار، كانت كلمات هيل تتردد في عقلها: *أنا متأسف حقاً بالنسبة لديفيد بيكر*. فكرت سوزان أنها ستفقد عقلها.

كانت على وشك القفز والإسراع إلى طابق الكريبتو عندما حدث الأمر فجأة. لقد سحب ستراثمور المفتاح وأطفأ الكهرباء بأكملها.

الصمت الذي غمر الكريبتو كان فورياً. توقفت الإنذارات في منتصف دويها، وتحولت شاشات نود 3 إلى اللون الأسود. اختفت جثة كريج هيل في الظلام، فسحبت سوزان قدميها غريزياً إلى الأريكة. لفّت نفسها بمعطف ستراثمور.

ظلام دامس.

صمت.

لم تكن قد سمعت مثل هذا الهدوء في الكريبتو على الإطلاق. كان هناك دائماً صوت ضعيف لهمهمة المحركات. ولكن الآن، ليس هناك أي شيء، الوحش الضخم فقط يلهث ويتنهد بارتياح. يفرقع، يهسهس، ويبرد ببطء.

أغلقت سوزان عينيها وصلّت من أجل ديفيد. كانت صلاتها بسيطة ــ أن يحمي الله الرجل الذي تحب.

بسبب عدم كونها امرأة مؤمنة، لم تتوقع سوزان أن تسمع إجابة صلاتها على الإطلاق. ولكن عندما حدثت رجفة مفاجئة في صدرها، ارتجت قافزة إلى الأعلى، أمسكت صدرها، بعد لحظة، فهمت ما حدث. كان الارتجاف الذي شعرت به ليس من عند الله على الإطلاق ــ إنه صادر من جيب معطف القائد، شغّل خيار الارتجاج

الصامت في البيجر. شخص ما كان يرسل إلى القائد ستراثمور رسالة.

علـى بعـد ستة طوابق إلى الأسفل، وقف ستراثمور أمام الدارة القاطعة. كانت الـدور السفلية للكريبتو الآن بظلام يبلغ ظلام الليل الحالك. وقف للحظة يستمتع بذلك الظـلام. انصـب الماء من الأعلى. إنها عاصفة في منتصف الليل. حرك ستراثمور رأسـه إلى الخلف وترك القطرات الدافئة تغسل لـه ذنوبه. *أنا سأنجو*. انحنى وغسل آخر ما تبقى من لحم شارتروكيان على يديه.

لقـد أخفقـت أحلامه إلى الحصن الرقمي، يمكنه تقبُّل هذا. كل ما يهم الآن هو سـوزان، لأول مرة خلال عقود، يفهم حقيقة أن هنالك شيئاً مهماً أيضاً، بالإضافة إلى البلد والشرف. *لقد ضحيت بأفضل سنوات حياتي للبلد والشرف. ولكن ماذا عن الحب؟* لقـد حـرم نفسه منه لفترة طويلة جداً. *ولماذا؟* لأشاهد أستاذ جامعة شاب يسرق مني أحلامـي؟ لقـد قام ستراثمور برعاية سوزان. وحمايتها، وأكسبها الرزق. والآن، في الـنهاية، سيحصـل عليها. ستجد سوزان الملجأ بين ذراعيه عندما لا يكون هناك أي مكان آخر تذهب إليه. ستأتي إليه لا عون لها، مجروحة بسبب خسارتها، وفي الوقت المناسب، سيظهر لها أن الحب سيشفي كل شيء.

الشرف، الدولة، الحب، ديفيد بيكر على وشك الموت في سبيل هذه الثلاثة.

الـفـصــل 103

انبــثق القـــائد من الباب الأفقي كالعائد من الموت. رغم ملابسه المليئة بالماء، كانت خطوته ثابتة. خطى بسرعة باتجاه نود 3 ــ باتجاه سوزان، باتجاه مستقبله.

عــاد الــنور ثانــية إلــى طابق الكريبتو. تدفق غاز الفريون إلى الأسفل باتجاه الترانستلر الملتهب مثل الدم المؤكسج. يعلم ستراثمور أن الوقت سيستغرق بضع ثوان فقط ليصل التبريد إلى أسفل الجسد ويمنع المعالجات السفلى من الاشتعال، ولكنه كان متأكداً من أنه تصرف في الوقت المناسب، أطلق تنهيدة النصر، ولم يشتبه بالحقيقة أبداً ــ بأن الأوان قد فات مسبقاً.

أنا سانجو، فكر بذلك. متجاهلاً الثقب المفتوح في حائط نود 3، خطا إلى الأبواب الالكترونية. أطلقت هسيسها لتنفتح. خطا إلى الداخل.

تقــف ســوزان أمامه، كئيبة بشعر أشعث في معطفه. بدت وكأنها طالبة جامعية مبــتدئة قد مشت تحت المطر. أما هو فشعر وكأنه طالب في صف التخرج قد أعطاها كنزته الجامعية. لأول مرة منذ سنوات، شعر بأنه شاب، حلمه يتحقق.

ولكــن فــي الوقت الذي تحرك فيه ستراثمور ليقترب أكثر، شعر بأنه ينظر إلى عــيون امرأة لا يعرفها. كانت نظرتها مثل الجليد. أما لطفها فقد ذهب. وقفت سوزان فليتشــر بثبات كالتمثال الراسخ. الحركة الوحيدة التي أدركها هي الدموع المنهمرة من عينيها.

"سوزان؟"

دمعة واحدة انهمرت أسفل وجنتها المرتعشة.

"ما الأمر؟" ناشدها القائد.

كانــت بــركة الدماء أسفل جثة هيل قد انتشرت عبر السجادة مثل بقعة الزيت. حــدق ستراثمور بارتباك إلى الجثة ومن ثم إلى سوزان. *من الممكن أنها عرفت؟* من المستحيل. يعلم ستراثمور أنه غطى الجوانب كلها.

"سوزان؟" قال لها وهو يخطو بالقرب أكثر. "ما الأمر؟"

لم تتحرك سوزان.

"هل أنت قلقة حول ديفيد؟"

كان هناك رعشة خفيفة في شفتها العليا.

اقــترب ستراثمور أكثر، كان سيمد يده إليها، ولكنه تردد. يبدو أن لفظ اسم ديفيد

قـد كسر حاجز الأسى. ببطء أولاً ــ رعشة، رجفة. ومن ثم موجة رعدية من البؤس بـدت أنهـا تعبر أوردتها. قادرة بصعوبة على التحكم بشفاهها المرتجفة، فتحت فمها للتحدث. لم يصدر أي شيء.

من دون حتى أن تكسر الحملقة الباردة التي ألقتها على ستراثمور، أخرجت يدها من جيب معطفه. كان هناك شيء في يدها، رفعته إلى الأعلى، مرتجفة.

ستراثمور توقع أن ينظر ربما إلى الأسفل ليرى المسدس مصوباً إلى أحشائه. ولكـن المسـدس كان لا يزال على الأرض، مسنوداً بأمان في يد هيل، فالشيء الذي تحمله سوزان أصغر، حدق ستراثمور به، وبعد لحظة، فهم الأمر.

عـندما حدق ستراثمور به، تشوه الواقع، وبدأ الوقت يبطئ حتى أصبح يزحف. اسـتطاع سـماع ضربات قلبه، الرجل الذي تفوق على العظماء لسنوات عديدة انهزم خلال لحظة واحدة. مذبوحاً بالحب ــ بغبائه هو نفسه. بتصرف شهامة بسيط، أعطى سوزان المعطف. ومعه، البيجر الخاص به.

الآن، ستراثمور هو من تصلب، يد سوزان ترتجف، سقط البيجر عند قدم هيل. بـنظرة من الذهول والخديعة لن ينساها ستراثمور في حياته، أسرعت سوزان فليتشر بقربه إلى خارج نود 3.

تـركها القـائد تذهب. بحركة بطيئة، انحنى واسترجع البيجر. لم يكن هناك أي رسائل جديدة ــ لقد قرأتها سوزان بأكملها. أدار ستراثمور القائمة بيأس.

المادة: إينسي تانكادو ــ تم القضاء عليه

المادة: بيير كلوشار ــ تم القضاء عليه

المادة: هانس هوبر ــ تم القضاء عليه

المادة: روكيا إيفا غرانادا ــ تم القضاء عليها...

اسـتمرت القائمـة. شـعر ستراثمور بموجة من الذعر. *يمكنني أن أشرح لها! سـتتفهمني! الشـرف! الدولة!* ولكن هناك رسالة واحدة لم يكن قد رآها بعد ــ رسالة وحيدة لا يمكنه تفسيرها. مرتجفاً، مرر القائمة إلى الإرسال الأخير.

المادة: ديفيد بيكر ــ تم القضاء عليه

أمسك ستراثمور رأسه. لقد انتهى حلمه.

الفصل 104

ترنحت سوزان إلى خارج نود 3.

المادة: ديفيد بيكر ــ تم القضاء عليه

وكأنها في حلم، تحركت باتجاه المخرج الرئيسي للكريبتو. صدى صوت كريج هيل في رأسها: *سوزان، سيقوم ستراثمور بقتلي! سوزان، إن القائد يحبك!*

وصلت سوزان إلى الباب الدائري الضخم وبدأت بيأس تطرق على لوحة المفاتيح. لم يتحرك الباب، حاولت مرة أخرى، ولكن الباب الضخم رفض أن يدور. أطلقت سوزان صرخة صامتة ــ يبدو أن انقطاع الكهرباء قد مسح شيفرات الخروج كلها، لا تزال عالقة.

من دون أي تحذير، التف ساعدان حولها من الخلف، ممسكاً جسدها نصف الخدر. كانت تلك اللمسة مألوفة ومع ذلك بغيضة. كانت تعوز قوة كريج هيل، ولكن كان هناك قساوة يائسة فيها، عزيمة داخلية كالفولاذ.

التفتت سوزان، الرجل الذي يقيدها كئيب، خائف، لم تره وجهه على الإطلاق.

"سوزان،" توسل إليها ستراثمور، ممسكاً بها، "يمكنني أن أشرح لك."

حاولت إبعاده.

أمسكها بثبات.

حاولت أن تصرخ، ولكن لم يكن عندها صوت لذلك، حاولت أن تهرب، ولكن اليدين القويتين منعتاها وسحبتاها إلى الخلف.

"أنا أحبك،" همس الصوت لها، "لقد أحببتك دائماً."

كانت معدة سوزان تنقلب أكثر فأكثر.

"ابقِ معي."

دار عقل سوزان مظهراً صوراً مروعة ــ عينا ديفيد الخضراوتان المتلألئتان، يقترب ببطء للمرة الأخيرة؛ جثة كريج هيل والدم على السجادة؛ جسد فيل شارتروكيان المحترق والمحطم على المولدات.

"يمكن للألم أن ينقضي،" قال الصوت، "ستحبين ثانيةً."

لم تكن سوزان تسمع أي شيء.

"ابق معي." طلب الصوت، "سأداوي جروحك."

قاومته عاجزة.

"فعلت هذا من أجلنا، لقد خلقنا لبعضنا بعضاً. سوزان، أنا أحبك،" تدفقت الكلمات وكأنه قد انتظر عقداً كاملاً ليخرجها. "أنا أحبك! *أنا أحبك!*"

في تلك اللحظة، على بعد ثلاثين ياردة، وكأنها ترد على اعتراف ستراثمور الوضيع، أطلق الترانسلتر هسيساً متوحشاً وفظيعاً. كان الصوت جديداً تماماً ـ أزيز بعيد وغريب بدا أنه يزداد وكأنه صوت شيطان في غرفة الصاروخ. بدا أن غاز الفريون لم يصل إلى هدفه في الوقت المناسب.

قام القائد بتحرير سوزان والتفت باتجاه جهاز الكمبيوتر البالغ ثمنه 2 بليون دولار. اتسعت عيناه من الخوف. "لا!" أمسك برأسه: "لا!"

بدأ الصاروخ المتوضع على مسافة ستة طوابق إلى الأسفل بالاهتزاز. ترنح القائد بخطوات مضطربة نحو الجسد المرتعش. بعدها، سقط على ركبتيه، مذنب أمام الإله الغاضب. كان ذلك من دون فائدة. في قاعدة غرفة الصاروخ، كانت معالجات الترانسلتر المصنوعة من التيتانيوم والاسترونسيوم قد بدأت بالاشتعال.

الفصل 105

انطلقت كرة من النار إلى الأعلى عبر ثلاث ملايين رقاقة، مطلقة صوتاً فريداً من نوعه. طقطقة نار الغابة، عويل الإعصار، التدفق البخاري للحمم... محصورة كلها داخل جسم واحد. كان ذلك كتنفس الشيطان، ينصب من خلال كهف مغلق، يبحث عن مخرج. ركع ستراثمور عاجزاً عن الحركة بسبب ذلك الضجيج المرعب الصادر باتجاههم. أغلى كمبيوتر في العالم على وشك أن يصبح جحيماً بثمانية طوابق.

بحركة بطيئة، التفت ستراثمور باتجاه سوزان التي وقفت مصعوقةً أمام باب الكريبتو. حدق ستراثمور إلى وجهها المخطط بالدموع، بدت تتلألأ تحت تلك الأضواء المشعة. *إنها ملاك*، فكر بذلك، بحث في عينيها عن الجنة، ولكن كل ما تمكن من رؤيته هو الموت. إنه موت الثقة. حيث ذهب كل من الحب والشرف، النزوة التي تركته يعمَل لها طوال هذه السنين رحلت. لن يحصل على سوزان فليتشر على الإطلاق. أبداً. الفراغ المفاجئ الذي سيطر عليه كان قاهراً.

حدقت سوزان بشرود باتجاه الترانسلتر، علمت ما هو محجوز داخل صدفة من الخزف، هناك كرة نارية تسرع باتجاههم. أحست بأنها ترتفع أكثر فأكثر، وهي تتغذى على الأكسجين المتحرر من الرقاقات المحترقة. خلال لحظات ستكون قبة الكريبتو جحيماً متقداً.

أخبرها عقل سوزان أن تهرب، ولكن حمل موت ديفيد الثقيل قد ضغط عليها من الجوانب كلها. اعتقدت بأنها قد سمعت صوته يناديها، يخبرها أن تهرب، ولكن ليس هناك أي مكان تخرج إليه. الكريبتو كان قبراً محتوماً. هذا لا يهم؛ التفكير بالموت لم يعد يخيفها، الموت سيوقف الألم، ستكون مع ديفيد.

بدأت أرضية الكريبتو ترتجف، وكأن أسفلها وحش مائي ضخم ينبثق من الأعماق. بدا صوت ديفيد يناديها، *اهربي، سوزان! اهربي!*

يتحرك ستراثمور تجاهها، وجهه ذكرى بعيدة. كانت عيناه الرماديتان الباردتان قد فقدتا الحياة. الوطني الذي عاش في عقلها كبطل قد مات ــ مجرم. كانت يداه حولها فجأة مرة أخرى، تمسكان بها بيأس، قبل وجنتيها، "اغفري لي،" توسل إليها. حاولت سوزان أن تبعده، ولكنه ستراثمور أمسكها بشدة.

بدأ الترانسلتر يرتجف كصاروخ يتجهز للانطلاق، أرضية الكريبتو ترتجف، أمسكها ستراثمور بقوة أكبر. "أمسكيني، سوزان. أحتاج إليك."

اندفـــاع شـــديد من الغضب الشديد ملأ أطراف سوزان. صاح لها صوت ديفيد ثانـــية. *أحـــبك! اهربي!* وباندفاع مفاجئ للقوة، حررت سوزان نفسها. أصبح صخب الترانســـلتر يصـــم الآذان. كانت النار عند حافة غرفة الصاروخ. بدأ الترانسلتر يئن، يقاوم تشققه.

بدا صوت ديفيد يحمل سوزان، يرشدها. أسرعت عبر أرضية الكريبتو وصعدت سلالم ستراثمور. خلفها، أطلقت الترانسلتر زئيراً قوياً.

في الوقت الذي انفصلت فيه آخر رقاقة من السليكون، انطلق تيار صاعد ضخم من الحرارة عبر الغطاء العلوي للترانسلتر وأرسل قطعاً من السيراميك لمسافة ثلاثين قدمـــاً في الهواء. اندفع على الفور الغاز المليء بالأوكسجين من الكريبتو ليملأ الفراغ الواسع.

وصـــلت ســـوزان إلى منبسط الدرج العلوي وأمسكت بعامود الدرابزين عندما اندفعـــت بقوة موجة هائلة من الهواء إلى جسدها. جعلتها تدور حول نفسها في الوقت المناسب لترى نائب مدير العمليات، بعيداً في الأسفل، يحدق بها من خلف الترانسلتر. كانـــت هـــناك عاصـــفة تنطلق من حوله، ومع ذلك كانت الطمأنينة في عينيه. انشقت شفتاه، وأطلق كلماته الأخيرة، "سوزان."

اشـــتعل الهواء المندفع إلى الترانسلتر عند تماسه. وبومضة ساطعة من الضوء، انتقل القائد تريفور ستراثمور من الرجل، إلى الظل، إلى الأسطورة.

عـــندما ارتطـــم التـــيار بســـوزان، نسفها لمسافة خمس عشرة قدماً إلى مكتب ستراثمور. كل ما تذكرته، هو اللهب اللاذع.

الفصل 106

أمام نافذة غرفة مؤتمرات المدير، هناك في الأعلى فوق قبة الكريبتو، ظهرت ثلاثة وجوه، عاجزة عن التنفس. لقد هز الانفجار مبنى (إن إس أي) بأكمله. ليلاند فونتين، تشاد برينكيرهوف، وميدج ميلكن جميعهم حدقوا إلى الخارج بذعر صامت.

على بعد سبعين قدماً إلى الأسفل، كانت قبة الكريبتو تحترق. السطح المصنوع من مادة الراتنج الاصطناعي كان لا يزال متماسكاً، ولكن أسفل تلك الصدفة الشفافة، اضطرمت النار، دار دخان أسود كالضباب داخل القبة.

حدق الثلاثة إلى الأسفل من دون أي كلمة. كان لذلك المظهر عظمة غريبة خاصة به.

وقف فونتين للحظة طويلة. تحدث أخيراً، صوته خافت ولكن صارم: "ميدج، ابعثي بالطاقم إلى هناك... الآن."

عبر الجناح، بدأ هاتف فونتين بالرنين.

إنه جابا.

الفصل 107

لم تكن سوزان تعلم كم مضى من الوقت. احتراق في حنجرتها أعادها إلى وعيها. ضائعة، تفحصت المكان حولها، كانت على السجادة خلف المكتب. الضوء الوحيد في الغرفة، كان لوناً برتقالياً وامضاً. امتلأ الهواء برائحة بلاستيك يحترق، الغرفة التي كانت تقف فيها لم تكن غرفة في الواقع على الإطلاق؛ كانت صدفة محطمة. فالستائر مشتعلة، وجدران البليكسي غلاس تحترق.

بعدها تذكرت كل شيء.

ديفيد.

وفي ذعر متزايد، سحبت نفسها لتنتصب. شعرت بالهواء اللاذع في قصبتها الهوائية. مشت باضطراب نحو الباب بحثاً عن طريقة للخروج. عندما قطعت العتبة، خطت ساقها على هاوية؛ أمسكت بإطار الباب في الوقت المناسب. لقد اختفى الممر. على بعد خمسين قدماً إلى الأسفل (15 م) كان هناك حطام كبير لقطع معدنية يتصاعد الدخان منها. نظرت سوزان إلى طابق الكريبتو مذعورة. كان وابلاً من النار. كانت البقايا الذائبة لثلاث ملايين رقاقة من السليكون قد انطلقت من الترانسلتر كالحمم، انطلق دخان سميك لاذع كالموج إلى الأعلى، ميزت سوزان الرائحة، دخان السليكون، سم قاتل.

متراجعة إلى بقايا مكتب ستراثمور، بدأت تشعر بالإغماء. كانت حنجرتها تحرقها. المكان بأكمله كان مملوءاً بأضواء متقدة، الكريبتو يموت، *وأنا كذلك*، فكرت بهذا.

للحظة، فكرت بالمخرج الوحيد المتبقي ـ مصعد ستراثمور. ولكنها علمت أن ذلك من دون فائدة؛ لن تسلم الالكترونيات من الانفجار على الإطلاق.

ولكن سوزان شقت طريقها عبر الدخان الكثيف، تذكرت كلمات هيل. *يتغذى المصعد من كهرباء المبنى الرئيسي! لقد رأيت تصميماته!* تعلم سوزان أن ذلك صحيح، وتعلم أيضاً أن ممره محاط بإسمنت مسلح.

دار الدخان من حولها، مشت باضطراب عبر الدخان باتجاه باب المصعد. ولكن عندما وصلت هناك، رأت أن زر استدعاء المصعد مطفأ، ضربت بخيبة أمل على اللوحة المطفأة، ثم سقطت على ركبتيها وطرقت على الباب.

توقفت على الفور تقريباً، شيء ما يئز خلف الأبواب، مجفلة، نظرت إلى

الأعلى، يبدو أن غرفة المصعد هناك تماماً! طرقت سوزان على الزر ثانية. مرة أخرى، صوت الأزيز خلف الأبواب.

رأت ذلك فجأة.

لم يكن زر الاستدعاء مطفأ ــ لقد كان مغطى بالسخام الأسود. أومض بخفوت أسفل أطراف أصابعها المملوءة دخاناً.

إنه يعمل!

بموجة من الأمل، طرقت على الزر، مرات ومرات، شيء ما خلف الأبواب قد اشتغل. استطاعت سماع صوت مروحة التهوية في بيت المصعد. *الغرفة هنا! لماذا لا تفتح تلك الأبواب اللعينة؟*

عبر الدخان، لمحت لوحة مفاتيح ثانية صغيرة جداً ــ أزرار لحروف، من الألف حتى الياء، وفي موجة من اليأس، تذكرت سوزان. كلمة السر.

كان الدخان قد بدأ يلتف إلى الداخل عبر إطارات النوافذ الذائبة. طرقت مرة أخرى على أبواب المصعد، رفضت أن تنفتح، *كلمة السر!* فكرت بذلك. *لم يخبرني ستراثمور بكلمة السر على الإطلاق!* يملأ دخان السليكون المكتب. مختنقةً، سقطت سوزان أمام المصعد بإحباط. مروحة التهوية كانت تعمل على بعد قليل من الأقدام فقط. تمددت هناك، مصابة بالدوار، تتجرع الهواء.

أغلقت عينيها، ولكن صوت ديفيد أيقظها ثانيةً. *اهربي، سوزان! افتحي الباب! اهربي!* فتحت عينيها وهي تتوقع أن ترى وجهه، تلك العينان الخضراوان الكبريتّان، تلك الابتسامة المرحة. ولكن الأحرف من الألف إلى الياء بدت أكثر وضوحاً أمامها. *كلمة السر...* حدقت سوزان بالأحرف الموجودة على لوحة المفاتيح. تمكنت بصعوبة من أن تنظر إليها بوضوح. على الشاشة الضوئية أسفل لوحة المفاتيح، خمسة فراغات انتظرت كلمة الدخول. *كلمة سر بخمسة حروف،* فكرت بذلك. علمت على الفور بفرصة الحصول عليها: ست وعشرون مرفوعة للأس خمسة: 11,881,376 خياراً ممكناً. بخيار واحد في كل ثانية، سيستغرق الأمر تسعة عشر أسبوع...

عندما تمددت سوزان فليتشر مختنقة على الأرض أسفل لوحة المفاتيح، وصل إليها صوت القائد المثير للشفقة. كان يناديها. *أحبك سوزان! لطالما أحببتك دائماً! سوزان! سوزان! سوزان...*

علمت أنه ميت، ومع ذلك كان صوته لا يخمد. سمعت اسمها مرات ومرات.

سوزان... سوزان...

بعدها، في لحظة من الوضوح المثير للقشعريرة، علمت الأمر.
بضعف مرتجف، وصلت إلى لوحة المفاتيح وطبعت كلمة السر.
س... و... ز... ا... ن
بعد ثانية واحدة، انزلقت الأبواب لتفتح.

الفصل 108

هبط مصعد ستراثمور بسرعة، داخل الغرفة، أخذت سوزان تستنشق بأنفاس عميقة الهواء النقي إلى رئتيها، شاعرةً بالدوار، ثبَّتت نفسها مواجه الجدار عندما أبطأت الحمالة لتقف. بعد ثانية واحدة، فرقعت المسننات، وبدأت تلك الناقلة تتحرك مرة أخرى، ولكن بشكل أفقي هذه المرة. شعرت سوزان بأن سرعة الحمالة قد ازدادت عندما بدأت تفرقع باتجاه مبنى (إن إس أي) الرئيسي. وفي النهاية، دارت لتتوقف، وانفتحت الأبواب.

وهي تسعل، خطت سوزان فليتشر إلى الممر الإسمنتي المظلم. وجدت نفسها داخل نفق ـ منخفض السقف وضيق. خط مزدوج أصفر اللون امتد أمامها. اختفى الخط إلى حفرة فارغة مظلمة.

الطريق تحت الأرضي...

ترنحت باتجاه النفق، ممسكةً بالجدار كمرشد لها. من خلفها، انغلق باب المصعد. مرة أخرى، ضاعت سوزان فليتشر بالظلام الدامس.

صمت.

لا شيء سوى همهمة خافتة في الجدران.

أصوات همهمة تزداد ارتفاعاً.

وفجأة وكأن الفجر قد انبثق، تحول الظلام الدامس إلى لون رمادي غائم. بدأت جدران النفق تأخذ شكلاً. في تلك اللحظة، انعطفت مركبة صغيرة عند الزاوية، أبهرت أضواؤها الأمامية عينيها. ارتدت سوزان إلى الخلف باتجاه الجدران وغطت عينيها. كان هناك عاصفة من الهواء ثم تقدمت وسيلة النقل تلك مارة بها.

بعد ثانية، انطلق صوت صراخ عالٍ من التقاء المطاط مع الإسمنت. اقتربت الهمهمة مرة أخرى، وهذه المرة من الاتجاه المعاكس. بعد ثواني، اقتربت المركبة لتقف أمامها.

"آنسة فليتشر!" تعجَّب صوت مندهش.

حدقت سوزان بذلك الشكل المألوف بغرابة في مقعد السائق داخل عربة الغولف الكهربائية.

"يا إلهي." لهث الرجل. "هل أنت بخير؟ اعتقدنا أنك مت!"

حدقت سوزان بشرود.

"تشـاد برينكـيرهوف،" قـال الـرجل باهتـياج وهو يتفحص محللة الشيفرات المضطربة، "مساعد المدير."

كان بإمكان سوزان إطلاق لفظة واحدة مضطربة: "الترانسلتر..."

أومأ برينكيرهوف: "انسي أمره. اصعدي!"

انطلقت أشعة الأضواء الأمامية لعربة الغولف على الجدران الإسمنتية.

"هناك فيروس في بنك المعلومات الرئيسي." قال برينكيرهوف بسرعة.

"أعلم ذلك،" سمعت سوزان نفسها تهمس بذلك.

"نحتاج إلى مساعدتك."

كانت سوزان تقاوم انهمار الدموع من عينيها. "ستراثمور... هو..."

"نعلم ذلك." قال برينكيرهوف. "لقد قام بإلغاء الغاونتليت."

"نعم... و..." علقت الكلمات في حنجرتها. *لقد قتل ديفيد!*

وضع برينكيرهوف يده على كتفها، "وصلنا تقريباً، آنسة فليتشر. اهدئي فقط."

دارت مركـبة الغولـف العالـية السـرعة من ماركة كينسينغتون عند الزاوية وتوقفـت. بجانـبهم، مـتفرعاً بشـكل عامودي من النفق، كانت هناك طريق مضاءة بأضواء أرضية حمراء.

"هيا،" قال برينكيرهوف وهو يساعدها على النزول.

أرشدها إلى الممر، انحرفت سوزان خلفه في الضباب، انحدر الممر الآجري إلى الأسـفل بشـدة، أمسكت بالدرابزين وتبعت برينكيرهوف إلى الأسفل، بدأ الهواء يبرد أكثر. استمرا في النزول.

عندما نزلوا أكثر تحت الأرض، ضاق النفق. ومن مكان ما خلفهم، صدر صدى وقـع أقـدام، مشـية قوية راسخة، ازداد صوت الأقدام. توقف كل من برينكيرهوف وسوزان والتفتا.

يمشي بخطى واسعة باتجاههما، كان هناك رجل أسود ضخم. لم تكن سوزان قد رأته من قبل على الإطلاق. عندما اقترب، ثبت عينيه عليها بنظرة نافذة.

"من هذه؟" سأل.

"سوزان فليتشر،" أجابه برينكيرهوف.

قوس الرجل الضخم حاجبيه. رغم أنها ملوثة ومبلولة، كانت سوزان أكثر جمالاً مما تخيلها. "والقائد؟" سأل.

هز برينكيرهوف رأسه.

لــم يقــل الرجل أي شيء. حدق بعيداً للحظة. بعدها التفت إلى سوزان: "ليلاند فونتين،" قال لها ماداً يده. "مسرور لأنك بخير."

حدقــت سوزان. كانت دائماً تعلم بأنها ستلتقي بالمدير يوماً ما، ولكنها لم تتخيل أن التعارف سيكون بهذه الطريقة.

"تعالي معنا، آنسة فليتشر." قال فونتين، وهو يرشدها إلى الطريق. "سنحتاج إلى المساعدة التي يمكنك تقديمها."

لاح في أسفل الضباب المحمر للنفق، باب معدني حجب طريقهم. اقترب فونتين وطــبع شيفرة الدخول في علبة غائرة لها أرقام. وضع يده اليمنى بعدها مواجه لوحة زجاجية صغيرة. لمع الضوء. بعد ثانية، انفتح الحائط الضخم.

كان هناك حجرة واحدة فقط في (إن إس أي) أكثر قداسة من الكريبتو، وأحست سوزان بأنها على وشك دخولها.

الفصل 109

بدا مركز أوامر بنك معلومات (إن إس أي) أشبه بمنصة مصغرة للتحكم في مهمات ناسا. كان هناك العديد من أجهزة الكمبيوتر تواجه شاشة فيديو معلقة على الحائط بقياس ثلاثين في أربعين قدماً على النهاية البعيدة للغرفة. على الشاشة، أومضت أرقام وجداول بتتابع سريع، تظهر وتختفي كشخص يقوم بالمرور على قنوات التلفاز بسرعة. كان هناك العديد من التقنيين المندفعين بسرعة من محطة إلى أخرى ساحبين معهم أوراقاً طويلة مطبوعة ويصيحون بالأوامر. كانت هناك فوضى عارمة.

حدقت سوزان بتلك المنشأة المبهرة، تذكرت وهي مشوشة بأن 250 طناً مترياً من الأرض قد حُفرت لإنشائها. كانت الحجرة تقع على بعد 214 قدماً أسفل الأرض، حيث تكون منيعة تماماً ضد القنابل المغناطيسية والانفجارات النووية.

على جهاز مرتفع في مركز الغرفة، وقف جابا. يزأر بالأوامر من منصته مثل ملك يصيح على رعيته. مضاءة على الشاشة مباشرة أمامه، كان هناك رسالة. تلك الرسالة كانت مألوفة جداً بالنسبة لسوزان. تعلق النص البالغ من الحجم لوح الكتابة، منذراً بالشؤم فوق رأس جابا:

الحقيقة وحدها يمكنها إنقاذكم الآن

أدخل كلمة المرور ــــــــــــــ

وكأنها عالقة في كابوس سريالي، تبعت سوزان فونتين باتجاه المنصة. كان عالمها ضبابياً بطيء الحركة.

رآهم جابا وهم يقتربون فاندفع مثل الثور الغاضب: "لقد بنيت الغاونتليت لسبب ما!"

"لقد ذهبت الغاونتليت،" أجابه فونتين بهدوء.

"أخبار قديمة، أيها المدير،" قال جابا غاضباً. "قلبتني موجة الصدمة على مؤخرتي! أين ستراثمور؟"

"القائد ستراثمور ميت."

"تباً لذلك القدر السيئ!"

"اهدأ جابا،" أمره المدير، "أخبرني بآخر الأخبار. كم مقدار ضرر ذلك الفيروس؟"

حدق جابا بالمدير للحظة طويلة، وبعدها ومن دون أي إنذار، انفجر ضاحكاً: *فيروس؟*" ترددت قهقهته المزعجة عبر الحجرة بأكملها: "هل هذا ما تفكر به؟"

حافظ فونتين على هدوئه، تصرف جابا بطريقة غير محترمة ووقحة، ولكن فونتين يعلم أن ليس هذا التوقيت أو المكان المناسب لمعالجة ذلك. هنا في الأسفل، يعتبر جابا إلهاً. فإن لمشاكل الكمبيوتر طريقةً في تجاهل التسلسل الطبيعي للرتب.

"إنه *ليس* فيروساً؟" تعجب برينكيرهوف مفعماً بالأمل.

صاح جابا باشمئزاز: "للفيروسات سلاسل استنساخ، أيها الفتى! *وهذه* ليس لها!"

ترنحت سوزان بالقرب منهم، غير قادرة على التركيز.

"إذاً ما الذي يحدث؟" سأله فونتين. "اعتقدت أننا نواجه فيروساً."

أخذ جابا نفساً عميقاً وأخفض صوته: "الفيروسات..." قال وهو يمسح العرق على وجهه، "الفيروسات تقوم بنسخ نفسها. تقوم بتشكيل نسخ عن نفسها. إنها غبية وغير مجدية ــ تحتل بعد أن تنشطر بشكل ثنائي. تقوم بإخراج أطفالها بشكل أسرع من الأرانب. هذه هي نقطة ضعفها ــ يمكنك أن تهجنها إلى اللاشيء في حال عرفت ما الذي تقوم به. لسوء الحظ، ليس لهذا البرنامج أنا خاصة به، لا حاجة إلى أن يتوالد. إنه واضح تماماً ومتوجه. في الحقيقة، عندما ينجز مهمته هنا، ربما يقوم بالانتحار رقمياً." رفع جابا يديه بوقار إلى المصيبة الظاهرة على الشاشة الضخمة أمامه. "سيداتي وسادتي،" تنهد. "لنلتقي بفدائي غزاة الكمبيوتر... *الدودة*."

"*دودة؟*" همهم برينكيرهوف. بدت أنها كلمة غير معبرة تماماً عن ذلك المتطفل الماكر.

"دودة." قال جابا بغضب مكبوت. "من دون أي بنى معقدة، الغريزة وحسب ــ تأكل، تلهو، وتزحف. هذا كل شيء، ببساطة، ببساطة تامة، تقوم بما برمجت من أجله ثم تموت."

نظر فونتين إلى جابا بحدة: "وما هو الشيء الذي برمجت هذه الدودة لتقوم به؟"

"لا أعلم،" أجابه جابا. "الآن، إنها تقوم بالانتشار بسرعة والارتباط مع معلوماتنا السرية كلها. بعد ذلك، يمكنها فعل أي شيء، ربما تقرر أن تمسح الملفات كلها، أو ربما تقرر أن تطبع وجوهاً ضاحكة على بعض سجلات البيت الأبيض."

بقي صوت فونتين هادئاً ومنضبطاً: "هل يمكنك إيقافها؟"

أطلق جابا تنهده طويلة والتفت مواجهاً الشاشة: "ليس لدي أي فكرة. تعتمد بأكملها على درجة غضب مؤلفها." أشار إلى الرسالة الموجودة على الحائط: "هل

يمكن لأي شخص أن يخبرني ما الذي تعنيه بحق الجحيم؟"

الحقيقة وحدها يمكنها إنقاذكم الآن

أدخل كلمة المرور ـــ

انتظر جابا الإجابة ولكنه لم يحصل على أي شيء. "يبدو وكأن شخصاً ما يعبث معنا، أيها المدير. يهددنا. أظن أن هذه مطالبة بفدية، إذا كنت محقاً."

كان صوت سوزان همساً، غير مسموع، وضعيفاً: "إنه... إينسي تانكادو."

التفت جابا إليها. حدق فيها للحظة، بعينين جاحظتين: *"تانكادو؟"*

أومأت سوزان بضعف: "يريدنا أن نعترف... عن الترانسلتر... ولكن ذلك كلفه ـــ"

"اعـــتراف؟" اعترضها برينكيرهوف وقد بدا مندهشاً. "يريدنا تانكادو أن نعترف بأننا نملك الترانسلتر؟ أظن أن ذلك متأخر بعض الشيء!"

فتحت سوزان فمها لتتحدث، ولكن جابا أخذ الحديث: "يبدو أن لدى تانكادو شيفرة إيقاف." قال وهو يحدق بالرسالة الموجودة على الشاشة.

التفت الجميع.

"شيفرة إيقاف؟" سأله برينكيرهوف.

أومـــأ جابـــا، "نعـــم، شيفرة مرور يمكنها إيقاف الدودة، موضوعة ببساطة، إذا اعترفـــنا بالترانسلتر، يعطينا تانكادو شيفرة الإيقاف. ندخلها ثم ننقذ بنك المعلومات. ابتزاز رقمي."

وقف فونتين راسخاً كالحجر، ثابتاً. "كم من الوقت لدينا؟"

"حوالـــى ســـاعة،" قـــال جابا. "وقت كاف فقط، لنعقد مؤتمراً صحفياً ونقول ما عندنا."

"توصية؟" سأل فونتين. "ما الذي تقترح علينا فعله؟"

"توصـــية؟" أجابـــه جابا بغضب غير مصدق. "تريد توصية؟ سأعطيك التوصية! كفاك عبثاً، ذلك ما تفعله!"

"اهدأ،" حذره المدير.

"أيهـــا المدير،" قال جابا باهتياج، "الآن، *يملك* إينسي تانكادو بنك المعلومات هذا! أعطـــه مـــا يـــريد. إذا كان يريد الترانسلتر، اتصل بقناة (سي إن إن)، وأخبرهم بكل شيء. إن الترانسلتر الآن مجرد فجوة لا غير ـــ لماذا تهتم بحق الجحيم؟"

ساد الصمت. بدا فونتين وكأنه يفكر بخياراته. بدأت سوزان تتحدث، ولكن جابا أسكتها.

"ما الذي تنتظره، أيها المدير! اتصل بتانكادو! أخبره بأنك ستتعاون معه! نحتاج إلى شيفرة الإيقاف تلك، أو أن المكان بأكمله سوف يُدمر!"

لم يتحرك أحد.

"هــل أنــتم بــأكملكم مجانين؟" صاح جابا. "اتصلوا بتانكادو! أخبروه بأننا قبلنا! أحضــروا إلــي تلــك الشــيفرة! الآن!" سحب جابا هاتفه الخلوي وشغله: "لا عليكم! أعطوني رقمه! سأتصل بذلك الوغد *بنفسي!*"

"لا تزعج نفسك،" قالت سوزان همساً، "تانكادو ميت."

بعــد لحظــة مــن الذهــول المربك، ارتطمت تلك الحقيقة بجابا مثل رصاصة بالأحشــاء. بدا تقني الأنظمة الضخم ذاك وكأنه مشلول. "*ميت؟* ولكن... هذا يعني... أنه لا يمكننا..."

"هذا يعني أننا نحتاج إلى خطة جديدة." قال فونتين بعقلانية.

كانــت عينا جابا لا تزالان تحدقان بتلك الصدمة عندما بدأ شخص ما في نهاية الغرفة بالصياح عالياً.

"جابا! جابا!"

كانــت تلــك سوشي كوتا، مساعدته التقنية. أتت مسرعة باتجاه المنصة ساحبة ورقة مطبوعة طويلة. بدت مذعورة.

"جابــا!" لهثت، "الدودة... لقد اكتشفت ما الهدف الذي بُرمجت من أجله!" أقحمت سوشــي الورقة في أيدي جابا. "سحبت هذه من فاحص نشاط البرمجة! لقد قمنا بعزل الأوامر المنفذة ـــ انظر إلى البرمجة! انظر إلى ماذا خططت أن تفعل!"

مترنحاً، قرأ رئيس تقنيي أمن الأنظمة الورقة المطبوعة. بعدها أمسك الدرابزين ليستند إليها.

"أوه، يا إلهي!" لهث جابا. "تانكادو... أيها *الوغد!*"

الـفـصـل 110

حـدق جابـا بشرود في الورقة المطبوعة التي سلمته إياها سوشي للتو. شاحباً، مسـح جبهــته بكم قميصه، "أيها القائد، ليس لدينا أي خيار، يجب علينا قطع الكهرباء عن بنك المعلومات."

"هذا غير مقبول،" أجاب فونتين. "النتائج ستكون مدمرة."

يعلـم جابا بأن المدير على حق. هناك أكثر من ثلاثة آلاف اتصال (آي إس دي إن) موصـول مع بنك معلومات (إن إس أي) من أنحاء العالم كافة. ففي كل يوم يقوم القـادة العسـكريون بالحصول على صور فورية من الأقمار الاصطناعية لتحركات الأعـداء. مهندسـو لوكهـيد يقومون بتحميل مخططات أولية مجزأة لأسلحة جديدة. العمـلاء الميدانيون يقومون بالحصول على تحديثات لمهامهم أيضاً. إن بنك معلومات (إن إس أي) هـو العامود الفقري لآلاف عمليات حكومة الولايات المتحدة. إغلاقه من دون أي تحذير سوف يسبب إخفاقات استخبارية خطيرة حول العالم.

"أنا مدرك للتضمينات، سيدي،" قال جابا، "ولكن ليس لدينا خيار آخر."

"وضـّح نفسـك،" أمر فونتين. ألقى نظرة سريعة على سوزان الواقفة إلى جانبه على المنصة. بدت أنها بعيدة عنه بأميال.

أخـذ جابـا نفساً عميقاً ومسح جبينه ثانيةً. من النظرة التي على وجهه، كان من الواضح للمجموعة الموجودة على المنصة بأنهم لن يُعجبوا بما سيقوله.

"هذه الدودة،" بدأ جابا. "هذه الدودة ليست عبارة عن حلقة عادية قابلة للانحلال. إنها حلقة *انتقائية*. بكلمة أخرى، إنها دودة تمتلك *ذوقاً*."

فتح برينكيرهوف فمه ليتحدث، ولكن فونتين لوّح لـه ليسكت.

"أكـثر التطبيقات تدميراً تقوم بتنظيف بنك المعلومات بالكامل،" تابع جابا حديثه، "ولكن هذه أكثر تعقيداً. تقوم فقط بمسح الملفات التي تحقق معايير محددة."

"تقصـد أنها لن تهاجم بنك المعلومات *بأكمله*؟" سأل برينكيرهوف مفعماً بالأمل. "هذا جيد، أليس كذلك؟"

"لا!" انفجر جابا مجيباً. "هذا سيئ! هذا *سيئ* جداً!"

"اهـدأ!" أمـره فونتين. "ما هي المعايير التي تبحث عنها تلك الدودة؟ عسكرية؟ عمليات سرية؟"

هــز جابا رأسه. نظر إلى سوزان التي كانت محدقة بعيداً، ثم رفع عينيه لتقابل عينــي المديــر. "ســيدي، كما تعلم، كل من يريد الدخول إلى بنك المعلومات هذا من الخارج يجب أن يمر عبر سلسلة من البوابات الأمنية قبل أن يُوافَق على دخوله."

أومــأ فونتيــن. تسلســل الدخــول إلى بنك المعلومات مبنيٌّ بشكل ذكي؛ يمكن للأشــخاص المخوليــن الاتصــال بواسطة الانترنت والشبكة العالمية. بالاعتماد على تسلسلهم المسموح به، بإمكانهم الدخول إلى مناطقهم الخاصة بهم.

"بمــا أنــنا مرتبطون مع الشبكة العالمية،" شرح جابا، "فإن قراصنة الكمبيوتر، والحكومــات الأجنبية، والمحتالين في (إي إف إف) يحومون حول بنك المعلومات هذا طول الأربع والعشرين ساعة في اليوم ويحاولون الاقتحام."

"نعــم،" قــال فونتين، "وخلال الأربع والعشرين ساعة من اليوم تقوم مرشحات الأمن عندنا بإبقائهم في الخارج. ما هو قصدك؟"

حدق جابا في الورقة المطبوعة. "قصدي هو. دودة تانكادو لا تستهدف *بياناتنا*." نظف حنجرته: "إنها تستهدف *مرشحات الأمن* الخاصة بنا."

شــحب فونتيــن. يبدو أنه قد فهم القصد ـــ هذه الدودة تستهدف المرشحات التي تبقــي بنك معلومات (إن إس أي) سرياً. من دون تلك المرشحات، ستصبح معلومات البنك بأكملها متيسرة أمام الجميع في الخارج.

"نحتاج إلى إغلاقه،" أعاد جابا كلامه. "خلال ساعة تقريباً، كل طالب في الصف الثالــث الابتدائــي ويملــك مــودم سيحصل على أكثر التصريحات الأمنية سريةً في الولايات المتحدة."

وقف فونتين للحظة طويلة من دون التفوه بأي كلمة.

انتظر جابا وقد فرغ صبره ثم التفت أخيراً إلى سوشي: "سوشي! في آر ! الآن!"

انطلقت سوشي مسرعة.

يعــتمد جابــا علــى (في آر) كثيراً. في معظم حلقات الكمبيوتر، (في آر) يعني 'الخيال الواقعي'[1]، ولكن في (إن إس أي) يعني *(فيس ريب)* ـــ التمثيل المرئي. ففي عــالمٍ ملــيء بالتقنيين والسياسيين، لكل منهم مستويات مختلفة من الفهم التقني، يكون التمثيل المرئي عادة الطريقة الوحيدة لتوضيح الفكرة؛ مخطط عامودي واحد يثير عادة ردة فعــل تفــوق بعشرات المرات تلك التي يمكن أن تثيرها مجلدات من الورق. يعلم

---

(1) Virtual Reality: محاكاة الواقع ثلاثي الأبعاد بالكمبيوتر

جابا أن إجراء (في آر) لأزمته الحالية، سيوضح فكرته على الفور.

"في آر!" صاحت سوشي من جهاز في نهاية الغرفة.

رسم بياني مؤتمت أومض على الجدار أمامهم. حدقت سوزان إلى الأعلى بشرود، بعيدة عن الجنون حولها. تبع جميع من في الغرفة نظرة جابا المتوجهة إلى الشاشة.

كان الرسم البياني أمامهم يشبه صورة لهدف الرمي. في المركز، هناك دائرة حمراء كُتب عليها 'البيانات'. حول المركز كانت هناك خمس حلقات متحدة المركز بسماكات وألوان مختلفة. كانت الدائرة الخارجية باهتة اللون، شفافة تقريباً.

"لدينا خمس مستويات للدفاع،" شرح جابا. "الحصن الرئيسي الأولي، مجموعتان من مرشحات الحزمة من أجل (إف تي بي)[1] و X-11، حاجز نفقي، وأخيراً نافذة تحقق معتمدة على البريد الالكتروني مدعم الخصوصية (بي إي إم) تقع عند المشروع تماماً. أما ذلك الدرع الخارجي الذي يختفي فيمثل الصف الأولي المكشوف. وقد اختفى عملياً. خلال ساعة، تلك الدروع كلها ستتبعه. بعدها، ينصب العالم بأكمله، يصبح كل بايت من بيانات (إن إس أي) نطاقاً عاماً."

تفحص فونتين (في آر)، فاشتعلت عيناه غضباً.

أطلق برينكيرهوف نشيجاً ضعيفاً: "يمكن لهذه الدودة أن تفتح بنك معلوماتنا أمام العالم بأكمله؟"

"مهمة بسيطة بالنسبة لتانكادو،" قال جابا باهتياج. "كانت الغاونتليت هي الحماية. قام ستراثمور بإلغائها."

"إنها نوع من الحرب،" همس فونتين، بحدة في صوته.

هز جابا رأسه: "أشك حقاً في أن تانكادو أرادها أن تصل إلى هذه الدرجة. أشك في أنه كان ينوي أن يكون بالقرب لإيقافها."

حدق فونتين إلى الأعلى إلى الشاشة، وشاهد أول الجدران الخمسة يختفي بالكامل.

"تلاشى الحصن الأولي!" صاح تقني من نهاية الغرفة. "الدرع الثاني معرّض الآن!"

"يجب علينا البدء بالإغلاق،" استعجلهم جابا. "كما يظهره (في آر)، أمامنا حوالى

---

(1) (إف تي بي): بروتوكول نقل الملفات.

خمس وأربعين دقيقة، إن الإغلاق إجراء معقد."

كانت تلك هي الحقيقة. لقد تم إنشاء بنك المعلومات في (إن إس أي) بطريقة تضمن ألا تفقد الطاقة الكهربائية على الإطلاق ـ سواء كان ذلك عرضياً أو بسبب هجوم. العديد من أجهزة الحماية للهواتف والكهرباء كانت موضوعة في علب فولاذية مسلحة في باطن الأرض، وبالإضافة إلى تغذيتها من داخل بناء (إن إس أي)، فإن هناك العديد من الخطوط الاحتياطية من علب الكهرباء الرئيسية العامة. إن قطع التيار الكهربائي يتضمن سلسلة معقدة من الإجراءات والإثباتات ـ أكثر تعقيداً على نحو أهم من إطلاق اعتيادي لصاروخ نووي من غواصة.

"لدينا الوقت الكافي،" قال جابا، "إذا أسرعنا. سيستغرق القَطْع اليدوي حوالى ثلاثين دقيقة."

استمر فونتين في التحديق إلى الأعلى إلى (في آر)، يبدو أنه يتأمل في خياراته.

"أيها المدير!" انفجر جابا قائلاً: "عندما تتلاشى جدران النار[1] هذه، بإمكان كل مستخدم على الكوكب أن يحصل على تصريح دخول بالغ السرية! وأنا أتحدث عن *مستويات خطيرة!* تسجيلات لعمليات سرية! عملاء أجانب! أسماء ومواقع لكل شخص في برنامج حماية الشهود الفيدرالي! إثباتات لشيفرات انطلاق! يجب أن نقطع الكهرباء! الآن!"

بدا أن المدير غير متأثر لذلك: "لا بد من وجود طريقة أخرى."

"نعم،" قال جابا باهتياج، "هناك! شيفرة الإيقاف! ولكن الفتى الوحيد الذي يعرفها ميت!"

"ماذا عن القوة الإجبارية؟" قال برينكيرهوف من دون تفكير. "ألا يمكننا أن نحزر شيفرة الإيقاف؟"

رفع جابا يداه: "بحق الله! شيفرات الإيقاف هي مثل المفاتيح السرية ـ عشوائية! من المستحيل أن نعرفها! إذا اعتقدت أنه بإمكانك طباعة 600 تريليون واحدة في الخمس والأربعين دقيقة القادمة، فتفضل!"

"شيفرة الإيقاف في إسبانيا،" عرضت سوزان بضعف.

التفت كل من كان على المنصة. كان ذلك أول شيء تقوله منذ وقت طويل.

---

(1) Firewall: برنامج أمني حاسوبي هدفه منع الوصول غير المسموح به للحاسب وبياناته

نظـــرت ســـوزان إلى الأعلى، وهي تنظر بغموض. "لقد تبرع بها تانكادو قبل موته."

بدا الجميع تائهاً.

"مفـــتاح المرور..." ارتجفت سوزان عندما تحدثت. "لقد أرسل القائد ستراثمور شخصاً ما ليبحث عنه."

"ثم؟" سأل جابا. "هل وجده رجل ستراثمور؟"

حاولت سوزان أن تقاومها، ولكن الدموع بدأت تنهمر. "نعم، أظن ذلك."

الفصل 111

انطلقت صيحة تصم الآذان في غرفة التحكم. "لصوص!" كان ذلك صوت سوشي.

التفت جابا باتجاه (في آر). كان خطان نحيلان قد ظهرا خارج الدوائر المتحدة المركز. ظهرا مثل النطف التي تحاول اختراق بويضة ممانعة.

"الفرصة تتضاءل، يا قوم!" التفت جابا إلى المدير، "أريد قراراً، إما أن نبدأ بقطع الكهرباء، أو لن ننجح في ذلك. حالما يرى هذان المتطفلان أن الحصن الأولي قد تلاشى، سيطلقون صيحة الحرب."

لم يجبه فونتين، كان غارقاً في التفكير، أخبار سوزان فليتشر عن مفتاح المرور في إسبانيا بدا واعداً له. ألقى نظرة باتجاه سوزان الواقفة في نهاية الغرفة. بدت أنها في عالمها الخاص، منهارة على الكرسي، ورأسها مدفون بين يديها. لم يكن فونتين على علم بالضبط ما الذي أثار ردة الفعل تلك، ولكن مهما كان ذلك، فليس أمامه الوقت.

"أريد قراراً!" طلب جابا. "الآن!"

نظر فونتين إليه. تحدث بهدوء. "حسناً، إليك هذا. لن نقوم بقطع التيار. سننتظر."

تدلى فك جابا: "*ماذا؟* ولكن هذه ـ"

"مقامرة،" اعترض فونتين حديثه. "مقامرة ربما نربحها."

أخذ هاتف جابا الخلوي وطرق بضع مفاتيح. "ميدج،" قال. "أنا ليلاند فونتين. اسمعي جيداً..."

الــفــصــل 112

"يفضـــل أن تعرف ما الذي تفعله بحق الجحيم، أيها المدير،" قال جابا باستنكار. "نحن على وشك أن نخسر القدرة على قطع التيار."

لم يجبه فونتين.

وكـــأن القادم كان واقفاً على الباب، انفتح الباب في نهاية غرفة القيادة، ودخلت ميدج مسرعة، وما أن صلت حتى انقطع نفسها. "أيها المدير! مقسم الاتصال يصل ما تريد الآن!"

التفــت فونتين وهو يتوقع شيئاً باتجاه الشاشة الموضوعة على الجدار الأمامي. بعد خمس عشرة ثانية، فرقعت الشاشة لتعمل.

كانــت الصورة على الشاشة بيضاء اللون ومتقطعة في البداية، ثم بدأت تتضح. كـــان ذلـــك بـــثاً رقمياً ببرنامج كويك تايم ــ خمس صور فقط في كل ثانية. أظهرت الصـــورة رجليـــن. أحدهما كان شاحباً بشعر قصير جداً، والآخر كان أمريكيا خالصاً بشعر أشقر. كانا يجلسان مقابل الكاميرا كمذيعي الأخبار بانتظار الظهور على الهواء مباشرة.

"ما هذا بحق الجحيم؟" سأل جابا.

"ولا حركة،" أمر فونتين.

بدا أن الرجلين جالسان في نوع من سيارات الشحن الصغيرة. أسلاك الكترونية تدلت من حولهم. فرقع الاتصال الصوتي ليعمل. وفجأة ظهرت ضجة البث.

"الصـــوت قـــادم،" صـــاح تقنـــي من خلفهم. "بقي خمس ثوان لوصول الصوت الثنائي."

"من هؤلاء؟" سأل برينكيرهوف بارتباك.

"عـــيون فـــي السماء،" أجاب فونتين، محدقاً بالرجلين الذين كان قد أرسلهما إلى إســـبانيا. كـــان ذلك احتياطاً ضرورياً. كان فونتين قد آمن بكل جانب تقريباً من خطة ســـتراثمور ــ القتل المؤسف ولكن الضروري لإينسي تانكادو، إعادة صياغة الحصن الرقمـــي ــ كانت بأكملها سليمة. ولكن هناك شيء واحد جعل فونتين خائفاً: استخدام هولوهت. هولوهت كان محترفاً ولكنه من المرتزقة. هل يمكن أن يكون جديراً بالثقة؟ هـــل سيقوم بأخذ مفتاح المرور لنفسه؟ أراد فونتين أن يكون هولوهت مراقباً، فقط في حال دعت الحاجة، ولهذا قام بأخذ الإجراءات الضرورية.

الفصل 113

"بالطبع لا!" صاح الرجل ذو القصة القصيرة أمام الكاميرا. "لدينا أوامر! نعطي تقريرنا للمدير ليلاند فونتين وليلاند فونتين فقط!"

بدا فونتين مندهشاً بعض الشيء: "لا تعلم من أنا، أليس كذلك؟"

"لا يهم، أليس كذلك؟" أجابه الأشقر بعنف.

"دعني أشرح،" اعترض فونتين. "دعني أشرح لك أمراً ما الآن."

بعد ثوان، كان الرجلان محمري الوجه خجلاً، يخبران مدير وكالة الأمن القومي بكل شيء. "أيـ أيها المدير،" تمتم الأشقر: "أنا العميل كولياندر. هذا العميل سميث."

"جيد،" قال فونتين. "أطلعانا على الأمور وحسب."

في نهاية الغرفة، جلست سوزان فليتشر وقاومت الوحدة الخانقة التي ضغطت عليها من كل جانب. مغلقة العينين ومطوقة الأذنين، كانت تبكي، جسدها تخدر، الضجة التي سادت غرفة القيادة كانت قد تلاشت إلى دمدمة خفيفة.

استمعت المجموعة على المنصة، قلقين، عندما بدأ العميل سميث يطلعهم على الأمور.

"بحسب أوامرك، أيها المدير،" بدأ سميث، "كنا هنا في سيفيل منذ يومين، نتعقب أثر السيد إينسي تانكادو."

"أخبرني عن عملية القتل." قال فونتين وقد نفد صبره.

أومأ سميث. "أخذنا نراقب من هذه الشاحنة على بعد حوالى خمسين متراً. كانت عملية القتل سلسة. من المؤكد أن هولوهت كان محترفاً. ولكن بعد ذلك، تغيرت تعليماته. وصل شخص آخر. لم يتمكن هولوهت من الحصول على المطلوب."

أومأ فونتين. كان العميل قد اتصل فيه في أمريكا الجنوبية وأطلعه بأن شيئاً ما قد حدث، لذلك قطع فونتين زيارته.

استلم كولياندر الحديث: "لازمنا هولوهت كما أمرت، ولكنه لم يذهب إلى معرض الجثث على الإطلاق، بدلاً من ذلك، أخذ يقتفي أثر شخص ما، بدا خاصاً، معطف وربطة عنق."

"خاص؟" دُهش فونتين، بدا أن تلك خدعة من ستراثمور، على نحو ذكي لإبقاء (إن إس أي) خارج الموضوع.

"إن مرشحات (إف تي بي) تتلاشى!" صاح تقني بصوت عال.

"نحتاج إلى ذلك الشيء،" استعجلهم فونتين. "أين هو هولوهت الآن؟"

نظر سميث إلى الخلف: "حسناً... إنه معنا، سيدي."

تنهد فونتين: "أين؟" كان ذلك أفضل خبر سمعه طوال اليوم.

مـد سـميث يده باتجاه العدسات ليقوم بالتعديل. التفتت الكاميرا إلى داخل سيارة الشـحن لتكشـف عن جسدين مترهلين مستندين إلى الجدار الخلفي. كلاهما كان غير قادر على الحركة. أحدهما كان يرتدي نظارات ملتوية سلكية الحواف. أما الآخر فكان شاباً أسود الشعر وبقميص مليء بالدم.

"هولوهت هو الرجل الموضوع على اليسار." قال سميث.

"هولوهت ميت؟" سأل المدير.

"نعم، سيدي."

يعلـم فونتين أن هناك وقتاً لتفسير ذلك في ما بعد. حدق إلى الدروع المتناقصة. "أيها العميل سميث،" قال ببطء وبوضوح: "الشيء المطلوب. أريده."

بدا سميث مرتبكاً: "سيدي، ليس لدينا أي فكرة بعد ماذا يكون هذا الشيء. نحتاج إلى أن نعرف."

الفصل 114

"ابحثا مرة أخرى إذاً!" صرخ فونتين.

راقب المدير بفزع عندما أظهرت الصورة بحث كل من العميلين في الجسدين المترهلين في السيارة عن قائمة من الأرقام العشوائية والأحرف.

كان جابا شاحباً: "أوه، يا إلهي، لا يمكنهم إيجاده. لقد انتهى أمرنا!"

"تخسر مرشحات (إف تي بي)!" صاح الصوت. "الدرع الثالث معرض الآن!" كانت هناك موجة جديدة من الفاعلية.

على الشاشة الأمامية، رفع العميل ذو القصة القصيرة يديه مستسلماً: "سيدي، مفتاح المرور ليس هنا. لقد بحثنا في كلا الرجلين. الجيوب. الملابس. المحافظ. لا إشارة على الإطلاق. كان هولوهت يرتدي جهاز كمبيوتر من نوع مونوكل، وتفحصناه أيضاً. لم يظهر أنه قد نقل أي نوع من الرموز التي تبدو عشوائية ـ قائمة من عمليات القتل فقط."

"اللعنة!" اهتاج فونتين، وقد فقد هدوئه فجأة، "لا بد أنه هناك! استمرا في البحث!"

يبدو أن جابا قد انتظر كفاية ـ لقد غامر فونتين وخسر. استلم جابا القيادة. نزل التقني الضخم من منبره مثل عاصفة تنحدر عن الجبل. تحرك بين جيش المبرمجين الخاص به يصيح بأوامره: "موقفات الطاقة الاحتياطية! ابدأوا بالإغلاق! افعلوا ذلك الآن!"

"لن نتمكن من ذلك!" صاحت سوشي. "نحتاج إلى نصف ساعة! وفي الوقت الذي ننتهي من قطع التيار، سيكون قد فات الأوان!"

فتح جابا فمه ليجيب، ولكنه توقف بصيحة من العذاب من نهاية الغرفة.

التفت الجميع. كالشبح، ارتفعت سوزان فليتشر من وضعية الجثوم في نهاية الغرفة. كان وجهها أصفر، وعيناها مثبتتين على الصورة الثابتة لديفيد بيكر، عديم الحركة، ومليئاً بالدم، مستنداً إلى أرضية السيارة.

"أنتم قتلتموه!" صاحت بذلك. *"أنتم قتلتموه!"* مشت باضطراب نحو الصورة ومدت يديها: "ديفيد..."

نظر الجميع إليها بارتباك. تقدمت سوزان، وهي تصيح، لم تغادر عينا سوزان صورة جسد ديفيد على الإطلاق. "ديفيد." لهثت بذلك، تترنح إلى الأمام. "أوه، ديفيد... كيف تمكنوا ـ"

بدا فونتين مرتبكاً: "تعرفين هذا الرجل؟"

تمايلت سوزان مقلقلةً عندما مرت عبر المنصة. توقفت على بعد بضع خطوات أمام الشاشة الضخمة وحدقت إلى الأعلى، مذهلة وخدرة، تصيح مرات ومرات للرجل الذي تحب.

الفصل 115

الفراغ الذي أصاب عقل ديفيد بيكر كان مطلقاً، أنا ميت، ومع ذلك هناك صوت ما. صوت بعيد...

"ديفيد."

كان هناك حس احتراق مسبب للدوار أسفل ساعده. كان دمه مليئاً بالنار. *جسدي ليس لي.* ومع ذلك، هناك صوت، يناديه. كان لطيفاً، بعيداً. ولكنه كان جزءاً منه. كان هناك أصوات أخرى أيضاً ـ غير مألوفة، غير مهمة. تصيح. ناضل ليبقيها بعيدة. هناك صوت واحد هو الذي يهم، تلاشى جيئة وذهاباً.

"ديفيد... أنا آسفة..."

كان هناك ضوء ملون، باهت في البداية، شريحة واحدة من اللون الرمادي، يزداد، حاول بيكر أن يتحرك، الألم، حاول أن يتحدث، الصمت، استمر الصوت في مناداته.

شخص ما كان بالقرب منه، يرفعه، تحرك بيكر باتجاه الصوت، أو هل تم تحريكه؟ كان يناديه، حدق بشرود إلى الصورة الوامضة. استطاع رؤيتها على الشاشة الصغيرة. إنها امرأة، تحدق به من عالم آخر، *هل تشاهدني وأنا أموت؟*

"ديفيد..."

كان الصوت مألوفاً، كانت كالملاك، لقد أتت من أجله، تحدث الملاك: "ديفيد. أنا أحبك."

عرفها فجأة.

مدت سوزان يديها باتجاه الشاشة، تبكي، تضحك، تائهة في سيل من المشاعر. مسحت دموعها بقوة: "ديفيد، أنا ـ أنا اعتقدت..."

العميل الميداني سميث قام بإراحة ديفيد بيكر على المقعد المواجه للشاشة، "إنه مصاب بالخبل بعض الشيء، سيدتي. امنحيه ثانية فقط."

"ولـ ولكن،" تمتمت سوزان: "لقد رأيت الإرسال. قال إن..."

أومأ سميث. "رأيناه أيضاً. قام هولوهت بإحصاء دجاجاته في وقت مبكر قليلاً."

"ولكن الدم..."

"جرح خارجي،" أجاب سميث، "قمنا بوضع الشاش عليه."

لم تتمكن سوزان من التكلم.

لاح العميل كولياندر في الكاميرا، "قمنا بضربه بـ (جي 23) الجديدة ــ بندقية إخبال طويلة المدى، ربما آلمته كثيراً، ولكننا أبعدناه عن الشارع."

"لا تقلقي سيدتي،" طمأنها سميث. "سيكون على ما يرام."

حدق ديفيد بيكر بشاشة التلفاز أمامه، كان فاقداً التوجه، مصاباً بالدوار. كانت الصورة الظاهرة على الشاشة لغرفة ما ــ غرفة مليئة بالفوضى. سوزان كانت هناك. تقف على رقعة أرض مكشوفة، تحدق به.

كانت تبكي وتضحكِ: "ديفيد. شكراً لله! اعتقدت أنني فقدتك!"

فرك صدغه، تحرك إلى أمام الشاشة وسحب الميكرفون باتجاه فمه. "سوزان؟"

نظرت سوزان باندهاش، ملأ جسد ديفيد القوي الجدار بأكمله أمامه، دوّى صوته.

"سوزان، أريد أن أطلب منك شيئاً." بدا أن رنين وحجم صوت بيكر قد أوقف للحظة الفاعلية في بنك المعلومات، توقف الجميع والتفت.

"سوزان فليتشر،" رنّ الصوت، "هل تتزوجينني؟"

ساد الهدوء على الغرفة بأكملها، سقط لوح كتابة على الأرض مع مجموعة من الأقلام. لم ينحنِ أحدٌ لالتقاطهم، كان هناك صوت الطنين الخافت لمراوح الأجهزة ولصوت ديفيد بيكر المتنفس بهدوء في الميكرفون.

"ديــ ديفيد..." تلعثمت سوزان، غير مدركة لسبعة وثلاثين شخصاً توقفوا بجمود خلفها. "لقد سألتني هذا السؤال مسبقاً، أتذكر؟ قبل خمسة أشهر. قلت لك نعم."

"أعرف ذلك،" ابتسم لها، "ولكن هذه المرة" ــ مد يده اليسرى إلى الكاميرا وعرض الخاتم الذهبي على إصبعه الرابع ــ" هذه المرة، أملك الخاتم."

الفصل 116

"اقرأه، سيد بيكر!" أمره فونتين.

جلس جابا يتصبب عرقاً، ويداه ممدودتان على لوحة مفاتيحه. "نعم،" قال له، "اقرأ تلك الطباعة المقدسة!"

وقفت سوزان فليتشر معهم، خائفة ومتقدة. توقف كل من في الغرفة عن فعل ما كانوا يقومون به وحدقوا بالصورة الضخمة لديفيد بيكر. نقّل الأستاذ الخاتم بين أصابعه وتفحص النقوش.

"واقرأ *بحذر!"* أمره جابا. "خطأ مطبعي واحد *وسينتهي أمرنا!"*

ألقى فونتين على جابا نظرة غاضبة. إذا كان هناك شيء واحد يعرفه مدير (إن إس أي)، سيكون المواقف الملحة؛ إيجاد توتر إضافي ليس بالأمر الحكيم على الإطلاق. "اهدأ، سيد بيكر. في حال ارتكبت خطأ، سنعيد إدخال الشيفرة حتى نحصل عليها صحيحةً."

"نصيحة خاطئة، سيد بيكر." قال جابا غاضباً: "أخبرنا بها صحيحة من المرة الأولى. فإن لشيفرات الإيقاف عادةً عقوبة غرامة ـ لمنع التخمين المعتمد على المحاولات والأخطاء. قم بإدخالٍ واحد خاطئ، وربما تتضاعف سرعة الحلقة. قم بإدخالين خاطئين، ستبعدنا إلى الخارج إلى الأبد. انتهت اللعبة."

عبس المدير والتفت عائداً إلى الشاشة: "سيد بيكر؟ هذا خطأي. اقرأ بحذر ـ اقرأ بحذر *شديد."*

أومأ بيكر وتفحص الخاتم للحظة. بعدها بدأ بقراءة الرموز: " Q ... U ... I ... S ... فراغ ...C..."

اعترض جابا وسوزان سوية: *"فراغ؟"* توقف جابا عن الطباعة. "هناك فراغ؟"

هز بيكر كتفيه باستهجان، متفحصاً الخاتم: نعم. هناك الكثير منها."

"هل يفوتني شيء ما؟" سأل فونتين. "ما الذي ننتظره؟"

"سيدي،" قالت سوزان، تبدو مرتبكة: "إنه... إنه فقط..."

"أوافق،" قال جابا. "هذا غريب. لا تحوي كلمات السر فراغات على الإطلاق."

ابتلع برينكيرهوف ريقه بصعوبة: "إذاً ما الذي تقولونه؟"

"يقول،" اعترضت سوزان، "إن هذه ربما لا تكون شيفرة الإيقاف."

صاح برينكيرهوف: "بالطبع هي شيفرة الإيقاف! ما عسى أن تكون غير ذلك؟

لمـــاذا سيقوم تانكادو بالتبرع به؟ من يقوم بحفر مجموعة من الأحرف العشوائية على خاتم؟"

قام فونتين بجعل برينكيرهوف يسكت بنظرة حادة.

"آه... يـــا قوم؟" اعترض بيكر ويبدو أنه متردد لاشتراكه بالأمر. "تذكرون أنها أحـــرف *عشوائية*. أعتقد أنه يتوجب علي إعلامكم... بأن الأحرف على الخاتم *ليست* عشوائية."

صاح كل من على المنصة سوية: "ماذا!"

بدا بيكر مرتبكاً: "متأسف، ولكن هذه بالتأكيد كلمات. أعترف بأنها منقوشة بقرب بعضـــها الـــبعض؛ من النظرة الأولى تبدو عشوائية، ولكن لو نظرتم عن قرب أكثر ستجدون أن النقوش هي في الواقع... حسناً... إنها باللاتينية."

لهث جابا. "أنت تخدعني!"

هـــز بيكر رأسه: لا. إنها تظهر 'كويس كستوديت إيسوس كوستوديز' وترجمتها بشكل تقريبي يعني ـــ"

"من سيحرس الحرس!" قاطعته سوزان، وهي تنهي جملة ديفيد.

نظر بيكر مستغرباً: "سوزان، لم أعلم أن بإمكانك ـــ"

"إنهـــا من *ساتيرز* لجوفينال." تعجبت بقولها. "من سيحرس الحرس؟ من سيراقب (إن إس أي) بينما نحن نقوم بحراسة العالم؟ كان ذلك القول المفضل لدى تانكادو!"

"إذاً،" سألت ميدج، "هل هذه هي كلمة السر أم لا؟"

"لا بد أنها كلمة السر،" صرخ برينكيرهوف.

وقف فونتين صامتاً، يبدو أنه يعالج تلك المعلومات في عقله.

"لا أعلـــم مـــا إذا كانـــت تلـــك هي كلمة المرور،" قال جابا. "يبدو أنه من غير المحتمل برأيي أن يستخدم تانكادو رموزاً غير عشوائية."

"امسح الفراغات وحسب،" صاح برينكيرهوف، "وأدخل الشيفرة اللعينة!"

التفت فونتين إلى سوزان: "ما رأيك آنسة فليتشر؟"

فكـــرت للحظـــة. لم تتمكن من فهمها جيداً ولكن شيئاً ما بدا غير صحيح. تعلم ســـوزان تانكادو جيداً بأنه يعتمد على البساطة. إثباتاته وبرمجياته كانت دائماً واضحة وبسيطة. حقيقة أن الفراغات يجب أن تمسح بدا غريباً. فإن تلك مهمة بسيطة، ولكنها خاطـــئة، ليســـت نظيفة تماماً ـــ ليس كما تتوقع سوزان بأنه هو الذي سيدمر انتصار تانكادو.

"لا يبدو ذلك صحيحاً،" قالت سوزان أخيراً. "لا أعتقد أنه المفتاح."

أخذ فونتين نفساً عميقاً، وعيناه الغامقتان تتفحصانها. "آنسة فليتشر، برأيك، إذا لم يكـن هـذا هو المفتاح، لماذا سيقوم إينسي تانكادو بالتبرع به؟ في حال علم بأننا قمنا بقتله ــ ألا تفترضين أنه يريد معاقبتنا بجعل هذا الخاتم يختفي؟"

صوت جديد اعترض المحادثة: "آه... أيها المدير؟"

التفت العيون كلها إلى الشاشة. كان ذلك العميل كولياندر في سيفيل. كان ينحني فـوق كتفي بيكر ويتحدث في الميكرفون. "مهما كان هذا يهم، فأنا لست متأكداً من أن السيد تانكادو *علم* بأنه قُتل."

"عفواً؟" سأل فونتين.

"كـان هولوهت محترفاً، سيدي. لقد رأينا عملية القتل ــ على بعد خمسين متراً فقط. تظهر الأدلة كلها أن السيد تانكادو لم يكن يعلم."

"أدلــة؟" ســأل برينكيرهوف. "أي أدلة؟ لقد قام تانكادو بالتبرع بالخاتم. هذا دليل كاف."

"العمــيل ســميث،" اعترض فونتين، "ما الذي يجعلك تعتقد بأن إينسي تانكادو لم يكن على علم بأنه قتل؟"

نظــف سميث حنجرته: "لقد قتله هولوهت بـــ (إن تي بي) ــ رصاصة رض لا تدخــل إلى الجسد. إنها جيب مطاطي ترتطم بالصدر وتنتشر، بصمت. وبنظافة تامة. لقد شعر السيد تانكادو فقط بضربة حادة قبل أن يتوقف قلبه."

"رصاصة رض،" دهش بيكر بينه وبين نفسه. "هذا يفسر الكدمة."

"من غير المحتمل،" أضاف سميث، "أن يكون تانكادو قد ربط هذا الشعور برجل يحمل بندقية."

"ومع ذلك، قام بالتبرع بالخاتم،" صرح فونتين.

"هــذا صحيح، سيدي. ولكنه لم يبحث عن قاتله. تبحث الضحية *دائماً* عن قاتلها عندما تتم إصابتها. هذا أمر غريزي."

احتار فونتين: "وأنت تقول إن تانكادو لم يبحث عن هولوهت؟"

"لا سيدي. لقد قمنا بتسجيل ذلك على فيلم لو أحببت أن ــ"

"تلاشت مرشحات X-11!" صاح تقني. "الدودة في منتصف طريقها إلى هناك!"

"انــسَ أمــر الفيلم،" صرح برينكيرهوف. "أدخل شيفرة الإيقاف اللعينة تلك وأنه هذا!"

تــنهد جاباً، وقد تحول فجأة إلى رجل هادئ. "أيها المدير، في حال قمنا بإدخال الشيفرة الخاطئة..."

"نعــم،" اعترضت سوزان، "في حال لم يشك تانكادو في أننا قتلناه، هناك بعض الأسئلة التي يتوجب علينا الإجابة عليها."

"ما هو الوقت المحدد، جابا؟" سأل فونتين.

نظر جابا إلى (في آر). "حوالى عشرين دقيقة. أقترح أن نستخدم الوقت بصورة حكيمة."

كان فونتين صامتاً للحظة طويلة. تنهد بثقل بعدها. "حسناً، شغّل الفيلم."

الفصل 117

"سوف نبث الفيديو خلال عشر ثوانٍ،" فرقع بذلك صوت العميل سميث. "سنقوم بإلغاء صورة وإبقاء التالية، وسنلغي الصوت ـ سنعمل على أن يكون زمنه كالزمن الحقيقي تماماً."

وقف كل من على المنصة صامتاً، يراقب وينتظر. طبع جابا بضع مفاتيح وأعاد تنظيم شاشة الفيديو. ظهرت رسالة تانكادو على الجانب الأيسر البعيد:

الحقيقة وحدها يمكنها إنقاذكم الآن

في الجهة اليمنى للحائط، كان هناك التصوير الداخلي لسيارة الشحن مع بيكر والعميلين الجاثمين حول الكاميرا. في المركز، ظهرت صورة مشوشة. انتهى التشويش وبعدها ظهرت صورة حديقة بالأبيض والأسود.

"بداية البث،" أعلن العميل سميث.

بدا التصوير مثل فيلم قديم، كان مقطّعاً وغير واضح ـ تم بثه بحيث ترسل صورة وتلغى الثانية، عملية تقسم مقدار المعلومات المرسل إلى النصف وتمكن من تسريع البث.

بدأ التصوير عند باحة ضخمة مغلقة من إحدى نهاياتها بواجهة مبنى نصف دائري ـ بلدية سيفيل، كان هناك أشجار في الأمام، والحديقة فارغة.

"انتهى X-11" صاح تقني. "هذا الفتى السيئ جائع جداً!"

بدأ سميث يروي القصة. كان لتعليقه طابع العميل المتمرس. "هذه اللقطة من سيارة الشحن،" قال ذلك، "على بعد حوالى خمسين متراً عن موقع القتل. تانكادو يقترب من الجهة اليمنى. هولوهت بين الأشجار في الجهة اليسرى."

"إن الوقت ينفد هنا،" استعجله فونتين، "خذنا إلى زبدة الموضوع."

لمس العميل سميث بعض الأزرار، فازدادت سرعة الصور.

راقب كل من على المنصة بتطلع عندما جاء زميلهم السابق، إينسي تانكادو، إلى الصورة. صور الفيديو المسرعة جعلت المشهد بأكمله يبدو مضحكاً. ينتقل تانكادو من مكان إلى آخر بجنون في الباحة، يبدو مستمتعاً بالمنظر الجميل. حجب عينيه وحدق إلى نباتات المبنى الضخم.

"هذا هو،" حذر سميث، "كان هولوهت محترفاً، أطلق طلقته الأولى."

كان سميث محقاً، انطلق ضوء وامض من خلف الأشجار على يسار الشاشة. بعد

ثانـــية، أمســـك تانكادو بصدره، ترنح للحظة، تركزت الكاميرا عليه، متقلبة ـ يتغير تركيزها.

عـــندما دار الفـــيلم بســـرعة، استمر سميث بتعليقه بهدوء، "كما يمكن أن تروا، أصيب تانكادو على الفور بنوبة قلبية."

شـــعرت سوزان باشمئزاز وهي تنظر إلى الصور، أمسك تانكادو بصدره بيديه المشوهتين، نظرة مرتبكة من الذعر على وجهه.

"ستلاحظون،" أضاف سميث، "أن عينيه مركزتان إلى الأسفل، على نفسه. لم يلقِ أي نظرة حوله."

"وهل هذا مهم؟" قال جابا نصف متسائل.

"بشـــدة،" قـــال ســـميث، "في حال شك تانكادو بوجود مكيدة من أي نوع، سيقوم بالفطرة بالبحث في المنطقة، ولكن كما ترون، لم يفعل ذلك."

علـــى الشاشـــة، جثم تانكادو على ركبتيه، لا يزال ممسكاً بصدره. لم ينظر إلى الأعلى على الإطلاق. كان إينسي تانكادو رجلاً وحيداً، يموت موتاً طبيعياً خاصاً.

"هذا غريب،" قال سميث، محتاراً. "طلقات الرض لا تسبب الموت بهذه السرعة. وأحياناً، إذا كان الهدف ضخماً بشكل كافٍ، فإنها لا تسبب الموت على الإطلاق."

"قلب سيىء،" قال فونتين ببساطة.

قوّس سميث حاجبيه، متأثراً: "اختيار جيد للسلاح إذن."

راقبـــت سوزان عندما سقط تانكادو من ركبتيه على جنبه ثم على ظهره أخيراً. تمدد محدقاً إلى الأعلى، ممسكاً بصدره، وفجأة، دارت الكاميرا بعيداً عنه عائدة باتجاه بســـتان الأشـــجار. ظهر رجل. كان يرتدي نظارات ذات حواف سلكية ويحمل حقيبة كبـــيرة. عـــندما اقـــترب من الباحة ومن تانكادو الملتوي، بدأت أصابعه تنقر برقصة صامتة غريبة على جهاز موصول بيده.

"إنـــه يشـــغل جهاز مونوكل،" أعلن سميث، "مرسلاً رسالة بأنه تم القضاء على تانكـــادو." التفـــت سميث إلى بيكر وضحك بخفوت: "يبدو أن لهولوهت عادة سيئة في نقل عمليات القتل قبل أن يحقق هدفه تماماً."

قـــام كولـــياندر بتســـريع الفيلم أكثر، فتبعت الكاميرا هولوهت عندما بدأ يتحرك باتجـــاه ضـــحيته. وفجـــأة، أســـرع رجل عجوز خارج ساحة مجاورة، ركض باتجاه تانكـــادو، وانحـــنى بقـــربه. أبطأ هولوهت من اقترابه. بعد ثانية، ظهر شخصان من الساحة ـــ رجل سمين وامرأة حمراء الشعر. قدما أيضاً إلى جانب تانكادو.

"اختيار سيىء لمنطقة القتل،" قال سميث. "اعتقد هولوهت أن الضحية معزولة."

على الشاشة، راقب هولوهت للحظة ثم عاد إلى الأشجار، يبدو أنه ينتظر.

"هنا تم التسليم،" قال سميث. "لم نلاحظ ذلك من المرة الأولى."

حدقت سوزان إلى الصورة المثيرة للاشمئزاز على الشاشة. كان تانكادو يلهث، يبدو أنه يحاول قول شيء ما إلى المساعدين الجاثمين حوله. بعدها، وبيأس، دفع يده اليسرى فوقه، يكاد يضرب الرجل العجوز في وجهه. رفع يده المشوهة إلى الأعلى أمام عيني الرجل العجوز. ركزت الكاميرا على الأصابع الثلاثة المشوهة لتانكادو، وفي إحداها، يلمع بوضوح تحت نور شمس إسبانيا، كان الخاتم الذهبي. دفعها تانكادو ثانيةً. ارتد الرجل العجوز. التفت تانكادو إلى المرأة. رفع أصابعه الثلاث المشوهة مباشرة أمام وجهها، وكأنه يتوسل إليها أن تفهم. لمع الخاتم تحت نور الشمس. نظرت المرأة بعيداً. تانكادو، يختنق الآن، غير قادر على إصدار أي صوت، التفت إلى الرجل السمين وحاول مرة أخيرة.

وقف الرجل العجوز فجأة واندفع بسرعة، ويفترض أنه يقدم المساعدة. بدا أن تانكادو يضعف، ولكنه لا يزال رافعاً الخاتم إلى وجه الرجل السمين. مد الرجل السمين يده ورفع معصم الرجل المحتضر، يساعده على رفعها. بدا أن تانكادو يحدق إلى الأعلى إلى أصابعه هو، إلى خاتمه، وبعدها إلى عيني الرجل. وكأنه الطلب الأخير قبل الموت، أومأ إينسي تانكادو إلى الرجل بإيماءة صغيرة، وكأنه يقول *نعم*.

ارتخى جسد تانكادو بعدها.

"يا إلهي،" أخذ جابا يئن.

التفتت الكاميرا فجأة عائدة إلى المكان الذي كان هولوهت يختبئ فيه. كان القاتل قد ذهب. ظهرت دراجة شرطة، مسرعة على جادة فيريلي. دارت الكاميرا عائدة إلى المكان الذي تمدد فيه تانكادو. بدا أن المرأة التي كانت جاثمة بالقرب منه قد سمعت صفارات الشرطة؛ ألقت نظرة قلقة حولها ثم بدأت تسحب رفيقها السمين، متوسلة إليه ليغادر، أسرع كلاهما للمغادرة.

تركزت الكاميرا على تانكادو، ويداه منهارتان على صدره الذي فقد الحياة. كان الخاتم الذي في إصبعه قد ذهب.

الفصل 118

"هذا دليل،" قال فونتين بصورة حازمة. "لقد تخلص تانكادو من الخاتم. أراد أن يبعده عن نفسه ما أمكنه ــ لكي لا نتمكن من العثور عليه على الإطلاق."

"ولكن، أيها المدير،" حثته سوزان، "هذا غير معقول. لو كان تانكادو لا يعلم بأنه قد قُتل، *لماذا* سيقوم بإبعاد شيفرة الإيقاف؟"

"أوافق على ذلك،" قال جابا. "إن ذلك الفتى ثائر، ولكنه ثائر ذو ضمير. أن يجعلنا نعترف بوجود الترانسلتر هو أمر؛ والكشف عن بنك معلوماتنا السري هو أمر آخر."

حدق فونتين غير مصدق: "تعتقد بأن تانكادو *أراد* أن يوقف تلك الدودة؟ تعتقد بأن أفكاره قبل الموت كانت من أجل (إن إس أي) المسكينة؟"

"الحاجز النفقي يتلاشى!" صاح تقني بذلك. "تعرض كامل خلال خمس عشرة دقيقة، على الأكثر!"

"أقول لك شيئاً،" صرح القائد مستلماً السيطرة. "خلال خمس عشرة دقيقة، سيتمكن كل بلد من العالم الثالث على الكوكب من معرفة كيفية بناء صاروخ بلاستيكي عابر للقارات. إذا كان هناك أي أحد في هذه الغرفة لديه مرشح آخر غير الخاتم ليكون هو شيفرة الإيقاف، فأنا كلي آذان صاغية." انتظر المدير، لم يتحدث أحد، أعاد نظرته إلى جابا وثبتها عليه، "لقد تخلص تانكادو من ذلك الخاتم لسبب ما، يا جابا. سواء كان يحاول إبعاده، أم اعتقد بأن الرجل السمين سيركض إلى كابينة هاتف ويخبرنا بتلك المعلومات، أنا حقاً لا أهتم لذلك. ولكنني قررت. سندخل تلك الرموز. الآن."

أخذ جابا نفساً عميقاً. يعلم أن فونتين على حق ــ ليس هناك خيار أفضل من ذلك. إن الوقت ينفد منهم. جلس جابا. "حسناً... لنقم بذلك." سحب نفسه إلى أمام لوحة المفاتيح. "سيد بيكر؟ النقوش، من فضلك. مرتبة وبهدوء."

قرأ ديفيد بيكر النقوش، وطبعها جابا. عندما انتهيا من ذلك، أعادا تفحص الترتيب وحذفا الفراغات كلها. في اللوحة المركزية الموجودة على الحائط، بالقرب من القمة، كانت الأحرف:

QUISCUSTODIETIPSOSCUSTODES

"لا أرتاح لهذا،" تمتمت سوزان برقّة. "ليس على ما يرام."

تردد جابا، يحوم فوق مفتاح الإدخال.

"افعلها،" أمره فونتين.

ضرب جابا المفتاح. بعد ثوانٍ، علمت الغرفة بأكملها أن ذلك كان خطأ.

الفصل 119

"إنها تسرع!" صاحت سوشي من نهاية الغرفة. "إنها الشيفرة الخاطئة."

وقف الجميع بذعر صامت.

على الشاشة أمامهم كانت رسالة الخطأ:

إدخال غير شرعي. مجال للأرقام فقط.

"اللعنة!" صاح جابا. "الأرقام *فقط!* نحن نبحث عن أرقام لعينة! لقد خدعنا! هذا الخاتم هراء!"

"الدودة قد ضاعفت سرعتها!" صاحت سوشي. "بدأت بالعقوبة!"

في الشاشة المركزية، أسفل رسالة الخطأ تماماً، رسم (في آر) صورة مروعة. عندما تلاشى جدار إيقاف النار الثالث، مثلت الخطوط السوداء البالغ عددها الستة أو ما يقارب قراصنة الكمبيوتر الغازين يندفعون إلى الأمام، يتقدمون بقوة باتجاه المركز. مع كل لحظة تمر، يظهر خط جديد. بعدها واحد آخر.

"إنهم يندفعون!" صاحت سوشي.

"تأكدنا من محاولات دخول من بلاد ما وراء البحار!" صاح تقني آخر. "انتشر الخبر!"

حولت سوزان نظرها عن صورة جدران النار المنهارة ثم التفتت إلى الشاشة الجانبية. العرض المتسلسل لمقتل تانكادو كان في حلقة لا تنتهي. كانت نفسها في كل مرة ـ تانكادو ممسكاً بصدره، يسقط، وبنظرة ذعر يائس على وجهه، يقحم خاتمه بين مجموعة من السياح غير العالمين بأي شيء. *هذا غير مفهوم*، فكرت بذلك. *إذا كان لا يعرف بأننا قتلناه...* كانت سوزان تفكر. ولكن الوقت قد تأخر. *لقد فاتنا شيء ما.*

على شاشة (في آر)، تضاعف عدد مخترقي الإنترنت الواقفين عند البوابات خلال الدقائق القليلة الأخيرة. من الآن وصاعداً، ستتضاعف الأعداد أسياً. مخترقو الانترنت، مثل الضباع، عائلة واحدة كبيرة، تتطلع دائماً لنشر الكلمات عن مقتل جديد.

يبدو أن ليلاند فونتين قد شاهد ما يكفيه. "اقطع التيار،" صرح بذلك. "اقطع ذلك الشيء اللعين."

حدق جابا مباشرة من الأعلى مثل كابتن سفينة غارقة. "لقد فات الأوان، سيدي. إننا نغرق."

الفصل 120

وقف تقني أمن الأنظمة الذي يزن 400 رطل عاجزاً عن الحركة، ويداه راقدتان فوق رأسه في صورة مجمدة من الذهول. كان قد أمر بقطع التيار، ولكن ذلك سيستغرق تأخيراً بمقدار عشرين دقيقة وأكثر. المحتالون المزودون بمودم عالي السرعة سيتمكنون من تحميل كميات كبيرة من المعلومات السرية في تلك الفترة.

صحا جابا من كابوسه عندما أسرعت سوشي إلى المنصة بورقة مطبوعة جديدة. "لقد وجدت شيئاً، سيدي!" قالت بإثارة. "لقد وجدت تشابهاً حرفياً في المصدر[1]! مجموعات حرفية! في كل مكان!"

لم يتأثر جابا: "نحن نبحث عن أرقام، اللعنة! ليس أحرف! شيفرة الإيقاف هي *رقم!*"

"ولكن هناك تشابه حرفي! تانكادو ليس سيئاً بدرجة تجعله يترك مجموعات متشابهة ــ وخاصة بهذا التعداد!"

المصطلح 'مجموعات متشابهة' يشير إلى خطوط إضافية في البرمجة لا تخدم هدف البرنامج بأي طريقة. لا تزود بأي شيء، لا تشير إلى أي شيء، لا تؤدي إلى أي مكان، وهي عادة تمحى عند القيام بالعمليات النهائية لإزالة الأخطاء ودمج البرمجة.

أخذ جابا الورقة المطبوعة وتفحصها.

وقف فونتين صامتاً.

نظرت سوزان فوق كتفي جابا إلى الورقة: "لقد تمت مهاجمتنا *بالمسودة الأولية* لدودة تانكادو؟"

"سواء كانت منسقة نهائياً أم لا،" أجابها جابا، "فإنها تنال منا."

"لا أصدق هذا،" جادلته سوزان، "إن تانكادو محترف حقيقي، تعلم ذلك، من المستحيل أن يترك أي خطأ في برمجته."

"هناك الكثير منها!" صاحت سوشي، خطفت الورقة من يد جابا ودفعتها أمام سوزان. "انظري!"

أومأت سوزان، موضوعة بعناية، بعد كل عشرين خط أو ما يقارب من

---

(1) Source: البرنامج مكتوب بلغة برمجة معينة.

البرمجة، كان هناك أربع رموز لا تشير إلى أي شيء. تفحصتها سوزان.

PFEE

SESN

RETM

"مجموعـــات ذات أربـــع بتات." احتارت سوزان. "إنها ليست جزءاً من البرمجة بالتأكيد."

"انسِ أمرها،" دمدم جابا. "أنت تتعلقين بوهم."

"ربما لا،" قالت سوزان. "العديد من الشيفرات تستخدم مجموعات من أربع بتات. يمكن أن تكون هذه شيفرة."

"نعـم،" تأوه جابا. "تقول ــ 'ها، ها، لقد تم خداعكم'." نظر إلى الأعلى إلى (في آر). "خلال تسع دقائق."

تجاهلته سوزان وثبتت نظرها على سوشي. "كم من المجموعات هناك؟"

هـــزت سوشـــي كتفيها. استلمت التحكم بجهاز جابا وطبعت المجموعات كلها. عندما انتهت من ذلك، ابتعدت عن الجهاز. نظر كل من في الغرفة إلى الشاشة.

PFEE	**SESN**	**RETM**	**MFHA**	**IRWE**	**OOIG**	**MEEN**	**NRMA**
ENET	**SHAS**	**DCNS**	**IIAA**	**IEER**	**BRNK**	**FBLE**	**LODI**

كانـــت سوزان هي الوحيدة التي تبتسم. "تبدو مألوفة بالتأكيد،" قالت: "مجموعات من أربع ــ مثل آلة الإنيغما[1] تماماً."

أومـــأ المديـــر، إنـــيغما هـــي أكثر الآلات شهرة في التاريخ في مجال صياغة الشـــيفرات ــ وحـــش التشفير لدى النازيين البالغ وزنه اثني عشر طناً، كانت تصيغ شيفرات ذات أربع رموز.

"عظيم،" أنّ بذلك، "لن تفكري بالحصول على آلة هنا بالجوار، أليس كذلك؟"

"ليســت هــذه هـــي الفكرة!" قالت سوزان، وقد عادت الحياة إليها فجأة. هذا هو اختصاصـــها. "الفكرة تقول إن هذه شيفرة. لقد ترك لنا تانكادو مفتاح اللغز! إنه يوبخنا

---

(1) إنيغما: اللغز.

بطـريقة ساخرة، يحثنا على استنتاج مفتاح المرور في الوقت المناسب. إنه يقدم إلينا نصائحه الغامضة!"

"هراء،" قال جابا غاضباً، "قدم إلينا تانكادو طريقة واحدة للخلاص ــ الكشف عن الترانسلتر. هذه هي، كانت تلك هي طريقة خلاصنا، وقمنا بنسفها."

"علـيّ أن أتفق معه،" قال فونتين. "أشك في أن تانكادو سيخاطر في إرشادنا إلى شيفرة الإيقاف."

أومـأت سـوزان بشرود، ولكنها تذكرت كيف قام تانكادو بإعطائهم 'إنداكوتا'. حدقت في الأحرف متسائلة ما إذا كان يلعب لعبة أخرى من ألعابه.

"اختفى نصف الحاجز النفقي!" صاح التقني.

علـى (فـي آر)، اندفعت مجموعة الخطوط السوداء بشكل أعمق إلى الدرعين الباقيين.

كـان ديفـيد يجلـس بهدوء، يراقب المسرحية المعروضة أمامه على الشاشة. "سـوزان؟" عـرض علـيها. "لدي فكرة. هل تشكل تلك الرموز الرباعية ست عشرة مجموعة؟"

"أوه، بحق الله،" قال جابا بخفوت، "يريد الجميع الآن أن يلعب؟"

قامت سوزان بتجاهل جابا وأخذت تعد المجموعات: "نعم. ستة عشر."

"أزيلي الفراغات،" قال بيكر بثبات.

"ديفيد،" أجابته محرجة، "لا أظن أنك تفهم. المجموعات من أربع هي ــ"

"أزيلي الفراغات،" أعاد حديثه.

تـرددت سـوزان للحظـة ثـم أرسلت إيماءة لسوشي بالموافقة. أزالت سوشي الفراغات بسرعة. لم تكن النتائج أكثر وضوحاً.

PFEESESNRETMMFHAIRWEOOIGMEENNRMAENETSHASDCNSIIAAIEERBRNKFBLELODI

انفجـر جابـا غاضباً. "هذا يكفي! انتهت اللعبة! هذا الشيء تتضاعف سرعته! أمامنا ثماني دقائق فقط! نحن نبحث عن *رقم*، وليس عن مجموعة زائفة من الأحرف!"

"أربعة ضرب ستة عشر،" قال ديفيد بهدوء. "أجري العملية الحسابية، سوزان."

نظرت سوزان إلى صورة ديفيد على الشاشة. *أجري العملية الحسابية؟ إنه سيىء جـداً في الرياضيات!* تعلم أن بإمكان ديفيد حفظ تصريف الأفعال والمفردات مثل آلة التصوير، ولكن الرياضيات؟...

"جداول الضرب،" قال بيكر.

جداول الضرب، تساءلت سوزان. *عن ماذا يتحدث؟*

"أربعـــة ضـــرب ستة عشر،" أعاد أستاذ الجامعة كلامه. "كان عليّ حفظ جدول الضرب في الصف الرابع."

تخيلـت سوزان جدول الضرب المعتمد في المدرسة. *أربعة ضرب ستة عشر.* "أربع وستون." قالت ببساطة. "إذاً ماذا؟"

انحنى ديفيد باتجاه الكاميرا. ملأ وجهه الصورة بأكملها. "أربعة وستون حرفاً..."

أومأت سوزان. "نعم، ولكنها ــ" جمدت سوزان في مكانها.

"أربعة وستون حرفاً،" أعاد بيكر كلامه.

لهثت سوزان. "أوه، يا إلهي! ديفيد، أنت عبقري!"

الـفـصــل 121

"سبع دقائق!" صاح تقني.

"ثماني صفوف بثماني أعمدة!" صاحت سوزان باهتياج.

طبعت سوشي، نظر فونتين بصمت، الدرع الثاني قبل الأخير كان يتناقص.

"أربعة وستون حرفاً!" استلمت سوزان السيطرة. "إنه مربع كامل!"

"مربع كامل؟" سأل جابا: "ماذا *إذاً؟*"

بعد عشر ثوانٍ، كانت سوشي قد أعادت ترتيب ما بدا أنه أحرف عشوائية على الشاشة. كانت الآن ثمانية صفوف بثمانية أعمدة. تفحص جابا الأحرف ورفع يديه بيأس. لم يكن التنسيق الجديد قد كشف عن معلومات أكثر من الأصل.

P	**F**	**E**	**E**	**S**	**E**	**S**	**N**
R	**E**	**T**	**M**	**P**	**F**	**H**	**A**
I	**R**	**W**	**E**	**O**	**O**	**I**	**G**
M	**E**	**E**	**N**	**N**	**R**	**M**	**A**
E	**N**	**E**	**T**	**S**	**H**	**A**	**S**
D	**C**	**N**	**S**	**I**	**I**	**A**	**A**
I	**E**	**E**	**R**	**B**	**R**	**N**	**K**
F	**B**	**L**	**E**	**L**	**O**	**D**	**I**

"واضحة تماماً." سخر جابا.

"آنسة فليتشر." طلب فونتين، "فسري الأمر،" التفتت العيون كلها إلى سوزان.

كانت سوزان تنظر إلى أعمدة النص، بدأت تدريجياً بالإيماء، بعدها ألقت ابتسامة عريضة: "ديفيد، يا لهذا!"

تبادل كل من على المنصة نظرات الحيرة.

غمز ديفيد إلى الصورة الصغيرة لسوزان فليتشر على الشاشة أمامه، "أربعة وستون حرفاً. يوليوس قيصر يربح مرة أخرى."

بدت ميدج تائهة: "عن ماذا تتحدثان؟"

"مربع قيصر،" ابتهجت سوزان، "اقرأوا من الأعلى إلى الأسفل. لقد أرسل إلينا تانكادو رسالة."

الـفـصـل 122

"ست *دقائق!*" صاح تقني.

صـاحت سـوزان بأوامرها، "أعيدي كتابتها من الأعلى إلى الأسفل! إقرأي من الأسفل، وليس بالعرض!"

تحركت سوشي باهتياج أسفل الأعمدة، معيدة ترتيب النص.

"لقد أرسل يوليوس قيصر شيفراته بهذه الطريقة!" قالت سوزان من دون تفكير. " تشكيل رسالته كانت دائماً على شكل مربع كامل!"

"انتهيت!" صاحت سوشي.

نظر الجميع إلى الترتيب الجديد، نص بسطر واحد على الشاشة الجدارية.

"لا تـزال تافهـة،" سخر جابا باشمئزاز، "انظر إليها، إنها مجموعة من الرموز العشـوائية ــ" علقت الكلمات في حنجرته، اتسعت عيناه لتصبح بحجم صحن القهوة، "أوه... أوه يا..."

لقد رآها فونتين أيضاً، قوّس حاجبيه، من الواضح تأثره.

قال كل من ميدج وبرينكرهوف سوية: "أوه... ياللهول."

أظهرت الأحرف الأربع والستون الآن:

PRIMEDIFFERENCEBETWEENELEMENTSRESPONSIBLE FORHIROSHIMAANDNAGASAKI

"ضعي الفراغات،" أمرت سوزان. "أمامنا لغز يتوجب علينا حله."

الـفـصـل 123

ركض تقني شاحب اللون إلى المنصة. "الحاجز النفقي على وشك أن يتلاشى!"

التفت جابا إلى (في آر) الموجود على الشاشة. اندفع المهاجمون إلى الأمام، على بعـد شعرة فقط عن الانقضاض على الجدار الخامس والأخير. على وشك فقدان بنك المعلومات.

أسكتت سوزان الفوضى حولها. قرأت رسالة تانكادو الغريبة مرات ومرات.

PRIME DIFFERENCE BETWEEN ELEMENTS
RESPONSIBLE FOR HIROSHIMA AND NAGASAKI

الاختلاف لرئيسي بين العناصر

المسؤولة عن هيروشيما وناغازاكي

"إنه ليس بسؤال!" صاح برينكيرهوف. "كيف يمكن أن تكون لـه إجابة؟"

"نحتاج إلى رقم،" ذكّرهم جابا. "شيفرة الإيقاف هي *رقم*."

"سـكوت،" قال فونتين بهدوء. التفت وخاطب سوزان. "آنسة فليتشر، لقد وصلت بنا إلى هذا الحد، أريد أفضل تخمين عندك."

أخذت سوزان نفساً عميقاً، "حقل إدخال شيفرة الإيقاف يقبل أرقاماً فقط، تخميني هـو أن هذا إشارة إلى الرقم الصحيح، يذكر النص هيروشيما وناغازاكي ـ المدينتان اللـتان ضُـربتا بالقـنابل النووية. ربما تكون شيفرة الإيقاف ذات علاقة بإحصاءات الكـوارث، الـرقم المقـدر للضـرر..." صمتت للحظة، تعيد قراءة الإشارة. "كلمة 'اخـتلاف' تبدو مهمة. *الاختلاف* الرئيسي بين هيروشيما وناغازاكي. يبدو أن تانكادو يشعر بأن الحادثين مختلفان نوعاً ما."

لـم تتغير تعابير فونتين. رغم ذلك، كان الأمل يتلاشى بسرعة. بدا أن الخلفيات السياسـية المحـيطة بأكـثر انفجاريـن تدميراً في التاريخ تحتاج إلى أن يتم تحليلها، ومقارنتها، ومن ثم ترجمتها إلى رقم سري... وكل ذلك خلال خمس دقائق.

الـفـصـل 124

"الدرع الأخير تحت الهجوم!"

علـى شاشـة (فـي آر)، كانت برمجة البريد معزز الخصوصية تتلاشى الآن. الخطـوط السـوداء المخـترقة انغرست في درع الحماية الأخير وبدأت تشق طريقها باتجاه المركز.

ظهـر القراصنة المخترقون الآن من أنحاء العالم كله. كان الرقم يتضاعف مع مرور كل دقيقة تقريباً. ليس بعد وقت طويل، سيتمكن أي شخص يملك جهاز كمبيوتر ـ الجواسيس الأجانب، الراديكاليون، الإرهابيون ـ من الدخول إلى المعلومات السرية كلها لحكومة الولايات المتحدة.

في الوقت الذي حاول فيه التقنيون بيأس فصل التيار الكهربائي، كانت المجموعة الواقفـة على المنصة تتفحص الرسالة. حتى ديفيد وعميلا (إن إس أي) كانا يحاولان حل الشيفرة من سيارتهم في إسبانيا.

الاختلاف الرئيسي بين العناصر

المسؤولة عن هيروشيما وناغازاكي

فكـرت سوشي بصوت عالٍ: "العناصر المسؤولة عن هيروشيما وناغازاكي... بيرل هاربر؟ رفض هيروهيتو أن..."

"نحـتـاج إلى *رقم*،" أعاد جابا كلامه، "وليس لنظريات سياسية. نحن نتحدث عن *الرياضيات* ـ وليس عن التاريخ!"

سكتت سوشي.

"مـاذا عـن الشحنات المتفجرة؟" شارك برينكيرهوف. "عدد الإصابات؟ الضرر المالي؟"

"نحن نبحث عن رقم *دقيق*،" ذكرت سوزان. "تقدير الأضرار يختلف." حدقت في الرسالة: "العناصر المسؤولة..."

علـى بعـد ثلاثة آلاف ميل، اتسعت عينا ديفيد بيكر. "العناصر!" صرح بذلك. "نحن نتحدث عن الرياضيات وليس التاريخ!"

تحولت الرؤوس كلها نحو الشاشة الناقلة عن القمر الصناعي.

"إن تانكادو يلعب بالكلمات!" قال بيكر بطلاقة. "للكلمة 'عناصر' معانٍ متعددة!"

"أخبرنا بسرعة ما تقصد، سيد بيكر." قال فونتين بحدة.

"إنه يتحدث عن عناصر *كيميائية* ــ وليس عن عناصر سياسية واجتماعية!"

قوبل تصريح بيكر بنظرات شاردة.

"العناصر!" ذكرهم بذلك، "الجدول الدوري! العناصر *الكيميائية!* ألم يرَ أي منكم فيلم *الرجل السمين والولد الصغير* ــ المتحدث عن مشروع مانهاتن؟ كانت القنبلتان النوويتان مختلفتين. استُخدم فيهما وقود مختلف ــ *عناصر* مختلفة!"

صفقت سوشي بيديها، "نعم! إنه محق! لقد قرأت عن ذلك! استخدمت القنبلتان وقوداً مختلفاً! إحداهما استخدمت اليورانيوم والأخرى استخدمت البلوتونيوم! عنصران *مختلفان!*"

سيطر السكون على الغرفة.

"يورانيوم وبلوتونيوم!" تعجب جابا، وقد أصبح مفعماً بالأمل فجأة. "يتحدث التلميح عن *الاختلاف* بين العنصرين!" التفت إلى جيش الموظفين، "الاختلاف بين اليورانيوم والبلوتونيوم! من يعرف ما هو؟"

تحديق شارد في الأنحاء كلها.

"هيا!" قال جابا. "ألم تدخلوا الجامعة أيها الفتية؟ أي شخص! أي أحد! أحتاج إلى الاختلاف بين البلوتونيوم واليورانيوم!"

لم يجبه أحد.

التفت سوزان إلى سوشي، "أريد اتصالاً إلى الإنترنت. هل يوجد برنامج تصفح هنا؟"

أومأت سوشي. "برنامج نتسكيب هو الأفضل."

أمسكت سوزان يدها: "هيا، لنبدأ بالتجول عبر الإنترنت."

الــفــصــل 125

"كم من الوقت لدينا؟" سأل جابا من المنصة.

لم يتلق أي إجابة من التقنيين الموجودين في الخلف. وقفوا جامدين، محدقين إلى الأعلى بـ (في آر). كان الدرع الأخير يتناقص بصورة خطيرة.

فـي الجـوار، انكبت كل من سوزان وسوشي على نتائج بحثهما في الإنترنت.

"مختبرات آوتلوز؟" سألت سوزان. "من هؤلاء؟"

هزت سوشي كتفيها. "تريدينني أن أفتحها؟"

"علـى الفور،" قالت لها، "ست مئة وسبع وأربعون مدخلاً يشير إلى اليورانيوم، البلوتونيوم، والقنابل الذرية. يبدو أن هذا أفضل رهان لنا."

فتحت سوشي البحث. فظهرت ملاحظة تنازل عن حق.

المعلومات الموجودة في هذا الملف هي بصورة خاصة للاستخدامات الأكاديمية فقـط، أي شـخص عـادي يحاول تركيب أي من الأدوات الموصوفة يتعرض لخطر التسمم الإشعاعي و/أو تعريض نفسه للانفجار.

"تعريض النفس للانفجار؟" قالت سوشي. "يا إلهي."

"ابحثي فيه!" قال فونتين بحدة وبصوت عالٍ، "لنرَ ما لدينا هنا."

فتحـت سوشـي الملف بسرعة ومررت المشيرة متجاوزة وصفة آزوت البولة، وهـي مادة انفجارية بطاقة تفوق عشر مرات طاقة الديناميت، بدت المعلومات وكأنها وصفة لصنع كعكة زبدة.

"بلوتونيوم ويورانيوم،" أعاد جابا كلامه. "دعونا نركز."

"عودي،" أمرتها سوزان. "هذه الوثيقة كبيرة جداً. ابحثي عن جدول المحتويات."

مررت سوشي المشيرة إلى الخلف إلى أن وجدتها.

1 - آلية القنبلة الذرية

أ ـ ألتيميتر.

ب ـ فتيل تفجير بضغط هوائي.

ج ـ رؤوس متفجرة.

د ـ شحنات تفجيرية.

هـ حارفات نترون.

و ـ يورانيوم & بلوتونيوم.

ز ــ دروع رصاصية.

ح ــ فتيل الصمام.

2 - الانشطار النووي/ الالتحام النووي.

أ ــ الانشطار (القنبلة الذرية) و الالتحام (القنبلة الهيدروجينية).

ب ــ يورانيوم 235، يورانيوم 238، وبلوتونيوم.

3- تاريخ الأسلحة الذرية

أ ــ التطورات (مشروع مانهاتن)

ب ــ الانفجار

1 ــ هيروشيما

2 ــ ناغازاكي

3 ــ تأثير الانفجارات الذرية

4 ــ مناطق الانفجار

"القسم الثاني!" صاحت سوزان. "يوارنيوم وبلوتونيوم! هيا!"

انتظر الجميع بينما بحثت سوشي عن القسم الصحيح. "هذا هو،" قالت لهم، "انتظروا." تفحصت البيانات بسرعة، "هناك الكثير من المعلومات هنا، جدول كامل. كيف تعرفون ما هو الاختلاف الذي نبحث عنه؟ واحد يتواجد بشكل طبيعي، واحد من صنع الإنسان، استخرج البلوتونيوم لأول مرة بواسطة ــ"

"*رقم*،" ذكر جابا. "نحتاج إلى *رقم*."

أعادت سوزان قراءة رسالة تانكادو، *الاختلاف الرئيسي بين العناصر... الاختلاف بين... نحتاج إلى رقم...* "انتظر!" قالت. "للكلمة 'اختلاف' معانٍ عدة. نحتاج إلى *رقم* ــ إذاً نحن نتحدث عن *الرياضيات*. إنها لعبة أخرى من لعب تانكادو بالكلمات ــ 'اختلاف' تعني عملية *الطرح*."

"نعم!" وافقها بيكر من الشاشة فوق. "ربما يكون للعناصر أرقام مختلفة من أعداد البروتونات أو شيء كهذا؟ لو قمت بطرح ــ"

"إنه محق!" قال جابا، ملتفتاً إلى سوشي. "هل هناك أي *أرقام* في ذلك الجدول؟ عدد البروتونات؟ أعمار نصفية[1]؟ أي شيء يمكننا إجراء عملية الطرح عليه؟"

---

(1) العمر النصفي: الزمن الضروري لتفكك نصف ذرات مادة ذات نشاط إشعاعي.

"*ثلاث دقائق!*" صاح تقني.

"مـــاذا عـــن الكتلة فوق الحرجة" اقترحت سوشي. "تقول إن الكتلة فوق الحرجة للبلوتونيوم هي 35.2 رطل."

"نعم!" قال جابا. "تفحصي اليورانيوم! ما هي الكتلة فوق الحرجة لليورانيوم؟"

بحثت سوشي. "أم... 110 أرطال."

"مئة وعشرة؟" بدا جابا مفعماً بالأمل فجأة. "ما هو ناتج طرح 35.2 من 110؟"

"أربع وسبعون فاصل ثمانية،" قالت سوزان بسرعة. "ولكن لا أظن ـــ"

"ابتعدي عن طريقي،" أمر جابا، راكضاً باتجاه لوحة المفاتيح: "لابد أن تكون هذه هي شيفرة الإيقاف! الاختلاف بين الكتلتين الحرجتين! أربع وسبعون فاصل ثمانية!"

"انـــتظر،" قالت سوزان تنظر من فوق أكتاف سوشي. "هناك المزيد هنا. الوزن الـــذري. عـــدد النترونات. تقنيات الاستخراج." مررت المشيرة عبر الجدول. "ينشطر اليورانـــيوم إلـــى باريوم وكريبتون؛ أما البلوتونيوم فيقوم بشيء آخر. لليورانيوم 92 بروتون و146 نترون، ولكن ـــ"

"نحـــتاج إلـــى الاختلاف الأكثر *وضوحاً*،" قاطعت ميدج حديثها. "تقول الإشارة 'الاختلاف *الرئيسي* بين العناصر.'"

"يا إلهي!" توعد جابا. "كيف نعرف ما الذي يعتبره تانكادو الاختلاف *الرئيسي؟*"

تدخّل ديفيد: "في الواقع، يقول التلميح *'أولي'* وليس *'رئيسي'*."

صـــدمت الكلمـــة سوزان بشدة: "*أولي!*" تعجبت بذلك. "*أولي!*" التفتت إلى جابا. "شيفرة الإيقاف هي عدد أولي! فكر بها! تبدو مفهومة!"

علـــم جابا على الفور أن سوزان كانت محقة. لقد شيد إينسي تانكادو مهنته على الأرقام الأولية. الأعداد الأولية هي أحجار البناء الرئيسية في خوارزميات التشفير كلها ـــ قـــيم فردية ليس لها أي عوامل غير الواحد ونفسها. الأعداد الأولية فاعلة جداً في صياغة الشيفرات لأنه من المستحيل على أجهزة الكمبيوتر أن تعلمها باستخدام عوامل الأرقام العادية.

قفزت سوشي فرحاً. "نعم! هذا رائع! الأعداد الأولية كثيرة الأهمية بالنسبة لثقافة اليابانيين! قصائد الهايكو اليابانية تعتمد على الأعداد الأولية، *ثلاثة* أبيات ومقاطع تكون أعدادها *خمسة*، *سبعة*، *خمسة*، أعداد أولية كلها. معبد كيوتو بأكمله لـــ"

"*هـــذا يكفي!*" قال جابا. "حتى ولو كانت شيفرة الإيقاف عدداً أولياً، لا يهم ذلك! هناك احتمالات لا تنتهي!"

تعلم سوزان أن جابا على حق، لأن عدد الأرقام غير منته، يمكن لأي شخص أن يعـدً بصورة أكثر ويحصل على رقم أولي جديد، بين الصفر والمليون هناك أكثر من 70000 خيار. وتعتمد كلها على مقدار حجم العدد الأولي الذي قرر تانكادو استخدامه. كلما كان أكبر، كان من الأصعب تخمينه.

"سـيكون ضـخماً،" تأوه جابا. "مهما كان العدد الأولي الذي اختاره تانكادو فمن المؤكد أنه ضخم جداً."

انطلقت صيحة من نهاية الغرفة: *"تحذير بدقيقتين!"*

حـدق جابـا إلـى (في آر) بخيبة أمل. كان الحاجز الأخير قد بدأ يتلاشى، كان التقنيون مندفعين في كل مكان.

شـيء مـا داخل سوزان أخبرها بأنهم على مقربة من معرفته، "يمكننا النجاح!" صـرحت بذلك، وقد استلمت القيادة. "من الاختلافات كلها بين اليورانيوم والبلوتونيم، أراهـن بأن واحداً فقط هو عدد *أولي!* هذا هو المفتاح الأخير، الرقم الذي نبحث عنه أولي!"

حدق جابا بجدول اليورانيوم/البلوتونيوم على الشاشة ورفع يديه مستسلماً. "لا بد أنـه يوجد مئات المداخل هنا! من المستحيل أن نقوم بعملية الطرح عليها كلها ونبحث عن الأرقام الأولية."

"العديد من الاختلافات غير *رقمية*،" شجعت سوزان، "يمكننا تجاهلها، اليورانيوم طبيعـي أمـا البلوتونيوم فهو اصطناعي، يستخدم اليورانيوم الانفجار الخارجي، بينما يستخدم البلوتونيوم الانفجار الضمني، إنها ليست أرقاماً، ليس لها علاقة بالموضوع!"

"افعلـي ذلك،" أمرها فونتين، على شاشة (في آر)، كانت سماكة الحاجز الأخير برقة قشر البيضة.

أخـذ جابا يمسح جبينه: "حسناً، لن نستفيد من هذا. إبدأي بعمليات الطرح. سأبدأ بالقسـم الأعلى، سوزان في المنتصف، والجميع يتقاسم البقية، نحن نبحث عن اختلاف أولي."

خلال ثوانٍ، اكتشفوا أنهم لن ينجحوا بذلك، الأرقام هائلة، وفي معظم الحالات لا تتساوى الواحدات.

"هناك عدم تطابق... تفاح وبرتقال،" قال جابا، "هناك أشعة الغاما مقابل الموجات الكهرطيسـية. قابلـية الانشطار مقابل عدم القابلية للانشطار، بعضها صافٍ، بعضها نسب مئوية. هذه فوضى!"

"لابـد أنهـا هــنا،" قالت سوزان بثبات، "يجب أن نفكر، هناك اختلاف ما بين البلوتونيوم واليورانيوم لا نتمكن من ملاحظته! شيء ما بسيط!"

"آه... يــا شــباب؟" قالت سوشي. كانت قد فتحت نافذة لوثيقة أخرى وتقرأ بقية الوثيقة.

"ما الأمر؟" سأل فونتين. "هل وجدت شيئاً؟"

"أم، نــوع من،" بدت سوشي مرتبكة، "تعلمون أنني أخبرتكم بأن قنبلة ناغازاكي هي قنبلة من البلوتونيوم؟"

"نعم،" أجاب الجميع سويةً.

"حسناً..." أخذت نفساً عميقاً، "يبدو أنني كنت مخطئة."

"ماذا!" صاح جابا، "كنا نبحث عن الشيء الخطأ؟"

أشارت سوشي إلى الشاشة، تجمعوا حولها وقرأوا النص:

... الإدراك الشائع والخاطئ هو أن قنبلة ناغازاكي من البلوتونيوم.

في الحقيقة، استعملت القنبلة اليورانيوم، مثل شقيقتها في هيروشيما.

"ولكــن ــ" لهثت سوزان. "لو كان كلا العنصرين هما اليورانيوم، كيف يفترض بنا أن نجد الاختلاف بين هذه الاثنين؟"

"ربمــا تانكــادو أخطــأ بذلك أيضاً؟" اقترح فونتين، "ربما لم يعرف أن القنبلتين متشابهتان."

"لا،" تنهدت سوزان. "كان مشوهاً بسبب تلك القنابل. إنه يعرف الحقيقة تماماً."

الفصل 126

"دقيقة واحدة!"

نظر جابا إلى (في آر). "تصريحات البريد معزز الخصوصية تتلاشى، آخر خط للدفاع. وهناك ازدحام على الباب."

"ركزوا!" أمر فونتين.

جلست سوشي أمام متصفح الانترنت وقرأت بصوت عالٍ.

... قنبلة ناغازاكي لم تستخدم البلوتونيوم ولكن على العكس استخدمت واحداً من نظائر اليورانيوم 238 الاصطناعي، مشبع النيترون.

"اللعنة!" شتم برينكيرهوف، "كلا القنبلتين استخدمتا اليورانيوم. العنصران المسؤولان عن هيروشيما وناغازكي هما اليورانيوم، ليس هناك أي اختلاف!"

"لقد انتهى أمرنا،" تأوهت ميدج.

"انتظري،" قالت سوزان. "اقرأي الجزء الأخير مرة ثانية!"

أعادت سوشي قراءة النص: "...نظير اليورانيوم 238 الاصطناعي مشبع النيترون."

"238؟" تعجبت سوزان. "ألم نر للتو شيئاً يقول إن قنبلة هيروشيما قد استخدمت نظيراً آخر لليورانيوم؟"

تبادل الجميع نظرات الحيرة، مررت سوشي المشيرة باهتياج شديد إلى الخلف ووجدت هدفها: *نعم!* يُقال هنا إن قنبلة هيروشيما قد استخدمت نظيراً مختلفاً لليورانيوم!"

لهثت ميدج باندهاش: "كلاهما من اليورانيوم – ولكنها أنواع مختلفة!"

"كلاهما يورانيوم؟" تدخل جابا وحدق بالجهاز. "تفاح مع تفاح! رائع!"

"كيف تختلف تلك النظائر؟" سأل فونتين. "لا بد أن يكون شيئاً أساسياً."

مررت سوشي المشيرة عبر الوثيقة. "انتظر... أنظر... حسناً..."

"خمس وأربعون ثانية!" صاح صوت بذلك.

نظرت سوزان إلى الأعلى. أصبح الحاجز الأخير غير مرئي تقريباً الآن.

"ها هي!" هتفت سوشي.

"اقرأي!" كان جابا يعرق، "ما هو الاختلاف! لا بد أن يكون هناك اختلاف بين الاثنتين!"

"نعم!" أشارت سوشي إلى شاشتها، "انظروا!"

قرأوا جميعاً النص:

... تحــوي القنبلتان نوعين مختلفين للوقود... وبالتحديد عناصر ذات خواص متشــابهة. لا يمكــن لعمليات الفصل الكيمائية العادية أن تفصل بين النظيرين. هما، باستثناء الاختلاف الصغير جداً في الوزن، متشابهان تماماً.

"الــوزن الذري!" قال جابا باهتياج، "هذا هو! الاختلاف الوحيد هو *وزنهما!* هذا هو المفتاح! أعطني وزنيهما! سنقوم بإجراء عملية الطرح!"

"انــتظر،" قالــت سوشي، وهي تمرر المشيرة إلى الأعلى، "وصلنا تقريباً! *نعم!* تفحص الجميع النص.

... الاختلاف في الوزن صغير جداً...

... الانتشار الغازي فقط يمكنه فصلهم...

... 10,032498X10^134 بالمقارنة مع 19,3948X10^23 **

"ها هي!" صاح جابا: "هذه هي! هذه هي الأوزان!"

"ثلاثون ثانية!"

"هيا،" همس فونتين. "قم بعملية الطرح. بسرعة."

أمسك جابا بآلته الحاسبة وبدأ بإدخال الأرقام.

"مــا الــذي تعنيه العلامات النجمية؟" سألت سوزان. "هناك علامات نجمية بعد الأرقام!"

تجاهلها جابا. كان يطرق على أزرار آلته الحاسبة باهتياج شديد.

"بحذر!" حثته سوشي. "نحتاج إلى رقم *دقيق*."

"العلامات النجمية،" أعادت سوزان. "هناك حاشية."

مررت سوشي المشيرة إلى أسفل المقال.

قرأت سوزان الحاشية النجمية. شحب وجهها: "أوه... يا الله!"

نظر جابا إلى الأعلى. "ماذا؟"

انحــنى الجميع، ثم انطلقت تنهدة جماعية للهزيمة. أظهرت الحاشية الصغيرة ما يلي:

** 12% حد الخطأ. الأرقام الظاهرة تختلف من مختبر إلى آخر.

الفصل 127

ساد صمت مفاجئ ومبجل بين المجموعة الواقفة على المنصة. كان ذلك أشبه بمشاهدتهم لكسوف أو لانفجارٍ بركاني ـ سلسلة لا تصدق من الأحداث التي لا يمكنهم السيطرة عليها. بدا الوقت يتناقص ليصبح زحفاً.

"إننا نفقدها!" صاح التقني. "بداية الارتباط! الخطوط كلها!"

على اليسار البعيد للشاشة، حدق كل من ديفيد والعميلين سميث وكوليانذر بشرود في الكاميرا. على (في آر)، كان حاجز الحماية الأخير عبارة عن خصلة فقط. أحاطت به كتلة من السواد، مئات الخطوط التي تنتظر الاقتحام. على يمين ذلك، ظهر تانكادو، اللقطات المجزأة من الفيلم التي تعرض لحظاته الأخيرة تدور ضمن حلقة لا تنتهي. نظرة اليأس ـ الأصابع ممدودة إلى الأعلى، الخاتم يلمع تحت ضوء الشمس.

راقبت سوزان الفيلم عندما كان يتضح ويختفي، حدقت في عيني تانكادو ـ بدت مليئة بالندم، *لم يقصد أن يصل الأمر إلى هذا الحد على الإطلاق،* قالت لنفسها، *أراد إنقاذنا.* ومع ذلك، مرات ومرات، كان تانكادو يرفع أصابعه إلى الأعلى، مقحماً الخاتم في أعين الناس. كان يحاول التحدث ولكنه لم يتمكن، استمر في مد أصابعه إلى الأمام.

في سيفيل، كان عقل بيكر يقلب الأمر مرات ومرات. تمتم بينه وبين نفسه: "ماذا قالوا عن هذين النظيرين؟ يورانيوم 238 و يورانيوم...؟" تنهد بشدة ـ هذا لا يهم. إنه مدرس لغات، وليس فيزيائياً.

"تستعد الخطوط القادمة للتحقق من المرور!"

"يا إلهي!" صاح جابا باهتياج، "كيف *تختلف* تلك النظائر اللعينة؟ لا أحد يعرف كيف تختلف تلك بحق الجحيم!" لم يتلقَ أي إجابة، الغرفة المليئة بالتقنيين وقفوا بيأس ينظرون إلى (في آر)، التفت جابا إلى الشاشة ورفع يديه: "أين يكون اختصاصي الفيزياء النووية اللعين عندما تحتاج إليه!"

حدقت سوزان بفيلم كويك تايم على الشاشة الجدارية وعرفت أن الأمر قد انتهى. بالحركة البطيئة، شاهدت تانكادو يموت مرات ومرات، كان يحاول التكلم، يختنق بكلماته، يرفع يده المشوهة... يحاول نقل شيء ما، *كان يحاول أن ينقذ بنك المعلومات*، قالت سوزان لنفسها. *ولكننا لن نعرف كيف أبداً.*

"لدينا أصحاب على الباب!"

حدق جابا في الشاشة.؟ "الأمر وشيك!" انهمر العرق إلى الأسفل من على وجهه.

على الشاشة المركزية، كانت الخصلة الأخيرة للحاجز الأخير قد تلاشت بالكامل. الكتلة السوداء للخطوط المحيطة بالمركز كانت غامقة ونابضة. ابتعدت ميدج، وقف فونتين راسخاً، وعيناه إلى الأمام. بدا برينكيرهوف وكأنه على وشك أن يصاب بالغثيان.

"عشر ثوان!"

لم تغادر عينا سوزان صورة تانكادو على الإطلاق، اليأس، الندم، يده الممدودة، مرات ومرات، الخاتم اللامع، الأصابع المشوهة المقوسة بانحناء أمام الوجوه الغريبة، *إنه يخبرهم عن شيء ما؟ ما هو؟*

على الشاشة فوقها، بدا ديفيد غارقاً في أفكاره، "الاختلاف،" بقي يتمتم بينه وبين نفسه: "الاختلاف بين اليورانيوم 238 واليورانيوم 235. لابد أنه شيء سهل."

بدأ تقني بالعد التنازلي: "خمسة! أربعة! ثلاثة!"

وصلت الكلمة إلى إسبانيا خلال أعشار الثانية. *ثلاثة... ثلاثة.*

كان ذلك وكأن ديفيد بيكر قد ضرب ببندقية إخبال مرة أخرى، بطأ عالمه حتى وقف. *ثلاثة... ثلاثة... ثلاثة. 238 ناقص 235! الاختلاف هو* ثلاثة! بحركة بطيئة، مد جسده إلى الميكرفون...

في تلك اللحظة، كانت سوزان تحدق في يد تانكادو الممتدة. وفجأة، رأت ما بعد الخاتم... ما بعد النقوش الذهبية إلى اللحم أسفله... إلى أصابعه، *ثلاثة* أصابع، لم يكن الخاتم على الإطلاق، كان اللحم الآدمي، كان تانكادو يخبرهم، يريهم، كان يخبرهم عن سره، يكشف لهم عن شيفرة الإيقاف ــ يتوسل لشخص ما أن يفهمه... يصلي من أجل أن يجد سره طريقه إلى (إن إس أي) في الوقت المناسب.

"ثلاثة،" همست سوزان بذهول.

"ثلاثة!" صاح بيكر من إسبانيا.

ولكن في تلك الفوضى، لم يبدُ أن أحداً قد سمع.

"لقد انتهى أمرنا!" صاح التقني.

بدأ (في آر) يلمع بشدة عندما انغمر المركز، انطلقت صفارات الإنذار فوق رؤوسهم.

"ترحيل البيانات!"

"ارتباط خطوط عالية السرعة في الأقسام كلها!"

تحركت سوزان وكأنها في حلم، التفتت نحو لوحة مفاتيح جابا، عندما التفتت، وقع نظرها على خطيبها، ديفيد بيكر، مرة أخرى، كان صوته يفرقع فوق.

"ثلاثة! الاختلاف بين 235 و 238 هو ثلاثة!"

نظر جميع من في الغرفة إلى الأعلى.

"ثلاثة!" صاحت سوزان فوق الأصوات المصمة للآذان للإنذارات وللتقنيين. أشارت إلى الشاشة، تبعتها العيون كلها، إلى يد تانكادو الممتدة، ثلاثة أصابع تتحرك بيأس تحت شمس إسبانيا.

تجمد جابا: "يا إلهي!" أدرك فجأة أن ذلك العبقري المشلول كان يقدم إليهم الإجابة طوال الوقت.

"ثلاثة عدد أولي!" صاحت سوشي، "ثلاثة عدد *أولي!*"

نظر فونتين دائخاً، "هل من الممكن أن يكون الأمر بتلك البساطة."

"البيانات تنتقل إلى الخارج!" صاح التقني. *"إنها تتسارع!"*

انطلق جميع من كان على المنصة إلى الجهاز في الوقت نفسه ـــ مجموعة من الأيدي الممتدة. ولكن عبر الزحام، سوزان، مثل لاعب الوسط في كرة السلة يحقق هدفاً من ضربة مستقيمة، اتصلت بهدفها. طبعت العدد 3. دار الجميع إلى الشاشة الجدارية. فوق تلك الفوضى، ظهر ببساطة.

أدخل مفتاح المرور؟ 3

"نعم!" أمر فونتين، "افعليها الآن!"

أمسكت سوزان نفَسها وخفضت إصبعها إلى مفتاح 'الإدخال'. أطلق جهاز الكمبيوتر الطنين لمرة واحدة.

لم يتحرك أحد.

بعد ثلاث ثوانٍ من العذاب، لم يحدث أي شيء.

استمرت الصفارات في الرنين. خمس ثوان، ست ثوان.

"البيانات تخرج!"

"لا تغيير!"

وفجأة، بدأت ميدج تشير بقوة إلى الشاشة فوق: "انظروا!"

عليها، برزت رسالة فجأة.

شيفرة الإيقاف صحيحة.

"حملوا جدران النار!" أمر جابا.

ولكن سوشي كانت قبله في خطوة، كانت قد أرسلت الأمر مسبقاً.

"اعتراض الإخراج!" صاح تقني.

"توقف الارتباط!"

علـى (فـي آر) فوقهـم، بـدأ أول الحواجز الخمسة بالظهور. انفصلت الخطوط السوداء التي كانت تهاجم المركز على الفور.

"أعيد الوضع إلى حاله!" صاح جابا. "ذلك الشيء اللعين عاد إلى وضعه!"

كـان هناك لحظة من عدم التصديق المتردد، وكأنه في أي لحظة، سيتلاشى كل شيء. ولكن بعدها، عاد الحاجز الثاني ليظهر... وبعدها الثالث، بعد لحظات، ظهرت السلسلة الكاملة للمرشحات مرة أخرى. أصبح بنك المعلومات آمناً.

انفجـرت الغـرفة بالصـخب، يتعانق التقنيون، يقذفون بالأوراق المطبوعة في الهواء احتفالاً. انطفأت صفارات الإنذار، أمسك برينكيرهوف بميدج وعانقها. انفجرت سوشي بالدموع.

"جابا،" سأل فونتين، "على كم من المعلومات حصلوا؟"

"القليل جداً؟" قال جابا، يتفحص شاشته. "القليل جداً، ولا شيء كاملاً."

أومـأ فونتيـن ببطء، مشـكلاً ابتسامة إعجاب في زاوية فمه، بحث حوله عن سوزان فليتشر، ولكنه كانت قد بدأت سيرها باتجاه مقدمة الغرفة، على الحائط أمامها، ملأ وجه ديفيد بيكر الشاشة.

"ديفيد؟"

"هيه، أيتها الجميلة." ابتسم لها.

"تعال إلى وطنك." قالت له. "تعال إلى وطنك، الآن."

"أراك في ستون مانور؟" سألها.

أومأت له، والدموع تتبع. "اتفقنا."

"أيها العميل سميث؟" صاح فونتين.

ظهر سميث على الشاشة بجانب بيكر، "نعم، سيدي؟"

"يبدو أن أمام السيد بيكر موعد غرامي، هل تعمل على أن يصل إليه بسرعة؟"

أومأ سميث، "طائرتنا النفاثة في مالاجا،" ربت على ظهر بيكر، "أنت مدعو، أيها الأستاذ. هل سافرت في ليرجيت 60 سابقاً؟"

ضحك بيكر بخفوت: "ليس قبل البارحة."

الفصل 128

عندما استيقظت سوزان، كانت الشمس تشرق، عبرت الأشعة الناعمة الستائر ورشحت إلى سريرها المصنوع من ريش الإوز، مدت يدها لتلمس ديفيد، *هل أنا أحلم؟* بقي جسدها من دون حركة، منهك القوى، لا يزال مصاباً بالدوار من الليلة الفائتة.

"ديفيد؟" تنهّدت.

لم تسمع أي إجابة، فتحت عينيها، ما زال في جسدها وخز خفيف، فراش السرير الآخر كان بارداً. لقد ذهب ديفيد.

أنا أحلم، فكرت بذلك. جلست. كانت الغرفة من العصر الفيكتوري، مليئة بالزخارف وبالتحف – أفضل جناح في ستون مانور. كانت حقيبتها الليلية في منتصف الأرضية الخشبية... ملابسها الداخلية على كرسي نمط الملكة حنة إلى جانب السرير.

هل حقاً وصل ديفيد؟ ولكن الذكريات – جسده مقابل جسدها، إيقاظها بقبلات ناعمة. هل كان كل ذلك حلماً؟ التفتت إلى الطاولة الجانبية، كان هناك بقايا عشاء وشراب... وورقة ملاحظات.

وهي تفرك النعاس من عينيها، لفّت سوزان اللحاف حول جسدها العاري ثم قرأت الرسالة.

عزيزتي سوزان،

أنا أحبك،

من دون شمع، ديفيد.

ابتسمت بابتهاج ووضعت الورقة أمام صدرها، كان ذلك ديفيد، حسناً، *من دون شمع*... إنها الشيفرة الوحيدة التي لم تتمكن من حلها بعد.

شيء ما تحرك في الزاوية، فنظرت سوزان، إلى أريكة مترفة جداً، يتشمس تحت أشعة شمس الصباح، مرتدياً برنس حمام، جلس ديفيد بيكر بهدوء يراقبها. مدت يديها، تغريه ليأتي إليها.

"من دون شمع؟" قالت بتودد ومحبة، وهي تحضنه بين ذراعيها.

"من دون شمع،" ابتسم لها.

قبلته بشدة، "أخبرني ماذا تعني."

"مستحيل،" ضحك، "يحتاج الزوجان إلى الأسرار – تبقي الأشياء ممتعة."

ابتسمت سوزان بخجل، "لو وجدت متعة أكثر من متعة الليلة السابقة فلن أتمكن من الوقوف على قدمي ثانيةً."

ضمها ديفيد بين ذراعيه، شعر بانعدام الوزن، كاد يموت البارحة، ومع ذلك ها هو هنا، مفعمٌ بالحياة أكثر من أي يوم قضاه في حياته.

تمددت سوزان ورأسها على صدره، تستمع إلى نبضات قلبه، لم تصدق أنها اعتقدت بأنه رحل إلى الأبد.

"ديفيد،" تنهدت، وهي تنظر إلى الورقة إلى جانب الطاولة، "أخبرني عما تعنيه 'من دون شمع'، تعرف أنني أكره الشيفرات التي لا يمكنني حلها."

كان ديفيد صامتاً.

"أخبرني،" تجهمت سوزان، "وإما لن تحصل علي مرة أخرى."

"كاذبة."

ضربته سوزان بالوسادة، "أخبرني! الآن!"

ولكن ديفيد يعلم بأنه لن يخبرها على الإطلاق، السر الكامن وراء عبارة 'من دون شمع' جميل جداً، أصله قديم جداً، فخلال عصر النهضة، كان النحاتون الإسبان الذين يرتكبون الأخطاء خلال نحتهم على الرخام الباهظ الثمن، يقومون عادة برقع أخطائهم بالسيرا — 'الشمع'. النصب الذي لم يكن عليه أي أخطاء ولم يحتج أي ترقيع كان يلقب بـ 'تمثال سين سيرا'، أو 'تمثال من دون شمع'. أصبحت العبارة أخيراً تعني أي شيء صادق وحقيقي. حتى الكلمة الإنكليزية 'سينسير' التي تعني المخلص اشتقت من العبارة الإسبانية 'سين سيرا' — 'من دون شمع'. شيفرة ديفيد السرية لم تكن غامضة جداً - كان يقوم ببساطة بتوقيع رسائله بكلمة 'المخلص'. ولكنه شك بعض الشيء بأن سوزان لن تتسلى بذلك كثيراً.

"ستكونين مسرورة إذا علمت،" قال ديفيد محاولاً تغيير الموضوع، "إنني خلال رحلة العودة، اتصلت برئيس الجامعة."

نظرت إليه مفعمة بالأمل: "أخبرني أنك استقلت من منصب رئيس القسم."

أومأ ديفيد: "سأعود إلى الصف في الفصل القادم."

تنهدت بارتياح: "تماماً إلى حيث انتميت في المرتبة الأولى."

ابتسم ديفيد بنعومة: "نعم، أعتقد أن إسبانيا ذكرتني بما هو مهم."

"ستعود لتفطر قلوب الجامعيات؟" قبلته سوزان من وجنته، "حسناً، على الأقل ستجد الوقت الكافي لتساعدني في تحرير مخطوطتي."

"مخطوطة؟"

"نعم، لقد قررت أن أنشر عملاً."

"النشر؟" بدا ديفيد شاكاً بالأمر، "ماذا تنشرين؟"

"بعض الأفكار التي أعرفها عن بروتوكولات المرشحات والمعالجات التربيعية."

تأوه: "يبدو أن ذلك سيحقق مبيعات هائلة."

ضحكت: "ستدهش بذلك."

وضع ديفيد يده في جيب برنس الحمام وأخرج شيئاً صغيراً، "أغلقي عينيك. لدي شيء لك."

أغلقت سوزان عينيها، "دعني أحزر ـــ خاتم ذهبي مبهرج مع نقوش لاتينية؟"

"لا،" ضحك ديفيد بخفوت، "لقد جعلت فونتين يعيده إلى ممتلكات إينسي تانكادو،" أخذ يد سوزان ووضع فيها شيئاً انزلق إلى إصبعها.

"كاذب،" ضحكت سوزان وهي تفتح عينيها: "علمت ـــ"

ولكـــن ســـوزان توقفت عن الكلام، كان الخاتم الموضوع في يدها ليس لتانكادو على الإطلاق. كان إطاراً من البلاتين يحمل ألماسة سوليتير تتلألأ.

لهثت سوزان.

حدق ديفيد بها: "هل تتزوجينني؟"

توقـــف نفس سوزان في حنجرتها، نظرت إليه ومن ثم إلى الخاتم. تدفقت عينيها فجأة: "أوه، ديفيد... لا أعلم ما أقول."

"قولي نعم."

التفتت سوزان ولم تقل أي كلمة.

انتظر ديفيد. "سوزان فليتشر، أنا أحبك. أتتزوجينني."

رفعـــت سوزان رأسها. كانت عيناها مليئتين بالدمع: "أنا آسفة، ديفيد." همست: "أنا... أنا لا أستطيع."

حدق ديفيد مصدوماً. حدق في عينيها بحثاً عن الومضة المازحة التي توقعها. لم تكن هناك: "ســـ سوزان،" تمتم: "لا ـــ لا أفهم."

"لا أســـتطيع." أعـــادت قولها، "لا أستطيع الزواج بك." التفتت بعيداً. بدأ كتفاها يرتجفان. غطت وجهها بيديها.

كان ديفيد محتاراً. "ولكن، سوزان... اعتقدت..." أمسك بكتفيها المرتجفين وأدار

جسدها باتجاهه. كان عندها أن فهم الأمر. لم تكن سوزان فليتشر تبكي أبداً؛ كانت في نوبة هستيريا.

"لـــن أتزوجك!" ضحكت وهي تضربه مرة أخرى بالمخدة. "ليس قبل أن تشرح لي معنى 'دون شمع'! أنت تثير جنوني!"

الخاتمة

يُقــال إنــه عند الموت، تتضح الأشياء كلها. توكوجين نوماتاكا علم الآن صحة ذلك. منحنياً فوق التابوت في مكتب جمارك أوساكا، شعر بوضوح مؤلم لم يشهده من قــبل. كانت ديانته تتحدث عن الارتباط، عن الترابط في الحياة، ولكن نوماتاكا لم يكن لــه الوقت الكافي للدين.

كــان ضباط الجمارك قد قدموا إليــه ظرفاً لأوراق تبنّي وسجلات ولادة. "أنت القريب الوحيد الموجود على قيد الحياة لهذا الفتى،" كانوا قد قالوا لــه ذلك. "لقد عانينا كثيراً في البحث عنك."

عــاد عقل نوماتاكا إلى الوراء إلى قبل اثنين وثلاثين سنة إلى تلك الليلة المليئة بالمطــر، إلــى جناح المشفى الذي ترك فيه ولده المشوّه وزوجته المحتضرة. لقد فعل ذلك باسم مينبوكو ــ الشرف ــ إتباع باطل الآن.

كــان هــناك خــاتم ذهبــي مرفق مع الأوراق. كان منقوشاً بكلمات لم يفهمها نوماتاكــا. لم يعد ذلك يهم؛ لم يعد للكلمات معنى الآن لدى نوماتاكا. لقد كان قد تخلى عن ولده الوحيد. والآن، قساوة القدر قد جمعتهما ثانيةً.

128-10-93-85-10-128-98-112-6-6-25-126-39-1-68-78